U0868749

岳麓書社

读名著　选岳麓

陰陽寶殿
包公

公孫策

遵佩带后，每人各献金爵三杯。天子并不推辞，一一饮了，不觉大醉，笑道："二妃如有生太子者，朕即立为正宫。"二妃又谢了恩。天子醉后说出此言不知要紧，谁知生出无限的事端。你道为何？皆因刘妃心地不端，久存嫉妒；今一闻此言，惟恐李妃生下太子，立为正宫。何况李妃居左，自己居右呢！自那日归宫后，便与总理都堂郭槐暗暗铺谋设计，要陷害李妃。谁知一旁有个宫人，名唤寇珠，乃是刘妃承御之宫人。此女虽是刘妃的心腹，然而却为人正直，素怀忠烈，因见刘妃与郭槐计议，好生不乐，从此后，他便各处留神，悄地窥探。

且说郭槐奉刘妃之命，派了心腹亲随，找了个守喜婆尤氏，与他结为兄妹，时常亲密。这婆子如何禁得起有总理都堂的哥哥，乐的屁滚尿流；又把自己的男人托付了郭槐，也做了添喜郎了。古时原有此例，女人既做御前守喜婆，他的男人便可夤缘一个承喜郎，但不知这承喜郎每季儿吃多少俸禄？这一日，郭槐与尤氏密密商量，将刘妃要害李妃之事细细告诉尤婆说："你若能够设计害了李妃，将来刘妃生下太子，你便受无穷的富贵。"婆子闻听，满心欢喜，眉头一皱，计上心来，便对郭槐说："如此如此……"郭槐闻听，连声夸好，又叮咛嘱咐了一番："事到临头，千万莫误。"婆子满口应承，郭槐给了他好些东西。婆子欢欢喜喜而去。郭槐进了金华宫，将定的奸计暗暗的回禀了刘妃。刘妃闻听，自是欢喜，专等临期行事。

光阴似箭，不觉的到了次年三月，圣上驾幸玉宸宫看视李妃。李妃参驾毕，天子与李妃闲谈，忽然想起明日乃是南清宫御弟八千岁的寿辰，便派首领陈林前往御园采办果品与八千岁祝寿。陈林奉旨去后不提。此时李妃双眉紧蹙，一时腹痛难禁，天子知道是要分娩，立刻起驾回宫，急宣刘妃带领守喜婆前来守喜。刘妃奉旨，先往玉宸宫而来，郭槐即刻告诉尤婆。尤婆早已预备停当，双手捧定大盒，交付郭槐。你道此盒内是什么东西？原来就是奸计，将狸猫削去皮肤，血淋淋、光油油的，令人认不出是何妖物，好生的难看。他二人来至玉宸宫内，别人以为是吃食等物，况且郭槐亲自捧定，谁敢阻拦查验？竟自昂然进宫去了。恰好李妃临蓐，刚然分娩，一时血晕，人事不知，刘妃同郭槐、尤氏做就了活局，趁着忙乱之际，将狸猫提出放下，把太

展昭

第一回　设阴谋临生换太子　奋侠义替死救皇妃

且说宋朝自陈桥兵变，众将立太祖为君，江山一统，累代相传，至太宗、真宗，四海升平，八方安静，真是君正臣良，国泰民安。一日，早朝，文、武班齐，有西台御史兼钦天监文彦博出班奏道："臣夜观天象，见天狗星犯阙，恐于储君不利。恭缮图形一张，谨呈御览。"承奉官接过，敬陈御案之上。天子看罢，笑道："朕观此图，虽则上天垂象，但朕并无储君，有何不利之处？卿且归班，朕自有道理。"早朝已毕，群臣皆散。驾回后宫，真宗郁郁不乐，暗自想道："自御妻薨后，正宫之位久虚，幸有李、刘二妃，现今俱各有娠，难道上天垂象就应在他二人身上不成？"才要宣召二妃见驾，谁想二妃不宣自至。参驾已毕，跪奏道："今乃中秋佳节，妃子等已将酒宴预备在御园之内，恭请圣驾今晚赏月，作个竟夜之欢。"天子大喜，即同二妃来至御园；但见那秋色悠悠，香花馥馥，不禁心旷神怡。真宗赏玩多时，进了宝殿，归入御座，李、刘二妃陪侍。天子道："今有钦天监文彦博具奏，他说，'现时天狗星犯阙，恐于储君不利。'朕虽乏嗣，且喜二妃俱各身怀有娠，不知将来谁先谁后，又不知道是男是女。上天既然垂象，朕每人各赐玉玺龙袱一个，可以镇压天狗冲犯；再朕有金丸一对，内各藏九曲珍珠一颗，善能辟邪，真是无价之物，上皇赐朕，自幼随身佩带，如今二妃每人各赐一枚，将妃子姓氏、宫名镌在上面，随身佩带，以除邪祟。"李、刘二妃听了，连忙望上谢恩。天子即将金丸解下，就命陈林拿到尚宝殿立时刻字去了。这里李、刘二妃吩咐摆宴，安席进酒。登时音乐迭奏，彩戏俱陈，皇家富贵，自不必说。

到了晚间，皓月当空，明星灿烂，照的满园如同白昼，对此良辰美景，快乐非常。天子饮至半酣，只见陈林捧了金丸跪进御前。天子接来细看，见金丸上面一个刻着"玉宸宫李妃"，一个刻着"金华宫刘妃"，刻的十分工楷。天子甚喜；即将金丸赐了二妃。二妃跪领，钦

白玉堂

目　　录

第一回　设阴谋临生换太子　奋侠义替死救皇妃

且说宋朝自陈桥兵变，众将立太祖为君，江山一统，累代相传，至太宗、真宗，四海升平，八方安静，真是君正臣良，国泰民安。一日，早朝，文、武班齐，有西台御史兼钦天监文彦博出班奏道："臣夜观天象，见天狗星犯阙，恐于储君不利。恭缮图形一张，谨呈御览。"承奉官接过，敬陈御案之上。天子看罢，笑道："朕观此图，虽则上天垂象，但朕并无储君，有何不利之处？卿且归班，朕自有道理。"早朝已毕，群臣皆散。驾回后宫，真宗郁郁不乐，暗自想道："自御妻薨后，正宫之位久虚，幸有李、刘二妃，现今俱各有娠，难道上天垂象就应在他二人身上不成？"才要宣召二妃见驾，谁想二妃不宣自至。参驾已毕，跪奏道："今乃中秋佳节，妃子等已将酒宴预备在御园之内，恭请圣驾今晚赏月，作个竟夜之欢。"天子大喜，即同二妃来至御园；但见那秋色悠悠，香花馥馥，不禁心旷神怡。真宗赏玩多时，进了宝殿，归入御座，李、刘二妃陪侍。天子道："今有钦天监文彦博具奏，他说，'现时天狗星犯阙，恐于储君不利。'朕虽乏嗣，且喜二妃俱各身怀有娠，不知将来谁先谁后，又不知道是男是女。上天既然垂象，朕每人各赐玉玺龙袱一个，可以镇压天狗冲犯；再朕有金丸一对，内各藏九曲珍珠一颗，善能辟邪，真是无价之物，上皇赐朕，自幼随身佩带，如今二妃每人各赐一枚，将妃子姓氏、宫名镌在上面，随身佩带，以除邪祟。"李、刘二妃听了，连忙望上谢恩。天子即将金丸解下，就命陈林拿到尚宝殿立时刻字去了。这里李、刘二妃吩咐摆宴，安席进酒。登时音乐迭奏，彩戏俱陈，皇家富贵，自不必说。

到了晚间，皓月当空，明星灿烂，照的满园如同白昼，对此良辰美景，快乐非常。天子饮至半酣，只见陈林捧了金丸跪进御前。天子接来细看，见金丸上面一个刻着"玉宸宫李妃"，一个刻着"金华宫刘妃"，刻的十分工楷。天子甚喜；即将金丸赐了二妃。二妃跪领，钦遵佩带后，每人各献金爵三杯。天子并不推辞，一一饮了，不觉大醉，笑道："二妃如有生太子者，朕即立为正宫。"二妃又谢了恩。天子醉后说出此言不知要紧，谁知生出无限的事端。你道为何？皆因刘妃心地不端，久存嫉妒；今一闻此言，惟恐李妃生下太子，立为正宫。何况李妃居左，自己居右呢！自那日归宫后，便与总理都堂郭槐暗暗铺谋设计，要陷害李妃。谁知一旁有个宫人，名唤寇珠，乃是刘妃承御之宫人。此女虽是刘妃的心腹，然而却为人正直，素怀忠烈，因见刘妃与郭槐计议，好生不乐，从此后，他便各处留神，悄地窥探。

且说郭槐奉刘妃之命，派了心腹亲随，找了个守喜婆尤氏，与他结为兄妹，时常亲密。这婆子如何禁得起有总理都堂的哥哥，乐的屁滚尿流；又把自己的男人托付了郭槐，也做了添喜郎了。古时原有此例，女人既做御前守喜婆，他的男人便可夤缘一个承喜郎，但不知这承喜郎每季儿吃多少俸禄？这一日，郭槐与尤氏密密商量，将刘妃要害李妃之事细细告诉尤婆说："你若能够设计害了李妃，将来刘妃生下太子，你便受无穷的富贵。"婆子闻听，满心欢喜，眉头一皱，计上心来，便对郭槐说："如此如此……"郭槐闻听，连声夸好，又叮咛嘱咐了一番："事到临头，千万莫误。"婆子满口应承，郭槐给了他好些东西。婆子欢欢喜喜而去。郭槐进了金华宫，将定的奸计暗暗的回禀了刘妃。刘妃闻听，自是欢喜，专等临期行事。

光阴似箭，不觉的到了次年三月，圣上驾幸玉宸宫看视李妃。李妃参驾毕，天子与李妃闲谈，忽然想起明日乃是南清宫御弟八千岁的寿辰，便派首领陈林前往御园采办果品与八千岁祝寿。陈林奉旨去后不提。此时李妃双眉紧蹙，一时腹痛难禁，天子知道是要分娩，立刻起驾回宫，急宣刘妃带领守喜婆前来守喜。刘妃奉旨，先往玉宸宫而来，郭槐即刻告诉尤婆。尤婆早已预备停当，双手捧定大盒，交付郭槐。你道此盒内是什么东西？原来就是奸计，将狸猫削去皮肤，血淋淋、光油油的，令人认不出是何妖物，好生的难看。他二人来至玉宸宫内，别人以为是吃食等物，况且郭槐亲自捧定，谁敢阻拦查验？竟自昂然进宫去了。恰好李妃临蓐，刚然分娩，一时血晕，人事不知，刘妃同郭槐、尤氏做就了活局，趁着忙乱之际，将狸猫提出放下，把太

目　录

中国古典小说普及文库

包公案

[清] 石玉昆 著

岳麓书社·长沙

包公案

出版说明

“衙门口朝南开，有理没钱别进来”，这是古代民众对官府形象的调侃，也流露出他们深沉的无奈与辛酸。在吏治腐败的年代里，人们总是热切呼唤廉明公正的官员出现，希望他们能“救黎民于水火，解百姓于倒悬”，然而希望却总是一再落空。基于此，自有“清名”之誉的“包公”出现后，有关他的赞歌，一唱就是千年。

包公，即北宋名臣包拯，《宋史》记载，“人以包拯笑比黄河清，童稚妇女，亦知其名，呼曰‘包待制’。京师为之语曰：‘关节不到，有阎罗包老’”，可见其清名卓著。关于包公断案的故事一直在民间广为流传，清代道光年间，北京说书艺人石玉昆说唱《龙图公案》颇有盛名，当时有人笔录其说唱故事写成章回体小说《龙图耳录》。本书即取自《龙图耳录》前四十八回，写包公身世及其与众人破案的故事，语言幽默风趣，情节曲折生动，不但热情赞美了包公断案之明和众英豪行侠之义，而且多寓劝世之旨。

小说人物众多，以包公的形象最为突出。他刚正不阿，清正廉洁。太师庞吉之子庞昆在赈灾之时贪赃枉法，杀人害命，被他用龙头铡处死，并放言：“我包某秉正除奸，一心为国，焉能怕你这些鬼鬼祟祟！如今趁着权柄未失，放完赈后，偏要各处访查，务要做几件惊天动地之事：一来不负朝廷，二来与民除害，三来不枉宁老夫子一番训悔，也显显我胸中的抱负。”与以往被“神化”的形象相比，本部小说中的包公更具“人性”。比如第七回，总管太监杨忠奉旨领包公前去镇压玉宸宫的邪魅，一路颇有轻慢之辞。到了玉宸宫，杨忠被冤魂附了身，等包公审鬼完毕，他才悠悠转醒。包公先是责怪杨忠贪睡不醒，又说“明日见了圣上，我奏我的，你说你的便了”，“昨日你说圣上钦赐宝剑，叫你佩带，你无故的抛弃在地，也是大不敬，我明日也要一并参奏的"，直到杨忠又是许诺送他哈巴狗，又是作揖赔罪，事情才算了结。这些描写不但没有损害包公的主体形象，反而因其极具生活化的言行使人物形象更为真实可感。

除了包公之外，小说对众多英豪的塑造也极为出色，以展昭和白玉堂二人为最。展昭古道热肠，身负绝技，多次救包公于危难之中，行侠仗义之后，他拂衣而归，一派潇洒风流之态。与之相比，白玉堂就较为"任性"，比如第十三回，他和展昭不约而同前去苗家盗银，展昭偷得钱财后，留下一些与他对分，然后就离开了。白玉堂则将苗秀之妻的双耳削去，行事未免有几分刻毒。后来展昭被封为御猫，他一心争胜，多次前去挑衅。虽然白玉堂有不少缺点，但也有着侠义本色。小说第三十三回和第三十四回，写他一而再、再而三地试探颜查散，等识得对方确实是一个赤诚良善之人，不但赠与钱财，而且与之结为异姓兄弟，后来颜查散有难，他也拼尽全力加以营救。这样亦正亦邪的形象塑造，使人物更加血肉丰满。

胡适先生称包公是一个"箭垛"似的人物，各种折狱故事都集中射到了他的身上。而《包公案》也算是一部"累积型"作品，作者在创作的过程中吸收了很多前代的故事，但并非一味因袭，而是进行了大胆创新。"乌盆案"在此前的包公故事中已多次出现，但情节都较为单薄，《包公案》为其增添了许多"波折"。张三替冤死被烧制成乌盆的刘世昌申冤，第一次上堂，冤魂被门神拦住，包公审问乌盆时不见有任何回应，误以为张三年老昏聩，将其逐出。第二次上堂，包公写了一则帖子，要神鬼不准阻拦冤魂，孰料乌盆还是一言不发。张三被赶出公堂后，刘世昌说因为自己赤身露体，着实难见包公。张三心软，再次为其申冤，包公让手下取来衣服盖在乌盆上，刘世昌才终于开口诉冤。如此一波三折，读来颇有趣味。

《包公案》自问世以来，续作迭出，较为精彩者有《小五义》《续小五义》等，受《包公案》影响而创作的作品更是不胜枚举，直至今日，有关包公的故事仍可见诸荧屏，足见其受欢迎的程度。本部小说虽文字略显粗疏，部分篇章还涉及鬼怪，有时也宣扬一些封建糟粕，但瑕不掩瑜，读者于闲暇时览之，定可得到无穷乐趣。

子就用那龙袱包裹，装入盒内，抱出玉宸宫，竟奔金华宫而来。刘妃早把寇珠吩咐明白，立刻用了藤盒暗藏太子，叫他提到销金亭，用裙带勒死，丢在金水桥下。寇珠不敢不应，惟恐派了别人，此事更为不妥；只得提了藤盒，出凤右门，至昭德门外，直奔至销金亭上，忙将藤盒打开细看，见玉玺龙袱裹定太子，安然无恙，暗暗念佛，连忙抱在怀中，心下犯想："圣上半世乏嗣，好容易得了太子，偏遇奸妃铺谋设计，将太子换出，叫我在此处谋死，我若不应，又恐派了别人，此事反为不美，如今虽把太子救出，却又放在何处呢！难道真个丧尽天良，把太子谋死不成？"左思右想，实在为难，不由的珠泪盈腮，道："事已如此，我也说不得了，莫若抱着太子，一同投水而死，尽我一点忠心罢了！"想罢，抱着太子，刚然出得销金亭，只见那边来了一人，不觉唬了一跳，才待转身隐藏，复又仔细看时，满心欢喜，道："好了，好了！得此人来，太子有救了！"

原来此人不是别人，就是素怀忠义的首领陈林。只因奉旨到御园采办果品，手提着金丝累就闹龙妆盒，迎面而来，一见寇宫人怀抱小儿，细问原由。寇珠便将始末情节说了一遍。陈林闻听，吃惊不小。又见有玉玺龙袱为证。二人连忙转入销金亭上，不待商量，顺手将妆盒打开，把太子装入里面，刚刚盛得下。寇宫人道："这丝累妆盒虽则透气，闷不死太子，但只一件，倘有人擅敢开看，漏了机关，如何是好？"陈林听了点头道："亏你提醒，咱家倒有皇封，将盒封好，谁敢私自开看？"说着手持盒盖要扣，只听太子哇的一声啼哭起来，二人惊疑不止，双膝跪倒，暗暗祷告，祝赞已毕，太子哭声顿止，真是圣天子百灵相助。二人离了销金亭，寇宫人急忙回宫复命。陈林手捧妆盒，满腔忠义，不顾生死，直往禁门而来。正走之间，只见迎面来了一人，却是郭槐，上前拦住道："你往那里去？且不要走，刘娘娘宣你，有话面问。快些进去，莫要违了懿旨。"陈林听了，只得进宫参见刘妃，将妆盒放在一旁，朝上跪倒，口尊："娘娘，奴婢陈林参见。不知娘娘宣召，有何懿旨？"刘妃一言不发，手擎茶杯，慢慢吃茶，半晌方才问道："你捧此盒往哪里去？并且上面有皇封，是何缘故？"陈林奏道："奴婢奉旨到御园采办果品与南清宫八千岁上寿，故有皇封，非是奴才擅敢自专的。”刘妃闻听，瞧了瞧妆盒，又看了看陈林，复问道：“里面可有夹带？从实说来。倘有虚假，你便吃罪不起！”陈林当此之际，把死生付之度外，将心一横，不但不怕，反倒从容答道：“并无夹带，奴婢在娘娘驾前是不敢撒慌的。娘娘若是不信，请揭去皇封，当面验看。”说着话，就要去揭皇封。刘妃见此光景，连忙拦住道：“既是皇封封定，谁敢私行开看？难道你也不知规矩么？”陈林叩头说：“不敢，不敢。”刘妃沉吟半晌，因知明日果是八千岁的寿辰，便说道：“既是如此，去罢。”陈林立起身来，手擎妆盒，才待转身，忽听刘妃说道：“转来！”陈林只得转身。刘妃又把陈林上下打量了一番，见他面上形色丝毫不动，方慢慢说道：“去罢。”

陈林转身玉殿，又见郭槐在那里，也上前告了别。这才迈步离了金华宫，出了禁门，倒觉心内乱跳。这也是他一片忠心至诚所感，始能瞒过奸妃，脱离了这场大难；急急忙忙奔到南清宫内，传言圣旨到了。八千岁接入内殿，将盒供奉上面，行礼已毕，因陈林是奉命钦差，才待赐坐，只见陈林扑籁籁泪流满面，八千岁一见，好生诧异，便问道：“伴伴，这是为何？”陈林眼往左右一看，八千岁早已明白，吩咐左右回避了，陈林见无人，双膝跪倒，放声大哭，便将刘妃定计暗害李妃，多亏寇珠抱出太子，交给奴才，救出太子的情由细述一遍。八千岁便问：“你怎么就知必是太子？”陈林说：“现有龙袱包定。”八千岁闻听，急忙将妆盒打开，抱出太子一看，果有龙袱。只听太子哇的一声，竟自痛哭不止，仿佛诉苦一般。贤王爷急忙抱入内室，并叫陈林随入，面见狄妃，又将原由说了一遍。大家商议，将太子暂寄南清宫抚养，俟朝廷诸事安定后再作道理。

狄妃忙将玉玺龙袱与太子换了，好好收藏，陈林见诸事妥帖，告别回朝复命，谁知刘妃已将李妃产生妖孽奏明圣上，真宗大怒，又想起文彦博所奏，谁知应在李妃身上，立刻将李妃贬入寒宫下苑，随加封刘妃为玉宸宫贵妃。可怜无辜的李妃受此不白之冤，向谁申诉？幸喜“吉人天相”，寒宫的总管秦凤为人忠诚，素与郭槐不睦，已料此事有些蹊跷，今见李妃哀哀欲绝，便向前百般安慰，又吩咐心腹小太监余忠：“好生服侍娘娘，不可怠慢。”谁知余忠更有奇异之处，他的面貌酷肖李妃的玉容，而且素日作事豪侠，往往为他人奋不顾身，因此秦凤更加疼爱。他们虽是师徒，犹如父子一般。如今他见李妃受如此苦楚，恨不得以身代替；每欲设计救出李妃，只是再也想不出法子来，也只得罢了。

且说刘妃此计已成，满心欢喜，暗暗的重赏了郭槐与尤氏，并叫尤氏守自己的喜。到了十月满足，瓜熟蒂落，恰恰也生了一位太子，奏明圣上。圣上大喜，即将刘妃立为正宫，颁行天下。从此人人皆知国母是刘后了。刘后待郭槐犹如开国元勋一般，就着尤氏为掌院，寇珠为玉清宫承御，清闲无事。

谁知乐极生悲，过了六个年头，刘后所生之子将将七岁，竟自得病，呜呼哀哉了，圣上大恸，自叹半生乏嗣，好容易得了太子，偏又夭亡，焉有不动心的呢！因此伤心过度，竟连日未能视朝。这日，八千岁进宫问安，奏对之下，赐坐闲谈，问及世子共有几个，年纪多大？八千岁一一奏明，说是三世子恰好也是七岁。天子闻听大悦，立刻宣召进宫。这一召见，甚合了八千岁的心意，暗暗说道："好了！太子可要出头了，真是苍天有眼，但不知圣上见了太子如何？"不多时，宁总管领了三世子来至御榻之前，参见已毕，天子仔细观看，不但礼数安详，最奇怪的是三世子面貌态度，与自己分毫不差，天子唤至跟前，问了数语，三世子应对如流，天子甚喜，因此一乐，病就好了。即传旨将三世子承嗣，封为东宫守缺太子，八千岁谢恩，并保举陈林守护太子。天子允奏，即封陈林为东宫的总管。便传陈林带着小太子朝见刘后，并各宫看视。陈林领旨，引着太子先到了昭阳正院，启奏刘后，说明承嗣的缘故，太子行礼已毕，刘后见太子面庞生的仿佛天子一般，却又似李妃面貌，心中暗暗诧异。陈林又奏明："奉旨要到各宫看视。"刘后说："既是如此，你就引着去各宫看视完了再领来，哀家还要问话呢！"陈林连忙答应，领着太子各宫朝见。路过寒宫，陈林便向太子说道："这寒宫里是李娘娘。"太子问道："为何住寒宫呢？"陈林便告以产怪物，贬寒宫之事，并说："李娘娘是最贤德的。"太子闻听产生怪物之言，心内就有几分不信。这太子将来是一代帝王，何等的天聪，如何信这怪异之事？可也断想不到自己身上，便要进去看视，恰值秦凤走出宫来。陈林素与秦凤是最相得的,急忙迎上前去,将狸猫换太子之事,悄悄说明,如今八千岁的世子,就是抵换的太子。秦凤听了,满心欢喜,赶上前见了太子,即转身导引太子进宫,朝见李娘娘,李娘娘一见太子,不由的心中一动,落下泪来,太子见李娘娘,也不由泪流满面;这正是他母子天性,概不由人,陈林在旁看了,心内着忙,急将太子领出,仍回正宫而来。刘后正在宫中默默细想,忽见太子进宫,面有泪痕,追问何故。太子幼小,不能隐瞒,便道:"适才从寒宫看见李妃形容憔悴,实实不忍,因此落泪,并恳求母后遇便在皇父跟前解劝解劝,使他脱了沉埋方好,以慰孩儿凄惋。"说着说着,便跪下去了。刘后听了,心内一惊,便忙用手搀起,假意夸赞道:"好个仁德的殿下! 只管放心,我得便必说就是了。"太子谢过恩,仍随着陈林往东宫而去。

这刘后心中那里丢得此事? 心中犯想:"方才太子进宫,猛然一见,好像李妃的形影;何至见了李妃之后,就在哀家跟前求情? 事有可疑。莫非六年前叫寇珠抱出太子,并未勒死么?"因此转想:"曾记那年有陈林手提妆盒从御园而来,难道寇珠这贱人便擅敢将太子交与陈林带出去不成? 若要明白此事,须拷问寇珠,便知分晓。"越想越觉可疑,即将寇宫人唤来,剥去衣服,细细拷问,与当初言语一字不差。刘后闻听,越发恼怒,便召陈林前来,当面对质,亦无异词。刘后无奈,暗说:"我何不以毒攻毒,叫陈林掌刑拷问寇珠? 他二人做的事,如今叫一人受苦,焉有不说的道理?"便叫陈林掌刑苦苦拷问,刘后虽是如此的狠毒,哪知横了心的寇珠,视死如归。可怜他柔弱娇躯,打得身无完肤,也无有一字招承。正在难解难分之际,忽见圣旨来宣陈林。刘后惟恐耽延工夫,露了马脚,只得打发陈林去了。寇宫人见陈林已去,大约刘后必不相饶,与其零碎受罪,莫若寻个自尽,因此触阶而死。刘后吩咐将尸首抬出悄悄掩埋。就有寇珠的心腹小宫人偷偷埋在玉宸宫后。

刘后因无故拷打宫人,威逼自尽,也不敢启奏,也不能追究了。从此不得真情,其妒愈深,转恨李妃不能忘怀,悄悄与郭槐计议,密访李妃嫌隙,必须置之死地方休。也是合当有事。且说李娘娘自见太子之后，每日伤感，多亏秦凤百般劝慰，暗将刘妃与郭槐定的奸谋，一一奏明，李娘娘听了如梦方醒，欢喜不尽，因此每夜烧香，祈保太子平安。此事早被奸人访着，暗在天子驾前启奏说："李妃心中怨望，每夜烧香诅咒，心怀不善，情实难容。"天子大怒，即赐白绫七尺，立时赐死。谁知此旨尚未传出，早已被人知道，暗暗透信于寒宫。秦凤一闻此言，只唬得胆裂魂飞，忙忙启知李娘娘。李娘娘闻听，登时惊得晕昏过去。正在忙乱之际，只见余忠赶至，说："事不宜迟，快将娘娘衣服脱下与我穿了，余忠情愿替娘娘一死！"李妃苏醒过来，一闻此言，只哭得哽气倒噎，如何还说得出话来？秦凤更哭了个泪人儿一般。余忠不容分说，自己摘下花帽，扯下网巾，将发散开，挽了一个绺儿；又将自己衣服脱下，放在一旁，只求娘娘早把衣服赐下。秦凤见他如此忠诚，又是心疼，又是羡慕，只得横了心肠，在一旁催促娘娘更衣。娘娘不得已将衣脱下与余忠换了，哭着说道："你二人是我的大恩人了！"说罢，又昏晕过去。秦凤不敢耽延，忙将李娘娘移往下房去了，装做余忠卧病在床。刚然收拾完毕，只见圣旨已到，钦派孟彩嫔验看。秦凤连忙迎出，让至偏殿暂坐，"候娘娘宾天后，请贵人验看就是了。"孟彩嫔一来年轻，不敢细看；二来感念李妃素日恩德，如今遭此惨亡，不胜悲叹，如何想得到是人替死呢？不多时，报到："娘娘业已宾天了，请贵人验看。"孟彩嫔闻听，早已泪流满面，秦凤更不必说，大家尽个人情，彼此痛哭一番，孟彩嫔哪里还能近前细看？不过远远的一望，便吩咐："尔等用心看守，待我回复圣旨之后，再遵仪注办理。"此事若非余忠与李妃面貌相似，如何遮掩得过去？诸事已毕，秦凤遇便回明郭槐说："我的义子余忠病体沉重，实难就痊，恐污禁地，理宜抬出。"郭槐原与秦凤师徒不睦，今闻余忠卧病不起，又去了秦凤的膀臂，正中心怀，便不容他调养，立刻逐出，回籍为民。因此，秦凤将假余忠抬出禁苑，特派心腹的人役送至陈州家内去了。后文再表。

从此秦凤踽踽凉凉，凄凄惨惨。时常思念义儿死得可怜可敬，又惦记着李娘娘在家，怕受了委屈。这日晚间，正然悲伤，只见本宫内四面火起，人声鼎沸。谁不打点细软，各自逃生？惟有秦凤早已明白此事是郭槐之计;一来斩草除根;二来公报私仇,我纵然逃出性命,也难逃失火之罪;莫若自焚,以了此生! 好秦凤他竟甘心瞑目烧死在寒宫之内。原来此火果是郭槐放的;把寒宫变成暖宫了。从此刘后与郭槐安心乐意,以为再无后患了,哪知后来恶贯满盈,自有报应呢!就是太子也不知道自己的原委。陈林虽则知道其中就里,他却不知余忠替死,以为李娘娘已死,以前之事,断断不可泄漏,只要太子平安,诸事留神谨慎,一不负钦派总理东宫;二不负八千岁一番保举,所以东宫一切闲杂人等,无事再不许擅入的,太子也就平安无事了。如今既将仁宗始末情由,详细叙明,暂且搁起,后文自有交代。紧接着便说包公降生。包公自幼受了多少折磨,经了多少颠险,较比仁宗的坎坷更加百倍,真是:有是君,必有是臣。

闲言少叙,且说江南庐州府合肥县内有个包家村,村中有个包员外,名怀,家道巨富。良田千顷,为人乐善好施,安分守己,因此人人皆称为"包百万"。包怀原是个谨慎之人,既是有"百万"之称,惟恐担当不起,他又难以拦阻众人,只得将包家村改为小包村,以为自己谦和、不敢当的意思。就此一事,可见他为人再不是妄自尊大、欺压良善那一类的人了。院君周氏,夫妻二人皆在四旬以外,所生二子:长名包山,娶妻王氏,生了一子,才经满月;次子包海,娶妻李氏,尚无儿女。他弟兄两个虽是同胞所生,禀性却不相同:大爷包山为人忠厚老成,妻王氏也贤德有余的;二爷包海为人尖酸刻薄,偏偏的妻子李氏又是心地不端的。亏得老员外持家有法,规范颇严;又喜得大爷凡事宽和,诸般逊让兄弟,叫二爷再也说不出话来。就是妯娌之间,王氏也是从容和顺,在小婶跟前毫不较量;李氏纵然刁悍,他也难以施展。因此,家庭甚是和睦,每日家里欢欢喜喜。父子兄弟,春耕秋收,务农为业,共乐天年;虽非诗书门弟,却也勤俭人家。不意院君周老安人年纪已过四旬,忽然怀孕在身,员外好生不乐。人家老来得子,自有欢喜的;包员外他如何倒不乐呢? 他却自想道:"我夫妻皆是将近五旬,已有两个儿子,并且娶妻生子;如今安人忽又养起儿女来了,岂不孙大子小? 再者,安人偌大年纪,今又生产,身体未免受伤;何况生产之后,乳哺三年,如何禁得住呢?"每日里忧愁,竟把此事时刻在怀。这一日独坐书房，正然心内踌躇此事，不觉困倦起来；矇眬之际，只见半空中祥云缭绕，音乐悠扬，猛然间红光一闪，面前落下一个怪物：头生双角，青脸红发，龇牙瞪眼，左手拿着一个金锭，右手执着一管朱笔，跳舞着竟奔前来。员外大叫一声醒来，却是一梦，心中尚觉乱跳，正自出神，忽见丫环慌慌张张掀帘而入，报道："员外！大喜了，方才安人产生一位公子，奴婢特来禀报得知。"员外不听则可，听了的时节，只唬的抖衣而战，不知所怕何来？且听下回分解。

第二回　遇奇灾井中得古镜　学文业塾内延名师

且说包员外听了丫环来报说安人产了一位公子，只唬得抖衣而战，暗说道："不好了，真是冤家到了，家门不幸，生此妖怪，这便如何是好！"怔了多时，咳了一声，跌足道："罢了！罢了！"立起身来，忙到后面看视。幸喜安人无恙。略问几句言语，连小儿子看也不看，回身仍往书房去了。这里服侍安人的、包裹小儿的，自有多人忙乱伺候，凡那殷实之家，诸事便当，不必细表。

单言包海之妻李氏抽空儿回到自己房中，只见包海坐在那里，满面愁容，闷闷不乐。李氏便道："好好的'二一添作五'的家私，如今弄成'三一三十一'了；你倒底想个主意呀！"包海答道："何尝不是呢，我正为此事发愁；方才老当家的将我叫到书房，告诉我说，梦见绿脸红发的妖怪从半空中掉下来乱跳，将老当家的唬醒了，谁知就生了此子。我细细想来，必是咱们东地里的黑莴瓜成了精了。"李氏闻听，撺掇道："这还了得吗？若是留在家中，他必要作耗。自古书上，妖精闹的人家败人亡的多着呢，如今何不趁早和老当家的商量商量，将他抛弃荒郊野外，岂不省得担心么？就是家私也省了'三一三十一'了。一举两得，你想好不好？"这妇人一席话，说的包海如梦方醒，连忙立起身来，竟奔书房来见员外，将方才与李氏所说的话俱各告诉员外，止于未提家私一层。谁知员外正因此事愁烦，不得主意，一闻包海之言，恰合了自己的心病，连声说好："此事就交付于你，快快的办去。将来你母亲若问时，就说落草不多时就死了。"包海得了这个口气，连忙转身来至寝室，暗暗与李氏透了消息，先将奶母支开，又把丫环调远，眼瞅不见，托言公子已死，急忙抱出，找个茶叶篓子装好，一直携至锦屏山后，见一片深草，便将茶叶篓放下。刚要撂出小孩时，只见草丛中绿光一闪，原来有一只猛虎蹲伏，眼光四射。包海一见，只唬得魂不附体，也顾不得茶叶篓子了，只得将小儿一同抛弃，抽身跑将回来，吁吁带喘，不顾回禀员外，竟奔至自己房中，倒在炕上，连声说："唬死我了！唬死我了！"李氏连忙问道："你见神见鬼的，莫不是妖魔鬼怪果然作了耗了？"包海定了定神，答道："厉害！厉害！比妖精还利害呢！你听我告诉你：我方才从妈的屋里将那孩子抱出，用茶篓装好，我想近了不好，多走几里，到了锦屏山后，却是僻静之处，见一片深草，刚将茶叶篓放下，要把孩子抱出来，谁知深草之中卧着一只猛虎，我一瞧见，哪里还有魂咧！急忙撂下，我就跑回来了。你说可怕不可怕！就只可惜茶篓子没能拿回来。"李氏笑道："你真是'大处不算小处算'！茶叶篓子算什么，一份家私值的多，可省下了，岂不乐吗？"包海笑嘻嘻的道："果然是'表壮不如里壮'，这件事多亏贤妻你巧咧！这时候那孩子管保叫老虎叭嗒了呢。"李氏又道："回来你见了老当家的没有呢？"包海道："忙什么，主意是他老人家拿定的，还怕什么，等我歇歇再过去言语一声就完了事了。"谁知他二人在房内叙话，不防窗外有耳，恰巧王氏从此经过，将他二人问答的言语全都听了去了，急忙回到房中。细想此事好不残忍，又是着急，又是心疼，不觉流下泪来。正自悲伤，包山从外进来，见王氏眼泪汪汪，追问情由。王氏将方才听见叔叔、婶婶所说之言述了一遍。包山闻听，道："原来有这等的事！不打紧，锦屏山不过有五六里地，待我前去看看，再作道理。"说罢，立刻出门去了。王氏见丈夫去后，担惊害怕，惟恐找不着三弟，被猛虎伤了丈夫，心中好生委决不下。

且说包山急忙奔到锦屏山后，果见一片深草；正在四下找寻，只见茶篓倒在地，却无小孩。大爷心中着急，暗说："不好，大约三弟多半是被虎吃了！"又往前走了数步，只见一片深草，俱倒在地下，足有一尺多厚，上面爬着黑漆漆、赤条条的小儿。仔细看时，他还用小指头在那里挖油葫芦。此一语却是敷衍的趣话儿，哪有刚生下来的小儿，纵然日后聪明，此时决不能灵的如此，若果然如此，那可真成了妖怪了。大爷一见，满心欢喜，急忙打开衣服，将小儿抱起，揣在怀内，转身竟奔家来，悄悄的来到自己屋内。王氏正在盼望，一见丈夫回来，将心放下；又见抱了三弟回来，不胜欢喜；连忙解开自己衣服，将小孩接过，偎贴胸膛；谁知包公到了贤人怀中，将头乱拱，仿佛要乳食吃的一般。贤人即将乳头放在他的口内,慢慢的喂哺。包山在旁便与王氏商议,说:“如今虽将三弟救回,但咱们屋中忽然有了两个小孩,别人看见,岂不生疑?”贤人闻听,道:“这有何难,莫若将自己的小儿另寄别处,寻人抚养,妾身单乳养叔叔,咱的孩儿虽则满月,比较起来,还不如叔叔的体态丰满呢!很可瞒得过人去,岂不两全其美吗?”包山闻听,更加欢喜;便将自己孩儿悄悄抱出,寄于别处。可巧有本村的乡亲,因他妻子刚然生下那孩子,得了“四六风”死了,正在乳旺之际,如今得了包山之子,好生欢喜。这也是包山夫妻一点至诚所感,故有如此凑巧之事。可见“人有善念,天必从之”,是再不能错的。想来李氏他陷害包公,难道将来就没有报应么?那知上天的报应,分毫不爽,越是大恶大奸的人,报应倒迟,什么缘故呢?因他造恶多端,一人不足蔽辜,必要报应到他子孙身上,方抵得过他的罪来。有一等人说:天无报应,某人某人,万恶滔天,无所不为,他倒得了那么大的儿子,昨日还看见他坐着热车,带着小跟班儿的骑着小川马,上前门外听戏,挂小旦,何等的扬气;某人某人,行了一辈子善,到老并无儿子,岂不委屈么?他却不知这正是暗中的报应,那有儿子的将来必是花个家产尽绝,把他老子活活气死,自己不定流落到什么地步,旁人无不笑骂。那无儿的断不至于被人气死,也不至于叫人笑骂。落得一身清静,何等的安逸呢!这一段话,说给那老来无儿的听了,再没有不宽心的。

闲话休提,且说寒往暑来,光阴迅速,转眼间过了六个年头,包公已到七岁,起名就叫“黑子”。最奇怪的是他从小至今,活了七岁,未尝哭过,也未尝笑过,每日里哭丧着小脸,不言不语;就是人逗他,他也不理,因此无人不嫌。除包山夫妻百般护惜,外人再没有爱他的。一日,乃周氏安人生辰,不请外客,自备家宴。王氏贤人带领孩儿与婆婆拜寿,行礼已毕,站在一旁。只见黑子来到安人跟前,双膝跪倒,恭恭敬敬也磕了三个头。倒把个安人喜欢的了不得,将他揽在怀中,因说道:“曾记得六年前产生一子,昏迷之际,不知如何落草就死了;若是活着,如今也是与他一般大的了。”王氏闻听,见房内无人,连忙跪倒,禀道:“求婆婆恕媳妇大胆之罪;此子就是婆婆所生,媳妇恐婆婆年迈，乳食不足，担不起哺乳操劳，故此将他暗暗抱至自己房中抚养，未敢明言。如今婆婆问到，不敢不以实情禀告。”王氏并未说出叔嫂陷害一节，可见他是宽宏大量的媳妇了！安人闻听，连忙搀起说道：“吾儿多亏媳妇抚养，免老身劬劳量。但只是一件，我那小孙孙现在何处呢？”王氏禀道：“现在东庄抚养着呢。人家也是疼爱非常，暂时离不开的。”安人闻听，心中大喜，立刻将员外请来，又叫将小孙孙领来相见。不多时员外进来，安人言明此事。员外心中虽然不乐，然而想起从前作的事情对不住安人，如今事已如此，也就无可奈何了。正在攀话，只见家人老周领进一个小儿来，却是包山之子，身量虽与包黑无甚分别，面貌却委琐多了，而且认生，远不如包黑的行止大方。这一天家庭团聚，叙天伦之乐，安人不胜欢喜，惟有员外与包海夫妇郁郁不乐。到了晚间，包山之子，啼哭着要家去，只得叫老周仍然送回那家去了。从此包黑认过父母，改称包山夫妇为兄嫂，大家安然度日。

且说周氏安人自认了少子之后，年老惜儿，百般的珍爱，改名为“三黑”。又有包山夫妇诸事照应，各处留神，纵然包海夫妻暗暗打算，也是不能凑手。转眼之间，又过了二年，三黑交到九岁之时，包海夫妇心心念念要害三黑。惟恐将来家私真要“三一三十一”了，那可怎么好？而且看包公另是一番气度，更觉讨厌，李氏不时的挑唆丈夫，叫他设法。这一日，包海便在员外跟前进了谗言，说：“咱们庄农人家，总要勤俭，不宜闲着旷荡，将来闹的好吃懒做。如今三黑已然九岁，也不小了，镇日价闲着，一点什么也不干，应该叫他跟随乡中牧童，或咱家老周的儿子常保，学习着放牛羊，一来学本事，二来也不至于吃闲饭。”一片话，说的员外心中活动，便与安人说明，安人摇头道：“三黑才九岁，就叫他漫荒遍野里放牛羊，如何使得？”员外道：“你还不知道呢，村西王家的仓儿今年才七岁，村东李家的囤儿今年刚八岁，我就常见他们赶着牛羊去放青，不时的还要进山，别说咱们三黑儿已然九岁了，还道不放心去吗？再者他出去并不谆谆的叫他放牛羊，无非跟着他们走走，仿佛闲逛一般，又消化食儿，又省的蹩出病来，岂不是好呢！”安人听了似乎有理，又见包公每日不言不语，时常闷坐，恐他真餾出病来，因此应允，便把老家人老周叫来当面嘱咐，叫他加意的照料。老周原是安人娘家的人，如今见安人谆谆嘱咐，自然一一领命，回去将他的儿子常保又嘱咐一番：“若是出去放牛放羊，好生哄着三官人玩耍；倘有不到之处，我是现打不赊，断不饶恕的！”因此三官人每日同着常保出去放牧牛羊，或在村外，或在河边，总不过五六里之遥，再也不敢远去的。一日，驱逐牛羊来至锦屏山鹅头岭下，见一片青草，将牛羊就此处放牧。乡中牧童等彼此玩耍，三黑总不合群，独自一人，或观览山水，或赏玩丛林，或在树林之下，席地而坐，或在山怀之内，据石而眠，无精打采，仿佛别有所思一般。这日正在山怀之内石上歇息，只见阴云四合，雷声隐隐，回头往西北一看，只见稠云如漆，电光闪烁，又加风霾水响，霎时间陡然而至，知道必是有雨，急忙立起身来跑至山洼古庙之中。刚然跑进殿内，只听忽喇喇霹雳一声，暴雨骤至。包公在供桌前盘膝端坐，猛闻得背后一缕幽香，有人将腰抱住。包公回头看时，却见一个垂髫的女子，羞容满面，其惊惧之态，令人可怜。包公不忍摆脱，暗自思道：“不知谁家女子，从此经过，遇此大雨。看他光景，想来是怕雷。慢说道柔弱女子，就是我闻此雷声，亦觉得胆战心惊。他既害怕，我何不遮护遮护呢？”因此索性将衣袖打开，庇佑着女子。外面的迅雷厉电，不离顶门。约有两三刻的工夫，雨声渐小，雷闪顿止。又迟不多会，云散天开，日已西斜，回头看时，女子却不知往哪里去了，心中好生纳闷。走出庙外，找着常保，查点牛羊，驱赶而归。刚然离村不远，只见服侍二嫂嫂的丫环秋香手托一碟，碟内盛着油饼一张，笑嘻嘻的迎面而来，说：“三官人！这是二奶奶给三官人送来的点心；皆因牧放牛羊，多有劳苦。”公子说道：“你回去替我向二嫂嫂道谢。”说着，将饼拿起；刚待要吃，不觉手指一颤，将饼落在尘埃。急忙哈腰捡拾，不防那边来了一条癞狗，竟自衔饼而去。秋香在旁看见，怔了多时，也就回家去了。常保在旁说道：“可惜了一张油饼，便宜了我们家的癞狗！待我赶上拿回。”包公拦阻道：“它既衔去，纵然拿回，腌腌脏脏的也吃不得了，咱们且交待了牛羊，回家吃饭罢。”说着，说着，来至老周院内，常保将牛拴好，将羊赶入圈内。只听常保在院内嚷道：“哎哟！

不好了！咱们的狗，怎么七孔流血了呢？”老周闻听，同三黑出来一看，只见癞狗倒毙，七孔流血。老周看了，诧异道：“此狗乃是中毒而死，不知他吃了什么了？”常保在一旁插言道：“适才二奶奶差秋香送饼与三官人吃，三官人失手落地，被狗刁去吃了，若是三官人吃了，那还了得？”老周闻听，心内明白，请三官人来至屋内，暗暗嘱咐：“三官人，以后二奶奶给你吃食，务要留神，不可堕入术中。”包公听了此话，不但不信，反倒嗔怪他离间叔嫂不和，赌气别了老周回家，见了安人，又见哥嫂，自己不言不语，好生的气闷。包公素来寡言寡笑，人所共知，大家也不理会。

过了几日，只见秋香来请，说：“二奶奶有紧要的话说，此刻就去方好。”包公不知何事，只得随他到了二嫂房中。叔嫂见了礼，彼此就坐。包公问道：“嫂嫂唤我有何话讲？”李氏假意蹙眉道：“嫂嫂有一事相烦，不知叔叔肯否？只因昨日偶到园中，行至枯井旁，忽听得水声响亮，我想枯井之中，如何会有水响？因此在井口往下窥探，不提防鬓边金钗坠落井中，何曾是什么水响，竟是自己两耳蝉鸣，遭此晦气。此钗原是婆婆给我的，倘或婆婆问起，那时叫我有何言语答对呢！本要差人打捞，一则井口太小，二来怕他们将此事声扬出去，反为不美，无奈求叔叔，因你身量小巧，下井将金钗摸出，以免婆婆谴责，不知叔叔肯下井否？”说罢，恭恭敬敬福了一福。包公连忙还礼道：“这不打紧，待我下去就是了。”于是李氏叫秋香拿绳子，同来到枯井旁边。包公便将绳系在腰间，手扶井口，叫李氏同秋香慢慢松放绳子；刚然松到多一半，只听上面说：“不好！揪不住了！”故意撒了手，包公觉得绳子一松，身体犹如败絮一般，扑通一声，竟自落在井底。喜得是枯井无水，也未跌着。低头找了半天，却无金钗，心中方才明白，暗道：“怪不得老周叫我留神，原来二嫂果有害我之意。只是如今既落在井内，别人又不知道，却如何出去呢？”正在着急，只见眼前忽有个绿圆光儿一闪，包公暗道：“这是什么东西放光，难道果有金钗么？”连忙用手一扑，那绿光儿又往前面去了，心中不胜诧异，将腰中绳子解开，又往前扑，越扑越远，再也扑不着，心中不胜焦灼，累得汗流满面，连说：“怪事，怪事，井内如何有许多路径，我不免尽力的赶上，看是如何。”因此扑赶绿光约走了一里之遥，忽见绿光儿不动，拣起看时，却是一面古镜。翻转照看，黑暗之中再也看不出来；惟觉冷气森森，透人心胆，正照着时，忽然前面微明，忙将古镜揣起，顺着亮儿爬出，乃是场院后墙外的地沟，暗想道：“原来此井与此处相通，今日方才知道。不要管他，幸喜脱离了枯井，且自归家便了。”心中越想，好生气闷；回到家中，来至大嫂嫂屋内，撅着嘴发愣。王氏问道：“老三，为着何事，这等的没好气？不是和谁打架了？”三官人便将二嫂嫂前日如何送饼，今日如何下井摸钗，屡欲陷害的光景，从实说了一遍。王氏闻听，好生不平，只得以言劝慰，嘱咐以后务要各处留神。包公连连称是，便从怀中掏出一面古镜，说是从井中拾起来的，交付嫂嫂好好收藏，不可失落。

包公去后，王氏独坐房中，心中犯想：“叔嫂所做之事，机深谋密，令人难测，慢说三弟童稚之年，难以防范，就是我夫妻亦难料其阴谋，将来倘若弄出事来，如何是好？可笑叔嫂只顾家私，忘却伦理。”正在嗟叹，只见包山从外而来，王氏便将叔叔、嫂嫂所做之事告诉了一遍。包山闻听，摇头道：“岂有此理！这必是三弟淘气，误坠井中。自已惟恐受责，故此捏造出一番言语，以为遮饰。千万不可听他一片谎言，日后常叫他在这里就是了，也可免好些口舌。”虽如此说，心中却暗自思道：“二弟从前做的事体，我岂不知？只是做哥哥的焉能认真，只好含蓄罢了。此事若要明言，一来伤了弟兄的和气，二来妯娌之间，更添疑忌。”沉吟半晌，不觉长叹了一口气，便向王氏说：“我看三弟气度不凡，行事奇异，将来必不可限量。我与二弟已然耽误，自幼不曾读书；如今何不请名儒教导三弟，倘能上天垂念，得个一官半职，一来改换门庭，二来也省得受那赃官污吏的闲气。你道好不好？”贤人闻听，连连点头称是道：“虽是如此说，公公前须要善为说辞方好。”大爷说：“无妨，我自有道理。”次日，大爷料理家务已毕，来见员外，便道：“爹爹在上，孩儿有一事面禀。”员外问道：“何事？”大爷说：“三黑现在并无营生，与其终日叫他放羊，在外游荡，也学不出好来，何不请个先生教训教训呢？孩儿等自幼失学，虽然后来补学一二，往往遇见帐目事件，竟有念不下去的，被人欺哄。如今请个先生，一来叫三黑学些书籍，二来有为难的字帖亦可向先生讨教；再者，三黑学会了，将来叫他总理出入帐目，也是好的。孩儿不敢自专，故请爹爹示下。”老员外因听到将来叫他总理出入帐目这句话，颇为有理，说道：“既是如此，你便找个先生拘管拘管他。但只一件：千万不可找那饱学先生，不过找那比我等强些的，教的他会写帐了，就不用往下念了。”包山连连答应。

大爷讨了员外口气，准其请先生，不胜欢喜，便令人访查宿儒名流，务必请个饱学先生教导包公。这非是他故违父命，皆因他立下了个改换门庭的意见，也就算他显亲扬名了。此信一传，人人皆知包百万家要请先生，谁不献勤讨好？无奈名儒先生决不会趋炎附势，那一般村老学究，包山又不肯聘请。一而再，再而三，偏偏事有凑巧，就访了个学问渊博、固执任性的宁老夫子。宁公为人，道学古梗，更兼脾性刁钻，如若请了他，他自立规模，先有三不教。哪三不教呢？第一，学生愚蠢鲁笨，他不教；第二，上了馆，书房只准书童一人服侍，不准闲杂人等出入；第三，十年之内，只准先生辞东家，不准东家辞先生，束脩却不论多少。他因有此“三不教”，所以没有人敢请他。包山一闻此信，急忙见了先生，已将第二、第三的规格满口应承，就只怕三弟太笨，先生就不肯教了，于是择日上馆。有伴童名唤包兴，年方七岁；一来服侍公子，二来跟着学习，认识几个字儿，所有请吃饭，递贽敬，具脩金，一切繁文，概不赘叙。

是日，到了学堂，拜罢圣人，参过先生，师生彼此对看，不觉爱慕非常，也是前生的缘法，及至先生入了师位，包公拿过“四书”来，开口便读《大学》；不像如今的学生，“人之初，性本善”，念了两天，他才把个“人”字认清了，是个岔着腿儿站着的。宁公接过书来点了句读，教道：“大学之道。”包公便接口道：“在明明德。”先生说：“我说的是‘大学之道’。”包公答道：“是，‘大学之道’下面，难道说不是‘在明明德’儿？”先生闻听，不觉诧异道：“往下念，你可认得么？”包公念道：“在亲民，在止于至善。”先生犹以为他素习听惯。谁知后来各样书籍皆是开口诵读，一字不差，就把个老先生乐了个手舞足蹈，连连的夸道：“神童吓神童！天聪吓天聪！想不到我宁某竟在此子身上成了名了。无怪《孟子》上说:‘得天下英才而教育之,三乐也。’”这个三乐,原说的是其乐在第三,如今宁先生他却有逼真的“三样乐”:第一,学生天分高,不用教就会;第二,教这样的学生,自己的名是成定了;第三,这十年的束脩是稳稳当当要定了,他再也不辞东家的。岂不是逼真的三样乐呢?不知后事如何,且听下回分解。

第三回　赶程途错投金龙寺　缺路费巧到隐逸村

且说包公自入学堂，每日读书，过目了然，就是少有不明白的，不过略为讲解，他便心领神会。漫说包公，就是书童包兴，也是聪明不过的。日往而月来，月往而年来，不觉到了四个年头，包公学得满腹经纶，通今博古，无论诗词歌赋，皆是一挥而就。先生屡屡催促大爷包山，叫他在县中报考。大爷因不敢在员外跟前禀明，只得推脱说："舍弟年幼，学问浅薄，叫他再多读几年，再为报考不迟。"因此，耽延包公到十六岁上。先生再也耐不住了，将大爷包山请来，道："此次又是县考之期，必须将学生呈报的；倘若不报，我就要具结替你们报了。"包山无奈，宛转回禀员外说："先生说三黑儿学得颇有长进，意欲在县内报考，这不过要显弄他的教法好，何不叫三弟观一次场，以后先生也就没的说了，哪里能够就中他呢？"员外一时心活，竟自点头应允。大爷大喜，连忙走入书房，回复先生。宁公立刻写了报考呈单，给包公起名一个"拯"字，表字"文正"。就是一"拯"字，先生大费神思。其寓意，言包公将来必能拯民于水火之中，以为济世之臣；若论笔画，言包公有丞相之才。而且字文正，"文正"二字合起来乃国政之"政"，言将来必堪任国政。他早已料定包公将来必是治世之能臣，故名与字用了这几个字，也是他另有巨眼。自报考以后，朝夕讲论场屋规条，包公谨记在心，到了临期进场，员外毫不介意，所有一切用度，全是包山料理，包海在旁埋怨道："咱们庄农人家，认得几个字儿已属非望，为何又生妄想，报起考来，那个场也是咱们进去得的么？"聒絮不了，包山也不理他。及至包公出场将文字与宁公看了，赞不绝口，包山更加欢喜，每日盼望。到了揭晓之期，天尚未亮，只听得一阵喧哗；老员外以为必是本县差役前来，不是派差，就是拿车，正在犹疑之际，只见院公进来报喜道："三相公中了生员了！"员外闻听，不由的倒抽了一口凉气说："罢了！罢了！我上了先生的当了！

这也是家运使然，活该是冤孽，再也是躲不开的！”因此一烦，自己藏于密室，连亲友前来贺喜，他也不见；就是先生，他也不致谢一声。包海先前埋怨哥哥，如今见包公中了，亲友皆来，诸般未免耗费些，更不耐烦，提了粪杈背了粪筐，自己也就溜开了。多亏了大爷一切周旋，方将此事完结。惟有先生暗暗想道：“我自从到此课读，也有六七年光景，从来没有见过本家老员外；如今教的他儿子中了生员，何以仍不见面，连个‘谢’字也不道？竟有如此不通情理的人，实实令人又纳闷，又可气！”每每见了包山，说了些嗔怪的言语。包山连忙赔罪说：“家父家务冗繁，久有酬谢之心，必要定日相请，恳求先生宽恕。”宁公是个道学之人，听了此言，也就无话可说了，亏得包山暗中求告爹爹至再至三，员外方才应允，定了日期，下了请帖，设席与先生酬劳。

是日，请先生到待客堂中，员外迎接，见面时不过彼此一揖，让至屋内，分宾主坐下。坐了多时，员外怔怔呵呵的并无致谢之辞。先生以为是庄农人家，不善应酬，也不计较，及至摆上酒筵，将先生让至上座，员外在主位相陪。酒过三巡，只见员外愁容满面，举止失措，连酒他也吃不下。先生见此光景，不解何故，心中忍耐不住，只得说道：“我学生在尊宅打搅了六七年，虽效微劳，开导指引，也是令郎天分聪明，所以方能进此一步。”员外闻听，迟了半晌，方说了一个字道：“好。”底下再不言语了。先生复又说道：“若论令郎刻下的学问，慢说秀才，就是举人、进士也是绰绰乎有余的，将来不可限量！这也是尊府的德行。”员外听至此，不觉蹙眉发恨道：“什么德行！不过是家门不幸，生此败家之子，将来但能够保得不家败人亡，那便是老汉的造化了！”先生闻听此话，不觉诧异道：“贤东何出此言？世上人哪有父母不望儿孙得中，升官做宦之理呢？此话说来，真真令人不解！”员外无奈，只得将生包公之时做了一梦，甚是不祥，将梦中所见之妖说了一遍，如今提起，犹觉胆寒。宁先生原是饱学之人，就知是有来历的了，将来必是大贵，暗自点头。员外又说：“求先生以后不必深教小儿，就是十年束脩，分文决不敢少的，先生但请放心。”一句话将个梗直先生说的面红过耳，艴然不悦，道：“如此说来，令郎是再不考的了?"员外连声答应道:"不考了！不考了!"先生不觉勃然大怒道:"当初你的儿子叫我教,原是由得你的,如今我的徒弟叫他考,却是由得我的。以后不要你管,我自己主张罢了!"说罢,不等终席,拂袖而起,转回书房去了。

你道宁公为何说此两句言语？他因包员外是个愚钝之人,若是谏劝,他决不听。而且自己的徒弟又保的住、信得及的。莫若自己兜揽过来,一则不致耽误了包公,二来也免得包山跟着为难。这也是他念书人的一番苦心。及至乡试年头,全是宁公做主,与包山一同商议,硬叫包公乡试。叫包山都推在先生身上,到了挂榜之期,谁知包公又高高的中了乡魁。包山不胜欢喜。包海也动了势利之心,跟在其中张罗,惟有包员外愁个不了,仍是藏着不肯见人。倒是包山备得筵席,请了先生做了上席,所有贺喜乡亲,两边相陪。大家热闹一天。诸事已毕,便商议叫包公上京会试。包山禀明了员外。员外到了此时,也无可如何,只是不准多带人役,惟恐耗费了盘费。包公也不愿多带人役,就只书童包兴自幼跟随,甚是伶俐,就带他一人。起身之时,拜别父母,又辞了兄嫂。包山又暗里多给了些盘费。包公又到了书房参见了先生,宁公嘱咐了许多言语,又将自己积攒的几两脩金送给了包公。包公拜谢,包兴备马,大爷包山送至十里长亭。兄弟二人留恋多时,方才分手。

包公认蹬乘骑,带了包兴竟奔京师而来。一路上游览山水,观看风景,一日,到了一座镇店,天已挂午,爷儿两个找了一座饭店。兴儿将马接将过来,店小二拿过糟来,将马喂上。进得店来,找了一个座儿,包公坐在上面,兴儿在下首打横坐了。虽系主仆,皆因出外,又无外人,爷儿两个就在一处吃了。又省事又服侍便当,跑堂的安放杯箸,放下小菜。包公要了一角酒,随意的肴馔,包兴斟上酒,包公刚然要饮,只见对面来了一个道人坐下,要了一角酒,且自出神,拿起来不往杯内斟,哗喇哗喇,斟了一桌子。见他瞎声叹气,似有心事的一般。包公正然纳闷,只见从外面进来一个人,却是武生打扮;道人见了,连忙站起,口尊:"恩公请坐。"那人也不坐下,从杯中掏出一锭银子递与道人,说道:"你将此银暂且拿去,等晚间再见。"那道人接过银子,趴在地下磕了一个头，出店去了。包公看此人年纪约有二十岁上下，气宇昂昂，令人喜爱。因此立起身来，执手当胸，道："尊兄请了。如不弃嫌，何不请过来彼此一叙？"那人闻听，便将包公上下打量了一番，便满面陪笑道："既承雅爱，敢不奉命。"包兴连忙闪在一旁，添了杯箸，又要了一角酒，满满斟上。他便在旁侍立，不敢坐了。

包公与那人分宾主坐下，便问："尊兄贵姓？"那人答道："小弟姓展，名昭，字熊飞。"包公亦通了名姓。二人一文一武，言语投机，不觉饮了数角酒。展昭说道："小弟现有些须小事，不能久陪尊兄。改日幸会。"说罢，会了钱钞，作别出店去了。包公也不谦让，包兴在旁暗道："我们三官人出门，跟人连个谦逊话儿也没有。"包公也料不出他是何等样人。叫包兴坐了一同吃毕，主仆二人乘马登程，因在店耽误了工夫，天色堪堪已晚，不知路径。忽见牧童骑着牛羊归来，包兴便向前问路。牧童道："由西南二十里，方是三元镇，是个大去处。如今你们走错了路了。此是正西，若要绕回去，还有不足三十里之遥。"包兴见天色已晚，便问道："前面可有住处么？"牧童道："前面叫作沙屯儿，并无旅店，只好找个人家借宿罢。"说罢，赶着牛羊去了。包兴回复了包公，竟奔沙屯儿而来。走了多时，见道旁有座庙宇，匾上写着："敕建护国金龙寺。"包公道："与其向人家借宿，何不庙内住宿一宵；明日布施些香资，岂不方便？"包兴闻听下马，拿马鞭子敲打山门。里面出来一个僧人，问明来历，将主仆二人让至云堂小院；又将马牵入后槽喂上。只见僧人让坐献茶，便吩咐预备斋饭。僧人问过姓名，知是进京会试的举子。包公回问："和尚上下？"僧人答道："小僧法本。还有师弟法明。此庙乃我二人住持。"说话间，小和尚将斋饭端来。包兴接来放在桌上。僧人告了失陪，同小和尚去了。主仆二人用饭已毕，因家伙未能撤去，包公道："包兴，你可将家伙送入厨房，不可累了僧人。"包兴答应，因不知厨房在何处，出得小院，来到后边，找着厨房，将家伙交待明白，回转身来。刚走至大殿旁边，只见那边来了一群妇女，花枝招展，携手嘻笑，走至小院门口，说道："方才听见大师傅说此院有客，咱们往后边去罢。"包兴见了，一时难以躲避，只得连忙进了小院，将见了妇人并说的言语告诉包公一遍。

包公摇头道:“不该叫你送家伙去,这一遇见妇人,识破了本庙机关,恐有许多的不便。”正说间,只见小和尚贼眉贼眼,匆匆忙忙,拿了一壶茶来放下,转身就出去了。主仆二人见此光景,好生疑惑。包兴即忙出得院来要开门时,谁知门已倒锁,说声:“不好!住了贼庙了!”包兴慌了手脚,说道:“三官人,这便如何是好?”包公虽然害怕,尚能支持得住,道:“事已如此,可有什么法子呢?”包兴道:“待小人将桌子搬出,落在椅子上做个接脚,三官人跳出小院,自己逃生,小人死于此地便了!”包公道:“我是不会蹬梯爬高的,再者,爬到上面,外头又无接脚,如何能够跳的下去呢?而且就是跳下去,还是在庙内,如何能逃出去呢?你的身体灵便,你自己逃回家去报个信息,将来报仇雪恨便了。”包兴闻听了哭道:“三官人说哪里话来!小人至死,是再不离开相公的!”包公道:“既是如此,咱主仆二人索性死在一处;等那僧人到来,再做道理。只好听命由天罢!”包公将椅子挪在中间门口,端然坐下。包兴无物可拿,将门闩擎在手中,蹲在包公之前道:“他若来时,我将门闩尽力向他一杵,给他个冷不防。”两只眼直勾勾瞋瞅着板门。正在凝神,忽听门外了吊克哧的一声,仿佛砍削的一般,门开处,进来一个人。包兴吓了一哆嗦,门闩早已落地,堆缩在一块儿。只见那人浑身是青,却是夜行打扮。包公细看,不是别人,就是白日在饭店遇见的那个武生。包公猛然醒悟,“他与道人有晚间再见一语,此人必是侠客。”原来饭铺中那道人也是此庙中的。皆因法本、法明二人劫掠妇女,老和尚将二人嗔责,二人不服,将老和尚害死。道人惟恐干连自己,又要与老和尚报仇,因此告到当官。不想凶僧长与书吏、差役人等结交,贿嘱了官府,竟将道人作为诬告,责了三十大板,逐出境外。道人负屈含冤,无处申诉,来到树林之中,意欲投缳自尽,恰遭展爷行至此间,将他救下,叫他在饭店等候。他却暗暗访查明白,方赶到饭店之内,赠了道人银两;不想遇见包公,同饮多时,他便告辞先行,回到旅店歇息。至天交初鼓,改扮行装,施展飞檐走壁之能,来到庙中,从庙后越墙而过,悄地行藏。只见阁上有两个僧人;旁列四五个妇女,正在饮酒作乐;又听得说:“云堂小院的举子,俟三更人静后再去下手不迟。”展昭闻听,暗道:“我何不先救了遇难之人，再结果这厮，还怕他飞上天去不成！”因此来到云堂小院，用巨阙宝剑削去了吊，进来看时，不料却是包公。这也是主仆命中有救。

展爷上前拉住包公，携了包兴道：“尊兄，随我来。”出了云堂小院，从旁边角门绕至后墙，打百宝囊中掏出如意绦来，将包公腰间系住，自己提了绳头，飞身一跃，上了墙头，骑马势坐稳，将手轻轻一提，便将包公提上墙头，悄悄的道：“尊兄，下去时便将绳解开，待我再救尊管。”说罢，往外轻轻的放将下去。包公两脚落地，急忙解开绳索。展爷提将上去，又将包兴一并救出，向外又低言道：“你主仆二人就此逃生去罢。”只见他身形一晃，就不见了。

包兴搀扶着包公，哪敢消停，深一步，浅一脚，往前没命的奔逃，好容易奔到一个村头，天已有五鼓，远远见有灯光。包兴说：“好了！有了人家了。咱们暂且歇息歇息，等到天亮再走不迟。”急忙向前叫门。柴扉开处，里面走出一个老者来，问是何人。包兴道：“因我二人贪赶路程，起的过早了，不辨路径，望乞老人家方便方便，俟天亮便行。”老者看了看包公是一儒流，又看了看包兴是书童打扮，却无行李，只当是近处的，便说道：“既是如此，请到里面坐。”主仆二人来到屋中，原来是草舍三间，两明一暗，两明间设着一盘磨，并有方屜、罗桶等物，知是卖豆腐生理。那边有小小土炕，让包公坐下。包兴问道：“老人家贵姓？”老者道：“老汉姓孟。还有个老伴，膝下并无儿女。以卖豆腐为生。”包兴道：“老人家，有热水讨一杯吃。”孟老道：“我这里有现成的豆腐浆，是刚出锅的。”包兴道：“如此更好。”孟老道：“待我掌个灯儿，再与你们盛浆。”说罢，在那壁厢拿了三条腿的矮桌放在炕上，又用土坯将那一条腿儿垫稳，掀开旧布破帘，进里间屋内拿出一个黄土做的灯台，又在席篓里摸了半天，摸出有小胳膊粗的半截蜡来向油灯上点着，安放在小桌上，包兴一旁暗道：“小乡村中竟有如此大蜡。”细看时，虽是点残的，影影绰绰，上面尚有“正路”二字，方才明白是吊祭用过的，孟老得来，舍不得点，预备待客的。只见孟老从那边锅台上拿了个黄沙碗，用水洗净，盛了一碗白亮亮、热腾腾的浆递与包兴。包兴捧与包公喝时，其香甜非常。包兴在旁闻着，馋的好不难受。只见孟老又盛了一碗递与包兴。包兴连忙接时，如饮甘露一般。他主仆二人劳碌了一夜，又受了惊恐，今在草舍之中，如在天堂，喝这豆腐浆，不亚于饮琼浆玉液。不多时，大豆腐得了，孟老化了点盐水，每人又盛了一碗。真是饥渴之际，吃下去满腹内暖烘烘的，好生的快活。又与孟老闲谈，问明路径，方知离三元镇尚有不足二十里之遥，正在攀话之间，忽见火光冲天。孟老出院看时，只见东南角上一片通红，按方向好似金龙寺内走火。包公同包兴也到院来看望，心内料定必是那侠士所为。只听得孟老说道："天理昭彰，循环报应，老天爷看得真切，是再不得错的！二位不知，这金龙寺自老和尚死后，留下这两个徒弟，无法无天，时常伤害人命，劫掠妇女。他比杀人放火的强盗还狠呢！不想如今他也遭了报应！"说话之间，又进屋内歇息多时，金鸡三唱，天已发晓。主仆二人深深致谢了孟老："改日再来酬报。"孟老道："些须微物，何言'酬报'二字？"送出柴扉，又指引路径，道："出了村口，过了树林，便是三元镇的大路了。"包兴道："多承指教了。"

主仆二人，执手告别。离了村口，竟奔树林而来，又无行李、马匹，连盘费银两俱已失落。包公却不在意，惟觉得两腿酸疼，步履艰难，只得一步捱一步，往前慢慢而行。爷儿两个一边走着，一边说话。包公道："从此到京，尚有几天的路程；似如此走法，不知多咱方能到京，况且又无盘费，这便如何是好？"包兴听了此话，见相公情景可怜，恐怕愁出病来，只得扯谎安慰道："这倒不妨，只要到了三元镇，我那里有个母舅，向他借些盘费，再叫他备一头驴儿与相公骑坐，小人步下跟随，破着十天半月的工夫，焉有到不了京师之理？"包公道："若果如此，敢则好了。只是难为你了。"包兴道："这有什么要紧！咱们拿着走路仿佛闲逛的一般，管保就生出乐趣，也就不觉苦了。"这虽是包兴用言宽慰他主人，却是至理。譬如闲暇无事，同友人游山玩景，说说笑笑，就走一二十里路再不觉乏的，若是心内有要紧急事，恨不得一步要到，奔奔忙忙的走，走去不过几里的路程，腿就乏了，不但腿乏，连心都乏了，所以包公听包兴说的有理，就说着话儿，不知不觉已离三元镇不远了。看看天气已有巳正光景，包兴暗暗打算："到了镇上，且同相公吃了饭，说不得先从我身上当卖起，混一时是一时，只是不叫相公愁烦便了。”一时来到三元镇上，果见人烟稠密，铺户繁集。包兴不敢找那南北碗菜应时小卖的吃食铺儿，单拣了个斤饼斤面家常便饭的二荤铺，说：“相公，咱爷儿们在此吃饭罢。”包公却分不出哪是贵贱，不过吃饭而已。主仆二人来到饭铺之内，虽是二荤铺，因是临街铺面，俱是连脊高楼。包兴引着包公上得楼来，拣了个干净座头。包公上坐，包兴仍在下面打横。跑堂的过来放下杯箸。也有两样小菜，要了随便酒饭。登时间，主仆二人饱餐已毕。包兴立起身来，向包公悄悄道：“相公在此等候，小人找母舅去去便来。”包公点头。

包兴下了楼，出了饭铺，只见镇上热闹非常，先抬头认准了饭铺的字号，惟恐舛错，方才迈开大步。原打算来找当铺，暗暗的将自己内里的青绸夹袍脱将下来，暂当几串铜钱，雇上头驴儿，就说母舅处借来的，且自混一两天再做道理。不想四五里的南北长街，由东到西，由西转东，再无一个当铺。及至问人时，说：“原有当铺，如今却是止当候赎了。”包兴闻听，这一急非同小可，暗暗说道：“这便如何是好？有驴无驴还可将就，若是没钱，我回去如何见相公呢？”登时急得通身是汗，正在为难，只见一簇人围绕着观看。包兴挤进去一看，地上铺着一张纸，上面字迹分明，自己先看了一遍，忽听旁边人说道：“告白四！白老四是我的朋友，为什么告他？”包兴闻听，不由的笑道：“不是这等念法。待我念来：上面是‘告白四方仁人君子知之，今有隐逸村内李大人宅中小姐被妖邪迷住，倘有能够去邪捉妖者，谢纹银三百两。决不食言。谨此告白。’”包兴念完，急中生出智来，暗自思道：“我何不如此如此。倘若事成，这一路上京便不至于为难了。”不知包兴是何主意？且听下回分解。

第四回　除妖魅文正公联姻　受皇恩定远县赴任

且说包兴急中生智，见了榜文，又见旁边立着一个人，约有三旬年纪，便问那人道："这隐逸村离此多远？"那人见问，连忙答道："不过三里之遥，你却问他怎么？"包兴道："只因我家相公惯能驱逐邪祟，除妖捉怪；只是一件，我们原是外乡之人，我家相公虽有此神通，不敢显露，惟恐妖言惑众，必须来人至诚恳求，相公必然说是不会降妖；越说不会，越要恳求；他试探了来人果是一片至诚，方能应允。"那人闻听，说："这有何难！只要你家相公应允，我就是赴汤蹈火，也是情愿的。"包兴道："既然如此，你将此告白收起，随了我来。"

两旁看热闹的人闻听有会捉妖的，不由的都要看看，后面就跟了不少人。包兴带领这人来到饭铺门口，便向众人说道："众位乡亲，倘若我家相公不肯应允，欲要走时，求列位拦阻拦阻。"这人也向众人说道："相烦列位高邻，倘若法官不允，奉求列位帮衬帮衬。"

包兴将门口儿埋伏了个结实，进了饭铺，又向那人说道："你先到柜上将我们的饭帐会了，省得回来走时，又要耽误工夫。"那人连连称是，来到柜旁，柜内之人俱各执手相让，说："李主管请了。许久未到小铺！"谁知此人姓李名保，乃李大人宅中的主管。李保连忙答礼道："请了，借重，借重。楼上的那位相公同这位管家用了多少钱文，写在我的帐上便了。"掌柜的连忙答应，暗暗告诉跑堂的知道。包兴同李保来至楼梯之前，叫李保听咳嗽为号，即便上楼恳求。李保答应，将榜文递与包兴，包兴方才上楼。谁知包公在楼上，等的心内焦躁，眼也望穿，再也不见包兴到来，满腹中胡思乱想："先前犹以为他见他母舅，必有许多缠绵，或是借贷不遂，不好意思前来见我。"后又转想："从来没听见他说有这门亲，别是他看我行李、盘费皆尽，私自逃去了罢？或者他年轻幼小，错走了路头也未可知。"正在疑惑之间，只见包兴从下面笑嘻嘻的上来。包公一见，不由的动怒嗔道：

“你这狗才！往哪里去了，叫我在此好等！你还笑的什么？”包兴暗道：“好呀！我如今改了字了，我叫狗才，只管狗才。好歹的别叫我老狗才，我可不会唱盟誓。”只得向前悄悄的道：“小人却没找着我舅母。如今倒有一事。”说着将榜文呈上，包公接来看毕，道：“这是隐逸村李宅小姐被妖迷住，请人捉妖，与我什么相干？”包兴道：“我想妖由人兴，见怪不怪，其怪自败，相公何不前去混他一混，倘若灵验，得了谢礼，也省得咱们——”包公不等说完，双眼一瞪，道：“你这狗才！满口胡说，此事如何作得！就该敲折你这狗腿！”

包兴暗道：“不但狗才，又添上狗腿。我总没离开狗，索性吠几声。”他便连连咳嗽，李保闻听，连忙上楼，对着包公双膝跪倒道：“相公在上，小人名叫李保，奉了主母之命，延请法官以救小姐。方才遇见相公的亲随，说相公神通广大，法力无边，望乞相公大发慈悲，搭救俺家小姐便了。”说罢，磕下头去，再也不肯起来。包公道：“管家休听我那小价之言，我是不会捉妖的。”包兴一旁插言道：“你听见了，说出不会来了，快磕头罢。”李保闻听，连连叩头，连楼板都碰了个山响。

包兴又道：“相公，你看他一片至诚，怪可怜的；没奈何，相公，慈悲慈悲罢。哪不是功德呢！”包公闻听，只气得面红过耳，恨声说道：“你这狗才，真正的岂有此理！”又向李保道：“管家，你起来，我实对你说，我是上京会试的举子，我还要赶路，我是不会捉妖的。”李保已听过包兴说来，越说不会，越要恳求他，哪里肯放？匍匐在地说道：“相公如今是走不了的了，小人已哀告众乡邻在楼下帮扶着小人拦阻。再者，众乡邻皆知相公是法官，相公若是走了，倘被小人的主母闻知，小人实实的吃罪不起。”说罢，复又叩头。

包公被缠不过，只是暗恨包兴，复又转想道：“此事终属妄诞，如何会有妖魅！我包某以正胜邪，莫若随他去看看，再作脱身之计便了。”想罢，向李保道：“我本不会捉妖，却不信妖邪；也罢，我随你去看看就是了。”李保闻听包公应允，满心欢喜，磕了一个头，站起来在前引路。

包公下得楼来，只见铺子门口，人山人海，叠肩跂足，俱是要看法官的。李保一见，忙先上前向众人说道："有劳众位了。幸喜我李保一片至诚，法官业已应允，不劳众位拦阻了。望乞众位闪闪，让开一条路，实为方便。"说罢，奉了一揖。众人闻听，往两旁一闪，当中让出一个"人胡同"来，仍是李保引路，包公相随，后面跟着包兴。只见众人中，有称赞的道："好相貌！好神气！怪道有如此的法术！只看一派的正气，也就可以避邪了。"其中还有好事儿的，不辞劳苦，竟跟随到隐逸村的也就不少。不知不觉，进了村头，李保先行禀报去了。

且说这李大人不是别人，乃是吏部天官李文业，因在朝忤犯了庞太师，告老退归林下；就是这隐逸村的名儿，也是李大人起的，不过是退归林下遁世不现的意思。夫人张氏，膝下无儿，只生了一位小姐。因游花园，偶然受了邪风，中了邪祟，李大人原是不准声张，无奈夫人疼爱女儿的心盛，特差李保前去写了榜文各处觅法官除邪。李老爷无可奈何，只得应允。

这日，正在卧室，夫妻二人讲论小姐之病，只见丫环禀道："李保请了法官来了，现在门房伺候。"老爷便问："是何等样人？"李保禀道："是个少年儒流。"老爷闻听，心中犯想道："既是儒流，读了圣贤之书，焉有'攻乎异端'的道理！待我出去责备他一番。"想罢，叫李保请至书房相见。

李保回身来到大门以外，将包公主仆引进书房，献罢茶后，只见进来说道："我家老爷出见。"包公连忙站起。从外面进来一位须发半白，面若童颜的官长。包公见了，不慌不忙，向前一揖，口尊："大人在上，晚生拜揖。"李大人看见包公气度不凡，相貌清奇，连忙还礼，分宾主坐下，便问："贵姓仙乡？因何来至敝处？"包公便将上京会试，路途遭劫，毫无隐匿，据实说出。全不提捉妖之事。李老爷闻听，原来是个落难的举子："你看他言语直爽，倒是个忠诚之士！但不知他学问如何？"于是攀话之间，考问了多少学业。包公竟是问一答十，就便是宿儒名流，也不及他的学问渊博。李大人不胜欢喜，暗想道："看此子骨胳清奇，又有如此的学问，将来必为人上之人！"

谈了多时，只见外面端进饭来，山珍海错，美酒羊羔，殷实之家，自不必赘叙。桌椅排开，包公上坐，李大人主位相陪，彼此畅饮多时。

用饭已毕，李大人暂且告别，并吩咐李保："好生款待包相公，不可怠慢，晚间就在书房歇息罢。"说罢，进内去了，所有捉妖之事，一字也未提。

李大人走后，包公暗道："这位官长为人甚实忠诚，真令人不胜佩服！"你道李大人虽不以捉妖为事，谁知大人早暗里差人告诉李保，务必求法官到小姐屋内捉妖，如今已将小姐挪至夫人卧室去了。李保便问包兴："法官应用何物？趁早预备。"包兴机变非常，立刻答道："我们相公用的是五雷正法，不要那些乌鸡黑犬，只用高桌三张，椅子一张，随桌围椅披，在小姐屋内设坛。所有朱砂、新笔、黄纸、宝剑、香炉、蜡台，俱要洁净的，等我家相公定性养神，二鼓上坛便了。"

不多时，李保泡了一壶香茶来，知道法官要定性养神，哪敢惊动，连忙退出，又照应包兴，包兴问道："应用东西都齐备了么？"李保道："俱已齐备。"包兴道："既然如此，叫他们拿到小姐绣房，大家帮着我设坛去。"李保闻听，叫人抬桌搬椅，所有软片东西，俱是自己拿着，请了包兴，一同引至小姐卧房，包兴叫众人跟进来，原为的是仗着胆儿，刚至房中已闻到一股幽香，就在明间堂屋，先将两张桌子并好，然后搭上一张，落在前面桌上，又把椅子放在后面的桌上，系了围桌，搭好椅披，然后设摆香炉、蜡台，安放红砚、纸笔、宝剑等物。设摆停当，方同李保等出了绣房，竟奔书房而来，叫李保不可远去，听候呼唤，即便前来。李保连声答应。包兴便进了书房，已有初鼓的时候。

谁知包公劳碌了一夜，又走了许多的路，乏困已极，虽未安寝，已然困的前仰后合。包兴一见暗说："我们相公哪里是定性养神，分明是吃饱了食困，也不怕心里存住食！"便走到跟前叫了声相公。包公惊醒，见是包兴，说："你来的正好，服侍我睡觉。"包兴道："相公就这么睡觉？还有什么说的？咱们不是捉妖来了吗？"包公道："那是你这狗才干的事！我是不会捉妖的！"包兴悄悄道："相公也不想想，小人费了多少心机，给相公找了这样的住处，又吃那样的好饭，喝那样的陈绍兴酒，如今吃喝足了，就要睡觉，俗话说：'无功受禄，寝室不安。'相公也就这么过意的去么？咱们何不到小姐卧房看看，凭着相公的正气，或者胜了邪魅，岂不两全其美呢？"一席话，说的包公心活,再者自己也不信妖魅,原要前来看看的,只得说道:"罢了! 由着你这狗才闹便了!"包兴见包公立起身来,即忙呼唤:"掌灯呀。"只听外面连声答应:"伺候下了。"

包公出了书房,李保提灯在前引路,来到小姐卧房一看,只见灯烛辉煌,桌椅高搭,设摆的齐备,心中早已明白是包兴闹的鬼,迈步来到屋中,略为观看,虽是闺阁绣户,陈设的极其幽雅,便在那边椅子上坐了,只听包兴吩咐李保道:"所有闲杂人等俱各回避,最忌的是妇女窥探。倘若犯冲,小姐的病是再不能好的。"他说此一句为的是留个退身步儿,李保遵命,打灯笼查看一番,自己也就藏躲去了。包兴拿起香来烛上点着,烧放炉内,趴在地下又磕了三个头。包公不觉暗笑。只见他上了高桌,将朱砂研好,蘸了新笔,又将黄纸撕了纸条儿。刚才要写,只觉的手腕一动,仿佛有人把着一般。自己看时,只见上面写着:"淘气,淘气! 该打,该打!"包兴心中有些发毛,急急向灯上烧了,忙忙的下了台。只见包公端坐在那边,包兴走至跟前道:"相公,与其在这里坐着,何不在那高桌上坐着,岂不豁亮呢?"

包公无奈,只得起身上了高台,坐在椅子上。只见桌子上面放着宝剑一口,又有朱砂、黄纸、笔砚等。包公心内也就暗自欢喜,难为包兴想的周到,因此,不由的将笔提起,蘸了朱砂,铺上黄纸;刚然要写,不觉腕随笔动,顺手写将下去,才要看时,只听得外面"哎哟"的一声,咕咚栽倒在地。包公闻听,急忙放下朱笔,提了宝剑,下了高台。来到卧房门外看时,却是李保,见他惊惶失色,说道:"法官老爷,吓死小人了! 方才来至院内,只见白光一道,冲户而出,是小人看见,不觉失声栽倒。"包公也觉纳闷,进到屋来,却不见包兴;与李保搜寻时,只见包兴在桌子底下,缩成一堆,见有人来,方敢出头,却见李保在旁,便遮饰道:"告诉你们,我们家相公在此作法,不可窥探,连我还在桌子底下藏着呢,你们何得不遵法令? 幸亏我家相公法力无边,将妖魅逐去;不然时,那还了得么!"一片谎言,遮饰得很像。这也是他聪明机变的好处。

李保方说道:"只因我家老爷、夫人惟恐相公夜深劳苦,叫小人前来照应,请相公早早安歇。"包公闻听,方叫包兴打了灯笼前往书房去了。李保叫人来拆去法台，见有一个黄纸朱砂字帖，以为法官留下的镇押符咒，连宝剑一同拿起，回身来到内堂，禀道："包相公业已安歇了。这是宝剑，还有符咒。"俱各交进。丫环接过来，李保才待转身，忽听老爷说道："且住！将符咒拿来我看。"丫环将黄纸字帖呈上。李老爷灯下观瞧，原来不是符咒，却是一首粗鄙诗句，道："避劫山中受大恩，欺心毒饼落埃尘。寻钗井底将君救，三次相酬结好姻。"李老爷细看诗中隐藏事迹，不甚明白，便叫李保向包兴探问其中事迹，并打听娶亲不曾，明日一早回话。李保领命去了。

你道李老爷为何如此留神用意？只因昨日书房见了包公之后，回到内室，见了夫人，连声夸讲，说包公好人品，好学问，将来不可限量。张氏夫人闻听，道："既然如此，他若将我该儿治好，何不就与他结为秦晋之好呢？"老爷道："夫人之言，正合我意，且看女儿病体如何，再做道理。"所以老两口儿惦记此事。又听李保说二更还要上坛捉妖，因此不肯早眠，天交二鼓，尚未安寝，特遣李保前去探听。不意李保拿了此帖回来，故此叫他细细访问。

到了次日，谁知小姐其病若失，意自大愈，实是奇异。老爷、夫人更加欢喜。急忙梳洗已毕，只见李保前来禀话："昨晚细问包兴，说这字帖上的事迹是他相公自幼儿遭的磨难，皆是逢凶化吉，并未遇害。并且问明尚未定亲。"李老爷闻听，满心欢喜，已明白是狐狸报恩，成此一段良缘，便整衣衿，来至书房。李保通报，包公迎出。只见李老爷满面笑容道："小女多亏贤契救拔，如今沉疴已愈，实为奇异。老夫膝下无儿，只生此女，尚未婚配，意欲奉为箕帚，不知贤契意下如何？"包公答道："此事晚生实实不敢自专，须要禀明父母、兄嫂，方敢联姻。"李老爷见他不敢应允，便笑嘻嘻从袖中掏出黄纸字帖儿递与包公道："贤契请看此帖，便知不必推辞了。"包公接过一看，不觉面红过耳，暗自思道："我昨晚恍惚之间，如何写出这些话来？"又想着："原来我小时山中遇雨，见那女子，竟是狐狸避劫，却蒙他屡次救我，他竟知报恩！"包兴在旁着急，恨不得替相公应了此事，只是不敢插口。李老爷见包公沉吟不语，便道："贤契不必沉吟，据老夫看来，并非妖邪作祟，竟是为贤契做红线来了。可见凡事自有一定的道理，不可过于迂阔。”包公闻听，只得答道：“既承大人错爱，敢不应允？只是须要回家禀明，俟晚生会试后，回去禀明兄嫂，那时再行纳聘。”李老爷闻听，便道：“正当如此。大丈夫一言为定，谅贤契决不食言，老夫敬候佳音便了。”

说话之间，排开桌椅，摆上酒饭，李老爷亲自相陪。饮酒之间，又谈论了些齐家治国之事，包公应对如流，说的有经有纬，把个李老爷乐的事不有余，再不肯放他主仆就行，一连留住三日。又见过夫人，三日后备得行囊、马匹、衣服、盘费，并派主管李保跟随赴京。

包公拜别了，李老爷复又嘱咐了一番。包兴此时欢天喜地，精神百倍，跟了出来。只见李保牵马，他便随蹬。包公上了马，李保、包兴也上了马，主仆三人竟奔京师而来。沿路上李保小心伺候，事事精心。一日，来到京师，找寻了下处，所有吏部投文之事全不用包公操心，竟等临期下场便了。

且说朝廷国政，自从真宗皇帝驾崩，仁宗天子登了大位，就封刘后为太后，立了庞妃为皇后，郭槐为总理都堂，庞吉为国丈，加封太师。这庞吉原是个谗佞之臣，倚仗国丈之势，每每欺压臣僚。又有一般趋炎附势的小人，结成党羽，明欺圣上年幼，暗有擅自专权之意，谁知仁宗天子自幼历过多少磨难，乃是一位英明之主，先朝元老，左右辅弼，一切正直之臣，照旧供职，就是庞吉也奈何不得，因此朝政法律严明，不致紊乱。

只因春闱在迩，奉旨钦点庞吉为主考，因此会试举子，就有走门路的，打关节的，纷纷不一。因提关节，偶然想起一个笑谈，说来大家听听。梓潼帝君奉玉旨监押临场，众举子进场已毕，刚要封门，忽报财神爷前来看门生，梓潼帝君问道：“我这文场如何有财神的门生？”财神道：“凡打关节，必须银钱，那便是咱的门生。”帝君点头，只得放场，忽又报八蜡神也来看门生，帝君诧异道：“我这文场，如何又有虫王的门生呢？”八蜡神指道：“凡那做不上文章来，憋的两眼蚂蚱似的，全是我的门生。”若论包公不但不认虫王为师，并不认财神为师，就仗着自己的学问，考罢三场，到揭晓之期，因无门路关节，将包公中了第二十三名进士，翰院无分。奉旨榜下即用，得了凤阳府定远县知县。包公孑然一身，又无家小羁绊，领了文凭，即刻上任。包公一心为民，仍与包兴扮做平常之人，暗里私访，却叫李保收拾行李，随后慢慢的赴任便了。未知包公私访如何，且听下回分解。

第五回　墨斗剖明皮熊定案　乌盆诉苦别古鸣冤

且说包公主仆暗暗私访,进了定远县,找了个饭铺打尖。正在吃饭之时,只见从外面来了一人,酒保见了,让道:“皮爷,少会呀!”那人拣个座位坐下,酒保转身提了两壶酒,拿了两个盅子过来。那人便说:“我一个人,为何要两壶酒,用两个盅子呢?”酒保怔了一怔答道:“方才皮爷身后还有一人,披散头发,面有血迹,我只打量你是劝架,给人说合事呢,怎么一时就不见了? 或者是我瞧恍惚了也未可定。”这是酒保的急利使儿,谁知此人听了此话,登时就惊惶失色,举止失宜,坐不多时,酒也未吃,会钞而去。

包公看此光景,因问酒保道:“此人是谁?”酒保道:“他姓皮,名熊。他乃二十四名马贩子头儿。”包公记了姓名,吃完了饭,便先叫包兴到县传谕,就说老爷即刻到任。

包公随后也就出了饭铺,奔县而来,早有三班衙役、书吏人等迎接进县。有署印的官交了印信并一切交代,不必细述。包公便将秋审册籍细细稽察,见其中有沈清伽蓝殿杀死僧人一案,情节甚觉支离,便传谕出去,立刻升堂提沈清复审。所有衙役三班,早知消息,老爷暗自一路私访而来,就知这位太爷来的厉害,一个个兢兢业业,早已伺候齐备;今一闻传唤,立刻一班一班进来,分立两旁,喊了堂威。包公入座,标了禁牌,便吩咐带沈清。

不多时,将沈清从监内提出,带至公堂,打去刑具,朝上跪倒。包公留神细看,见此人不过三旬年纪,战兢兢匍匐在尘埃,不像个动凶之人。老爷便道:“沈清,你为何杀害僧人? 从实招上来! 讲!”沈清哭诉道:“小人沈清,今年二十八岁,乃本县人氏,只因小人探亲回来,天气太晚,那日又蒙蒙的下雨,地下泥泞,实在难行,素来又胆小,不敢夜行,因在这县南三里多地,有个古庙,暂避存身。谁知次日天将明,有公差在路上遇见小人,见小人身后有血迹一片,公差便问小人从何而来。小人便将昨日探亲回来天晚，在此庙内伽蓝殿上存身的话说一遍。不想公差拦住不放，务必要同小人回至庙中一看。哎哟！太爷呀！小人同公差到庙看时，只见神橱之旁有一杀死僧人！小人实实不知此僧人是谁杀死。因此二公差将小人解入县内，竟说小人谋杀和尚。小人真正冤枉！求青天太爷昭察！”

包公听罢，便问道：“你出庙时是什么时候？”沈清回答：“天尚未明。”包公又问：“你这衣服因何沾了血迹？”沈清回道：“小人原在神橱隐身，谁知神橱之下，血水流过，将小人衣服玷污。”

老爷闻听，点头吩咐：“带下去。”仍然收监。立刻传轿，打道伽蓝殿。包兴伺候主人上轿，安好扶手。包兴乘马跟随。包公在轿中暗想：“他既谋害僧人，为何衣服前面并无血迹，光有身后一片呢？再者，虽是刃伤，彼时并无凶器……”

一路盘算，不多时来到伽蓝殿，老爷下了轿，吩咐衙役人等不准跟进去，独带包兴来至殿前。只见佛像残坏，两旁的从身俱已坍塌。转到佛像背后，上下细看，不觉暗暗点头。回身细看神橱之下，地上果有一片血迹迷乱。忽见那边地下放着一物，拣起看时，一言不发，便拢入袖中，包兴在旁，瞧见老爷哈腰不知拣起何物，暗暗说道：“我们老爷在此拣便宜柴火来了。”包公也不再看了，即刻打道回衙。

来至书房，包兴献茶，回道：“李保押着行李来了。”包公闻听，便说：“叫他进来。”李保连忙进来给包公叩头。老爷略问了问路上的光景，便叫他出去安顿行李去了。

老爷便叫传该值的头目进来，包兴答应，去不多时，带了进来，朝上跪倒：“小人胡成给老爷叩头。”包公问道：“咱们县中可有木匠么？”胡成应道：“有。”包公道：“你去多叫几名来，我有紧要活计要做，明早务要俱各传到。”胡成连忙答应，转身去了。

到了次日，胡成禀道：“小人将木匠俱已传齐，现在外面伺候。”包公吩咐：“预备矮桌数张，笔砚数份，将木匠俱各带至花厅，不得有误。去罢。”胡成连忙预备去了。

这里包公梳洗已毕，即同包兴来至花厅，吩咐将木匠俱各带进来。只见进来了九人，俱各跪倒，口尊：“老爷，小人木匠们叩头。”包公道:“如今我要做各样花盆架子,务要新奇的式样。你们每人画他一个,老爷拣好的方用,并有重赏。”说罢,便吩咐拿矮桌、笔砚来。两旁答应一声,登时齐备,只见九个木匠分在两旁,各自搜索枯肠,谁不愿讨好呢?其中就有使惯了竹笔,拿不上笔来的;也有怯官,战战哆嗦,画的不像样的;竟有从容不迫,一挥而就的。包公在座上,往下却是细细留心观看。两旁衙役不知老爷什么意思,连包兴也是纳闷,我们老爷为何叫这些木匠来呢?

不多时,俱各画完,挨次呈递。老爷接一张看一张。及至看到末张,便问道:“你叫什么名字?”那人回道:“小人叫吴良。”包公便向众木匠道:“你们散去,将吴良带至公堂。”左右答应一声,立刻点鼓升堂。

包公入了公座,将惊堂木一拍,叫道:“吴良!你为何杀死僧人。从实招上来,免得你皮肤受苦!”吴良听说,吃惊不小,便问道:“小人以木匠做活为生,是极安分的,如何敢擅杀僧人?望乞太爷详察!”包公道:“昨夜伽蓝神对本县说,杀死僧人,明明是你,你还不认么?”吴良闻听,怔了一怔,道:“既是伽蓝神说的,求太爷将伽蓝神请来与小人质对。”他以为泥胎神圣,是再不会说话的,哪知包公听了他的言语,微微冷笑道:“好滑贼!还要狡辩。”吩咐差役:“立刻将伽蓝神抬来!”左右答应一声,登时去了。

不多时,将伽蓝神抬至公堂。百姓们见把伽蓝神泥胎抬到县里审问,谁不要看这样新样儿的奇事,都到县来。只见包公离了座位,迎将下来,似有问答之状。左右观看的人不觉好笑,连包兴都暗说:“我们老爷,这是装什么腔儿呢?”只见包公重新入座,叫道:“吴良!适才神圣说道,你那日动凶之时,已在神圣背后留下暗记,下去比来!”左右将吴良带将下去。只见神圣背后肩膀以下果有左手六指儿的血手印。谁知吴良却是六指儿,比对时丝毫不差。吴良只唬得胆裂魂飞。左右人人无不吐舌,说:“这位太爷真是神仙!如何就知是木匠吴良呢!”殊不知包公那日上庙验看时,地下拣了一物,却是个墨斗;又见伽蓝神背上有一六指儿的血印,因此便想到木匠身上。

左右将吴良仍带至公堂跪倒,只见包公把惊堂木一拍,一声断喝,说:“吴良!如今真赃实犯,还不实招吗?”左右复又威喝,说:“快招!快招!”吴良着忙道:“太爷不必动怒,小人实招就是了。”招房书吏在一旁写供。吴良道:“小人原与庙内的和尚交好。这和尚素来爱喝,小人也是个酒头鬼儿。因那天和尚请我喝酒,谁知他就醉了。我因劝他收个徒弟,以为将来的收缘结果,他便说:‘如今徒弟实在难收;就是将来收缘结果,我也不怕。这几年的工夫,我已然积攒了有二十多两银子了。’他原是醉后无心的话。小人便问他:‘你这银子收藏在何处呢?若是丢了,岂不白费了几年的工夫呢?’他就说:‘咱们俩这样相好,我告诉你,你可不许告诉别人。’他方说出将银子放在伽蓝神脑袋以内。小人一时见财起意,又见他醉了,原要用斧子将他劈死。回老爷,小人素来拿斧劈惯了木头,从来未有劈过人,乍乍儿的劈人,不想手就软了。头一斧未劈重,他要夺我的斧子,我如何肯让他?将他按住,连劈几斧,他才死了。闹了两手血,因此上神桌,便将左手扶住神背,右手在神的脑袋里掏银子,不意留下了个手印。今被太爷神明断出,小人实实该死!”

包公闻听所供是实,又将墨斗拿出与他看了。吴良也认为是自己之物,因抽斧子落在地下。包公便叫他画了供,上刑收监。沈清无故遭屈,官赏纹银十两释放。将咖蓝神像仍然送回。看热闹的百姓们个个点头,说:“好一位会断案的青天太爷!”

包公刚要退堂,只听得有击鼓喊冤之声。包公即着带进来。但见从角门进来了二人:一个少年,有二十多岁;一个有四旬上下。来到公堂,二人跪倒。年轻的便先回道:“小人名叫匡必正。有一叔父开缎号,名叫匡天佑。只因小人叔父有一个珊瑚扇坠,重一两八钱,遗失三年,未有下落。不想今日遇见此人,他腰间佩的正是此物。小人原要借过来瞧瞧,怕的是认错了,谁知他不但不借,开口就骂。还说小人讹他,扭住小人不放。求太爷详查!”又见那人回道:“唔么是江苏人,姓吕,名佩。今日狭路相逢,遇见这个后生,将吾拦住,硬说吾腰间佩的珊瑚坠是他的。青天白日,竟敢拦路打抢!这后生实实可恶,求太爷与吾剖断剖断!”

包公听罢,便将珊瑚坠要来一看,果然是真正淡红,光润无比,便问匡必正道:“你方才说此坠重够多少?”匡必正回道:“倘若是小人叔父的那块珊瑚,重一两八钱。倘若不对,或者东西一样的极有,小人再不敢讹他。”包公又问吕佩道:“你可知此坠重够多少?”吕佩道:“此坠乃是吾的好朋友送的,并弗晓得是多少分量。”包公回头,叫包兴取戥子来。包兴答应,连忙取来平时,果重一两八钱。包公便问吕佩道:“此坠若按分量,是他说的不差,理应是他的。”吕佩着急道:“哎哟!太爷呀!此坠原是吾好朋友送的,吾又平什么分量呢?吾们江苏人是再不撒谎的。”包公道:“既是你相好朋友送的,他叫什么名字?实说!”吕佩道:“吾这朋友,他姓皮,名熊。他是马贩头儿,人所共知的。”

包公猛听“皮熊”二字,心下揣度,吩咐将他二人带下去,立刻出签,传皮熊到案。包公暂且退堂,用毕酒饭。不多时,人来回话:“皮熊传到。”包公复又升堂,叫带皮熊。皮熊上堂跪倒,口尊:“太爷在上,传唤小人有何事故?”包公道:“闻听你有个珊瑚扇坠,可是有的?”皮熊回道:“有的。那是三年前,小人捡的。”包公道:“此坠,你可送过人无有?”皮熊道:“小人不知何人失落,如何敢送人呢?”包公便问:“此坠现在何处?”皮熊回道:“现在小人家中。”

包公吩咐将皮熊带在一旁,叫把吕佩带来。包公问道:“方才问过皮熊,他并未曾送你此坠,此坠如何到了你手?快说!”吕佩一时慌张,方说出是皮熊之妻柳氏给的。包公就知话内有因,连忙问道:“柳氏他如何给你此坠?实说!”吕佩便不言语了。包公吩咐掌嘴。两旁人役刚要上前,只见吕佩摇手道:“唔呀!老爷呀!不要动怒,吾说就是了!”便将与柳氏通奸,是柳氏私赠此坠的话说了一遍。

皮熊在旁,听见他女人与人通奸,很觉不够瞧的。包公立刻将柳氏传到。谁知柳氏深恨丈夫在外宿奸,不与自己一心一意,因此来到公堂,不用审问,他便说出:“丈夫皮熊,素与杨大成之妻毕氏通奸。此坠从毕氏处拐来的,交付小妇人收了二三年。小妇人因与吕佩相好,私将此坠赠他。”包兴暗道:“怨不得说好朋友送的,原来是这样的相好的朋友。”

包公便立刻出签传毕氏到案。正在审问之时,忽听外面有人击鼓之声,暂将众人带在一旁,先带击鼓之人上堂。只见此人年有五旬,原来就是匡必正之叔匡天佑。因听见他侄儿为珊瑚坠一事被人扭结到县,故此急急赶来,特为声明此事,回道:“小人原有此珊瑚扇坠,只因三年前不记的日子,托杨大成拿此扇坠到缎行取缎子,回老爷,我这扇坠,所有缎行俱是认得的,时常拿它做执照,取东西,甚是方便,过了几时,小人到缎行问时,并未见杨大成到铺,亦未见此扇坠,因此小人又到杨大成家。谁知杨大成就于那晚死了。亦不知此坠的下落,只得隐忍不言,不料小人的侄儿今日看见此坠,被人告到太爷台前。惟求太爷明镜高悬,断明此坠!”说罢,磕下头去。

包公闻听,心下明白,叫天佑下去,此时毕氏已然传到,立刻带上堂来,包公见毕氏虽缟素,面上却有脂痕,便问毕氏道:“你丈夫是何病症死的?”毕氏道:“是心疼病死的。”包公怒道:“满口胡说,方才问明皮熊说你立意将丈夫谋死的,还敢在本县跟前支吾吗?”毕氏听了发恨道:“他如何推在我一人身上,回老爷,小妇人的丈夫是皮熊谋害的呀!”包公吩咐带皮熊上堂,将惊堂木一拍道:“皮熊为何因奸谋命,快把怎生谋害杨大成致死的情由从实招来!”两旁一齐威唬:“招!招!招!”皮熊惊慌,说道:“小人与毕氏通奸情实,实无谋害杨大成之事。”包公闻听,说:“你这刁嘴的奴才!曾记得前在饭铺之中,你要吃酒,后面跟着个带血之人,酒保说出,唬得你连酒也不敢吃,立刻会钞而去;今日在公堂之上,还敢支吾!左右!抬大刑过来!”

皮熊只唬得哑口无言,暗自想道:“这位太爷连我喝酒之事俱已知道,别的谅也瞒不过去;莫若实招,也免得皮肤受苦。”想罢,连连叩头道:“老爷不用动大刑,小人愿招,愿招!”包公道:“招来!”皮熊道:“只因小人与毕氏通奸,情投意合,惟恐杨大成知道,将我二人拆散,因此定计将他灌醉,用刀杀死,暗用棺木盛殓,只说心痛暴病而亡。彼时因见珊瑚坠,小人拿回家去交付妻子收了。这是实情。”包公闻听,叫他画招,即将毕氏定了凌迟,皮熊定了斩决,将吕佩重责四十释放,柳氏官卖,匡家叔侄将扇坠领回无事。因此人人皆知包公断事如神。各处传扬,就传到了行侠尚义的一个老者耳内。

且说小沙窝村内有一老者，姓张，行三，为人梗直，好行侠义，因此人都称他为别古。与众不同谓之"别"，不合时宜谓之"古"。原是打柴为生，皆因他有了年纪，挑不动柴草，众人就叫他看着堆儿过秤，得了利息，大家平分。这也是他素日为人拿好儿换出来的。一日，闲暇无事，偶然想起："三年前东塔湾赵大欠我一担柴火钱，四百有零。我若不要来，有点对不住伙计们。他们虽不疑惑是我使了，我自己居心实在过意不去。今日无事，何不走走？"于是拄了竹杖，锁了房门，竟往东塔湾而来。到了赵大的门首，只见房舍焕然一新，不敢敲门；问了问邻右之人，方知是赵大发了财了，如今都称赵大官人了。

老头子闻听，不由的心中不悦，暗想道："赵大这小子，长处掐，短处捏，那一番行为，连柴火钱都不想着还，他怎么配发财呢？"转到门口，便将竹杖敲打那门，口中叫道："赵大！赵大！"只听里面答应道："是谁这么赵大赵二的？"

说话间，门已开放。张三看时，只见赵大衣帽鲜明，果然不是先前光景。赵大见是张三，连忙说道："我道是谁，原来是张大哥吗！"张三说道："你少论哥儿们，该我的四百多钱，你也该给我了！"赵大闻听道："这什么要紧！老弟老兄的，请到家里坐。"张三道："我不进去。我没带着钱。"赵大道："这是什么话！"张三道："正经话。我若有钱，肯找你要帐来吗？"

正说间，只见走出一个妇人来，打扮得怪模怪样的，捏着腔儿问道："官人，你同谁说话呢？"张三一见，向着赵大道："好吓！你还干这个营生呢！怨得发财呢！"赵大道："休得胡说。这是你弟妹小婶。"又向妇人道："这不是外人，是张大哥到了。"妇人便向前道了万福。张三道："恕我腰痛，不能还礼。"赵大道："还是这等爱玩爱笑的。请到里面坐。"

张三无奈，只得随着进来。到了屋内，只见一落一落的瓦盆，堆的不少。彼此让坐。赵大叫妇人倒茶。张三道："我不喝茶。你该我的四百多钱，总要还我的，不用闹这些软局子。"赵大道："张大哥，你放心，哪就短了你的四百钱呢！"张三道："固然吓，你如今也不知从哪里发了一注横财，还把四百钱瞧在眼里么！"

说话间，只见赵大拿了四百钱递与张三。张三接过，揣在怀中，站起身来，说道："不是我爱小，我上了年纪的人，夜里时常起夜，你把那小盆子给我一个，就算该我的钱零罢。从此两下开交，彼此不认得都使得。"赵大道："你还是如此的倔强！这些盆子俱是拣选出来的，并无沙眼，你挑一个就是了。"张三挑了一个，夹在怀中，转身就走，也不告别，竟自去了。

且说东塔湾离小沙窝也有三里之遥。张三满怀不平，正遇着深秋景况，落日斜晖，来到树林之内，耳内只听一阵金风瑟瑟，败叶飘飘，猛然间滴溜溜一个旋风，卷起多少尘沙，只觉得寒彻肺腑。老头儿将脖子一缩，腰儿一躬，刚说了个"好冷"，不防将盆子落在尘埃，在地下咕碌碌乱转，隐隐的有悲哀之声，说："摔了我的腰了！"

张三闻听，连连啐了几口，拣起盆子，往前就跑；上了年岁之人，哪里跑得动。只听得后面说道："老伯等我一等！"回头又不见人，自己怨恨道："真是'时衰鬼弄人'！我张三生平不做亏心之事，如何白日就会见鬼？想是我不久于人世了！"一边想，一边走，好容易奔至草房，急忙放下盆子，撂下竹杖，开了锁头，拿起盆子，拾了竹杖，进得屋来，将门顶好，觉得乏困已极，口中说道："什么鬼不鬼！看你如何进得来！"刚然说完，只听得悲悲切切，口呼："老伯！我死的好苦也！"

张三闻听，道："怎么把鬼关在屋里了？"别古素性梗直，不怕鬼邪，便说道："你说罢。我这里听着呢。"隐隐说道："我姓刘，名世昌，在苏州阊门外八宝乡居住。家有老母周氏、妻王氏，还有三岁孩童，乳名百岁。本县缎行生理，只因乘骡回家，行李沉重，那日天晚，在赵大家借宿，不料赵大夫妻好狠，将我杀害，谋了资财，又将我血肉和泥，骨殖烧化。到如今，闪了老母，抛却了娇妻幼子，不能见面；九泉之下，冤魂难安。望求老伯替我在包公座下申明此冤，报仇雪恨。就是冤魂在九泉之下，也是感恩不尽的！"说罢，放声痛哭。

张三闻听说的可怜，不觉地动了他豪侠心肠，全不畏惧，便呼道："乌盆！"只听得应道："有吓，伯伯。"张老道："我虽则替你伸冤，惟恐包公不能准状。你须跟我一同前去。"乌盆应道："愿随伯伯前往。"

张老闻听他应叫、应声，不觉满心欢喜道："这一去告状，不怕包公不信。言虽如此，我是上年纪之人，记性平常，必须将他姓名住处背熟方好。"于是重新背了这个，又问那个，样样记清。老头儿为人的心胜，一夜不曾合眼，竟自捣了一夜的鬼，不等天亮，就爬起来，挟起乌盆，拄了竹杖，锁了房门，竟奔定远县而来。未知后事如何，且听下文分解。

第六回　罢官职逢义士高僧　应龙图审冤魂怨鬼

且说张别古抱了乌盆，出得门来，只觉得金风透体，寒冷难当，又在天亮之时，若非张老行侠仗义，谁肯冲寒冒冷，替人鸣冤？及至到了定远县，天气过早，尚未开门，只冻得战战哆嗦，找了个避风的所在，就在影壁以前，席地而坐。喘息多时，身上稍觉和暖，老头儿又高起兴来，将盆子扣在地下，用竹杖敲着盆底，唱起《十不闲》来。刚唱了一句那"八月中秋，月儿照台"，只听得"哦"的一声，门分两扇，太爷升了堂了。张老连忙拿起盆子，跑向前来，连声喊冤，就有该值的回禀，立刻带进。

包公坐上问道："有何冤枉？诉上来。"张老就把乌盆当地一放，他在旁边一跪，回道："太爷！这盆子它有冤枉，小老儿是个帮告儿，只因昨日上赵大家中讨帐，拿了他一个乌盆，它说他有杀身之冤，暗里随来，他的冤魂缠绕，叫我替他告状，老爷不信，现有乌盆为证。"包公闻听，并不以此事为妄诞，便在座上呼道："乌盆！"并不见答应。又连唤二声，亦无影响。包公以为张老年老昏聩，也不动怒，便叫："左右，掐出去！"

张老拾起竹杖，挟了乌盆，出得衙门，口称："乌盆！"只听应道："有吓，伯伯。"张老道："你说随我诉冤，你为何不进去呢？"冤魂道："只因门上有神护卫，冤魂不敢进去，求伯伯替我剖明。"张老闻听，只得回身。又嚷："冤枉。"该值的出来嗔道："你这老头子还不走，又嚷的是什么？"张老道："求你老替我回复一声，说乌盆说有门神拦阻，不敢进见。"该值的无奈，只得替他回禀。包公闻听，提朱笔写了一帖，叫该值的拿至门前焚化，仍将老头儿带进来。帖子上是晓示神鬼不准拦阻冤魂等语，该值的焚化帖子，二番将张老带着盆子上了公堂，将盆子放在当地，他却跪在一旁。

包公问道："此次若叫他，可应了？"张老道："是。此次准答应了。”包公吩咐左右：“尔等俱各听着。”两旁人役各各留神。只见包公叫道：“乌盆！”不见答应。又连唤两声，仍不见影响。包公不觉动怒，将惊堂木一拍，道：“你这老狗！方才念你年老之人，不肯加责，如今仍敢如此，本县也是你愚弄的吗！”用手抽签，吩咐责他十板，以戒下次，两边不容分说，将张老放倒，打了十板，打的老头儿龇牙裂嘴，一瘸一点，夹起乌盆，拿了竹杖，出了衙门，刚过影壁，便将乌盆一扔，只听得“哎哟”了一声，“倭了我的脚面了！”

张老闻听，道：“真奇怪！你为何又不进去？”冤魂说道：“只因我赤身露体，难见星主。没奈何，再求老伯替我申诉一番！”张老说道：“我为你已然挨了十板，若再替你申诉，我这两条腿岂不要折了吗？”冤魂又苦苦哀求，张老是个心软的，只得夹起盆子。他却不敢声冤，只得从角门，溜溜啾啾，往里便走。只见那边来了两个厨子，一眼看见，便叫道：“胡头儿，那老头子又来咧！”胡头正在班房讲论此事说笑，忽听见说“老头子又回来咧”，连忙出来，向前要拉。张老却有主意，就势坐在地上，连声喊冤，连包公那里也听见了，吩咐：“带上来！”

包公问道：“你这老头儿为何去而复返？难到真个不怕责打么？”张老叩头道：“方才小人出去又问乌盆，他说他赤身露体难见什么星主，恳求老爷赏赐衣服一件，遮盖遮盖，他方敢进来。”包公闻听，便叫包兴取衣服来。包兴连忙取了件夹衬衫交与当值的，随他出去，怕他拐了衣服，去到了外边交与张老。张老接过来道：“衣服有了，你可随我来。”说罢，将衣服盖好，拿起来，不放心，便叫道：“乌盆，随我进来。”只听应道：“我在这里。”

张老闻听，便不住的叫将进来，仍然放在当中，自己仍跪在一旁。包公又吩咐：“左右，俱各听了。”“上命差遣，概不由己”，也有不信的，也有暗笑的，也有说老头子疯了的，也有说太爷好性儿的。只听包公叫道：“乌盆！”不想衣服之内悲悲切切应道：“有吓，爷爷！”众人闻听，无不诧异。张老听见乌盆答应了，他便乐的跳将起来，恨不得要上公案桌子。两旁众人吆喝，他才复又跪倒。包公方细细问了张老。张老仿佛背书的一般，他姓甚名谁，他家住哪里，他现有何人，做何生理,他因何遇害,他是谁害的,滔滔不断,说了个清楚。两旁众人,无不赞叹。包公听罢,吩咐包兴取十两银来赏与张老,叫他家内听传。别古千恩万谢的去了。

包公立刻吩咐书吏办理文书一套,关到苏州调取尸亲前来结案;即行出签,将赵大夫妻拿来严加审讯,并无口供。包公沉吟半晌,便吩咐衙役将赵大带下去,不许见刁氏,即带刁氏上堂,说:“赵大供出陷害刘世昌是你的主意!”刁氏闻听,恼恨丈夫,便说出赵大用绳子将刘世昌勒死等情,并言现有未用完的银二百多两。即行画招,押了手印。立刻派人将赃银取来。复又带上赵大,叫他女人质对。谁知这厮好狠,横了心,再也不肯招承,言银子是他积攒的。包公一时动怒,请了大刑,用夹棍套上两脚,问时,仍然不招。包公一声断喝,说:“夹!”只这一个字,不想三木一挤,赵大不禁夹,他就呜呼哀哉了。

若论这大刑,县官不可妄用的,必须请明上宪,方准施刑,包公见赵大已死,只得叫人搭下去,这刑下毙命,是要自行检举的,立刻办了文书,禀明本府,转又行文上宪,至京启奏去了。

此时尸亲已到,包公升堂细问,果然与张别古所说一字不差,又把张老传来,叫他说明刘世昌遇害的缘故,婆媳二人痛哭不止,求太爷做主。包公将未用完的银两交付他婆媳领讫,并将赵大家私奉官折变,以为婆媳养赡之资。那周氏因感念张老仗义鸣冤之德,情愿带至苏州养老。张老亦因受了冤魂嘱托,伯伯长,伯伯短,他就犹如子侄,亦愿照看孀妇孤儿,因此一同上苏州去了。

包公俟文书到时,相应革职,将一切事宜交代署印之人,自己住庙。李保看此光景,竟将银两包袱收拾收拾,他却逃之夭夭了。包公临起身时,百姓遮道哭送,包公勉励了一番,方才乘马,带着包兴,出了定远县,竟不知投奔何方才好。包公在马上自己嗟叹,暗想道:“我包拯命运为何如此偃蹇!自幼受了多少颠险,好容易蒙兄嫂怜爱,聘请恩师教导,我一举成名,以为从此飞黄腾达,一来与国家报效,二来显亲扬名,不想妄动刑具,致毙人命。虽是他罪应处死,究竟是自己粗心浮躁,以致落了个革职,致使我无颜回家,又无处投奔!莫若仍奔京师,再做区处!”只顾马上自叹。包兴跟随在后,明知老爷为难,又不敢问。

信马由缰,来到一座山下,虽不是巍峨峻岭,也觉得凶恶威严。正在观看之际,只听得一棒锣响,出来了无数的喽啰。当中一个矮胖黑汉,赤着半边胳膊,雄赳赳,气昂昂,不容分说,一声令下,竟将包公主仆缚住,着喽啰押解山中。谁知山中尚有三个大王,见缚了二个前来,吩咐绑在两边柱上,俟四大王到来,再行发落。

不一时,只见四大王慌慌张张,喘吁吁跑了回来,嚷道:“不好了！山下来了一人,弟与他一合未走,不知不觉便自栽倒。幸喜小弟跑的快,不然,必吃大苦。请兄长前去会他一会。”大大王闻听,便向二大王道:“待劣兄下山看看。”二大王答道:“小弟情愿奉陪。”二人带领喽啰下山,远远望见那人虎势昂昂,仍然在那里站立。及至大大王近前来一看,不觉哈哈大笑道:“原来是兄长！请到山中叙话。”

你道此山何名?只因山上有一带土岭,势若游龙,故名曰土龙岗。原是山贼窝藏之处。自从张龙、赵虎误投庞府,见他是权势之门,不肯逗留,偶过此山,将山贼杀败,他二人便作了寨主。后因王朝、马汉科考武场,亦被庞太师逐出不中。二人愤恨回家,路过此山,与张、赵二人见了,甚是投机,即请上山,结为异姓兄弟。王朝居长,马汉第二,张龙第三,赵虎第四。弟兄四人在山中快乐非常。

且说王朝、马汉同定那人来至山中,刚然走至大厅阶前,只见两边柱上各绑一人。那人走近前来,留伸一看,不觉失声道:“哎呀！县尊为何到此?”包公猛然睁眼看道:“莫非是恩公展义士么?”原来此人就是南侠展昭,王朝闻听,连忙上前将包公缚索解开。二爷马汉便吩咐喽啰将包兴也解将下来。彼此逊让,来到大厅之上。

展爷重新与王朝见礼。王朝也是武进县人,自幼与展爷认识。王朝便引见马汉、张龙等三人见过展爷。展爷又指着包公,对众人说道:“这便是定远县县尊包公。”四人闻听,无不愕然。大家俱各向包公赔罪,包公还礼不迭,然后分宾主坐下:上首包公,次席展爷,王、马、张、赵四人左右相陪。展爷便问包公为何至此。包公便将革职原由说了一遍。展爷不胜嗟叹。赵虎插言道:“原来如此,俺只道县尊特来私访呢！敢则是革了职了,可恨这赵大谋害人命,比我们强盗还狠呢,该夹、该夹。”众人听了大笑,展爷见他说话,不伦不类,知他是个鲁莽之人,也就付之一笑。

说话间,酒筵齐备,大家也不谦让,仍按座位坐了,彼此喝酒谈心,甚是投机。包公便问展爷近况,展爷道:“小弟疏懒成性,不求进取,惟有遨游山水而已。”包公道:“真是高士所为。”王朝道:“我这展兄行侠尚义,到处济困扶危,因此都称他为南侠,是个有名的义士。”展爷道:“贤弟过奖了,惭愧,惭愧!”包公便问四人道:“我看四位皆是豪侠之士,为何在此做这勾当?”王朝道:“我等皆因功名不遂,不得已在此栖身。”展爷接说道:“众兄弟皆是异姓骨肉,今日恰遇包县尊到此,虽则目下革职,将来朝廷必要擢用。那时众位贤弟何不弃暗投明,与国家出力,岂不是好?”王朝道:“我等久有此意。老爷倘蒙朝廷擢用,若肯收录,我等当效犬马之劳。”包公只得含糊答道:“岂敢,岂敢。”大家饮至更深,方才席散。

至次日,包公与展爷俱各告别,四人款留不住,只得一同送下山来。包公与展爷恋恋不舍,也就各自分别而去。

且说包公主仆乘马竟奔京师。一日。来至大相国寺门首,包公猛然头眩眼晕,竟从马上栽将下来。包兴一见,连忙下马看时,只见包公两眼紧闭,人事不知。包兴叫着不应,不由得放声大哭,早惊动了寺内僧人,回了方丈。这方丈乃得道高僧,俗家复姓诸葛,名遂,法名了然,学问渊博,以至星、卜、医、相,无不通晓;今闻得僧人来报,便来到山门以外。见包公在地,包兴在旁啼哭,了然进前诊了脉息,问了问方才如何落马光景。包兴一一告诉明白。了然僧便叫僧人帮扶,抬至方丈东间屋内,急忙开方抓药。包兴便问是什么病症。了然说是因郁闷气结,肝火上炎,吃一两剂药舒散舒散就好了。

不多时,打了药来,包兴精心煎好,扶起包公,昏沉之间,将药灌下,仍然放倒,叫包公安息养神。包兴不离左右。了然僧方才出去料理庙内事务,并吩咐众僧不可高声。去不多时,仍然来到屋内,方慢慢问了包兴来历,不由的点头叹息一番。

至二鼓时,只听得包公“哎哟”了一声,慢慢的睁开虎目,见灯光燎亮,包兴在旁,那边椅上坐着一个僧人。包公便问此是何处。包兴便将老爷昏迷,多亏此位师父慈悲,用药搭救的话说了一遍。包公刚要挣扎起来致谢,和尚过来按住道:“不可劳动,须静静安心养神,有话明日再讲罢。”包公只得罢了。和尚又嘱咐了包兴一番,方过西边屋内去了。

次日,包公起来,心内虽觉清爽,只是身体软弱,多亏了然和尚用药调理,以至饮食,俱是亲身吩咐,将养包公。包公甚是不过意,包兴感激不尽。过了几日,包公能动如常,致谢了和尚。了然僧细看包公形容,心下明白,便问了年庚,掐指推算,言目下官运未通,须要静静焚修,过了百日,自有机缘,那时方才飞黄腾达,将来总要与本庙相同(言其为相国也)的,只是性情梗直,犯了物忌,纵有些驳杂琐碎,却是无妨的。于是将包公改做道人妆束,暂且静养,就留在方丈内同居,每日里俱是了然僧陪着,不是吟诗,就是下棋。彼此羡慕,堪称良友。

将到百日之期,一日,了然僧拿了纸笔墨来,务求包公大笔一挥,包公问写什么?了然道:“没甚要紧,就是山门两旁的斗方儿‘冬季唪经祝国裕民’八个大字。”包公也不介意,一挥而就,及至粘贴时,了然邀包公出来看着贴,惟恐小和尚贴坏了。包公无事,叫包兴也帮着拿了斗方,小和尚端着糨子,一同来到山门一张一张贴好,包公在旁观看,只见那壁厢来了一个厨子,手提菜篮,走到庙前,不住的将包公上下打量,瞧了又瞧,看了又看。直瞅着包公进了庙,他方才转身,飞也似的去了。

你道此人是谁?他乃丞相王苞府内买办厨子。只因王大人面奉谕旨,钦赐图像一张,乃圣上梦中有警,醒来时宛然在目,御笔亲画了形容相貌,特派王大人暗暗密访此人。丞相遵旨,回至相府,又叫画师照样画了几张,吩咐虞候、伴当、执事人员,各处留神细细访察,如有与图像面貌相同者,即刻报知,必有重赏。不想这日买办厨子,他曾过见图像,时刻在念,这也是他贪心重,不想今日从大相国寺经过,恰遇包公,看了个真切,急忙跑回了相府,找着该值的虞候,务必要向相爷讨赏,虞候问道:“你到底是为着何事,就敢见相爷讨赏呢?”厨子道:“我告诉二爷,二爷可别埋没了我的功劳。”虞候道:“你且说来我听。”厨子便将大相国寺见的道人与图像一模一样的话说了一遍。虞候听了虽则欢喜，却不敢深信，也不敢就回，便与厨子商议道：“咱们再到庙中，见个水落石出，那时再回禀不迟。”厨子听了沉吟了半晌，道：“再瞧瞧去也使得，回相爷时，可是我先瞧见的。”虞候道：“这个自然，决不埋没你的功劳就是了。”厨子请了一个安道：“谢谢二爷，倘若领下赏来，厨子孝敬二爷一顿酒儿。”虞候也笑了。二人暗到庙中，仿佛闲游的一般，各处瞻仰。后来看到方丈，果见有一道人与老僧下棋。细看相貌，正是龙图之人，心中不胜惊骇，急忙同定厨子赶回相府，启知相爷。

王大人闻听，立刻传轿，吩咐亲随人等，只说到大相国寺拈香。一来王大人是奉旨访查此人，不敢耽延；二来也是王大人为国求贤，一番苦心。

不多时，来到相国寺，小沙弥闻听是相爷前来拈香，那敢怠慢？急忙跑至方丈报与老和尚知道，只见了然与包公对弈，全然不理。倒是包公说道：“既是相爷前来拈香，吾师也当迎接。”了然道：“老僧不走权贵之门，迎他则甚！”包公道：“虽则如此，他乃忠正之人，就是迎他，也不至于玷碍于你。”了然闻听，方起身道：“他此来与老僧却无碍，惟恐与足下倒有些瓜葛。”说罢，迎出去了，接至禅堂。王大人宾位坐下，了然主位相陪。

献茶已毕，王大人便问道：“此寺中共有多少僧众，几个道人？因有心愿，每人布施鞋袜各一双，须要按人看过，方好施舍。”了然心下明白，即聚齐僧众，一一看过，并无应龙图之人，王大人心中纳闷，只见了然躬身请大人到方丈一叙。王大人素知了然高明，便同他来到方丈，只见迎门立着一个道人，背着手儿默默如有所思，王大人仔细看时，形容面貌，与圣上御笔龙图毫无差别，不觉起敬致问。包公向前一揖道：“废员包拯参见。”只这一句话，便不是出家人的规矩了，道人不当作揖，也不敢称废员，王大人闻听，大惊，连忙让坐，细问情由。包公便将曾任定远县，因断“乌盆”革职的话说了一遍。王大人摇头道：“此案终属妄诞，老夫实难据信。”包公不觉正色道：“虽则理之所无，确乎事所必有。自古负屈含冤之魂，凭物申诉者，不可枚举。难道都是妄诞么？只要自己秉公断理民情，岂能因‘妄诞’二字，便置之不问？岂不使怨鬼含冤于泉下乎？何况废员决非‘攻乎异端’之人，此事亦非‘攻乎异端’之案。”

王老爷见包公说话梗直，毫无饰词，不觉满心欢喜，立刻请包公随至相府，包公叫包兴将自己的马备来，别了了然，随着王大人一同起身。沿路上人见大轿后跟着一个道人，再不解是什么缘故。一时来到相府，就请包公主仆在书房安歇。果然赏了厨子二十两银子，他请虞候吃酒不吃酒不必细说。次日，入朝极早，将包公仍然改换了县官服色，先在朝房伺候，并嘱咐：“若见圣驾时，奏对不可多说。”

不多时，净鞭响过，圣驾临轩，丞相王苞出班奏道：“臣王苞奉旨访查应梦之人，今有废员定远县知县包拯与御笔龙图形容信仿，臣因他道人打扮，难以入朝，仍将他改换县官服色，现在朝房，无旨不敢朝见。”仁宗天子闻奏有了应梦之人，龙颜大悦，传旨：“立刻宣来见朕。”

包公步上金阶，撩袍跪倒，山呼已毕，圣上观看，果是梦中之人，满心欢喜，便问因何罢职。包公便将断“乌盆”将犯人刑下毙命的情由，毫不遮饰，一一奏明。王苞在班内闻听，暗暗着急，惟恐圣上见怪。谁知天子不但不怪，反倒和颜悦色道：“卿既能断‘乌盆’负屈之冤魂，必能镇皇宫作祟之邪魅，今因朕之玉宸宫内每夜有怨鬼哀啼，甚属不宁，不知是何妖魅，特派卿前去镇压一番。”即着王苞在内阁听候，老丞相又是欢喜，又是担心。欢喜者，包公的奏对，合了圣意，自己再不能担不是；担心者，不知皇宫是何妖魅，惟恐包公镇压不起，反有性命之忧。此又是面奉谕旨钦派的，无可如何，只好听之而已。圣上又派总管杨忠带领包公进玉宸宫去。

这杨忠素好习武，大约排行第十，胆量颇有，人皆称他为“杨大胆”。因玉宸宫怨鬼作祟，圣上就派他每夜在宫内巡逻，又钦赐了他一口宝剑，叫他仗胆助威，他就仿佛得了尚方宝剑的一般。到了晚间，带在腰边，各处巡逻，谁不钦敬他呢！今因奉旨带领包公进内，他瞧包公漆黑的面貌，又是七品服色，便有些瞧不起，背着手儿，挺着腰儿，腆着肚子，叉着腿儿，问道：“足下贵姓？”包公道：“姓包。”杨忠道:“姓包,尊讳呢!”包公道:“名拯。”杨忠道:“咱家姓杨,素日有些胆量,人人皆称咱家是‘大胆杨忠’,连圣上都知道的,不然如何钦赐宝剑呢?你看这宝剑是皇上心爱的东西,若非宫内有怨鬼作怪,咱家如何佩带得起?如今跟着咱家进宫去,须要各处留神,这禁地可比不得你们外头吓。”包公连连称是。杨忠在前,包公在后,一路唠唠叨叨问话,不是称呼“包老黑”,就是叫“老包”。一时来到昭德门,便说道:“进了此门,便是内廷禁地,想不到你有如此的造化!今日奏对合了圣意,叫咱家带你入宫,慢说你是七品小小前程,就是首相元老,轻易也到不了此地,你将来回到本家,和那些乡里乡亲也易夸的口的,是不是?老黑呵!我和你说话,你怎能不言语呢?”包公无奈,答道:“公公说的是。”杨忠又道:“你别和我闹整脸子。我是个爱说爱笑的。这就是你,差不多的,他们巴结着和我说话,我还不理他呢,别说你这样黑哥!”

说话间,进了凤右门,只见有多少的内辅,俱各垂手站立。内中单有一头领上前与杨忠执手道:“杨老爷,今日有何贵干?一向久违吓!”杨忠答道:“辛苦!辛苦!咱家奉圣旨带领此位包先儿前到玉宸宫镇压邪祟,此乃面奉御旨之事,咱家完了差使,仍从此出去,不定三更,不定五更回来,我们也就不照门了,省得又劳动你们。请罢,治事罢。”说罢,同定包公进了此门,竟奔玉宸宫而来,但见巍峨高耸,金碧辉煌,到了此地,不觉肃然起敬,连杨忠爱说爱笑,到了此时,也就屏言息气了。来到殿门,杨忠止步,悄向包公道:“你是钦奉御旨,理应进殿降邪,我就在这门槛照看便了。”包公闻听,轻移虎步,侧身来至殿内。后事如何,下文分解。

第七回　得古今盆完婚淑女　收公孙策密访奸人

且说包公来至玉宸宫，轻移虎步，侧身进殿，见灯烛辉煌，正中设立宝座，连忙望上行了三跪九叩之礼；又见旁边侧立着座位，包公鞠躬入坐，如对君上一般，杨忠见了，暗暗佩服道："瞧不得他，小小官儿，竟自颇知国礼。"又见包公秉正端坐，凝神养性，二目并不四下观瞻，另有一番凛然难犯的神色，不觉连声夸讲道："怪不得圣上见了他就喜欢。看此光景，他若果能除邪，从此宫内安静，圣上必要重用他，将来竟不可限量呢！"

正在思想之际，不觉谯楼漏下，猛然间听得呼呼风响。杨忠觉得毛发皆竖，连忙起身，掣出宝剑，试舞一番。要不多几路，已经气喘，英锐已消，顺步坐在门槛之上。包公在殿内看着，不由的暗暗发笑。

杨忠正自发怔，忽见从丹墀之下起了一阵旋风，滴溜溜，将竹叶裹的团团乱转，又隐隐听得风中有悲哀之声。包公微微闪目观瞧，只见灯光忽然一暗，杨忠在外，将宝剑抛在一边，扑倒在地。片刻工夫，他才扎挣起来，袅袅婷婷，行进殿来，向着包公万福，双膝跪倒。

此时灯光复又明亮。包公以为杨忠戏耍，也不戳破，以假作真的问道："你今此来有何冤枉？诉上来。"只听杨忠娇滴滴的声音哭道："奴婢寇珠，原是金华宫承御，只因救主遭屈含冤。于今将尽二十载，专等星主来临，完结此案。"便将当初定计陷害的原由述了一番，"因李娘娘不日难满，故此特来泄露根由，求星主细细搜查，以报前冤。"

包公听了原委，问道："此事有何人知晓，将来做个证见？"附魂的杨忠说道："此事若明，须访知李娘娘，然后到南清宫内，狄后尽知底里。就是老伴伴陈林，他曾知道，也不敢明言，事关重大，星主千万不可泄露。"包公点头道："既有如此沉冤，包某必要搜查。但你必须隐形藏迹，恐惊圣驾，获罪不浅。"冤魂道："谨遵星主之命。"叩头站起,转身出去,仍坐在门槛之上。

不多时,只见杨忠张口欠伸,仿佛睡醒的一般,瞧见包公仍在那里端坐,不由的悄悄道:"老黑,既无什么动静,咱们怎么回复圣旨?"包公道:"鬼已审明,只是你贪睡不醒,叫我在此呆等!"杨忠闻听,诧异道:"什么鬼?"包公道:"女鬼。"杨忠问道:"女鬼是谁?"包公道:"名叫寇珠儿。"杨忠闻听,只吓得惊疑不止,暗自思道:"寇珠之事,算来将近二十年之久。我那时候还当小太监差使,他如何竟自知道?"连忙赔笑问道:"寇珠儿他为什么事来此作怪呢?"包公道:"你是奉旨同我进宫除邪,谁知你竟贪睡。我已将鬼审明,只好明日见了圣上,我奏我的,你说你的便了,为何反来问我呢?再者,昨日你说圣上钦赐宝剑,叫你佩带,你无故的抛弃在地,也是大不敬,我明日也要一并参奏的。"

一句话提醒了杨忠,见宝剑掷在一旁,方想起舞剑后未曾归鞘,连忙上前拣起一看,可巧将上面的宝石崩了一块,益发慌张了,着急道:"哎哟!包先生!包老爷!我的亲亲的包大哥!你这不把我毁坏了吗?可是你说的圣上命我同你进宫,归期你知道,我竟睡了,这是什么差使眼儿呢!怎的了?可见你就不疼人了!过后儿真就没有用我的地方儿了?瞧你们爷们这个劲儿罢!立刻给我个'眼里插棒槌',也要我们搁的住呵!好包大哥!你告诉我,明日我送你个小哈巴狗儿。"又拿手比着,"才这么短的小嘴儿!"

包公见他着急央求,方才告诉他道:"明日见了圣上,就说审明女鬼,系金华宫承御寇珠,含冤负屈,来求超度。臣等业已相许建醮。以后再不作祟了。"杨忠听了,暗记在心。包公又说道:"那宝剑怎么样?"杨忠连忙作揖道:"没什么说的,还求包大哥遮盖遮盖。那崩的一点儿,明日我叫造办处收拾好了,谨呈御前,以后我也不敢佩带了。"说罢,又是一揖。包公只得应允。

二人离了玉宸宫,杨忠一路上如敬神人一般,再也不敢言语亵渎了。来至内阁,见了丞相王苞,将审鬼情由说了一遍。王大人此时也不能不信。

少时,圣上临朝,包公将审鬼情由启奏明白。杨忠在旁略为答言，不甚差谬，别的事体毫不提起。圣上闻听大悦，愈信“乌盆”之案是实，即封包公开封府府尹，加封阴阳学士，传旨在相国寺设坛建醮七日，就派包公临坛拈香。包公谢恩出朝。因圣上隆恩过重，用了“阴阳”二字，从此人人传说包公善于审鬼，日断阳，夜断阴，一时哄传不了。

是日，包公拜谢了王苞。王大人钦敬非常，仍留在相府居住，俟建醮差竣，再择日期到开封府接任。包公办了文书，支了建醮的官项，来到大相国寺，先致谢了了然和尚，然后告诉他奉旨建醮七日，定日开坛拈香，差竣复命。

到了上任日期，包公别了丞相王苞，到了开封府，所有在役人员，前来迎接老爷进署，前呼后拥，热闹非常。包兴紧在轿后跟随。来至开封，拜了印信，接了事宜，每日查办事件，略为清理，然后遣包兴回家具禀，叩问双亲兄嫂安好，并禀明父母，现与李家结亲一事。俟禀明后，即到隐逸村投递书信。一来报喜，二来求婚毕姻。外另具禀封叩谢老师宁夫子。并嘱咐包兴：“务必到小沙屯卖豆腐孟老儿家给他茧绸一匹、纹银五两。”包兴一一记明，奉命去了。

包公每日上朝，回来时勤劳公事，真乃铁面无私。一日，包兴回来叩见包公，呈上书信，言：“太老爷太夫人实是康健，听见老爷得了府尹，欢喜非常，赏了小人五十两银子。小人又见了大老爷大夫人，欢喜自不必说，也赏了小人三十两银子。惟有大夫人叫小人带了一个包袱，嘱咐小人好好收藏，到京时交付老爷。小人接在手中，觉得有些分量，不知是何物件，惟恐路下磕碰损坏，还是大夫人见小人迟疑，方才告诉明白，说此包内乃古镜一面，原是老爷从井中得的。因此镜偶然光芒生亮，大夫人就挂在屋中。有一日，二夫人的丫环秋香走至大夫人的门前，栽了一跤，将头跌破，进屋内就在挂镜处一照，不想血滴镜面，忽然云翳开豁。秋香大叫一声，回头跑到二夫人房中，冷不防按住二夫人，将左目挖出，从此癫疯，至今锁禁，犹如活鬼一般。二夫人死去两次三番，现今延医调治，尚未痊愈。二老爷，小人见他无精打采的，也未细问，赏了小人二两银子。”说罢，将镜呈上。包公也不开看，吩咐好好收起。

包公问道：“你可到隐逸村么？”包兴又道：“小人将隐逸村结亲一事先回了太老爷太夫人，以下俱各禀明，合家无不欢喜。小人在家住了一夜，次日起身，即到隐逸村报喜投书。李大人大喜，满口应承，随后便送小姐前来就亲。赏了小人一个元宝、两匹尺头，并有书信一封。”即行呈上。包公接书看毕，原来是张氏夫人同着小姐于月内便可来京。

包兴又回道：“小人见了宁师老爷。师老爷看了书信，十分欢喜，说叫老爷好好办事，尽心报国，还教导了小人好些好话。那孟老者，小人在三元镇集上，可巧遇见他了，将茧绸、银子给他，他哪里肯受，是小人说之再三，他才千恩万谢的受了，还趴在地下望空磕了一个头，小人赶着搀起的。”包公听了，点了点头，道：“你也乏了，今日且歇息歇息，明日再商量办喜事一节。”包兴方才退出。自有本衙门差役与他接风掸尘，不必细表。

到了次日，包兴请示喜事如何办理，并预备夫人、小姐来京的暂寓，仍派人前去迎接。不多几日，果然张氏夫人带领小姐，俱各到了。一切定日迎娶礼节全是包兴料理。到了吉期，也有多少官员前来贺喜，热闹了三日。

包公自毕姻之后，见李氏小姐幽闲贞静，体态端庄，诚不失大家风范，满心欢喜。而且妆奁中有一宝物，名曰“古今盆”，上有阴阳二孔，堪称稀世之宝。包公却不介意。过了满月后，张氏夫人别女回去，临行又将自己得用的一个小厮名唤李财，留下服侍包公，与包兴同为内厮心腹。

是日，包公送了岳母回来，见有个乡民，年纪有五旬上下，口称“冤枉”，立刻带至公堂。包公问道：“那汉子姓甚名谁？有何冤枉？诉上来！”那人向上磕头道：“小人姓张，名致仁，在七里村居住。有一族弟，名叫张友道，以货郎为生，相离小人不过数里之遥。这一天，小人到族弟家中探望，谁知三日前竟自死了。问我小婶刘氏：‘我兄弟是何病症死的？为何连个信也不给呢？’刘氏回答：‘系心疼病死的，因家内无人，故此未能送信。’小人因兄弟死的不明，在祥符县申诉，情愿开棺检验。县太爷准了小人之状。及至开棺检验，并无伤痕,刘氏他就放起刁来,说了许多诬赖之言。县太爷将小人打了二十大板,讨保回家。小人越想此事,越觉张友道死的实实不明,无奈何,投到大老爷台前,求大老爷与小人作主!”说罢,眼泪汪汪,匍匐在地。

包公问道:“你兄弟素来可有疾病么?”张致仁道:“并无疾病。”包公又问道:“你几时没见张友道?”张致仁道:“素来弟兄和睦,小人常到他家,他也常在小人家。五日前尚在小人家中,小人因他五六天没来。因此找到他家,不想他三日前竟自死了。”

包公闻听,暗想道:“五日前尚在他家,他第六天去探望,又是三日前死的,其间不过隔了一两天,如何好端端的就会死了呢?无怪张致仁犯疑,其中必有缘故。”包公想罢,准了词状,立刻出签传刘氏到案,暂且退了堂。来至书房,细看呈词,好生纳闷。包兴与李财两边侍立。忽听外面有脚步之声,包兴连忙迎出,却是外班,手持书信一封,说:“外面有一儒生求见。此书乃大相国寺了然和尚的。”包兴听毕,接过书信,掀帘而入,回明包公,将书呈上。包公极敬了然僧,忙将书信折阅,原来是封荐书,深道此人学问。

包公看罢,即着包兴去请。包兴同定外班来到班房,只见那人穿戴衣服,全是包公在庙时换下的,又肥又长,甚不合体,并且帽子的后面还捏着个折儿。包兴看罢,明知是当初老爷的衣冠,必是了然和尚与他穿戴的,也不说明,便向那人说道:“我家老爷有请。”那人却斯斯文文,随着包兴进来。到了书房,包兴掀帘,包公迎至门首。那人向上一揖,却不跪拜。包公让坐,那人谢了坐,李财献茶。

包公便问:“先生贵姓?”那人答道:“晚生复姓公孙,名策。因困于场屋,屡试不第,故流落在大相国寺内。多蒙了然和尚垂青优待,特具书信前来,望乞老公祖收录。”包公见他举止安祥,言语明晰,又问了些书籍,学问甚是渊博,竟是个落第的才人。包公不胜大喜。

正攀话间,外班进来禀道:“刘氏现已传到。”包公吩咐外班侍候。那外班连忙出去。包公便叫李财陪着公孙策,自己带了包兴,立刻升堂,吩咐带刘氏。应役之人接着声说道:“带刘氏!带刘氏!”只见从角门外进来一个妇人,年纪不过有二十五六岁,面上也无惧色,口中自言自语道："好端端的人死了，叫他翻尸倒骨的，不知前生前世造下什么罪孽！如今又把我传到这里来，还能生出什么新样的法子来呢?"一边说着，一边上堂，也不东瞧西看，他便袅袅娜娜，朝上跪倒，露着是个惯打官司的样儿。

包公问道："你就是张刘氏么?"妇人道："小妇人刘氏，嫁与货郎儿张友道为妻。"包公又问道："你丈夫是什么病死的?"刘氏道："那一天晚上，我丈夫回家吃了晚饭，一更之后就睡了。到了二更多天，忽然说心里怪痛的，小妇人吓得了不得，急忙起来，他便嚷疼的厉害。谁知不多会的工夫，他就死了，害得小妇人好不苦也！"说罢，掩面痛哭。

包公听完，把惊堂木一拍，道："刘氏！休得巧言遮饰！你丈夫到底是何症候死的？快些实说，免得动刑受苦！"两旁差役连声催唬道："快说！快说！"刘氏道："小妇人的丈夫实系心疼病死的，再也不敢撒谎。"包公冷笑道："刘氏！今有张致仁告到本府台前，说他兄弟死的不明。你须要从实招上来。我且问你，你丈夫既是心疼死的，为何不告诉张致仁，你擅敢自行埋葬呢?"刘氏道："回老爷，小妇人家内无人，又不能烦人，即便烦出人来，小妇人也不敢给他送信。"包公问道："这却为何?"刘氏道："只因小妇人丈夫在世时，张致仁时常到小妇人家内，每每见无人时，他便用言语向小妇人胡说八道的，小妇人总不理他。就是他前次到了小妇人的家内，小妇人告诉他兄弟已死，他不但不哭，反向小妇人嘻嘻笑道：'婶婶，你年轻轻的，独守孤灯，我替你好不难受哩！'说着话，他就要动手动脚的，是小妇人连嚷带骂，他才走了。谁知他羞恼变成怒，在祥符县告状，说他兄弟死的不明，务必要开棺检验。后来县太爷到底儿检验了，并无伤痕，才将他打了二十板子。不想他不肯歇心，如今又告到老爷台前。可怜小妇人的丈夫死后受如此的罪孽，小妇人又担如此的丑名，实实的冤枉！求老爷与小妇人作主吓！"说罢，又大哭起来。

包公见她口似悬河，滔滔不断，说的有情有理，暗自思道："此妇言语锋利，必非良善。若令与张致仁质对，我看他那老实形影，只怕要输于这妇人的舌下。须得查出真实情由，妇人方能服输。"想罢，向妇人说道："如此说来，你竟是无故被人诬赖了。张致仁着实可恶，我自有办他之处。你且回去，三日后听传便了。"刘氏叩头下了公堂，似有得意之态。包公更觉犯疑，退堂之后，来到书房，便将口供呈词与公孙策观看。公孙策看毕，躬身说道："据晚生看此供呈，张致仁疑的不差，只是刘氏言语狡猾，必须暗暗访查明白，方能折服妇人。"

原来包公特将供呈与公孙策观看，为的是试探他的志略、才调，不料公孙策说了数语，正合包公主意，不觉欢喜，问道："似此如之奈何？"公孙策正欲做进见之功，连忙立起身来道："待晚生扮做医人，暗里访查；如有机缘，再来禀复。"包公闻听道："如此说，有劳先生了。"即将包兴叫来预备一切改装应用的物件。包兴答应，跟随公孙策来至茶房。公孙策告诉明日应用何物。包兴连忙办理去了。

不多时，俱各齐备，却是一个小小的药箱儿并一个招牌，还有褶巾，衣服、丝绦、鞋袜等。公孙策通身更换，背起药箱，手持招牌，从角门悄地出去，暗到七里村访查。谁知乘兴而来，败兴而返，闹了一天，并无机缘可入，堪堪日落，又觉得腹中饥饿，只得急忙且回开封府再做道理。不料慌不择路，原是往北，他却往东南岔下去了。走了数里之遥，好容易奔至镇店问时，方知是榆林镇。找了兴隆店投宿，又乏又饿。正要打算吃饭，只见进来了一群人，数匹马，内中有一黑矮之人，高声嚷道："凭他是谁，快快与我腾出！若要惹恼了你老爷的性儿，连你这店俱各给你拆了！"旁有一个人劝道："四弟不可。凡事有个先来后到。就是叫人家腾挪，也要好说，不可如此的啰唣。"又向店主人道："东人你去说说看。皆因我们人多，两下里住着不方便。奉托，奉托。"店东无奈，奔到上房向公孙策道："老先生，没有什么说的，你老将就将就我们。说不得你老屈尊在东间居住，把外间这两间让给我们罢。"说罢，深深作了一揖。公孙策道："我来时原不要住这上房，是你们小二说没有独间了，再三的说，我才住此屋内。如今来的客官们既是人多，我情愿将三间满让。店东，你在别的屋内匀便匀便，我一个人是好安置的。皆是行路的人，'纵有大厦千间，不过身眠七尺'，何必为此吵闹呢！"

正说间，只见进来了一条黑脸大汉，满面笑容道："使不得，使不得，老先生请自安置尊便罢。这外边两间，承情让与我等，足已够住得了。我等从人俱叫他在下屋居住。"公孙策再三谦逊，那大汉只是不肯，只得挪在东间去了。那大汉叫从人搬下行李，揭下鞍辔，俱各安放停当，又见上人却是四位，其下五六人俱是从人，要净面水，唤开水壶，吵嚷个不了。却又是黑矮之人先自呼酒要菜。店小二一阵好忙。闹得个公孙策净要了一壶酒，菜总没来，又不敢催。忽听得黑矮之人说道："小弟不怕别的，明日到了开封府，他若记念前仇，不肯收录，那便如何是好？"又听得黑脸大汉说道："四弟放心，我看包公决不是记念旧恶之人。"

公孙策听至此间，不由得出了东间，对着四人执手道："四位原来是上开封府的么？小的不才，愿作引见之人。"四人闻听，连忙站起，仍是黑脸大汉说道："足下何人？请过来坐，方好讲话。"公孙先生又谦让再三，方才坐下。黑脸大汉即忙叫店小二。店小二慌忙跑来道："来了！来了！"见东间那位先生也挪了出来，连忙说道："先生的烩鲜锅猹，少时就来。多有怠慢先生。"黑脸大汉道："不用了，我们与这位先生一同吃了，你把那上好的菜蔬多添几样，再取些好酒来。"小二听了，精神百倍，回身飞也似的去了。

这里方才各通姓名。原来这四人就是土龙岗的王、马、张、赵，听说包公做了府尹，当初原有弃暗投明之语，故将山上的喽啰、金银、粮米，俱各分散，止于带了得用心腹伴当五六人，前往开封府投奔，以全当日之信。他们又问公孙先生。公孙策答道："小可现在开封府，因目下有件疑案，故此私行暗暗访查，不想在此遇见了四位，实在是三生有幸了。"

彼此谈论多时，真是文武各尽其妙，大家欢喜非常。独有赵四粗俗，却是酒量颇豪，王朝惟恐他酒后失言，叫外人听之不雅，只得速速要饭。大家吃毕，闲坐吃茶。谁知赵爷见了酒方有精神，如今酒喝得不足，他的困就有余。又搭着众人谈的话，他一句也插不上，因此前仰后合，不觉的瞌睡起来。"困因酒过，酒为困魔"，后来索性放倒头酣睡起来。因他打呼方罢，大家提醒王朝道："只顾说话儿，天已三鼓多了,先生也乏了,请安置罢。”大家方才睡下。

到了四鼓之半,赵爷一咕噜身爬将起来,见一天月色,以为天已黎明,乱嚷道:“天亮了!天亮了!快些起来赶路罢!”又喊叫从人备马、捎行李,把大家吵醒。马汉道:“四弟睡的容易,醒的剪绝。愚兄刚睡着,哪就天亮了呢?”张龙道:“四弟是惦念着上开封府,心里有些不落实,所以睡不着了。”忽听王朝道:“早些走也好,省得四弟少时又暴躁了。”

说罢,大家起来。那东间里公孙策尚未睡着,只得也就起来。王朝叫从人中留下一人,将马腾出与公孙先生乘坐,叫那从人将药箱、招牌,俟天亮时,背到开封府交待明白,不可有误。

吩咐已毕,叫店家开了店门,大家乘马,趁着月色,迤逦而行。天气尚未五鼓,过了一带树林,忽见前面一座庙宇,墙角之际,有一红衣妇人,越墙而过,大家不知是何缘故。不知后事如何,且听下回分解。

第八回 救义仆除凶铁仙观 访疑案得线七里村

且说公孙策同王、马、张、赵趁着月色，迤逦而来，天色尚未五鼓，正走之间，过了一带树林，却是一座庙宇，猛见人影一晃，再细看时，却是一个妇女，身穿红衣，到了庙门，捱身而入。大家看的明白，口称奇怪。张龙说："深夜间，妇人入庙，必非好事。天气尚早，咱们何不到庙内一看呢?"马汉道："半夜三更，无故敲打山门，见了僧人，怎么说呢?"王朝道："不妨，就说咱们贪赶路程，口渴至甚，讨杯茶吃，有何不可?"公孙策道："有理，有理。"于是大家下马，叫从人俱在树林等候，好生看守行李马匹。从人答应。五位爷迈步竟奔山门而来。到了庙前，趁着月色，看的明白，匾额上写着"铁仙观"。公孙策道："原来是个道士庙。"赵四爷奔至山门，推了一推，却是关的严紧的。四爷道："方才那妇人捱身而入，并未听见他插门，这门如何是关着的呢？不要管他关不关!"抡起拳头，在山门上当、当、当就是三拳，口中嚷道："道爷，开门来!"口中嚷着，当、当、当随手又是三拳，险些儿没把山门砸下来。只听得里面说道："是谁？是谁？半夜三更硬打山门，这是怎么说!"哗啦一声，将门开放。公孙策连忙上前施礼道："道爷，多有惊动了。我们一行人贪赶路程，口渴至甚，又兼失迷路径，欲借宝观略略歇息，讨杯茶吃，还要奉求指引，自有香资奉上。"那道人听了，道："且慢些，待我禀明了院长，再来相请。"正说间，只见又走出一个浓眉大眼、怪肉横生的道士来，接着说道："既是众位要吃茶，何妨请进来。"王朝等一拥而入。来到大殿之上，却是灯烛辉煌，上面供着三清神像，供桌之前设着几张柳木椅子，还有两条板凳。彼此逊坐。见道人凶恶非常，并且酒气喷人，众人已知是不良之辈。道人吩咐老道快些烧茶。张龙、赵虎搭讪着溜出大殿，竟奔后面而来，到处搜寻那穿红衣的妇人，毫无影响。一直来到后院，见那边扣着一口大钟，并无别物。行至钟边，隐隐听去，钟内似有呻吟之声。赵虎道："有了！在这里面呢！"张龙道："贤弟，你将钟掀起，我往外拉人。"赵虎挽了挽袖子，将钟的上口，从窟窿内双手把住，用力往起一掀。张龙道："四弟，吃住劲，不可松手。待我把底口往上一挺，你往怀里一扭一转，就把钟内之人露出来了。"赵虎将手一松，钟仍扣在那边。仔细看此人，不是妇人，却是一个老者，捆作一堆，口内塞着一块棉花，急忙掏出，松了捆缚。那老者干呕一会，喘做一团；定了定神，方"哎哟"了一声，说出话来，道："苦死我也！"张龙便问："你是何人？因何被他们扣在钟下？"那老儿道："小人名叫田忠。"赵虎道："你这名字不好，既叫田忠，焉有不填在钟里的呢？"张龙道："四弟，且容他说。"田忠又道："小人乃陈州人氏。只因庞太师之子安乐侯庞昆奉旨前往陈州放赈，不想他到了那里，并不放赈，在彼盖造花园，抢掠民间妇女。我主人田起元，主母金玉仙，因婆婆染病，割肉煎药，老太太病好，主母上庙还愿，就被庞昆抢去，又将我主人田起元送县监禁。老太太一闻此信，旧病复发，生生的唬死。是我将老主母埋葬已毕，想此事一家被害，非上京呈控不可，因此贪赶路程，过了宿头。我于四更投至此庙，原为歇息，本庙道爷问了原由，不容分说，就将小老儿捆缚，欲要加害小人，不知何故。正在百般的哀求，忽听众位老爷到来，惟恐小人声喊，故此口内塞了棉花，扣在钟下，说等众位爷们走后，还要害小人的性命。可怜小人死了，不关紧要，我家主人的冤枉，叫何人申诉吓！"说罢痛哭。

正说之间，只见那边有一道人偷看。赵虎急忙赶上，兜的一脚，踢翻在地，将拳头往脸上一晃，道："你嚷！我就是一下子！"道人看见小柳斗儿似的一个皮锤，哪里还敢言语。赵虎道："我且问你，那道人他叫什么名字？为何要害这老头儿？快讲！"道人道："他叫萧道志。我叫吴道德。只因我们师兄与安乐侯交好，听这老头儿要害庞昆，所以要害他的性命。"赵虎听了，将他提起来，刚要拿捆田忠的绳子绑这道人，不想凶道萧道志在殿上预备烹茶，不见张、赵二人，叫道人去请，亦不见回来，就知事有不妥；慢慢的退出殿来，到了自己屋内，将大衣脱去，手提一口朴刀，竟奔后院而来。刚刚进入后门，就见老者已放，吴道德已被人按住，不由的心头火起，手举朴刀，凭空扑了来。张龙手急眼快,斜刺里就是一腿。道人将将的躲过,一顺手又将朴刀照着张龙面门削下。张龙手无兵刃,全仗步法巧妙,身体灵便,一低头将刀躲过,顺手就是一掌。恶僧惟恐是暗器,急待侧身时,张龙下面又是一个"扫堂腿",道志连忙跳起躲过。究竟有兵刃的气壮,赤着手的胆虚。张龙就支持了几个照面,堪堪的有些不敌。正在危急之际,只见王朝、马汉二人赶到,见张龙受敌。王朝赶近前来,虚晃一掌,左腿飞起,直奔胁下。恶道闪身时,马汉从后边又是一掌,打在背后。恶道往前一扑,急转身,摔手就是一刀。亏得马汉眼快,歪身一闪,刚然躲过,恶道"倒垂势"又奔了王朝而来。三个人赤着手,刚刚的敌得住。止于防他的刀而已。王朝见恶道奔了自己,他便用"推月势",等他刀临切近,将身一撤。恶僧觉得后面有人,也不回头,一伏身,将腿往后一蹬;张龙脚刚落地,恰被恶道在迎面骨上蹬了一脚,力大势猛,身子站立不住,不由的闹了个"豆墩儿"。赵虎在旁看见,连忙叫道:"三哥,你来按住这道人!"张龙即忙起来按住道人。只见赵虎站起来。秃、秃、秃,竟奔东角门往前边去了。

张龙以为四弟必是到树林取兵刃去了,迟不多会,却见赵虎从西角门又进来了。张龙想道:"他取兵刃,不能这么快,必是他解手儿。"眼瞧着他扑了恶道,将左手一扬,是个"虚架势",右手对准恶道面门一摔,口中说"恶道! 看我法宝取你!"只见白馥馥、雾腾腾,一股稠云打在恶道面上,登时二目难睁,鼻口倒噎,连气也喘不过来,哪里还能支持? 马汉在旁趁势在小肚子上尽力一脚,恶道站立不住,咕咚! 栽倒尘埃,将刀抛在一边。赵虎赶进一步,一跪腿,用磕膝垫住胸膛,左手按住膀臂,右袖向恶道脸上重新又一路乱抖。原来赵虎绕到前殿,公孙策正在拿不得主意,见了赵爷,便问:"四弟,怎么样了?"赵虎就答了两字:"就得。"将一炉香灰装在袖内,来到后面,俗话说的好:"光棍眼睛揉不进沙子去!"何况是一炉香灰! 恶道如何禁架得起? 四个人一齐动手,将两个道人捆缚,预备送县。四人复又搜寻,并无人烟。后又搜至小院之中,却是菩萨殿三间,只见观音大士身上披挂是红袍,大家方悟红衣妇人乃是菩萨现化。可见田忠有救,道人恶贯已满,报应不爽。此时天已大亮,公孙策叫从人将地方、保甲找来，告诉他拿获道人情由，并问此系何县的地面。地方道："祥符县所管。"公孙策道："很好。"派了从人二名押解送县，就提开封府拿的差使。到了县内，立刻详审，恶道二人就按劫掠杀命定案。大家带了田忠一同出庙，到了树林，各人乘骑，却多了两匹马，因从人押解恶道去了二名，就叫田忠骑了一匹，拉着一匹，竟奔开封府而来。到了衙门，将众人等暂寄下处。

公孙策进内参见包公，言访查之事尚无确实，便将昨晚在榆林镇遇见王、马、张、赵四人，从土龙岗投奔前来，望乞收录；并铁仙观救了田忠，多亏此四人拿了老道，现已解往县内，不日即行解到的话说了一遍，复又立起身来道："晚生还要访查事迹去。"辞了包公，来至茶房。此时药箱、招牌俱已送到。公孙策打扮停当，仍从角门去了。包公见公孙策去后，吩咐包兴将王、马、张、赵带至书房见了，就留在衙门，暂且在班房居住，俟有差使听用。四人从此就在开封。包公暗叫包兴将田忠带至书房，问明替主鸣冤一切情由，叫他不可露面，惟恐走漏风声，被庞府知道。从此田忠就在茶房住了。

且说公孙策出了衙门，复往七里村，沿途暗访，心下自思道："我公孙策时乖运蹇，屡次不第，幸亏了然和尚一封书信荐到开封府。我看包公为人正直，办事精明，将来不知到什么地步，我也算是随心得所了，偏偏头一件事就遇见这段公案，不知何日方能访出。总是我的运气不好，带累的诸事不顺！"越思越想，心内越烦，不知不觉出了七里村。忽然想起，自己叫着自己说："公孙策，你好呆气！你是做什么来了，就是这么走着！有人看见招牌、药箱儿，知是医生；有那看不见的，他何以知道呢？既不知道，你又访的是什么事情呢？实实呆的可笑！"原来公孙策只顾思索，低头走去，他却忘了摇串铃了；此时方才想起，连忙将串铃摇晃起来，顿响喉咙，说道："有病早来医治，莫要耽延。俗言'养病如养虎，虎大就伤人'。凡有疑难大症，包管手到病除，贫不计利。"正在念诵，可巧那边有一个老婆子，唤道："先生，这里来。先生，这里来。"公孙策闻听，向前问道："妈妈唤我么？"那婆子道："可不是。请问先生，尽卖丸药吓，还会看病呢？"公孙策道："丸药也有，病也会看。妈妈问他怎么？"婆子道："不是哟，往往摇串铃的先生将各处有名的丸散膏丹趸了来，到各乡村贩卖，却不会看病；如今你能看病更好咧。只因我的儿媳身体有病，求先生医治医治。”公孙策道：“既如此，妈妈引路。”那婆子引进柴扉，将门关闭。公孙策到院中一看，却是草房三间，满院的柴草，还有破烂的箕帚，知是寒苦人家。婆子连忙掀起蒿秆儿帘子，这蒿秆儿不是炒肉吃的蒿秆儿，是蓬蒿之秆修理好了，用麻披儿穿成，不过遮个内外而已。公孙策进了草房，却是一明两暗，一边一个锅台，熏得满屋漆黑，别的摆设也就不必提了，婆子又掀起西间破布单帘，让先生在炕上坐了。婆子又搬了个西洋杌子在地下相陪。怎么是西洋杌子呢？原是个柳木椅子，只因上半边坏了，俱各锯了去，如今又改做杌子。婆子问道：“先生，贵姓吓？”公孙策随口道：“姓张。请问妈妈贵姓？”婆子道：“姓尤。我们当家的早已去世，只有一个儿子，名叫狗儿。”公孙策问道：“令郎做何生理？”婆子道：“家业萧条，哪里还有生理，就在这村东陈大户家做长工。好容易给他娶了一房媳妇，好的了不得，很孝顺我，比我儿子强多了，偏偏他又病了！他这病有半个多月了，他的精神短少，饮食懒进，还有点午后发烧。先生歇息歇息，求先生看看脉，吃点药儿方好。”公孙策问道：“令媳在哪里呢？”婆子道：“在东屋里呢。待我告诉他。”说着，站起往东屋里去了。只听婆子道：“媳妇，我的儿，我给你请了个先生来，你求先生看看，包管病就好了。”又听得妇人道：“母亲，不看倒也罢了。一来媳妇没有什么大病，二来家中又无钱钞，何苦还要枉费。”婆子道：“哎哟！媳妇吓！你没听见先生说么？‘养病如养虎，虎大就要伤人’了。再者，先生还说贫不计利呢。好孩子，请先生瞧瞧罢。你早些好了，也省得老娘悬心，我就是依靠着你了。我那儿子，我也不指望他！”说至此，又听妇人道：“母亲，请先生过来看看便了。”婆子闻听，道：“还是我这孩子听话，好个孝顺的媳妇！”一边说着，便来到西间请公孙先生。公孙策跟定婆子来到东间看时，却比明间西间略觉强些，见那妇人危坐在炕上，围着旧被，往脸上看了一看，虽则病容憔悴，却倒干净至甚。公孙策便坐在炕边，垂头诊脉。医家“望、闻、问、切”四字，惟有“望”字需因人而施。如给男子诊脉，多看几眼还使得；若给妇女诊脉，也不能不望，不过一目了然。若是拉着人家的手，直勾勾的目不转睛瞅着人家，必是要招打的。又道“医者易也”，易者移也，故有移重就轻，移轻就重之法。何也？假如诊老人家脉，寿高耄耋，已是风里之灯，诊着脉，便道：“太爷不应有什么大病，不过多进了些饮食，寿高的人，克化不开，又受了点风寒，如今立个方儿，疏解疏解就好了。”只说疏解，连发散与消导等字也不肯说，“方才虽然立下药方，太爷喜欢吃，就吃一两剂，若不喜欢吃，不吃也使得。”及至出门时，方向大爷说：“我若不缓着说，上年纪的人听说厉害，痰往上一涌，那不登时就交代了吗？”此是移重就轻之法。若诊年轻人之脉，才交二十上下，大口吐痰，呛呛咳嗽，诊着脉且不言语，不是拧眉，就是叹气，半晌方说道：“哎哟！老弟台！你这脉息到了家了，咱们哥儿两个商量，你得帮我才好呢，你若好好保养身子，我便立个方子吃着瞧着，若是仍照先前，我就连方子也不立了。”年轻的人，焉有不怕死的？必是狠心保养，央求立方，及至出门时，他便对亲信人言道：“你们大爷的病没要紧，照方吃一剂补补元气就好了。”亲信之人就问道：“既是如此，方才为何说的如此厉害呢？”医生说道：“我若不往厉害里说，他尽指着大夫，那是玩的吗？”此乃移轻就重之法也。若遇此等大夫，便是好医生，称为名医亦可。如今公孙先生与妇人诊脉，虽是私访，素来原有实学，所有医理，先生尽知。

且说公孙策诊完了脉，已知病源，站起身来，仍到西间房内坐下，说道：“我看令媳之脉，乃是双脉。”尤氏闻听道：“哎哟！何曾不是？他大约有四五个月没来了罢。”公孙策又道：“据我看来，病源因气恼所致，郁闷不舒，竟是气里胎；若不早治，惟恐将来要入痨症，必须将病源说明，方好用药。”婆子闻听，不由的吃惊道：“先生真是神仙！谁说不是从气恼上得的呢。待我细细说与先生听：只因我儿子在陈大户家作长工，这陈大户叫陈应杰，多亏他素日帮些银钱，我们娘儿们糊口。那一天，忽然我儿子拿了两个元宝来扔在炕上。”说至此，只听东间妇人道：“母亲，此事不必说了。”公孙策忙说道：“用药须知的确，方能见效。”婆子道：“孩子，你养你的病，这怕什么。”又接着说道：“我见了元宝，未免生疑，便问我儿子这元宝从何而来。我儿子就说。只因陈大户与七里村张友道之妻不大清楚,这一天陈大户到了张家,可巧叫他男人撞见,因此陈大户要害他男人,给我儿子两个元宝……”说至此,东屋妇人又嚷道:“母亲,不消说了,此事如何对外人言讲?”婆子道:“儿吓,先生也不是外人,说明了好用药吓。”又接着说道:“交给我儿子两个元宝,是叫他找什么东西的。原是我家媳妇劝他丈夫不依,后来跪在地下哀求,谁知我那儿子不但不听,反将我媳妇踢了一脚,揣起元宝,赌气去了,至今未回来。后果然听见张友道死了!又听见说接三那一晚,棺材里连响了一阵,仿佛诈尸一般,连和尚都吓跑了。因此,我媳妇更加忧闷。这便是得病的原由。”

公孙策听毕,提起笔来写了一方,递与婆子。婆子接来一看道:“先生,我看别人的方子有许多的字,怎么先生的方儿就只这么几个呢?”公孙策道:“我这方子乃是仙传的奇方,只用红棉一张,用阴阳瓦焙了,老酒冲服,最是安胎活血的。”婆子闻听记下,公孙策又问道:“你儿子做成此事,难道陈大户也无什么谢礼么?”婆子道:“听说给我儿子六亩地。”公孙策道:“这六亩地可有字据么?”婆子道:“哪来的字据,将来不定给他不给呢。”公孙策道:“这如何使得?纸上无名叫不应。你儿子给他办了这件大事,漫说六亩,就是六十亩也是该当谢他的。若无字据,将来以何为证呢?也罢,我替你写张字儿,他若不给,你到官时就将这字儿呈上去,合他要地。”婆子闻听,欢喜道:“如此甚好。多谢先生。只是没有纸。可怎么好呢?”公孙策道:“不消,我这里有纸。”打开药箱,拿出一张纸来,立刻写就,并且落上自己是中保人,押了花押,交与婆子。婆子深深万福谢了。公孙策背起药箱,拿了招牌,起身便走。婆子道:“有劳先生,又无谢礼,一杯茶也不曾吃,叫我怪过意不去的。”公孙策道:“好说,好说。”出了柴扉,此时公孙策精神百倍,快乐非常。原是屡试不第,如今仿佛榜上标名。连乏与饿俱各忘了,两脚如飞,竟奔开封府而来。不知到了衙门如何,且听下面分解。

第九回　断奇冤奏参封学士　造御刑查赈赴陈州

且说公孙策回到开封府，仍从角门悄悄而入，来至茶房，放下药箱、招牌，找着内厮包兴，回了包公，立刻请至书房。公孙策参见毕，便将密访的情由，如何如何，细述了一遍。包公闻听，满心欢喜，暗暗的道："此人果有学问，实在难为他访查此事，可见了然和尚眼力不差。"即吩咐包兴与公孙先生更换衣服，准备酒饭，请先生歇息。又叫李财将外班传进，立刻出签拿尤狗儿到案。外班答应。去不多时，前来回话："尤狗儿业已拿到。"老爷点鼓升堂，叫带尤狗儿当堂跪倒。包公问道："你就是尤狗儿么？"狗儿回道："小人叫驴子。"包公一声断喝，道："你明明是狗儿，为何又叫驴子？"狗儿回道："回老爷，小人原叫狗儿来着，只因他们说狗的个儿小，改叫驴子，岂不大样些？因此就改了叫驴子。老爷若不爱驴子，还叫狗儿就是了。"两旁衙役吆喝道："少说！少说！"包公叫道："狗儿！"狗儿暗说："命运多大，只是多大！一个名字往大里改都不准！"只得应道："有。"包公道："今有冤魂张友道告到本府台前，说你与陈大户主仆定计将他害死，但此事皆是陈大户要图谋张友道之妻刘氏，你不过是差遣，概不由己，虽然受了两个元宝的赃赂，也是不干你事，你从实讲来，自有老爷与你做主，出脱你的罪名便了。你倒不必惊慌，慢慢的讲来。"左右威喝道："快说！快说！"狗儿听到张友道冤魂告状，不由心中害怕，后又见老爷和颜悦色，说出开脱他的罪名，与他做主，他就放了心了，总是糊涂人好哄，连忙向上磕头道："老爷既施天恩与小人做主，小人也就实说了。皆因小人的当家的与张友道的女人有交情，可和张友道没交情，那一天被张友道撞见，他跑回家里来可就病了，总想念刘氏，他又不敢去。因此，他就想出一个法子来，除非把张友道害了，他或上刘氏家去，或将刘氏弄到家来，方能随心合意。故此把小人叫到他跟前说：'老狗吓，我托付你一宗事情，你可能不能呢？'我就说：'当家的,你使唤我上哪去就使唤罢咧,又托付什么呢? 我没有不能的。'我们当家的说:'这宗事情不容易,你须用心搜寻才有。'我就问:'到底是找什么呢?'我们当家的说:'这种东西叫尸龟,仿佛金头虫儿,尾巴上发亮。'我就问:'这种东西出在哪儿吓?'当家的说:'须在坟地里去找去。总要尸首肉都化了,独有脑子未干,才有这种虫儿。'小人听见这话,可就为了难了,说:'这可叫我怎么找法儿呢?'当家的见我为难,他给了小人两个元宝,叫小人:'且自拿去。事成了,我还给你几亩地。不论日子,你总要找了来。白日也不用你做活,养着精神,夜里好找这种东西去。'可是老爷说的,'上命差遣,概不由己';又说,'受人之托,必当忠人之事'。因此,小人每夜出去刨坟。先刨了一个,是肉还未化的;又刨了一个,是枯骨已经干了。总说了罢,小人刨到第十七个上,好容易才得了此虫。晒成干,研了末,或茶或饭撒上,必是心疼而死,并无伤痕;惟有眉攒中间有一个小小的红点儿,便是此毒。后来听见张友道死了,大约就是吃了这种东西了。这就是已往从前的活,求老爷与小人作主。"包公听罢此话,大约无有虚谬。书吏将供单呈上。包公看了,叫拿下去,狗儿画了招。立刻出签传陈应杰到案。老爷又吩咐狗儿道:"少时陈应杰来时,你可要当面质对,老爷方好与你作主。"狗儿应道:"小人受老爷的天恩,小人情愿质对。"包公点头,吩咐带下去。只见差役当堂跪倒,禀道:"陈应杰现已拿到了。"包公又吩咐传刘氏并尤氏婆媳。

差役领命去后,便将陈应杰先带上堂来,去了铁链。包公问道:"陈应杰,为何谋死张友道? 从实招上来!"陈大户闻听,唬的惊疑不止,连声说道:"并无此事吓! 青天老爷!"包公将惊堂木一拍,道:"你这大胆的奴才! 在本府台前还敢支吾么! 左右,带狗儿!""哦!"立刻将狗儿带上来。狗儿道:"来了么? 当家的,咱爷们那宗事,叫张友道的冤魂告下来了,他全告诉老爷了。老爷已知道我是'上命差遣,概不由己',没什么说的,主意原是当家的出的,就是那银子也是你给我的,却不是我和你要的。这不是当面鼓,对面锣? 你有什么事,只得说了罢。"陈大户见狗儿当面对质,只唬得抖衣而战,半晌方说道:"小人与刘氏通奸原是有的;若说谋死张友道,实无此事。这都是狗儿一片的虚词吓！”包公明知他是避重就轻之意，微微冷笑道：“好狗才！你说狗儿是虚词？左右，将狗儿拉下去打！”狗儿听说要打他，慌张道：“老爷！老爷！小人全是实话！待小人问他。”回头对陈大户道：“当家的，你叫我找什么尸龟，不是你说的，我才费工夫每夜刨坟去，好容易给你找来，你还说，‘这么大的一个虫儿，就会要命，焉有此事？’后来打发我给刘氏送去，你还嘱咐我告诉刘氏：‘千万不可用手捏，就垫着纸儿，或茶或饭撒上。看手上，粘了，手上毒。’这话不是你说的么？我怎么是虚词呢？你还说给我几亩地呢。要是这么着，将来你也是讹赖了。”说至此，往上磕头道：“回老爷，与其打小人，莫若打他，包管一打，他就招了。”包公点头，吩咐将陈大户拉下去重打四十。左右呐一声喊，刚要上前，只见陈大户高声道：“不用打！我招！我招！”便将因奸致命的情由述了一遍，全是自己主意。与狗儿所供相符，叫他画了招。只见差役禀道：“刘氏与尤氏婆媳俱各传到。”包公吩咐先带刘氏。刘氏仍是洋洋得意；上得堂来，一眼瞧见了陈大户，不觉的朱颜改变，形色仓皇，免不得向上跪倒。

包公却不问刘氏，便叫：“陈应杰，你与刘氏当面对来。”陈大户对着刘氏哭道：“你我干了此事，以为机密，再也无人知晓；谁知张友道冤魂告到老爷台前，事已败露，不能不招。我已画了供了，你也招了罢，免得皮肤受苦。”妇人闻听，骂了一声：“冤家！想不到你竟如此的囊包！你今既已招成，我又如何推托！”只得向上叩头道：“谋死张友道情实。就是张致仁调戏一节也是诬赖他的。”包公也叫他押了手印。又将尤氏婆媳带上堂来。婆子哭诉前情，并言毫无养赡。陈大户曾许过给他六亩田，婆子恐他诬赖，托人写一张字据。说着话，从袖内将字儿拿出呈上。包公看了，认得是公孙策的笔迹，心中暗笑道：“这可要讹陈大户了。”便向陈大户道：“你既许下给地六亩，理应给他为是。”陈大户无奈何，只得应许拨出六亩地交与尤氏婆媳，即饬发该县办理。包公又问陈大户道：“你这尸龟的方子如何知道的？”陈大户回道：“是我家教书的先生说的。”包公立刻将这先生传到，问：“你如何教他这些法子？”先生费士奇回道：“小人素来学习儒业，闲暇时常看药书，因知药性；或于完了功课之时，遇刮风下雨的天气，不时合东家谈谈讲讲，因提起不可乱用，其中有六脉、八反，又有最毒之物，才提起尸龟。小人是无事闲谈，谁知东家却是有心记忆，故此生出事来。求老爷详察。”包公点头道：“此话虽是你无心说出，也是你不当对匪人言论此事。你可知道：‘不可与言而与之言，失言。’亦当薄薄有罪，以为妄谈之戒。”即行办理文书，将他解递还乡，刘氏定了凌迟；陈大户定了斩立决；狗儿定了绞监候；原告张致仁无事。退了公堂，来至书房，即打折底叫公孙策誊清。

公孙策刚然写完，只见包兴进来，手中另持一纸，向公孙先生道：“老爷说啦，叫先生把这个写一个夹片，明早随着折子一同具奏。”公孙策接来一看，不由的目瞪神痴，半晌方说道：“就照此样写么？”包兴道：“老爷亲笔写的，叫先生誊清，焉有不照样写之理呢？”公孙策点了点头道：“放下，我写就是了。”心中好不自在。原来这个夹片是为陈州放赈，不该用椒房宠信之人，直说圣上用人不当，一味顶撞言语，公孙策焉有不担惊的呢？“写只管写了，明日若是递上去，恐怕是一道辞官表。总是我公孙策运气不顺，偏偏遇的都是这些事！只好明日听信儿，再为打算罢。”

至次日五鼓，包公上朝递事。此时恰是老伴伴陈林接折子递上。谁知此折子上去，留中未发，包公只得听候。到了晚膳，圣上见包公的折子，初瞧时正觉龙心不悦，后来转又一想：“此乃他直言敢谏，是他忠正为国之心。”故而转怒为喜，立刻召见。包公奏对之下，明系陈州放赈，显有情弊，因此圣上加封包公为龙图阁大学士，仍兼理开封府事务，前往陈州稽查赈事，并统理民情。包公并不谢恩，跪奏道：“臣无权衡，不能服众，难以奉旨。”圣上微笑了笑，随即钦赐御札三道。包公谢恩，领旨出朝，竟回开封府而来。

且说公孙策自包公入朝之后，他便提心吊胆，坐立不安，满心要打点行李起身，又恐谣言惑众，只得忍耐。后又见包公并未下朝，在内阁听候纶音，更以为此事不妥无疑了。忽听外边一片声嚷，不由的心内突突乱跳，暗道：“这声气不好的很呢！”只见包兴气喘吁吁的先自回来，公孙策连忙迎上来，问道：“折子上去怎么样？”包兴笑吟吟的道:“圣上加封老爷龙图阁大学士,仍兼理开封府事务,钦派陈州查赈。”公孙策闻听,这一乐直是喜出意外。包兴道:“老爷先派我来与先生商议打发报喜人等,不准他们在此嘈杂。我先进内回禀夫人知道,然后再斟酌便了。”说罢,进内去了。

公孙策这里欢欢喜喜,拟了大概,俟包兴出来,彼此商议妥帖,赏了报喜人等去后,不多时,包公回来,大家叩喜已毕,立刻请公孙先生书房相见。公孙策先道了喜,然后就坐。包公将递折留中,晚膳召见,钦派查赈的话说了一遍;又言自己不肯谢恩,“圣上睿鉴天聪,不用烦牍细陈,已然俞允赐我御札三道。我想这御札如何办理,先生不可大意,你须替我仔细参详,莫要辜负圣恩。”说罢,包公起身进内去了。这几句话把公孙策就打了闷葫芦了,出了书房,来到自己屋内,千思万虑,猛然醒悟,道:“哦,是了！这是老爷逐客之法;欲要不用我,又对不过了然和尚的情面,故用这样难题目难我。我又何不如此如此,鬼混一番:一来显显我胸中的抱负;二来也看看老爷的胆量。左右是散场,有何不可呢?”于是研墨蘸笔,先度量了尺寸,注写得明白,后又写明了做法;并分了上中下三品,龙虎犬的式样,画成了三把铡刀。故意的以“札”字作“铡”字,看包公有何话说。画毕,自己又好笑,又不觉叹了一口气,来至书房,包兴回明包公,请进。公孙策将画单呈上,以为包公见了,必然大怒,彼此一拱手自己告别,就完了事了。谁知包公将单接过,从头至尾细细看了一遍,满面笑容,口中啧啧称赞道:“先生真大才也！尤妙在龙虎犬三品,分的更妙!”立刻吩咐包兴:“多多传唤匠役,务必连夜烫出样子来,明早还要进呈御览。就烦公孙先生指点,倘有该添减的,只管改正,不用再回我了。”公孙策听了此话,怔呵呵连话也说不出。此时就要说“这是我画着玩的”,又改不过口来。只见包公复派李财连催外班快传匠役。公孙策见真要办理此事,只得退出,重新将单子细细搜罗,又添上如何包铜叶子,如何钉金钉子,如何把上又安鬼王头,又添了许多色样。不多时,匠役人等来到。公孙策先叫他们看了样子,然后教给他做法。众人不知有何用处,只得怎么说就怎么开材料,照着样子烫起。一个个手忙脚乱,整整的闹了一夜,方才烫得。包公临上朝时,俱各看了,吩咐用黄箱盛好，抬至朝中，预备御览。包公坐轿来至朝中，山呼已毕，出班奏道："臣包拯昨蒙圣恩钦赐御札三道，臣谨遵御旨，拟得式样，不敢擅专，特此谨呈御览后，再行制造。"说着，将黄箱抬至丹墀之上，圣上观瞧，原来是三口铡刀的样子，分着龙虎犬三品，烫的甚实精巧。包公又奏明："如有犯法者，各按品级施行。"圣上早已明白包公的用意，是借"札"字之音做此三铡，以为镇唬外官之用；不觉龙颜大喜，称羡他的奇才巧思，立刻准了所奏，不必定日请训，俟御刑造成，急速起身。真是一代帝王，一代臣僚；包公以讹成讹的造作，就有圣主将错就错的依从，从古至今，就是包公用此刑法，所以千秋万古，成此一段佳话。

包公是日谢恩出朝上轿，刚至街市之上，见有父老十名一齐跪在轿前，手执呈词，口称"冤枉"。包兴连忙下马，向前接了呈子。这是包公素来吩咐的，但有拦轿告状的，不许阻挡，故此包兴即来接状。包公在轿内看的明白，将脚一跺轿底，轿夫觉得肩头一震，登时止步打杵。这也是素来规矩，若要住轿打杵，只用脚跺轿底，轿夫便知，竟是暗号的一般。包兴抢行几步，来到轿前，轻掀轿帘，将呈子递进。不多时，包公吩咐掀起轿帘，包兴连忙揭起。只听嗤、嗤、嗤，包公将呈子撕了个粉碎，掷于地下，口中说道："这些刁民，焉有此事！叫地方将他们押出城外，惟恐在城内又在别位老爷跟前滋生事端！"说罢，起轿竟自去了。这些父老见老爷把呈子撕碎，还派地方逐出城外，一个哭哭啼啼，说道："我们不辞辛苦，奔到京师，指望申冤雪恨；谁知这位老爷也是畏权惮势，真是闻名不如眼见！我等冤枉再也无处申诉了！"说罢，大哭。旁边地方催促道："走罢，不用拉丝咧。我们大小是个差使，别叫我们受热。哭也无益，何处没有屈死的呢！"十父老听了，只得跟着地方出城。刚至城外，只见有一骑马的随后追来，见了地方，道："既将他们送出城外，你也不必管了，就此回去罢。"地方连忙答应，抽身进城去了。原来这骑马的却是包兴，慢慢跟定父老，到无人之处，连忙下马，告诉他们道："我乃开封府内厮包兴。老爷不是不准你们的呈子，因街市耳目众多，惟恐走漏风声，反为不美。老爷命我来追你们，叫你们不可散去，且找个幽僻之处藏身,暗暗打听老爷几时起身,叫你们一同随去。如今叫两个有年岁的悄悄跟我到衙门,还有话问呢。”十父老听了,俱各欢喜。其中单叫两个年长的、会说话的远远跟着包兴。到了开封,包兴进去回明,方将两个父老带至书房。包公又细细问了一遍,原来是十三家,其中有囚在监内不能来的,有卧病在床不能来的,还有个被害、生生丧了命的,因此就剩了十个父老。包公听了,吩咐他们:“在外不可声张,俟我起身时一同随行便了。”二父老叩头道:“小人等也不敢回去,回去也是白白的被他害了。莫若随着老爷一同起身,方保无事。”说罢叩头,悄地出城而去。

且说公孙策自老爷奏明御刑之后,立刻传唤匠役,自己督工监造,务要威严烜赫,纯厚结实。便派王、马、张、赵四勇士服侍御刑:“王朝掌刀;马汉卷席捆缚;张龙、赵虎抬人入铡。”公孙策每日除了监造,便与四人操演用刑的规模,定了章程礼法,临期不可紊乱。不数日光景,御刑打造已得,包公具折请训,便有无数官员前来饯行。包公将御刑供奉公堂之上,众官员到齐,一同俱要看御刑是何制度,怎么个新奇的样儿。大家来至公堂,只见三口御铡,上面皆有黄袱龙套。四位勇士雄赳赳、气昂昂,上前抖去黄套,露出了刑外之刑,法外之法。光闪闪,令人寒毛皆乍;冷森森,使人心胆皆惊。正直君子看了,尚可支持;为恶小人见了,置身无地。真是从古至今未有之刑也!众人看毕,也有称赞的,也有说奇的,就有暗说过苛的,暗说多事的,纷纷议论不一。大家只得告别。包公送至仪门,回归后面。所有内外执事的无不忙乱,打点起身。包公又吩咐叫田忠暗暗跟随公孙策同行。到了起身之日,不过是至契、好友、署内人员等在长亭送别。包公乘轿,包兴与李财替换跟随。一路上,十父老或前或后,暗暗不离左右。

一日,走至三星镇,见地面肃静,行人稀少,包公暗暗想道:“看此地如何这等的寂静?或者本地官员治度有方,抑或怕人滋事,概行逐去呢?”正在犯想,忽听有喊冤之声,却不见人。包兴已下马,顺着声音看去,原来在路旁空心柳树内暗藏一人。及至露出身体,却是个妇人,头顶呈词,跪倒一旁。包兴连忙接过状子,此时轿已打杵,向前将呈子递入轿内。包公看毕呈子，抬头再看那妇人，却有三旬以外光景，身穿缟素，面庞清减，举止端详，不见半点轻狂。包公看罢，问道："你呈子上言家内无人；这呈子却是何人写的？"妇人答道："自幼诵读诗书，父亲原是举人，后来嫁得丈夫，又是秀才，笔墨之事，总不释手，故此自己能写。"包公听了，叫包兴近前，"将轿内随行的纸笔拿出递与妇人，叫他另写一张来。"只见那妇人不假思索，援笔一挥而就。包兴看的也呆了，见他写完，连忙接过来，收了笔砚，递入轿内。包公看时，见写的与那呈子丝毫不差，连连点头道："那妇人且自回去听传。待本阁到了公馆，必与你审问此事便了。"那妇人对着轿子磕头，口内说："多谢青天老爷！"包公已然起轿，竟奔公馆去了。要知告状妇人是谁？且听下回分解。

第十回　买猪头书生遇横祸　扮花子勇士获凶徒

且说包公在三星镇接了妇人的呈子，原来那妇人娘家姓文，嫁与韩门为妻，自从丈夫去世，膝下只有一子，名叫韩瑞龙，年方一十六岁，在白家堡赁房三间，母子栖身。韩文氏仗着指下生活，做些针黹，教训孩儿读书。韩瑞龙在东间念书，韩文氏在西间做活；娘儿两个将就度日，并无仆妇丫环。一日晚间，韩瑞龙在灯下念书，猛回头，见西间帘子一动，有人迈步进去，却是一双朱履，并瞧见葱绿的衣衿，连忙立起身来赶入西间，只见母亲倚窗做活。韩文氏见韩瑞龙进来，便问道："吾儿，晚上功课完了么?"韩瑞龙答道："尚未完呢。孩儿偶然想起一个故典，一时忘怀，故此进来找书查看查看。"一边说，一边奔至书箱；虽则找书，却是暗里留神，并不见一点形迹。韩文氏也不介意。韩生看了多时，只得携了一本书回到东间，心中好生纳闷，暗说道："真正的奇怪！我才明明看见朱履衣衿，急忙赶至屋内，为何踪影不见呢？此事蹊跷的很！也罢，等明晚再留神便了。"一夜未曾稳睡。到了次日起来，仍到母亲屋内梳洗，他又细细留神一番，并无什么痕迹，也就只得罢了。到了晚间，掌上灯烛，虽是念书，却是留神细看。及至初鼓之后，觉得一时忘神，又见西屋帘子一动，仍见那人进了屋内。韩生如何耐得？连忙赶进屋内，口叫"母亲"，只这一声，倒把韩文氏唬了一跳，问道："你不念书，为何大惊小怪?"韩生怔呵呵，半晌无言。韩文氏见此光景，有些犯疑，便道："你昨晚进来找书，难道今晚你又找书么?"韩生见问，一时回答不来，只得实告道："孩儿方才见有穿朱履的进入屋内，孩儿急急赶进，却不见了。就是昨晚亦是如此。"韩文氏听了，不胜诧异，暗自思道："原来冤家竟自疑惑我了！"连忙说道："此屋内除了此床，别无他物，倘有歹人祸藏，那还了得！我儿，持灯照看照看便了。"这原是韩文氏自己洗清的意思。韩瑞龙也就想到这里，即持灯向床下一照，说："母亲，这床下之土为何高起许多呢?”韩文氏闻听,低头看时,果是浮土高起许多,便道:“且把床挪开再看。”娘儿两个抬起床来,将浮土略略扒开,却露出一只板箱来。韩生见了此箱,不由的心中一动,这便是祸从心生了,找了铁器,将箱盖撬起一缝,不看则可,只因此一看,便是“时衰鬼弄人了”。韩生借着灯光,见里面光华闪烁,满满的一箱黄白之物,不由的满心欢喜道:“母亲,原来是一箱金银!敢则是财来找人?”韩文氏闻听,连忙喝道:“胡说!焉有此事!纵然有财,也是无义之财,不可乱动。”无奈韩瑞龙年幼,见了许多金银,如何割舍得下?又因母子艰窘,便对韩文氏道:“母亲,自古掘地得金的,不可枚举,况此物非是私行窃取的,又不是别人遗失拣了来的。何以谓之不义呢?这必是上天怜我母子孤苦,故尔才有此财发现。望乞母亲详察。”韩文氏听了,也觉有理,便道:“既如此,明早买些三牲祭礼,谢过神明,再做道理。”

韩瑞龙听见母亲依允,不胜欢喜,便将浮土仍然虚掩,又将木床暂且安放。母子又谈了片刻,方才各自安寝。韩生哪里睡的着?仿佛入魔的一般,翻来覆去,胡思乱想,好容易心血来潮,入了梦乡,总是惦记此事,猛然惊醒,见天光发亮,急忙起来,禀明母亲,前去办买三牲祭礼。谁知出了门一看,但见月明如昼,满天星斗,天气尚早;意欲回来,又恐惊醒母亲,只得慢慢来至街市之上。到了郑屠户铺前,见里面却有灯光,连忙敲门要买猪头,忽然灯光不见,叫了半晌,毫无人应,以为天气过早,且自回去,少刻再来。转身几步,忽听郑屠户门响,回头看时,却见灯光复明。又听郑屠道:“哪个叫门?谁买猪头?”韩生应道:“是我。要赊个猪头,多少钱文,明日即当奉上。”郑屠道:“原来是韩相公。既买猪头,为何不拿个家伙来呢?”韩生道:“出门忙了,忘了,奈何?”郑屠道:“不妨!拿一块垫布包好了去,明日再送来罢。”韩生道:“如此甚好。”郑屠转身进内,果用垫布包好,交付韩生。韩生双手接过,也不细看,以为熟识,再不能错的。走不多路,觉得两膀发酸,双手吃力,再也擎不住了,只得放在尘埃歇息;喘定,然后又走,迎面恰遇两个巡更之人,韩生双手捧定带血的包袱,又累的吁吁气喘,未免犯疑,向前拦阻,问道:“此布内是何物件?”韩生放下,答道:“是猪头。”说话气喘,字眼不真,更夫以为他心虚胆怯,答对不明。一个人提灯高照,一个人就哈腰打开布包细看。明月之下,又有灯光照的真切,只见里面哪里是猪头?却是一颗发髻蓬松、血淋淋的女人头。韩生看见,只唬的魄散魂消,"哎哟"一声,栽倒在地,张口结舌,哪里还说的出话来?两个巡更的也不容他分辩,即将韩生解到郧县。此时天已大亮,立刻禀明。县官见是人命,不敢怠慢,点鼓升堂。带上韩生一看,却是个懦弱书生,不肯震唬,慢慢问道:"你叫何名?这女头从何而来?须要从实诉上来。"韩生哭道:"小人名叫韩瑞龙,家有寡母。因在郑屠铺内买猪头,忘带家伙,是郑屠用垫布包了个猪头递与小人。小人也不曾打开细看,后遇巡更人追问,及至打开看时,不料是个人头。"说罢,痛哭不止。县官听了,立刻出签拿郑屠到案。谁知郑屠拿到,不但不应,他说:"连买猪头之事也是无有的。"又问他:"这垫布难道不是你的么?"他又说:"垫布是三日前韩生借去的;不想他包了人头,移祸于小人。"可怜年幼书生如何抵赖得过狠心的屠户?幸亏府官明白,见韩瑞龙是年幼书生,不肯酷刑荼毒,连屠户等分监囚禁,再为另行访查,尚未定案。

不想韩文氏在三星镇递了呈词。包公准状,来到公馆,县尹已然迎接,在外伺候。包公略为净面吃茶,便请县官相见,追问韩瑞龙一案。县官答道:"此案尚在审讯,未得实情。"包公点头道:"既如此,将此案人证俱各带到公馆听审。"县官答应下来,急忙派了差役,提了韩生、郑屠来到。包公升了公座,先带韩瑞龙,见他满面泪痕,战战兢兢跪倒堂前。包公问道:"韩瑞龙,因何杀害人命?诉上来!"韩生哭道:"只因小人在郑屠铺内买猪头,忘带家伙,是郑屠用垫布将猪头包裹,递与小人,谁知里面是个人头!这明是郑屠谋害,移祸小人。"说罢,大哭。包公说道:"你且不要哭。你买猪头遇见巡更的,那是什么时候?"韩生道:"天未亮。"包公道:"天未亮,你就去买猪头,要猪头有何用?"韩生到此,不能不说,便将夜读时看见朱履之人,一连两晚,因对母亲言明的话说了一遍:"查看床下,见浮土高起,扒开看时,是一板箱,里面却是金银。小人母亲说此乃不义之财,不可乱动。小人以为掘地得金,事所常有,悔不听母亲之言,欲要三牲祭礼,答报神明,因此起的过早,出门时,不过五鼓之半。不想生出此事！恳求天恩超生草命!”说着说着,又哭起来了。包公点头,暗道:“这是小孩子家贪财心盛;看此光景,必无谋死人命之事。”吩咐带下去,便对县官说道:“贵县你领了人役前到韩瑞龙家相验板箱,务要搜寻明白。”县尹答应,出了公馆,不及坐轿,乘上马,带领人役赶紧的去了。

这里包公又将郑屠带上来,见他相貌凶恶,明是不良之辈;问他时,与前供相同。包公大怒,打他二十嘴巴,又责他三十大板。好恶贼！善能挺刑,全无一字招承。吩咐暂且带下去。只见县尹回来,上堂禀道:“卑职奉命前到韩瑞龙家验看板箱,打开看时,里面虽有金银,却是冥资纸锞。又往下搜寻,谁知有一无头尸身,却是男子。”包公问道:“可验明项上是何物之伤?”一句话,把个县尹问了个愣儿,只得禀道:“卑职见是个无头尸身,一时忽略,并未验看是何物之伤。”包公嗔道:“既去查验,为何不验看明白？未免粗心!”县尹面红过耳,只是认个粗心的不是,喏喏而退;及至出来,唬了一身冷汗,暗自说道:“好一个厉害钦差大人！以后诸事须要小心。若再如此,惟恐要耽考程呢!”

且说包公吩咐将韩瑞龙再带上堂来。“哦!”左右答应一声,登时将韩瑞龙带到。包公道:“韩瑞龙,你住的房屋是你祖上留下的,还是自家盖造的呢?”韩瑞龙道:“俱不是,是赁居的。并且住了不久。”包公又问道:“先前何人居住?”韩生道:“以前何人居住,小人并不知道。”包公听罢,叫将韩瑞龙与郑屠仍然分监,听候复审。老爷退堂,心中好生的忧闷;叫人请了公孙先生来,彼此参详此事。一个女子之头,并无身躯;一个男子之身,又无头颅,这便做何处治？公孙先生又要暗行私访。包公摇头道:“得意不可再往,前此之事,乃偶然耳;焉有偶然之后又偶然的道理？待我细细思索便了。”

公孙策退至公所,又与王、马、张、赵议论此事,俱各无有定见。公孙策自回下处。愣爷赵虎对三位兄长说道:“你我自投至开封府,并无寸进之功。如今老爷遇了为难之事,理应替他分忧。待小弟暗暗的访查一番。”这原是他直性人说爽快话。哪知三位听了,不觉哈哈大笑道:“四爷,此乃机密之事,岂是你我粗鲁人干得来的？千万莫要妄想。私访不成,若要留了话柄,反为不美。你真愚的可笑了。”说罢,复笑不止。四爷见他们如此笑法,脸上有些下不来,讪讪的回到自己屋内,没有好气的。倒是跟四爷的从人有些机变,向前悄悄对四爷道:“小人倒有个主意。”四爷闻听,便道:“小子,你有什么主意?”从人说:“他们三位不是笑话你老吗?你老倒要赌赌气,偏去私访,看是如何。那时若是访着了,固然是你老的功劳;就是访不着,你老悄悄的回来,也无人知觉,也不至于丢人。你老想想好不好?”愣爷闻听,大乐道:“好小子!好小子!你好好在家,我就私访去了。”从人忙拦道:“我的老爷子!小人还没说出主意来呢,你老就忙咧。这么样儿去,谁不知道?那时访不出来,仍然是丢人,这样如何使得呢?”四爷道:“依你怎么样呢?”从人道:“你老可记得公孙先生私访的时节,他也不是本来面目;他不是扮了个看病的先生么?”愣爷道:“那个容易;我也改扮那样就是了。”从人摇头道:“使不得,使不得。公孙先生真有学问,真会看病,才扮得医生;你老漫说看病开方,连字都不认得,如何扮得那个样儿?”愣爷听了,只急得搓手道:“似此可怎样呢?”从人道:“小人早想了个主意,就是扮着费事。你老略等等,小人且办行头去。”愣爷欢喜道:“好小子!快快的替我办去!”从人连忙退出去了,半晌,回来道:“四老爷,小人为你老这宗事,好容易才找了来了。花了十六两五钱银子。”四爷道:“什么多少,只要办的事情妥当就是了。”从人说:“包管妥当。咱们须找个僻静的地方,小人再把你老打扮起来,那时别人才认不出来呢。”四爷听了,满心欢喜,跟了从人,悄悄离了公馆。来到僻静之处,打开包袱,叫四爷脱了衣巾;先打开一个纸包儿,里面却是锅烟子,给四爷抹脸儿。四爷道:“要这个做什么?俺的脸本是黑的,抹上不更黑了么?”从人道:“你老脸虽黑,却是亮光光的;如今抹上这个,才能遮的住那一番豪气。”四爷道:“好吓!想的周到。快抹,快抹!多抹些。”从人抹了脸,又将身上、手上,俱各花花搭搭抹了好些,然后拿出一顶半零不落的开花帽子与四爷戴上,又拿一件滴零搭拉的补钉衫子与四爷穿上。重新叫四爷坐下,脱了靴、袜、裤子,又拿了一条缺腰没腿的裤叉儿叫四爷穿上。腿上给四爷贴了两帖假膏药,唾了些吐沫,抹上些花红柳绿的颜色,算是流的脓血,又有一双烂帮倒跟的窄板鞋,叫四爷拖拉上。额外有个黄瓷瓦罐,一根打狗的竹竿,告诉四爷把这个拿定,“包管别人见了你老决不盘问。你老可见机而行,慢慢的打听罢。”四爷自己看了也觉好笑。这一身行头,漫说十六两五钱银子,就是一吊六百五十钱,谁也不肯要他。只因四爷论秤分金,扒堆儿使银子,哪里管他多少。况且又为的是官差私访,银子更不介意。临去时,从人说道:“小人于起更时仍在此处等候你老。”四爷答应,提了瓦罐,拿着竹杖,前面去了。从人将脱下的衣服等折叠好了,用包袱包妥,自回公馆而去。

且说四爷虽则扮了叫花子模样,却是行走如飞;浑身上下,破破烂烂,全不得劲儿。走着,走着,觉得脚指头扎的生痛,来到一个小庙儿门前,有一块青石,存身坐下,将鞋拿起一看,原来是鞋底上旧有一个钉子透了,故此扎着疼。于是抡起鞋来,向石上拍搭拍搭,好容易将钉子摔出,不想惊动了庙内和尚,只当有人敲门,及至开门一看,见是个叫花子在那里摔鞋,也不理会。四爷猛抬头,问道:“和尚,你可知道女子之身,男子之头,在于何处?”和尚闻听,道:“原来是个疯子！休要招惹他。”一言不答,将山门仍然闭了。四爷忽然醒悟,自己笑道:“我原是来私访,为何将心里的事顺口儿说出来呢? 快些走罢!”自己又想道:“既然扮做花子,理应叫花才是。这个我可没学过,说不得到哪儿说哪儿的话,我便扯着喇叭嗓子,胡乱叫化两声便了。”先前还是高兴,一心的私访,后来见无人理他,到了哪里,人都躲开,自己想道:“似此怎么打听的出事来?”未免心内着急。又见日色衔山,湛湛的黑将起来,幸喜是月望之后,天气虽然黑了,却见东方发亮,月色将升。一时来到前村,也是事有凑巧,只见一家后墙上有个人影,往里一跳。四爷心内一动,暗道:“天气才黑,如何就有偷儿? 不要管他,我也跟进去瞧瞧。谁叫我是花子呢? 世上要饭的,谁有良心? 非偷即摸;他要有良心,也就不要饭了。”想罢,放下瓦罐,丢下竹竿,摔了破鞋,光着脚丫儿,一挺身,扒住墙头,往上一纵,看墙内有一个柴火垛,他便顺溜而下;留神一看,见一人趴伏在那里。愣爷便向前伸手按住,只听那人“哎哟”了一声。四爷说:“你嚷！我就将你掐死！”那人悄悄的道：“我不嚷，我不嚷！求爷爷饶命！”四爷道：“你叫什么？偷了什么？包袱放在哪里！快说？”那人道：“我叫叶阡儿，有八十多岁的老母。因无养赡，实实出于无奈，不得已干这营生。我刚跳进来。哪里就有包袱到手呢？”四爷听了，沉吟道：“是吓！他刚进来，我就跟着进来了，料想他也没有得手。”心里虽如此想，眼睛却东瞧西看，偶见地下露着个白绫条儿，四爷伸手一拉，犹如皮糖一般，越拉越长；猛力一抖，抖出一只小小金莲来；复又将脚攥住，尽力往上一掀，却是个无头的女尸。四爷见此尸首，道：“好吓！你杀了人还合我闹这个腔儿呢！实对你说罢，俺非别人，俺乃开封府包大人阁下赵虎的便是。因为此事特来暗暗访查。俺且问你，这尸首是哪里来的？”叶阡儿闻听，只唬得胆裂魂飞，口中哀告道：“赵老爷！小人作贼情实，并未曾杀人。这尸首如何知道是哪里来的呢！”四爷道：“谁管你来！且自将你捆上，再作道理。”就拿白绫条儿将叶阡儿缚绑了结实。又怕他喊嚷求救，将裤腿儿扯下一块来将他嘴塞住，方说道：“小子！好好的在这里，老爷去去就来。”

四爷仍登着柴火垛跳出墙外，认准了方向，记了暗号，也不顾瓦罐、竹竿与那破鞋，赤着双足，飞奔公馆而来。此时天已初鼓，他的从人正在那里等候。黑暗中瞧着像是四爷，却听见脚底下呱咭呱咭山响，连忙迎上去，问道：“那边敢是四爷回来了？”四爷道：“正是，正是。”从人仔细一看，四爷光着双足，手内东西皆无，又是慌张样子，倒唬了一跳，赶着又问道：“爷的事体如何？”四爷迫忙答了一句道：“兴头的很吓！小子！”竟奔公馆飞跑的去了。从人听了这一句，略觉放心，看此光景，必是有了什么好信息了，随后也就跟来，哪里赶的上呢？谁知公馆之内，因钦差大人在此，各处俱有人把守。到了晚间，灯笼两边设立，照如白昼；稽查出入之人，甚实严肃。忽然见个叫花子从外面跑入，连忙上前拦道：“你这人好生撒野！这是什么地方！”话未说完，四爷将手往左右一分，一个个一溜歪斜，几乎栽倒，四爷早已跑进去了。众人着忙，才待要嚷，恰巧那从人赶到，喘吁吁的道：“你们不要嚷，不要嚷！那是我们四老爷。”众人闻听，各各发怔，不知什么缘故。这位愣爷跑到里面，可巧包兴正在那里吃茶，他也不管三七二十一,伸手将包兴拉住道:“好吓！你在这里呢!”把包兴唬了一跳:“哎哟！你是谁?”话未说完,这手内的茶碗早已落地,当啷啷砸了个粉碎。后面从人赶进来,连连说道:“这是我们四老爷。”包兴在灯下尚未认出。只听赵虎道:“你替我回禀大人,说赵虎求见。”包兴这才听出声音,道:“哎哟！我的愣爷,你吓死我呢!”重新将灯一照,瞧见四爷好样儿,摸了一脸的黑,又搭着这一身的穿戴,下面光着两只脚,不由的好笑。四爷着急道:“你且别笑,快回老爷,我有要紧事求见！快着！快着!”包兴见他这般光景,务必有什么事,连忙说道:“四爷,你且松手,咱们走就是了。小心脚底下,看破茶杯扎着。”二人来至包公房门首。包兴进内,回明老爷,立刻叫进来,见了赵虎这个样儿,也觉好笑,便问:“有什么事,这般形景?”赵虎便将私行改扮,暗黑访查,怎么遇见叶阡儿,怎么拉出尸首,怎么将叶阡儿捆住的话说了一遍。包公正因此事为难,今听赵虎如此说,不觉满心欢喜,要知后文如何？且听下回分解。

第十一回　审叶阡儿包公断案　遇杨婆子侠客挥金

且说包公听见赵虎获住叶阡儿，满心欢喜，立刻派差役四名，着两人看守尸首，着两人即将叶阡儿拿来。四名差役问明了方向，赵虎又告诉了暗号。差役领命去后，包公极力的旌奖了赵虎一番，叫他洗面、更衣。愣爷得意洋洋，退出房来，到了自己屋内，从人将净面水、衣服等俱各预备妥当。四爷进了门，就赏了从人十两银子，说道："好小子！亏你想了这个主意，方能立此大功！漫说对的住你三位老爷，就是公孙先生，他也得信服了我！"说罢，哈哈大笑，慢慢的梳洗，更换衣服，叫从人将这一分行头好好收藏，留着日后还有用处。

且说四名差役去不多时，将叶阡儿拿到了公馆，除去了口内的裤腿，松放了背上的白绫，带到公堂之上。包公升座，问道："你叫何名？为何无故杀害人命？从实讲上来！"叶阡儿道："小人名叫叶阡儿，家有老母。只因穷苦难当，无奈何做了贼；不想头一次就被拿住。求老爷施恩饶命！"包公道："你做贼已属不法，为何又去害人呢？讲！"叶阡儿道："小人做贼情实，并不曾杀害人命吓！老爷！"包公将惊堂木一拍，道："好个刁恶的奴才！现有尸首，还不承认！左右，拉下去重责二十大板！""哦！"喊了一声，将叶阡儿掩翻在地；只这二十大板子，打的他皮开肉绽。叶阡儿原无此事，又是疼痛，又是着急，不由的大哭道："我叶阡儿怎么这么时气不顺！上次是那么着，此次又是这么着，真是冤枉，冤哉！"包公闻听话内有因，连忙问道："你上次是哪么着？讲！"左右威唬道："快说！快说！"叶阡儿自知失言，说"这个……上次……上次……这个……"张口结舌，再也说不出口来。包公吩咐道："拉下去！再重重打他二十！"叶阡儿着急，双手乱摇道："老爷不必动怒，我说！我说！"又揉了揉眼睛，又咳嗽了一声，方说道："那儿是这么一宗事情，只因白家堡有个白员外，名叫白熊。他的生辰之时，小人前去张罗张罗，原为的是讨好儿，事完之后，得些赏钱,或得些剩下的吃食。谁知他家的个主管白安,这小子,比员外更刻薄,更悭吝;事完之后,不但没有赏钱,连杂烩菜也没有给我一点儿。因此,小人一气,晚上便偷他去了。”包公道:“他方才说初次作贼,如今却是第二次了?”叶阡儿道:“偷白员外是头一次。”包公道:“偷了什么? 讲!”叶阡儿道:“他家道路小人俱是认得的;就从大门溜进去,竟奔东厢房屋内隐藏。为什么奔东厢房呢? 皆因白员外有个妾,名叫银娘,是员外心上的人,所有好的东西全交给银娘收藏。小人知道他的箱柜最多,所以奔到东厢房内。刚藏起来,银娘就来了。见她卸了妆,灭了灯,进了帐子,小人只得等她睡熟了,方好下手。谁知不多时,忽听有人弹的槅扇响,银娘从帐子里出来,开了槅扇,进来一人。小人在暗里仔细瞧时却是主管白安。他二人嘻嘻笑笑,进了帐子。小人在暗里打算:敢则白安与银娘通奸? 今夜偷了他,过后儿见了他,再绕着弯儿讹他。主意已定,等他二人睡熟以后,悄悄开柜子,一摸摸着个硬木匣子,甚是沉重,便携出,越墙回家。见匣子上面有锁,旁边还挂着钥匙,小人乐的事不有余。及至打开匣子一看,罢咧! 不想里面是个人脑袋! 上次偷个人头,此次又碰见尸首,故此小人说,‘上次是那么着,这次又是这么着’,这不是小人的时气不顺吗!”包公连忙问道:“匣内人头,是男是女?”叶阡儿道:“是个男头。”包公又问道:“你将此头是埋了,还是报了官呢?”叶阡儿道:“也没埋了,也没报了官。只因小人村内有个丘老头子,名叫丘凤,因小人偷他的倭瓜,被他拿住。”包公道:“又偷倭瓜一次,连此次是第三番了?”叶阡儿道:“偷倭瓜是头一次。这丘老头子好狠,他拿住小人,用井绳蘸着水,打了小人个扁饱,才把小人放了,因此,我怀恨在心,小人就将这人头扔在他家了。”包公立刻出签两支,吩咐差役四名,着两名拿白安,两名拿丘凤,俱于明早听审。将叶阡儿押去寄监。

至次日,老爷正在梳洗,先有看尸首人役回来一名,禀道:“小人昨晚奉命看守尸首,至今早仔细查看,原来这后院正是郑屠的后院,前门封锁,故此特来禀报。”包公闻听,心内明白,立刻委县尹前去相验,恰与女子之头相合。包公立刻升堂,先带郑屠,问道:“你这该死的奴才！自己杀害人命，还要脱累他人！你既不知女子之头，为何你后院埋着女子之尸？快些招上来！”两旁威唬道：“快说！快说！”郑屠惊得张口结舌，以为女子之尸，必是老爷派人到他铺内，从后院搜出来的，真赃实犯，大约不招，难免皮肤受苦，半晌方说道：“小人愿招，小人愿招！只因那天五鼓起来，刚要宰猪，听见有人叩门求救，小人连忙开门放入。又听得外面有追赶之声，乱嚷嚷的说道：‘这前街大道，既然没有，必是从后街小道跑了！咱们明日再细细访查，大料必是在那里窝藏下了！’说着话，仍归旧路去了。小人俟人静后，方才点灯一看，却是个年幼女子。小人问他：‘因何黄夜逃出？’他说，他名叫宦娘。只因身遭拐骗，卖入烟花，鸨母强逼落水，他是良家女子，不肯依从。后来因有蒋太守之子，倚仗豪势，多许金帛，偏要梳笼他；他便假意殷勤，递酒献媚，将太守之子灌得大醉，他便瞅空脱逃出来。小人见他美貌，又是满头珠翠，绫罗华裳，不觉淫心顿起。谁知女子嚷叫不从。小人顺手拿起刀来，原是震唬他，不想女子娇嫩，刀刚到脖子上，脑袋就掉下来咧！小人见他已死，只得将外面衣服剥下来，夹到后院掩埋。回来，正在拔头上的簪环，忽听有人叫门买猪头，小人连忙把灯吹了。后来一想，我何不将人头包了，叫他替我扔了呢？总是小人糊涂，这个事情如何是托人替扔得呢！也是冤魂缠绕，不知不觉就将人头用垫布包了，重新点上灯，开开门，将买猪头的叫回来；看了看，就是韩相公。可巧他没拿家伙，因此将垫布包的人头交付他，他就走了。及至他走后，小人心里豁然明亮，又后悔起来，暗说：‘不好！这有些托人不当，必要闹出事来，这可怎么好呢！’因又转想：‘韩相公是年幼之人，他若替我扔了，固然无事；倘若闹出事来，总给他个不应，难道我还讹不过小孩子么？’不想老爷的明断，竟把尸首搜出来了！可怜小人杀了一回人，所得的衣服、簪环，连动也没动就犯了事了！小人冤枉吓！”

包公见他俱各招承，便叫他画了招。刚刚带去，只见差役禀道：“丘凤拿到。”包公吩咐“带上来”，见丘凤年有六旬，问他何故私埋人头。丘老儿不敢隐瞒，望上磕头道：“只因那夜听见外面咕咚一声响，小老儿怕是歹人偷盗，连忙出房看时，是个人脑袋，唬得了不得，连忙叫长工侯三拿去掩埋。谁知侯三不肯。他说:‘当家的,这场官司是个人命,若要掩埋,须给我一百两银子。’小老儿怕打官司,无奈之何。给了他五十两,他才替我拿去埋了。”包公问道:“侯三现在何处?”丘老儿道:“现在小人家内。”包公立刻吩咐县尹带领差役,押着丘老儿,找着侯三,即将人头刨来。刚刚去后,又有差役回话说:“白安业已拿到。”立刻带上堂来,见他身穿华服,却是个美貌少年。包公问道:“你就是白熊的主管白安么?”白安叩头道:“小人叫白安,在白家堡白熊家料理家务。所有大小帐目,出入银钱,俱是小人掌管。”包公道:“如此说来,你是白熊的亲信人了,想来你主人待你必好?”白安道:“是。小人的主人待小人如同骨肉,实在是恩同再造。小人再也不敢说没良心的话!”包公冷哂道:“好个乱伦的狗才!你主人既待你很好,你为何与他妾通奸?这还是你有良心么?讲!”说罢,将惊堂木一拍。左右扬威吆喝道:“快说!快说!”白安闻听,不胜惊慌,道:“小人素来奉公守法,并无此事吓!老爷!”包公吩咐:“带叶阡儿。”叶阡儿来到堂上,见了白安,说道:“白大叔,你来了么?你的事情,我已然回了老爷了。你那晚弹槅扇进东厢房与银娘同进帐子,我就在那屋里来着。后来你们睡着了,我才开柜子偷了硬木匣子,原打量发财,谁知里面是个人脑袋。拿着那样好匣子不装金银珠翠,却装个人脑袋,你们主仆作的都是些什么事!没有什么说的,白大叔,那就从实说了罢。大约你不招也是不能行的。你这可别打量我和你要钱,你闹雁孤,等着卖钱的来了给我买,这个事可等不得!”

一席话,说的白安张口结舌,面目更色。包公在上面催促道:“白安!那是何人的人头,从实招上来!”白安无奈何,跪爬半步道:“小人招就是了!那人头乃是小人家主的表弟,名唤刘天禄。因我家主穷时,曾借过纹银五百两,总未归还。那一天,刘天禄来到我们员外家,一来看视探望,二来讨取前债。我主人看着亲戚分上,以礼相待,预备酒饭。饮酒之间,刘天禄就提起所欠的银两;小人的家主拿话支吾着,就用酒灌他。后来刘天禄醉后失言,说他路上遇见一个癞道人,名唤陶然公;说他面上有晦纹,给他一个游仙枕,叫他寄与星主。他又不知星主是谁,故此问我主人。我主人也不认得星主,因要游仙枕观看。他说：‘里面的阆苑奇花，琼楼仙姬，奥妙无穷。’我主人一来贪爱游仙枕，二来又省得还他五百两银子；因此，将他醉后勒死。”包公道：“勒死刘天禄固然是你主仆动手了，为何又割下头来呢？”白安道：“勒死刘天禄的主意却是家主出的，可是小人帮着勒的。勒死之后，我主人叫我把尸首埋在堆货的三间屋里，小人一想，‘我与银娘通奸，将来被主人识破，如何是好呢？’莫若将头割下来，灌了水银，收在银娘屋内，以为将来主人识破的把柄。谁知叶阡儿偏偏的把这匣子偷去。今日既然犯事，小人所供是实。”复又往上磕头。包公又问道：“你埋尸首之屋在于何处？”白安道：“回老爷，自埋之后，每日里闹起鬼来；因此，将三间房屋另行打出，圈了个院落，就租与韩瑞龙母子居住。”

老爷闻听，心中早已明白，叫白安画了招，立刻出签拿白熊到案。此时县尹已回，上堂禀道：“卑职押解丘凤，获住侯三，同去刨头，却在井边；侯三指了地基，谁知刨时里面又有一男子之尸，验过，额角上系是铁镢伤痕。卑职追问侯三，‘这人头到底埋于何处？’侯三方醒悟道；‘刨错了，那边才是埋人头的地方。’因此又刨，果有一人头，系用水银灌过的。卑职不敢自专，将侯三一干人证俱各带到。”包公闻听县尹之言，又见他一番谨慎，不似先前的荒疏，心中暗喜，便道：“贵县且自歇息。”叫将侯三带上来。包公问道：“井边男子之尸从何而来？讲！”左右堂威大震。侯三连连磕头，道：“老爷不必动怒，小人实说，小人实说！回老爷，那个男子之尸不是外人，是小人的叔伯兄弟侯四，只因那日我得了丘老儿五十两银子，提了人头，刚要去埋，谁知侯四跟在后面。小人刨完了坑，才待埋时，他便出来，说道：‘汰！你私埋人头，该当何罪！’小人害怕，赶着央告他道：‘好兄弟，你别嚷。这是当家的干系；你我既是他的长工，理应吃黑饭，抱黑柱，替他埋埋有什么要紧，哪不是行好呢？’不想侯四冷笑，说道；‘好么！你可是善男信女！要不是他那五十两银子，你就肯行这个好咧！埋什么，那就是埋我，你和我说好的罢！’小人听他说出五十两银子来，大约此事瞒不了他，只得许了他十两，无奈侯四不依，小人又应许他对半平分，他还不依，小人就问他：‘你到底要多少呢？’可恨侯四好狠，他要四十五两方肯罢休。青天老爷想，通共五十两，去他四十五两，小人只剩五两，实在气他不过。又见他凶横非常，小人一想，你既说埋他，索性随了他的心，就把他先埋上。因此假意应承，叫他帮着刨坑，要深深的。真是'人为利名牵'；他见小人应了他，他便精神百倍，着力往深里刨。他哪知道是为他自己刨的坑呢！小人见他刨的不差上下，瞅冷子就照着他的太阳上一镢头，把他打倒，就势儿先把他埋了。然后又在那边刨了个坑儿，才把人头埋了。不想今日去刨人头，小人一时惊慌，不由的先指了埋侯四之处；及至刨出，小人才醒悟了。这也是天理昭彰，概不由己呀！老爷！"说罢，叩头不止。包公叫他画了招，且自带下去。

此时白熊业已传到，所供与白安相符。并将游仙枕呈上。包公看了，交与包兴收讫，即行断案。郑屠与宦娘抵命；白熊与刘天禄抵命；侯三与侯四抵命；俱各判斩，白安小犯上，定了绞监候。叶阡儿挟仇陷人，充军。丘老儿私埋人头，畏罪行贿，徒流。银娘官卖。县官理宜参奏，念他勤劳办事，尚肯用心，照旧供职。韩文氏抚孤课读，见财尚义，堪算教子有方，着县尹动官项银三十两，以为旌表。韩瑞龙私疑生母，有乖伦理，理当责处；念他年幼无知。释放回家，孝养孀母，上进攻书。

包公断明此案，声名远震，谁不赞扬？哪知只顾在郸县办理此案，耽延日期，其中又生出无限的风波。你道为何？只因南侠展熊飞自从土龙岗与包公分手之后，立意回家探母，沿路上仍是遨游山水，玩赏名迹。一日，到了常州府武进县遇杰村中，但见风景依然。归家见了老母，甚是康健，不胜欢喜。又亏了世仆老家人展忠，料理的家业井井有条，全不用小主人操一点儿心。就只有一宗，展忠上了年纪，而且为人朴实梗直，稍有不合心的，难免絮絮叨叨，往往展爷被他抢白几句。展爷念他是个世仆，一片忠诚；又听他说的俱是好话，因此也不计较于他。惟有老母春秋已高，难免多病多灾，三日不好二日好的。展爷晨昏定省，不离左右。一日，老母又觉着有些不爽。展爷便延医调治，煎药熬粥，衣不解带，昼夜侍奉。不想暮景余年，犹如风里之烛，担不住灾缠病绕，竟自一病不起，呜呼哀哉了。展爷哀痛至极,所有一切丧礼,全是展忠料理,风风光光的将老太太殡葬了。展爷在家遵礼守制。到了除服之后,他乃行侠尚义之人,如何肯在家中?将一切事体俱各托付展忠照管。他便要出门遨游。老仆展忠知道小主人的脾性,是在家圈不惯的,不好拦阻,惟有谆谆劝嘱早去早回。

展爷应允,离了家门,到处里游山玩水,遇有不平之事,便与人分忧解难。这日,刚进陈州地界,见有许多逃荒之人,携男抱女,哭爷唤娘,好不伤心惨目。他那侠义心肠,焉有不生恻隐的?因此,将兜肚中散碎银两周济了数人,便问他们从何处逃难而来。众人见展爷是武生打扮,同声回道:"公子爷,再休提起!我等俱是陈州的良民,只因庞太师之子安乐侯庞昆奉旨前来放赈,原为年岁饥荒,聊济民生;不想他倚仗太师之势,不但不放赈,反将百姓中年轻力壮的俱各督促前去与他盖造花园。并且劫掠民间妇女,美貌的收为姬妾,蠢笨的充当服役。百姓受此冤枉,无处申诉。本地府县官员皆是趋奉他的,谁敢与他作对?且遇此荒年,本就不能生活,再加如此荼毒,岂不是活活要命么?因此,我等逃往他方,以延残喘。"说罢,哭哭啼啼,拜谢而去。展爷听了逃荒人之言,心中暗暗沉吟道:"原来庞昆这等的作恶多端!我现在无事,既到了陈州地界,何不在此访查一番,看是如何。"主意已定,即奔大路而来,正走之间,见前面一所坟墓,有个老婆子在那里啼哭,甚是哀痛可怜,暗自思忖道:"偌大年纪,有何心事,竟如此的悲伤!"若要上前相问,又要避男女嫌疑。偶见那边地下有一张未化完的烧纸,连忙拣起,做为因由。搭讪着上前,叫道:"妈妈,且不要啼哭。这里还有纸,尚未烧完呢。"那婆子半晌止住悲声,将纸接过来,归入纸堆内焚化了。展爷便问道:"请问妈妈贵姓?为何一人在此啼哭?"那婆子流泪道:"原是好好的人家,如今闹的剩了我一个,你怎么叫我不哭呢!"说着,说着,抽抽搭搭又哭起来了。展爷道:"妈妈且不要哭。请问妈妈,难道尊府俱各遭了不幸了么?"婆子道:"若都死了,倒觉死心塌地的,惟有这么不死不活的,更是难受!"说至此,他又要掩面啼哭。展爷见他说话拉拢,不由的心内着急,连忙拦道:"不要哭,不要哭。有什么为难之事,且自说来,或者我能够与你分忧也未见得。”那婆子拭着眼泪，又瞅了展爷一眼，见是个武生公子模样，知道不是歹人，便说道：“我姓杨，丈夫名叫田忠，就在前面村中居住。自我家员外丧后，安人独守小主成家立业，支持度日。”展爷问道：“你家小主名叫什么？”杨婆子道：“他叫田起元，娶的是金员外的小姐，名叫玉仙，不但生的美貌，而且性格温柔，甚是贤惠，正是一家和气度日。不想遇此荒年，安人急得不得了。大病一场；多亏了主母割股煎药，刚将安人治好，偏遇皇家派了安乐侯庞昆来此放赈，他是个无法无天之人，千不合我家主母不该上庙还愿，被这奸贼撞见，竟自抢去了。我家小主人合他理论，他又不容分说，将我小主人交到县内囚禁。因此老安人一急，旧病复发，就死了。婆子与我丈夫将安人埋葬之后，我丈夫气愤不过，赴京呈控，不料至今杳无音信！一家人死的死了，受罪的受罪，没音信的没音信，只剩得我婆子一人，你叫我怎么不伤心呢！”说罢，一把鼻涕两行泪的又哭了。展爷问道：“你家主母被庞昆抢去。可有什么信息没有呢？”婆子道：“我也曾暗里打听：我主母誓以贞节自守，再也不从那奸贼的！可怜我主人、主母，一个在庞府受罪，一个在监内囚禁；漫说花费使用，连监内送饭俱各办理不来。今日乃安人百日之期，婆子好容易当些钱钞，买了一陌纸钱与他焚化，以尽主仆之情。似这等冤枉之事，就是铁石人见了也是要伤心的呀，你怎么叫我不哭呢！你怎么叫我不哭哟！”哇的一声，索性大哭起来。展爷闻听，又是凄惨，又是愤恨，等他哭的“一佛出世，九族升天”，方慢慢的劝慰道：“妈妈不要哭了。你家小主人，我与他素日相好，我因在外访友，并不知道他遭了此事。今既饔飧不继，我这里有白银两锭，暂且拿去使用。”婆子正哭着，听着有两锭银子，连忙止住哭声，问道：“公子爷贵姓？”展爷道：“不必细问，过后自知。我还要打听你主人、主母的下落，倘有信息，但不知妈妈在前村何处居住，请道其详。”杨婆子道：“前村小溪桥东门前有柳树数株，便是。公子爷问我主人田起元家，无人不晓。”展爷听了，暗记在心，将两锭银子递与杨婆，转身竟奔皇亲花园而来。要知后事如何？且听下回分解。

第十二回　展义士巧换藏春酒　庞奸侯设计软红堂

且说展熊飞来至皇亲花园，踏看方向，见一带簇新的围墙，里面虽然不能看见，外面已透出树木参天，楼台高耸，方圆有二三百里大小。展爷顺着墙根踱去，暗里丈量了一番，然后就近处租了店房住宿。到了二鼓时分，改换夜行衣靠，将灯吹灭，听了片时，店中已无动静，悄悄开门，回手带好，仍然放下软帘，飞身上房，越脊跳墙，竟奔花园而来。白昼间已然步量明白约略远近，在百宝囊中掏出如意绦来，用力往上一撒，真是练就的劲节，恰落在墙头之上。此物犹如飞爪一般，往上撒时，五爪张开，撒上去，再将丝绦一拢，上面五爪往回里一扣，便抓了个结实。展爷手把丝绦，攀援而上，到了墙头，将身爬伏，又在囊中掏出一块石子，轻轻掷下，侧耳细听。此名“投石问路”，下面或是有水，或是实地，再没有听不出来的。又将钢爪转了一个过儿，手捋丝绦，顺溜而下，两脚踏了实地，左右观看了一番，回手将丝绦装入囊中。他便蹑足潜踪，脚尖踏地，真是有鹭伏鹤行之能。转过大庭，进了角门，见跨所房内，灯光透露；仔细看时，却是房屋三间，惟有东间明亮，窗上照的人影乃是男女二人饮酒。展爷悄至窗下，也不湿破窗纸，且自窃听。只听有南方声音的男子说道：“此酒，娘子只管吃，是无妨的，外面案上搁的那个玉瓶，断断乎动也动弗得的。”又听妇人道：“那个酒叫什么名色呢？”男子道：“叫做‘藏春酒’。若是妇人吃了，欲火烧身，包管要腾身自就。只因侯爷抢了金玉仙来，这妇人贞烈非常，至死不从，侯爷急的无法。是我在旁插言道：‘侯爷何不配药造酒，包管随心所欲。吾是晓得此方的；此方乃仙传秘授，奇效非常。’侯爷听了，立刻叫吾配造此酒。吾说：‘此酒大费周折，须要纹银三百两，方能配成。’”妇人问道：“什么药酒要费这些银两呢？”男子道：“娘子，你弗晓得。侯爷他乃猴急之人，恨弗得妇人一时到手，吾不趁此时赚他的银两，如何能够发财呢？吾对你说，配成此药不过花费十两足够了,赚他二百九十两白花花的一大捧。这个财是发定了!"说罢,哈哈大笑。又听妇人道:"这样财,发也罢,不发也罢! 人家好好的夫妻,生生的被他抢来,又是个贞节之妇;你如今助纣为虐,配了此酒,坏了她的名节,似这等损阴坏德,你的天理良心何在!"展爷听至此,暗暗点头道:"可惜这样好妇人,配了这样坏蛮子,也就可恨呢!"又听男子道:"娘子不要怪吾,吾也是因穷所使,不得已而为之哟!"正在说话间,只听外面叫道:"臧先生,臧先生!"展爷回头,见树梢间露出灯光,便捱身闪入屋内,隐在软帘的外面。东屋内男子应道:"是哪位?"一边立起身来,一边说:"娘子,你还是躲在西间去,不要抛头露面的。"妇人从东间先往西间去了。臧先生出去开门。

这时节,展爷一伏身进了东间,将酒壶提出,见外面案上有个小小玉瓶放在那里,可巧旁边又有个带座的红碗,忙将壶中之酒倾在碗内,拿起玉瓶来灌入壶中,又把碗内之酒串入玉瓶;提起酒壶,仍然放在东间屋内。抽身出来,盘柱而上,贴住房檐,往下偷看。原来外面来的却是庞寿,奉安乐侯之命,一来取藏春酒,二来为和臧先生讲帐。这先生名唤臧能,乃是落第的穷儒,半路学了些医书,记了些偏方,投在安乐侯家帮助作恶。彼时开门,见了庞寿,问道:"主管到此何事?"庞寿道:"侯爷叫我取藏春酒,却叫你亲身拿去,当面就兑银两。"臧先生听了,欢喜道:"既是这等,主管少待,待我取酒去。"庞寿道:"先生且慢! 我还有句话说,先生配此酒,向侯爷说了三百两银子,侯爷并不驳回,难道此酒真花三百两不成? 我们辛苦一番,往来跑了多少道路,多少不拘,我们也得染染手儿。就是往后再有什么别的宗儿,我们也好替你说句好话儿。这一次若是独吞了,下次再别想有好事了。先生请自酌量。"臧能连忙答道:"主管放心。这件事再也少弗了的;倘若银子到手,必要请你们吃杯酒的。吾在门子里是知规矩懂局的,主管只管放心。"庞寿笑嘻嘻的伸着大拇指头道:"先生高的,你真是明白爽快人,从今后没事时,咱们倒要交交咧。先生取酒去罢,别耽延工夫了。"臧能道:"你弗到里面坐坐么?"庞寿道:"罢了,罢了。咱们闲着再说话儿。"臧能回身进屋,在案子上拿了玉瓶,随了庞寿直奔软红堂去了。哪知南侠见他二人去后，盘柱而下，暗里也就跟将上去。

这里妇人从西间屋内过来，仍坐旧处，暗自思道："丈夫如此伤天害理，做的都是不仁不义之事；倘若事败，必有杀身之祸。这便如何是好？"越想越加烦闷，不由的拿起酒壶来斟了一杯，慢慢独酌。此酒不喝便罢，喝了时药性发作，登时春心荡漾，按捺不住，惟有盼望丈夫早些回来方好。正在渴想之际，只听有人叩门，连忙将门开放，却是庞禄，怀中抱定三百两银子送来。妇人将他让至屋内。庞禄将银交待明白，回身要走，倒是妇人殷勤拦阻，务必叫坐下。庞禄从未见过此妇，今见她如此的和气，便偷眼看了这妇人，虽不十分美貌，却也有几分姿色。见她乜斜着两目，晕红的双腮，说长问短，言语狎亵，庞禄暗道："原来臧能有这样好妻子！今日初会，就这样的多情。看此光景，老臧别连发带卖罢，我如何倒装傻呢？"一时心痒难挠，情不自禁，刚要入步，猛听得外面咳嗽，却是臧能回来。庞禄吃了一惊，急起身迎着臧能，道："这……这三百……百两银子，已交大……大嫂子了。"说完，抽身就走了。臧能见他如此，连忙进屋内一看，见妇人红馥馥的脸儿，细条条的身儿，斜倚在坑上，颇有含情之态，心中好生不乐，道："吾原说过不准你见他们，吾因家内无人，故此急忙赶回来。你为何竟自与他对面交起谈来？这还了得！这……这还了得吗！"说罢，气忿忿坐在那里，妇人因方才也是吃了一唬，一时心内清醒，说道："他送银子来，我不便接，因此叫他拿进屋内。刚将银子放下，尚未说得三言两语，你就回来，我何尝又与他交谈呢？再者，你把别人的老婆设计谋害，自己的老婆如此的防范，你把防自己老婆的心想想别人，那人恨你不恨？你自己脏心烂肺的，如何倒埋怨起我来呢！"说着说着，眼中扑簌簌落下泪来。一席话，说的个臧能无言可答，自知理亏，便拿起壶来斟上一杯酒，一饮而尽，觉得凉的沁齿；因又提壶向火烫酒，不料这杯冷酒饮后，触犯一缕幽情，焰腾腾登时发作。尤奇的是后庭痒不可禁，自己诧异道："奇怪的很！这是啥个意思？"谁知酒温热时，那一股气儿有些异味，急忙拿起壶来，揭开盖儿一嗅，正是藏春酒，失声道："哎哟！弗好了！了弗得！了弗得！快拿凉水来!”自己等不得放下酒壶,拿碗舀了凉水,呷了几口,又叫妇人也喝了,方问道:“你方才吃这酒来么?”妇人道:“因你去后,我刚吃了一杯,就盼你回来,不想庞禄前来送银……你既知家内无人,何不自己将银拿回来呢!”臧能道:“还好,还好!佛天保佑,险些儿把个绿头巾给吾戴上!娘子弗晓得,吾将酒送到侯爷那里,侯爷已遣庞禄将银送来;吾想着,金银不过手,甚不放心,因此急急赶回来。幸而你是吃了一小杯,若是再吃些,那还了得么!只是这酒原在玉瓶内的,为何跑到这酒壶来呢?真的蹊跷的很!”妇人听他说此言语,方明白自己吃的是藏春酒,几乎败了名节,不由的落泪道:“全是你安心不善,害人不成,反害自己!可见天理昭彰,报应不爽!”臧能道:“弗用说了。吾看此地也不是久居之所,如今有三百两银子,待明朝托故离了这是非场,回咱们老家便了。”这段因果,若非妇人有规劝丈夫之德,如何能保的住名节,臧能如何醒悟的这等快?可见“作善降之百祥,作不善降之百殃”,是再也不错的。

且说南侠随至软红堂,见庞昆叫使女掌灯,自己捧着白玉小瓶前往丽芳楼而去。展爷暗忖道:“这厮自以为得意,他哪知酒已抵换呢。这一上楼,但不知金玉仙做如何处治。也罢,我且随了去;倘有机缘,须要护庇节妇要紧。”于是悄进软红堂,见正面大案上有一个花瓶,瓶内插着掸子、蝇刷,还有一把绣花团扇。展爷触动心机,暗道:“我就借此唬他一唬。”随手将蝇刷拿起,插在领后;又在案上鼎炉内抓了一把香灰,转身出了软红堂,也奔丽芳楼而来。此时金玉仙正在其中,被众姬妾你一言,我一语,百般的劝慰道:“我们也是良家妇女,被侯爷抢至此地,也是不愿意来着;后来弄的要死不得死,要活不得活,无奈何,顺从了。如今倒觉得畅心乐意,吃好的,喝好的,穿好的,戴好的。”金玉仙不等说完,便大骂道:“你等不思保守名节,与丈夫报仇雪恨,反倒做此伤风败俗之事,正是不顾廉耻,我金玉仙惟有一死而已!”说罢痛哭。众姬妾被金玉仙骂得闭口无言,羞惭无地。正要发话,只见两个丫环引庞昆上得楼来,笑容满面道:“你等不必劝;这美人既不愿意,如今有一杯暖酒在此,美人若饮了,我明日就送美人回去。”说话间,手内擎杯,抢步向前。金玉仙惟恐恶贼近身，挥手将酒杯打落在楼板之上。庞贼不由的心头火起，骂道："好刁妇！如此的可恶！"才吩咐众姬妾一齐下手按住，硬行强奸，只听得楼梯脚步声响，却是杏儿上得楼来，喘吁吁的禀道："庞福叫回侯爷，太守蒋完有要紧事立刻求见，现在软红堂恭候，务必请侯爷快去方好。"庞昆闻听太守夤夜而来，必有紧急之事，回头吩咐众姬妾道："你们再将这贱人好好的开导开导，如再不从，回来定行强奸，看他还能飞上天去不成！"说着话，转身下楼。刚下了一两层楼梯，觉得面前毛哔哔的一拂，脑后尘土飞扬，恶贼猛然打了一个寒噤，不防脚下一绊，站立不稳，咕噜噜滚下楼去。后面两个丫环接连着也是如此。三个人滚到楼下，你拉我，我拉你，好容易奔至楼门。只听庞昆道："唬杀我也！唬杀我也！什么东西毛哔哔的，从我面上跳过去了！"两个丫环也同声说道："何尝不是？还撒了我一脖子的土。"庞昆道："不错，不错，我方才也觉有土来着。不好了！不好了！想是狐仙见了怪了！快拿灯来！"丫环道："我们方才打了两个灯笼，好好放在楼门，怎么一时都灭了呢？"庞昆道："快快走罢！有鬼，有鬼！"两个丫环一闻此言，哪里还有魂咧！主仆三人摸着黑儿，不辨高低，竟奔软红堂而来。相离切近，见有灯光迎上来，却是庞福。庞福见他主仆三人浑身的花白点儿，一个个惊惶失色，吁吁带喘，好生的纳闷。庞昆一边掸着，一边问道："蒋太守此时至此，有什么紧要事？"庞福道："他说务必见了侯爷，从长计议。小人约问了问，大约为钦差查赈的事。"

庞昆听罢，故意的咳嗽了两声，大摇大摆的到了软红堂。庞福掀帘，蒋太守早已迎上来。参见已毕，侯爷正面坐下，太守下首相陪。庞昆问道："蒋公夤夜至此，有何见教？"蒋完道："卑府今日接得文书，圣上钦派龙图阁大学士包拯前来查赈，算计五日内必到。卑职一闻此信，不胜惊骇，因此特来禀知侯爷，早为准备方好。"庞昆道："包黑子乃吾父的门生，谅他自有袒护的，决不敢与我作对。"蒋完道："侯爷，休说此话。闻听包公至正无私，不怕权势，又有钦赐的三口御铡，甚属可畏。"说至此，又往前凑了一凑道："侯爷所做之事，难道包公有不知道的么？"庞昆听了，虽有些发毛，却硬着嘴说道："他便知道,敢把我怎么样!”太守着急道:“不是这等说! 卑职已然打听明白,现有图样一张,他这御铡分着龙虎犬三品,无论王孙、贵戚,犯了国法,不用题奏,立刻处死。岂是藐视得的呢?”庞昆听了,只唬得哑口无言,半晌方说道:“似此奈何?”蒋完道:“卑职所以黉夜至此,与侯爷从长计议。卑职再也想不出什么法子来,除非他此时死了,万事皆休;但是他如何能够就死呢?”蒋完此句话不甚紧要,倒提醒了恶贼庞昆。他将三角眼翻了一翻道:“有了! 若用此人,包黑子性命休矣!”蒋完连忙问道:“此人是谁?”庞昆道:“我手下现有个勇猛之士,名叫项福。他人才出众,武艺超群;还有一宗异人传授,会飞檐走壁。若派此人赶出三两站去,暗暗行刺,岂不完了此事?”太守道:“如此甚好。但不知此人果有此胆量否?”庞昆道:“无妨,待我将他唤来一问便知。”立刻叫:“庞福,将项福带来!”“哦!”庞福答应。去不多时,进来禀道:“项福已到。”庞昆道:“叫他进来。”

庞福出去,一点手,从外面进来一个大汉,面貌雄壮,身体魁梧,果然威风凛凛,煞气腾腾,向上参了侯爷。庞昆道:“这是太守蒋老爷,见过了。”项福转身参见。蒋完连忙挽住手道:“壮士少礼。”又向庞昆笑吟吟道:“侯爷若用此人,必然成功矣。但不知壮士肯用力否?”庞昆大笑道:“蒋公休要多虑;吾知此人素有胆量,断无推托之理。”项福见他二人说话有因,便问道:“侯爷宣召小人,有何差遣?请道其详。”庞昆便将包公查赈,我等欲派你前去行刺,但不知你有此胆量否说出,项福若是有心机的,他也当忖度自己的本领能够不能够,一味的鲁莽,高声说道:“小人受侯爷莫大之恩,漫说行刺,就是赴汤蹈火,也是情愿的!”蒋完忙拦道:“壮士,低声些,恐怕走漏风声!”庞昆冷笑道:“蒋公特胆小了。我这软红堂,焉有外人敢到此地?”说罢,又复大笑。

他哪知道“隔墙俱有耳,窗外岂无人”? 此时南侠早已听了个不亦乐乎呢,看了个足兴呢。“但可惜项福这样一条好汉,原来是谄媚小人,竟自满口应承此事,毫无思索。可惜辜负了好胎骨!”正在嗟叹,又听蒋完说道:“此事须要以速为妙,千万不可耽延。”庞昆道:“你就将他带去。该如何吩咐,作何办理,务要妥帖。可有一宗,到了外面,总要机密为妙。”太守连连称是,告辞退出。庞昆又嘱咐项福一番:“俟成功之后,自有重赏。”项福答应,随了蒋完出来。黉夜之间,也不能细玩花园景致,走不多几步,只听项福说道:“大老爷慢行,小可的帽子掉了。”蒋完只得站住。项福觑着眼儿,满地乱摸,摸到数步外,方将帽子拣回。蒋完问道:“帽子在你头上,如何落得恁般远呢?”项福无可答,只得说道:“是小可走的慌疏,树枝儿一刮,将帽子蹦出去了,所以这般远。”二人又走,忽听蒋完说道:“壮士,那边不是个人么?”项福忙问:“在哪里? 在哪里?”蒋完用手指着。项福详了半天,笑道:“大老爷看错了,那是一块太湖石,孤峰独立,所以像个人。”蒋完道:“黑暗之中,再也辨别不出。”项福道:“大老爷看不真切,小可是受过异人传授的,黑暗之中,俱可以分析的出来。不信,大老爷请看:那边是芍药圃;这是莲塘池榭;出了月洞门,便是外书房了。”说至此,手往脑袋上一摸,道:“大老爷慢行,小可的帽子又掉了。”蒋完站住,问道:“壮士的帽子为何又掉了呢?”项福也不答言,蹲下身往后仔细观瞧,并无形迹,只得将帽子拣起,遮饰道:“是小可方才戴的不结实,被风一吹,所以又落了。”嘴虽如此说,心里也觉诧异,连忙将帽子戴上,用手握着,一直出了月洞门来,到花园门首,太守乘轿,项福骑马,一同回衙门去了。

你道项福的帽子为何连落二次? 这是南侠试探他的学业。头次从柳树经过,将他帽子提起撇了,自己却隐在树后,见他毫不介意;二次又过太湖石,听他夸口自逞目力,因又将他帽子打落,即跨步隐石后,见他虽然俯身观看,止于注目前面,并不搜查左右,就知他为人粗心,学艺不精,也就不把他放在心上,让他二人过去。离了花园,悄地里回到店中,且自歇息,候明早再做道理。到天明起来,别了店主,即往太守衙门,悄地窥探。见影壁之前,拴着一匹黑马,鞍辔鲜明;后面梢绳上系着个小小包袱,又搭着个大钱褡裢;有个草夫拿着鞭子,席地而坐,就知项福尚未起身,便在对过酒楼之上自己独酌眺望。不多一会,只见项福出了衙门。草夫连忙站起,拉过马来,项福接过,扳鞍上马,加了一鞭,便往前边去了。南侠即刻会钞下楼,暗里跟随。要知后事如何,且听下回分解。

第十三回　安平镇五鼠单行义　苗家集双侠对分金

且说展熊飞暗里随项福到了安平镇地方，天已挂午，见路西有座酒楼，匾额上写着潘家楼。早见项福的黑马拴在那里，南侠也就进来。到了楼中，见项福坐在南面席上，展爷却在北面拣个座头坐了。跑堂儿的先倒了一碗热茶来，然后擦抹桌面，问了酒菜，传下楼去。展爷吃着茶，复又闲看，见西面有个老者，昂然而坐，仿佛是个乡宦，形景可恶，俗态不堪，也不理会。只见跑堂的端了酒菜上来，安放停当，展爷刚然饮酒，忽听楼梯一阵声响，上来了三个人，却是一主二仆。那主人武生打扮，眉清目朗，少年英杰。展爷不由的放下酒杯，暗暗喝彩；又细细观看一番，好生羡慕。那武生要入座，只见项福连忙出席，向武生一揖道："白兄弟！久违了。"那武生见了项福，还礼不迭，答道："项兄，阔别多年，今日幸会。"说着话，让至同席。项福将上座让那武生，那武生不过略为推辞，即便坐了。展爷看了，心中好生不乐，暗道："可惜这样一个人，却认得他，真是天渊之别了！且自听他二人说些什么。"却是项福先说道："自别以来，今已三载有余；久欲到尊府拜望，偏偏的小弟也不得工夫。不知令兄可好？"那武生听了，叹道："寒门不幸，家兄已于去年去世了！"项福惊讶道："怎么大恩人亡故了！可惜，可惜！"

你道这武生是谁？他乃陷空岛五义士，姓白，名玉堂，绰号锦毛鼠。当初项福原是个耍拳棒卖膏药的；因在街前卖艺，遇见个无二鬼醉后搅他，一时气愤不过，将那无二鬼打倒。谁知竟是前世冤孽，那无二鬼躺下就没起来，蹬了蹬腿儿，呜呼哀哉了。彼时多亏白玉堂之兄白金堂见项福像个汉子样儿，而且离乡在外，遭此官司，甚实可怜；因此，将他极力的救出，又助了些盘费，叫他上京求取功名。项福原想着进京，寻个权贵之门，暂且栖身，可巧路途之间，遇见安乐侯上陈州放赈。他暗暗打听明白，先宛转结交了庞福，然后方荐与庞昆。庞昆正要寻觅勇士作为爪牙,见了他这样雄壮汉子,焉有不乐之理?便把他收留在府内。似项福这样行为,便不是个成材料的了。

且说项福正与白玉堂叙话,见个老民上得楼来,衣衫褴褛,形容憔悴,见了西面那老者,紧行几步,双膝跪倒,眼中落泪,口内苦苦哀求。那老者仰面摇头,佯佯不理。展爷在那边看着,好生的不忍。正要过来问时,只见白玉堂奔到。这边问那老民道:"你为何向他如此?有什么事故,对我说来。"那老民见白玉堂这样气度,料非常人,连称:"公子爷有所不知,只是小老儿欠员外的私债,员外要将小女抵偿,故此哀求,员外只是不允,求公子爷与小老儿排解排解。"白玉堂听了,二目圆翻,回头瞅着那老者,手却指着老民问道:"他欠你多少银两?"那老者见白玉堂满面怒容,只得执手答道:"他原欠我纹银五两。"白玉堂道:"欠五两银子就要人家女儿抵偿,你这人未免太非礼了!"老者答道:"公子不知,他可恶的很呢!当初借银子时满口应承,大秋必还;及至大秋,连个影儿也见不着,后来找了他几次,却又推到麦季;总说了罢,推来推去,已竟三年了。连利息算来,也是几十两银子,如何还怪得我将他女儿抵偿呢?"白玉堂听了此话,不甚明白,便问道:"原本五两,三年未给,如何就到了几十两呢?你倒要说给我听听。"老者道:"当初借银时原说过半年不给,加本一倍;一年不给,加本两倍,他三年未给,固然是三十两利息;再加原本五两,共欠银三十五两。岂不是几十两呢?"白玉堂听他说完,不但没有气,反倒笑了,连声道:"好,好,好!这利息未免太轻些!"回头问老民道:"当初可有此话?"老民道:"有是有的,小老儿却没应他。"白玉堂道:"这就是你的不是了;当初既有此话,你应与不应,理应照数给他,并不是他有意讹你。"老者拍手道:"是极!是极!还是这位公子圣明。"白玉堂问老者道:"当初他借你的银子可有借券?"老者道:"怎么没有!"忙从怀中掏出借券递与玉堂,玉堂接过来,也不看,立刻吩咐从人快平三十五两银子来。老者见白玉堂立时还银子,只乐得眉开眼笑道:"世间哪有这样好人!公子爷多有分心了。"白玉堂也不理他。不多时,从人将银子平来。白玉堂道:"今日当着大众,银券两交,他却不该你的了。"老者接过银两,笑嘻嘻的道:"不该了,不该了。老汉就此告辞。”说罢,拱了拱手,即刻下楼去了。玉堂将借券交与老民道:“以后似此等利息银两,再不要借他了。”老民道:“是,是,是!再也不敢借了。”说罢,叩下头去。玉堂搀起,仍然归坐。

这楼上吃酒饭的看了这件事,俱各不平。也有说那老者讹诈可恶的,也有说这公子轻财太冤的。连项福也说:“此银不当给他。”白玉堂不过微笑了一笑。独有展爷在座上暗暗忖道:“这姓白的有些古怪:先前去问时,是不忍的形景,后来怒形于色,以为他必合老者计较;不料他转怒为喜,反顺着老者说话,慷慷慨慨给了老者银两,这其间颇有用意。且不要管他,待我问问老民,再作道理。”恰好那老民从那边走来,展爷连忙让道:“老丈,不要忙,这里有酒,请吃一杯压压惊。”老民道:“素不相识,怎好讨扰?”展爷道:“不妨。”老民便在下首坐下。展爷给他要了一角酒吃着,便问方才那老者姓甚名谁,家在哪里。那老民道:“他在苗家集居住,名叫苗秀。只他儿子苗恒义在太守衙门当经承,他便成了封君了,每每的欺压乡党,盘剥重利。非是小老儿受他欺侮,便说这忿恨的话。爷上只管打听,便知小老儿的话不虚了。”展爷听在心里,那老民也就致谢而去。又听那边玉堂问项福的近况如何。项福道:“多蒙令兄台爱,救出小弟。又赐银两,叫我上京求取功名;不想路遇安乐侯,蒙他另眼相看,收留府内。今特奉命前往天昌镇要办一宗紧要的事件。”白玉堂闻听,便问道:“哪个安乐侯?”项福道:“焉有两个安乐侯呢?就是庞太师之子庞昆。”说罢,颇有自得之意。白玉堂不听则可,听了时怒气填胸,微微冷笑道:“怎么你投在他门下了?好!”回头叫从人会了饭帐,立起身来,对项福一执手道:“请了。”离席扬长下楼而去。展爷看的明白,不由的暗暗称道:“好的!我说这样一个人,如何会认得奸匪呢?敢则是他不知道。这就是了。”心中不胜畅快,复又忖道:“方才项福他在天昌镇专等,我曾打听包公还得几日方能到天昌镇,我何不趁此时且到苗家集走走呢。”想罢,会了钱钞,也就下楼去了,真是行侠尚义之人见了不平之事,他便放不过,仿佛与自己有伤损的一般,诚不愧那个“侠”字!

且说展爷离了酒楼，问明苗家集，暗暗探访苗家的行为，果然与那老民说的不差，到了晚间初鼓之后，一直奔到苗秀家内窜墙越屋，自不必说。展爷在暗中见有待客厅三间，灯烛明亮，其中有人讲话。他便悄至窗下窃听，正是苗秀问他儿子苗恒义道："你如何弄了许多银两来？我今日在潘家楼也发了个小小的利市，得了三十五两银子。"便将遇见一个少傻角替还银两的话说了一遍。说罢，哈哈大笑。展爷在外暗恨道："这厮可恶！他得了便宜，还要笑话别人！他说别人傻角！少时也叫他父子傻了方罢！"又听苗恒义道："爹爹除了本银，得了三十两利息；如今孩儿一文本钱不费，竟自白得了三百两银子。"苗秀诧异道："白花花的三百两银子如何就能白得呢？你倒要细细说来。"苗恒义道："只因昨日太守打发项福起身之后，复又到了侯爷那里商议了一计。"苗秀道："又商议什么呢？"苗恒义道："太守见了侯爷，说项福为人粗暴，办这细事惟恐不能成功，须要预为防备，便定了计策：倘若项福不能成功时，叫侯爷改扮行装，由东皋林悄悄进京，在太师府内藏躲，俟包公查赈之后，有何本章，再做道理。又打点细软箱笼，并抢来的金玉仙，叫他们从观音庵岔路上船，暗暗进京，侯爷因问本府大老爷：'所有预备船只，沿途的费用，共总须用多少银两？我这里也好打点。'本府大老爷哪里敢要侯爷的银子，反倒躬身道：'些须小事，俱在本府身上。'因此回到衙门，立刻从官库内平了三百银子。交给孩儿，叫孩儿办理此事。我想侯爷所做的事全是无法无天的，如今临走还把抢来的妇人暗送进京，又有细软；到了临期，孩儿传与那船户，叫他只管载去。到了京师，费用多少，和他那里要；他若不给，叫他将细软留下，做为压帐。爹爹想，侯爷做的都是些暗昧不明之事，一来不敢声张，二来这项银两原是大老爷应允，给与不给，侯爷也难以考查。这三百两不算白得的吗？"苗秀道："我儿的算计颇好，比爹爹强多了。"说罢，彼此狂笑不止。

展爷在窗外听至此间，暗道："好厉害！'恶人自有恶人磨'，真是不得错的！这赃官的三百银子，算是花到空地了。就是这污吏也不该叫他肥己，莫若俺拿了去赈饥济贫，岂不大妙！"正在思索，猛回头见那边又有个人影儿一晃，定睛细看，仿佛是潘家楼遇见的武生，就是那替还银子的傻角。暗笑道："好紧帐！白昼替人还了银子，夜间就要帐来了。我说他有用意，果然不出所料。说不得这项银两倒要分给他一半了。"忽又见远远有灯光一闪，展爷惟恐有人来，一伏身，盘柱而上，贴住房檐，往下注视，却又不见了那人，暗暗想道："他也躲了，何不也盘在那边柱上，咱们两个闹个二龙戏珠呢？"正在猜疑，忽见丫环慌慌张张跑至厅上，道："员外，不……不好了！夫……夫人不见了！"苗秀父子闻听，吃了一惊，也不细问，一齐往后面跑去。展爷趁此时盘柱而下，捱身进了屋内，见桌上放着六封银子，他便揣起了两封，偶然心内一动，暗道："论理，这六封银子，我都应当拿去；但那讨帐的既来了，我若都拿了去，岂不露着不懂交情么？若要给他留下，又怕他不知情。"见那边现放着纸笔，撕了一个条儿，提笔写了几个字，又拿起一封打开，抓出五个锞子，将纸条儿压上；剩下的包好，揣在怀中，抽身出来，暗到后面去了。

原来那个人影果是白玉堂。只因在潘家楼见苗秀可恶，老民可怜，一时从权，花费了三十五两银子，原打算晚间来偷他个不亦乐乎。及至到此，却见先有一人在窗外窃听，他便隐在竹丛之中，后来因有灯光，见那人盘柱而上，暗暗喝彩道："这人本领不在我之下，只是太小心了；虽有灯光，何妨迎上看看呢？"他便进了角门，用目观瞧，原来是苗秀之妻同定丫环，拿着灯笼上茅厕，见丫环把灯笼放在地下，回身进内去了，白爷趁空儿抽刀向妇人脸上一晃道："要嚷！就是一刀！"唬得个妇人骨软筋酥，就是要嚷也嚷不出来。玉堂伸手将妇人轻轻提出茅厕，先撕了一块裙子，塞住妇人之口，好狠玉堂！又将妇人的两耳削去，用手提起妇人，掷在厕旁粮食囤内，他却在暗处偷看，见丫环寻主母不见，慌张奔至前厅报信；听得苗秀父子从西边奔入，他却从东边转到前厅。此时南侠早已揣银走了，玉堂进了屋内一看，见桌上只剩了三封银子，还有五个锞子压着个纸条儿，连忙看时，上写着："三五一五，五五二五，连本带利，加四还汝。"下又有小字写着："利轻，利轻。恕罪。呵呵！"白玉堂看了，明知这是方才盘柱之人给我留下的，实在承他的情。是他在窗下听我花了三十五两，按着四倍加出。这三封是三五一百五十两，这五个锞子是五五二十五两，共银一百七十五两,正合加四之数。这人忙里偷闲,还弄这诙谐,也就有趣的很呢!忽听后面乱嚷嚷的嘈杂不止,白玉堂自啐道:"我还在此算什么帐呢!什么加三加四的,左右不折本也就是了。"将银子揣起,烧了纸条,转身出来,纵身上房,也就"赵不肖"了。

这里苗秀父子赶到后面,一面追问丫环,一面执灯找寻。众丫环仆妇七手八脚,嘈杂个不了,后来有个丫环嚷道:"在这里呢!"大家跑到粮食房,苗恒义提着灯笼向囤内一照,谁说不是?已然人事不醒,连忙跳到囤内搀扶,如何抬的动?又叫有气力的仆妇下去三四个,好容易抬出囤来,但见满头是血,发髻蓬松,口内还塞着东西,急急掏出,苏醒了,半晌方才"哎哟"出来,哭道:"唬煞我也!"苗恒义问道:"母亲为何躲在囤里?"婆子咳咳的道:"只因登厕,见一人手持明晃晃钢刀,在我面前一晃,叫我不准嚷,将我提出,用裙子塞了口,然后将我两耳削去。我一时疼痛难禁,便昏迷过去,并不知如何到了囤内!"说罢,放声大哭,苗氏父子匆忙之际,未曾细看,如今听婆子说明,这才瞧见短了两个耳朵。苗秀急的搓手。苗恒义无奈,劝慰多时,叫丫环、仆妇搀架着来到屋内,灯光之下,越看越不像样儿。人的耳朵虽无用处,然而断不可少,若真把它去了,光溜溜的,委实难看,苗秀发恨道:"这是从哪里说起!"苗恒义道:"据孩儿想来,这必是仇家前来陷害,故意的将我母亲两耳削去,以示警畏。"苗秀听了,怔了半晌,复又摇头道:"不是这等说;若是仇家陷害,必是恨你我父子,与你母亲何干呢?况他既能如此,他要害你我父子还值什么?或者是他偷盗而来,未能得手。"刚说至此,苗恒义"哎哟"一声道:"厅上现有三百两银子,不好了!中了贼人调虎离山之计了!"说罢,往前边飞跑。苗秀猛然醒悟,也就跟了出来。父子前后脚儿跑到厅上一看,三百两银子,人家早已分了走了。父瞅子,子瞧父,只急的大眼瞪小眼。怔了多时,无可如何,惟有唉声叹气,心疼而已。这虽是苗家父子见财起意的报应,仔细想来,究竟白玉堂做事促狭刻毒。你要调他父子离厅,什么法子想不得,单单的把婆子耳朵削去,叫他成个残废之人?这也未免太过,所以后来遭了惨报。

且说展爷揣了苗家的银两,真个的沿路济贫,直到了天昌镇,见公馆之内，并无动静，知道包公尚未来到；又暗暗踩访了项福的居址，果然在此专等。展爷放心，就在临近处找了寓所，歇了一夜。到了次日，展爷暗暗打听包公到此的消息。可巧有从三星镇来的人说道："包公判断奇冤，审出多少人命，不日就要结案。还要在那里歇马，大约迟一二日也就到此了。"展爷回到店中，暗自忖道："既有一二日工夫，我何不赶至三星镇，先送个信，叫他们早为防备，岂不是好？"于是叫店小二拿了笔砚来，写了一封密柬，揣在怀中，临行时告诉店东，"仍将此屋留下，俺找个相好的，明日要回。"店东答应，展爷出店，竟奔三星镇而来。不知包公果然歇马不曾？且听下回分解。

第十四回　小包兴偷试游仙枕　勇熊飞暗擒安乐侯

且说包公在三星镇歇马，正在无事之时，包兴惦记着“游仙枕”，心中想道：“今晚无事！我何不悄悄的睡一睡游仙枕，也见识见识那阆苑奇花，琼楼仙姬，不枉我跟了老爷一场。”到了晚间，伺候包公安歇之后，便托付李财道：“好兄弟，哥哥连日辛苦，总未能安安稳稳睡一夜；今晚老爷安歇的早，我也脱个空儿歇息歇息。没什么说的，兄弟多辛苦辛苦，夜里惊醒些。我今儿将息一夜，明日好起身。到了下站，哥哥值宿，你再歇着，好不好？”李财道：“这有什么要紧，彼此都是当差。一晚上，哪有这么些唠叨？你去罢，交给我咧。”包兴点头，回到自己屋内，先净手、搽脸，然后整理整理衣服，以为身游仙境，必须虔心至诚，惟恐被褥不洁净，将马褥子掸扫了，铺在床上；自己盘膝，定了神儿，方把“游仙枕”拿来，细细看了一番，不觉的张牙欠口，困倦起来，自己暗道：“真有些意思。”刚拿起仙枕来，就困了。他哪知正是他连日辛苦乏透了呢，即将仙枕放好，头刚着枕，已入梦乡。出了房门，见有一匹黑马，连鞍辔俱是黑的，两边有两个青衣，不容分说，搀上马去，迅速非常，包兴暗道：“这是什么仙镜，怎么这等阴阴惨惨的呢?”正在疑惑，来到一个所在，仿佛开封府大堂一般。包兴下了马，自己啐道：“走了半天，敢则还在衙门里呢。”上月台来到大堂，只见上面挂着一块匾，写着“阴阳宝殿”。包兴诧异道：“这匾是多咱挂的，我怎么不知道呢？再者，堂上挂匾多有写‘公慎广明’的，为何写‘阴阳宝殿’呢……哦，是了！我们老爷是圣上亲封过‘阴阳学士’的，或者因此。”正在狐疑，忽见出来一个判官，厉声道：“你是何人，擅敢假扮星主前来厮混！”喝声道：“拿下！”便出来了一个金甲武士，一声断喝。包兴魂归本窍，猛然醒悟，唬了一身冷汗，连忙坐起，自己叹道：“凡事皆有生成的造化；这么个‘游仙枕’，若无福分，也是不能消受的。判官说我假充星主，将来此枕必是星主才睡得。

怨得刘天禄说送与星主。但不知这星主是谁……”左思右想,哪里睡的着?听了听,已交五鼓,“哎哟,我觉得闭了闭眼儿,敢则睡了大半夜了。左右睡不着,何不到老爷那里看看。”连忙将仙枕收起来,到包公住的房内,只见李财坐在椅子上,前仰后合,在那里打盹。蜡花已然多长,连连剪了剪。刚要叫他,只见桌子上有个字帖儿,拿起向灯下一看,不觉失声道:“哎哟!这是哪里来的!”一句话将李财惊醒,揉了揉眼,见是包兴站在那里,自己不好意思,遮说道:“哥哥,我没睡着,我是闭着眼养神呢。”包兴道:“你既没睡着,这字帖儿是哪里来的?”李财惘然不知。尚未答言,忽听包公在里间屋内,咳嗽一声,问道:“什么字帖?拿来我看。”包兴一手持灯,一手拿着字帖,李财抖机灵儿,连忙掀帘。包兴来至屋内,李财又将幔子轻轻揭起。包兴将灯拿至床前,将字帖递过。包公接来一看,半晌问道:“天有什么时候了?”包兴回道:“已交五鼓。”包公道:“也该起来了。”便叫李财去请公孙先生。

不多时,公孙策来到。包公将字帖儿与他观看。公孙策接来,只见上面写道:“天昌镇紧防刺客,过了天昌镇,急派人分为两路:一路在东皋林捉拿庞昆;一路在观音庵截救烈妇。要紧,要紧!至嘱,至嘱!”公孙策看毕,道:“此字从何而来?”包公道:“何必问他来由。明日到了天昌镇,严加防范。过了此站,先生就派人在两路稽查便了。”公孙策连连称是,退出房来,与王、马、张、赵商议,大家俱各留神小心。不多时,轿马齐备。众官员知道钦差大人今日起身,都来递禀帖护送,包公一概辞谢。独有郯县知县送了数里,包公也叫回去。一路上,各站俱有预备。赶到天昌镇,日已垂西。前站却是王朝、马汉,进了公馆,前后左右细细搜查了一番。及至老爷进了公馆,公孙策又吩咐马步、快头两个头儿:一名耿春,一名郑平,在公馆门口分为左右,稽查出入之人;叫王、马、张、赵四人围住老爷的住所,前后巡逻;自己同定包兴、李财护着包公;倘有动静,大家知会一齐动手。分派已定,到了掌灯之时,处处的灯烛辉煌,照如白昼。及至更鼓已下,内里王、马、张、赵四位一个个磨拳擦掌,暗藏兵刃,精神百倍,预备捉拿刺客。这四位中还有个性急的赵虎,他自从听见说有刺客,他就乐的了不得，好容易盼到黑，从定更他又盼起，到了二更之后，见没动静，他就急的自言自语的道："怎么还不来呢！"王、马、张见他这番光景，不由的暗笑。赵爷也不理会，出来进去，毫无一时安神。后来索性仰着脸儿，翘着脚儿，往墙上房上东瞧西望，脑袋犹如拨浪鼓儿一般。只听得外面夺了三鼓，走更的敲着梆锣，顺墙根走去，那灯光明亮，照彻墙头，里面的赵虎就借着他灯光，仰着脸各处观瞧。正走之间，来到一棵大榆树之下，赵爷忽往树上一看，便嚷道："不好了！树上有人！"只这一声，王、马、张一齐赶到树下，外面巡更的听见里面喊树上有人，连忙止步，掌灯照看，也就嚷道："不错！是个人！是个人！伙计们再拿灯笼来！快着！快着！"那边答应道："别忙，别忙，我这儿换蜡呢！"只听咕咚咕咚往这边飞跑，高举灯笼。

里面的王、马、张先前见一个黑影，犹以为是树枝；后来灯光聚多了，照的真切，谁说不是个人呢。树上之人见树下人多了，又是灯光照耀，他便动手动脚的，大家一见，更鼎沸起来。有拿弓箭射的，有拿弩弓弹的，有拿砖瓦打的，一时间，纷纷不一。忽听外面嚷道："跳下去了！里面防范着呀！"原来树上之人抓住树梢儿，将身悬起，趁着那软枝儿一悠，便落在耳房之上。展眼间，他又伏身往起一纵，便到了大房的前坡。王、马、张、赵四人止于步下有些本领，似这等窜房越脊，如何能够呢？急的两手扎煞，又不会使暗器，就在满院里干转。赵虎是乱嚷乱叫："防着他下来呀！别叫他跑了吓！好贼呀！你可白来了吓！"话未说完，嗖的一声，迎面飞下一片瓦来。赵虎说："不好！"急闪身时，瓦虽躲过，无奈用力太猛，咕咚一声，自己却闪了一个跟头。马汉见赵虎栽倒，只当他被伤了，连忙赶过来。刚要搀扶，赵虎一个"鲤鱼打挺"，站了起来，倒把马汉唬了一跳，问道："四弟，怎么样？"赵爷道："不怎么样，是我自己闪了一个跟头。"房上人趁此时扬腿，刚要迈脊，只听"哎哟"一声，咕噜噜，顺着前坡，从房上滚将下来。马汉、赵虎急赶到跟前，将那贼按住。大家用绳索捆了，推推拥拥，来见包公。此时包公随便衣服，坦然自若；见了这贼雄壮魁梧，忽然心生一计，假做笑容，连声夸讲道："好个雄壮相貌！这样的义士，如何叫他做刺客，未免大材小用了。吾看此人将来必能与国家出力,可惜他未逢其主。”回头对公孙策道:“先生,你替我将他的绑松了。”公孙策从未见过包公面有笑容,今日见了此贼这般光景,就知是要用软局子套实话,也就故意吃惊道:“此人前来行刺,如何轻易松放得的?望乞大人详察。”包公笑道:“先生有所不知,我求贤若渴,见了此等壮士,焉有不爱惜之理?况我与壮士又无仇恨,想他也不愿做刺客;不过为小人播弄耳。此等情节,吾尽知之。快些松绑!快些松绑!”公孙策对那贼道:“你听见了?若非大人圣明,你这行刺的罪名也就难以分析了。大人既然施恩,你将来须要好好的报答呢。”说罢,吩咐张、赵二人与他松了绑,包公与公孙策真是一吹一唱,处处以行刺为题。不过各人作各人的文章,所有假夸、假惊、假爱惜,将这行刺的一节事点的清清楚楚,使项福甘心承认,这才是权术并行。旁边王朝见他腿上钉着一枝袖箭,也就献个小殷勤道:“朋友,待我给你取出暗器来。”项福只得叠着劲,靠住了身形。王朝给他拔出袖箭,疼的贼人眉头一皱,呻吟了半晌,又听包公与公孙策道:“我看此人是一条好汉,意欲将他收留,不知他愿意不愿意,先生替我问问。”公孙策道:“这又何必问他。大人收留他,正是他的造化。待晚生问来。”哪知贼人见包公这番光景,心中已然懊悔,当初不该投在庞府,理应投到开封,倘能得一官半职,也觉得体面,耀祖光宗;今又听见要收留他,一时良心更觉发现,愧悔难当,一翻身,扑倒在地,说道:“小人冒犯钦差大人,罪该万死!蒙大人不究,还要收录小人,小人是甘心情愿的!”他只顾如此,旁边把个赵虎气的虎目圆翻,青筋叠暴。王朝瞧着不好,暗暗的捏了他一把,又送目摇头,赵虎只得忍耐。座上包公听贼人口辞已顺,暗暗欢喜,连忙道:“壮士请起。请问贵姓大名?”贼人道:“小人名项福。只因庞昆听见钦差大人前来查赈,好生害怕,与太守蒋完计议,故差小人作此暗昧之事。不想大人如此宽恩,小人实实惭愧无地。”包公道:“项壮士,你有所不知;我与安乐侯乃是世兄弟,他焉有害我之意?大约壮士此来,必有旁人唆调。”又笑道:“这都是圣上隆恩过重,使我声名远振,未免招忌,谤我者极多。就是将来与安乐侯对面时,还望壮士当面证明,庶不失我与庞太师师生之谊。”项福连连称是。包公又吩咐从人:“好好与壮士调理箭伤。”公孙策便领了项福出去。大家退出。包公又叫包兴暗将王朝唤来道:“你须用心伴着项福;明是疏放,暗是拘留,不可使他逃脱。”王朝领命,又将袖箭呈上,道:“此箭乃南侠展熊飞之箭。”包公闻听道:“原来展义士暗中帮助;如此说来,昨日三星镇留下的字柬,也是义士所为了。”心中不胜感羡之至。

王朝退出。此时已交五鼓,包兴、李财服侍包公歇下。李财道:“哥哥,你惊醒些;我昨日一夜没睡,这时困的我受不得,我可要打个盹了。”包兴笑道:“你别忘了臊了,还说没睡呢!昨儿椅子上谁睡来着?我进屋内剪蜡花,你都不知道;无怪展恩公放下字帖儿,你都不知道呢。”李财道:“我真困么,可怎么办呢!”包兴道:“好兄弟,你别睡,咱们俩说话儿。赶到明日,你不用跟班,你坐行李车上,你睡他一道儿,好不好?我告诉你罢,自从三更天,赵四爷一嚷有了刺客,我就怕起,直怕到这时候。”李财道:“业已拿住收伏了,还怕什么!”包兴道:“你不细心,我说明白了,你自己想想,可怕不可怕?这个项福幸而是今夜来行刺,他若是昨儿赶到三星镇,有此一举,你在椅上睡着了,他要进屋里去……”说至此,把话掩住,伸了伸舌头,摇头道:“那还了得吗!就是今夜,若不亏展恩公留下字帖儿,也就险的很呢!你说可怕不可怕?”李财点头道:“这么说起来,真叫人怪后怕的!可是吓,这姓展的是谁?你怎么叫他恩公?”包兴道:“这人,你不知道;不但是我的恩公,还是老爷的恩公呢。”便将当初金龙寺、土龙岗的事体说了一遍。李财听了,方才明白。

不言二人闲谈。且说王朝从包公这里退出,来到外面,就听见马汉、张龙在屋内劝解赵虎,王朝不知何故,连忙进屋问时,原来赵虎听见包公要收项福,他满心不服,誓不与他同堂。故此马、张二人极力的劝解他。王朝听了,道:“四弟,你且不必生气。我瞧老爷与公孙先生方才说的话,未必是真;劣兄虽不能十分领略,较比四弟总明白些。何况老爷方才又吩咐叫我伴着项福,千万不可叫他逃脱。你想想,这是什么意思?”刚说至此,跟公孙先生的从人进来,道:“王老爷,我们老爷有请。”王朝急急去了。

这里赵虎半信半疑的,刚要歇息,只听从人道:“公孙老爷到。”

三人连忙让至屋内,彼此就坐。公孙策见赵虎满面怒容,便问道:“四弟,为何不乐?”赵虎不答。张龙即将四爷生气的缘故说了。公孙策笑道:“原来为此。四弟真欠聪明了。你以为拿住项福,必须刻求拷问他:‘为什么来行刺?’他若说我因大人到此,特来偷窃,并不知道什么行刺,他若口不应,你又把他怎么样?归期不过办个偷窃之贼,这贼又有什么大罪名呢?我才看老爷见他时,另有一番形色,就知老爷用计套他的实情,所以我也将计就计,哄着他把刺客应承了。将来就只这一款,也可以把庞昆参倒了;何况他还有别的事呢!”一句话,说的四爷如梦方醒,拍手道:“俺老赵如何知道你们这些诡计多端呢!若果如此,俺这气才平了。”马汉道:“先生,此时到此,为着何事?”公孙策道:“我想庞昆既有私逃之意,他必派人在此打听;堂堂公馆,夜间拿了一个人,谁不知道?就是不派人守着,这些巡更的兵丁们,他们有不说的么?此事一传,他必要连夜逃走;若叫他逃脱了,可就费事了,莫若三位贤弟暗暗到观音庵、东皋林两路暗访一番,大人随后也就起身。”马汉道:“如此很好!就求张、赵二位贤弟到东皋林走走,我同耿春、郑平到观音庵打探一番便了。”立刻叫从人备了马匹,三人悄悄的竟奔观音庵而来。张、赵二人也就随后起身。

且说展爷自暗助擒拿项福之后,也便去探听庞府的消息。谁知他们已有偷走之安排,观音庵一路是半夜起身,东皋林一路是天明起身。展爷暗道:“我何不先到观音庵等候便了。”主意已定,直奔观音庵而来,恰好遇见马汉等三人。彼此见了。马汉叫耿春、郑平见了展爷。展爷欢喜道:“列位来的甚好,愚兄已然打听明白,庞昆实于今晚起行。观音庵这一路是半夜起身,东皋林那一路是天明起身;咱们且到观音庵内等候。再者,庙里还有人等我哩。”四人到了庙内。尼姑出来,见展爷同着三人进来,也不敢问,进得禅堂,大家刚然坐下,只见有个婆子问展爷道:“公子爷,我主母还没来么?”展爷道:“尚未来呢。过来见了:这是马老爷,现随钦差大人来的。”婆子听了,急忙磕下头去。马汉站起,口内说道:“快些起来。”原来婆子就是杨氏,也是展爷给他送信,叫他在此等候。展爷对马汉说明,又道:“你们三位在此歇息,约于三鼓便在前面岔路等候。愚兄还要前去探听;倘有舛错，再来送信。”说罢，去了。

这里尼姑献茶备饭。马汉等吃了，暂且歇息。马汉哪睡的着？便叫尼姑将杨氏叫来，复又仔细问了一番，方知就是田忠之妻。马汉也告诉他：“你丈夫已随着钦差大人快来了。”又告诉他在铁仙观如何救了田忠。婆子听了，又是惊骇，又是感激。到了二鼓之半，马汉就叫耿春、郑平替换着探望。及至交了三更，自己也就来至岔路。三个人在黑暗之中侧耳细听，毫无动静。湛湛的交到四鼓，隐隐听见骡蹄声响，三个人顺着声音迎将上去，恰好遇见。展爷道：“马贤弟来了么？愚兄已将驮轿截了。大家到观音庵去。”四个人围护着来到庙前，此时尼姑与杨氏已然倚门而待。众人搭下驮轿，杨婆上前搀出金玉仙来。主仆相见，犹如作梦一般，其悲痛自不必言。展爷又叫耿春、郑平搜出轿内的细软，一一搬进庙内，然后大家到了禅堂。杨婆指着展爷道：“此位公子爷就是救命的大恩人。”金玉仙倒身下拜。展爷连忙叫杨婆搀起。杨婆又说：“此位马爷是跟随钦差大人的。”金玉仙方要下拜，马汉已叫杨婆扶住。展爷对杨婆道：“你主仆二人就在此庙等候，俟你家相公官司完时，叫他到此寻你。”又对尼姑道：“师父，用心服侍他主仆；田相公来时，必有重报。”尼姑道：“公子爷放心，出家人慈悲为本，什么谢不谢的。”展爷便将方才搬下来的细软包袱等项全叫马汉记明，预备包公来时验看；又对马汉道：“贤弟，多多上复大人，就说展昭给大人请安，另日再为禀见。务将金玉仙的下落禀复明白：他乃贞烈之妇，不必当堂对质。再者，田起元遭庞昆的陷害，闹的他家破人亡，甚实可怜。大人验明赃物，除了应入官的，余下金银细软，务求多赏他些，他也好勉力读书，拜托！拜托！言尽于此，改日幸会。”说罢，告辞去了，马汉也难以挽留。只得送出庙外，彼此作别。马汉等歇息一夜，到了次日，将赃物封记。竟奔陈州公馆而来。

且说张、赵二人带了四名差役、两个伴当，上下八匹坐骑，直奔东皋林；走的虽然快当，惟有吃饭耽误工夫，皆因赵爷爱喝之故。他们却有主意：先派一个从人在皇亲花园访查庞昆于何时起身，急从东皋林迎来送信；即便迎不着，纵然过去，拿出当初放响马的本领，撒上两个辔头,追也追得上,因此,就比马汉等到的晚多了。他们到时,那探信的从人已然迎着来了。那天已有黎明之时,幸亏没有误。从人道:“小人打听明白,上东皋林的,他们天明方才动身,大约此时已在路上走着呢。”张、赵听了,见前面一带树林,把马一磕,啯喇喇,八匹马俱进了树林,大家下马。赵爷出了个主意,道:“少刻他若来时,咱们如此如此,庶不至于舛错。”张龙点头,正说之间,只见远远有一群人乘马而来,赵爷一见,说:“来咧! 来咧!”撒腿往外就跑,可巧众人催马刚然来至,赵虎便从马旁一过,栽倒在地。张龙即忙从树后赶出来,嚷道:“不好了! 闯了人了!”上前便将庞昆的马揪住道:“你闯了人,还往哪里去!”说话间,差役也赶出来道:“别叫他们走! 别叫他们走!”庞昆的从人便发话道:“你这些人好大胆,竟敢拦住侯爷不放!”张龙道:“什么侯爷公爷,我全不管! 只要我们的人救活了便罢!”恶奴又道:“你这人好生撒野! 此乃安乐侯爷,特地改扮行装前来私访,你们竟敢在此拦路讹诈,真是要反!”赵爷在地下听真了是庞昆,一咕噜身爬起来,先照着说话的跳起来,劈面一掌道:“我们要反? 我们是等着拿反了天的人吓!”说罢,即将庞昆掀下马来,差役掏出索来锁上。众恶奴见事不妥,个个加上一鞭,啯的一声,这才逃之夭夭了。张龙也不追赶。从人拉出马来将庞昆捆在马上,大家围随着,竟奔公馆而来。且听下回分解。

第十五回　斩庞昆初试龙头铡　遇国母晚宿天齐庙

且说张龙、赵虎押解庞昆到了公馆，不料钦差大人早已到了。你道怎么这样快？原来公孙策面禀包公，言："两路业已派人去了。项福虽则假作收录，但恐他心怀不测，路上难以防范；莫若将剩下两站路程，并站而行，早到些，诸事妥当。"包公深以为然，立刻飞牌传递，迅速非常，所以钦差先到。此时马汉同耿春、郑平业已交差，专等东皋林这路的消息。今见张、赵二人拿了庞昆，包公立刻升座，即将庞昆押上堂来。见他项带铁链，故意嗔喝道："尔等太不晓事了！侯爷如何锁的？还不快些卸去！"差役即将刑具打去。庞昆到了此时，不由的就要屈膝。包公道："不要如此；虽则不以私废公，然而我与太师有师生之谊，你我乃世家弟兄。不过有些案件必须当面对质，务要从实言明，大家方好作个计较，千万不要畏罪规避。"说罢，将十父老带上堂来，连田忠俱各向上跪倒。包公且不下问，先标牌派人去提田起元并抢掠的妇女立刻到案，然后按呈子一一点了名，叫他们分在两旁；从头一张起，挨着次儿讯问。庞昆听见包公方才的一番言语，颇有袒护之意，又见和颜悦色，全是一味的商量，暗暗沉吟道："我瞧这老黑多半是因告的人太多了，众口难调；今日过堂问一问，压压口舌，然后好设法开脱我的罪名，莫若我从实招了，求求老黑，或者看我老爹分上，往轻里改正。'何官无私，何水无鱼'呢？大约也就没了事了。"想罢，说道："钦差大人不必细问，这些事体俱是犯官一时不明，作成此事，后悔也是迟了。惟求大人怜念，笔下超生，犯官感不尽的恩德。"也就一问一应，毫不狡展，及至问完，包公道："这些事既已招承，还有一事：项福是何人所差？"这一句问的个恶贼倒抽了一口气，迟了半晌道："项福乃太守蒋完所差，犯官不知。"包公便吩咐带项福。不多时，项福走上堂来，仍是照常服色，并不是囚禁的模样，包公问道："项福，你与侯爷当面对质。"项福上前对恶贼道："侯爷，不必隐瞒了。一切事件,大人俱已知晓,侯爷实说了罢。”恶贼见项福如此,也只得应了是自己差派的。包公便叫他画供,恶贼此时也不能不画。画了招后,差役禀道:“人证俱到。”包公便叫带上来,叫他们各家厮认。一时间,也有父认女的,也有公认媳的,夫认妻的,兄认妹的。惟有田起元与田忠主仆相见,更觉伤惨。一时纷纷不一,嚎啕之声,不堪入耳。包公座上吩咐:“俱各带下,在丹墀两傍听候判断。”又派人去请蒋太守速到。包公便对恶贼道:“你所做之事,理应解京;仔细想来,其中有‘三不便’:从陈州到京师,道路遥远,未免要受折磨,这是一不便;若到京师,必归三法司审讯,那时必要动刑,皮肤未免受苦,这是二不便;审明后,必要提奏,圣上必要大怒,倘若从重治罪,那时如何展转?这是三不便。既有此‘三不便’,莫若本阁在此处发落了,倒觉痛快。你意如何?”庞昆闻听,只道包公另有解救的法子,连忙说道:“但凭大人作主,犯官敢不听命?”话刚说完,只见包公登时把铁面一沉,吩咐:“请御刑!”只这三个字,两旁衙役一声呐唬,堂威震吓,哪里是钦差大人,分明是阎罗天子。只见四名差役将“龙头铡”抬至公堂,安放周正。王朝上前抖去黄套,露出金辉耀目,闪烁惊心,新创造的御刑来,那两根龙须还突突的乱颤。恶贼一见,胆裂魂飞,才待开言,早有四名差役过来,与他口内衔了木嚼,剥去衣服,将芦席铺放,恶贼哪里还能挣扎?立刻卷起,用草绳束了三道。张龙、赵虎二人将他抬起,走至铡前,放入铡口,两头平均。此时大汉王朝黑面向里,左手执定刀把,右手按定刀背,直瞅座上。包公将袍袖一拂,虎项一扭,口说“行刑”二字;王朝将彪躯一纵,两膀用力,只听“克喳”一声,将恶贼登时腰折,分为两头一样齐的两段。四名差役连忙跑上堂去,各各腰束白布裙,跑至铡前,有前有后,先将尸首一扶,抱将下去。张、赵二人又用白布擦抹铡口的血迹。那堂阶之下,田起元主仆以及十父老与村姑农妇见铡了恶贼庞昆,方知包大人赤心为国,与民除害,不是畏权惮势之人。也有感戴的,也有称愿的,也有害怕的,也有念佛的,还有胆小不敢瞧的,挡着半个脸偷看的。

且说包公在座上,复又吩咐换了御刑:“与我拿下!”左右听了一个“拿”字,便一齐动手,将项福把住。这厮见铡了庞昆,心内已是突突乱跳;今又见拿他,不由的骨软筋酥,高声说道:“小人何罪?”包公喝道:“你这背反的奴才!本阁乃奉命钦差,圣上亲派;你擅敢前来行刺,焉得无罪!”项福无言可答。旁边早乐了四爷赵虎,一边瞅着差役剥衣服,带木嚼;一边他却嘟嘟哝哝道:“你也配称义士!也要与老爷们同堂当差!你瞧瞧你那资格儿吓!”差役刚要拉那一领芦席,赵虎道:“放下!他也配使豆瓣席,拿一领粗席来!不准使麻绳捆,使草绳捆!”堂上已将“狗头铡”安放停当。张、赵二人上前,将这无义之贼也就行刑了。才将恶贼铡死,只见差役回来,跪禀道:“小人奉命传蒋老爷,谁知太守畏罪,自缢身死。”老爷闻听道:“便宜了这厮!”即行派人前去验看。所遗知府之缺,委员暂行署理。然后将田起元带上堂来,训诲一番:“不该纵放妻子上庙,以后家门务要严肃,老仆田忠替主伸冤,务要好好看待他。从此努力攻书,以求上进。”田起元向上磕头。老爷遣马汉同县尹到观音庵内检验驮轿内细软,除了应入官的,余下金银珠翠分为两半:一半给田起元留下,一半分与受过苦的十父老。又吩咐父老:“各将妇女带回,好好的度日。本阁还要按户稽查花名,秉公放赈,以抒民困,庶不负圣上体恤之鸿恩。”众人一齐叩头,欢欢喜喜而散。包公立刻叫公孙策打了折底看过,并将原呈、招供一齐封妥,外随一个夹片,是蒋完知府之缺,请旨另行简放。即日拜发,赍京启奏去了。一面出示,委员稽查户口放赈,真是万民感仰,欢声载道。

一日,折子回来,老爷恭接;叩拜毕,打开一看,见朱批甚是夸奖:“至公无私,所办甚好。知府一缺,已然由京补放。”包公沉吟道:“圣上纵然隆恩过重,现有老贼庞吉在朝,他见我铡了他的爱子,焉有轻轻放过之理呢?这必是他在圣驾前已进谗言,恐我另生别端,故此用好言安慰,以为诳诱之计,俟我进京时再行摆布于我。老贼吓老贼!我包某秉正除奸,一心为国,焉能怕你这些鬼鬼祟祟!如今趁着权柄未失,放完赈后,偏要各处访查,务要做几件惊天动地之事:一来不负朝廷,二来与民除害,三来不枉宁老夫子一番训诲,也显显我胸中的抱负。”谁知老爷想到此处,就生出一件惊天动地的事来。你道是何事件?自从包公放赈已毕,立意要到各处访查,便不肯从旧路回来。

一日，来至一个所在，地名草州桥；乘轿慢慢而行，猛听得咯吱、咯咯一阵乱响，连忙将轿落手。包兴下马仔细看时，双杆皆有裂纹，幸喜落平落的早，险些儿双杆齐折。禀明包公，吩咐带马。李财牵过马来，老爷刚要上马。这马灰的一声，往旁边一闪；幸有李财在外首坠镫，连忙拢住。老爷重新搂搂扯手，翻身上马；虽然骑上，马却不走，竟在那里打旋儿。老爷加了两鞭，那马鼻翅儿一扇，反倒往后退了两步。老爷暗自忖道："此马随我多年，他有'三不走'：遇贵人不走；见冤魂不走；有刺客不走。难道此处有什么事故不成？"即将马勒住，吩咐包兴唤地方。不多时，地方来到马头跪倒。老爷闪目观瞧，见此人有三旬上下，手提一根竹竿，双膝跪在尘埃，口称："小人范华宗与钦差大人磕头。"包公问道："此处是何地方？"范华宗道："此处名叫草州桥。虽然有个平桥，却没有河，也没有草，不知当初是怎么起的这个地名儿。小人也很纳闷儿。"两旁吆喝道："少说！少说！"包公又问道："可有公馆无有？"范华宗道："此处虽是通衢之路，却不是镇店码头，并无公馆，再者，也不是站头，"包兴在旁着急，暗道："你就答没有公馆就完了，何必说这许多的话呢！"包公在马上用鞭指着，问道："前面高大房子是何人家？"范华宗道："那不是住家的，那是天齐庙，虽说是天齐庙，里面菩萨殿、娘娘殿、老爷庙都有。旁边还有个土地祠，跨所里还有个财神殿。就只有老道守着，也没有和尚。因没有什么香火，也不能多养活人。"包兴喝道："你太唠叨了，谁问你这些！"

只听包公吩咐打道天齐庙。两旁答应。包公将马一带，驯驯顺顺的，竟奔天齐庙而来。它也不闹了，马通灵性，真也奇怪。包兴撒马先到了庙内，告诉看庙的老道："钦差大人打此经过，一概茶水不用；你伺候完了香，你就躲开。我们大人是爱清净的，事完奉送香资便了。"老道说："承二爷的教导，只请放心，小道是再不敢多言的。"包兴点了点头，转身出来，包公已到庙前。包兴连忙迎接。李财搀扶下马。包公进得庙来，便吩咐李财在西殿的廊下设了座位。老爷带了包兴，到了正殿。焚香已毕，包兴使个眼色，老道急速回避。包公下了正殿，来至西殿廊下，入了公座，吩咐众人俱在庙外歇息。此时公孙策押着行李还未到呢。包兴献茶，一旁侍立。只听老爷道："唤地方。"包兴答应，转身出来，见那边四勇士与李财五个人席地而坐，所有差役人等另有一攒儿；又见轿夫头儿带着轿夫们在那里收拾轿杆，独不见了方才那个地方。正要唤时，只见老爷的马溜了过来，那拉马的正是地方，包兴问道："你不是地方么？"范华宗道："小的范华宗请二老爷的安。"包兴点了点头，向那边差役说了一个"来"字，那边赶着跑过两个人来，垂手问道："二爷，做什么？"包兴道："把马接过去，你们太安逸了！"差役哪敢多言，连忙接过，自己溜去。包兴又对范华宗道："我瞧你很伶俐，就是话太多些。方才大人问你话，你剪绝答应就完了，什么枝儿、叶儿，说那些做什么！"范华宗陪笑说："小的惟恐回话不明，招大人嗔怪，故此要往清楚里说，不想话又多了。没什么说的，求二爷担待小的罢。"包兴道："谁来怪你。惟恐话多了，倒招大人嗔怪。如今大人又叫你呢，到了里头，问什么说什么，不要唠叨了。"范华宗连声答应，跟定包兴来至西廊，朝上跪倒。包公问道："此处四面共有多少人家？"范华宗道："南面通省城大道，左有榆树林，右有黄土岗，北边是破窑，共有不足二十户人家。"老爷便叫地方掮了高脚牌，上写"放告"二字，叫他知会各家，如有冤枉，前往天齐庙申诉。范华宗领命，先跑到榆树林，见了张家，便问："张大哥，你官司打不打？"见了李家，又问："李老二，你冤枉不冤枉？"招的众人无不唾骂道："你是地方，总盼人打官司告状的，你好就中取事，诈赃讹钱！我们过的清清净净的日子，你找上门来叫打官司！没什么说的，要打官司就和你打咧！什么东西呢！好娘的丧气！你怎么配当地方呢！我告诉你，趁早儿马二把打嘎儿走毬好多着呢！"范华宗道："少骂，别玩笑。我这也是差役，概不由己。别的是假的，我扛的这牌，也是假的么？这是钦差大人的交派，我敢违背吗？"一边说着，一边又到黄土岗，也是被人骂的骂，玩笑的玩笑，他全不理会，也不辞辛苦。他忽然想起道："是我不好，大人方才吩咐，叫我知会他们，我又何必问呢，怨不得挨骂！我很该嚷两声儿就结了。"一时，来到破窑，他高声嚷道："今有钦差包大人在天齐庙宿坛吓，谁有冤枉，只管前去申诉吓！"一言未了，只听有人应道："我有冤枉，领我前去。”范华宗顺着声音一看，道：“哎哟！我的老太太！你有什么事情，也要打官司呢？”

谁知这婆子，范华宗他却认得，但不知底里，止于知道是秦总管的亲戚，别的一概不晓，什么缘故呢？只因当初余忠替了娘娘殉难，秦凤将娘娘顶了余忠之名抬出宫来，派了亲信之人送到家中，吩咐与秦母一样供奉，不准怠慢。大家也不知是什么缘故。惟有李娘娘终日思君想子，生生的把二目哭伤，因此失明。那时范华宗之父，名叫范胜，当时众人都叫他“剩饭”，正在秦府打杂儿，为人忠厚老实。娘娘因他爱行好事，时常周济他，故此范胜受恩极多。后来秦凤自焚身死，秦凤之母亦相继而亡。所有子侄都不知娘娘是何等样人，所谓“人在人情在，人死两无交”。娘娘在秦府存留不得，故此离了秦宅，无处栖身。范胜欲留娘娘在他家住，娘娘又决意不肯。幸喜有此破窑，范胜告诉了娘娘，甚是合心，就收拾了收拾，搀扶娘娘去了。多亏他时常照拂，遇见阴天下雨，娘娘不能出窑，他便备了饭食前来供奉，久而久之，这就近的村中都知窑内有个失明的贫婆，是从富贵场中过来之人。只落得今日住窑乞食，谁不可怜叹息？因此，往往有残茶剩饭，俱留着给娘娘吃。这也是上天垂照，所以娘娘在窑中住了这些年，虽不能锦衣玉食，但也能勉强度日，不致冻饿，再也不投奔他乡。后来范胜得病，临危之际，还谆谆的告诉范华宗道：“破窑内的老婆婆，你要好好侍奉。此人若非有来历的，秦总管如何肯派人送到他家呢？再者，我受那婆婆的周济赏赐，难以尽述。我今死后，你能侍奉那婆婆，便算在我跟前尽了孝了。”难得范华宗谨遵父命，自范胜死后，依然照旧照拂，不敢怠慢；今见娘娘要去告状，故问道：“老太太，你有什么冤枉，也要打官司呢？”娘娘道：“我因为我儿子不孝，故要告他。”范华宗闻听，道：“你老这可是背晦咧，这些年，从没听说你老有儿子，怎么今儿虎拉巴的告起儿子来呢？”娘娘道：“我这儿子非有好官府是不能剖断的；我常听人说，这个包大人善于剖断阴阳，是个清正官儿。我终日盼望他从此经过，偏偏的他再也不来，故此耽延了这些年。好容易如今来了，我若不趁此时申诉，岂不再无出头之日了么？”说至此，泪已流下。范华宗道：“好妈妈，你老别哭，我领你老去。你老虽然失明，到了那里，我把竹杖儿一拉，你老可就跪下，好歹别叫我受责。”说着话，拉了竹杖，领至天齐庙。范华宗道：“老太太，你老在此略等一等，我先回禀大人去。”说罢，扛着高脚牌，到了西廊，放下告牌，向上跪倒，禀道：“小人奉大人之命，先到了榆树林、黄土岗，并无告状之人。独有破窑中素有一个老太太——”说至此，他又说：“不是，素有一个失明的贫婆，他说他有冤枉。”包公道：“带进来。”范华宗往外飞跑，到了庙外，对娘娘说：“走罢。老太太，我已回明了，大人叫你老进去呢。妈呀，你老想着我一拉竹杖儿，你老就跪下吓，千万别叫我担不是。”娘娘道：“你只管放心，这见官的规矩，我是知道的。”范华宗道：“好极咧！你老只管放开步儿走，这砖墁也是平坦的。”走着，走着，又悄悄儿道：“到了。”便把竹杖儿一拉，娘娘连理也不理，便着了急；一连拉了几拉，娘娘反将竹杖往回里一拉。范华宗无可如何，他就跪下道：“失明婆子领到。”包兴在旁喝道：“退后！退后！”娘娘到了此时，等不得包公问话，先开口道：“大人吩咐左右回避，我有话讲。”包公叫范华宗且自出去，座上方说：“左右无人，有什么冤枉，诉上来。”娘娘哽咽了半晌，不觉失声道：“哎呀！包卿，苦煞哀家了！”只这一句，包公座上不胜惊讶。包兴在旁急令令打了个冷战。要知娘娘说些什么，且听下回分解。

第十六回 学士怀忠假言认母 夫人尽孝祈露医睛

且说包公见贫婆口称“包卿”，自称“哀家”，平人如何懂得这般称呼？只唬的惊疑不止，只见娘娘眼中落泪，怎样长，怎样短，滔滔不断，将已往之事述了一遍。原来包公方才吃茶时，已然触动心机，忽然想起此事；今一闻娘娘申诉的情由，正是玉宸宫怨鬼的事迹，连忙立起身来，问道：“言虽如此，但不知有何证据？”娘娘回手从里衣内摸了半天，掏一个油渍渍包儿来。包兴见了，上前，刚然要接，自己忖道：“我是何人，敢在他老手内接东西！罪过，罪过！”急中生智，连忙衣服撩起，向前兜住，方说道：“请放手罢。”娘娘一松手，那包儿落在他衣襟之内。包兴急急呈上，千层万裹，里面露出黄云缎锦袱来；打开袱子一看，里面却是一粒金丸，上镌着“玉宸宫”的字样，并李后的名号，刻的甚是恭楷。包公久知此事，晓得金丸之内是一粒九曲珍珠，连忙包好，叫包兴递过，自己离了座位。包兴会意，双手捧定油渍渍的包儿来到娘娘面前，双膝跪倒，将包儿顶在头上，递将过去；然后起身来，将竹杖儿轻轻一拉，领至上座，入了公位。他却转身下来。奔至庙门站立，以防外人突如其来。

这里包公秉正参了凤驾。娘娘吩咐：“卿平身。”便说道：“哀家的冤枉全仗卿家了！”包公奏道：“娘娘，但请放心，臣敢不尽心竭力乎？但目下耳目众多，恐有泄露，实属不便！望乞娘娘恕臣冒昧之罪，认为母子，庶免众口嚣嚣。不知凤意如何？”娘娘道：“既如此，任凭包卿便了。”包公复又望上叩头谢恩，连忙立起身来，将手一招，包兴跑过来侧耳细听。包公悄悄吩咐，包兴便跑到庙外。只见县官正在那里震唬范华宗道：“钦差大人在此宿坛，你为何不禀我知道？”范华宗道：“大人在此问这个，问那个，又派小人放告，多少差使，连一点空儿也无有，难道小人还有分身法儿不成？”一句话惹恼了县官，一声断喝道：“好奴才！你误了差使，还敢强辩，就该敲折你那狗腿！”刚说至此，恰好包兴赶到，便说道：“县太爷，你算了罢。老爷自己误了差使，反倒怪他，难道贵县就仗着他一人当差使吗？也要他张罗得过来呀。”县官见包兴这样的气度，知道是钦差大人的亲随，连忙陪笑道：“兄弟实实不知大人在此宿坛，所以来迟，求兄台在大人跟前遮饰遮饰。”说罢，作了一揖；回手在衙役手内接过手本，恭恭敬敬的呈递，道：“求兄台代为禀安。”包兴接了手本，道：“大人到此，原不要惊动贵县，偏偏的母子奇逢。现时大人吩咐咧，叫贵县办轿一乘，伶俐丫环二名，上好衣服、簪环一分，急速办来。立等，立等！所有一切用度花费，多少银两，叫贵县务必开清，俟到京时如数奉还。”县尹一一答应。包兴又对范华宗嘻嘻笑道：“你起来罢，不必跪了。方才你带来的老婆婆，如今与大人母子相认了。老太太说你素日很照应，还要把你带进京去呢。一路上，你就是伺候老太太的人了。”范华宗一闻此言，如入云端一般，乐的他挤眉弄眼，抓耳挠腮，不知怎样才好。包兴又对县尹道：“贵县，他的差使止了。大人吩咐，叫他随着上京，沿路伺候老太太。你怎么把他打扮打扮，这可要打老爷一个抽丰。”县尹连连应道：“当得，当得。”包兴又道：“方才分派的事，贵县就赶着办去罢。并将他带了去，如若诸事齐备，就叫他押解前来。那轿儿慢着些儿还可以，那衣服、首饰、丫环，务必先办来方好。”县尹道：“兄台放心，俱各现成。兄弟回去，少时就办了来。”包兴道：“很好。请了，请了。”执手回身，进庙见了包公，呈上县尹的手本。包公看了，叫将云堂小院打扫洁净。不多时，两名丫环抱着衣服、首饰从外进来。这丫环就是服侍县官娘子的；不但丫环，连这衣服、首饰都是官儿娘子的。县尹要在钦差大人跟前当好差使，回去在娘子跟前央告了个难，还许了好些愿，娘子才依允，立刻拿来。

这里包公急急写了书信，密密封好，叫包兴乘马先行进京，路上务要小心。包兴出来，叫李财进内伺候，他一迭连声说：“拉马呀！拉马呀！”差役赶着拉过来。包兴上马，连加几鞭，匆匆去了。众人不知是何缘故。及至公孙先生押着行李到来，听说有母子相认一事，心中有些诧异，问了问王、马、张、赵，俱说不得其详。止于看见地方带了个落难的贫婆进庙，不多时，包兴就传出信来，说老爷母子相认之事。公孙策又问李财。李财道:“我没在跟前,我不知道。全是包兴一人在内伺候,偏偏的包兴又进京了。老爷在庐州合肥县,老太太如何能够一个人在陈州呢?况且落难,身居破窑,断无此理。就是母子相认了,也不当这样匆匆忙忙叫包兴进京呀。大约另有别情,且看到京如何。那时便知底细了。”

且说范华宗从县内押了轿子回来,进庙与老爷叩头,禀道:“县太爷给老爷请安。说这轿子是新打的,还没乘坐过呢,孝敬老太太将就坐罢。又派了官兵四名,护送老太太进京。现有名单呈上。”李财接了呈上。包公看毕,又瞧范华宗通身换了衣服,真是“人是衣帽”,迥不似先前的光景,便吩咐他:“一路上小心照看。老太太自有丫环服侍,你无事不准入内。”范华宗答应退出,他却很知规矩,以为破窑的贫婆如今做了钦差的母亲,自然与先前不同,他哪知道那婆婆是天下的国母。

包公又派王朝、马汉前站预备公馆,务要分出内外来。每逢到了公馆,派耿春、郑平把住内门,闲人不准擅入。分派停当,就在西殿歇息。至次日,将轿抬至云堂小院,丫环服侍娘娘上轿。包公手扶轿杆,一同出庙。只见外面预备停当,拨了四名差役跟随老太太。范华宗也有一匹官马随在轿后。县内的四名官兵在前引路。那边有多少官员垂手侍立,见大人扶着轿杆步行而来,大家远远跪下,同声“请老太太安”,然后在旁也随着步行。不过一箭多远,轿夫打着杆,包公躬身道:“母亲先到公馆,孩儿随后也就起身了。”又听娘娘答道:“我儿,在路行程不要多礼,你也坐轿走罢。”包公连连称是,方才退下。这是娘儿两个遮人耳目之处。众人见包公退后,一个个方敢乘马,蜂拥而去。包公仍然回转庙内,叫李财将所有官员一概辞谢了,并问县尹一切用度花费多少银两,叫他开清帐目。“你要好好收着,俟到京时即着官兵送来。”李财答应,去不多时,进来禀道:“众官员俱辞谢了。惟有县太爷叫小人回禀,他说丫环是自己的丫头,所有衣服、首饰是现成的,就是轿子也是早已打下的;并没有花费银两,实难开帐。求老爷不要挂心。”包公摇头道:“岂有此理!难道他叫我受贿不成!”又转想道:“他那一切用度俱各伺候娘娘了;也罢,待我将来题奏一句，叫他受些皇恩，也不枉他巴结一场。”想罢，叫李财给庙内老道香资，吩咐外边伺候，“若见了县尹，就说我道乏道谢。”李财领命，传了伺候，告诉了县尹，轿夫早已搭过轿来。李财问道：“收拾好了么？”轿夫答道：“收拾好了，小人们不放心，昨日还演了几次呢。”李财见张、赵同定马步、快头以及差役人等俱各齐备。公孙先生与王、马是在老太太未起身，他们就赶下前站去了。李财见诸事已妥，回了大人。包公乘轿，众人骑马，这才起了身了。县尹还要远送，包公辞回，一直竟奔公馆而来。

且说包兴揣了密书，连夜赶到开封府；所有在府看守之人，彼此俱各相见。包兴来到内衙，敲响云板，里面仆妇出来问明。见是包兴回来，连忙告诉了丫环，禀明李诰命。李诰命正因前次接了报折，知道老爷已将庞昆铡死，惟恐太师衔恨，欲生奸谋陷害，每日愁眉不展；今日听见包兴独自回来，不胜惊骇，急忙传进面见。包兴进内请安，回道：“老爷甚实平安，身体康健。特特打发小人送来密书一封。”说罢，将书双手一呈。丫环过来接去，呈与夫人。夫人接来，先看书皮上写着“平安家信”，心内略觉放心。将外皮拆开，里面却是不大的封套，签上写着“夫人密启”。李诰命忙用金簪挑开封套，抽出书来一看，上面言：“在陈州认了太后李娘娘，假作母子奇逢，一同来京，须在本府居住。即将佛堂东间打扫洁净，预备娘娘寝室。夫人朝见时，以婆媳之礼参拜，遮掩众人耳目，千万不可走漏风声。此字看完，请付丙丁”云云。诰命看罢，沉吟半晌，问包兴道：“你还回去么？”包兴禀道：“老爷吩咐小人，面递了书信，仍然迎着回去。”夫人点头道：“正当如此。你回去迎着老爷，就说书字我看了，按着书字上的话，俱已妥备，请老爷放心。这也不便写回书。”回头叫丫环拿二十两银子赏他。包兴闻听，连忙磕头谢赏道：“夫人没有什么吩咐的，小人喂喂牲口也就赶着回去了。”说罢，又请个禀辞的安。夫人道：“你歇息歇息就回去罢。你告诉李财，叫他不准懒惰，眼看着差竣就要回来了。”包兴连连称是，方才退出外面。相好的众人给他预备了酒席，包兴一边道谢，一边要水净面，然后吃着茶，向众人道：“众位哥哥兄弟赏我酒饭，就赏才好呢。一来我饿了；二则我吃完了，略歇歇儿，我还要走呢。”众人道：“怎么今日还起身么？来呀，告诉厨房快着打点，得了什么，先拿什么来，不要论样儿。”外面连声答应。早有人进来调桌椅、放杯箸。包兴道：“不消说了，这首座必是我僭坐了。我这里磕头恕罪了。”饮食之间，未免提了些官事，路上怎么审案，赵虎还私访了一回。大家听了，诧异道：“赵四爷他私访什么呢？”包兴将他扮的样儿说出来。大家哈哈大笑。包兴道：“幸亏他私访拿着一个人，才把极大的案子结了。”众人又是称赞，又是惊奇。然后又说到防刺客，怎样拿庞昆，又是如何铡的。说至此，方问道：“可是吓，太师老庞他无有什么动静吓？”旁边便有人答道：“何曾不是呢。那天折差一到，立刻打听打听，就知拿了安乐侯，还不知道把他铡了呢。到了第二天，折子上去，老庞也递了一个折子，就是参咱们老爷的。谁知皇上很恼，将他儿子招的供单摔下来。他瞧见了，才没有什么说的。他倒摘了帽子，碰了一回头，请了一回罪。皇上算是恩宽，也没怪他什么。大约咱们老爷这个毒儿种的不轻，将来总要提防他方好。”包兴听了，点头道：“正是。后来折子回去，老爷见朱批甚夸，还有些犹疑，说这必是老庞暗里安置，以为诳诱之计；因此老爷索性绕道回来，偏要找几宗事情办办。不想在草州桥又认了老太太。”众人闻听，诧异之至，连忙追问。包兴不过略略的支吾几句而已。

你道包兴为何说出认母一节？这不是他嘴快么？其中有个缘故，他早已想到必是娘娘先到开封，此时若不说出来，将来娘娘轿到，大家不知，你盘我诘，反倒生出许多疑忌来。莫若今日随便说出，以安众心。到了临期，娘娘轿到，也就不以为奇了。这正是他细心有算计的地方儿。忽听包兴又道：“酒也吃的不少了，快拿饭来罢。”大家略让了让，知道包兴酒量有限，立刻要了饭来。大家吃罢，包兴略歇了歇，便叫人备马。包兴站起来，重新一揖，给众人道谢，说着话辞了众人，出了府门，说了一声“请”，骑马加鞭去了。

且说李氏夫人自从接了书信，便吩咐仆妇、丫环将佛堂东间打扫干净，又放了许多陈设。又在丫环中拣选了二名，预备服侍娘娘。所有仆妇俱各嘱咐，无故不准进佛堂；甚至饮食进膳，俱各在廊下伺候，自有丫环往里呈递。至于无故大惊小怪，素来就不准，此时更不消说了。李氏夫人每日至至诚诚,敬候娘娘凤驾。一日,只见前拨差役来了二名,说:“太夫人已然进城,离府不远了。”值日的敲响云板。李氏夫人连忙换了吉服,带领多人在三堂以后恭候。此时中门一路俱各大开。所有执事人役因前次包兴说过,谁不知道此事?一个个衣冠齐楚,都要抢在头里露脸儿。不多时,跟随人役撤下马来,将马赶入马号,也就垂手侍立。肃静了片刻,见大轿跟滑飞也似来了,那排班的一齐跪安。轿子下了台阶,一直抬到三堂落手。差役、轿夫退出,掩了仪门。诰命夫人方至轿前,早有丫环高挑轿帘,夫人亲去扶手,双膝跪倒,口称:“不孝媳妇包拯之妻李氏接见娘”,说至此,略顿了一顿,连忙接说:“娘亲,望婆婆恕罪。”太后伸手一摸,李氏连忙将手递过去。娘娘拉住道:“媳妇吾儿,你好?快些起来。”李氏连忙站起,将娘娘扶出轿外,慢慢相搀,来至佛堂静室。忽听云板声响,仆妇出来。则是跟娘娘的丫环,因车慢落在后面,此时方到。还是范华宗服侍下的车。仆妇把丫环带至佛堂,丫环回明了,这两个丫环方才进了静室,见了李氏。此时李氏正在递茶,回头吩咐丫环等,说:“你们将跟老太太的丫环让至别屋歇息歇息,少时再来。”丫环们答应,带着这两个丫环一同出来。李氏见房内无人,复又跪倒,方称:“臣妾李氏愿娘娘千岁,千岁,千千岁。”太后伸手搀起来,道:“我儿千万不可如此,以后总以婆媳相称就是了。惟恐拘了国礼,倘有泄露,反为不美,俟包卿回来,再做定夺。我儿是何人之女?家住哪里?”李氏奏道:“臣妾乃李文业之女,在三元镇隐逸村居住。”娘娘道:“敢是休致的李天官么?”李氏道:“正是。”娘娘道:“怪道我儿有大家风范。可喜哀家姓李,媳妇你也姓李,咱娘儿两个犹如母女一般。你不是媳妇,竟是我的干女儿了。”李氏连忙跪倒道:“娘娘如此的懿旨,臣妾如何敢当,惟有叩谢鸿恩而已。”娘娘道:“说过不要如此,快些起来。”娘娘又将当初遇难的情由悄悄的述了一番,说到伤心之处,那昏朦二目,不禁落下泪来。李诰命见娘娘玉容光润,乌云整齐,暗暗道:“可惜娘娘这样体态,竟自二目失明。”因说道:“娘娘凤目是几时失明的?可曾治过么?”娘娘道:“哀家当初原是好好双睛,只因思君想子,生生哭的失了明了。又搭着遭难,寄居人下,如何还能治呢?

现在只透三光，已成废人了。”说罢，又哭起来了。李氏听至此，不由的也落下泪来，猛然想起一物，闻得善能治眼。我何不虔诚祷告；倘得天露将凤目医好，一来尽我一点忠心，二来也不辜负此宝。欲要奏明，又恐无效诳君；若是不奏，又恐娘娘临期不洗。想了多时，只得勉强奏道：“臣妾有一盆，名曰‘古今盆’，上有阴阳二孔。闻听人说，用此盆承接天露，善能医目，不知有验否。待臣妾今晚叩求天露，看是如何？”娘娘闻听，暗暗赞道：“好一个贤德夫人！他见我伤心过痛，就如此的宽慰于我，真是难得。莫要辜负他的好心。”遂说道：“我儿，既有此盆，你就叩求天露；倘若至诚格天，二目复明，岂不是我的造化，你的功德么！”正说间，丫环们来了。李氏便拿话岔开，道：“婆婆不吃茶么？”娘娘道：“我方才吃了，你也该歇息歇息。”李氏道：“天已不早了，请婆婆用晚饭罢。”娘娘道：“早些用了也好。”

李氏回头吩咐摆饭。丫环传与仆妇，仆妇传到厨房。不多时，饭盒子挑来，果是放在廊下。惟有跟娘娘的丫环与亲挑选的四个，轮流上菜，仆妇一概不准入内。片刻工夫，晚膳用毕，又说了些闲话，湛湛的掌上灯了。李氏分派丫环小心伺候，又禀明了娘娘，然后退出。到了卧室，洗了手，然后将古今盆拿出来，吩咐丫环秉灯，来至园中，至诚焚香，默默通陈，祷告天地，然后捧定金盆，叩求天露。真是好心感动天地，一来是娘娘的难满，二来是李氏的至诚；起初时满盆微潮，继而攒聚水珠，犹如哈气一般；后来渐渐大了，只见滴溜溜，满盆乱转，仿佛滚盘珠相似，左旋右转，皆流入阴阳孔内，便不动了。李氏满心欢喜，手捧金盘，丫环引路，擎至静室，只累的香汗津津，两膀酸麻。恰好娘娘尚未安寝。李氏捧上金盆，娘娘伸玉腕，蘸水洗目，只觉冷森森，凉彻心腹；香馥馥，透入泥丸。登时从两额角出点了香汗，二目中稍觉磨动。有两个时辰，天交三鼓，娘娘忽然心地开豁，胸膈光明。真是眼是心之苗，不由的将二目一睁，哪知道云翳早退，瞳子重生，登时间黑白分明，依然的盈盈秋水。娘娘这一欢喜真是非常之乐，一伸手拉住李氏道：“我的儿，我可看见你了！”说罢，细细端详了一会。又见两旁有多少丫环，只得说道：“亏了吾儿至诚感格，将老身二目医好，这都是出于媳妇一片孝心。”说着不由的一阵伤惨，诰命连忙解劝道:“母亲不要悲伤过度,又被云翳蒙住。如今二目重明,只有喜欢的,何必又伤心呢?”娘娘点了点头道:“此话甚是,我如今俱各看见了,再也不伤心了。我儿辛苦,歇息去罢。有话,咱们母女明日再说罢。我这病初愈,倒要闭目养养精神。”夫人见如此说,方敢告退。丫环携了金盆,打着灯笼,诰命又嘱咐丫环一番,慢慢退出,回转绣阁而去。

过了几日,忽见包兴回来,禀道:“老爷已在大相国寺住了,明日面了圣,方能回署。”李氏闻听,又有些悬心;惟恐见了圣上,提起庞昆之事,奏对抗直,致干圣怒,心内好生放不下,连忙来至佛堂静室,见了娘娘,问安已毕,暗暗将包公到大相国寺,明日面圣后即回署的话奏知。娘娘欢喜道:“包卿回来了,哀家的事全仗着你夫妻二人了。”李氏道:“娘娘自请放心。此事有关国典,包拯与臣妾敢不尽心么!”娘娘点点头,眼圈儿一红。李氏忙用闲话儿解释开了,也就不提此事。娘娘自凤目重明之后,多亏李氏诰命每日百般劝慰,诸事遂心,以至饮食起居,无不合意,把个老娘娘哄得心花俱开,也不伤心了,早已玉容顿发,精神百倍,与破窑之内形景,大不相同。要知包公次日入朝如何递折请安,且听下回分解。

第十七回　开封府总管参包相　南清宫太后会狄妃

且说包公次日入朝递折请安，圣上立刻召见。奏对之下，天子甚夸办事正直，深为嘉赏，钦赐五爪蟒袍一袭、攒珠宝带一圈、四喜白玉搬指一对、珊瑚豆大小荷包二对。包公谢恩。早朝已毕，急急回到开封府；所有差役人等叩安。老爷退入内衙，照旧穿的朝服。诰命夫人迎将出来，彼此相见，略叙寒暄。因当着仆妇、丫环，故意问道："母亲到署安好？"李氏道："婆婆甚实康健。"即将叩求天露，医好二目也说明了。包公不胜欢喜道："烦娘子预先禀明，待下官前去拜见。"李氏此时成了内奏事的了，先到佛堂把丫环等支开，然后奏明："包拯要参见娘娘。"太后立刻宣召。夫人来请包公，不准外人跟随；夫人在前，包公在后。看此光景，颇像带领引见的。一时，来到佛堂，包公进了明间。夫人掀帘进内，启奏道："包拯宣至。"太后问道："包卿在哪里？"李氏道："现在外间屋内。"太后吩咐打起帘来。李氏遵旨，即将软帘挂起。早见包公跪倒尘埃，口称："龙图阁大学士兼理开封府事务臣包拯差竣回京，参见娘娘，愿娘娘千岁，千岁，千千岁！臣卑室狭隘，有屈凤驾，伏乞娘娘赦宥。"说罢，匍匐在地。娘娘吩咐："抬起头来。"包公跪起。娘娘先前不过闻声，如今方才见面；看他方面大耳，阔口微须。黑漆漆，满脸生光；闪烁烁，双眼叠暴。生成的福相，长就的威严。娘娘看了，心中大喜，以为大宋有福，方能得这样的臣宰；转想自己受如此的沉冤，不觉的落下泪来，哭道："哀家多亏你夫妻这一番尽心！哀家之事，全仗卿家了！"包公奏道："娘娘且免圣虑。微臣相机而行，必要秉正除奸，以匡国典。"娘娘点头道："卿家平身，歇息去罢。"

包公谢恩退出。娘娘又对李氏道："媳妇儿呀，你家老爷刚然回来，你也去罢，不必在此伺候了。"这原是娘娘一片爱惜之心，谁知倒把个诰命夫人说的不好意思，满面通红起来，走也不是，不走也不是，招的娘娘也笑了，道："我儿，你去罢，少时再来。"李氏只得退出，回转卧室而来。只见从外面搬进行李，仆妇、丫环正在那里收拾。李氏进了绣阁，见包公正在那里吃茶。包公见是夫人，放下茶杯，立起身来，笑道："有劳夫人传宣，官差使完了？"夫人也就赔笑，道了鞍马劳乏，彼此坐下。夫人便问一路光景，"为了庞昆之事，妾身好生的耽心。"又悄悄问："如何认了娘娘？"包公便将大概略述一番。夫人也不敢细问，便传了饭。夫妻共桌而食。李氏是随着娘娘吃了饭的，此时不过陪着点景而已。饭后，闲谈多时，夫人要到佛堂伺候娘娘去，包公也就到书房料理官事。只见包兴禀道："草州桥县尹的衙役，他们要回去了，请示老爷，有什么分派。"包公道："此时请公孙先生写一封信给县尹道谢，就说我几日进京，面圣召见，俱各平安。他差来的衙役，每人赏他十两银子，就叫他们回去。"包兴领命办理去了。别的官事虽有，皆因老爷今日才来，暂且难回。

到了次日，老爷正在梳洗，忽听包兴在廊下轻轻咳嗽。为何又不击点呢？这云板原为传言官事而设，或老爷不在家，必须敲响云板回话，若老爷在家，不但不用敲那云板，而且最嫌无故当当讨厌，何况进内堂回话，也不过是包兴、李财二人，别人也不准进去的，故此包兴才敢在廊下轻轻的咳嗽。包公问道："什么事？"包兴禀道："南清宫宁总管特来给老爷请安，说有话要面见。"包公素来从不结交内宦，今日忽然听见宁总管亲来，倒还要面见，未免将眉一皱道："他要见我做什么？你回复他，就说我办理官事，不能接见；如有紧要之事，俟明日朝房再见罢。"包兴答应，刚要转身，只听夫人道："包兴，你略等等。"包兴站住，却又听不见里面说些什么。迟不多会，忽又听见包公道："夫人说得也是。"便叫包兴："将宁总管请至书房待茶，我少时出迎。"包兴答应，即忙去了。方才夫人与包公悄悄相商，正是为娘娘之事，说："南清宫现有狄妃娘娘知道；宁总管前来为着何事呢？老爷何不相见，问了来历？倘有机缘，娘娘若能与狄妃娘娘见了面，那时便好相商了。"包公也觉有理，即向书房而来。

且说包兴奉命来请宁总管道："我们大人有请。"宁总管听说了"请"字，乐的眉开眼笑道："有劳郎官引路。"回头又对跟役道："你们不用过来，把我的马遛遛，再将鞍皮松一扣。轻易不骑马，觉得蜷的两腿焦酸的。”然后跟着包兴进来，说道：“我说咱家既来了，大人再没有不赏脸的。素来交情，焉有不见之理呢？”包兴暗道：“少拉近，我跟了老爷这些年，也没见尊驾与我们老爷有什么交情吓。”一时来到书房。李财也迎了出来，打起帘栊。宁总管进入书房，见所有陈设毫无奢华俗态，点缀的清雅非常。包兴让坐，李财献茶。宁爷又见“多珍盘”内放着大小两对荷包，连忙道：“这鹅黄系儿的，是内造荷包呀，外头都是杏黄绳儿的。”包兴答道：“这是昨日大人朝见，皇上赏的。那玻璃罩内搬指也是，还有蟒袍、玉带，共总四色。”说至此，又对李财道：“兄弟，你瞧着点儿，看大人出来。”李财转身出去。宁爷就知包兴是大人亲信之人，也不敢小视于他。正在攀话之际，忽听外面老爷问道：“请进来没有？”李财回道：“请进来了。”包兴连忙迎出。包公进了书房，只见宁总管早已站立，迎道：“咱家特来与大人请安。大人一路鞍马劳顿，多有辛苦。原要昨日就来，因大人乏乏的身子，不敢起动，故此今早前来。大人可歇过乏来了？”说罢，鞠躬一揖。包公忙还礼道：“多承太辅惦念。未能往拜，反先劳驾，实实的不安。”彼此谦逊多时，方才入坐。李财重新换上茶来。包公问道：“太辅降临寒舍，不知有何见教？”宁总管笑道：“咱家此来不是什么官事；只因六合王爷深敬大人忠正贤能，时常在狄娘娘前启奏，娘娘甚是欢喜。新近大人为庞昆一事，先斩后奏，更显得赤心为国，不畏权奸。我们王爷下朝，就把此事奏明了娘娘，把个娘娘乐的了不得，说：‘这才是匡扶社稷、治世的贤臣呢！’却又教导了我们王爷一番，说我们王爷年轻，总要跟着大人学习，做一个清清正正的贤王，庶不负皇上的圣恩。我们王爷也是羡慕大人的很呢；只是素无交往，无故的又不能亲近。咱家一想，目下就是娘娘的千秋，大人何不备一份水礼前去庆祝？从此亲近亲近，一来不辜负娘娘一番羡慕；二来，我们王爷也可由此跟着大人学习些见识，岂不是件极好的事呢？不知大人尊意如何？”包公闻听，暗忖道：“我原不结交朝贵，奈目下有太后娘娘事。当今就知狄后是生母，哪里知道自己皇娘受如此的沉冤呢！莫若将计就计。如此如此，倘有机缘，倒省了许多的周折。再者，六合王也是个贤王子,就是结交他也不至于玷辱于我。”想罢,问道:“但不知娘娘千秋在于何时?”宁总管道:“就是明日寿诞,后日生辰,再没有功夫了。不然,我怎么这么赶獐似的,忙的什么呢?只因事在临迩,故此特来送信。”包公道:“多承太辅的指教挂心,敢不从命!还有一事请示太辅,不知使得使不得?”宁总管道:“请问大人还有什么事?”包公道:“我想娘娘的圣诞,我们外官是不能见面的;现今家慈在署,明日先去送礼,后日正期,家慈亲身一往,岂不更亲近些么?”宁总管闻听道:“哎哟!怎么老太太到了京了么?如此更好了,有什么使不得的呢?咱家回去,就在娘娘跟前奏明。”包公致谢道:“又要劳动太辅了。”宁总管道:“好说,好说。既如此,咱家就回去了。大人先替我在老太太跟前请安,等后日我在宫内再接待他老人家便了。”包公又嘱托了一句:“家慈到宫时,还望太辅分心照拂。”宁总管笑道:“这还用大人吩咐么?老人家跟前,当尽心的。咱们的交情要紧。”说罢,站起身来作别道:“不用送,请留步罢。”包公送至仪门,方才转回。包公回到后面,见了夫人,将方才情节述了一番,就叫夫人将此事暗暗奏明娘娘。夫人领命,前往静室去了。包公又来到书房,吩咐包兴备了一份寿礼,明日送往南清宫去。又嘱咐他:“将范华宗好好看待,俟事毕,自有道理,千万不可泄露底里于他。”包公又问:“你在外面没听见他们说什么?别人罢了,公孙先生也没问你么?”包兴道:“外面却无人说什么。公孙先生,昨日小人叫给县尹写书信之时,他却问小人说:‘你是自幼跟老爷的,老太太你必然认得;那贫婆果是老太太么?’小人只得答应:‘果是老太太。’公孙先生笑了一笑,摇了摇头,道:‘你也不用哄我,我也再不问你了。焉有老太太一人在陈州做了贫婆的道理?将来总有个水落石出。’他说至此,写了书信,小人就回来了。”包公听了,暗暗佩服,知公孙学问渊博,谋略深远,实实可敬,依然嘱咐包兴不要告诉他实话。包兴连声答应,转身出来办寿礼去了。

至次日,包兴将办的寿礼八色与包公过了目,不过是桃、面、烛、酒之类,叫别人看这份礼没要紧,如今出于包公,却是绝大的人情了。包兴先叫差役挑到南清宫,自己随后乘马。刚到南清宫的横街,已见轿马拥塞,各处礼物,抬的、扛的,人声嘈杂,你挤我碰,纷纷乱乱,实实难行,只得下马吩咐人役:“俟这些人略略散时,便将马遛至王府门口等候。”自己步行,来至府门口,只见五间公门,正中与西边的门俱关着:独东边的关着一扇,开着一扇:皆是朱户金钉。两头的两间是随山的大炕,炕上坐着许多官员。额外设着枪架子,挂着弓箭、撒袋、腰刀,甚是威严齐整。又见各处来送礼的,一个个鞠躬递帖,低言回话,那些王官儿还待理不理的。包兴见此光景,想了想老爷那份水礼,心里就凉了半截儿;无奈何,慢慢走上台阶,来至一位王官的跟前,从怀中掏出帖来,恭恭敬敬的道:“有劳大老爷替我回禀一声。”刚说至此,那人把眼往上一翻,问道:“哦!你是那儿的?”包兴道:“我是开封府——”才提了三个字,那人连忙站起道:“必是包大人送礼来的。”包兴应道:“是,是,是。”那人将包兴双手一拉,唬了包兴一哆嗦。那人道:“好兄弟,辛苦了。今早宁总管传出谕来,说大人那里今日必送礼来。我正在这里恭候呢。请罢,咱们里头坐着。”回头又吩咐来府差役:“你们去瞧瞧,那是开封府的礼?你们接过来,到底张罗张罗呀,一个个竟发愣!”早有人一叠连声问下去了。

此时那王官将包兴引至回事处,倒茶陪坐,说道:“我们王爷今早就分派出来,提到大人若送礼来,叫我们急速回禀。兄弟既来了,还是要见王爷哟,还是不见呢?”包兴道:“既来了,敢则是见见好。只是又要劳动大老爷了。”那人听着忙说:“好兄弟,你把‘老爷’二字以后收了,咱们都是好弟兄。我姓王,行三。我比兄弟痴长几岁,你就叫王三哥。兄弟再来时,你问秃王三爷就是我。皆因我谢顶太早,人都叫我‘王三秃子’。”说话间,已将礼物挑进。王三爷瞧了一遍,拿了帖,辞了包兴进内去了。包兴在回事房内,见门簿放在那里,翻了一翻,头一等就是恩赏,其下太后、皇后以及嫔妃,往后王妃、诰命夫人,通身看去,直没有送水礼的。正看时,只见王三爷出来道:“兄弟,快随我来,王爷在银安殿上呢。”包兴连忙跟随王三爷来至大殿,步玉阶,绕丹墀,至殿门以外;但见高卷帘栊,正西一张太师椅,上面坐着一位束发金冠、蟒袍玉带的王爷,两边有多少内辅伺候,后面又衬着闹龙的罩壁,金碧辉煌,耀人的两目,包兴连忙叩头。只听上面说道："你回去上复你家老爷，说我问好。如此费心多礼，我都领了，俟改日朝中见了再谢罢。"又吩咐内辅："将原帖璧回，给他谢帖，赏他五十两银子。"内辅连帖并银子交付王三爷。王三爷在旁悄悄儿道："给王爷磕头。"包兴叩头站起，仍随了王三爷，刚下了银安殿，只见那边宁总管笑吟吟迎来道："郎官，你来了么？昨日叫你受乏。"包兴道："我们大人问太辅老爷好。昨日实实劳驾，简慢的很。"宁爷道："哪的话呢。回去见了大人，替我问好。就提我已在娘娘跟前奏明了，明日你家老太太只管来。老娘娘说咧：'倒不在祝寿不祝寿，说说话儿最是开心的。'"包兴连连答应。宁爷又说道："恕我不陪了。"包兴道："太辅老爷请治事。"方随王三爷出来。王三爷将谢帖、赏银交付了包兴。包兴道了乏，直至公门。王三爷务要瞧着他上马，方肯止步。包兴无奈，下了台阶。此时跟役已将马拉了过来。包兴道："恕罪，恕罪。"执手乘马而去；出了横街，在马上忖道："我们那八色礼物才花了二、三十两银子，王爷倒赏了五十两，可见王爷待我们老爷情重了。"不多时，到了开封府，来至书房，禀了包公；将王爷的原话回明了，又把宁总管说的话也述了一遍，然后将谢帖、赏银俱各呈阅了。

包公点头，来到后面，便问夫人："见了娘娘，启奏的如何？"夫人道："妾身已然奏明。娘娘先前听了为难，说：'我去穿何服色？行何礼节？岂不亏煞了哀家么？'"包公道："娘娘所虑甚是。夫人当婉转劝解方好。"李氏道："何尝不是呢。妾身才说过，'娘娘暂屈凤驾，穿二品服色，到了那里，大约狄娘娘断没有居然受礼之理。事到临期，见景生情；纵然礼数不周，狄娘娘决不致嗔怪，也就混过去了。倘有机缘，娘娘泄露真情，明是庆寿，暗里却是进宫的机会。不知凤意如何？'娘娘沉吟半晌，方说道：'事到如今，也不得不如此了。只好明日前往南清宫便了。'"包公听夫人所奏的言语颇有权变，而且娘娘业已应允，不胜欢喜；又问："跟随娘娘原来的丫环可用不可用？如其不好，夫人选二名伶俐的跟随进去。"夫人道："两个里头有一个很好，那一个不中用。倒是妾身选的碧桃、秋桐，娘娘很欢喜那秋桐，说他虽小，却机灵，模样儿也好。"包公道："既如此，就叫秋桐同那个去。可是吓,那两个叫什么?”李诰命道:“那好的叫彩凤,那不中用的叫彩鸾。”包公道:“将彩鸾留在家内使唤。外面我再派人护送。”

至次日,仍将大轿抬至三堂之上。轿夫人等连忙退出,掩了仪门。此时李夫人已然伺候娘娘梳洗已毕。及至换衣服之时,娘娘不觉凄惨,流下泪来。李诰命又悄悄的劝慰了几句,复又跪倒告别。此一拜不要紧,漫说娘娘,连夫人也忍不住了,扑簌簌泪流满面。娘娘用手相搀,哽噎的连话也说不出来。还是李氏强忍悲痛,劝道:“娘娘,此一去关乎国典礼法,千万见景生情,不可因小节误了大事。”娘娘点头。诰命道:“臣妾未能多在娘娘跟前尽心,实实有负洪恩。”娘娘道:“我的儿呀!哀家二十载沉冤,多亏你夫妻二人!此去倘能重进宫帏,那时宣召我儿再叙心曲便了。”夫人道:“臣妾理应朝贺。”说罢,搀扶娘娘出了东间。娘娘又在佛前恭恭敬敬福了几福,然后方慢慢步至三堂之上。李氏伺候娘娘上轿,安好扶手,丫环放下帘子。只听娘娘说道:“媳妇我儿,回去罢。”其声甚惨。李氏连忙答应,退入屏后。外面的轿夫进来,将轿请起,慢慢的出了仪门。却见包公鞠躬伺候,上前手扶轿杆,跟随出了衙署。娘娘看的明白,吩咐道:“我儿,回去罢,不要远送了。”包公答应“是”,止住了步,眼看着轿子下了台阶;又见那边范华宗对着轿子磕了一个头。包公见了,暗暗点头道:“他不但有造化,并且有规矩,可见他福至心灵了。”只见包兴前面打着顶马,后面拥护多人,围随着去了。包公转身进衙,来到后面,见夫人眼睛哭的红红的,知是方才与娘娘作别,未免伤心,不肯细问,不过悄悄的又议论了一会,仍到书房料理官事去了。

且说包兴跟随娘娘直奔南清宫而来。湛湛切近,见轿子比昨日更多,大半皆是官防轿。所有嫔妃、贵妃、王妃以及大员的命妇、夫人,往来不绝。包兴见此光景,他却很知规矩,叫后面跟随之人拨过一个来打顶马,他却一伏身,催马赶至前面去了,来至王府门前下马,走上公门,恰好王三秃子正在那里,连忙执手道:“三老爷,我们老太太来了。”王三爷道:“怎么,老太太到了么?”包兴道:“是。轿子已进了横街了。”要知后事如何,且听下回分解。

第十八回　奏沉疴仁宗认国母　宣密诏良相审郭槐

且说王三秃子闻听开封府的老太太到了，飞也似跑了进去。不多时，只见从里面出来了两位内辅，对着门上众官员说道："回事的老爷们听着，娘娘传旨：所有来的官防，俱各道乏道谢，一概回避，单请开封府太夫人会面。"众人连声答应。包兴闻听，即催本府的轿夫抬至公门。今日这公门却是东、西关闭，惟有中间大开，这二位内辅引着大轿进内去了，然后王三爷出来张罗包兴，让至回事房待茶，今日见了，比昨日更觉亲热。

且说娘娘大轿进了二门，穿过银安殿，早见出来了四名太监，将轿夫换出，又抬至三门，过了仪门，方才落平。只见宁总管来至轿前，掀起轿帘，口中说道："请太夫人安。"连忙去了扶手，自有彩凤、秋桐两个丫环，搀扶下轿。娘娘瞧了瞧宁总管，也回问了一声："总管公公好！"宁总管便在前引路，心中暗道："这位老太太真是康健，面庞儿也少像，可见是有福气的。"一时来至寝宫。只见狄后娘娘已在寝宫门内接待，远远见了太夫人，猛然吃了一惊，觉得面善熟识的很，只是一时想不起来。娘娘来至跟前，原欲行礼，狄后连忙搀住，口内连说："免礼。"娘娘随机应变，也就不肯再谦让了。彼此携手，一同入座。娘娘看狄后比当初的面庞儿苍老了许多，暗中叹息。狄后至此，对面攀话，细看娘娘，忽然想起酷肖李后，因已赐死，再也想不到仍是当今的国母，只是心内七上八下的，总是不安。叙起话来，问答如流，态度从容，颇有大家风范，迥不是乡间的奶奶，就把个狄后乐的了不得，因此投机，便留太夫人在宫内多盘桓几日。此一留正合了娘娘之心，即便慨然应允。狄后大乐道："老夫人真是爽快！惜乎不知老夫人早到京了；若是早知道，也就早已请进宫来。"娘娘道："这是老娘娘的台爱。我也是到京不久。本意就要给老娘娘请安，偏值老娘娘的千秋圣诞，因此不敢不来。实实叩安迟滞，还望老娘娘赦宥。又蒙谆留不弃,这更是额外之恩了。”狄后道:“不要说这客套话。”回头吩咐出去:“开封府的轿马人役不用在此等候了。就说咱们留下老夫人,要多住几天呢。”内辅连声答应,立刻传出去了。

这里狄后吩咐摆膳,务要与太夫人并肩而坐,为的是说话便易相亲。娘娘也不过谦,更显得磊磊落落,大方之至。狄后乐的眉开眼笑,欢喜非常。登时之间,山珍海错,水陆并陈,真是极丰的肴馔。娘娘不过一目了然。饮酒之间,狄后盛称包公忠正贤能:“这皆是老夫人教训之德,实实令人佩服。”娘娘听到此,不过略为谦逊,心内就有些不安。狄后又问:“太夫人的年庚?”娘娘答言:“四十六岁。”狄后又问:“令郎的年岁?”一句话把个娘娘问的闭口无言,登时急得满面通红,再也对答不来。这一番难安的形景,就有点不甚大方了。狄后见此光景,一时不便追问,对宫娥们道:“你们将老夫人的酒换了,想来凉了罢。”娘娘顺这口气说道:“素来酒量有限。方才吃得也不少了。惟恐酒后失仪,望乞赏饭罢。”狄后道:“既是老夫人量贵,来吓,拿饭来。”大家吃毕,散坐闲谈,又到各处瞻仰了一番,皆是狄后相陪,越瞧越像去世的李后,心中好生的犯疑,暗道:“天下哪有这样的事?纵然面目相同,为何身体、态度,以至于说话,无有不像的?也就奇的很呢!这也罢了,方才问他儿子的岁数,他为何对答不来,竟会急的满面通红?世间哪有母亲不记得儿子的岁数之理呢?其中实有可疑。难道他竟敢欺哄我不成?也罢,既已将他留下,晚间叫他与我同眠,暗暗我再盘诘他一回,或者包拯不是他亲生也未见得。”心里虽然犹犹疑疑这等想,眼睛却不住看娘娘;见娘娘举止言语,益发是李后无疑,心内更自委决不下了。到了晚间,用膳已毕,仍是散坐闲谈。狄后吩咐:“将静室打扫干净,并将夫人的枕衾亦铺设在净室之中,我还要与夫人谈心,以消永夜。”娘娘见此光景,甚合心意。及至归寝之时,所有宫娥人等早带了跟娘娘的彩风、秋桐,另有去处安排,彼此呼姐唤妹的嬉笑在一处。秋桐虽则年幼,却甚伶俐,应酬多时,就要到太夫人那里去,惟恐呼唤。宫娥道:“秋妹妹,你放心,我们娘娘是有规矩的:每日晚间入了静室,或诵经念佛,全不用人。非有呼唤,不敢擅入的。何况如今有了你们老太太,也不过说会子话,大约就歇息了。你又何必过去呢？真要用人时，自有我们过去。妹妹来此是客，也该歇歇儿了。”秋桐听说如此，方不去了。

哪知狄后因惦记盘诘为何不知包公岁数一节，便从此追问道：“方才我问令郎的岁数，老夫人竟自不知，是何道理？或者不是亲生，另有别情，必须说明；倘有隐匿不露，欺我即是欺君，明日见了圣上，我是要参奏的，那时只怕诰命就加不到太夫人身上了。”狄后娘娘究诘的话，甚是紧急。李娘娘为难多时，不觉失声道：“皇姐姐，你难道不认得哀家了么？”虽然说出此话，已然悲不成音。狄后闻听太夫人叫“皇姐姐”，自称“哀家”，将近一天的疑虑，至此时再也不能忍耐，连忙问道：“难道太夫人就是玉宸宫的李后娘娘么？”娘娘泪流满面，哪里还说的出话来，狄后着急，催道：“此时房内无人，何不细细道来？”娘娘止住悲痛，方将当初分娩之时，“原是生了太子，一时血晕，不幸变了怪物，先皇震怒，将我贬入冷宫六载；后来又不知为何，将我赐死。多亏了秦凤的义子余忠，因他面貌酷肖哀家，情愿替死殉难，就将哀家顶了余忠之名，赚出宫帏，送往陈州秦凤家内。虽则脱了灾难，无奈负屈含冤，每日思君想子，因此双目失明。不料秦凤遭害，他母亲也亡故了，哀家便难以在他家居住，只落得身居破窑数载。亏得包卿上陈州查赈，方能在天齐庙诉冤，假认母子，才到了开封府。多亏李氏诰命叩求天露，洗目重明。今日虽来给皇姐祝寿，实为吐露真情。”滔滔不断，说了一遍，险些儿没有放声哭出来。狄后听了个伤心惨目，那眼泪也就扑簌簌落将下来，问道：“如此说来，太夫人却真是李后娘娘了，但不知有何证据？”娘娘即从里衣内将金丸取出，递与狄后。狄后接过，在灯下验看分明，连忙战兢兢将金丸递过，便双膝跪倒，口称：“臣妃不知凤驾降临，多有冒昧，望乞太后娘娘赦宥！”李后连忙还礼相搀，道：“皇姐姐不要如此，还求皇姐姐设法，须叫圣上知道方好。”狄后谢恩道：“娘娘放心，臣妾自有道理。”便将当日刘后与郭槐定计，用狸猫换出了太子的情由说了一遍：“多亏了承御寇珠抱出太子，不忍加害，交付陈林，用提盒送至南清宫抚养。后来刘后之子病故，方将太后娘娘生的太子补了东宫之缺：因太子游宫，在寒宫见了娘娘，母子天性，面带泪痕，方惹起刘后的疑心，百般的拷问寇珠。好一个忠烈女子,再也不肯吐露真情,生生逼的他触阶而死。因此,刘后不得实情,暗在先皇跟前谗言,说娘娘在寒宫怨望,每日焚香诅咒,是以将娘娘赐死。臣妃却不知有余忠替死一节。后来又不知寒宫因何火起,把个总管秦凤活活烧死。想来这些奸谋全是他们斩草除根之计。幸喜皇天有眼,方保娘娘凤体无恙。只是这些的苦况,亏煞娘娘了!"说罢,泪如雨下。

李太后如梦方醒。虽然知道当今皇帝是自己所生,却不知如何到了南清宫内;如今听见狄后说出原由,这才是水落石出,的的确确,再无疑虑了,未免的又伤起心来。狄后百般劝慰。太后悲哀哀的道:"皇姐姐,如何叫皇儿知道,使我母子重逢呢?"狄后道:"娘娘有所不知。圣上只知臣妃是生母,每日必到南清宫请安三次。如臣妃稍有微疾,圣上必要立刻亲临,是再不迟滞的。待臣妃装起病来,明日遣宁总管奏知当今,圣上必然亲临。那时臣妃吐露真情便了。"娘娘点头称善。这一夜李娘娘与狄后说了这个,又讲那个,一时欢喜,一时悲痛,何曾合眼?次日五鼓,便派宁总管上朝,叫他奏明圣上,就说狄后娘娘偶然得病,甚是沉重,宁总管不知底里,即便前去。狄后又将六合王宣来,悄悄的把此事说明,立刻朝见了太后娘娘,敬候御驾来临。

谁知圣上夜间梦中有警,见彩凤一只,翎毛不全,对着圣上哀叫了三声。仁宗从梦中惊醒,心中纳闷,不知是何缘故。及至五鼓,刚要临朝,只见仁寿宫的总管前来启奏道:"太后夜间得病,一夜无眠。"天子闻听,以为应了梦兆,暗暗想道:"怪道朕夜间梦见翎毛不全的鸣凤,原来太后欠安。"即刻来至仁寿宫,见鸦雀无闻,便吩咐不要声张,惟恐惊了太后,轻轻迈步,进了寝殿,已听见有呻吟之声。忽又听见刘后说道:"寇宫人,你好大胆,竟敢如此无礼!"然后"哎哟"不止。此时宫人已将绣帘揭起,天子进内,来至御榻之前。刘后猛然惊醒,见天子在前,便道:"有劳皇儿挂念。哀家不过偶感风寒,无有什么大病,且请宽心。"天子问安已毕,立刻传御医调治。又恐太后心内不耐烦,略安慰了几句,即便退出。才离了仁寿宫,刚至分宫楼下,只见宁总管双膝跪倒,奏道:"启上我皇,狄后娘娘夜间得病,甚是沉重。奴婢特来奏知。”仁宗闻听，这一惊非同小可；因是生身之母，更为紧要，立刻吩咐摆驾，亲诣南清宫内。只见六合王爷迎接，圣上先问了问娘娘得病的光景。六合王含糊奏道：“娘娘此时略觉好些。”圣上心内稍觉安慰，便吩咐随侍的俱各在外伺候，单着陈林跟随。此旨一下，暗合了六合王之心，侧身导引。来到寝宫以内，但见静悄悄寂然无声。天子暗道：“娘娘欠安，为何宫娥俱不围随服侍？”又见御榻之上锦帐高悬，金钩双挂，狄后照常服色，面里和衣而卧。仁宗连忙向前问安。狄后慢慢的翻转身来，猛然问道：“陛下，天下至重至大者以何为先？”天子听了此话，不知从何说起，只得答道：“莫过于孝。”狄后点头叹道：“既是孝字为先，有为人子不知其母之存亡的么？又有人子贵为天子，尚使其母在外飘零的道理么？”这两句话问得天子懵然不懂，犹以为狄后病中的谵语。狄后又道：“此事臣妃尽晓底里，惟恐陛下不信。”仁宗忽听娘娘自称“臣妃”，不觉大惊道：“皇娘何出此言？望乞明白垂训。”狄后道：“现有一物，请陛下观览。”回手从帐内拿出一个黄锦匣来，抽开盖，里面是个黄缎袱子，包的极其严密。狄后拿起，递与仁宗道：“陛下可知此物的来由么？”仁宗接过，打开一看，里面是一块龙袱，上面有先皇的亲笔，御记“镇押天狗”。御笔之上印着玉玺国宝。仁宗看罢，连忙站起，反复看了多时，却不明白，低头看了看六合王。六合王低头不语。再瞧陈林时，陈林已然泪流满面，谁知陈林在旁见了此袱，触动前情，因此落泪。天子见他啼哭，更觉诧异，道：“请问皇娘，此袱的来由，端的为何？望乞皇娘指示明白。”狄后便将郭槐与刘后为图谋正宫，设计陷害了李后，用狸猫换出太子的情由说了一遍：“其中多亏了两个忠义之人：一个是金华宫承御寇珠，奉刘后之命，将太子抱出宫来，那时就用此袱包裹。原叫他用裙绦勒死，丢在金水桥下，寇承御不忍加害，便交与陈林。”说罢，用手一指。天子顺指一看，见陈林已哭的泪人儿一般了。狄后又道：“多亏陈林经了多少艰险，方将太子抱入南清宫内。在此抚养了六载，到陛下七岁时承嗣与先皇，补了东宫太子之缺。千不合，万不合，陛下见了母后落泪，这才惹起了刘后的疑心，生生的把那个寇珠处死。又要赐死母后。其中又亏了两个忠义之人：

有个小太监余忠,情愿替太后殉难,秦凤方将母后救出,送往陈州。后来秦凤火内自焚。他家中既然无主,母后不能存留,只落得破窑度日,幸喜包卿在陈州放赈,在草州桥认了母后,假称母子,以掩耳目,昨日与臣妃庆寿,方能与母后相见。”仁宗听了,不胜惊骇,泪如雨下,道:“如此说来,朕的皇娘现在何处?”只听得罩壁后悲声切切,出来了一位二品服色的夫人。仁宗见了,却又一怔。旁边陈林不看则已,看了时,不觉失声“哎哟”,咕咚跪倒在地,匍匐尘埃。太后见仁宗发怔,知道皇儿难免生疑,连忙将金丸取出,付与天子。仁宗接来一看,上面有“玉宸宫李妃”的名号,正与刘后所佩的金丸相同;往前紧行几步,双膝跪倒,哭道:“孩儿不孝,亏煞皇娘了!”说至此,不由的大放悲声,母子抱头痛哭。此时狄后已然下得床来,与六合王母子双双跪倒,在旁哀劝,并且请罪。天子伤感多时,劝太后止住悲声,又转身跪搀狄后,重谢了抚育之恩;立起身来,一手拉起六合王,一手拉住陈林,哭道:“贤伴伴,若不亏你赤心为国,焉有朕躬?”陈林哪里还说的上话来,惟有痛哭,叩头谢恩而已。

大家平身。仁宗又对太后道:“皇娘受如此的苦楚,孩儿枉为天子,何以对合朝臣宰?岂不遗笑于天下乎!”说至此,愤恨难当。狄后奏道:“陛下且免圣怒,还朝降一道密旨,就派郭槐、陈林一同前往开封府宣读,包学士必有办法。”这狄后所奏,却是包公之计,李后临上南清宫之时,包公就嘱咐李诰命转奏娘娘:“倘若见了天子,相认之后,就用一封密旨。又不动声色,又使奸贼不能脱逃。却不是怕他脱逃,怕他畏罪自尽,反倒便宜他。”李太后与狄后俱已计较明白,所以狄后方敢启奏。仁宗听了,道:“皇婶母所言甚是。”又安慰了太后许多言语,然后驾转回宫,立刻御笔草诏,密密封好,钦派郭槐同陈林上开封府宣读。郭槐以为是加封包公,欣然同定陈林,竟奔开封府而来。

且说包公自昨日伺候娘娘去后,迟不多会,包兴便押着空轿回来,说:“狄后娘娘将太夫人留下,要多住几日。小人即刻回来。那里赏跟役人等二十两银子,赏了轿夫等二十吊钱。”包公听了点头,吩咐道:“明日五鼓,你到朝房暗暗打听消息,如有何事,急速禀我知道。”包兴领命，至次日黎明便回来了，知道包公尚在卧室，连忙来至后面，在廊下轻轻的咳嗽。包公问道：“你打听有什么事没有？”包兴禀道：“小人到了朝内，遇见宁总管。说狄后娘娘昨夜欠安，特来启奏。后来又打听得刘后也欠安了，圣上驾至仁寿宫请安。不多会，又听传旨立刻摆驾，皇上亲临南清宫，大约此时圣上尚未还宫呢。”包公听至此，说：“知道了。”包兴即刻退出。包公与夫人计议道：“这必是娘娘吐露真情，狄后设了计谋。”夫妻暗暗欢喜，包公连忙梳洗，来到书房，叫李财请了公孙先生来，这才悄悄把此事说明。公孙策方醒悟道：“晚生已料到此事必有隐情，谁知竟是如此大事！”彼此议论多时，只见该值的进来禀道：“圣旨已到。”包公连忙接入公堂之上，只见郭槐在前，陈林在后，手捧圣旨。郭槐自以为是都堂，理应宣读圣旨，展开御封。包公山呼已毕。郭槐填胸叠肚，气度昂然，高声朗诵道：“奉天承运皇帝诏曰：‘今有郭——’”刚念至此，他看见是自己的名字，便不能往下念了。旁边陈林捧过旨来，接着读道：“今有郭槐逆谋多端，奸心叵测，先皇乏嗣，不思永祚之忠诚；李后怀娠，遽遭兴妖之暗算，致令堂堂国母，廿载沉冤，受尽了背井离乡之苦，似此蔑伦悖理，宜交付开封府，必须六问三推，务要严加审讯。上命钦哉。”望诏谢恩，包公口呼万岁，立起身来，接过圣旨，供奏上面，转身下来。吩咐一声“拿下”，只见愣爷赵虎上前，竟奔了贤伴伴陈林而来，他也没见旁边的郭槐面无人色，已然遍体筛糠，不知如何是好了。包公连忙喝住。还是王朝、马汉将郭槐服制衣冠打下，提到当堂跪倒。赵虎讪讪的退下，包公入了公座，吩咐再设一侧座，叫陈林坐了。只听包公问道：“郭槐，你将已往之事从实招来！”未知郭槐招与不招，且听下回分解。

第十九回 巧取供单郭槐受戮 明颁诏旨李后还宫

且说包公听宣已毕,吩咐一声"拿下",这位愣爷奔着陈林就要动手,亏了王、马二人连声喝住,方将郭槐拿下。喊了堂威,包公入座。旁边又设了侧坐,叫陈伴伴坐了。包公上面叫道:"郭槐,当初为何陷害李后,怎生抵换太子?从实招上来!"郭槐不慌不忙,回道:"大人何出此言?当初因李后产生妖孽,先皇震怒,才贬入了寒宫,焉有抵换之理呢?咱家实实不知。"你道郭槐他如何这等的倔强?他自宣诏,看见自己的名字就不得主意,后来陈林接读,他听见陷害李后抵换太子,他便暗暗打算:"敢则为这件事?此事虽是我做的,却是太后的主意;如今既败露了,太后再没有不袒护我的。我既有老娘娘作主,还怕什么!只是咬定牙儿不招,不过问个一两堂,太后的懿旨一到,也就结了。大约没有口供,漫说包黑子,就是皇上也不能深究;何况李妃已然赐死,又无对证。真个的为这件事还能把太后怎么样吗?"他只顾心里盘算,耳朵就不管闲事了,所有诏旨后半截的话全没听见,他如何知道现有真正李后国母等着要缺呢?只听包公又问道:"既无抵换,为何叫寇承御将太子抱出宫来,用裙绦勒死,丢在金水桥下呢?讲!"郭槐道:"焉有此事?咱家全不知道。这话既是寇承御说的,却该问寇承御去,他偏又死了。"包公闻听,将惊堂木一拍,才要再问,只听陈林说道:"郭老爷,这话不是这么说。事情全是你做的,你如何推得干净呢?当初若无此事,寇宫人如何把太子交给我呢?我亲手儿接的,难道还是假的不成?"郭槐道:"陈总管,你如何也质证起咱家来了?既是寇宫人交给你的,就该问你,与咱家什么相干?再者,你我皆是进御之人,太后娘娘素来的性格,你还不知道吗?倘然少时太后的懿旨到来,只怕你也吃罪不起吓!"他这话不但震吓陈林,连包公他也要欺压欺压。哪知这位铁面无私的老爷听了此话,在座上冷笑道:"郭槐,你敢以刘后欺压本阁么?你不提刘后便罢;既已提出,说不得本阁可要得罪了!”伸手抽签,吩咐:“拉下去!重打二十大板!”左右一声呐喊,将郭槐掩翻在地,竹板高扬,一上一下,只这二十板子,打的他皮开肉绽,鲜血淋漓。郭槐龇牙咧嘴,哀声不绝,半晌爬起。包公问道:“郭槐,你还不招么?”郭槐到了此时,岂不知事关重大?横了心道:“当初原是李妃产生妖孽,自招愆尤,并无抵换之事。就是寇承御,他说太子是抵换的,难道就信以为真,听他一面之词吗?”包公道:“郭槐,你说寇承御之话不可信,这也罢了。我且问你,那刘后拷打寇承御却是为何?讲!”郭槐怔了一怔,道:“那是因为寇珠儿顶撞了太后,太后大怒,方才施刑的。”陈林在旁又说道:“郭老爷,你这话又说错了,当初拷问寇承御,还是我掌的刑杖。刘后口口声声追问他将太子抱出置于何地,你怎么说是顶撞呢?”郭槐闻听,将双目一瞪道:“陈林!你说当初拷问寇承御是为这个事情,那是你那么说,咱家就没听见太后那么问!你方才说是你掌刑杖,那寇承御生生是你下了毒手打的,他受刑不过,他才触阶而死,你为何反来问我呢!”包公闻听道:“好恶贼!竟敢如此的狡展!左右,与我拶起来!”两旁发一声喊,将郭槐双手高高并起,套上拶子,将绳子往左右一分,只听郭槐杀猪也似哭号不止。包公问道:“郭槐,你还不招么?”郭槐声息微弱,咬定牙根,哼哼道:“没有什么招的呀!”说出此话之后,只见他浑身乱抖,面目更色,那头上汗珠儿有黄豆大小。包公惟恐他一时暴脱,只好缓缓再问,吩咐卸刑,左右将拶子一松,郭槐又是一个小发晕儿,神魂不定,哀声不绝。两边衙役搀扶,将他带下去暂且寄监。

包公退堂,将陈林让至书房,又把此事恳恳切切的询问一番。陈林又的的确确的细说一遍。彼此叙说多时,包公将今日审问情形就托陈林,暂且复奏,陈林一一答应。包公送至二堂,彼此告别。包公仍然回到书房,叫包兴请公孙先生。不多时,公孙策来到,参见已毕,包公问道:“今日审讯郭槐,先生可看见了?”公孙策道:“是看见了。郭槐言语狡展;陈公公问了他两次,他满心不服,所恃者太后耳。”包公道:“先生所见不差。他乃奉旨的钦犯,而且事关国典,若不严加审讯,他如何肯招呢?无奈他老弱,搁不住刑求;方才拶他之时,我见他面目更色，头上发汗，所以停刑缓问。似他这等，不苛求又不招承，请问先生，如之奈何？”公孙策道：“这正是他老奸巨滑处，明仗着自己老弱，决不能十分加刑，可见他心里毒狠了。如今据晚生想来，须想个新奇法子，造一件别样的刑具，只伤皮肉，不动筋骨，务必叫他招承方好。”包公点头道：“先生所论甚是。就烦先生有费清心，筹画一番便了。”公孙策答应退出，自己构思去了。

这里包公进内用饭。到了晚间，包兴进来禀道：“公孙先生在书房等候老爷。”包公连忙出来，见公孙策手持一纸，已然画成式样。包公接来一看，见画着一物，仿佛大烙铁相似，却不是平面。平面之上，皆是垂珠圆头儿钉子。旁边注明尺寸。此物用铁打成，临用时，将炭火烧红，在人肉厚处炙烫，再不能伤损筋骨，止于皮肤受伤而已。包公看罢，问道：“此刑可有名否？”公孙策道：“晚生妄拟此刑，名曰杏花雨。取其落红点点之意。”包公笑道：“如此的恶刑，命名却甚雅。但不知此刑何日可得？”公孙策道：“打造容易，不过一两天便可成功。”包公道：“既如此，明日进朝，暂时启奏，俟杏花雨打成时，再行复审。”公孙策道：“郭槐现已受刑，也容他多将养几日，把他那狠毒心肠消灭消灭。然后再审，必招无疑。如若仍然不招，那时再生别策。”包公点头，即吩咐包兴传该值的立刻传唤铁匠，就着公孙先生指点监造。隔了一天，此刑业已打成，到了第三天，包公升堂，复又提审郭槐。

且说郭槐正在监牢之中，又是手痛，又是板疮，呻吟不绝，饮食懒进，两日光景便觉形容憔悴，心中却暗自想道：“我在此今已三日了，为何太后的懿旨还不来呢？难道这三四天还不知道？就是不知道，咱家是天天要见面的；这三四天不见，他老人家也不问问么？别人也不告诉么？”忖度了半天，猛然想起：“哦，是了！太后目下欠着安，或者不知道也未见得。我只要咬牙横心，总给他个不招，谅那包黑子无有口供，他也难以定案。再破着磨个三天两日的，难道太后懿旨依还不来么？该七天的灾难，就是六天半也完不了！只是此事已过了这些年，圣上怎么虎拉把的又想起来了呢？真真令人不解。”正在犯想之际，忽听提牢说道：“老爷升堂了，请督堂郭老爷呢。”他只顾闹这俏皮话，把这郭槐唬的心内乱跳，就知今日又要复审了；无奈何，随着差役来至公堂。他偏眼尖，一眼就瞧见那边燃着红焰焰一盆炭火，里面烧着一物，却不知有何作用。他哪知这宗东西是犒劳他的呢？只得朝上跪倒。包公问道："郭槐，你今日还敢支吾么？据本阁想来，此事关碍着刘后；你纵然实说了，这罪也不能归在你一个人身上，你何妨招承，本阁与你分别陈奏，岂不完结此案？"郭槐暗道："好轻巧话儿！包黑子拿软局子套我来了。"连忙说道："回大人，实无此事，叫咱家从何招起？若果有此事，漫说迟滞这些年，包管早就败露了。望大人详察。"包公道："你可记得那年圣上钦差本阁在玉宸宫审鬼？彼时冤魂寇珠已将底里诉明，你如何瞒得本阁呢？还是早些招了的好。"郭槐道："大人既知底里，大人何不分派下来？咱家就按着大人的分派招承，那又何用再问呢！"一句话堵恼了包公，将惊堂木一拍道："好恶贼！你奸谋业已败露，连圣上皆知，尚敢推诿！实在可恶！"吩咐："左右！将他衣服剥去！""哦！"答应一声，上来了四名差役，剥去衣服。谁知郭槐他是贼胖，脸上露着瘦，身上却可观，早见他红馥馥的肉皮，光油油脊背。左右二人将他胳膊拢住，又有一人拿巾帕连发绺将头提起，那边一人从火盆内攥住木把，提起"杏花雨"，站在恶贼背后。只听包公问道："郭槐，你还不招么！"郭槐："咱家就听大人的指示，没有什么招的呀！"包公听了，气往上撞，吩咐行刑，只见那"杏花雨"往下一落，兹啦、兹啦一阵乱响，登时皮肤皆焦，臭味难闻，疼的个恶贼狼号鬼叫，浑身乱颤。先前还有哀绝之声，到后来只剩了吁吁发喘。包公见此光景，只得吩咐止刑，容他喘息再问，左右将他放下。郭槐哪里还扎挣得来？早已瘫卧在地。包公便叫搭下去。哪知公孙策早已暗暗的吩咐差役，叫把郭槐搭在狱神庙内，又把提牢叫来，吩咐好些言语。

且说郭槐到了狱神庙，昏昏沉沉，苏醒了多时，觉得周身疼痛，坐卧难安。忽听有人悄悄唤道："太辅老爷，你老多有受惊了？"郭槐微闪二目，见提牢笑容满面，手捧盖碗，不知何物，便问道："碗内是什么？"提牢道："小人无物可敬，觅得定痛丸一服，特备热黄酒一碗，请太辅老爷用了，包管益气安神。"郭槐正在痛的难受，听说定痛，焉有不吃的呢？再者，这两三天在监内无人瞅睬，今日一旦有人殷勤劝慰，言语温和，不亚如见了亲人一般，连忙道：“生受你了。咱家倘有出头之日，再也不能忘你。”提牢道：“大辅老爷何出此言，日后完了事时，求老爷略一伸手，小人便受恩不浅。”一句话奉承的恶贼满心欢喜，将药并酒服下，不多工夫，真觉心定神安，疼的似乎好些，便问道：“这酒还有没有？”提牢道：“有有。”去不多时，又捧着一碗，恭恭敬敬递与恶贼。郭槐见他如此光景。又精细，又周到，乐不可言，一边饮酒，一边问道：“你这几日可听见朝内有什么事情没有呢？”提牢道：“没有听见什么，倒听见太后欠安，因寇承御作祟。如今已然痊愈了。皇上天天在仁寿宫请安，大约再迟一两日，太后的懿旨必然到来，那时老爷也就无事了。就是我们大人，虽然奉圣上的圣旨，也不敢违背太后的懿旨，俗语说的好，‘胳膊扭不过大腿去’，老娘娘若是翻了脸，漫说我们大人，就是皇上大约也未必惹的起罢。”一席话，说的郭槐心内畅然，连饮了几碗。谁知他前两日未进饮食，今日连吃几碗空心酒，不觉的二目朦胧，已入醉乡，有些前仰后合。提牢见此光景，将酒撤去道：“太辅老爷也歇息歇息罢，少时再来伺候。小人还要别处查看查看去呢。”郭槐含糊说道：“你去罢，回来再说话儿。”提牢转身出去，高声道：“只顾伺候太辅，敢则外面已掌灯了。幸亏有月色，却不至昏黑。”说着话儿，也就去了。只落得恶贼一人踽踽凉凉，虽然多饮了几碗酒，心内却牵挂此事，不能去怀，暗自踌躇道：“难得提牢一片好心。方才他说太后欠安，却因寇宫人作祟。喜得如今痊愈了，大约懿旨不日也就来。”又想：“寇珠儿本来死的冤枉，无怪他作祟。”原要歇息，不料想起事来，翻来复去，再也睡不着了，只得扎挣坐起，闭目养神，却是前仰后合。正在昏沉之际，耳内只听嗯、嗯、嗯，一阵阵的冷风飕飕，吹的檐铃乱响；又听得刷、刷、刷，一星星的尘砂细细，打的窗棂皆鸣。恶贼听此声音，不由的微开醉眼，东瞧西望，左顾右盼，并没有什么动静。但见那昏昏蒙蒙的天光，趁着这凄凄惨惨的月色，自己迷迷离离的未免有些害怕，尚不理会。猛然风沙飞舞，见那边黑影中有个悠悠荡荡的人影，或前或后，暗隐着咿咿唔唔的声音，如泣如诉。郭槐一见，不由的寒毛皆乍。才要叫人，只见那个人影来至面前,哭道:“郭太辅,别来无恙? 奴非别人,乃寇承御是也。”郭槐一闻此言,嘤的一声,眼内金花乱迸,酒也吓醒了,哆嗦在一块儿,道:“寇……寇……寇宫人,你到……到此则……则甚?”女鬼道:“太辅不要害怕,奴家特来求太辅质对一言。昨日与太后在森罗殿证明;太后说此事皆是太辅的主裁,故此先放太后还宫。并且查得太后与太辅尚有阳寿一纪,奴家不能沉埋地府,今日特来与太辅辨明当初之事,奴便超生去也。太辅倘若不言,休怪奴家啰唣了!”说罢,往前就凑。郭槐闻听,毛骨悚然,连忙站起,往旁一闪,更瞧他披头散发,满面血渍,虽然认不出模样,却听他柔声细气,娇丽非常,已知是寇宫人显魂,正对了白日提牢之语,暗暗道:“他不在皇宫内苑,如何跑到我这里来呢? 他如何又知道我在这里呢? 真是灵鬼!”由不得答言道:“寇宫人,你不要啰唣,真正委屈死了你也! 当初原是我与尤婆之计,用狸猫换了太子,陷害李后,你彼时不知底里,竟自含冤而死。如今我既有阳寿一纪,倘能脱了牢狱之灾,我必延请高僧高道超度于你。”他说着话,却唬的他只是倒躲。又听女鬼说道:“郭太辅,你既有此好心,冤魂感谢不尽。少时到森罗殿,只要太辅将当日之事说明,奴家便得超生,何用僧道的超脱? 倘若忏悔的不至诚,反生罪孽。”刚言至此,又听鬼语啾啾,出来了两个小鬼,手执追命牌,身穿皮背心,面目狰狞,赤发蓬松,呕叫不止。影影绰绰听说:“阎罗升殿,立召郭槐生魂随着屈死冤鬼前往质对。”说罢,拉了郭槐就走。郭槐觉得风沙满面,遍体寒凉,恍恍惚惚,踉踉跄跄,不由自主,跟着小鬼弯弯曲曲来到一座殿上;只见阴惨惨,黑洞洞,也辨不出东西南北。忽听小鬼说道:“跪下!”恶贼连忙跪倒。只听上面问道:“郭槐! 你与刘后所做之事,阴司册籍业已注明,理应堕入轮回;奈你阳寿未终,必当放回阳世。惟有寇珠的冤魂,地府不便收此游荡的女鬼,须将当初之事诉说明白,他便从此脱生,你也好回阳世。事已如此,不要隐瞒了。判官何在?”只听有人答应:“有。”“你将册籍查出,看他说的对也不对。”“呕”的答应了一声。郭槐闻听,连忙向上磕头,便将当初刘后图谋正宫,抵换了太子,陷害了李后的情由,一五一十的述了一遍。又听阎君问道:“判官,郭槐所说的言语与册籍对也不对?”判官回答:“一字不差,甚是相符。”阎王道:“既如此,叫他画招。”左右一声答应。忽见灯光明亮,正面上坐的正是包公,旁边侍立着公孙策,两旁除了王、马、张、赵,皆衙役罗列,真不亚如森罗殿一般。早有书吏将口供呈上,敢则这位先生用了“隐灯子”在暗处早已写出,又有狱神庙内来了书吏一名,也写了一张供单,就是郭槐与女鬼说的言词;此公却是在床下听了,暗暗写出。包公一同看了,前后相符,拿下去叫郭槐画招。恶贼到了此时,也知落了圈套;无奈,只得将招画了。提牢押至监中收禁,派人好好看守。

你道这女鬼是谁?原来公孙先生暗派耿春、郑平到勾栏院唤了个最伶俐的妓女来,名唤王三巧。多亏公孙先生将底里说透,叫他把情节都知道了,然后谆谆的教演。这也亏了妇人心灵,一教便会,这才哄出郭槐的真正口供,赏他银两、尺头,打发他回去。

包公来到书房,打了折底,叫公孙策缮写明白。次日五鼓,上朝奏明仁宗,将供招谨览。仁宗即将供招袖起,朝散还宫,便往仁寿宫而来。但见刘后昏昏沉沉间,扎手舞脚,似有招架之状;口内谵语连绵,字句不真,无非是说寇宫人无礼之意;猛然醒来,见天子立在面前,强打精神道:“郭槐系先皇老臣,望皇儿额外赦宥。”仁宗闻听,一言不发,从袖中将郭槐供招向刘后面前一掷。刘后见此光景,大非往常可比;连忙拿起来一看,登时胆裂魂飞。他是久病之人,如何禁的罪犯天条?憋的双眼直瞪,半晌还过一口气来,嚷道:“寇珠儿!你可掐死哀家了!”说罢,气堵咽喉,两眼往上一翻,双足往下一蹬,竟自气绝了。仁宗便吩咐将刘后抬入白虎殿按妃礼殡殓,草草奉移而已;传旨即刻打扫宫院,驾至修文殿,立时召见包公,就将刘后惊恐而亡的话说了,又着包公代写草诏,发与内阁颁行天下,匡正国典。包公遵旨,到内阁发抄。次日升殿,群臣皆具朝服拜贺。此时内阁已发出抄来,从此天下黎民方知当今国母太后姓李,却不姓刘。仁宗又派钦天监择了吉日,先斋戒三天,告祭了天地太庙,然后排了銮驾,带领合朝文武,亲诣南清宫迎请太后李娘娘还宫。所有礼节,自有仪注,不必细表。

仁宗请了太后升御辇之后,先行回銮,在宫内伺候。就是狄妃娘娘伺候太后升辇之后，也是乘了宝舆先赶到宫内预备带班。此时所有皇后嫔妃以及王妃命妇，俱各入朝作贺，迎接凤驾。李娘娘入宫升座，受贺已毕，起身更衣，便传旨宣召狄妃与龙图阁大学士包拯之妻李氏进宫。太后待狄妃仍是姊妹之礼；待李氏依旧母女之情。赐宴欢聚，整整在宫内一天，到晚方辞驾出宫。太后赏了许多的珍玩。圣上也备了两份极重的赏赐：一份赏狄妃，一份赏李氏夫人。从此每月必要进宫几次。群臣朝散已毕，天子传旨将郭槐立剐。此时便宜了奸婆尤氏，他是久已死了，也就无庸议了。惟有丞相王苞自愧不能匡正国典，有忝相位之职，他却递了个年老力衰，情愿休致养老的折子。圣上怜念元勋老臣，仍赏职俸，准其养老，即将包公加封首相。包公又奏明公孙策与四勇士屡有参赞功劳。圣上即升公孙策为主簿，四勇士俱是六品校尉，仍在开封府供职。又奏太后懿旨，封陈林为督堂总理；封范华宗为承信郎。将破窑改为庙宇，钦赐白银千两、香火地十顷，就叫范华宗管理春秋两季享祀。包公又奏陈州知县伺候太后衣服、首饰、丫环等物，实属有功，着加恩先赏同知衔；俟有同知缺出，尽先补用。陈州豁免五年钱粮。圣上又传旨在寿山福海地面：左边敕建寇宫人的祠庙，名曰忠烈祠；右边盖造秦凤、余忠的祠宇，名曰双义祠。俟工竣亲临拈香。所有在朝官员，俱各加级。天下大赦，真是太平景象。要知后文，且听下回分解。

第二十回 受魇魔忠良遭大难 杀妖道豪杰立奇功

且说包公自升为首相，每日勤劳王事，所有应当条陈的，毫无避忌，直言无隐。皇上甚是宠信。就是满朝文武，见他至公无私，谁不钦仰？纵然素有仇隙者，到了此时，却也奈何他不得。一日，包公退朝，回到署内，进了书房，亲自写了一封书信，叫包兴传备厚礼一份，外带银三百两，选了个能干差役前往常州府武进县遇杰村聘请南侠展熊飞；又写了家信，一并寄去。包兴听说请展熊飞，甚实欢喜。他是久有此心，却不敢说；今见老爷如此，乐不可言。领命出来，就派了耿春前往。他比老爷还精心着急，把耿春嘱咐又嘱咐，务必请了展爷来才好。耿春一一答应，竟奔常州去了。包兴却时常盼望。一日，从公所出来，只听外面有人连声喊冤。该值的班头不多时进来，瞧见包兴在那里，连忙垂手站立。原来包公自升了首相，就派了包兴、李财为站堂官，也受了七品小小的前程，所谓"宰相门前七品官"是也。他等职衔虽小，却是相爷亲信之人，谁不钦敬？因此班头见了，垂手站立。包兴问道："什么人喊冤？"班头道："是男女二人。班头问他们，说是亲家公合亲家母。不知什么事，前来喊冤。现已带到班房。"包兴道："亲家俩打什么官司呢？相爷现在书房，你跟了我来。"班头答应，跟随在后。一时来到书房，包兴悄悄对班头道："你在此等等。"班头止步。包兴进了书房，禀道："启上老爷，外面有男女二人喊冤。"包公道："吩咐外边伺候。"包兴答应，转身出来，对班头道："外班伺候。"这班头连忙飞也似的去了。

不多时，包公出了书房，来至二堂，李财击点，外面大堂点鼓，开放仪门，相爷升堂入座，两旁衙役喊了堂威。包公吩咐带喊冤人。左右接言："带喊冤人！带喊冤人！"只见从角门进来男女二人，带在丹墀之下。包公已看见二人皆有五旬年纪，咐咐将婆子先带上来。包公问道："那婆子有甚冤枉？诉上来！"婆子道："婆子杨氏。丈夫姓黄,久已去世。膝下有两个女儿:大的叫金香,小的叫玉香。我这小女儿原许与东村赵国盛之子为妻,却是从小儿做的亲。皆因这几年女儿女婿都大了,我们亲家就合我商量,说:男大须婚,女大须嫁;两个孩子也不小了,什么有没有的,将就着办了罢。婆子一想,他说的也是。俗语说:女大不中留,留下结冤仇。办就办了罢。因此,定于昨日迎娶。婆子因女儿出嫁,想起来,从小儿偎湿就干,好容易养了这么大,却是人家的人,未免伤心,哭的我头晕眼昏,抓头不是尾的。及至娶去之后,我又大哭一场。后来自己解劝自己,两个女儿虽然去了一个,到底还有一个做伴儿,因此我就叫我大女儿。哎哟!老爷呀!谁知我的大女儿却不见了!各处找寻,再也没有。急的婆子要死。老爷想,婆子一生就仗着两个女儿,寡妇失业的,原打算将来两个女婿有半子之劳,可以看顾我这寡妇。如今把个大女儿丢了,我这可怎么好!婆子又是着急,又是伤心。正在哭啼之际,不想我们亲家赵国盛找了我来,合我不依,说我把女儿抵换了。彼此分争不清,故此前来求老爷与婆子作主,找着我的女儿才好。"包公听罢,问道:"你家可有常来往的亲眷么?"杨氏道:"漫说亲戚,就是街坊邻舍,无事也是不往来的。婆子就知关着门过日子,孤苦的很呀!"说至此,又哭了。包公吩咐将婆子带下去,将赵国盛带上来。赵国盛上堂跪倒,诉道:"小人赵国盛,原与杨氏是亲家。他有两个女儿:大的丑陋,小的俊俏。小人与儿子定的是他小女儿,谁知昨日娶去,到家合卺之时,一看,罢咧!却是他大女儿!因此急急赶到他家,问他为何抵换。不料杨氏他倒不依,说小人将他两个女儿都娶去了,欺负他孤孀寡妇了,故此告到老爷台前。求老爷判断明白。"包公问道:"赵国盛,你可认得他大女儿么?"赵国盛道:"怎么认得不明白?当初有我们亲家在日,未做亲时,他的两个女儿,小人都是见过的。因小人爱他小女儿俊俏,才与小人儿子定了亲事,那个丑的,小人是断不要的!"

包公听罢,点了点头,叫他二人且自回去,听候传讯。老爷退堂,来到书房,细将此事揣度。包兴急到茶房端了一杯香茶,来到包公面前,只见包公坐在椅上,身体乱晃,两眼发直,也不言语,也不接茶。

包兴见此光景，连忙放下茶杯，悄悄问道："老爷，怎么样了？"包公忽然将身一挺道："哎哟！好血腥气！"说罢，往后便倒，登时昏迷不醒。包兴急急扶住，口中乱叫："老爷！老爷！"外面李财等一齐进来。彼此搀扶，抬至床榻之上。一时传到里面知道，李氏夫人听见，惊疑不止，连忙来到书房看视。李财等急忙回避。包兴迎着，将方才情形说了，也就在廊下伺候。夫人来到床榻之前，见包公躺在上面，双眉紧皱，二目难睁，四肢全然不动，一语不发。夫人看了半晌，不知是何缘故。正在纳闷，忽听包兴在窗外禀道："启上夫人，公孙主簿前来与老爷诊脉。"夫人闻听，只得带领丫环进内回避，却留下个大丫环在外听公孙主簿诊脉怎么样，即刻回禀。包兴带着公孙先生来到榻前。公孙策诊了左脉，连说："不妨，不妨。"又诊右脉，迟疑半晌道："怪事！怪事！"包兴问道："先生看老爷是何病症？"公孙策道："据我看来，老爷六脉平和，并无病症。"又摸了摸头上，按了按心口，再听了听呼吸的气息，全是好好的，仿佛睡着的一般。又问包兴："相爷方才是何光景？"包兴又把大概情形说了一遍。公孙策听了，更觉纳闷，再也断不出病从何起。只得叫包兴回禀夫人说："相爷脉息甚好，不过一时神昏气闭，却无妨碍。请夫人放心。"并禀明须要即刻办折子告假。他们这里说着，那大丫环早进去回禀了。及至包兴进内，夫人先说道："你不用说了，我都知道了。告假的折子就求公孙先生办罢。你出去就提我说，求先生设个法子叫老爷吃点什么药才好呢。"包兴答应，转身出来，告诉了公孙策。公孙策摇头道："相爷的病来的蹊跷，我断不出什么症候来，叫我用什么药呢？这个药也是乱用的么？夫人这样吩咐，只好答应罢了。我且办折子要紧。明日五鼓，我上朝递去。"说罢，出了书房，赶办折子去了。

这里包兴与李财等大家轮流守了一夜。次日，公孙策上朝递了告假的病折。天子览毕，立刻派御医到开封府诊脉，也是白摸了一回手，并没说出什么症候来。谁知太后娘娘也知道了，钦派老伴伴陈林前来看视。更有合朝的文武官员，有关心的，也有趋奉的，俱来看视，把个包兴累的应接不暇。此时开封府上上下下，里里外外，忙乱在一处。包兴在书房寸步不离，漫说睡觉，连饮食都减了。李财虽不担事,到了此时,也是昼夜环绕,不离左右。李诰命一日总要到书房几次。外面的王、马、张、赵等一个个擦拳磨掌,短叹长吁,竟自无法可施。

大家慌慌忙忙,一连就过了五天。公孙策这日又请包公的脉息,有些变貌变色的道:“今日看相爷的脉比昨日差多了,六脉微细的很。看此光景,大为不妥。”大家听了,更为着急,只好禀了夫人,暂且把后事大概预备预备。独有包兴,他与别人不同,他是自幼儿服侍包公;如今见老爷如此,他便想起当初罢职之后,曾在大相国寺偶然落马,由此得病,却与此次相同;那时多亏了然和尚医治,不过两三剂药就好了。前日打发人去请他,偏偏的他又云游去了,因此回想:“当初经了多少颠险,受了多少折磨,好容易熬到这步地位,不想旧病复发,竟自不能调治。若说老爷命运不济,不该升到首相;要说命运真好,为何得这样冤孽病呢?可怜明明白白的这些年,到如今会这么糊里糊涂,连一句遗言也不能嘱咐,也就苦的很呢!”越思越想,愁绪万端,不由的泪流满面,伤心不止。正在哭泣之际,只见李财进来,悄悄的道:“耿春从常州回来了。”包兴听了,道:“叫他进来罢,这时候还讲什么礼数,老爷还能够嗔怪吗?”李财见他眼睛哭的红红的,也就不由的掉下泪来;回身到书房门首,往外一点手儿,耿春便进了书房。包兴迎着见了。耿春道:“小人到了常州,我到展老爷家内,却不在家。已将书信、礼物、银两俱各留下了。他家的老家人说了:‘我们官人若能早晚回来,必然急急的赶至开封府,决不负相爷的大恩。’”包兴听至此,方说道:“他不来倒也罢了。”又往套间里努嘴儿:“看这光景,他来了也不过白来罢了。那银子给他留在家很好,算是老爷补报他了。”说至此,那眼泪就流个不了。耿春道:“小人起身时,相爷还好好的,怎么几天的光景就到这步田地?小人刚才来时,听见伙伴们告诉我,我就唬了一跳。”包兴道:“谁说不是好好的呢!冒冒失失得了病,就一言不发,已然五六天水米不下了。”耿春又说道:“家信也都送到了。现有带来的回信。相爷府上俱各平安。还赏了我十两银子的盘缠。”说罢,将家信递过。包兴接了道:“你辛苦了,歇歇去罢。”耿春出来,包兴也把书信进内回明了;惟有守护包公而已。

你道南侠展熊飞那里去了？他乃行侠尚义之人，浪迹萍踪，原无定准。自截了驮轿，将金玉仙送至观音庵，与马汉分别之后，他便朝游名山，暮宿古庙。凡有不平之事，便抑强扶弱，济困救危。这日闲游，偶闻得人说："当今国母原来姓李，却不姓刘，多亏了包公访查出来。现在包公已入阁拜相。"当做一件新闻，各处哄传。南侠听在耳内，心中暗喜道："这样赤心为国之人，必要位极人臣的。我早已就要到开封去，偏偏未得其便。如今无事，何不前去探望探望呢？"因此竟奔京师而来。一日，来至榆林镇上，天已挂午，腹内有些饥饿，便在酒楼之上独自消饮。正在适口充肠之际，忽听堂官儿说道："你今日来的不巧了，这楼上才卖了两三个座儿。你又乞化多少呢？"展爷听了，抬头一看，见是个妇人，年纪约有三旬上下，衣衫褴褛，形容虽然憔悴，却有几分姿色；就是那破损衣衫，也是极其干净的。见他走到面前，欲言不言，迟疑了半晌，羞的满面通红，方说道："奴家王氏，丈夫名唤胡成，现在三宝庄居住。因年岁荒歉，家无生活，不意婆婆与丈夫俱各病倒，万分无奈，故此出头露面，沿街乞化。望乞仁人君子，周济一二。"说罢，深深万福，不觉的落下泪来。展爷见他说的可怜，一回手，在兜肚内摸出半锭银子放在桌上道："你家婆婆、丈夫既然病到，必要请医用药，你将此银拿去，急急回家。从此后再不要沿街乞化了。"堂官在旁看见白花花半锭银子，眼中冒火，暗道："我还说他来的不巧呢？敢则巧极了！谁知这一位施舍的比他乞化几天几月还多呢，世上那有这样仗义疏财的！"他在旁替妇人感激。谁知那妇人见是半锭银子，约有三两多重，却不敢受，便道："贵客方便，赐几文钱足矣；似这厚赐，小妇人是不敢受的。"展爷道："岂有此理！你来乞化，我便施舍；这多寡轻重，原是出于我心。你为何拒而不受？这却令人不解。"妇人道："贵客有所不知。小妇人乞化全是出于无奈。据婆婆、丈夫，原不叫我出来，奈家中室如悬磬，小妇人不得已，向婆婆、丈夫说之再三，方才应允；今一旦将此银拿回家去，惟恐婆婆、丈夫反生疑忌。那时岂不辜负了贵客一团美意？"展爷听他说的甚实有理，暗道："不给他罢，见此情景，心中实实不忍；给他罢，又恐他回去受气。”不由的为了难了。旁边的堂官他倒见了新样儿了，有施舍这些的，竟会有不要的，真是奇闻，便插言道：“王奶奶，你只管放心。你丈夫我是素来熟悉的，这位客官既然施舍，再不能复又拿回，莫若你拿了去；倘若你婆婆、丈夫嗔怪时，你只管叫你丈夫前来问我，我便做个证见。难道你还不放心么?”展爷连声道：“好，就是这等。你只管拿去罢，不必犹豫了。”那妇人方向展爷万福作谢，拿起银子，又对堂官也福了一福道：“奴家受了贵客银两，倘我婆婆、丈夫嗔怪时，务求大哥一言帮助。”堂官道：“你放心去罢。我不能行好，真个的连句好话也不能说么！”妇人千恩万谢的去了。

世间有行善的，就有作恶的；不料那边有一人见展爷给了妇人半锭银子，他就在那里流涎。此人姓季，名叫楼儿。他为什么叫楼儿呢？皆因他妈妈怀着他的时候，村中有唱野台子戏的，他妈妈会着二姑子六大妈一同去听戏，到了那里，人多拥挤至甚，他妈原是临月的身子，不料一时腹痛，再也不能担待，就把他添了。可巧台上正唱酒楼，因此起名就叫他楼儿。此人谲诈多端，极是不良之辈。他便对着展爷微笑道：“客官不当给这妇人半锭银子，他乃故意作生理的。前次也是有位客官赠他银两，后来被他丈夫讹诈，说调戏了他的老婆，逼索着要遮羞银一百两，方才完事。如今客官给他银两，惟恐少时他丈夫又要来讹诈呢。我趁早躲开罢。”说着，下楼去了。展爷听了此话，虽不介意，不由的心中辗转道：“若依此人所说，街市上还有敢行好的么？他若果真讹诈，我虽不怕他，惟恐别人就要入了他的骗局了。仔细想来，似这样人，也就好生的可恶！”正思索间，堂官端上酒菜来，安放已毕。展爷问道：“方才那妇人，他敢是做生理的么?”堂官听了一怔，暗道：“这位爷敢则心地不端？怨得慷慨花银子，他另有别的想头了。”连忙说道：“我的太爷，休生妄想，人家是好朋友的妻子。你老别错会了意呀！”展爷道：“不是俺错会了意；只因方才有人说他专以此讹诈做骗局的生理。故此俺才问你。”堂官道：“这是哪的话呢？这是谁说的?”展爷道：“就是方才那边坐着那个尖嘴缩腮的人说的。”堂官道：“刚才那边坐着不足三十岁的人，歪戴着帽子，披着衣裳的那小子？他是有名的坏种，人人皆知。他名叫季楼儿,万不是东西,你老为何听他的话呢? 这小子既这么说了,他又不定别出什么坏招儿来呢!”展爷道:“原来如此,我说都要像这样,谁还肯行好呢?”说罢,饮酒吃饭已毕,会了钱钞,且自吃茶,故意的多坐等待,果然并无有人前来讹诈,展爷暗道:“这姓季的,他图什么说此话呢? 别是他真有什么故典儿罢? 也罢,我原无事,何不到三宝庄走走,看个动静呢。”于是下楼,出了饭铺,竟奔三宝庄而来。相离不远,见路旁有座庙宇,匾上写着“通真观”,展爷上前敲门,只见门开处,出来个不足三旬的道士,问道:“客官做什么?”展爷道:“只因俺贪赶路程,连日辛苦,今日劳乏甚,欲借宝观暂住一宿,不知可容纳否?”道士道:“这又何妨。请进来待茶。”展爷进了山门,道士关好,便将展爷让至西配殿内。献茶已毕,彼此问了姓名。原来此观是师徒三个:老道士邢吉、大徒弟谈明,二徒弟谈月。邢吉带了谈月有事拜坛去了。这看家的却是谈明。

展爷在此住下,到了天交初鼓,便离了通真观,来到三宝庄胡成家内,悄悄的开了篱门,来到院内,见屋内尚有灯光。早听见婆子唉声,男子怨恨,妇人啼哭,噪杂不休。忽听婆子道:“若非有外心,何能有这许多银两呢?”男子接说道:“母亲,不必说了,明日叫他娘家领回去就是了!”并没听见妇人折辩,惟有哭泣而已。南侠听至此,想起白日妇人在酒楼上之言,却有先见之明,叹息不止。猛抬头见篱门外有一人,忽高声道:“你拿我的银两,应了我的事,就该早些出来;如今既不出来,必须将我那半锭银子早早还我!”南侠听的真真切切的,如何没有气呢? 赶步出了篱门,一伸手将那人揪住道:“吾神在此! 你这孽障,如何敢诈孝妇的银两!”口内说着,眼光却留神细看,原来这就是季楼儿。巧极咧,展爷正要找他,他就奔了来了。这小子到了此时,少魂失魄的,也不能细细认识,听说是“吾神”,便哀告道:“神圣爷爷饶命! 从今后,我再不讹诈了!”南侠也不理他,将他轻轻一提,扭至院内,高声说道:“吾乃夜游神是也! 才遇日游神,曾言午间有贤孝王氏,因婆婆、丈夫染病,含羞乞化;在酒楼之上,幸遇正直君子,赠银半锭,怜其贫苦。谁知被奸人在旁看见,顿起不良之心,黉夜前来讹诈,吾神特来等候奸人,以明王氏的贤孝,并除奸人的陷害。吾神将奸人带到荒郊剪灭，免得连累为善之家。吾神去也！”说罢，将季楼儿提出篱门去了。屋内的母子听了神人之言，这才明白得银之故。婆子先就“阿弥陀佛”，念不绝口；他丈夫吓了一身凉汗，从此也就好了。娘儿两个反倒安慰了王氏数语，深感不尽，不必细表。

且说展爷将季楼儿提至旷野，拔剑斩讫，见斜刺里有一条蜿蜒小路，以为通着大道，信步行去，忽然面前一段高墙，仔细端详，原来是通真观的后阁，不由的满心欢喜，自已暗道：“原要奔大路进庙，不想走了便径，我何不就从后面而入，岂不又近许多呢？”想罢，将身一纵，上了墙头，翻转身，轻轻跳下，蹑足悄步，往前面西配殿而来。刚走到跨所，只见灯光闪灼，展爷心内一动道：“此时已交三鼓之半，为何尚有灯光？我何不看看呢？”用手推门，却是关闭，只得飞身上了墙头，见人影照在窗上，却是一个道士、一个妇人。忽听妇人说道：“你我虽然定下此计，逃匿到此，但不知我姐姐顶替去了，人家依与不依？”又听道士道：“纵然不依，自有我那岳母对付他，怕他怎的！你休要多虑。趁此美景良宵，且自同赴阳台要紧。”展爷听至此，暗道：“出家人闹这戏耍，也不是个安分的！然而这声音却不是谈明，别是什么谈月罢？且待明日，再做道理。”

大凡夜行人最忌的是采花听花。展爷刚要转身下墙，忽又听见妇人问道：“可是吓，你说庞太师暗害包太师，此事到底怎么样呢？”展爷听了此句，连忙回转身来，骑马势爬伏墙上，侧耳细听。只听谈月道：“你不知道，我师父此法百发百中，现今在庞太师花园设法，每日拜祷，于今业已五日了。我暗暗在开封府打听，老包已然病的人事不醒，堪堪待死，你说我师父这法子灵不灵？只要赶到七天，必然成功。那时得银一千两，我将此银偷出，咱们俩远走高飞，岂不是长久夫妻么？”展爷听了这话，惊疑不止；连忙落下墙头，赶至前面西殿内，束了包裹，斜绊背后，也顾不得告辞谈明，竟奔汴梁城而来。不过片时工夫，已至城下，见满天星斗，听了听正打四更。展爷无奈何，绕过护城河，来至城下，将包袱打开，把爬城索取出，依法安好，一步一步上得城来；将爬城索取上，上面安好，坠城而下。脚落实地，将索抖下，收入包袱内，背在肩上，直奔太师府而来。来至花园墙外，找了棵小树，将包袱挂上，这才跳进花园，果见那边高结法台，焚香点烛，有一老道披着头发在上面作法。展爷不容分说，暗暗步上法台，在老道身后回手抽出宝剑。不知邢吉性命如何，且听下回分解。

第二十一回　掷人头南侠惊佞党　除邪祟学士审虔婆

且说南侠进了庞府花园,果见老道邢吉披发作法;悄悄来到他的身后,抽出宝剑,刚要下手,谁知邢吉正然作法,忽觉得脑后一缕寒光,急将身体一闪,已然看见展爷目光炯炯,煞气腾腾,一道阳光直冲瓶上。所谓邪不侵正。只听得拍的一声响亮,将个瓶子炸为两半。老道见法术已破,自己一阵迷乱,两脚站立不稳,“哎哟”了一声,栽下台去。展爷恐他逃脱,翻转身,赶下台来;老道刚然爬起,才待要跑,展爷抽后就是一脚。老道往前一扑,爬在地下。展爷急上前来,从脑后手起剑落,已然身首异处。展爷斩了老道,从新复上台来细看,见破瓶内流的满桌血污狼藉,中间却有一物;轻轻提出一看,原来是个木头人儿。展爷暗道:“大约这木头人儿必有讲究;不要管他,且拿到开封府再做道理。只是这血淋淋的,怎么个拿法呢?”左右看了看,复又低头,见有围桌,便扯下一块来,将木头人儿包好,携在怀内;转身下台,把老道的首级提起,穿花踱柳,转弯抹角,一时来到一个去处,见灯光明亮,却是五间书房。早听见里面有人讲话,恰正是庞吉与庞福主仆二人。展爷止步窃听,却是庞吉说道:“今日天明,已是六天了,剩了一天便可成功。但不知这几天包黑子果是如何?”庞福道:“小人已然打听,老包人事不醒,水米不下,已五天了。他们那里忙着办后事呢。”庞吉哈哈笑道:“如此说来,邢老道这法子也就灵的很呢!虽报了杀子之仇,只是便宜他全尸而死!”刚说至此,只听得克嚓的一声,把窗户上大玻璃打破,掷进一个毛茸茸、血淋淋的人头来。庞吉这一唬,连人带椅,俱各栽倒。旁边庞福唬的缩做一团。迟了半晌,见无动静,庞贼主仆方才仗着胆子,掌灯细看;认了半天,方认出是老道邢吉的首级。庞贼连说:“不好!快叫人到花园看去!”庞福又不敢出书房,就是庞吉也不肯叫他出去,一个人在书房也是害怕。主仆正在不得主意,幸喜巡更的来了,连忙呼唤,叫他们多唤几人前来，一同到花园看视；见烛灭香残，宝瓶已破，满桌血渍，连围桌也短了一块。邢吉的尸身爬伏在地。庞吉道："不消说了，这必是开封府暗遣能人前来破了法术，杀了老道。"又叫众恶奴四下搜寻，那里有个人影？只得叫人打扫老道的尸首，悄悄掩埋，撤去法台，惟有忿恨而已。

且说南侠离了庞贼花园，来至墙外树上，将包裹取下，拿了大衫披在身上，直奔开封府。此时已是五鼓之半，到了府门，但见内外灯烛辉煌，出入有人来往。展爷暗道："幸亏我知道相爷染病，这都是守护相爷的；若是那不知道的，必以为是相爷上朝呢。"连忙上前说道："那位该值的爷们在此？烦劳通禀。"便有人问道："你是何人？黉夜到此何事？"展爷道："在下姓展，名昭，在常州武进县居住。特来拜见王、马、张、赵四位。务祈带一信息，有紧要话面见。"那人答道："请少待。"转身去不多时，出来一人，问道："尊驾莫非遇杰村的展老爷么？"展爷道："正是。足下何人？"那人道："小人耿春。前次奉相谕曾到尊府，惜未见面。展老爷请罢，众位老爷都迎请呢。"正说着，只听有人嚷道："展大哥来了！就请进来，何必又通报呢？"展爷借灯光，早看见是赵虎，后面马汉跟着。三人先见了，尚未叙寒温，只见王朝、张龙同着一人出来，展爷却不认得。王、张二人见过方指引道："此位是公孙先生。"公孙策道："南侠兄，想煞小弟了！喜得今日幸会，实慰生平！"展爷道："先生大才，小弟久仰；奉谒来迟，望乞恕罪。"原来他二人是初次见面。说罢，大家一同来至公所，将包裹放下。展爷不及叙礼，便先问道："相爷身体欠安无有？"公孙策道："吾兄何以知之？"展爷道："小弟身体劳乏，请坐了，再为细述。"众人听见话内有因，俱各静听。赵虎性急，便问道："展大哥怎么知道相爷病了呢？快讲！快讲！"南侠道："提起来话长。众位老爷们且看此物，便知分晓。"说罢，回手从怀中掏出一个包儿，连忙打开，却是一块围桌片，里面裹着个木头人儿。公孙策接来在灯下仔细端详，大家也围着同看，都不解何故。公孙策又细细看去，见上面隐隐有字迹，仿佛是相爷的名字、年岁，不觉失声道："哎哟！这别是使的什么'魇魔法儿'罢？"展爷点头道："还是先生大才，猜的不错。"众人便问展爷："此物从何得来？"展爷才待要说，只见包兴跑来道："众位爷们得知，老爷已然苏醒了！今已坐起，现时喝粥呢。派我出来，说与展义士一同来的，叫我来请进书房相见。不知展老爷来了不曾？"大家听了，各各欢喜。因灯光被大家围住，所以包兴并未看见展爷。展爷听了包兴之言，早已站起迎过来。包兴见了，只乐的心花俱开，连忙参见道："展老爷果然来了！"南侠还礼不迭道："郎官少礼。展昭也是才来的，相爷如何就知道呢？"包兴道："方才相爷猛然'哎哟'了一声，口内说道：'可到了家了，亏得展义士扶持！'我们犹以为相爷说谵语，谁知相爷立刻坐起，说道：'饿的很，快拿粥来！'一边喝粥，一边就叫我请展老爷来了。就请罢，我们相爷在书房恭候呢。"公孙策同定展爷立刻来到书房，参见了包公。包公到底是病了五六天，不能相搀，连忙让坐。展爷在对面椅子上坐下，公孙策在下首相陪。只听包公道："本阁屡叨义士救护，何以酬报？即如今日，若非义士，我包拯几乎一命休矣！从今后，务望义士常在开封扶助一二方好。"展爷连说："不敢，不敢。"公孙策在旁答道："前次相爷曾差人去到尊府聘请吾兄，恰值公出未回。"展爷听了，正对方才耿春之言，果不虚谬，连忙答道："小弟萍踪无定，因闻得老爷拜了首相，特来恭贺；不想在通真观闻得相爷得病的原由，因此连夜赶来，略尽微忱。这也是相爷的洪福所致。"包公与公孙策听了展爷之言，不甚明白，方问道："通真观在于何方？又如何在那里得了信呢？请道其详。"展爷便将通真观离三宝庄不远，因到三宝庄事毕回来，夜间在跨所听见小道士与妇人的言语，因此急急赶到庞太师花园，正见老道拜坛，瓶子炸破，将老道杀了，包了木头人儿前来的话说了一遍。包公闻听，如梦方醒。公孙策在旁道："如此说来，黄寡妇一案也就好办了。"一句话提醒了包公，说道："是呀！前次那婆子说他不见了女儿，莫非被小道士偷拐了不成？"展爷道："不似偷拐，直是通同做的圈套。那妇人曾言定计逃匿，叫他姐姐顶替；那小道士又言'纵然不依，自有岳母发复他。'如此看来，岂不是做就的活局子么？"公孙策连连称是道："展兄所见不差。"包公听了道："这婆子卖奸逞刁，也就可恨的很呢！"公孙策又道："相爷病时，晚生办了个告病折子，上朝亲递。圣上立刻派御医前来看视；太后也曾派陈公公前来看视；所有在朝的官僚前来看视，俱登另簿。”包公点了点头道：“既如此，先生再办个恭请圣安、销假谢恩的折子。再办一本参奏的折子，就言庞吉擅用‘魇魔妖法’谋害大臣，即以木头人并杀死的老道为证。我于后日五鼓呈递。”公孙策连连答应。只见展爷起身告辞道：“老爷初愈，不可劳动神思。”包公便叫公孙先生好生款待。二人作别，离了书房，此时天已黎明。包公略为歇息，自有包兴、李财精心伺候。

这外面公所之内，展爷与公孙先生、王、马、张、赵各叙阔别之情。赵虎性急，到底问展爷如何知道相爷得病的情由。展爷从新将始末原由又述了一遍。王朝又问展爷到三宝庄何事。展爷又将酒楼济贫，遇见季楼儿，惟恐他别生事端，因此赶到那里，谁知这厮果然不怀好意；又将自己如何装神，替王氏辨明了得银的缘故，方把季楼儿杀死的话说了一遍。话方说完，把个赵虎乐的拍手叫好，连称痛快，便嚷道：“快拿酒来！快拿酒来！今日大家可要痛痛快快喝的了！”众人无不欢喜，立刻吩咐摆酒。这些人俱是熬了几天几夜的，茶饭无心，到了此时，各各精神顿发，把乏困俱忘在九霄云外了。所谓“人逢喜事精神爽”，是再不得错的。只见伴当人等安放杯箸，摆上酒肴。这却是四勇士于展爷见包公之时就吩咐厨房赶办肴馔：一来与展爷接风掸尘；二来大家彼此庆贺。因这些日子相爷欠安，闹的上下沸腾，各各愁烦焦躁，郁闷了五六天；今日这一畅快，真是非常之乐。上首是展爷，公孙策作陪，四勇士分为左右。大家就坐，换盏传杯，高谈阔论。说到快活之时，投机之处，不由的哈哈大笑，欢呼震耳。惟有愣爷赵虎比别人尤其放肆，杯杯净，盏盏干，乐的他手舞足蹈，未免丑态毕露。

忽见包兴从外面进来，大家彼此让坐。包兴满面笑容道：“我奉相爷之命，出来派差，抽空儿特来敬展老爷三杯。”展爷忙道：“岂敢，岂敢。适才酒已过量，断难从命。”包兴那里肯依？赵虎又在旁撺掇：“是要叫展爷立饮三杯。”还是王朝分解，叫包兴满满斟上一杯奉与展爷。展爷接过，一饮而尽。展爷复要回敬，包兴断断不肯。又是赵虎说道：“你们二位不要谦让了，莫若展大哥再斟上一杯，郎官也斟上一杯，俺也斟上一杯，咱三人同喝，好不好？”说的大家都笑了。彼此喝完，大家又让包兴入坐。包兴道：“我是不得空的，还要覆相爷之命去呢。”公孙策问道：“相爷此时又派什么差使呢？”包兴道：“相爷方才睡醒，喝了粥，吃了点心，便立刻出签叫人往通真观捉拿谈明、谈月合那妇人，并传唤黄寡妇、赵国盛一齐到案。大约传到就要升堂，了结此案。”大家闻听，俱各叹息道：“相爷才好，就升堂办事，可见为国为民，时刻在念，真不愧首相之位！实国家之大幸，天下苍生之大幸也！”包兴告辞，书房回话去了。

这里众人听见相爷要升堂，便不敢多饮。此时赵虎已经醉了，连忙用饭已毕。公孙策便约了展爷来到自己屋内，叙谈多时。公孙策道：“展兄身体劳乏，何不略为歇息歇息呢？”展爷道：“小弟却不甚倦，也罢，小弟且自歇息，容吾兄揣度折底，省的搅乱神思。”公孙策即唤从人将自己铺盖安放停毕。展爷告罪，便合衣而卧。公孙策静静思索办理折底，谁知这工夫已将谈明、谈月并金香、玉香、黄寡妇、赵国盛俱各传到。包公立刻升堂，喊了堂威，入了公座，便吩咐先带谈明。左右一叠连声：“带谈明！”及至谈明上堂，包公留神看时，见他有三旬年纪，形容枯瘦，举止甚是安详，不像个为恶之人。包公暗道：“怪道展义士说谈明为人却倒老诚；看他这光景，也不像个拐带的。且把他问明，再做道理。”便叫道：“谈明！你将谈月所做之事一一诉上来！”谈明磕头道：“小道在通真观内出家，师父邢吉，当初原是我师徒二人。师父邢吉每每行些暗昧之事，小道时常谏劝，不但不肯听劝，反加挞楚。这一天，有小道的族弟他前来看我，我因他素习不端，嫖、赌、偷、盗，无所不为，便不理他；不料他闹的狼狈不堪，特借探望为由，前来合小道借贷。漫说小道没有，就是有时，似他这样形景，也不当接济他；谁知他先前还是哀求，见小道不理他，他便怒目横眉，惫赖起来。小道实实气他不过，合他分争。正在吵嚷之际，被我师父听见了，过来解劝，就把他带到后边；不知怎么，鬼鬼祟祟的，他也出了家了，登时换了衣服，便起名叫做谈月。所有我执事，全叫他掌管。就把小道移在二门外居住，每日就是焚香扫地，看守门户；小道反落得清闲，心无萦绕。自谈月到了庙内，师父邢吉如虎生翼；他二人做些暗昧之事，难以尽述。后来我师父被庞太师请去，却是谈月跟随，小道也不知何故。忽然一日夜间，有人敲门，小道开了山门一看，只见谈月带了个少年小道士一同进来。小道以为是同道之人，也未细问，关了山门。便自睡了。至次日，小道因谈月带了同道之人在此住宿，也应前去见个礼儿；小道便到了跨所一看，哎哟，老爷呀！谁知昨日前来的不是道士，却是个少年女子在那里梳头呢！小道如何敢问，才待抽身，早见谈月小解回来。他便道：'师兄既然看见，我也不必隐瞒，此女子乃是我暗里带来的。无事便罢；如有事时，自我一人承当，决不连累于你，你只不要声张就是了。'老爷想，小道素来受他的挟制，他既如此说，小道还能管他么？只得喏喏而退，求他不加害于我就是万幸了。自那日为始，他每日要到庞太师府中去，临走便将跨院封锁，回来时便与那女子耍笑、吃喝。昨日直闹到五鼓方睡。今日起来迟了，刚然要走，不想老爷这里去了多人，将我等拿来。这便是实在的事迹，小道情愿做个证见。"

包公听罢，暗暗点头道："看此道光景果然不是个作恶的。"吩咐将谈明带在一旁，立刻带谈月上堂。"哦！"左右答应，将谈月带至当堂跪倒。包公仔细一看，见他有二十上下的年纪，生的甚是俏丽，两个眼睛滴溜嘟噜的乱转，从眼角儿已带出淫媚，明露着是个不良之辈。而且满身的华裳艳服，隐隐的还闻着兰麝扑鼻，更不是出家人的形景了。包公看罢，将惊堂木一拍道："谈月！你奸人妇女，私行拐带，这也是你出家人该做的么？讲！"谈月才待开言，只见谈明在旁厉声道："谈月！今日公堂之上，你可要从实招上去。我方才已将你所做所为，俱各回明了，那就快些招了罢！"几句话，把个谈月噎的直脖瞪眼，发一声恨道："回老爷，这件事是小的合我哥哥一同做的，主意还是他出的！"谈明听了，只气得面目焦黄，刚要分辩，只听包公冷笑道："我把你这恶道！你自己的面目尚未认清，还敢狡展！你出了家，不该算'小的'，你师兄也不该叫他'哥哥'！你乱了道家的清规，理应责你戒尺；奈公堂之上，并无戒尺，暂以竹板代之。"吩咐："拉下去！打他二十！"左右呐一声喊，将谈月拉倒，重责了二十，打的他皮开肉绽，鲜血淋漓。包公又问道："谈月！快快招上来！倘若言语差池，本阁还要加刑！"谈月到了此时，再也不能挣扎，只得叩头道："老爷不必动怒，小道实说，小道实说。"两旁衙役暗道："二十板子打过来了，他这才知道他是小道了！"连忙催道："快说！快说！"谈月道："小道那一天从黄寡妇门首经过，见有两个女子：一个极丑，一个很俊。小道便留了心了。后来时常遇见，小道就搭讪着给他相面，用言语挑动他；谁知那女子不但不嗔怪，反倒嘻笑。小道知他有眷恋之意，便暗定私约，悄从后门而入，不料被黄寡妇撞见。是小道多用金帛买嘱，黄寡妇才依允了。谁知后来赵家要娶，黄寡妇着了急了，便定下计策：就于那迎娶之时，趁着忙乱，小道算是俗家的亲戚，暗将衣服拿去。又向金香说明，他原长的丑陋，无人聘娶，莫若顶替前去；到了那里，'生米作成熟饭'，也就反悔不来了。计议已定，悄悄将玉香扮为道士，我们就私行逃走了。心想是个巧事，那知日子未久，就犯了事了。"说罢，往上磕头。包公问道："你用多少银两买嘱了黄寡妇呢？"谈月道："纹银三百两。"包公道："你一个小道士，如何有许多的银子呢？讲！"谈月道："是偷我师父的。"包公道："你师父如何又有许多的银子呢？"谈月道："我师父玄机奥妙，道行高大；更有一宗'魇魔法儿'，百发百中。"说至此，他便不言语了。包公问道："你为何不讲？他那神法是为行善吓，还是为害人呢？"谈月道："小道不知道。"包公喝道："满口胡说！你既知百发百中，焉有不知底里的？左右，掌嘴！"谈月慌了，道："老爷不必动怒，我说，我说。他这神法是害人的！只用桃木做个人儿，上面写上姓名、年庚，用个磁瓶，里面装上污血，把木人儿下在里面；我师父拜坛作起法来，只消七日，那人便气绝身亡。"他说至此，便忘了情，顺口儿就说道："只因老包——"及至说出，自己连忙啐了一口："呸！呸！只因老爷与庞太师有杀子之仇，庞太师怀恨在心，将我师父请去，言明此事；如果做成，谢银一千五百两。我师父先要了五百两，下欠一千两，等事成再给。"包公听罢，冷笑道："怪道你还要偷那一千两与玉香远走高飞，做长久的夫妻呢！这就是了。"谈月听了此话，暗暗吃惊道："此话是我与玉香私自说的，老爷如何会知道呢？哦，是了！必是我说话时被谈明听去了。"他那知暗里有个展爷早与他泄了底呢！包公叫他画了供，先将二人带下去。又吩咐带黄寡妇上堂。不知黄寡妇上堂如何，且听下回分解。

第二十二回　金銮殿包相弹太师　耀武楼南侠封护卫

且说包公审明了谈月，叫他画了供，然后将黄寡妇带上堂来问道："你这泼刁的恶婆！自己贪财卖奸，还和本阁要你女儿，实实可恶！你受了谈月银三百两，放在何处？快讲！"黄寡妇已知谈月招承，只得吐实禀道："现藏在家中柜内，丝毫未动。"包公立刻派人前去起赃。又将金香、玉香带上来。见金香果然丑陋不堪；玉香虽则俏丽，眉梢眼角，已露出妖淫之态，略问了问定计的圈套，俱各与谈月的口供相符。包公最恼奸淫，将黄寡妇与玉香每人拶了一拶，立刻发往教坊司：母为虔婆，暗合了贪财卖奸之意；女为娼妓，又遂了倚门卖俏之心。金香自愧貌陋，无人迎娶，当堂禀明，情愿身入空门为尼。赃银起到，除赏了赵国盛银五十两，着他另行再娶；其下银两俱入赃法库。谈明素行谨慎，就叫他在通真观为观主。谈月定了边远充军。俟参奏下来，即行起解。审判已明，包公退堂，来至书房。此时公孙策已将折底办妥，请示包公看了。包公叫将谈月所供的庞吉许银，邢吉受贿，俱各叙入折内。公孙策领命，回到自己屋内，细细缮写，预备明日五鼓参奏。包公将此事办妥，进内用饭歇息。至次日五鼓，外面伺候齐备。包公乘轿入朝，到了朝房，所有官僚俱来问安，并回五六日的事件。包公略为答应，俟请圣安后俱在内阁再为办理。不多时，天子临轩，包公伏俯金阶，参见圣驾。仁宗见了包公，满心欢喜，知他病体痊愈，立刻宣上殿来。包公先谢了恩，然后将折子高捧，谨呈御览。圣上看毕，又有桃木人儿作证，不觉心中展转道："怪道包卿得病，不知从何而起，原来被恶道暗中陷害。"又一转想："庞吉，你乃堂堂国戚，如何行此小人暗昧之事？岂有此理！"想至此，即将庞贼宣上殿来。仁宗便将参奏的折子掷下。庞吉见龙颜带怒，连忙捧读，上面所说的俱是实迹，难以折证，不由的面目更色，连忙双膝跪倒，惟有俯首伏罪而已。圣上痛加申饬，——不好意思破口大骂，按理却也骂得过儿。——念他是椒房之戚，着从宽罚俸三年。天子又安慰了包公一番，立时叫庞吉当面与包公赔罪。庞贼一来遵旨不敢违背，二来胁肩谄笑，原是他的本等，便老着脸儿向包公作揖谢过。包公亦知他是国戚，皇上眷顾，何况将他罚了俸，又叫他赔不是，自己反倒过意不去，只得也还了他一揖。

此事幸亏了合事的天子，以为从此二人再无嫌隙了。那知包公落落襟怀，却倒放的下；惟有庞贼鼠肚鸡肠，笑在面上，恼在心里，由此仇恨更深一层了。彼时二人谢过恩，下了金殿，朝散，驾转还宫，包公即到内阁料理这五六天的事件。左一起，右一起，纷纷攘攘，办个不了。忽见来了一个内辅道："圣上现在修文殿，咱家特奉谕旨立刻宣召包相，老大人就走罢。"包公闻听，不敢怠慢，即随内辅进内。来到修文殿，朝了圣驾。天子赐座。包公谢恩，屈膝就座。仁宗道："卿六日未能入朝，朕如失股肱，不胜郁闷；今日见了卿家，方觉畅然。"包公奏道："臣猝然遘疾，有劳圣虑，臣何以克当！"天子又问道："卿奏折上有义士展昭，不知他是何如人？"包公奏道："此人是个侠士，他乃常州府武进县人氏。"仁宗问道："他有多大年纪？"包公奏道："臣却不知。看他面庞，不过二旬以外年纪，是个少年英杰。臣屡蒙此人救护。"便将当初赴考时，路过金龙寺，遇凶僧陷害，多亏了展昭将臣救出；后来奉旨陈州放赈，路过天昌镇，擒拿刺客项福，亦是此人；即如前日在庞吉花园破了妖魔，亦是此人的话说了一遍。天子闻听，大悦道："如此说来，此人不独与卿有恩，他的武艺竟是超群的了。"包公奏道："若论展昭武艺，臣虽未目睹，现有开封府校尉王朝与他同乡，言他有三绝技：第一，剑法精微奥妙；第二，袖箭百发百中；第三，他的'纵跃法'，身体灵便，乃是臣见过的，真有飞檐越壁之能。"天子听至此，不觉鼓掌大笑道："朕久已要选武艺超群的，未得其人。今听卿家之言，甚合朕意，此人可现在否？"包公奏道："此人现在臣的衙门。"天子道："既如此，明日卿家将此人带领入朝，朕亲在耀武楼看他的武艺便了。"包公遵旨，叩辞圣驾，出了修文殿，又来到内阁，办理公事毕，方坐轿回转开封府。到了书房，吩咐李财请展义士相见，展爷来到书房，包公便将今日圣上的旨意述了一遍，"本阁已将屡蒙义士救护之恩，一一陈奏了，圣上大悦，因问义士的武艺，本阁代奏了绝技。圣上谕旨，明早亲临耀武楼亲试。此系本阁面奉谕旨，明日可便一同入朝参见圣驾。”展爷到了此时，虽不愿意，无奈包公业已遵旨，实实难以推却，只得谦逊几句道：“展昭疏懒性成，放荡不羁，草野之人，如何面得圣？再者学艺不精，也担不起一个‘绝’字，惟恐明日当场出丑，贻笑事小，反辜负相爷一番美意，就是圣上不见怪，展昭也实实担当不起。”包公道：“义士不要过谦，你的技艺，素习聆教已久，至于礼节虽有失仪，圣上决不嗔怪，自己存心只要敬谨二字而已。”展爷连连称是。包公又问了展爷的岁数，方交四六之年。彼此又叙了多时，展爷辞包公出来。此时公孙策与王、马、张、赵已知道展爷明日面圣，赵虎要敬酒贺喜，王朝拦住：“俟面圣后不但要敬酒，还要叨大哥喜酒呢！”公孙策接言道：“王贤弟说的是，面圣后必有隆恩，大家痛乐两天如何？”展爷道：“小弟理应备酒相请，惟恐面圣时艺不惊人，那才是笑话呢，再者方才相爷吩咐：自己存心总要敬谨二字。实实说，小弟饭后还要静静的调息心神，保全明日平安便是福呢！”说的大家笑了道：“何至如此，包管明日必有好处。”赵虎无可如何，只好自己饮了几杯，也就用饭了。饭毕，大家闲坐饮茶，办事的办事去了。到了晚间，公孙策将面圣的礼节、规矩，与展爷细细的讲论了一遍，展爷一一记了。

到了次日五鼓，包公乘轿，展爷骑马，一同入朝，伺候驾临耀武楼。只见老伴伴陈林带领多少太监来看包公，言：“昨日大人入朝，必是忙乱的；五六天的事情，如何不忙呢！”包公道：“事情虽多，且喜俱是有章程的，却不费时。屡屡劳动公公惦记挂念，心甚不安。”陈林道：“好说，好说。大人欠安时，还是太后亲派咱家去的；昨日大人托我转奏请安，咱家已然启奏太后了。太后听见大人痊愈了，很欢喜，还叫问大人好呢。”包公连忙站起，望上躬身一叩。陈林又问道：“听说今日有个姓展的，皇上要看他的武艺，不知此人来了不曾？”包公道：“业已来了，现在外面。”忙叫包兴请展爷。展爷进来，见了陈公公。陈林见他人材出众，像貌超群，赞不绝口，略问了问籍贯、岁数，便道：“请罢，请歇息去罢。早多着的呢，皇上先临朝办事，俟早朝已毕，天大亮了，方上耀武楼，大约总得卯正辰初的光景。"说罢，站起来道："咱家也要进内照料照料。大人也办事罢。"

包公送至朝房外面，彼此执手告别。此时公孙策与王、马、张、赵也都来了，大家照料展爷。不多时，天子临朝办事；早朝已毕，方传旨驾幸耀武楼，合朝文武扈从。来至耀武楼，仁宗升了宝座，包公便将展昭带至丹墀，跪倒参驾。圣上见他约有二旬以外的年纪，气宇不凡，举止合宜，龙心甚喜；先问了籍贯，又问了岁数。展昭一一奏对，甚实明晰。天子便叫他舞剑。展昭谢恩，下了丹墀，早有王朝将宝剑递过。展爷抱在怀中，步上丹墀，从新又磕了头。将袍襟略拽了一拽，先有个"开门势"，批掌亮胸，彻身展步；只见冷森森，光闪闪，一缕银光，翻腾上下。起初时，身随剑转，还可以注目留神；到后来，白练缠身，竟使人眼花撩乱。其中的削、砍、劈、剁、勾、挑、拨、刺，无一不精。天子看了大乐，文武俱各赞扬，所有丹墀之下，众人无不暗暗喝采。惟有四勇士更为关心，仰首翘望，捏着一把汗，在那里替他用力，见他舞到妙处，不由的甘心佩服，真不愧"南侠"二字！展爷这里施展生平学艺，着着用意，处处留心。将剑舞完，仍是"怀中抱月"的架式收住，复又朝上磕头；他面不改色，气不发喘。仁宗甚喜，对包公道："真好剑法，怨不得卿家夸奖。他的第二技是袖箭，当如何试法?"包公奏道："展昭曾言夜间能够打灭香头之火；如今白昼，只好用较射的木牌，上面糊上白纸，圣上随意点上三个朱点，试他的袖箭。不知圣心如何?"天子道："甚合朕意。"谁知包公早叫包兴预备下了，自有执事人员将木牌拿来。天子验看，上面糊定白纸，干干净净，连个黑皱纹一概无有，心下暗道："这是射箭的木牌，上面贴上圆光做为箭靶，往往不能射中，何况点个朱点，比圆光小多了，如何能够打的着呢?"又转想道："这是他练就的功夫，既能打灭香头，焉有打不着红点的呢?"心内想着，不禁伸手提起朱笔，随意点了三个大点，叫执事人员随展昭去，该立于何处，任他之便，因袖箭乃是自己练就的一宗暗器，所有远近步法与别的兵刃不同。展昭深体圣意，随执事人员下了丹墀，斜刺里走出有二、三十步远近，估量着圣上必然看的见，方叫人将木牌立稳。左右俱各退后。展昭又在木牌之前对着耀武楼遥拜,拜毕,立起身来,觑准木牌的红点,翻转身,竟奔耀武楼跑来。此时仁宗天子与文武官僚在丹墀之上,各各留神;这丹墀下面,公孙策与四勇士以及各家跟随人等,谁不呆呆凝望。见他离了木牌约有二十步,见他将左手一扬,右手便递将出去,已听见木牌之上"拍"的一声;又见他将身一侧,正对了木牌,也不扬左手,又是右手一指,只听那边木牌上又是一声"拍"。展爷此时却改了一个"卧虎势",将腰一躬,脖项一扭,从胳肢窝内将右手往外一推,只听得"拍",将木牌打的乱晃。众人暗暗喝采道:"慢说打中红点,就是这三发不空,也就难为他的很呢!"只见展爷一伏身,来到丹墀之下,往上磕头。此时执事人已将木牌拿来请圣上验看,见三支八寸长短的袖箭俱各钉在朱点之上,惟有末一枝已将木牌钉透,是用劲力大之故。天子看了,甚实罕然,连声称道:"真绝技也! 他的'纵跃法'又当如何?"包公奏道:"展昭第三技非登高不可,须要脱去长衣,方能灵便。就叫他上对面五间高阁,我主可以登楼一望,看的始能真切。"仁宗道:"卿言甚是。"圣上起身,刚登楼梯,便传旨:"所有亲信大臣俱各随朕登楼,余者俱在楼下。"便有随事的内辅回身传了圣旨。包公领班,慢慢的大家登楼。天子凭栏入座,众臣环立左右。展昭此时已将袍服脱下,扎缚停当。谁知四爷赵虎不知从何处暖了一壶酒来,拿了茶杯斟上,道:"展大哥,且饮一碗提提气,助助兴。"展爷道:"多谢贤弟费心。"接过来一饮而尽。赵虎还要斟时,展爷已走出数步去了。赵爷只得悄悄儿的嘴对嘴儿,将一壶喝了,过来翘着脚儿,望对面高阁上观看。

且说展昭到了高阁之下,翻转身,对着耀武楼又叩拜了。他便在平地上鹭伏鹤行,徘徊了几步;忽见他身体一缩,腰背一躬,"嗖"的一声,犹如云里燕儿一般,早已轻轻的落在高阁之上。这边天子惊喜非常道:"卿等看他如何一展眼间就上了高阁呢!"众臣宰也就齐声夸赞。此时展爷显弄本领,走到高阁柱下,双手将柱一搂,身体一纵,双足一飘,两腿拳起,嗤、嗤、嗤顺柱而上。到了柁头,用左手把住,左腿盘在柱上,将虎体一纵,右手一扬,右腿伸个四平,做了个"探海势"。天子看了,连声赞好。众臣以及楼下人等无不暗暗喝采。又见他右手抓住檐椽,滴溜溜,身体一转,把众人唬了一跳。谁知他却转过左手,找着椽头,脚尖儿蹬定檩枋,上边双手倒把,下面两脚拢步;由东边串到西边,由西边串到东边,串来串去,串到正中间,忽然把双脚一拳,用了个“卷身势”往上一翻,脚跟蹬定瓦垄,将双手一撒,平平的将个身子翻上房去。天子看至此,不由的失声道:“奇哉!奇哉!这那里是人,分明是朕的御猫一般!”谁知展爷在高处业已听见,就在房上与圣上叩头。众人又是欢喜,又是替他害怕。只因圣上金口封了“御猫”二字,南侠从此就得了这个绰号,人人称他为“御猫”。此号一传,不知紧要,便惹起了多少英雄好汉,人人奇特,个个英豪。也是大宋洪福齐天;若非这些异人出世,如何平定襄阳王的大事?

且说展爷谢了钦赐的御号,飞身下阁,落在平地,急忙穿了袍服。只见王、马、张、赵等过来道:“辛苦大哥!咱们上那边等候纶音罢。公孙先生已同相爷过那边去了。圣上驾已还宫。”展爷听了,跟定四人来到这边。只见老伴伴陈林传出音来。包公迎上前去。陈林道:“圣上有旨,‘封展昭为御前四品带刀护卫,就在开封府供职。’谢恩吓。”包公带领展昭望阙谢恩。陈公公道:“好个少年英雄!你这本事,咱家实是开眼以来没有见过的。你才在房上,咱家替你好担心呢!”展昭道:“粗笨武艺,多蒙老公公谬赞。”陈林道:“方才谁不夸奖;就是圣驾还宫,还说:“今日可得个武艺超群的了。”圣心大悦,所以立刻传出旨来。”包公与展爷俱各道了乏,老伴伴进内回复圣旨去了。

诸事已毕,还是包公坐轿,众人骑马,回到开封府。包公进了书房,立刻叫包兴备了四品武职服色送与展义士。展爷连忙穿戴起来,随着包兴来到书房,与包公行礼。包公那里肯受;逊让了多时,止受了半礼。展爷又托包兴进内在夫人跟前代白,“就说展昭给夫人磕头。”包兴答应,去了多时,回来说道:“夫人说,‘老爷屡蒙展老爷护持,实实感谢不尽。日后还要求展老爷时时的帮助相爷。给展老爷道喜,礼是不敢受的。’”展爷恭恭敬敬,连连称是。包公又告诉他:“明早具公服上朝,本阁替你代奏谢恩就是了。”展爷谢道:“全仗相爷分心,卑职谨依钧命。”说罢,告别。来到公所之内,只见桌椅调开,设摆的甚是齐整,这便是公孙先生与四勇士预备的。大家俱各道了喜,彼此逊让了一番。大家刚然入座,只听赵虎道:“今日是我等给展大哥贺喜,咱们也该喝了。”公孙策道:“你看四弟猴急的很,也不等客分派,他倒忙了!”说的大家皆笑了,立刻吩咐摆酒。从人伴当安放杯箸,登时肴馔纷纭。公孙策为首,便要安席敬酒。展爷那里肯依,道:“你我皆是自己弟兄,若要如此,那便是将我当外人看待了。”赵虎道:“什么安席不安席,小弟不会,我就知每人敬展大哥三杯。”展爷道:“那还了得!若是那么赏赐,小弟是再不敢领的。”大家见展爷如此,公议共敬三杯;展爷推辞不得,只得领了,谢过众人,方才就坐。饮酒之间,又提起今日试艺,大家赞不绝口。展爷再三谦逊,毫无自满之态。众人更为佩服。惟有赵虎,他的嘴快,壶到杯干,喝的“媒婆子比亲家母利害”,正客尚无酒意,他这里已经醺然。正在饮酒之际,只见包兴进来,大家让坐。包兴道:“实实不能相陪,相爷叫我来请公孙先生来了。”众人便问何事。包兴道:“方才老爷进内,吃了饭出来,到了书房,就叫我来请先生,不知为着何事。”公孙策连忙出席,向展爷告了失陪,随着包兴往书房去了。

这里众人纳闷,再也测度不出为着什么事来。不多会,只见公孙先生满面笑容进来。大家便问:“相爷呼唤,有何台谕?”公孙策道:“是一桩极好的事,相爷明日要上个条陈折子,只因前次皇上在修文殿召见相爷之时,说了一句‘几日没见咱们相爷,如失股肱’。老爷因想起国家总要拣选人材为要,况有太后入宫大庆的典礼,宜加一科,为国求贤,谓之‘恩科’,叫我打个条陈的折底儿。再者,还给展兄办个谢恩折子。”展爷听至此,先谢了,然后说道:“这道条陈折子,真是一桩极好的事。既如此,咱们吃饭罢,不要耽搁了兄长的正事。”公孙策道:“一个折底也甚容易,何必太忙?”展爷道:“虽则如此,相爷既然吩咐,想来必是等着要看。你我朝夕在此聚首,何必争此一刻呢?”王朝道:“展兄说得有理,莫若大家再饮三杯,然后用饭如何?”赵虎便说:“很好,就是这等罢!”每人果然饮了三杯,要了饭来;大家吃毕,离席散坐喝茶。

公孙策得便来到自己屋内,略为思索,提笔一挥而就,立刻来到书房请示相爷看了,恭谨缮写誊清,预备明日呈递。

至次日五鼓,包公带了展爷一同入朝,伺候谢恩。到了朝房之时,众人见了展爷穿着簇新的四品武职服色,更显得气宇昂昂,威风凛凛,真令人可慕,没有不悄悄议论夸赞的。更有一等精细人钦仰少年英雄,便过来攀话接谈,打听籍贯、年庚。又有一等谄媚人,见别人合展爷说话,他也过来搭讪着刨根问底,说的葡萄拌豆腐一嘟噜一块的,更招人肉麻讨厌。展爷只得也应酬一两句。及至圣上升殿,展昭谢过恩后,包公便将加恩科的本章递上。天子看了甚喜,朱笔批了"依议",发到内阁办理文书发抄。是日,包公回到开封府,展爷复又参过,后又果然设了一席回敬众人,又闹了一天。不日间,文书业已办妥,颁行天下,所有各省皆知。一时文书行至湖广,早惊动了一个饱学的举子。不知此人是谁,且听下回分解。

第二十三回　洪义赠金夫妻遭变　白雄打虎甥舅相逢

且说包公条陈恩科的折子，天子准奏，立刻行文颁发各省，一时文书行至湖广，便惊动了一个饱学的举子。此人姓甚名谁？他在湖广武昌府江夏县南安善村居住，姓范，名仲禹；妻子白氏玉莲；孩儿金哥，年方七岁。一家三口度日。他虽是饱学举子，却是一介寒儒，除了读书之外，别的买卖经营一概不懂。祖上虽有点基业，皆因坐食山空，早已经消耗了。只剩下薄田数亩，自己又不能播种，全仗着有个相好的朋友，姓刘名洪义，却是个厚道长者，一切耕种锄刨，幸亏此人给他料理，止于将够糊口而已；因此，家道甚实艰难。一日，范仲禹会文回来，满面愁容，坐在那里长吁短叹，一语不发，郁郁不乐。白氏见丈夫如此，不知是何缘故；又恐丈夫迂阔之性，或者与人合了气了，因向前问道："今日会文回来，相公为何闷闷不乐呢？"范生道："娘子有所不知，今日与同窗会文，并未作课，见他们一个个收拾行装的，张罗起身的，忙乱个不了。"白氏道："想是他们有经营买卖，不过是为谋利之故。"范生摇头道："那里是谋利？就是谋利，难道这些人俱各有买卖不成？"白氏道："既非如此，端的为何呢？"范生道："我也曾问来，'你们众位如此迫忙，要往那里去？'同窗朋友道：'范兄，你还不知道么？如今多亏首相包大人的条陈，圣上额外的旷典，加了恩科；文书早已行到本省，怎么范兄你会不知道呢？我们尚且要去赴考，何况范兄呢？范兄若到京师，不消说了，必是鳌头独占了。'是我听了此言，犹如凉水浇头，不觉扫兴而归。娘子，你看家中一贫如洗，我学生焉能到京中赴考呢？"说罢，不觉的长叹一声。白氏道："相公，原来为此。据妾身想来，此事也是徒愁无益。妾身也久有此意，自我别了母亲，数年之久，先前还有个信息往来，近来这几年，连个书札也没有了。原打算相公进京赴考时，妾身意欲同相公一齐进京，一来相公科考，二来妾身亦可顺便探望母亲。无奈事不遂心，家道艰难，也只好置之度外罢了。凡事有可以虑的来，就有虑不来的；有可以打算的，就有打算不来的。即如妾身，别了母亲这些年，原有当虑的；然而远隔关山，道路遥遥，若是终日思虑起来，那还放的下么？事情到了无可如何，也就虑不来了。再者，妾身方才说与相公一同赴京，这如何打算得？漫说一家三口动身，盘缠费用，实难措置，就是相公一人赴京，这一番打算又从那里展转呢？这便是打算不来的，既是打算不来，岂不是徒愁无益么？”范生听了白氏之言，情真理正，仔细想来，原是徒愁无益之事，也只好丢开，置之度外罢了。如此一想，不但不愁烦，反倒破颜为笑道：“娘子讲的甚实有理，我学生惟有耐时守分而已！”说罢，便与金哥背书、习字，聊以释闷开怀。

到了次日清晨，刚然梳洗已毕，忽听有人叩门，范生连忙开门一看，却是那知己老朋友刘洪义，不胜欢喜。二人携手进了茅屋。因刘洪义是年老之人，而且为人正直，素来白氏娘子俱是不避的，便向前与伯伯见礼。刘洪义还了一揖。金哥亦来拜见；刘洪义拉着问好，乐的眉开眼笑。逊坐烹茶。刘老者便道：“我今来特为一事与贤弟相商。当今额外旷典，加了恩科，贤弟可知道么？”范生道：“昨日文会去，方才知道。”刘老者道：“贤弟既已知道，可有什么意见无有呢？”范生叹道：“别人或可隐瞒，似老兄跟前，小弟再也不敢撒谎。兄看室如悬磬，叫小弟如之奈何！”说罢，不觉滴下泪来。刘老者一见，忙拦道：“贤弟不要如此。但不知赴京可要费用多少呢？”范生道：“此事说来尤其叫人为难。”便将昨日白氏欲要顺便探母的话说了一遍。刘老者闻听，连连点头道：“人生莫大于孝，这是应当的；如此算来，约用几何？”范生答道：“昨日小弟细细盘算，若三口人一同赴京，一切度用，至少也得需用七八十两。一时如何措办得来？也只好丢开罢了。”刘老者听罢，沉吟半晌道：“既如此，待我与你筹画筹画去，倘得事成，固然是件好事；即或不成，我必变法儿叫贤弟赴京便了。”范生听至此，连连称谢。刘老者便立起身来要走。范生断不肯放，必留下吃饭。刘老者道：“这饭，那天吃不得，何在乎今日呢？吃饭是小事，惟恐耽误了正事，容我早些回去张罗张罗事情要紧。”范生便不肯谆留，送出柴门。临分别时，刘老者又道：“成与不成，就是明日罢。贤弟务必在家听我的信息就是了。”说罢执手，扬长去了。

范生送了刘老者回来，心中又是欢喜，又是浩叹。欢喜的是事有凑巧，可以望成；浩叹的是家计艰难，却又赘累朋友。白氏问道：“刘伯伯曾言几时复信？”范生道：“方才临别时，谆谆嘱我明日在家静候。”白氏叹道：“真正难得！妾看刘伯伯毫无虚假，是个豪爽长者，实实令人可敬！大约我母子纵然不能起身，相公是一定能够赴京的了。”范生道：“据学生看他那番光景，颇有叫你我一同起身之意。且待明日看是如何。”白氏道：“相公又妄想了；昨日此时尚无着落，难得今日刘伯伯一番美意，替相公筹画，但能相公起身赴京，已属意外之想，何得意外复有意外之想？这不是得陇望蜀么？妾身只求相公能够赴京，那时中了高魁，再接我母子，也不为迟。就是妾与母亲，虽然别了数年，这数年已耐过了，何必又忙在一时呢？”这句话原是白氏体谅丈夫之意，惟恐范生为难；不料范生记了此话，到后来又体谅贤妇，这才险些儿夫妻、父子不能相逢。也是命运所招：“若非一番寒彻骨，焉得梅花喷鼻香？”

且说夫妻二人是日望空扑影的盘算了一番。到了次日，范生坐立不安，如在针毡之上一般。从早晨盼起，直盼到天将挂午，还不见刘老者到来，不由暗暗揣度道：“不好！此事不顺；若顺时，包管早就来了。那老人家性急。”又转想道：“不然，不然！事若无成，他必早来覆信；大约此时不来，包管事成八九，必是连娘子赴京也筹画了，所以耽延工夫。”想至此，心内又未免一快。白氏在旁见范生这番光景，知道丈夫心内难受；又不好劝，又不好拦，惟有叫金哥在膝前厮混凑趣而已。猛听得门环响亮，范生为之一怔，迟迟疑疑，将门开放，只见刘老者拉进一头黑驴，满头是汗，喘吁吁的进来，说道：“好黑驴！许久不骑他，他就闹起手来，一路上累的老汉了不得！”说着话，将驴拴好，从鞍子上拿下一个褡裢布的钱叉子来，一同来到屋内。白氏迎面见了。范生让坐。刘老者笑吟吟道：“幸喜事已成，究竟是贤弟的造化。”一边说着，一边从褡裢内掏出两封银子放在炕上道：“这是纹银百两，尽够贤弟与弟妹带领侄儿上京的了。”范生此时真是喜出望外，道：“多承老兄分心，如何用的了许多呢？再者，不知老兄如何借来？望乞明白指示。”刘老者笑道：“贤弟不必多虑。此银也是我相好处措办来的，并无利息；纵有利息，也是我一面承管，再者，银子虽多，贤弟只管拿去。俗语说的好：‘贫家富路。’我又说句不吉祥的话儿，倘若贤弟此次不得意，就在京中居住，不必往返的跋涉；到了明年，又是正科，岂不省事？总是银两敷余些儿的好。”范生听了此言，深为有理；知道刘老者为人豪爽，也不致谢，惟有铭感。刘老者又问道：“贤弟起身，应用何物，亦当办理。”范生道：“老兄说的是；如今有了银子便好办了。”刘老者道：“既如此，贤弟便计虑明白。我今日也不回去了，同贤弟上街办理行装。我已看过《宪书》，明日是极好的黄道日期，就要起身才是。”范生听了，便同刘老者计较了一番，也小小的开了个单子，大约多一半都是刘老者的主意，又省事，又省钱。商议明白，弟兄二人牵了黑驴，前往集上备办行装去了。家中白氏也收拾归拢，忙个不了。

到了晚间，刘老者与范生回来，一同收拾行李，直闹到三鼓方歇。所有粗使家伙以及房屋俱托刘老者照管。刘老者上了年纪之人，再也睡不着，范生是惦记明日行程，也是不能安睡，二人闲谈。刘老者便嘱咐了多少言语，无非“行路小心，下店谨慎，到了京师，要安分度日”这些话头。范生一一谨记。刚到黎明，车辆便来，急将行李装好。白氏拜别了刘老者，不觉纷纷泪下。又推金哥与刘老者叩头。金哥行下礼去，刘老者连忙相搀，倒招的老人家泪流满面，忙叫他母子上车坐好，然后又对范生道：“贤弟，我还有一言奉告。”用手指着黑驴道：“此驴虽则我畜养多年，奈因他是个孤蹄，恐妨主人；如今我将此驴奉赠贤弟，贤弟遇便，务必将他卖了，另买一头骑着赴京便了。”范生道：“小弟既蒙兄赐，不敢推辞。人生穷通自有定数；小弟知有命在，何在他孤蹄不孤蹄？卖是断断不卖的。”刘老者听了，欢喜道：“贤弟真达人也！”话刚至此，只见范生抢步向前，就要拜别，刘老者连忙搀住。二人把握多时，难割难舍，不忍分离，范生哭的连话也说不出来，还是刘老者硬着心肠，哽噎道：“贤弟此去，前途保重；得意不得意，务要早寄信来。”范生点头，牵了黑驴，出了柴门，还要留恋，只听刘老者道：“贤弟，请乘骑，恕我不远送了。”说罢，转身竟自进门内而去。范生只得忍痛含悲，骑上黑驴，随着车辆去了。这里刘老者查对家伙，封锁门户，所有分心照看，不必细表。

范生一路赴京，无非是晓行夜宿，饥餐渴饮；沿途小心，投店谨慎，全是遵依刘老者嘱咐之言，果不差谬，却是平平安安的到了京师，找了寓所，安顿家小，范生就要到万全山寻找岳母去。白氏连忙拦道："相公不可太忙，原是为科考而来，莫若场后诸事已毕，再去不迟。若此时见了母亲，未免有许多的应酬，恐分相公之心。相公且自张罗科考，静心养神；俟场毕之时，妾身带了孩儿与相公同去，岂不两便呢？"范生听见白氏讲得有理，只得依从。这非是范生爱听妻子之言，皆因夫妻相得，白氏屡屡劝谏丈夫，颇有效验。那知此次拦阻，大为失算。

且说范生听了白氏之言，且自料理科考，一切投文、投卷，俱已办妥。到了场期已近，却是奉旨钦点龙图阁大学士包公的主考，真是至正无私，弊绝风清。范生三场甚实得意；及至揭晓，高高中了会元。夫妻欢喜无限。到了殿试之后，算计赴琼林宴尚有日期，思想道："我与妻子同来，原为探望岳母。场前贤妻体谅于我，恐我分心劳神；如今殿试已毕，我焉有不体谅贤妻的道理？他与岳母分别了数年之久，今已临于咫尺，再要耽延他母女不能相逢，岂不显得我过于薄情么？"因此，备了黑驴，觅了车辆，言明送至万全山即回。夫妻、父子三人锁了家门，一直竟奔万全山而来。到了万全山下，将车打发回去，便同妻子入山，以为来到便可找着；谁知问讯了多少行人，俱各不知。范生不由的烦躁起来，这才后悔，不该将车打发回去。原打算既到了万全山，纵然再有几里路途，叫妻子乘驴，抱了孩儿，自己也可以步行，他却如何料的到竟会找不着呢？一时来到山洼之中，又无人家可问，只得叫妻子在一块青石之上歇息；便将黑驴放青龈草，略为喘息，道："娘子，好好同孩儿在此等我，我出山口去去就来。"白氏道："相公放心；但此去问的着问不着，速速回来。且暂回寓所，明日再为访问，未为不可。"范生点头道："娘子说的甚是，我也略问问便回来。"说罢，放开脚步，一直出了东山口，逢人便问，俱是往来过客行路之人，谁又知道白氏娘家在于何处？只得寻找住居人家讯问，瞧着似乎不远，及至奔到人家，也就有一二里之遥；真是“望山跑死马”，好容易奔到，问时依然三个字：“不知道”而已。

范生好生的气闷，又记挂着妻子，更搭着两腿发酸，只得慢慢的踱将回来。这一番的败兴，自不必说。越着急越觉乏，及到了山洼之中，青石之上，举目看时，白氏娘子与金哥孩儿俱不见了。这一惊非同小可！只急得他眼似銮铃，四下了望，那里有个人影儿呢！到了此时，不觉高声呼唤，声彻山谷，却有谁来答应？唤了多时，声哑口干，也就无有气力了。他便坐在青石之上放声痛哭。正在悲泣之际，只见那边来了一个年老的樵人，范生连忙向前，悲哀哀的问道：“老丈，你可见有一妇人带领个孩儿么？”樵人道：“见可见个妇人，并没有小孩子。”范生问道：“这妇人现在那里？”樵人摇头道：“说起来凶的很呢！足下，你不晓得，离此山有五里之遥，有一村庄，名唤独虎庄；庄中有个威烈侯，名叫葛登云，此人凶悍非常，每每的抢掠妇女。方才见他射猎回来，带领多少从人，马上却驮着个啼哭的妇人，已奔庄中去了。”范生闻听，连忙问道：“此庄在山下何方？”樵人道：“就在山下东南方。你来，你来。”范生跟定樵人上了峰头。樵人指道：“你看，那边远远的一丛树林，那里就是了。”范生看了。也不作别，急急忙忙竟自下山投庄中去了。

你道金哥为何不见？只因葛登云带领一群豪奴进山搜寻野兽，不想从深草丛中触起了一只猛虎；这恶贼与众豪奴原是以射猎为名，止于消遣释闷，何尝是真正的打围？未见野兽时，一个个逞威搜捕；及至见了猛虎，一个个唬的屁滚尿流，魂消魄散，无可如何。幸喜各持兵刃，倚仗人多，大家合起声来一顿乱嚷。这猛虎见人多，又有兵刃，不敢扬威，他便跑下山来，恰恰从青石经过，又巧金哥正在那里了望父亲回来，不提防虎从后来，他便一张口，就将金哥衔去。白氏娘子一见，“哎哟”了一声，唬的昏晕过去，那虎往西连越两个小峰头，谁想那边树上有一樵人正在伐柯，猛闻得一阵腥风，常进山之人俱各晓得，心内已知有虎来了；皆因自己现在树上，却不畏惧，反倒注目往下观看。只见猛虎衔着小儿正从树下经过，也是急中见识，手中正提着板斧，觑定虎颈，用力抛下，正砸在虎背之上。那虎猛然被斧击中，将腰一塌，口一张，便将小儿落在尘埃。谁知樵人见斧击中猛虎，他便蹿下树来，手急眼快，扯起扁担，照着虎的后胯就是一下；只听得吼的一声，那虎便蹿过岭去。可笑这虎方才遇见一群豪奴却倒安然无恙，不想在此遇见一个樵子，反倒受了一斧，挨了一扁担。如此看来，世上事出于有意无意之间，往往有之，正不止此虎而已。

那樵人连忙将小儿扶起，抱在怀中；见他尚有气息，又看了看，虽有伤痕，却不甚重，呼唤多时，渐渐苏醒过来，满心欢喜，又恐再遇野兽，不是当要的，急急揽定小儿，先寻着板斧，掖在腰间，然后提了扁担，步下山来，一直竟奔西南，进了八宝村；走不多会，到了自己门首，呼道："母亲开门，孩儿回来了。"只见里面走出个半头白发的婆婆来，将门开放，见他怀中揽定小儿，不觉失声道："哎哟！我的儿！你从那里抱此小儿回来？"樵人道："母亲将门关好，且到里面再为细述。"婆婆接过扁担，闭了门户。樵人进屋，将小儿轻轻放在炕上，自己拔去板斧，向婆婆道："母亲，可有热水取些来。"婆婆连忙捧过一盏。樵人将小儿扶起，叫他喝了点热水，还醒了半刻，方才转过气来，"哎哟"了一声，道："唬煞我也！"此时婆婆亦来看视，见他面上虽有尘垢，却是眉清目秀，心中疼爱的不知要怎样才好。那樵人便将山中如何从虎口内救下他来的话对母亲述了一遍。那婆婆不胜惊骇道："阿弥陀佛，这还了得么！"又抚着小儿道："你这才是虎口余生，将来的造化必然不小。休要害怕，慢慢的将家乡住处、姓甚名谁，告诉于我。"小儿道："我姓范，名叫金哥，今年七岁了。"婆婆见他说话明白，又问道："可有父母？"金哥道："父母俱在。父名范仲禹，母亲白氏。"婆婆听了诧异道："你家住那里？"金哥道："我不是京都人，乃是湖广武昌府江夏县安善村居住。"婆婆听了，连忙问道："你母亲莫非叫白玉莲么？"金哥道："正是。"婆婆闻听，便将金哥一搂道："哎哟！我的乖乖呀！你可疼煞我也！"哇的一声就哭起来。金哥不知何故，为之一怔。旁边樵人便道："我叫白雄。方才提起玉莲，乃是我同胞姐姐。这婆婆便是我母亲。"金哥道："如此说来，你是我母舅，他便是我外祖母了。"说罢，将小手儿双关的抱住那婆婆，也就痛哭起来。要知下文如何，且听下回分解。

第二十四回　受乱棍范状元癫疯　贪多金屈胡子丧命

且说白雄将金哥救到家中，甥舅相认，金哥抱住他外祖母，娘儿两个，痛哭不止；白雄含泪劝慰多时，方才住声。白老安人道："既是你父母来京，为何不到我这里来？"金哥道："皆因为寻外祖母，我才被虎衔去。"便将父亲来京赴考，母亲随来探母的话说了一遍："是我父母商议，定于场后寻找外祖母，故此今日到了万全山下，谁知问了许多人，俱各不知，因此，我与母亲在青石之上略坐歇息，我爹爹又出东山口外找寻去了。就在此时，猛然出来一个老虎，就把我叼着走了，我也不知道了，幸亏母舅将我救到此间。只是我父母见虎将我衔去，不知此时哭到什么地步，岂不伤感坏了么！"说罢，又哭起来了。白雄道："这万全山不过是个总名，其实方圆有百里之遥；若从万全山说起，我这里算是西南。此处名叫八宝村，离万全山有数里之遥。你等在东山口找寻，如何有人知道呢！"金哥哭着道："我母亲就记得万全山；我父亲以为既到万全山，焉有找不着之理呢？那知道却在此处呢！"说罢，又哭。白雄道："外甥不要啼哭，今日天气已晚，待我明日前往东山口找寻你的父母便了。"又安慰了几句，连忙收拾饭食，又拿出刀疮药来。白氏安人与他掸尘洗净，将药敷了伤痕。还怕他小孩子家想念父母，百般的哄诱安慰他。

到了次日黎明，白雄掖上板斧，提了扁担，竟奔万全山而来。到了青石之下，左顾右盼，那里有个人影。正在那里了望之际，忽然那边来了一人，头发蓬松，血渍满面，左手提着衣襟，右手执定一只朱履，踉踉跄跄，竟奔前来。白雄一见，才待开口，只见那人举起鞋来，照着白雄就打，口中愤恨道："好狗头吓！你打得老爷好！你杀得老爷好！"白雄急急闪过，又听那人悲哀的呼妻唤子，其声甚惨。白雄听了，触动心怀，仔细留神，依稀是姊丈范仲禹的模样；及至问时，却是疯颠，言语并不明白。白雄忽然想起："我何不回家背了外甥来叫他认认呢?”想罢,说道:“那一汉子,你在此略等一等,我去去就来。”他就直奔八宝村去。

你道这疯汉是谁?原来果是范仲禹。只因听了老樵人之言,急急赶到独虎庄,问明了威烈侯家;他便闯到门前,口口声声要他的妻子。他一个迂阔的寒儒,那知道葛贼的利害?不过略施小术,暗用了“稳军计”。到了夜间,反讹他无故将他家人杀害,一声喝令,吩咐众豪奴一顿乱打,将范生打的气毙而亡。他却叫人用个旧箱子把范生装在里面,于五鼓时抬至荒郊抛弃,不想路上遇见了一群报录的将此箱劫去。这些报录的原是报范生点了头名状元,因到范生下处,见门户封锁,问人时,方知范生合家俱上万全山投亲去了。因此他等连夜赶来,偶见两个人抬定一只箱子,以为必是黉夜窃来的,何况在旷野之间,倚仗人多,七手八脚,呼幺喝六的,便将箱子劫下;以为是虽不能得报喜钱,且得这一注横财,岂不是肥上加膘么?抽去绳杠,欢欢喜喜,打开箱子一看,罢咧,再想不到范生死而复苏,一挺身,爬出箱来,拿定朱履,竟自一顿混打。众人见他披发带血,情形可畏,一个个抱头鼠窜,也就一哄而散。他便趔趔趄趄,信步来至万全山,恰与白雄相遇。

且说白雄忙忙回到家中,对母亲说知,急急背了金哥,复又赶到万全山。及至赶到,疯汉早已不知向那里去了。白雄寻找多时,无可如何,只得背了金哥回转家中。他却不辞辛苦,问明了金哥在城内何方居住,从八宝村要到城中也有四五十里之遥,他那管远近,拽开大步,竟奔城中而来。到了范生下处一看,却是依然的封锁;真是乘兴而来,败兴而返。忽听街市之上人人传说:“新状元范仲禹遗失,不知去向。”他听见此话,满心欢喜道:“我姐夫既中了状元,自然有在官人役稽查找寻,必是要有下落的了。且自回家报了喜信,我再细细盘问外甥一番便了。”你道白雄这一天辛苦不辛苦?从黎明就到万全山,来回跑了两次,又到城中往返一次,算起来,他这一天也有一百四五十里的脚程,其实真正难为他!

不言白雄回家,且说城中鼓楼大街西边有一座兴隆木厂,却是山西人开设的。弟兄二人:哥哥名叫屈申,兄弟名叫屈良。屈申相貌不扬,又搭着一下巴扎煞胡子,人人皆称他为“屈胡子”。他又贪爱杯中之物,每日价醺醺带醉,因此又叫他“醉屈”;后来又有人嫌他“醉屈”叫着绕口,复又送他个外号儿,直叫他“醉曲子”。他虽然好喝,却于正事不误;又加屈良帮助,把个买卖做了个铁桶相似,甚是兴旺。因万全山南便是木商的船厂,这一天,屈申与屈良商议道:“老二,听说新货已到,乐子要到那里看看。如若对劲儿咱们批下些,岂不是怀便宜呢?”屈良听了,亦甚愿意道:“哥哥要去,须要早些去;虽不远儿,莫若早去早来。你老那怀酒杯儿也该放下呢。”敢则屈申大清早起就乐起早酒儿来咧,听了屈良之言,答道:“这壶里还是昨儿晚上哈剩的,我就是壶下酒哈完了,再哈上碗和合粥,就出城。你把那怀酱色花驴备上,拿褡裢装上他四百纹银。”“唔!”屈良答应,俱各预备齐备,不多时,屈申果然打扫了壶中酒,又哈了粥,方慢慢动身;拿上“懒驴愁”的鞭子,到了槽头,拉那酱色驴。那驴扭扭拽拽,毫不顺手,屈申骂道:“你这怀忘八日的,就知道闻骚儿!平空的叫你困困儿,你就闹呆呆儿了!”说罢,连抽了两鞭子,那驴才随着出来了。原来这驴有个毛病,路上不见驴,不好生走,若是草驴就追,是极爱闻骚儿的。屈申拉着驴来到柜前,屈良从柜内提着褡裢,道:“我装的是九八银四百两,平头是准二两平;哥哥到了那里,就说成色是十足,平头是市平,里外里抹他,岂不是又便宜几分呢?”屈申道:“是咧,你交给我罢。这大萝卜还用屎浇咧!”说罢,接过褡裢,搭在鞍子上面,拉出门口,跨上花驴,出了城门,竟奔万全山南。到了船厂,木商彼此相熟。看了多少木料,行市全然不对。不是行市不对,皆因屈申买的总要便宜,那知木商也是山西人,偏偏的一分不让;因此,两下里交易不成。行中却有规矩,虽然买卖不成,这酒肴总是要预备的;所谓“交易不成仁义在”。屈申一见酒到,不觉勾起他的馋虫来,左一杯,右一盏,说也有,笑也有,竟自乐而忘返。猛然一抬头,看了看日色,已然平西,他便慌了,道:“乐子还要进城咧!天晚咧,天晚咧!”说着话,便起身作揖拱腰儿,急忙拉了酱色花驴,离了木厂,竟奔万全山而来。他越着急,驴越不走,左一鞭子,右一鞭子,骂道:“你这怀忘八日的,臭尿蛋!‘养军千日,用在一朝。’你看老爷儿眼看没咧,你还合乐子闹呆呆咧!”话未说完,忽见那驴两耳一支愣,“吗”的一声,就长鸣起来,四个蹄儿乱蹿飞跑。屈申知道他的毛病儿,必是听见前面有驴子叫唤,他必要追,因此就拢住扯手,由他跑去,到底比闹捏捏强多了。谁知跑来跑去,果然前面有一头驴;他这驴连蹿带跑,奔到那个驴子后面,不容分说,他将两条前腿一提便站起来了。屈申在上面连说:“不好! 不好!”坐不住鞍心,两脚一飘,顺着驴屁股就掉将下来,幸喜没摔着,连忙爬起,将鞭乱打,那里打的开? 只得揪住嚼子,将驴带转,连打带拉,方拴在那边一棵小榆树上,自己累了个吁吁带喘。他原是个酒糟透了的,如何闹的过这有毛病的驴呢? 一边喘着,一边过来看这驴子,原来是个黑驴,鞍韂俱全。这便是范生昨日骑来的,在山洼之中放着龇草,迫忙之中将他撇下。黑驴一夜未吃麸料,信步由缰,出了东山口外,故在此处仍是龇青。

屈申看了多时,高声嚷道:“这个黑驴是谁的? 这个黑驴是谁的?”连嚷几声,并无人应,自己叨唠道:“好一头黑驴! 怎的没有主儿呢?”将嚼子抖了抖,又瞧了瞧口,才四个牙儿,膘满肉肥,而且鞍韂鲜明,暗自思道:“这样的好头货,既没有主儿,乐子何不换他娘的呢?”即奔到榆树那边,将花驴鞍子上的银叉子拿过来,搭在黑驴身上,一缕扯手,翻身上去;只见黑驴遆遆遆遆,却是极快的好走儿。若论黑驴,也是闹手的,皆因他自昨日到此时未曾吃着麸料,今一旦有人骑上我,说不得今儿晚上可吃定了你了;“无功受禄,寝食不安”,献两步儿你瞧瞧! 屈申骑在上面,好生的欢喜,以为是便宜。本来天就晚了,又因花驴闹了多时,未免的耽误工夫。此时已有掌灯的时候,忽然间天气改变,狂风骤起,飞沙走石,打的二目难睁。屈申心下踌躇道:“这怀光景,城是进不了,我还有四百银子,这可怎的好呢? 前面就是万全山,常听人说万全山往往有打闷棍的,我这酒泡儿还搁的住闷棍的? 这才是糟糕呢! 说不得只好找怀人家儿借怀宿儿,明儿破费一百、八十的,倒稳当。”真是山西人的脾气,到了此时。他还打算盘,拿着一百、八十还说“破费”二字,可见啬刻之极! 他正在盘算之际,只见前面有个褡裢坡儿,南上坡忽然透出灯光来。屈申连忙下了驴,牵到上坡,来到门前,刚要敲门,忽听里面有妇人声音道:

"'嫁汉嫁汉,穿衣吃饭';有把老婆饿起来的吗?"屈申听了,暗道:"这怀人真胡闹!既娶了小娘儿,怎的把他饿起来?"又听见男子道:"你饿着,谁又吃什么来呢?"屈申暗道:"好!两口子对饿着,这才是过日子的人家儿呢。"里面妇人早又道:"你没吃什么,你倒灌丧黄汤了!"屈申听了,忖道:"这就怪咧!既饿着,咱的又有黄汤呢?"又听男子道:"谁不叫你喝呢?"屈申点头道:"着哇!小娘儿哈点,又怕怎的呢?"又听妇人道:"我要会,我早喝咧!既弄钱来,不知籴些柴米,你先张罗你的酒!"屈申又点头道:"是吓!你既知小娘儿不会哈,怎的不籴米呢?这怀男人也不是个东西!"男子道:"这难说,也是我的口头福儿。"屈申听了摇头道:"这话矫强!你只顾口头福儿,叫小娘儿怎的过呢?"又听妇人道:"你既爱吃现成的,索性明儿我挣了,你吃爽利的,叫你享享福!"屈申跌足道:"不好!这话,他男人要不够瞧的。"男子道:"你别胡说!我虽穷,可是好朋友。"妇人道:"市街上那有你这道好朋友!"

屈申听至此,暗道:"这怀小娘儿才是薄哥儿们呢!"内里两口子辩嘴,他在外面听了个不亦乐乎,欲待不敲门,看了看,四面昏黑,别处又无光;无奈何,用鞭子敲门,道:"借光,寻怀宿儿。"里面咯噔的不言语了。屈申只得又叫。半晌,方听妇人问道:"找谁的?"屈申道:"我是行路的,因天黑了,难以行走,借光儿,寻怀宿儿,明儿重礼相谢。"妇人道:"你等着。"又等了半天,方见有个男人打着灯笼开门,问道:"怎吗的?"屈申作个揖,道:"我是怀走路儿的,因天晚了,难以行走,故此惊动你老,借光儿,寻怀宿儿,明儿重礼相谢。"男子道:"原来如此。这有什么呢,请到里面坐。"屈申道:"我还有怀驴子。"男子道:"只管拉进来。"于是打着灯笼在前面引路。屈申将驴子拉进门来。那人道:"靠西墙根儿有棵小树儿,将驴子就拴在那边罢。"屈申将驴拴好,从鞍子上将褡裢叉子拿下来,随着那人进了屋内一看,原来是草房三间,两明一暗。屈申把钱叉子放在炕上,从新与那人见礼。那人还礼道:"茅屋草舍,掌柜的不要笑话。"屈申道:"好说,好说。"那人便问:"贵姓?在那里发财?"屈申道:"我姓屈,名叫屈申,在城里鼓楼大街开着兴隆木厂。我还没领教你老贵姓?"那人道:“我姓李,名叫李保。”屈申道:“原来是李大哥。失敬,失敬。”李保道:“好说。屈大哥,久仰,久仰。”

你道这李保是谁?他便是李天官派了跟随包公上京赴考的李保。只因包公将赵大刑下毙命,自行检举,相应罢职。他以为包公再无有出头之日,因此将行李、银两拐去;逃到那马头镇店,未免有了银钱仗胆,诸般也要做阔,早惊动了帮闲小人,不用烧纸,自会招鬼。这些人将他奉承的入了魔障,便引至花街柳巷,什么赛西施、比杨妃,略施展施展那情丝欲锁,不多的几天工夫就将那银两乐了精光了。这些人好狠,惟恐他还要留恋,莫若一网打尽,便设了个软局聚赌;大家算计一人,焉有不入圈套之理?输下帐目,无以抵偿,就把行李三不值二的折算去了。又迟了两天,这些人见他没有油水了,立刻生了个逐客法,这才把他撵出境外,大家又哄别人去了。弄得个李保有家难奔,有国难投,这才后悔起来,自恨自道:“我既拐了行李、银两,何不想个长久之计?怎么一时糊涂,就这么委委曲曲的花了个赤条条呢?”他那里知道天道循环,似他这样行为,再要叫他长享了,那还有什么报应呢?李保从此终日游荡,无根的蓬蒿一般,天天肚内总要进饮食,先前从里面蛇脱皮的典卖,后来渐渐难顾体面,将大衣服也就入了质库。日复一日,索性无的打算,竟自饮食不继了。一日,流落到万全山褡裢坡南李家老店内,一时寒热不均,他就病了,又无银钱,亏了店东李老者念他是外乡人,贴出钱来将他将养好了。他却良心发现,情愿在店内打杂,聊为报答将养之恩。李老者见他殷勤谨慎,又把重事托他,他又办得精明详细,记载的毫无舛错。李老爱惜他能写会算,就叫他在柜上料理帐目,所有出入等项,更办得井井有条。把个李老者乐的事不有余,以为无意中得了个心腹帮手。又因他与自己同姓,就把他当做子侄看待;他更乖滑,也把李老当做老人家奉承。久而久之,谁知李老者颇有心思:因自己膝下无儿,止生一女,见他这番光景,就把他招赘了,做为养老女婿,彼此相帮度日。店内伙计知他是店东的内亲,谁不钦敬,渐渐的就把他抬起来了。他不自足,凡大小事件,硬做主意,毫不知会当家的;就是李老者知道了,嗔怪他时,他即言语顶撞,毫不服气,因此,日积月累,把个李老者就中了病了。那知他旧性不改，趁着李老者染病，未免的嫖娼聚赌，全都有了。李老者见此光景，又是后悔，又是心疼，连急带气，竟自呜呼哀哉了。可怜李老者又无眷属，由着他囫囵吞的殡殓。发送已毕，他便接过店来，更自放荡无忌；又加着李氏也是个好吃懒做的，跟着丈夫，今日吃这个想着那个，明日吃那个想着这个，以为是花不尽的银钱。那知这银钱更不禁花，不一二年间，就把个店亏空的支不住了，无可如何，这才关了。所有那些交买卖的见他关了店门，一个个谁依？每日嘈杂不了，闹的实在无法，就将门面、家伙等项全估价抵了欠帐。这些买卖人不容分说，该拆的，该拿的，略一伸手，登时之间，片瓦无存，止于剩了这三间草房，只落得如今一贫如洗。偏偏遇见个倒运的屈申前来投宿。

且说李保与屈申攀话，见灯内无油，立起身来，向东间掀起破布帘子，进内取油罐子，只见妇人悄悄问道："方才他往炕上一放，咕咚一声，是什么？"李保道："是个钱叉子。"妇人欢喜道："活该咱们要发财。"李保道："怎见得？"妇人道："他单单有个钱叉子。而且声音沉重，必是硬头货。你如今问他会喝不会喝，他若会喝，此事便有八成了。有的是酒，你将他尽力的灌醉了，我自有道理。"李保会意，连忙将油罐子拿出来，将油添上，拨的亮亮的，便大哥长，大哥短的问话；说到热闹中间，猛然问屈胡子道："大哥，你会喝酒不会？"一句话问的个屈申咂嘴舔舌，馋不可解，答道："这么半夜三更的，那里讨酒哈呢？"李保道："巧咧，现成有的是酒。实对大哥说，我最爱喝的。"屈申拍手道："对劲儿！我也是爱哈，咱两怀竟是知己的好朋友了！"李保道："好是好，就是没有菜。"屈申道："有酒就好，要的是什么菜呢。我对大哥说，我们山西人哈酒是不要菜的。每日在铺子里早起打上他两盅子，每人一怀小牛眼儿，哈完了再打，天天是有酒无菜，了不得了，吃上一袋烟，这怀烟、酒，我是哈惯了的。"李保道："我也是如此，喝酒最懒吃菜。"说着话，便温起酒来，彼此对坐，斟上酒。屈申道："这怀碟子是什么？"李保道："这是鰯了几年的沉圪塔。"屈胡子道："这个就是好菜，怎的说没有菜呢？"一来屈申爱喝；二来李保有心，一让二让连三让，一杯一杯复一杯，不大的工夫，把个屈胡子灌的酩酊大醉，连话也说不真了；前仰后合，概不由己，把钱叉子往里一推，将头刚然枕上，便呼呼酣睡起来。

此时李氏已然出来，李保悄悄问道："他醉便醉了，只是有什么方法儿呢？"妇人道："你找绳子去。"李保道："要绳子做什么？"妇人道："将他勒死就完了事了。"李保摇头道："那还了得！人命关天，不是玩的。"妇人道："既要发财，却又胆小，难道老娘竟跟着你挨饿不成？"李保到了此时，也顾不得天理昭彰，便将绳子拿来。妇人已将酒壶、杯碟拿起，把破炕桌子挪开。只连忙上炕，绕到屈申的里边，轻轻从屈申枕的钱叉子之下递过绳头，慢慢拉过来，系了一扣，一点手，叫李保上炕，将一头儿递给李保，自己揪定了一头，往两下里一勒。好狠妇人！又将脚一蹬。只见屈申手脚扎煞。李保到了此时，也不能不用力了，不多时，屈申便不动了，李保也就瘫了。妇人也不管这些，忙将钱叉子抽出，伸手往里一摸，不由的满心欢喜。不知喜从何来，且听下回分解。

第二十五回　还魂白氏阴错阳差　附体屈申醉生梦死

且说李保夫妇将屈申谋害,妇人因不放心,忙将钱叉子抽出,伸手一掏,一封一封却是八包,不由的满心欢喜,却又是喜出望外。什么缘故呢?他先前不放心,惟恐其中是几串钱,若为几串钱害条人命,未免扫兴。后来掏出看时,已是银包,再也想不到一连掏了八包,真是梦也梦不了这许多,何况眼见目睹,焉有不欢喜的道理?更以为这条人命害着了。就是李保,虽则胆小,如今见了许多银包,也就精神倍长,顾不得尸首不尸首,他两个且自抱起八封银子,携灯进屋,将破炕席掀在一旁,恰有一块活动的炕面砖,连忙揭起,把里面的煤烟土平了一平,妇人又拿了一张草纸垫好,然后一封一封的摆妥。二人端详了一会,又喜笑了一阵,方将砖面盖好,掩上破席。李保复携灯来,来到堂屋,贼人胆虚,一眼就瞧见尸首,不由得心里一跳,往后便退,且喜妇人也出来,将他扶住。李保道:"这……这尸……尸首怎……怎么样?"妇人道:"这有甚要紧?趁此夜静无人,背至北上坡,抛于庙后,又有谁人知晓?"李保无奈何,叫妇人仍然上炕,将尸首扶起;李保转身背上,将身一挺,不想醉鬼身体沉重,略歪了歪,连李保俱各栽倒。李保道:"怪呀!人人都说酒泡儿没有分量,他怎么这样沉呢?可见他是财主,虽然酒泡儿,也是体沉骨重的。"只得从新将尸首扶起,尽力的背起。妇人先来到门前,轻轻开放,探出身子,左右看了一看道:"好极!趁此无人,快背着走罢。"李保咬着牙,闭着气,挺着腰,挪着步,竟奔北上坡而来。刚然走了不远,忽见那边有个黑影儿一晃,李保说:"不好!"觉得眼前金花乱迸,寒毛倒竖,身体一闪,"噗哧"一声,把个尸首就丢在尘埃,他便不顾性命的往南上坡跑来。只听妇人道:"在这里呢,你往那边跑什么?"李保喘的上气不接下气,道:"我找……找不着门儿了,可唬煞我咧!刚到北上坡下,谁知那边有黑黝黝的一块,也不知是人是鬼,就把我唬糊涂了。因此,将尸首扔了，回头就跑，再也瞧不见咱们的门，不想跑过去了，幸亏你在这里！”妇人道：“我因你胆小，所以在此等你；那知道你果然‘疑心生暗鬼’，瞧见人咧，又遇见鬼咧！那里来的鬼？你忘了北上坡那棵小柳树了。”李保拍手道：“不错，不错！黑灯影儿，我一时忘了。咱们进去，快关门罢。”妇人道：“这门且别关，还没有完事呢。”李保忙道：“还有什么事？我可背不动了。”妇人道：“也不用你背；那个驴子趁早轰出去，留在家，终久是个祸胎。”李保道：“是吓！倘有人认得此驴，从此追问起来，那还了得么！你真想的到。就只一宗，那驴连鞍辔也值好些钱，若是轰出去，也是可惜了儿的呢。再者，我早就打算要买一头驴赶个集，或者没有事踩踩街头儿，又省力，又体面，——偏偏这驴是个祸胎！”妇人不等说完，便道：“你呀，真是‘大处不算小处算’！你发了那些财，还稀罕这个！快快的轰出去罢。”李保闻听，连忙进了院子，到西边小树上，将驴偏缰解开，拉着就走。这黑驴以为添了麸草，必要喂他，不料要拉他出门，他那里肯去？坠着偏缰，只往后退。妇人见此光景，那狠毒心肠登时陡起，随手把门拴拿来，照着驴的后胯就是一下；驴子负痛，往外一蹿，李保顺手一撒，妇人又将拴从后一戳，那黑驴便跑下坡子去了。恶夫妇将门关好，李保总是心跳难安。妇人却是坦然自若，便教导李保道：“明日依然照旧，只管井边汲水；倘若北坡有人看见尸首，你也过去看看，只不要多话，免的叫人疑心。俟事情安顿之后，咱们再慢慢的施展。你说这件事情做的干净不干净，严密不严密？”妇人一片话，说的李保也就壮起胆来，又把酒温了一壶，方才陪着屈申原不曾喝，此时妇人见他喝酒，一时高兴，也斟了半杯陪着李保。李保更觉有趣。夫妻二人说说笑笑，话到浓处，妇人原不会吃酒，如今酒入腹内，未免的痴痴迷迷。李保见此情形，撇却了忐忐忑忑，趁着酒兴，便动了“酒”字下面那个字。

不多会的工夫，早已金鸡三唱，天光渐渐发晓，路上行人往来。由一人看见北坡有一尸首，便慢慢的积聚多人；就有多事的给地方送信。地方听见本段有了尸首，连忙跑来，见脖项有一条绳子，却是极松的。你道他那绳子为何极松呢？皆因恶夫妇下手时止于系了一扣，及至勒死之后，迫忙之中，并不曾倍上一扣；后来背时摔一交，到了北下坡又扔了一下，因此将那单扣儿松开。地方看了多时，道：“众位乡亲，我看此人脖项绳子虽松，一定是被人勒死的。求众位照看照看，好歹别叫野牲口嚼了。我找我们伙计去，叫他看着，我好报县。”众人道：“老苦吓，你去罢，我们替你照看就是了。”原来这地方姓叶，名叫库儿。大家偏不叫他库儿，都叫他“叶苦”；又不叫他“叶苦”，全叫他“老苦”，或称他“苦头儿”。彼此叫顺了嘴儿，反把他真姓隐起，人人皆以“苦”字当先，久而久之，硬把他改了姓苦了。这苦头儿嘱托了众人，他便往西去了。刚然走了数步，只听众人叫道：“老苦，老苦！苦头儿，苦头儿！你回来，你回来！活咧，活咧！”苦头儿回头道：“别顽笑吓！我是烧心的事，你们这是什么劲儿呢？”众人又道：“你回来罢，谁合你顽笑呢？真活了！你不信，你来瞧瞧。”苦头儿见众人一口同音，都说活了，只得回来；见尸首拳手拳脚的动弹，果然苏醒了，连忙将他扶起来，盘上双腿。迟了半晌，只听得娇滴滴“哎哟”了一声，气息极其微弱。苦头儿见他果有生机，连忙蹲下身去，在对面道：“朋友，你苏醒苏醒，有什么话只管对我说。”只见屈申呻吟了多会，微睁二目，看了看叶苦，又瞧了瞧众人，便道：“吓！你等是什么人？你为何竟敢与奴家对面交谈，是何道理？还不与我退后些！”说罢，将袖子把脸一遮，其形景甚是羞惭，其声音又甚娇呖。众人见他那一嘴巴胡子，做此丑态，不觉的大笑起来。苦头儿忙拦道：“众位乡亲，别笑，别笑。这是他刚然苏醒，神不守舍之故。众位压静，待我细细问他。”众人方把笑声止住。苦头儿问道：“朋友，你被何人谋害？是谁将你勒死的？只管对我说来。我虽不能与你雪恨，准能与你伸冤。”只见屈申羞羞惭惭的道：“奴家是自己悬梁自尽的，并不是被人勒死的。”众人听了，乱说道：“这明是被人勒死的；你瞧那绳子又没断，如何说是吊死的呢？既是吊死，怎么能够项带绳子躺在这里呢？”苦头儿道：“众位不要多言，待我再问他。”便道：“朋友，‘蝼蚁尚且贪生，为人岂不惜命？’你为何上吊呢？”只听屈申悲切切的道：“奴家与丈夫、儿子探望母亲，不想遇见什么威烈侯，将奴抢去，闭在后楼之上，欲行苟且；是奴假意应允，支开丫环，所以投缳自尽哪！”说罢，掩面痛哭。苦头儿听了，伸出个大姆指头向众人道：

“众位听见了？其中又有这个主儿！”旁边便有插言道：“这个主儿益发好性了，连这么个脑袋样儿都相看上了！老苦吓，以后你见了他可要留神！”苦头儿道：“算了罢，老弟的，你瞧我急的这个样儿，你还顽笑！我这么大岁数，还怕什么？只怕你年轻轻的，将来要脱不了他的手里！”

刚说至此，忽然脑后有人打了一鞋底子，苦头儿将手一握，“哎哟”道：“这是谁？有这么顽笑的吗！”回头看时，见一个疯汉，拿着一只鞋，在那里赶打众人。苦头儿埋怨道：“大清早起，一个倒卧闹不清，又挨了一鞋底子，好生的晦气！”忽见屈申说道：“那拿鞋打人的便是我的丈夫，求众位爷们将他揪住。”众人道：“好朋友，‘人不可貌相’，敢则他真有丈夫？这个事也就怪呢！”苦头儿道：“这是什么事呢？看他外面儿与他所说的话，全是底脸不对。你们众位有什么高见，替我出个主意呢？”众人当做新闻，你说我笑，谁有什么主意呢？苦头儿急的搓手。忽听有人嚷道：“地方，地方！这个官司是要打定了！”苦头儿发恨道：“我是什么时气儿呢！一宗不了又一宗！”只得分开众人一看，见有两个人扭结在一处，一同拉着个花驴，连忙上前问道：“二位松手，二位松手！有什么话，慢慢的说。”

你道此二人是谁？一个是白雄，一个是屈良，只因白雄昨日由城内回家，见了母亲，说：“姐夫已然点了头名状元，只是居住的门户依然封锁，不知姐姐、姐夫往那里去了。”金哥闻听父母不知去向，便痛哭起来。白安人劝慰多时，白雄又细细盘问外甥。金哥就把我母子如何坐车，父亲骑驴到了万全山，如何将车打发回去，如何将驴放青龈草，我母子如何在青石上等候，父亲如何出东山口找寻，此时我就被老虎衔去的话又细细的述说一遍。白雄记在心里，一夜何曾稳睡？从黎明便奔到万全山，出了东山口，各处搜寻。忽见小榆树上拴着一头酱色花驴，白雄见了，满心欢喜，以为是姐夫骑的驴子，有了驴子，便可找人。因此解了花驴，拉着正走，恰发遇见屈良。这屈良因他哥哥一夜未回，又有四百银子，甚不放心，因此等城门一开，急急赶来，要到船厂讯问。不想遇见白雄拉着花驴，正是他哥哥屈申骑坐的。他那敢怠慢，上前一把揪住道：“唔！你这坏人，拉我的驴子怎的？

我的哥哥呢？我们的银子咧？”白雄闻听，将眼一瞪道：“你这厮满口胡说！这是我亲戚的驴子，什么银子不银子，俺不晓得！俺只问你要俺姐夫、姐姐！”说罢，披胸一把揪住，再也不放。这屈良原是揪住白雄，如今白雄将他揪住，他是个老实买卖人，如何禁的住白雄一把？再也不能扎挣，急的怪叫吆喝：“是要找地方打定了官司了！”恰好地方正为勒死的尸首在此，虽然活了，说的话却不明白，忽又听见喊叫地方，他只得上前问道：“二位松手，有什么话，慢慢的说。”这些乡里乡亲听说又有打官司的，嗯的一声，俱各围随过来，便把屈申落的一人扔在那里。可巧屈良一眼看见他哥哥席地而坐，且不答理地方，他便嚷道：“唔！好了！这怀不是我的哥哥么？”连忙跑过来蹲下道：“唔哥哥，你怎的在此呢？脖子上怎的又有怀绳儿呢？”忽听屈申道：“哇！你是什么人，竟敢如此无礼！还不与我退后！”屈良听他哥哥竟是妇人声音，也不是山西口气，不觉纳闷道：“你这是怎的了呢？咱们山西人是好朋友，你今这怀样儿，以后怎的见人咧！”此时白雄惟恐屈良走脱，也就过来，不想屈申向着白雄道：“那不是兄弟白雄么？哎呀！兄弟呀！你看姐姐好不苦也！”倒把个白雄听了一愣。屈良道：“这怀人是偷咱的驴子的；我是你兄弟，倒不认，怎的他倒是兄弟咧？”屈申道：“你满口胡说！我兄弟只知打柴务农，养赡母亲，焉有偷你驴子的道理！还不与我退后！”

白雄听了，更觉诧异。忽然又听众人嚷道：“快闪开！快闪开！疯汉又回来了！”白雄抬头看时，正是昨日山内遇见之人；意欲上前，只听屈申高声道：“兄弟，那便是你姐夫范仲禹，快些将他拢住。”白雄听见“范仲禹”三字，也就顾不得了，将花驴偏缰递给地方，赶向前去将疯汉揪了个结实；大家也就相帮，方才拢住。苦头儿说道：“这个事情，我闹不清，你们也不必纷争，只好将你们一齐送到县里，你们那里说去。”屈良道：“我的哥哥驴子都有了，我还有四百银子呢？”苦头儿道：“那谁管你！我知道你们有银子没银子！横竖到了堂上，你们那里说去，我就管送的在。”屈良道：“这是什么话呢！我的银子是要紧的，怎的你不管呢！”苦头儿道：“他这人混帐！我见你什么银子！你交给我了吗？告诉你，堂上说去，这么些个唠叨！”刚说至此，只见那边来了一人。苦头儿一见，发话道："快来罢，我的太爷！你哪去了？这咱晚儿才来，你还慢慢的蹭呢！"只听那人道："我知道吗，我才听见说，赶着就跑了来了。"原来此人是个牌头。苦头儿道："你快快的找两辆车来。"那牌头道："要两辆车做什么？"苦头儿道："你不知道，那个是被人谋害的，不能走。这个又是疯子，还有他们两个俱是事中人。你快快的去罢，老头子。"牌头听了连忙转身。去不多时，果然找了两辆车来，便叫屈申上车。屈申偏叫白雄搀扶，白雄却又不肯，还是大家说着，白雄无奈，将屈申搀起；见他两只大脚丫儿，仿佛是小小金莲一般，一步挪不了四指儿的行走。屈良在旁看着，实在的脸上磨不开，惟有唉声叹气而已。屈申上了车，屈良要与哥哥同车，反被屈申叱下车来，却叫白雄坐上。屈良只得与疯汉同车，刚上车沿，早被疯汉一鞋底子打将下来。屈良要骑花驴，苦头儿道："这驴不定是你的，不是你的，你要骑着跑了，我找谁去？还是我骑着为是。"屈良无可奈何，只很跟着车在地下跑，竟奔祥符县而来。正走中间，忽见来了个黑驴，花驴一见，两耳一哎愣，"呜吗"的一声，便追将上去。苦头儿两手紧勒扯手，那里勒的住？幸亏屈良步行，紧跑几步，上前将嚼子揪住，道："你不知道这怀驴的毛病儿，他惯爱闻骚儿，见驴就追。"苦头儿发喘道："好嘴头儿，再也勒不住。这毛病还了得！"

这里说话，只见那边有一黑矮之人，敞着衣襟，露着一只胳膊，后面跟定一个伴当，紧随那黑驴往前去了。你道此人是准？原来是四爷赵虎。只因包公为新科状元遗失，入朝奏明，天子即着开封府访查；刚然下得朝来，只听前面头踏人声聒耳。包公便脚跺轿底，这是素来规矩，轿夫连忙打住轿杆。此时包兴早催马到了前面，问道："为何喧嚷？"前面头踏执事人役禀道："有一黑驴，鞍辔俱全，并无人骑坐，竟奔大轿而来，板棍击打不开。"包兴听了，暗暗道："莫非此驴他也有什么冤枉？"连忙勒转马头，离轿不远，弃镫离鞍，到了轿前禀明。包公吩咐："不必拦阻，看那黑驴如何。"包兴答应，吩咐一声"相递传下"，只见两旁执事往左右一分。可煞作怪，那黑驴，秀、秀、秀，来至轿前，他将两个前蹄一屈，望着大轿将头点了三点。众人见此驴如此,各各摇头吐舌,无不诧异。包公看的明白,道:“那一黑驴,你若果有冤枉,你可头南尾北,本阁便派人跟你前去。”包公刚然说完,那黑驴站起来,果然头南尾北。包公毫不为怪,即唤了一声:“来!”谁知赵虎见大轿打杆,包兴催马已然向前,估量着相爷必要唤人,他便蹽蹽脚儿静听,刚听了个“来”字,一伏身赶至轿前。包公即吩咐:“跟随此驴前去查看,有何情形疑异之处,即刻拿付开封。”赵虎答应一声,转身下来。那黑驴便在前引路,愣爷紧紧跟随。刚然出城,赵爷已跑的吁吁带喘,找了一块大石坐下歇息;只见自己的伴当跑的满头是汗,从后面赶来,喘着说道:“好差事!两条腿跟着四条腿儿跑,如何赶的上呢?四老爷,就是抢差使也该打算打算,这是什么顽的,跑的连气儿也喘不过来!”赵爷道:“俺想着是好差使,谁知这黑驴跑的恁般快?”伴当道:“你老既跟了来,这黑驴那里去了?”赵爷道:“他在前面跑,我在后面跟,追着,追着,我喘的难受了,就在这石上略坐坐,不知那驴往那里去了。”伴当道:“这是什么事呢,没有驴子如何交差呢?”赵爷也觉着急。正说着,只见黑驴又跑回来了。伴当心内一乐,顺口叫道:“我的老黑!我的黑老爷!你快回来罢!”四爷嗔道:“你这蠢才!你叫他黑老爷,难道你老爷比他还白不成!”伴当听了,自知失言,不敢言语。四爷望着黑驴道:“黑驴,黑驴,你果有冤枉,你须慢着些儿走,我老赵方能跟的上;不然时,我骑你几步,再走几步儿,如何?”那驴果然抿耳攒蹄的不动。四爷便将他骑上,走几里,又下来步行几里,为的是等着伴当;走来走去,就来到万全山的褡裢坡,那驴一直竟奔北上坡去了。四爷走的热了,敞开衣襟,脱露胳膊,跟定黑驴,也到北坡之上,却是庙的后墙,黑驴却站着不动。此时伴当已来到了,四面观望,并无形迹可疑之处。主仆二人连称怪事:“这驴原有冤枉,他方把你我带至此处;似这等毫无异处,又无人烟,怎样访查呢?”正在纳闷,忽听见庙墙之内喊叫道:“救人吓救人!”四爷听见道:“有了棱角了!来!你蹲在这里,待我登墙一望。”伴当只得蹲伏,赵爷蹬定肩头:伴当将身一长,四爷将墙头把住,身体一纵,上了墙头,往里一看,只见那墙根之下有个薄木棺材,棺盖掀在一边,旁边有个妇人按住个老道厮打。四爷不管高低,迈腿跳将下去,赶到跟前,问道:“你等‘男女授受不亲’,为何混缠着厮打?”那老道只顾“哎哟”呻吟,不能对答。倒是妇人应道:“唔!乐子被人谋害,图了我的四百银子,不知怎的乐子跑到这棺材里来了。这个老道,他来撬开棺盖,不知他安着什么心,乐子不打他可怎的呢?”赵爷听了他这言语,又见他这形色,真有些异怪,暗自思道:“俺看这妇人生的颇有姿色,为何如此的口音,这等的蠢笨呢?不要管他,且问问道士。”想罢,上前道:“你且放他起来,待我问他。”那妇人一松手,站在一旁。老道爬起,向赵虎道:“此庙乃威烈侯的家庙,昨日抬了一口棺材来,说是主管葛寿的母亲病故,叫我即刻埋葬。只因目下禁土,暂且放于此地。今日早起忽听棺内乱响,是小道连忙将棺撬开,谁知妇人出来,将我按倒,一顿好打。”赵虎听了,不得主意,猛然想起方才相爷吩咐:“但有情形疑异,即刻拿到开封。”如今这妇人表里不同,而且说的却是图财害命的话头。他既打老道,想来必有隐情,莫若将他等拿去,任凭相爷裁处。便对他二人道:“俺老赵不管这些闲事,我是奉包相爷的差遣,前来寻踪觅迹;今既遇见你等,你们只好随我到开封府说去。”那妇人听了,连声道:“好,好,好!我们这宗事,必得包大人判断判断。我的银子是要紧的。”赵虎也不理他,叫老道把束腰的丝绦解下来,就将老道拴上,往前就走。要知下文如何,且听下回分解。

第二十六回　察理聆音贤愚立辨　相形鉴貌男女不分

且说赵虎跳进庙的后墙，用丝绦拴了老道，叫妇人后面跟随，进了角门，过了大殿，绕到庙的前门，拔去插关，开了山门。此时伴当已然牵了黑驴来到，四爷便将老道交给伴当拉着，自己接过驴来。忽听后面妇人道："唔！这黑驴还是我的咧。"赵爷听他认得此驴，更以为他二人是此案无疑；那知还有许多情节，连他还是换了别人的呢？大家一直下了北坡，刚要往西走时，猛见妇人跑至南上坡，在井边揪住一人，嚷道："好李保吓！你将乐子勒死，你把我的四百银子藏在哪里？乐子是贪财不要命的，你趁早还乐子便罢！"只听那人说道："你这妇人好不学道理！我与你素不相识，谁又拿了你的银子咧！"妇人发急道："你这怀忘八日的！图财害命，你还合乐子闹这怀腔儿呢！"赵虎听了，不容分说，叫从人将拴老道的丝绦，那一头儿就把李保拴上，带着就走，竟奔开封府而来。

此时祥符县因范仲禹是钦点状元，他不敢质讯，亲将此案的人证解到开封，略将大概情形回禀了包公。包公立刻升堂，先叫将范生带上堂来。差役左右护持。只见范生到了公堂，嚷道："好狗头们吓！你们打的老爷好！你们杀的老爷好！"说罢，执着鞋就要打人。却是差役人的手快，冷不防将他的朱履夺了过来。他也不急，他也不怒，便哀哀的呼妻唤子，不胜悲惨之至。公孙先生在旁已然看出病源，他是气迷疯痰之症，登时回了包公，情愿给范生调理病症；并且要了四个力大之人，初治时，大家帮扶。包公点头应允，立刻选了四名力大之人将范生搀下堂去，送往公孙先生那里去了。包公又叫带上白雄来。白雄上堂，禀道："小人白雄，在万全山西南八宝村居住；家有老母，以采樵度日。"便将从虎口救下小儿回家，不料就是自己的外甥的情由说了一遍："因细细盘诘，方知小人姐夫乘驴而来，故此寻至东山口外；见棵小榆树上拴着一头花驴，小人以为是姐夫骑坐的，拉着正走,迎面遇见个山西人,说此驴是他的,还合小人要他的哥哥与银子。因此,我二人去找地方,却见众人围着一人;这山西人一见,说是他的哥哥,及至向前厮认,谁知他哥哥却是妇人声音,不认他为兄弟,反呼小人为弟,连小人的名字,他也叫的出来。小人实实没有这一嘴巴子胡子的姐姐,求老爷与小人作主。”包公问道:“你姐夫叫什么名字?”白雄道:“小人的姐夫叫范仲禹。”包公道:“那里人氏?”白雄道:“湖广武昌府江夏县人氏。”包公听了,正与新科状元籍贯相同,复又问道:“你姐夫、姐姐可时常往来么?”白雄道:“因道路遥远,有数年不曾往来;今因我姐夫上京赴考,方同小人姐姐顺便来京探母。”包公点了点头,叫他且自下去。又将屈良带上来。屈良禀道:“小人叫做屈良,我哥哥屈申,在鼓楼大街开一座兴隆木厂。只因我哥哥带了四百银子上万全东山南批木料去了,一夜没有回来,是小人不放心,等城门开了,赶到万全东山口外,见怀人拉着我哥哥的花驴,小人与他要驴,他不但不给驴,还合小人要他的姐姐、姐夫。他披胸一把,小人就动不得劲儿了,因此我二人去找地方,却见我哥哥坐在地下,不知他怎的改了形景,说话那么扭扭捏捏,细声浪气的,不认小人是他兄弟,反叫姓白的为兄弟,求老爷与我们明断明断。”包公道:“你认明花驴是你的么?”屈良道:“唔怎的不认得的呢?这怀驴子有怀毛病儿,他惯爱闻骚儿。”包公吩咐带白雄。白雄上堂跪倒,包公问道:“白雄,你姐夫骑的驴儿是何毛片?讲!”白雄听了一怔,道:“回老爷,小人问了小人的外甥,只知姐夫骑的是驴,并不知是什么毛片。”包公道:“如此说来,这花驴是你姐夫的不是你姐夫的,你也知道的不真了?”白雄道:“老爷明见,小人实实不知是与不是。”包公早已会意,暗自思道:“大约花驴决不是范生的,倒是早间拦舆的那黑蹇有些意思了。”想罢,叫二人暂且下去。吩咐带屈申。左右一叠连声道:“带屈申!带屈申。”屈胡子在那里动也不动,还是差役跑到他跟前,道:“老爷叫你上堂呢。”只见他羞羞惭惭,扭扭捏捏,走上堂来,临跪时,先用手扶地,仿佛袅娜的了不得。两旁衙役看此光景,不由得要笑,又不敢笑。包公座上先看他这番形景,然后问道:“你被何人谋害?诉上来。”只听屈申娇滴滴的禀道:“小妇人白玉莲,丈夫范仲禹，孩儿金哥。只因丈夫进京赴考，小妇人同定丈夫、孩儿，一家三口来京，顺便探母，就于殿试后带领孩儿前往万全山，寻母不见，我丈夫进山访问去了。奴家与孩儿在青石之上等候，忽然来了一只猛虎，将孩儿衔去。小妇人正在昏迷着急之际，只见来了一群人，其中有位官长，略问了数语，说了一个‘抢’字，便将小妇人托拽在马上；到他家内，闭于楼中，叫丫环等劝慰。是小妇人假意应允，支开丫环，投缳自尽。恍惚之间，觉得凉风透体，睁眼看时，围绕多人；小妇人便改了这般模样。”包公问道：“那官长抢你到他家中，你可问他名姓么？”屈申道：“小妇人却不曾问，倒是他家丫环告诉小妇人，说是什么威烈侯，叫做葛登云。”包公点头，听了他的言语，又看他的形景，心中纳闷，便将屈良叫上堂来，问道：“你可认得他么？”屈良道：“这怀是小人哥哥，怎的不认得咧？”包公又问屈申道：“你可认得他么？”屈申慢慢抬头，将眼一瞟，道：“小妇人并不认得他是什么人。”屈良道：“我是你亲兄弟，咱的你不认得咧？”屈申才待发话，包公吩咐将屈良带下去，把白雄叫上堂来，问道：“白雄，你可认得此人么？”白雄道：“小人并不认得他。”忽见屈申挺身跪起，道：“兄弟，我是你嫡亲姐姐，你如何竟自不认？是何道理？”白雄听了，发话道：“你口口声声说是我嫡亲姐姐，难道我那姐姐就是你这般模样么？”屈申自己看了看自己，一言不发，惟有掩面痛哭而已。

包公早已明白是魂魄错附了体，只是屈申的魂魄那里去了？这事当如何办理呢？只得将他们俱各带下去，暂且退堂。用饭已毕，恰好赵虎回来，见了包兴，领至书房，便将跟随黑驴查看的情形述了一遍，“现今一干人犯俱各带到。”包公道：“赵校尉，多有辛苦了，歇息去罢。”赵虎退出。包公暗自思道：“据赵虎之言，这妇人大有可疑；方才还说不知屈申魂魄落于何方，不料就有此妇。只是他二人如何错附了体呢？也就奇的很呢！待我再升堂，必要问个端的。”想罢，吩咐外班伺候。李财传出话来，这外面衙役三班已知赵四爷回来，老爷必要升堂，早已预备齐备。不多时，二堂响点，大堂击鼓，左右喊了堂威，包公复入公座，便叫将道士带上来。道士上堂跪倒，禀道：“小道乃威烈侯看家庙的，姓聂，名自修；只因昨日侯爷府中抬了一口棺材来，说是主管葛寿的母亲病故，叫小道即刻埋葬。小道因目下土王用事，开不得土，故此叫他们将此棺材放于后院墙根之下。”包公听了，问道：“住口！此时是什么节气，竟敢妄言禁土！你这道人就该掌嘴！”聂道听了“掌嘴”二字，不由的慌张，道：“这个土王不用事，不是用事禁土，倒底是土王禁土不用事呢。”包公座上见他慌张，言语混乱，已知其中有弊，当真的吩咐：“掌嘴！”左右答应一声，将聂道扳将过来，刚掌了五下，他便嚷道：“我招吓！我招吓！”包公吩咐道：“且自叫他招上来。”衙役催道：“快说！快说！”聂道道：“我说，我说。只因小道听说是主管葛寿之母病故，他棺中必有首饰、衣服，小道一时贪财心盛，故谎言禁土，以为撬开棺木，得些财物；不料刚把棺盖撬开，那妇人他就活了，把小道按住，一顿好打，说的一口的山西话。小道难以扎挣，无奈，喊叫救人；却见后墙上爬过个人来，将妇人喝住，就把小道拴了来了。”包公问道：“既是主管之母病故。那棺材必是好的了，你如何一撬就开呢？”聂道道：“不是什么好棺材，是个很没要紧的薄皮子棺材。”包公又问道：“那妇人有多大年纪？”聂道道：“有三十上下；已然跟着我们来了。虽然是小脚儿。走的却很快。”包公点头，叫他画了招，立刻出签传葛寿到案，将聂道带下去，吩咐带那妇人。左右立迭连声道：“带妇人，带妇人！”那妇人动也不动，依然叉着腰儿，跳着脚儿站立。衙役见他不动，连忙跑过来道：“你这妇人，老爷叫你上堂，你为何不动？”只听妇人道：“乐子是怀好朋友，谁是妇人？你不要顽笑哇！”差役道：“你如今现是妇人，谁合你顽笑呢？你且上堂说去。”妇人道：“上堂就上堂，乐子还怕怎的！”说罢，大叉步儿走上堂来，咕咚一声就跪倒了。包公道：“那妇人有何冤枉？诉上来。”妇人道：“我不是妇人，我的名字叫屈申。只因带着四百银子批木头去，买卖不成，回来晚咧，道儿上有怀没主儿的黑驴，又是四怀牙儿，因此我就将花驴拴在小榆树上，我就骑了黑驴走了，以为是怀便宜。偏偏的老天爷刮起大风来了，天又晚咧，我一想，这可怎的好咧？因此在南上坡一个人家寻宿。这怀人叫做李保儿。谁知这忘八日的不怀好意，他将我灌醉了，就把我勒死了。我正在缓不过气的夹当儿，忽见天光一亮，却是老道撬开棺材；我也不知我怎的跑到棺材里头去了。又不见了四百银子,我一肚子的没好气,因此我才把老道按倒,刚打了几下,那墙外就跳进一怀人来,将老道拴上,我就跟了来了。不想刚出庙门,才下北坡,我就瞧见南上坡有怀人打水,就是害我的李保儿。我见了他就红了眼了,跑上去就把他揪住了。小子还不认帐,那怀黑唬的矮挨的爷们,也把他拴了来了。回老爷,我们山西人千乡百里,不是容易,命都不要,我是要定了四百银子咧!弄的我这怀样法,这是怎的了呢?”包公听了,正与白雄、屈良所供相同;复又问道:“你的木厂在那里开设?”妇人道:“在鼓楼大街,字号是兴隆木厂。”包公道:“伙计几人?”妇人道:“伙计六个。我还有个兄弟,名叫屈良。”包公吩咐带屈良、白雄上堂。二人来至堂上。白雄早已看见妇人,不觉失声道:“你不是我姐姐白玉莲么?”刚要向前厮认,只听妇人道:“呸!那怀是你姐姐咧?我老西儿是个好朋友,你不要错安心眼吓!”白雄听了,反唬了一跳;忽见那妇人奔到屈良跟前,道:“唔!我的兄弟吓!你哥哥被人害了,千万要咱的银子要紧!”屈良也唬的倒退了两步,道:“这是怎的呢?我多咱又有这怀样儿的哥哥呢?”

包公看此光景,心中更不犹疑:这是男女二魂错附体定了,吩咐将他们一齐带下去,又将李保带上堂来,见他匍匐埃尘,头也不敢抬。包公见了他,不由的气往上撞;再一回想:“当初进京时也亏他许多勤劳,就是我后来罢职,他拐去了资财,这也是下役的常情;惜乎他不守本分,偏又犯了图财害命之事,可见他心终是不好了!”想罢,叫道:“李保!”李保悲切切的应道:“有吓!老爷!”包公道:“抬起头来。”李保道:“小人昔年有罪,不敢抬头。”包公道:“恕尔无罪,抬起头来。”李保无奈抬头,已看见相爷的神威,又见两旁罗列着衙役三班,许多的听差、捕快,更见老爷身后站立二人,俱是七品郎官服色:一个是包兴,一个是李财。他见了包兴已然难受,独瞧见李财更觉动心,暗暗道:“他也做了七品郎官了。我当初在天官家内,这李财才有多大,谁知竟有这番造化!可恨我当初错了主意,如今犯法当官,真是天堂地狱之别!这是自作自受,活在人世,实在的无味了!”自己悔恨无地,惟求速死,又怕老爷不容,先追问当年之事,然后再审现在,那才是罪上加罪呢,谁知包公已往不咎,更不提当初之事,止于问他为何图财害命,“从实招上来!”李保到了此时,毫不推诿,他便从实招认。包公叫他画了招,将李保且自带下去,即差人前去起赃,并带李氏到案。

刚然差役去后,只见传葛寿的差役禀道:“葛寿传到。”包公吩咐:“带上来!”葛寿当堂跪倒。包公看他有三旬上下,衣服亦甚鲜明,因问道:“你就是威烈侯的主管葛寿么?”葛寿道:“是,小人叫葛寿。不知大人传唤小人,有何吩咐?”包公道:“昨日抬到侯爷的家庙那口棺木,死的是你什么人? 讲!”葛寿一闻此言,登时惊慌失色,道:“那……那是……是小人的母亲。”包公听了,发怒道:“你在侯爷府中当主管,既是你母死了,为何用薄木材盛殓? 你即不能,也该求求侯爷资助资助,竟敢如此潦草完事,你也太不孝了,理应责罚! 左右,先打他二十大板!”两旁一声答应,将葛寿按倒,重打了二十,打的个葛寿满地乱滚,半晌方才挣起。包公又问道:“葛寿,你今年多大了?”葛寿道:“小人三十六岁。”包公道:“你母亲多大年纪了?”一句话问的个葛寿张口结舌,半天答道:“小人不……不……不记得了。”包公又发怒道:“唔! 满口胡说! 哪有儿子不记得母亲年岁的道理? 可见你粗心非常,素来必是个忤逆之子! 左右,再打他二十大板!”葛寿暗暗说道:“不好! 听说开封府利害,果然不错! 这一问,一打二十,大约问不完也就把我打煞了罢。这明是叫我实说,我还装什么傻呢?”想罢,忙嚷道:“老爷不必动怒。小人实说,小人实说。”包公道:“讲!”左右又催促道:“快说! 快说!”葛寿道:“是嘞,我不说就是二十,那是顽的吗?”望上磕头道:“回老爷,棺材里那个死人,小人实实不认得。”包公道:“你既不认得,为何说是你母亲呢?”葛寿道:“其中有个情节,只因前日小人的侯爷打围回来,在万全山看见一个妇人在那里啼哭,说是他孩儿被虎叼去了。小人的侯爷见他颇有姿色,恋恋不舍。旁边就有个坏种名唤刁三,我们侯爷素来最信服他,拿他当心腹之人,他见侯爷这个光景,他便献个殷勤,跑到侯爷跟前,不知说了几句什么,就把那妇人托拽在马上,抢到侯爷家中,闭于后楼之上,派了两个丫环劝慰于他。不想后来有个姓范的找上门来,口口声声要他的妻子；又是刁三与侯爷定计，将姓范的请到书房，好好的款待，又应许他给他找寻妻子。”包公道：“这必是要诳诱那姓范的了？这刁三着实的可恶！他现在那里？”葛寿道：“他就是那天夜里死的。”包公道：“他如何就死了呢？想是他在侯爷跟前得脸，众人嫉妒于他，将他谋害了不成？”葛寿道：“众人不曾害他，是他自己死的。”包公道：“这又奇了，他为何自己死了呢？讲！”葛寿道：“实在是大人的明鉴，这刁三与侯爷原定的是诳诱之计，将姓范的留在书房，打算到三更时分叫刁三手持钢刀，前往书房，将姓范的杀了，悄悄的掩埋，也就完了事了。谁知刁三三更去了，到了五鼓还不见回来，我们侯爷不放心，又派人前去探望；不料刁三自不小心，被门槛子绊了一交，手中刀正中咽喉，穿透而过，就那么爬着死了。”

包公听至此，手拈髭须，点头暗道：“范生有状元之分，焉能死于强人之手？可见冥冥中自有护持了！”葛寿见包公拈须点头，他便不言语了。包公又问道：“后来便怎么样？”葛寿道：“后来这探人回来，禀报我们侯爷。侯爷就带领家丁一同来到书房，说姓范的是泥土光棍，无故谋杀家人，不容分说，一顿乱棍就把姓范的打死了。”包公道：“竟自打死了，这尸首藏于何处呢？”葛寿道：“又有人出了个主意，找了一只破箱子，将尸首装好，趁着天没亮，抬至荒郊野外，就扔了。”包公暗沉吟道：“是了，这必是抛于荒郊，范生死而复苏。”哪知其中是报录的打劫开的箱呢？老爷复又问道：“那妇人如何又死了呢？”葛寿道：“这妇人被两个丫环劝慰的，他都应允了；谁知是假的，眼瞅不见，他就吊死了。小人的侯爷一想，未能快乐，枉自害了两三条人命，因此用了个薄木棺材将女尸盛上，硬说是小人之母，抬往家庙埋葬。其实小人之母今年六十多岁了。”包公道：“你还是不知你母准岁数，又应当责打二十大板！”葛寿慌了，道：“小人之母去年六十五，今年六十六岁。小人为小人之母很愁。俗语说，‘壳不壳，六十六’；今年小人之母还是个坎儿呢，小人很记得，小人很记得，再也不敢撒谎的。”说罢，连连叩头不止。包公叫他画了招，所有人犯俱各寄监。惟有白氏女身男魂，屈申男身女魂，只得在女牢分监，不准亵语嬉戏。又派王朝、马汉带领差役前去捉拿葛登云，务于明日当堂听审。分派已毕，点鼓退堂。大家也就陆续散出。

此时惟有地方苦头儿最苦，自天亮时整整的闹了一天，不但挨饿，他又看着两个驴子，谁也不理他。此时他见有人出来，他便搭讪着给人家道辛苦，打听相爷退了堂不曾。那人见他恭而有礼，只得答了一句道："相爷刚才退了堂了。"苦头儿道："我说众位爷们都出来呢，必是相爷退了堂了。这个驴——"此话未说完，那人已然转身走了。一连问了多少人，谁也不管，只急的他抓耳挠腮，唉声叹气；好容易等着跟四爷伴当出来，他便迎上去打了一个千儿，道："大叔，小侄儿整整的等了一天，没什么说的，老爷子，这两头驴子，我交到那里呢？"这伴当见他怪可怜的，才叫他牵了驴子；偏偏的花驴又有毛病，只得二人分开着一齐到马号。跟四爷之人见了管号的，将驴子交待，就在号里喂养，方叫地方回去，叫他明日早早来这里听着。苦头儿千恩万谢的去了。

且说包公退了堂，进内用了饭，然后来到书房，在灯下又将此卷细看一番，前后俱各相符。惟有二魂错附了体，再也想不出什么法子来，如何能够各归本壳呢？包兴在旁见相爷双眉紧蹙，二目圆翻，竟自出神；又听口内嘟哝道："阴错阳差，阴错阳差。"包兴不由的跪倒，道："此事据小人想来，非到阴阳宝殿不可。"包公问道："这阴阳宝殿在于何处？"包兴道："在阴司地府。"包公不听便罢，听了时不由的气往上撞，断喝了一声："哇！"不知后文如何，且听下回分解。

第二十七回　仙枕示梦古镜还魂　仲禹抡元展昭祭祖

且说包公听见包兴说阴阳宝殿在阴司地府，不由的气往上撞，厉声道："好狗才！竟敢如此胡说！好好的一个人，如何能够到阴司地府呢？"包兴道："小人焉敢胡说？只因小人去过，才知道的。"包公道："真正岂有此理！你几时去来？"包兴不慌不忙，便将白家堡白熊为"游仙枕"害了他表弟刘天禄的话说了一遍："后来将此枕当堂呈交，因老爷在三星镇歇了一天马，小人就偷试此枕；原以为开开眼界，瞧瞧那阆苑琼楼，奇花异草，谁知竟自不是，却到一个衙门，匾额上写着'阴阳宝殿'；里面有判官，说是小人假冒星主，被人赶了回来。直到如今提起，还觉得宛然在目。"包公听了，别的俱不理会，惟有"星主"二字，暗暗思忖道："我想当初断'乌盆'时，冤魂称我为星主；后来在玉宸宫审怨鬼，又称我为星主；就是刘天禄的'游仙枕'，也曾说过送与星主。如此看来，竟有些意思。"便叫包兴起来，问道："此枕现在何处？"包兴道："小人收藏。"包公道："拿来我看。"包兴连忙退出，去不多时，即将此枕拿到。包公见他封固极严，吩咐："打开，拿来我看。"包兴去了包裹，双手捧至包公跟前。李财持着灯，包公接来细细的看了一番。原来犹如朽木一般，上面有蝌蚪文字，却也不甚明白。包公看了也不说用，也不说不用，止于点了点头。包兴真是从小儿伺候惯的，早已心领神会。那李财还愣呵呵的执着灯呆立，包兴一努嘴儿，李财方把灯仍然放在桌上。包兴便捧了仙枕来到里间屋内，将帐钩挂起，把仙枕安放周正；从新剪了蜡花，照的极其明亮，方转身出来，又递了一碗茶。包公坐了多时，立起身来，进了里间，包兴随在后面。包公看见时，见帐钩挂起，借灯光照耀，"游仙枕"已安放妥当，暗暗合了心意，便上床合衣而卧。包兴放下帐钩，将灯移出，静寂无声，在外伺候。李财又悄悄追问："当初睡此枕看见什么了？"包兴略略说了大概，却注意侧耳细听里间的动静。

起初时，包公虽然安歇，无奈心中惦记此事，再也睡不着；到后来翻身向里头，刚着枕，已觉自己站立在丹墀之上，见下面有二青衣，拉着一匹黑马，那鞍辔虽然鲜明，却也是一色黑的，忽听青衣说道："请星主乘骑。"包公便下了丹墀，一抖丝缰，一个抽扶，一个坠镫，将马乘上；接过鞭子，尚未加鞭，只见青衣将嚼环一领，那马四足蹬开，迅速如飞，耳内只听嗯嗯风响，鞍心却又极其平稳。包公暗夸："好马！难得快而且稳，毫不吃力。"心内畅然。又见所过之地俱是昏昏惨惨，虽则黑暗，瞧去却又真切。正在赏玩，忽见前面有座城池，双门紧闭，那马竟奔城门而来。包公心内着急，暗说："不好！必要碰在城门上。"急将扯手一勒，那马全然不顾，照旧的迅速非常。湛湛的到了城门，包公无可如何，紧闭双睛，以为碰到城门上去了；孰知竟自不觉，及至睁睛看时，城门已过，已进了个极大的衙门。到了丹墀，那马便不动了。二青衣已在左右侍立。只见丹墀之上有黑、红两个判官迎着，道："请星主下马升堂。"青衣接鞭，包公下马，步上了丹墀。红判官在前引路，黑判官后面跟随。大堂之上果然悬一匾额，写着"阴阳宝殿"。包公暗道："无怪包兴说，原来真有此殿。"进了宝殿，见公座、桌椅，一切全是黑的。包公不暇细看，便入了公座。只听红判官道："星主必是为阴错阳差之事而来？"便递过一本册籍。包公打开看时，上面却无一字；才待要问，只见黑判官将册簿拿起来翻上数篇，放在公案之上。包公仔细看时，上面写着却是八句粗鄙之言，道："原是丑与寅，用了卯与辰；土司多误事，因此错还魂。若要明此事，井中古镜存；临时滴血照，嗑破中指痕。"再往下看，并无别的字迹。包公只得复看一遍，谨记在心；才要再问，忽听堂下嚷道："包拯还俺命来！包拯还俺命来！"包公抬头看时，不是别人，却是安乐侯庞昆前来索命。

包公吃此一吓，豁然惊醒。包兴已然移灯近前。包公便问："什么时候了？"包兴回道："方交三鼓。"老爷道："取杯茶来。"李财外屋答应，端了一杯茶递与包公。他却回道："公孙主簿现在外屋求见。"包公呷了一两口茶，即下了床。包兴掀起软帘，老爷来到外间，问道："主簿黄夜至此，有何事故？"说着话，彼此就座。公孙策禀道："晚生已将范生医好。”包公闻听，大悦道：“范生竟自好了？先生用何方医治的？”公孙策道：“用的是‘五木汤’。”包公问道：“何为‘五木汤’？”公孙策道：“用桑、榆、桃、槐、楮五木熬汤，放在澡盆之内，将范生着人搭在盆内，趁热烫洗；然后用被盖严，止于露着面目，通身见汗为度。他的积痰、瘀血化开，心内便觉明白了，惟有软弱而已。”包公听了此方奇异。不由的赞道：“先生广览多读，好，真妙方也！即烦先生将他好好调理将息便了。”

公孙策连声答应，领命退出。包公便叫包兴进内取那一面古镜，又叫李财传外班在二堂伺候。包兴将镜取来，包公升了二堂，立刻从女牢内将屈申、白玉莲提出，带至二堂。此时二堂上灯烛辉煌，却是白玉莲走的极快，先到堂上跪倒，道：“这么半夜三更的传唤小人，想来是我的银子有了，求老爷赏下来，我点点数儿，我也好放心。”包公座上也不理他。随后屈申慢慢的方到，包公吩咐在那边叫他跪下。白玉莲一回头见了屈申，不由的嚷道：“唔！你这个人不是我吗？这可雁儿孤咧，怎的我被你占了去呢？”说着话，就要站起不依。两旁吆喝，他虽跪倒，却目不转睛的嗔瞅着。他只顾如此，这边屈申听他乱嚷，也就抬头瞧他，不由的失声道：“吓！那妇人！你不是我么？你为何占了奴家身体，是何道理？”原来他两个今日方才对面。彼此正在争持，包公座上道：“你二人不必多言，本阁自有道理。包兴！将镜悬挂起来。”包兴答应，将古镜挂起。包公叫他二人分男左女右，将中指嗑破，把血滴在镜上，自己照来。白玉莲听了，便咬破右手中指，以为不是自己指头，也不心疼，将血滴在镜上；屈申到了此时，无奈，也只得将左手嗑破些须，把血也滴在镜上。只见血到镜面，滴溜滴溜乱转，闪闪灼灼生光；所有上面云翳，登时赶开，犹如厉电一般，豁然间光芒四射，照的二堂之上，人人二目难睁，个个心胆冰冷。包公吩咐：“男女二人临镜细细看来。”二人及至看时，罢咧！一个是上吊，一个是被勒，正是那气堵咽喉，万箭攒心之时；那一番至急、至危、难受的光景，不由的气闷神昏，概不由己，栽倒在地。但见宝镜光芒渐收，众人打了个寒噤，却仍是古镜一面。包兴连忙将宝镜摘下，好好收藏。包公因昨晚见包兴收的仙枕甚是严固，知他是个精细人，便将“仙枕”“宝镜”连那“古今盆”，从此俱交给他经手管理，为后文盗三宝伏线。

众人再看他二人时，见屈申早已动手动脚，猛然将眼一睁，道：“好李保吓！你把乐子勒死事小，银子是合你要定咧！”说着话，他又瞧了瞧，想了多时，忽把自己的下巴一摸，哈哈的笑道：“唔！是咧，唔！是咧。这怀可是我咧。”便往上叩头，道：“求老爷与小人判断，银子四百两呢！不是顽的咧。”此时白氏已然苏醒，先抬手拢了一拢鬓发，然后又背转身端正了端正绣鞋，猛抬头见有许多的人，不由的羞容满面，方悟这是二堂之上，惟有泪盈盈悲泣而已。

包公见二人归本还原，心中自是欢喜，吩咐：“将屈申交与班房，将白玉莲交与内茶房的婆子好生看待。”包公便退堂歇息。至次日清晨，梳洗已毕，先叫包兴问问公孙先生：“范生可以行走动转么？”去不多时，公孙先生便带领范生慢慢而来。到了书房，包公正在吃茶，见他二人同来，满心欢喜，道：“竟可以行走动转了，好极！”范生向前参见，先拜了师生之礼，然后叩谢再生之德。包公连忙拦阻，见他气息微弱，形容憔悴，已不是那疯癫之状了，吩咐看座。公孙先生与范生俱各告了座。包兴、李财递茶已毕，包公略问了问梗概；范生答了不多几句，包公便拦住了，道：“此案本阁尽知，贤契只管放心。”又告诉他妻、子俱各无恙。范生道：“门生已听见公孙先生说了，实实亏了老师的鸿恩，使门生感戴无极矣！”包公又嘱咐他安心调理身体，叫他无事时，将场内文章抄录出来，“待本阁具本题奏，保你不失头名鼎甲就是了。”范生听了此言，更加欢喜，连忙离座，深深谢了。包公又嘱托公孙先生将范生好好调理。公孙先生回道：“范生非久病沉疴，不过一时气闭痰迷；如今既好了，不过略为调理，多则十日，即可痊愈了。”包公点头称妙。

二人辞了包公，仍出外面去了。只见王朝、马汉进来禀道：“葛登云今已拿到。”包公立刻升堂，赃证俱明，再无推辞，一鞫即服。相爷登时沉下脸来，说声：“请御刑！”欢乍了王、马、张、赵，早已请示明白，请到御刑，抖去龙袱，却是那黄澄澄、光闪闪的虎头铡。此铡乃初试的御刑，想不到拿着葛登云开了张了。此时葛贼已经面如土色后悔不及,竟死于铡下。铡了葛登云,又换狗头铡,将李保也铡了。若论谋害屈申却是李氏的主意;无奈李保欲求速死,他满口应承,这也是他背主忘恩之报。李氏当堂呈交赃银八封,可怜丝毫未动,枉自欺心一场;李氏却定了个斩监候。葛寿附合家主,并未擅敢逢迎,着枷号一月,释放无事。聂道盗尸,发往陕西延安府充军。屈申、屈良当堂将银两领去。因屈申贪便宜换驴,即将他的花驴入官。黑驴伸冤有功,奉官喂养。范生同定白玉莲当堂叩谢了包公,同白雄一齐到八宝村居住,将养身体,再行听旨。至于范生与儿子金哥相会,白玉莲与母亲见面,自有一番悲痛欢喜,不必细表。

且说包公完结此案,次日即具折奏明威烈侯葛登云造恶多端,已请御刑处死;并声明新科状元范仲禹因探亲遭此冤枉,现今病未痊愈,恳恩展限十天,再赴琼林宴。仁宗看了折子,甚是欢悦,深嘉包公秉正除奸,俱各批了依议。此旨一下,范生已得了信息,连忙赴到开封府拜见了包公,又将场内文章呈阅。包公便将范生留在开封府与公孙先生同住,为的是调理身体,甚实方便。此时内阁业已发抄,晓示春榜进士定于某日同赴琼林宴。到了临期,范仲禹精神养足,病体痊愈,一同相爷入朝。包公又替他提奏一本,蒙圣恩仍赏他状元及第,并且召见面问。范生一一陈奏,甚实明晰。圣上大悦,深嘉包公选拔人才果然出众,即授范仲禹为翰林院的修撰。范生谢恩;入宴之后,便先到了开封府拜见了包公,说不尽的感恩戴德。包公又勉励了一番,“务要好好供职。”范生敬谨恪遵。这信息报到了八宝村,自然是合家欢乐,无不感念包公的大德。范生游街会同年之后,便写信给刘洪义,自有报答他那一番义气的厚礼,也就不必细表。

原来包公前次递折子之时,其中单有个夹片,乃是御前四品带刀护卫展昭,因回籍祭祖告假两个月,彼时圣上已然批准。凡是包公所奏的,圣上无不依从,真是君正臣良,太平景象。

且说南侠展熊飞既已告下假来,他就要束装就道;皆因公孙策等苦苦相留,为给他饯行,却托言“相爷这几日事忙,俟过琼林宴,展兄再起身不迟”。展爷无法,关碍着众兄弟的脸面,断难推托,所以这几日大众已然轮流请了几次了。展爷见范生之事已完,趁着老爷在书房,他便禀了辞。包公早已吩咐包兴预备一分厚礼相赠。展爷谢了出来,又见了众兄弟,说:“明日必要起身了。”公孙策等知道再也留不住了,只得叫伴当告诉厨房好好预备一桌饯行酒。大家喝了一夜,不过微歇了歇,展爷就叫从人备马,捎行李,所有众兄弟俱各送出府外。展爷再不叫远送,彼此执手告别。展爷主仆二人出了城门,到了幽僻之处,依然改做武生打扮,直奔常州武进县遇杰村而来。喜得路上无事,不过遇见可赏玩的耽延个半天一日的,除此并无别的事故。

这日,到了门前,主仆下了马。展爷上前击户,只听得老仆在内说道:“我这门是从无人敲打的,我又不欠人债目,我又不与人通往来,是谁这等的敲打呢?”及至将门开放,见了展爷,他又道:“原来是大官人回来了;一去就不想回来,也没个着准的地方儿。老奴屡屡要寻找去,摸不着方向,如何能够找呢?再者,家中事体也是离不开的,幸亏老奴还经管的来,将来若是来不及了,那可怎么样呢?哎哟,添了用度了,又是跟人,又是两匹马!这两匹马要买去也得一百五六十两的银子呢;连人带牲口,这一天也耗费好些呢。日子不可常算,要是这么耗费,一年算起来也就不少了呢。”叨叨唠唠,聒絮不休。南侠也不理他:一来念他是世仆老奴;二来爱他忠梗持家;三来,他说的句句原是好话,又难以驳他;只得拿话岔道:“书房可曾开着门?”老仆道:“自官人出门,又无人来,开书房预备谁?老奴又怕失落了东西,莫若把他锁上,老奴也好放心。”展爷道:“实在想的周到,既无人来,何必开着,倒是锁上省心。”老仆道:“如今官人回来了,说不得书房又要开了。”展爷道:“这无妨了,只管开了,有我在家;即不然,还有从人呢。老人家只管放心。”老仆又把从人看了一眼,道:“这小伙子是买的还是吃劳金呢?”展爷道:“俱不是,这是跟王大爷的。”老仆问道:“那个王大爷?”展爷道:“就是前村王大爷。”老仆道:“听说这王大爷如今现在开封府做了官了?”展爷道:“何尝不是呢。”老仆便问从人道:“小伙子,你年轻,腿脚灵便些,随我进去取钥匙去,省得我奔奔波波的。”说着话,又唉了一声,往里去了。从人跟着进去取出钥匙,开了书房,只见灰尘满案,积土多厚。从人连忙打扫,安放行囊。展爷刚然坐下，又见展忠端了碗热茶来。展爷吩咐从人接过来，口内说道："你也歇息去罢。"原是怕他又说话的意思，谁知老仆他偏不走，摇着头，颤颤哆嗦的道："官人也该务些正事了，每日出去闲游，又无日期回来。方才提前村的王大爷，人家现在开封府为官做宦的。前日还有开封府包大人那里打发人来特特的请官人，又是礼物，又是聘金；老奴答言官人不在家，不肯收礼。那人那里肯依，他将礼物撂下，他就走了。还有书子一封。"说罢，从怀中掏出递过去，道："官人看看，作何主意。俗语说的好，'无功受禄，寝食不安'。这全是官人不在家，耽误了多少事体，也该奋志往上巴结才是。"南侠也不答言，接过书来，拆开看了一遍，道："你如今放心罢，我已然在开封府做了四品武职官了，就与前村的王大爷在一处。"展忠道："官人又掉谎了，既然做官，如何还穿着这样的服色呢？"展爷道："你不晓得，我是疏散惯了，穿着公服未免到处难以赏玩；再者，在路行程，那公服也不便穿他。你不信，看我包袱内衣服就知道了。我实对你说，皆因我得了官，如今特特的告假回家祭祖，就于明日预备祭礼到坟前一拜。"此时从人已将包袱打开，展忠看了，果有四品武职服色，不觉欢喜道："原来官人真个做了官了！如今是位老爷了，待老奴与老爷叩喜头。"展爷连忙搀住道："你乃世仆，老人家有了年纪之人，不要多礼。"展忠道："老爷既然做官，总以接续香烟为重，从此要定婚姻，成立家业要紧。"南侠趁机道："我也是如此想；前在杭州有个相好的朋友，曾提过一门亲事，过了明日，后日我要到杭州前去联姻呢。"（谁知后文真有此事，竟是开口成谶了。）展忠听了，道："如此甚好，老奴且备办祭礼去。"说罢回身，欢天喜地的去了。

到了次日，展爷起来，刚然梳洗，便有许多乡邻来贺喜，全是展忠应酬；展爷只落得作揖道乏，一概都不认得。展忠却有主意，不该留下的止于应酬完了；不是两个"口"字套起来请回，就是两个"山"字落起来请出。若是该留下的，不但留下帮忙，还叫他往坟上搬运祭礼：这些人俱是展忠素来恩养下的，谁不听他所使呢？及至展爷换上四品服色，骑了高头大马，带了从人，刚离坟茔不远，早见男男女女、老老少少，俱是看热闹的乡党；展爷连忙弃镫离鞍，下马步行，从人接鞭系马伺候。这些人见展爷衣冠鲜明，相貌雄壮，而且知礼，谁不羡慕，谁不夸赞！你道为何有许多人呢？只因昨日老仆展忠办祭礼去，乐得他路途之中逢人便说，遇人便讲，说：“我们官人如今是老爷了，现做了皇上家的四品带刀御前护卫；如今告假来家祭祖来了。”这也是他乐所当乐，若到今时，少不得门前也要挂个御前护卫门封。因此，一传十，十传百，所以聚积多人。

展爷到了茔前，见祭礼早已摆妥，从人递酒递茶，展爷一一奠拜已毕，外面展忠将冥资、纸锞焚化了。展爷又细细周围看视了一番，见坟冢树木俱各收拾的甚实齐整，益信老仆的忠义持家；留恋多时，方转身乘马回来。所有坟前的祭礼，该搬运的，不用分派，是谁拿来的仍是那人运回家去，一点不用劳心分神。展爷见此光景，甚不过意，便吩咐从人帮着展忠将这些帮忙的乡党俱各留下待饭。展爷又亲身出来与众人道乏，倒闹的这些乡亲一个个张口结舌，竟有会说不出话来的；其中也有见过世面的，他便展老爷长，展老爷短，尊敬个不了。展忠独这上头大方，除了给展爷留下用的，下剩的全都叫乡亲们大家团团围住，吃了个不亦乐乎，一个个酒醉饭饱，方才散了。

展爷在家一天，定于明日起身上杭州，叫伴当归拢行李。此次展忠却不拦阻了，皆因昨日展爷说过上杭州是联姻，他比展爷盼的还急，他又焉肯拦呢？到了次日，将鞍马扣备停当，又嘱托了义仆一番。主仆二人出门上马，竟奔杭州而来。要知后文如何，且听下回分解。

第二十八回　定约期湖亭欣慨助　探底细酒肆巧相逢

且说南侠展熊飞回家祭了祖，第二日便带了从人竟奔杭州而来。他那里为什么联姻？皆因游过西湖一次，时刻在念，不能去怀；因此，谎言哄住了展忠，特特的到杭州，为赏玩西湖的景致。这也是他情之所钟，性之所爱。一日，来至杭州，离西湖不远，他惟恐带着人马游的不能畅然，却叫从人将马匹寄在五柳居好好的看守，就在那里专等。他慢慢的步行，走一处赏玩一处，到一方游览一方；一时来至断桥亭上，且喜寂静无人，凭栏高坐，徘徊瞻眺，真令人心旷神逸。正在畅快之际，忽见那边堤岸上有一老者将衣搂起，把头一蒙，噗咚一声，纵身跳入水内。展爷见了，不觉失声道："哎呀！不好了！有人投了水了！"自己又不识水性，急的他在亭子上搓手跺脚，无法可施。猛然见有一只小小渔舟，犹如弩箭一般，飞也似赶来。到了老儿落水之处，见个少年渔郎，赤脚蓬头，把身体向水中一顺，仿佛把水刺开的一般；虽有声息，却不噗咚。展爷看了，就知这渔郎水性精通，心中暗暗道："好了，好了！这老者可有救了！"一片热心、两只慈眼，谆谆的凝眸注视。不多时，见少年渔郎将老者托起身子，浮于水面，荡悠悠竟奔堤岸而来。展爷满心欢喜，连忙下了亭子，绕到那边堤岸之上，见少年渔郎已将老者两足高高提起，头向下，脚朝上，在那里控水。展爷且不看老者生死如何，他先细细端详渔郎：见他年纪不过二旬光景，英华满面，气度不凡，心中暗暗称羡道："好一个相貌，惜乎做了渔郎！"又见渔郎将老者控出许多水来，然后把老者扶起，盘上双膝，在对面慢慢唤道："老丈，醒来，醒来，醒来。"此时展爷方看老者，见他白发苍髯，形容枯瘦，半晌方"哼"了一声，又吐了好些清水，"哎哟"了一声，苏醒过来；微微把眼一睁，复又喘息半晌，道："你这人好生的多事！为何将我救活？我是活不得的人了！"此时已聚集许多看热闹的人，听了老者之言，俱各道："这老头子真正岂有此理！这渔哥饶把他救活了,他倒抱怨起来;可见好人是难做的。”

展爷以为渔郎必有些不自在,或者赌气撂下老者走了,也是常情;谁知渔郎不但没有气,反倒笑嘻嘻的道:“老丈,不要如此;蝼蚁尚且贪生,何况是人呢?有什么委曲,何不对小可说明?倘若真不可活,不妨我再把你送下水去。”旁人听了,俱悄悄的道:“只怕难罢:你既把他救活了,谁又眼睁睁的瞅着容你把他又淹死了呢?”只听老者道:“小老儿姓周,名增,原在中天竺开了一座茶楼。只因三年前冬天大雪,忽然小老儿铺子门口卧倒一人,是我慈心一动,叫伙计将他抬至屋中,用暖被盖好,又与他热姜汤一碗,他便苏醒过来。自言姓郑名新,父母俱亡,又无兄弟,因家业落破,前来投亲,偏又不遇。一来肚内无食,二来遭此大雪,连冻带饿,故此卧倒。老汉见他说的可怜,便将他留在铺中,慢慢的将养好了;谁知他又会写,又会算,是个极有能为的,在柜上帮着我办理,颇颇的殷勤。也是老汉一时错了主意!”渔郎儿问道:“老丈,你救他,他这殷勤也是应当的,有什么错了主意呢?”老者叹道:“皆因老汉有个女儿,就把他招赘为婿;料理买卖,甚实齐整。”渔郎儿道:“这是两好并一好,也是极美的。”老丈道:“原是极美的。不料去年我那女儿死了,他又续娶了王家姑娘。”渔郎听至此,道:“哎哟,不好了!必是这续女儿不贤良。”老者道:“虽不像先前光景,也还罢了。后来因为收拾门面,那郑新便对我说:‘女婿有半子之劳,惟恐将来别人不服,何不将周字改个郑字呢?将来也免得人家讹赖。’”渔郎儿摇头道:“这字儿如何混改得?将来不用人家讹赖他,他就要讹赖你了。”周老拍手道:“何尝不是呢!渔哥,你真明鉴!老汉就在此错了主意,把个周家茶楼改为郑家茶楼;谁知自改了字号之后,他们便不把我放在眼里了。一来二去,言语中渐渐露出,说老汉白吃他们了,他们倒得养活我了!是我一闻此言,便与他分争;无奈他夫妻二人,口出不逊,就以周家卖给郑家为题,说老汉讹了他了。”渔郎儿道:“如何,他就讹了你了!这是必然之理。后来怎么样?”周老道:“因老汉气忿他们不过,在本处仁和县将他告了一状,谁知他又在县内打点通了,反将小老儿责了二十板子,逐出境外。”

渔郎听至此，从鼻孔中哼哼着，翻为冷笑。展爷却瞧出那渔郎动了气了。又听周老道：“渔哥，你想，似他这样行为，我还有个活头儿么？不如死了，在阴司把他再告下来，出出这口气。”渔郎听罢，笑道：“老人家，你错打了算盘了；一个人既断了气，如何还能够出出气呢？再者，他‘有钱使的鬼推磨’，难道他阴司就不会打点了么？依我倒有个主意，莫若留着这口气儿，活着，合他赌气，你说好不好？”周老道：“怎么合他赌气呢？”渔郎道：“别的气他不动，再开个周家茶楼气气他，你道如何？”周老听了，把渔郎瞅了一眼，道：“你还是把我推下水去罢！老汉衣不能遮体，食不能充饥，如何还能够开茶楼呢？你还是让我死了的好！”渔郎儿笑道：“老丈不要着急，我且问你，若要开这茶楼，可要用多少银两呢？”周老听了，愣了一愣；不但周老发愣，连展爷听他这口音也愣了，暗暗道：“这渔郎他是什么意思，倒要听听。”周老愣了多时，道：“若要开这茶楼，纵然省俭，也要耗费三百多银两呢。”渔郎道：“这不打紧，多了不能，这三四百银，小可还可以巴结的来。”南侠听渔郎说了此话，不由的掂掇道：“看这渔郎好大口气，竟能如此的仗义疏财，真正难得！”连忙向前对周老道：“周老丈，你不要狐疑；如今渔哥既说了此话，谅不食言。你若不信，在下情愿作个保山；明日他若不拿了银两来，后日我必如数奉赠就是了。“只见那渔郎将展爷上下打量一番，道：“好，好极！老丈，你可曾听见了？谅这位公子爷也不是说谎的，咱们就定于明日午时就在那边断桥亭上相见，千万千万，断断不可过了午时。”

众人见这渔郎与那武生所说的话全是大言不惭，也有说周老儿被他们愚弄的，也有说这是他二人故意的给周老开心的，不过哄他再不寻死就是了。大家俱各漫散。惟有展爷看着渔郎爱惜不舍，却又见他从腰间掏出五两一锭银子来，托在掌上，对周老道：“老丈，这是银子一锭，你先拿去，权做衣食之资；你身上的衣服皆湿，待等明日午刻兑了银两之后，再将衣服对换，岂不是好？”周老儿口虽称谢，却不转眼珠儿瞅了渔郎，又瞅银子。展爷在旁看出周老儿的光景，他以为渔郎儿如何有这充手的银两，是不放心的意思；不由的插言道：“老丈，你快将这银接过去，不要辜负渔哥的美意。你今日若不要此银，明日那开茶楼的银两更不敢要了。再者,渔哥既将此银拿出,他如何又收的回去呢?快接过去。”渔郎儿也说道:“还是这位公子爷说话直爽痛快;快接过去,我的手都托乏了。”说毕,又笑吟吟的瞅了展爷一番。

周老儿无可奈何,将银接过,深深谢了。那渔郎儿回身一点手,将小船唤至岸边,取下衣服,叫周老儿换了,把湿衣服抛在船上,一拱手道:“老丈,请了。千万明日不可错过午时。”将身一纵,跳上小船,荡荡悠悠,摇向那边去了。周老攥定五两银子,又对展爷道:“多承公子爷的周旋,小老儿告别了。”说罢,也就往北去了。展爷却悄悄尾在后面,见无人时,又唤住周老道:“老丈,明日午时断断不可失信的;倘那渔哥无银时,自有我一面承管,准准的叫你重开茶楼便了。”老丈回身作谢道:“多承公子爷的错爱,明日小老儿再不敢失信的。”展爷又问道:“你那令婿,他就在茶楼居住,还是另有别处住呢?”周老道:“公子爷还提什么令婿,他如今便是小老儿的对头了,谁还合他有甚么亲情呢!他止于讹赖我的茶楼,就在茶楼居住,除此他还有什么别的去处!他若再有了别的去处,那就是露天地里躺着了!”展爷笑道:“此话颇为有趣,那还得下雪之后再等他罢了!”周老不觉也笑了。二人又执手告别。展爷急奔到五柳居见了从人,道:“我如今遇见个相知好友,他再三约请,实实难以违拗,今日不回去了。你将马匹拉回店内好好喂养,夜间小心包袱,俟明日午刻在断桥亭接我去。”从人答应,拉着马回店安歇。

展爷回身直往中天竺,租下客寓,问明了郑家茶楼,便去踏看门户路径。走不多路,但见楼房高耸,茶幌飘扬,来至切近,见匾额上一边写“兴隆斋”,一边写“郑家楼”,往来出入的人不少。展爷也就摇摇摆摆进了茶铺,只见柜前有个花斑竹椅儿,上面坐着一人,头戴折巾,身穿花氅,一手扶住磕膝,一手搭在柜上。又望脸上一看,却是形容瘦弱,尖嘴缩腮,一对眯缝眼儿,两个扎煞耳朵。他见展爷瞧他,他便连忙站起执手道:“爷上请坐。”展爷也执手回敬道:“请了,请了。”那人道:“爷上或吃茶,或饮酒,即便会客,最是楼上极妙,又干净,又豁亮,较比楼下强多了。”展爷笑吟吟道:“既是楼上好,我就上楼。

承教，承教。”回身奔了楼梯，手扶栏杆，一步一步的慢慢上去。原来此楼是一溜五间，真个宽敞干净，拣个座头坐了。茶博士过来用代手擦抹桌面，其实那桌面也是干净的；这是茶博士的规矩，必要当着客人献个殷勤。擦毕桌面，且不问吃茶吃酒，先向那边端了一个方盘，上面蒙着纱罩，打开看时，却是四碟小巧的茶果，四碟精致的小菜，极其齐整。安放已毕，将方盘立在一旁，代手肩膀上一搭，方问道：“爷是吃茶，是饮酒，还是会客呢？”展爷道：“却不会客，是要吃杯茶的。”博士闻听，提了方盘放在原处，又向那边摘下个水牌来，递给展爷道：“请爷上吩咐吃什么茶。”展爷接过来细看，见上面许多茶名，写的甚是清楚，并且注明钱数；后面还写着“童叟无欺，概不赊欠”。展爷点了雨前茶。博士接过水牌，转身扬声道：“泡一壶雨前茶来！”嚷了一声，他将水牌仍然挂在那边，却又整理了八碟，放在方盘之内，仍用纱罩盖好，是预备再敬来客的。展爷见他无事，又将他叫过来，故意问道：“你方才为何说泡一壶雨前来？这茶原是沏，如何泡得呢？”茶博士道：“茶有沏得、有沏不得的；似乎雨茶若沏了，叶子便熟了，皆因叶子太嫩之过；用此等茶须把开水容他落了滚之后，慢慢的泡上，叶子不至于熟，而且又有香味，所以叫做泡茶。”展爷点头道：“这就是了。你姓什么？”博士道：“小人姓李。”展爷道：“叫什么呢？”博士道：“小人的名字无非是‘三槐’‘四槐’；若遇客官喜欢，叫‘七槐’‘八槐’都使得。”展爷道：“少了不好，多了也不好，我就叫你‘六槐’罢。”博士道：“六槐就是‘六槐’，是最合乎中的。”展爷又问道：“你东家姓什么？”博士道：“姓郑，爷上没看见门前匾额么？”展爷摇头道：“不是，不是，我听见说此楼原是姓周的，为何姓郑呢？”博士道：“以先原是姓周的，后来给了郑家了。”展爷道：“我又听见说周、郑二姓还是亲戚呢。”博士道：“爷上知道底细。他们是翁婿。只因周家姑娘没了，如今又续娶了。”展爷道：“续娶可是王家姑娘么？”博士道：“何曾不是呢。”刚说至此，只听楼下说道：“雨前茶泡妥了。”博士转身下楼，去不多时，擎了一壶茶，一个茶杯，拿到展爷面前，斟了一杯，道：“爷上请看这茶的颜色，品品味。”展爷略看了看，其色绿而淡，微微有些香气，慢慢擎着杯，呷了两口道：“也倒罢了，清有余而香不足。”博士道：“这是新泡的，再迟会，其味自然就浓了。”展爷点了点头，放下茶杯道：“百家姓上周、吴、郑、王，如今是‘周无’了，竟剩了郑、王了。大约他这续娶的王家姑娘必不大好；但凡好，如何他们翁婿会在仁和县打官司呢？”茶博士听了，暗道：“这位爷，头里的话还没结呢，这还要接着说呢，这可叫我怎么答应呢？”惟有瞅着展爷而已。又听展爷道：“你们东家住在何处？”博士道：“就在这后面五间楼上。此楼原是勾连搭十间，自中间隔开：这面五间坐客，那面五间住家。差不多的都知道离住房很近，承赐顾者到了楼上，皆不肯胡言乱道的；即或有那爱玩爱笑的主顾，往往俱在楼下，惟恐在楼上失言不雅。”展爷道：“这原是应当谨言的；但不知他家内可有什么人？”博士心内展转道：“这位是吃茶来咧，还是私访来？”只得答道：“家中并无多人，惟有东家夫妻二人，还有一个小丫环。”说着话，又给展爷斟了一杯，道：“爷上请看，此时茶的颜色，比方才就觉浓了，而且味儿也好了，爷上请尝尝。”展爷端起茶来，又道：“方才进门时，见柜前竹椅儿上坐的那人，想来就是东家了？”博士道：“正是，正是。”展爷道：“我看他满面红光，准要发财。”博士道：“多谢爷的吉言。”

话刚至此，忽听楼梯声响，博士回头看时，见上来了一位武生公子，衣冠鲜彩，相貌英华，在那边拣了一个座头，恰与展爷斜对坐下。茶博士不敢怠慢，显机灵，露熟悉，便上前一边搽抹桌面，一边笑吟吟的道：“公子爷，一向总没来，想是公忙？”那武生道：“我不当官差，也没有官事，公忙什么！就是此楼，我也是初次到这里，你几时见我来？”茶博士见言语有些不相合，即改口道：“小人瞧着爷上面善，倒想会过的，是小人出神了。”说罢，向那边也端了方盘，揭开纱罩，依旧的将八碟安放妥当。武生道：“我茶酒尚未着准，你先弄些碟子做什么？”茶博士道：“这是小人一点敬意。公子爷爱用不用，休要介怀。请问公子爷是吃茶，是饮酒，还是会客呢？”武生道：“且自吃杯茶，然后饮酒，却不会客。”博士也向那边摘下水牌来递将过去，道：“爷上吃什么茶，请吩咐。”那武生接过水牌，且不点茶名，先问博士道：“我还没领教，你贵姓呀？”茶博士道：“承公子爷一问，足以够了，如何担的起贵字？小人姓李。”武生道：“大号呢？”博士道：“那敢称大号呢；无非是‘三槐’‘四槐’，爷们随意呼唤，就是‘七槐’‘八槐’，也都叫得。”那武生道：“三四太少，七八太多，莫若叫你‘六槐’罢。”茶博士道：“‘六槐’很好，不多不少的，总要公子爷叫着顺口合心。”说着话，他却回头望了望展爷。这武生将水牌也不曾看，随口道：“泡壶雨前茶来。”茶博士转身，扬声道：“再泡壶雨前来。”武生问道：“为何说个‘再’字？你先泡过雨前么？”博士指着展爷道：“方才那位爷要的也是雨前，所以小人添个‘再’字，为的是下面听的明白。”那武生将展爷瞟了一眼，见展爷两眼直勾勾的瞅着自己，他却毫不介意，又问博士道：“你们这茶楼的东家不是姓周吗？为何又改了姓郑呢？”茶博士听了，心中纳闷，道：“怎么今日这二位吃茶，全是问这些的呢？”他先望了望展爷，方对武生道：“本是周家的，给了郑家了。”武生道：“周、郑二家原是亲戚，不论谁给谁都使得，只要两头着一头；若是无着落了，那可不应了《百家姓》上周也无了，郑也亡了吗？”茶博士笑道：“公子爷倒会说趣话；但字眼儿未免的不大吉利些。”那武生道：“我是故意的这么说。可是呀，这个续娶的不是姓王么？”博士道：“是，就是开香蜡铺王二的闺女。”武生道：“这王家姑娘大约不济先头那一个？”茶博士道：“公子爷如何知道？”武生道：“我不过测度，若是好么，他翁婿如何会打官司呢？”茶博士道：“这是公子爷的明鉴。”口中虽如此应答，眼睛却又望了望展爷。忽听下面说道：“再泡的雨前又妥了。”博士连忙下楼取上来。刚要斟时，那武生拦道：“不要忙，新泡的不好吃，再迟会儿，我是要吃杯浓的。”博士只得将壶放下。武生又问道：“你们东家就住在后面么？”茶博士暗称：“怪事！此位如何也问到这里呢？”只得答道：“后面也是五间，就是住家；差不多的主道们在此吃茶，都不肯胡言乱语的。”武生道：“你这话，我就不信：有等知道的，固不肯七个八个的混数；有等不知道的，你还能够拦他狗吓鸡吓的说么？再者，往往茶馆酒肆，多有打架拌嘴的。俗语说，‘厮打没好手，厮骂没好口。’他在那气头上，还能保的住不村的？”茶博士忙接言道：“此事也是常有的，小人方才说的原有些太过。”武生道：“还有一宗，你这里卖酒不卖？”茶博士道：“公子爷,这是什么话?我们净卖茶,一天还能赚多少?所仗者是卖酒饭,方有利息。”那武生道:“却又来!既卖,还拦的住人家喝么?若遇个好酒贪杯的,左一壶,右一盏,一时间醉了,糊里糊涂,慢说是混骂,包管拿着这茶楼当做秦楼,他还要混叫人呢。”茶博士越听越不像话,暗道:“这位爷别是醉了罢?听话语中竟是要闹事的样儿。”急的无法,只得认错道:“公子爷,不用再说了,是小人方才多话的不好了。求公子爷包涵,不必苛求了。”武生道:“我不是苛求,也不过论的是个理。不用说这个了,我问你,他们住家,除了你们东家夫妇,还有什么人?”茶博士又回头望了望展爷,只得答道:“没有多余人,还有一个小丫环。公子爷方才进门时,包管见了柜前竹椅上坐着一个人。”那武生道:“正是,正是。我猜那准是你们东家。我见他满面红光,准要发财。”茶博士独听了这两句,更觉诧异,暗暗道:“这个事情真怪了,先来的那么问,那么说;后来的也是这么问,这么说。这是什么缘故?据我看,他们二位气度不俗,都是煞体面儿的,怎么来的这样蹊跷呢?”只得含糊答应。见那武生目不转睛,瞅着先来的武生,他便搭讪着去取开壶;一回身又见先来的武生也是目不转睛,瞅着后来的武生;博士暗道:“好,你们二位瞅罢,我且下楼躲躲。”及至到了楼口,复又回头狠狠的两下里望了一望。要知两个武生对瞧如何,且听下回分解。

第二十九回　丁兆惠茶铺偷郑新　展熊飞湖亭会周老

且说展熊飞自从那武生一上楼时,看去便觉熟识,后又听他与茶博士说了许多话,恰与自己问答的针锋相对;细听声音,再看面庞,恰正是救周老的渔郎儿,心中踌躇道:"他既是武生,如何又是渔郎呢?"一边思想,一边擎杯,不觉出神,呆呆的看着武生;忽见那武生不言不语,也呆呆的看着自己。这要是那无赖匪徒,如此对瞧,必要口角道:"你怎吗瞪着俩子子瞧你太爷做什么?"那一个必回道:"你不瞧我,我就瞧你了么?既怕瞧,就该在家里收着,别出来呀!"彼此你说我说,势必举起膊来方休。如今这二位对看了多时,却是那后来的武生立起身来对着展爷拱手躬身道:"尊兄请了。"展爷连忙放下茶杯答礼道:"兄台请了。若不弃嫌,何不屈驾这边一叙?"那武生道:"既承雅爱,敢不领教。"那边出席,这个迎请,两下里凑至切近,彼此一揖。展爷便让那武生上面坐了,自己在对面相陪;那武生也不十分推逊,不过略为谦让,即便坐了。你看他二人皆因彼此一瞧,登时做了相知,何等冠冕,何等亲密!较比方才所说的无赖匪徒,岂不是天渊之隔么?所谓"人以类聚,物以群分"。这一番气味相投,倾心爱慕,也是不可言传的,自有生成造就的缘法。此时茶博士将开壶取来,见他二人坐在一处,已然会意,道:"如何!我说他二位问的话俱各相同呢,敢则他们是一同来的。"他那知道更不是一同来的呢!连忙放下开壶,去到那边桌上,将那一壶雨前茶、一个茶杯,俱各取过来,也就放在这边,他那边八碟的外敬算是白安放了。刚然放下茶壶,只听武生道:"六槐,你将茶且放过一边,把那上好的酒拿两角来;菜蔬不要吩咐,只要应时配口的,拿来就是了。"六槐听了此言,笑容满面,精神百倍,连忙跑下楼去传酒传菜;那一条响亮喉咙,不知有多少巧腔儿,也就讨厌的很呢。

那武生便问展爷道:"尊兄贵姓?仙乡何处?"展爷道:"小弟常

州府武进县，姓展名昭。”那武生道：“莫非新升四品带刀护卫，钦赐‘御猫’，人称南侠展老爷么？”展爷道：“惶恐，惶恐。岂敢，岂敢！请问兄台尊姓？”那武生道：“小弟松江府茉花村，姓丁名兆蕙。”展爷惊讶道：“莫非令兄名兰，人称为双侠丁二官人么？”丁二爷道：“惭愧，惭愧。贱名何足挂齿。”展爷道：“弟久仰尊昆仲名誉，屡欲拜访；不意今日邂逅，实为万幸！”丁二爷道：“家兄时常思念吾兄，原要上常州探望，未得其便；后来又听得吾兄荣升，因此不敢仰攀。不料在此幸遇，实慰渴想！”展爷道：“兄台再休提授职一节，小弟其实不愿意；似你我疏懒性成，寻山觅迹，何等的潇洒！今一旦为官羁绊，反觉心中不能畅快，实实出于不得已耳！”丁二爷道：“大丈夫生于天地之间，理宜与国家出力报效，吾兄何出此言？莫非言与心违么？”展爷道：“小弟生平，心口如一，断断不敢撒谎的。其中实实关碍着包相爷一番情面，若非如此，弟早已挂冠隐遁了。”说至此，茶博士将酒馔拿来，俱各摆上。丁二爷执壶斟酒，展爷回敬。彼此言明，免了虚套，二人饮酒畅叙。展爷便问丁二爷如何有渔郎装束。丁二爷笑道：“这是小弟素来癖性所好，小弟原是奉母命上灵隐寺降香回来，行至湖畔，见此名山，对此清波，一时技痒；因此雇了渔船，改扮了渔郎，原为遣兴作耍，无意中救了周老，也是机缘凑巧。兄台休要见笑。”展爷疑虑释然，不觉鼓掌大笑道：“你我随遇而安，方不失本来面目，何见笑之有？”一边谈笑，一边饮酒，二人言语投机，不知不觉，每人各饮了三角，茶博士又添上了肴馔，再暖了酒来。忽见有个小童上得楼来，见了丁二爷，道：“小人打量二官人必是在此，果然就在此间。”丁二爷道：“你来作什么？”小童道：“方才大官人打发人来请二官人早些回去，现有书信在此。”丁二爷接过书来看毕，道：“你回去，告诉他说，我明日即便回去。”小童答应，刚要转身，丁二爷道：“转来。”小童连忙站住。丁二爷略顿了一顿，道：“你回去，叫他暂且等等儿罢。”小童答应，下楼去了。展爷见丁二爷有事，连忙说道：“吾兄有事，何不就请；难道以小弟当外人看待么？”丁二爷道：“其实也没有什么事。既如此，今日暂且告别，请吾兄明日午刻千万到断桥亭一会。”展爷道：“谨当从命。”丁二爷便将六槐叫过来，道：“我们用了多少，俱在柜上算帐。”展爷也不谦让，当面作谢了。丁二爷执手告别，下楼去了。

展爷自己又独酌了一会，方慢慢下楼，回到客寓；歇至二更以后，也不用夜行衣，就将衣襟拽了一拽，袖子挽了一挽，佩了那口祖传的宝剑，悄悄出了寓所，来到郑家的后楼，见有个墙角，纵身上去，绕至楼边，又一跃到了楼檐之下；见窗上灯光，有妇人影儿，又听杯箸声音。忽听妇人问道：“你请官人，如何不来呢？”丫环道：“官人与茶行的客人兑银两呢；兑完了也就来了。”又停了一会，妇人道：“你再去看看，天已三鼓了，如何还不来呢。”丫环答应下楼，猛又听得楼梯一阵乱响，又兼有人唠叨道：“没有银子要银子，及至有了银子，他又说：‘黉夜之间难拿，暂且寄存，明日再拿罢。’可恶的很！上上下下，叫人费事！”又听妇人道：“如何闹到这晚呢？”男子道：“他打开银包，看成色，平分量，从新包起，又画上记号，啰嗦的很！”说着话，又是唧叮咕咚一阵响，是把银子放在桌子上的光景。展爷此时在外，已然临窗穴牖偷往里看，见这男子果是白昼柜前竹椅儿上坐的那人；又见桌上堆定八封银包，俱是西纸封妥，上面影影绰绰有花押；只见郑新一边问话，一边开那边的假门儿。原来进深这一面的槅断，中间是一个带桶子的大窗户。两旁的真假门：那真门，便是楼梯；这假门，瞧着是门，上面却有滑子，及至开开，里面是个槅子，上下也有两三层，颇可以藏些东西；若将门关上，槅上滑子，真是个小柜子一般。这郑新口内说道：“我是为交易买卖，娘子叫丫环屡次请我，不知有什么紧要事？”手中却一封一封将银子收入槅子里面，仍将假门扣好。只听妇人道：“我因想起一宗事来，故此请你。”郑新道：“什么事？”妇人道：“就是为那老厌物，虽则逐出境外，我细想来，他既敢在县里告下你来，就保不住他别处告你，或府里，或京控，俱是不免的，那时可怎么好呢？”郑新听了半晌，叹道：“若论当初，原受过他的大恩，如今将他弄到这步田地，我也就对不过我那亡妻了！”说至此，声音却甚凄惨。展爷在窗外听了，暗道：“这小子尚有良心。”却听不见妇人的回话，惟闻得摔筷箸、撴酒杯之声；再细听时，又有抽抽噎噎之音，敢则是妇人哭了。只听郑新央告道：“娘子，不要生气；我不过是那么说呀。”

妇人道："你既惦着前妻，就不该叫他死吓！也不该又把我娶了来吓！"郑新道："这原是因话提话，人已死了，我还惦记他做什么？再者，他要紧，你要紧，还是我要紧呢？"说着话，便凑过妇人这边来，哀求道："娘子，娘子，是我的不是！你不要生气，明日再设法出脱那老厌物便了。"又叫丫环暖酒，"与你奶奶换酒。"一路央告哀求，妇人方不哭了。

大凡妇人晓得三从四德，不消说，那便是贤德的了。惟有这不贤之妇，他不晓"三从"为何物，"四德"为何事！他单有三个字的诀窍。那三个字？乃惑、触、吓也。一进门时，尊敬丈夫，言语谨慎，处事精详。丈夫说："这个好。"他便说："妙不可言。"丈夫说："那个不好。"他便说："断不可用。"真是百依百随，哄的丈夫心花俱开；趁着欢喜之际，他便暗下针砭。这就用着蛊惑了：说那个不当这么着，说这个不当那么着，看丈夫的光景。若是那有主意的男儿、刚正的汉子，迎头将他拦住，不但不听，反倒嗔唬一顿，他这"惑"字使用不着，只好另打主意；若遇没主意的男子、无志气的丈夫，听了那蛊惑之言，渐渐的心地就服帖了，妇人便大施神威，处处全以"惑"字当先，包管叫丈夫再也逃不出这"惑"字的圈儿去。此第一诀窍算用着了，将丈夫的心笼络住了；什么是笼络住了，直是拿下马来，丈夫遭了擒的一般。妇人由渐而入，益发放肆起来，稍有不合心意之处，不是撴摔，就是嚷闹，故意的触动丈夫之怒，看丈夫能受不能受。若遇那愚鲁丈夫、豪气男子，便怒上加怒，不是喝骂，就是殴打；他见"触"字不能行，也便敛声息气，赶早的收拾起来，就有那守礼的男子、固执的丈夫，一来恐街邻亲戚笑话，二来体贴他出阁从夫，也不是容易，未免的诸事含忍，置而不论，不过暗暗提防他，不准叫他触到十分就是了。更有一等不做脸的男子，本是自己不好，无故的条帚歪了，簸箕斜了的；妇人受不下去，登时间柳眉倒竖，杏眼圆睁，"怒从心上起，恶向胆边生"，狮吼之声，不绝于耳。这不做脸的男子原本有气，忽见妇人一有气，他不但没气，反倒笑了，只落得妇人聒絮不休，做男子的竟会无言可对；从此后，再要想他不触而不可得，这便是受了降伏了。大约那遭了擒的男子，未有不受降伏的。至于"吓"字，又是从触中生出来的变格文章:男子受了降伏之后,今日也触,明日也触,触来触去,触得个丈夫全然不知不觉,习惯成自然了,他便从触之余波改成了吓之机变,稍有不合心,不如意,他便“三行鼻涕两行泪”,无故的关门不语,呼之不应,平空的嘱托后事,仿佛是临别赠言。更有一等可恶的,寻刀觅剪,明说大卖,就犹如明火执杖的强盗相似,弄得个男人木雕泥塑,抿耳攒蹄,连个大气不敢出,竟剩了束手待毙,恨不得歃血誓盟;自朝至夕,但得承一时之欢颜,不亚如放赦一般:似这等男子,也就无丈夫之气了。大约既受了降伏的,未有不递降书降表的。家庭之间,若真如此,虽则男子的乾纲不振,然而妇人之能事,从此已毕矣。即如郑新之妻,便是用了三绝艺,已到了“惑”“触”之局中,尚未用“吓”字之变格。

且说丫环奉命温酒,刚然下楼,忽然“哎哟”一声,转身就跑上楼来,只唬得他张口结舌,惊慌失色。郑新一见,忙问道:“你怎么样了?”丫环喘息定了,方说道:“了……了不得！楼……楼底下,火……火球儿,乱……乱滚!”郑新道:“别是你看错了,那里来的火球儿呢?”妇人便对丫环道:“你要悄悄的,不要嚷;这也犯的上唬的这个样儿!”郑新道:“他是小孩子,漫说不晓的,连我也是纳闷,这火球儿从何而来呢?”妇人道:“你连这个也不懂！往往平地生光,或有火球儿出现,这都主财,是最好的。”郑新道:“这楼下如何会有财呢?”妇人道:“这可难说,焉知不是那老厌物攒下的私蓄埋藏在楼下呢?咱们倒要下去瞧瞧,记明白了地方儿,明日慢慢的再刨。”展爷在外面听了,暗笑道:“既要刨他的私蓄,还口口声声以老厌物相称;似这样的心术,还想发财,只好等着破财罢。”谁知郑新听了妇人之言,贪心顿起,忙叫丫环点灯笼。丫环道:“灯笼方才抛在楼下了,我不敢取去。这里有个蜡头儿,点上照照罢。”郑新道:“也好,也好。”丫环将蜡头儿灯上对着,战战哆嗦,在前引路,妇人扶了丫环肩头,郑新却在妇人身后。主仆三人下楼去了。展爷在窗外满心欢喜,暗道:“我何不趁此时划窗而入,偷取他的银两呢?”刚要抽剑,忽见灯光一晃,却是一个人影;心中诧异,连忙从穴牖之处一望,只乐了个事不有余。原来不是别人,就是那救周老儿的渔郎,后又改装武生的丁二官人,暗暗笑道:"敢则他也是向这里挪借来了?不消说了,这楼下的火球儿一定是他的作为。他从楼下来,却也直截痛快。方才他必是隐在楼门软帘之后,他们下去,他就进来,却也省事。但他不知道放银之处,这可怎样告诉他呢?"心里如此思想,眼睛却往里留神。只见丁二爷也不东瞧西望,一直奔到假门,将手一按,去了滑子,门已开放,他却一封一封往怀就揣。那里揣着,展爷在外记数儿;见他一连揣了九次,那假门却未关上。展爷心里暗道:"银子是八封,他却揣了九次,不知那一包儿是什么。"正自揣度,忽听楼梯一阵乱响,又有人抱怨道:"小孩子家看不真切,就这么大惊小怪的,白哄的我等跑了一趟!"却是郑新夫妇同着丫环上楼来了。展爷在窗外不由的暗暗着急道:"不好!他堵住楼门,我这朋友他却如何脱身呢?他若是持刀威唬,那就不是侠客的行为了。"忽然眼前一黑,穴牖也看不见了,屋内敢则把灯吹了。展爷大喜,暗暗称妙。忽听郑新"哎呀"道:"怎么楼上的灯也灭了!灯笼你也没拣来,蜡头儿你又扔了。"妇人道:"这还得下楼取火去。"展爷在外听的明白,暗道:"丁二官人真好智慧,真好灵机!就借着吹灭了灯,他就走了,何等的爽快!"忽又自己笑道:"银两业已到手,我还在此做什么!难道人家偷牛,我还等着拔橛儿不成?"将身一顺,早已跳下楼来,复又上了墙角,落到外面,暗暗回到下处,真是梦稳神安,呼呼的睡去。

人之智慧灵机不得一样,今日丁兆蕙在郑家楼盗银,较比白玉堂在苗家集盗银强多了。那白玉堂虽则智慧灵机,难免刻毒霸道,远不如丁兆惠精明安详,一点声色不动,从容不迫的把灯吹了,他就去了;何等的智慧,何等的灵机!无怪展熊飞夸他。其实吹灯有甚要紧?噗!不过一口气耳。虽不要紧,现在展爷他就没想到,在窗外白替他担惊。可见展爷是一处忠厚笃实心肠,所以后来才掉在白玉堂的网儿里了。这仓促的机变原不是预料定的,必须临事心思活泼,变化玲珑,方能百不一失。即如笑谈云:"有一大盗飞檐走壁,技业精通,决不传授于人。后来改过,自扮做玄门,在观中隐逸自修,偏偏有一少年访查的确,是必要学此术,叫他传授,大盗不肯。少年人今日也求,明日也求,磨的大盗断难推托,只得应允,定于某日到观中来。少年人大喜。是日来到观中，却不见大盗；找来找去，见大盗在楼上凭栏而坐，少年人才待举步进前，大盗曰：‘止，止！你既要学技于我，你须设法将我请下楼去，我便即刻传授于你。’少年人对曰：‘吾师在楼上，弟子实不能请吾师下楼；若吾师在楼下，弟子却能请吾师上楼。’大盗一想，楼上楼下俱是一理，便下楼来叫他上楼。少年人曰：‘弟子不用上楼，已将吾师请下来了。’大盗猛然醒悟，大笑不止。”这仓促的机变，岂是预料定的？

且说郑新叫丫环取了火来，将灯点上；刚要入坐，见假门滑子开了，犹以为方才未关结实，连忙转身要关那假门，未免将放银子的去处瞟了一眼，却不见了银包，惊疑不止，急将假门索性开开，灯光射进，仔细一看，嚷道：“有了贼了！”妇人唬了一跳，问道：“银子失了么？”郑新道：“不但把才拿来的八封不见了，连存的那包二十两银子也不见了！”妇人与丫环听了，唬的哆嗦在一堆儿。郑新忙执了灯下楼，又寻找一番，那里有个影儿呢！不由的抱怨道：“这还想发财，平空的屋里坐着，连眼儿也没合，就会丢了四百多两！这是那里说起！”妇人道：“全是丫环大惊小怪的，火球儿、火球儿的闹；不然，如何想的到发财呢！”郑新听了，方想起“主财”二字是妇人说的，惟恐妇人不自在，只好隐忍不言。夫妻二人只落得你哼我唉，一对一声，长吁气而已。

且说展熊飞睡到红日东升，方才起来梳洗，就在客寓吃了酒饭，方慢慢往断桥亭而来；刚到亭上，只见周老儿坐在栏杆上打盹儿呢，又见栏杆外临水，惟恐猛然呼唤，他吃一唬，再要掉在水里呢，只得悄悄过来，将他扶住，方唤道：“老丈醒来，老丈醒来。”周老儿惊醒，见是展爷，忙道：“公子爷来了，老汉久等多时了。”展爷道：“那渔哥还没来么？”周老道：“尚未来呢。”展爷暗暗忖道：“他想是夜间乏了，所以来迟；看他来时是何光景。”正思忖时，只见丁二爷带着仆人，竟奔亭上而来。展爷道：“送银子的来了。”周老看时，却不是渔郎儿，也是一位武生公子；及至来到切近细看时，谁说不是渔郎儿呢？周老愣了一愣，方才见礼。丁二爷道：“展兄早来了么？真信人也！”又对周老者道：“老丈，银子已有在此，不知你可有地基么？”周老道：“有地基,就在郑家茶楼西边有座书画楼,乃是小老儿相好的孟先生的。因他年老力衰,将买卖收了,临别时,就将此楼托付了小老儿了。”丁二爷道:“如此甚好。可有帮手么?”周老道:“有帮手,就是小老儿的外甥张小乙;当初原是与我照看茶楼,后因郑新改了字号,他就把他撵了。”丁二爷道:“既如此,这茶楼是开定了,这口气也是要赌准了。如今我将我的仆人留下,帮着与你料理一切事体;就是有人盘问你时,你只管推在仆人身上,他自会应复他。此人是极其托靠的。”说罢,叫小童将包袱打开,展爷在旁细细留神,不知果是那原封银包不是,且听下回分解。

第三十回 济弱扶倾助资老者 同心合意邀请豪侠

且说丁二爷叫小童打开包袱,展爷在旁留神细看,原为的是瞧丁二爷精细不精细;及至打开时,却不是西纸,也没有花押,全改了桑皮纸,而且大小不匀,仍旧是八包。丁二爷道:“此八包分量不同,有轻有重,共计是四百二十两。”展爷明白,昨晚揣了九次,原来还饶了二十两来。周老儿欢喜非常,千恩万谢。丁二爷道:“有人若问你银子从何而来,你就说镇守雄关总兵之子丁兆惠给的,在松江府茉花村居住。”展爷又道:“老丈,若有人问谁是保人,你就说常州府武进县遇杰村,姓展名昭,作的保。”周老一一记下了,又将昨日丁二爷给的那一锭银子拿出来,双手奉与丁二爷道:“这是昨日公子爷所赐,小老儿尚未敢动,今日奉还。”丁二爷笑道:“我晓得你的意思了;昨日我原是渔家打扮,给你银两,你恐使了,被我讹诈。你也细心的很,大约也是被人讹怕了。你如今放心罢。昨日给你此银原说是衣食之资,既然给了你,如何复又收回来呢?断无此理。就是这四百多银也不合你要利息。”展爷暗笑道:“此银原不是借来的,焉能有利息呢?”又听丁二爷道:“日后我若有事,到了你这里,你只要好好的预备一碗香茶,那便是利息了。”周老儿连声应道:“当得,当得。”丁二爷又叫小童将昨日的渔舟唤了来,将周老儿的衣服拿来,业已洗净晾干折叠好了,这都是丁二爷昨日回去托付船家的。周老儿忙将渔衣脱下,穿了自己衣服。丁二爷又赏给了船家二两银子,就叫仆从帮着周老儿拿定银两,随去料理。周老者便要跪倒叩头。丁二爷与展爷连忙搀住,又嘱咐道:“倘若茶楼开了之后,再不要粗心改换字号了。”周老者连说:“再不敢了,再不敢了。可有一宗,若遇见卧倒之人,小老儿还是要救他;不过不叫他在铺内存留,止于资助,赠他盘费而已。”展爷与丁二爷点头赞道:“好老丈!你这番居心,上天必要加护你的。请了,请了。”那周增随着仆从欢欢喜喜去了。

此时展爷的从人已到，拉着马匹在那一边伺候。丁二爷问道："那是展兄尊骑么？"展爷道："正是。"丁二爷道："昨日家兄遣人来唤小弟，小弟已叫来人带信回禀家兄，说弟与吾兄巧遇，已约定同到敝庄。非是小弟斗胆，就敢如此说；皆因家兄欲见吾兄，如渴思浆，久已吩咐过小弟：倘若见了吾兄时，必要谆请到敝庄盘桓几日。不知吾兄肯光顾否？"展爷想了一想："自己原是无事，况假满尚有日期，而且他又请的恳切，何必作梗？莫若应了他，也显得自己豪爽；趁此会会知己，也是一件快心乐事。"想罢，答道："小弟久已要到宝庄奉谒，未得其便；今既承兄台雅爱，敢不奉命么？"丁二爷见展爷应了，满心欢喜，道："吾兄真快人也！但只一件，今日天晚，不能起身；小弟已备得船只，你我弟兄消遣半天，兄台意下如何？"展爷道："兄台不知，小弟此来原为游览山水而来；吾兄此举恰正合了小弟之意了。"展爷便叫从人将马匹仍然拉回下处。丁二爷道："尊管不用往那里去了，同小价到小弟下处，明日起身，岂不方便？"展爷道："如此更妙。"丁二爷吩咐小童道："你同展老爷的管家回到咱们的下处，叫他们好好预备饭食，酒倒不消，我们在船上喝到那里也就够了，正好吃饭了。"小童答应，同着展爷的从人去了。

这里展爷与丁二爷携手来至河下，艄公搭上跳板，二人一同登舟开船。展爷见船上酒果预备的甚是齐整；丁二爷执壶，还要敬酒，展爷道："兄台不要如此，小弟疏懒性成，是最怕繁礼虚套的。"丁二爷道："小弟亦然；兄台既然吩咐，小弟就从命了。"说罢，将壶递与展爷自斟，彼此推壶消饮。丁二爷乘舟惯了，不甚理会；惟有展爷坐在船上赏玩景致，不觉神清气爽，快乐非常。丁二爷见展爷乐于乘舟，便笑嘻嘻道："兄台既喜爱乘舟，我们明日起身，从此上松江，必由苏州过；咱们到了苏州，有现成的画船。何不就乘舟到松江呢？沿路上，昆山县、太仓州的景致虽不如这里，然而也就有趣呢。"展爷听了，欢喜道："如此甚妙。到了苏州，马匹也就不用了。小弟还要叫从人回去，亦是顺路；他由苏州往西，便是无锡，过了无锡，就是常州了。"丁二爷道："即便吾兄将来由松江回常州时，亦可乘舟，是逼直的一条路。"展爷连声赞道："好极，好极！就是这等罢。"二人情投意合，彼此方叙明了年庚，丁二爷小展爷两岁，便以大哥呼之；展爷就称丁二爷为贤弟。因叙话间又提起周老儿一事，展熊飞问丁二爷道："贤弟奉伯母之命前来进香，为何带许多的银两呢？"丁二爷道："原是要买办东西的。"展爷道："如今将此银赠了周老者，又拿什么买办东西呢？"丁二爷道："这有何妨？到了苏州还可以借的出来。"展爷笑道："借的出来固好；他若不借，将灯吹灭。"丁二爷听了，不觉诧异道："展大哥此话从何说起？"展爷笑道："莫道人行早，更有早行人。"悄悄的将昨晚之事说明，二人鼓掌大笑；说说笑笑，真是"酒逢知己千杯少"。他两个畅叙清谈，遇可赏玩之处，留连瞻眺，道此景应浮一白；说到痛快时，披肝见胆，道此论又应浮一白，盏起干，杯落净。及至到了停泊之处，虽不大醉，已然各有醺醺之态。艄公搭了跳板，二人弃舟登岸，已见展爷的从人、丁二爷的小童在那里伺候。主仆等到下处净面吃茶，依丁二爷还要吃酒。展爷道："愚兄今日酒已过量，此时觉得有些饿了，莫若吃饭，早些歇息，明日还要起身。不知贤弟意下如何？"丁二爷道："大哥既不爱喝，很好，小弟也觉饿了，就陪大哥吃饭罢。"登时摆列整齐，二人用毕吃茶，略谈了谈，也就歇息。

到了次日，收拾起身，及至到了苏州，展爷将从人叫过来，道："我如今要上松江府茉花村丁大员外、丁二员外那里去，你将马匹、包袱俱带回家去罢。我到茉花村，少则五六日，多则十余天，也就要回去了。"从人连连答应。刚要转身，丁二爷道："管家，你回来；从苏州上常州，你可认得？"从人道："小人认得。"丁二爷道："这是银子一锭，拿去做盘费。"展爷道："贤弟又何必赏他许多银两！"向从人道："接过来，谢赏就是了。"从人连忙接过。爬在地下磕了一个头，转身出去。展爷又道："来。"从人答应。展爷起身来，悄悄对从人道："回家，展忠若问时，你就说为联姻之事去了。"从人奉命，拉了马匹，各自回家而去。丁二爷往来苏、杭自有熟识船只，已着人觅下了。次日，同展爷乘舟，沿路慢慢而行，观看风景。展爷畅心乐意。

一日，到了青浦，已是松江地界；天气不过未牌时刻，便到茉花村，舟已停泊，搭了跳板，主仆等弃舟登岸。丁二爷先叫小童从捷径送信，他却陪定展爷遵彼大路，二人同行。展爷见一条路径俱是三合土叠成，一半天然，一半人力，平平坦坦，干干净净；两边皆是密林，树木丛杂，中间单有引路树；树下各有一人，俱是浓眉大眼，阔腰扎背，头上并无网巾，发挽高绺，带定芦苇编的圈儿，身上各穿背心，赤着双膊，青筋暴露，抄手而立；脚下赤着足，也有穿草鞋的，俱是将裤腿卷在磕膝之上，不言不语。一对树下便有两个人。展爷往那边一望，见一对一对实在不少，不由的心中纳闷，因问丁二爷道："贤弟，这些人俱是做什么的？"丁二爷道："大哥有所不知。只因江中鱼虾最盛，所有衣食不给的，俱在江中打鱼为生；日积月累，越聚越多，竟有五百余只渔船。人既多了，难免争夺，每每的械斗伤人，终日里官司不休；后来只落得强者饱暖，弱者饥寒，大家又到官场呈控。本府大老爷便稽查富户，将船只分开，每下里各管渔船二百余只，就在这江中芦花荡分了交界，名曰北荡、南荡。这些船只散乱无章，难以拘束；因此，定了十船一小头目，百船一大头目，又有一个总头目。府内发下明文，定了则例。这荡北便是我弟兄二人掌管；除了府内官用的鱼虾，其下定行市开秤，惟我弟兄命令是从。弟等又恐他们不遵约束，定于每日早晚二次点卯：一来查考他们有滋生事端的没有；二来也看他们勤惰。所有这些人俱是头目，特来站班，预备点晚卯的。"展爷听了点头。过了土基的树林，又有一片青石鱼鳞海墁；上了海墁，方是庄门。只见广梁大门左右站立了多少庄丁、伴当，台阶之上，当中立着一人，后面却围随许多小童、执事之人。展爷临近，见那人降阶迎将上来，倒把展爷唬了一跳。原来丁兆兰弟兄乃是同胎孪生，兆兰比兆蕙大一个时辰，因此二人面貌相同。从小儿兆蕙就淘气，在门前见有卖吃食的来，他吃了不给钱，抽身就走。少时，卖吃食的等急了，在门前乱嚷，他便同哥哥兆兰一齐出来，叫卖吃食的厮认，卖吃食的竟会分不出来是谁吃的。再不然，他弟兄二人倒替吃了，也竟分不出是谁吃的多少，闹的买卖人无法，着急的央告的他二人笑个不了，方把钱付给。如今展爷若非与丁二爷同来，也竟分不出是大爷兆兰来。彼此相见，欢若平生，携手来至庄门。大爷让展爷先走，却叫丁二爷引路。展爷且不就走，先从腰间将宝剑摘下来递给旁边一个小童，然后方才举步。这是展爷细心处：一来，初到朋友家，不当腰悬宝剑；二来，又知丁家弟兄有老母在堂,更不宜携带利刃。往往粗心人也就忽略了。

三个来至待客厅上,彼此又从新见礼。展爷与丁母太君请安。丁兆蕙正要进内请安去,对展爷道:"大哥暂且请坐,小弟必替大哥在家母跟前禀明。"告了失陪,转身进内去了。厅上兆兰相陪。仆从人等伺候净面水,烹茗献茶。丁大爷又问了展爷底细,方知刻下是告假祭祖。彼此攀话足有半个时辰,丁二爷方才出来,说:"家母先叫小弟问大哥好;容大哥歇息歇息,少时还要见面呢。"展爷连忙立起身来答应:"不敢劳动伯母。"谁知丁二爷登时改了面皮,不似路上光景,嘻嘻笑笑,又是顽戏,又是刻薄,还带着坐立不安,犹如跳钻猴一般,竟自放肆起来。展爷以为他到了家,在哥哥的面前娇痴惯了,也不介意。丁二爷忽问展爷道:"可是吓,大哥,包相爷待你甚厚,听见说大哥救过他好几次,是怎么件事情,何不对我说说呢?"展爷道:"其实也没甚要紧。"便将金龙寺遇凶僧、土龙岗被盗劫、天昌镇拿刺客以及庞太师花园冲破妖法、杀害邢吉等事述说一遍;又言:"此事皆是你我当行的,不足挂齿。"丁大爷道:"此事虽是你我当行的,然而若非胆量过人,武艺精通,也是不能的。"丁二爷道:"我也不管能不能,只是听着怪热闹儿的,也倒有个趣儿。我还问大哥,你老又怎么面的君呢?"展爷道:"此举便是包相爷情面了。"就将包公如何递折、圣上如何召见,也就说了。丁大爷道:"听说耀武楼钦试三绝艺?"丁二爷即接言道:"是呀,皇上还给大哥起外号儿,什么起不得,为何单说个猫呢? 幸亏是御猫,这要是——"丁大爷瞅了丁二爷一眼。丁二爷笑道:"哥哥放心,兄弟再不能说错话;就是说错了,大哥再没不容谅的。这个外号儿到底是怎么敕封的呢?"展爷道:"提起试艺,更觉言之可丑。"就把舞剑、袖箭说后,"因纵跃,不知如何合了圣意,就赏了'御猫'二字。这总是皇恩浩荡,相爷护庇,所以才加封了四品职衔。"丁大爷道:"漫说大哥学业武艺,就是大哥的身材品貌,皇上见了,再没不喜爱的,何况又有相爷保奏。"展爷道:"言虽如此;劣兄原是个潇洒的身子,如今倒弄的被官拘束了。"丁二爷道:"大哥休说此话,想来是你的本事到的去;不然,圣上何以加恩呢? 大哥提舞剑,请借宝剑一观。"展爷道:"方才进门时,曾将宝剑交小管家了。”丁二爷回头问道:“你们谁接了展老爷的宝剑了? 拿来我看。”

只听外面有人答应,早见一个小童将宝剑捧过来呈上。丁二爷接来,先瞧了瞧剑鞘道:“且不用瞧剑,只这鞘子就朴而不俗。你看这掏环扣儿拴的颇有讲究。”说罢,笼住剑靶,将剑抽出,光闪闪,冷飕飕,隐隐有钟磬之音,连声夸道:“好剑! 好剑! 但不知此剑何名?”展爷暗道:“看他这半天言语嘻笑于我,我何不就叫他认认此剑,试试他目力如何?”想罢,答道:“此剑乃先父手泽,劣兄虽终日佩带,却不知是何名色,正要在贤弟跟前领教。”丁二爷笑道:“这是难我来了,小弟如何懂得什么,倒要细细看看。”瞧了一会,道:“小弟虽不十分懂得,曾记得吾师讲究过,可又记的不全。剑有大刑、小刑。当初造剑之时,赤堇之山,破而出铅;若耶之溪,涸而出铜。因天之精神,悉其伎巧,造了三个大刑,两个小刑:第一,我就不记得;二曰纯钩;三曰什么莫邪;四曰鱼肠;五曰巨阙。虽然有这五个名色,却不知那个是大刑,那个是小刑。又有说纯钩、鱼肠是小刑,大概是因此剑小了,便说他是小刑。其实当初造剑之时,原论的是剑的锋芒好歹为大小,却不在形式长短为大小。即如此剑,按长短,平分量,断说不得小刑,必是大刑。据小弟看来,仿佛是巨阙,不知是不是? 我也是混猜。”说罢,递与展爷。展爷暗暗称奇道:“真好眼力也,不愧他是将门之子!”连忙接剑道:“贤弟说是巨阙,想来是巨阙无疑了。”便要剑匣入鞘。丁二爷道:“展大哥,方才小弟听说舞剑,心里不胜钦仰,大哥何不试舞一番,小弟也长长学问。”说罢,就是一揖。展爷道:“贤弟,这是从何说起? 这是有意要笑话劣兄了。”丁二爷道:“小弟斗胆,也不敢笑话大哥,实实要领教领教。”说罢,又是一揖。展爷道:“劣兄不舞剑还可以藏拙;若要舞起来,未免贻笑大方,实实难以从命。”

丁二爷左一揖,右一揖,苦苦相求。展爷是摆了手,又摇头,断断不肯。丁大爷在旁解和道:“二弟,不要太忙了;容大哥喝杯酒,助助兴,再舞不迟。”说罢,又吩咐从人快摆酒来,左右连声答应。展爷听丁大爷之言,并不是拦阻的口气,事到其间,不得不舞;再要推托,便是小家子气了，只得站起身来道："劣兄剑法疏略，倘有不到之处，望乞二位弟台指教。"丁家弟兄连说："岂敢，岂敢。"一齐出了大厅，展爷将袍襟拽了一拽，袖子挽了一挽，来在月台之上，拉开架式，抡动钢锋，便舞起剑来。丁大爷在那边恭恭敬敬的留神细看，见展爷腰身步法伶俐非常，不由的连声喝采。丁二爷他却靠着庭柱，跳着脚儿、背着手儿观瞧；见舞到好处，他不但叫好儿，还闹了两个呜。展爷舞够多时，煞住脚步，道："献丑，献丑！二位贤弟看着如何？休要吝教。"丁大爷道："岂敢，岂敢。实在好剑法！小弟不能赞一辞。"丁二爷道："大哥剑法颇好，惜乎此剑有些押手。弟有一剑，包管合式。"说罢，叫过一个小童来，密密吩咐数语，小童去了。

此时丁大爷已将展爷让进厅来，见桌上摆列酒肴，丁大爷便执壶斟酒，将展爷让至上面，弟兄左右相陪。刚饮了几杯，只见小童从后面捧了剑来。丁二爷接过来，"曾愣"一声，将剑抽出，递与展爷道："大哥请看。此剑也是先父遗留，弟等不知何名；请大哥看看，弟等领教。"展爷暗道："他真正淘气；方才我问他，他此时立刻问我，也来难我来了。倒要看看。"一边接剑，一边说道："若论宝剑，名色极多；即如青萍、结绿、紫电、白虹；又有干将、莫邪、鳞铗、星镡。名色虽多，出处各异，实实不能概而言之。"说着话，将剑弹了弹，擲了擲，道："方才丁二弟言剑有大刑、小刑，此话诚然；劣兄也曾听人说过，其一名湛卢；那第三便是胜邪。"丁二爷道："不错，不错！大哥这一说，提醒我了，果是湛卢、胜邪，可见小弟说的不差。"展爷微笑道："贤弟既认得巨阙，焉有忘了湛卢之理？此剑便是湛卢。这是贤弟故意的难我了。"丁二爷道："小弟记性儿原本平常，故意的也罢，不故意的也罢；但不知此剑舞起来又当如何，大哥尚肯赐教否？"

展爷听了，也不言语，却瞅着丁大爷，意思叫他拦阻。谁知丁大爷笑吟吟道："大哥不要忙，且自饮酒，助起兴来，再舞未迟。"展爷听了此话，心内掂掇道："这弟兄二人是何意见？我初次到他家，为何的只是叫我舞起剑来？也罢，我索性将此剑舞一番，看他等还有何说。"想罢，立起身来道："酒倒不消，莫若舞完了再饮罢。"丁二爷道："那敢则更好了。"他先离了席，出了大厅，展爷只得来至月台。丁大爷随后也就出来。展爷将湛卢剑又舞了一番。丁二爷接过剑去,道:“此剑大哥使着合式否?”展爷满心不自在,随口答道:“此剑虽好,比劣兄的轻多了。”丁二爷佯为吃惊道:“大哥悄言,轻剑即是轻人;此剑却另有个主儿的,只怕大哥惹他不起。”一句话激恼了南侠,艴然不悦道:“贤弟,你休要害怕;此剑凭他是谁的,自有劣兄一面承管。你且说出这个主儿来。”丁二爷道:“大哥休要夸口,此剑乃是小妹的,你敢惹他么?”展爷听了,把脸一红,瞅了兆蕙一眼道:“二弟,岂有此理!”丁二爷“噗哧”一笑,大家复又进厅;忽见丫环从屏后跑出来道:“太君到了。”展爷闻听,连忙整衣向前参拜。丁母略为谦逊,便以子侄礼见毕。丁母坐下,展爷将座位往侧首挪了一挪,也就告坐。坐了,丁母此时又细细留神,将展爷相看一番,比在屏后看的更觉亲切。

原来展爷舞剑时,丁母已在屏后偷看,这都是丁二爷方才进内半个时辰的工夫撺掇丁母出来,为的是与妹子丁月华择婿的缘故;并且商酌明白:如若老太太看着愿意,就称他为贤侄;倘若不愿意,便称呼他为贵客。不料老太太见了展爷一表人材,不由的满心欢喜,开口问话,便以贤侄相称。丁二爷听了,已知老太太愿意了,心内展转道:“此事老太太已愿意了,但不知妹子如何。我何不如此如此,使他们男婚女嫁,两相情愿,岂不大妙呢?”想罢,他便悄悄溜出,竟往小姐闺阁而来。不知说些什么,且听下回分解。

第三十一回　展熊飞比剑定良缘　钻天鼠夺鱼甘赔罪

且说丁兆蕙听丁母称呼展熊飞贤侄,就知母亲愿意了;又想男婚女嫁,必须两相情愿,他便悄悄溜出来,到妹子月华院内,见一个丫环怀抱着花瓶在那里换水簪花,因问道:"小姐做什么呢?"丫环道:"在屋内临窗刺绣。"又高声道:"二官人来了。"房内月华小姐答言道:"请二哥哥屋里坐。"丁二爷来至屋内,道:"妹子,这咱晚还做什么活?为何如此的忙法?"月华站起来,笑道:"其实不忙,皆因锁镜包的口儿剩不多的几针,莫若做完了,明日也好成全了。"丁二爷也笑道:"我只道妹子赶嫁妆;不然,怎么这样忙呢?"说罢,坐下。月华听了此言,也不理,仍在旧位坐了,依然调弄针黹,却问道:"前厅不是有客么?"丁二爷佯问道:"妹子如何知道有客呢?"月华道:"方才着人取剑,说有贵客要领教,故此方知。"丁二爷道:"再休提剑;只因那客官乃常州府武进县遇杰村人,姓展名昭,人皆称他为南侠,如今现做皇家四品御前带刀护卫。哥哥久已知道此人,却未会面,今日见了,果然好人品,好相貌,好武艺。未免'才高必狂,艺高必傲',竟将咱家的湛卢剑褒贬的不像样子。我说此剑却是另有主儿,他偏追问是谁的。哥哥无奈,告诉他说是妹子的。他便从鼻孔里一笑,道:'一个闺中弱秀,焉有实在本领?不过眼面前的花着儿略知一二而已。'"月华听至此,把脸一红,眉头一蹙,便将活计放下了。丁二爷暗道:"有意思了!索性激他一激。"又接说道:"我就说,'我们乃是将门世传的剑法;我妹子虽则是闺中弱秀,武艺颇精。'他又微微笑了笑,道:'纵然有武艺,也未必有真本领,敢与人较量较量么?'哥哥听了,甚是不平。妹子若真有胆量,何不与他比较比较呢?倘若胆怯,只好由他说去罢了。现今母亲也在厅上,故此我来告诉于你。"月华小姐听毕,登时怒容满面,道:"那里来的这样狂妄之人,竟敢小觑于我!妹妹也不少鼻缺眼,他又不是三头六臂,我如何怕见他呢!

二哥哥先请,我随后就到。”说罢,竟奔妆台去了。丁二爷得了这个口气,立刻回到厅上,在母亲背后悄悄儿道:“妹子要与展大哥比武呢。”丁母道:“通家兄妹,不妨相见。”

不多时,丫环禀道:“小姐到。”丁母便叫小姐过来与展爷见礼。展爷心中纳闷道:“他乃功勋世胄之家,如何有此等的闺范?”只得立起身来一揖。小姐还了万福。展爷却偷看了小姐一眼,见他姿容秀媚,体态轻盈,却是满面的怒容;小姐也难免将展爷一瞬,见他一派英气,举止儒稚,并无轻薄的态度。此时丁二爷早过来,悄悄道:“大哥,都是你褒贬人家的剑,如今人家出来不依来了。”展爷道:“岂有此理。”丁二爷道:“什么理不理,我们将门虎女,焉有怕见人的道理呢?”展爷听了,更觉不悦。丁二爷又转到小姐身后,悄悄道:“展大哥要与妹子较量呢。”月华点了点头,已然首肯。丁二爷又到展爷身后道:“小妹要请教大哥。”展爷此时满心的不耐烦了,应声道:“既如此,劣兄情愿奉陪。”

谁知此时月华小姐已将外面衣服脱去,穿着绣花大红小袄,系定素罗百褶单裙,头罩玉色绢帕,更显得妩媚娉婷之至。丁二爷令人挪出一张圈椅,丁母坐下。小姐怀抱宝剑,抢在东边上首站立。展爷此时无可奈何,勉强拽袍挽袖。丁二爷捧过宝剑,展爷接过,只得站在西边,说一声“请”,便各自拉开了架式。展爷是精通技艺,从未与女子相持;小姐也熟习刀兵,初次同男子比试。刚对了不多几着儿,丁母道:“算了罢,剑对剑,锋芒的很,不是玩的。”丁二爷道:“母亲放心,且再看看,不妨事的。”展爷先前原是搪塞虚架,后来见小姐颇有门路,反倒高兴起来;凡有不到处,俱各点到,即便抽回。丁二爷对大爷道:“哥哥,你看展大爷捏着呢。”丁大爷点头,又送目与丁二爷,不叫言语,惟恐妹子听见不好意思。但见他二人剑起剑落,挑刺拨勾,阵阵的麝香散越,纵蹿跳跃;着着儿儒雅风流,巧妙运动“湛卢”。熊飞连连喝采,灵机变化“巨阙”。月华暗暗称奇,正在胜负难分之际,忽见展爷用了个“垂花势”,斜刺里将剑递进,把手腕往怀里一抽,就随着剑尖儿滴溜溜落下一物。又见小姐用了个“风吹败叶势”,展爷连忙把头一低,将剑躲过;才要抬身,不想小姐一翻玉腕,又换了个

"推窗望月势",将展爷的头巾削落。展爷一伏身,跳出圈外,高声道:"我输了,我输了!"丁二爷过来,拾起头巾,掸去尘土。丁大爷过来,却拣起先落之物,一看,却是一个翡翠玉环;回头再看小姐耳上的金环已然张开了,连忙向前对展爷道:"是小妹先输了,现有耳环为证。"丁二爷将头巾捧过来,展爷接过带好,连声赞道:"令妹真好剑法也!"丁二爷道:"大哥不要笑话;若非大哥捏着,小妹早就输了。"丁大爷道:"此话诚然。"

三人来至厅上,丁母已叫丫环随小姐后边去了,便对展爷道:"此女乃老身的侄女,名唤月华。叔叔婶婶在世时,尝说务要拣个奇特男子,方才许配;因此,耽延的如今已然二十岁了。自叔叔婶婶亡后,老身视同亲生女儿一般,久已闻得贤侄名望,屡欲联姻,未得其便。自那日接了二小儿的书信,言与贤侄在茶楼相会,老身便与大小儿计议,已料定贤侄必到寒舍。又想当面提婚,恐有推诿。什么缘故呢?皆因贤侄此处并无亲眷,有谁相看,未免犹疑,再者,月华他是没爹娘的孩儿,人大心大,知他愿意不愿意呢。因此,我母子计议,莫若将月华激诱出来,使你二人彼此一会,也好放心。非是我世胄之家毫无闺范也。此乃美满良缘,彩丝系定的,不知贤侄意下如何?"丁大爷也过来道:"非是小弟在旁不肯拦阻,皆因弟等与家母已有成算,故此多有亵渎。"丁二爷亦赔罪道:"惟恐吾兄推诿,故此设了诡计,诓哄哥哥,望乞恕罪。"展爷到此时方才明白;又见小姐果然貌美,焉有不愿意的呢?真是姻缘前定,慨然应允;立刻请丁母上坐,拜了岳母,又与兆兰兄弟彼此拜了,就将巨阙、湛卢二剑两相对换,做了定礼。丁母甚是欢喜。丁二爷持了巨阙宝剑,手托翡翠耳环,一直来到小姐室内。

谁知月华往后边来时,已觉得耳上空落落的,抬手一摸,不见了玉环,止剩下金环张着个大口儿,便问丫环道:"我的玉环哪里去了?"旁边有个快嘴的丫环道:"方才与贵客比剑时,我见随着他的剑尖儿落下一物,别是这个罢。"一句话提醒了小姐,自己也觉得耳唇儿一动,暗自思道:"我的耳环被他削去,竟会不知,也就险的很呢。"正在纳闷,忽听丁二爷外面问道:"小姐在屋里么?"说着话进来,道:

"妹子辛苦。"月华尚未答言,丁二爷手托耳环,道:"妹子只顾削人家的帽子,自己的耳环被人削去也不知道。"小姐羞惭惭的劈手夺过耳环,掷在一边。丁二爷笑道:"湛卢剑也被人家留下了,却将这把剑拿来。"小姐才待发话,丁二爷连忙说道:"这都是老太太的主意,妹子休来问我,少时问老太太便知。大约妹子是大喜了。"说完,放下宝剑,笑嘻嘻的就跑了。小姐听了此言,心下早已明白,暗暗欢喜,也就不言语了。丁二爷来到厅上,此时已然掌上灯烛,丁母早已回后。他三人从新入座,彼此仍论旧交,不论新亲;丁家弟兄依然称展爷为兄,脱了俗套,更觉亲热。饮酒谈心,饭毕,就在内书房一同安歇。

展爷在茉花村一连住了三日,就要告别,丁家弟兄哪里肯放?展爷总觉得心神不定,再三要走。丁二爷道:"既如此,明日弟等在望海台设一席,你我赏玩江景,畅叙一天,后日大哥再走如何?"展爷只得应允。到了次日,早饭已毕,三人出了庄门,只见庄丁、伴当俱各旁边垂手侍立;单有一个老者,白发苍颜,精神百倍,上前来先见了展爷,口称:"姑老爷。"展爷执手陪笑,却不认得。丁大爷在旁道:"此乃我家世仆,名唤裴福,颇有忠义;当初先父任上,全仗此人。"展爷听了,知他是个老管家,复又执手道:"请了,老人家。"这裴福连称不敢,又见了二位官人。兆兰、兆惠颇颇的敬重他,满脸堆下笑来,道:"老人家,你这几日可歇过乏来了?"裴福道:"老奴有什么乏的,不过轻易不骑牲口,觉得两腿酸疼些;总是闲的糙钝了,歇这两天也就好了。倒叫二位官人惦念。"原来他是收取帐目刚回来。丁二爷又问道:"望海台有人先去了无有?"又见那边一个管家答道:"一早就去了,所有果酒伙食,俱齐备了。"丁二爷点了点头。三个人慢慢往西去了有一里之遥,曲曲弯弯,步上岭来,此处却是丁家庄的后背;绕到土岭之上,却是极高的所在。上面有高台五间,甚是宽敞;也有群房下屋数间。坐在高台之上,遥望松江一带。水势茫茫,犹如银练一般。再看船只往来,络绎不绝,颇觉有趣。

郎舅三人徘徊瞻眺。不多时,摆上酒果,慢慢消饮。正在欢笑之际,忽见来了一个渔人,在丁大爷旁边悄言数语。丁大爷吩咐:"告诉头目办去罢。"丁二爷也不理会,仍然吃酒作乐。迟不多会,又见来了一个渔人,脸上露着有些慌张,向大爷说了几句。此次丁二爷却留了神了,听到一半儿,就发话道:“这不岂有此理么?若要如此,以后还有个规矩么?”对那渔人道:“你去把他叫来我看。”展爷见此光景,便问道:“二位贤弟为着何事,何不对我说呢?”丁二爷道:“我们这松江的渔船,原分为两处,以芦花荡为界,荡北是我弟兄掌管;荡南却有个陷空岛,岛内有个卢家庄。当初有卢太公在日,乐善好施,家中巨富。传至了卢方,此人和睦乡党,人人钦佩;因他有爬桅之能,大家送了他个绰号儿,叫做‘钻天鼠’。他却结交了四个朋友,共成‘五义’:大爷就是卢方。二爷乃黄州人,名叫韩彰,是个行伍出身,会做地沟地雷,因此他的绰号儿叫做‘彻地鼠’。三爷乃山西人,名叫徐庆,是个铁匠出身,能探山中十八孔,因此他的绰号叫做‘穿山鼠’。至于四爷,身材瘦弱,形如病夫,为人机变智巧,是个大客商出身,乃金陵人,姓蒋名平,能在水中居住,开目视物,因此人称他为‘翻江鼠’。惟有五爷少年英雄,气度不凡,为人稍觉阴毒,是个武生员,乃金陵人,名叫白玉堂,因他形容秀丽,文武全才,因此人称他为‘锦毛鼠’。”

展爷听到白玉堂,猛省道:“此人我却认得,愚兄正要访他。”丁二爷问道:“大哥如何认得他呢?”展爷便将苗家集曾遇见此人,并未接谈的话述说一回。正说时,只见来了一群渔户。其中有一人上来,怒目横眉,一身血渍,伸出一掌,道:“二位员外看见了?他们过来抢鱼,我们拦阻,他们就拒举捕来,抢了咱们的鱼不算,还削去我的四指,光光的剩了一个大拇指头。这才是好朋友呢!”丁大爷连忙拦道:“不要胡说!你等快快预备船只,待我等亲身前去。”众人一听员外要去,嗯的一声,俱各飞跑下岭去了。丁大爷对展爷道:“大哥暂且略坐,我弟兄出去就来。”展爷道:“劣兄无事,何不一同前往?”丁二爷道:“如此甚好。”

三人下了高台,顺路下岭,来至庄前,只见从人、伴当伺候多人,众渔户各执器械,单有从人捧上宝剑,展爷与丁家弟兄俱各佩上。大家拥护,来到了停泊之处,只见两只大船是预备二位员外的:丁大爷独上了一只大船,丁二爷同展爷上了一只大船。其余小船,纷纷纭纭，不计其数。众水手一齐努力，划桨荡开，其快如飞，竟奔芦花荡而来；刚至荡边，见有一队小船，皆是荡南的字号。丁大爷催船前进，丁二爷紧紧相随；来至切近，见那边船上立着一人，凶恶非常，手托七股鱼叉，在那里竟等着厮杀。丁大爷手指那人道："你这人好不晓事！我们素有成约，以芦花荡分为交界，你如何擅自过荡，抢了我们的鱼，还伤了我们渔户，是何道理！"那人道："什么交界不交界，咱全不管！只因我们那边鱼少，你这边鱼多，今日暂且借用；你若不服，咱合你厮拼厮拼！"丁大爷听了这话有些不说理，便道："你叫什么名字？"那人道："咱家分水兽邓彪，你问咱怎的！"丁大爷道："你家员外哪个在此？"邓彪道："我家员外俱不在此。此一队船只就是咱管领，你敢与咱合气么？"丁大爷道："似你这无知之人，我合你较量什么！你急早回去，将你家员外请一位来，我有话说。"邓彪闻听丁大爷说他无知，不由的二目圆翻，"哎哟"了一声，道："谁耐烦这些！且把你送上路去，再做道理！"说着话，手举鱼叉，迎面刺来。丁大爷冷笑道："好个不晓事的浑贼！"才待拔剑，只见邓彪身形一晃，噗咚落在水内。只听丁二爷道："快将这厮擒来！"这边小船上早已下去二人，将邓彪擒住，托出水面，交到了二爷船上。丁二爷却跳在大爷船上发话道："你们头目既被俺擒住，你等快快回去，告诉你家员外，说荡北的丁家弟兄在此，立等有话面叙。"那荡南的小船飞也似的去了。

你道邓彪为何落水？原来丁大爷回答之际，丁二爷的大船早已赶到，见他出言不逊，展爷听了也觉可恶，就要用袖箭伤他，不防丁二爷却用"竹弹丸"将他打落水中。什么"竹弹丸"呢？这是丁二爷自幼儿练的。小时候用竹篾子削的光滑，用黄土做成弹丸，终日里玩耍；后来练的颇有准头，偶尔打个雀鸟，无不应丸而落。自己深得诀窍，便想了个法子，用青竹板一块，长一尺八寸，宽二寸五分，厚有五分，在那光滑上面挖个槽儿，又用黄蜡化了，对上铁渣子，团成核桃大小丸子；临用时，将弹子扣入槽内，左手稳住，右手往怀里一扳，竹板一弯，随手撒去，数步之外，无不应节。因他不是弹弓，又不是弩弓，自己就拟了个名儿叫做"竹弹丸"。

可巧今日邓彪碰上了！偌大的个"分水兽"，会叫一个铁蜡球儿打落水中！他原是会水之人，虽然落水被擒，不过喝了一两口水，呕出之后，却不服气，连声嚷道："好吓！你们竟敢用暗器伤人，咱誓不与你们干休！"展爷听他说用暗器伤人，方留神一看，见他眉攒中间肿起一个大紫包来。展爷暗道："丁二弟用什么暗器，我如何竟没理会呢？"他哪知用个铁蜡丸儿换出个紫肉包来！展爷断喝道："你这厮既已被擒，嚷又何用！我且问你，你家五员外他可姓白么？"邓彪道："白老叔谁不知道，你问他怎么？"展爷道："俺与你家五员外有一面之交，俺正要访他。"邓彪道："你来迟了，他如今已不在山上了。"展爷道："他往那里去了？"邓彪道："三日之前，他上东京找什么御猫去了。"展爷闻听，吃了一惊，暗道："他找我却是为何？"才要再问，只见那边有一只小船，急如弩箭离弦，上面有一人嚷道："丁家二位贤弟呀，看我卢方的薄面吓！我情愿受罚吓！恕我失查之过吓！"嚷的声音渐渐近了。

展爷细看此人，暗暗夸道："哎呀！好一个人物！"见他一张紫面皮，一部好胡须，身量魁梧至甚。丁家弟兄亦执手道："卢兄请了。"卢方道："邓彪乃新放的头目，不遵约束，实是劣兄之咎！违了成约，任凭贤弟发落，劣兄额外受罚，千万不要伤了你我弟兄的和气。"丁大爷道："卢兄说的极是。无奈邓头目性气太过，险些儿小弟被他挑一鱼叉。"卢方听了，大惊道："这厮这等可恶！势必把他送官究治，劣兄再到贵府谢罪，望乞贤弟宽宥！"丁大爷道："他既不知，也难以谴责。此次乃无心之过也。"回头吩咐将邓彪放了。这边渔户道："他们还抢了咱们许多的鱼罟呢！"丁二爷连忙喝住："休要多言！"卢方早已听见，连忙吩咐："快将那边鱼罟连咱的鱼罟俱各送过去。"这边送人，那边送罟。卢方立刻将邓彪头目革去，即差人送往府内究治。丁大爷这边也吩咐："是咱们的鱼罟收下，是人家的，俱各退回。"两下里讲交情，论过节，又说了多少谦让的话语。展爷把卢方认了个真切，彼此方执手作别，各自归庄去了。要知后文如何，且听下回分解。

第三十二回　夜救老仆颜生赴考　晚逢寒士金客扬言

且说丁家弟兄别了卢方,展爷暗暗看了个真切,一同回到庄中。丁大爷先赏了那受伤的渔户十两银子,且自调理伤痕,俟痊愈后,叫他补个头目,省的短了四指,作活费力。这都是调度,叫人巴结努力之故。弟兄三人在大厅之上用茶已毕,展爷便提起:"邓彪说白玉堂不在山中,已于三日前往东京寻找劣兄去了。他此去不知是何意思?劣兄刻下须急急回家收拾行李马匹,赶赴东京方好。还望二位贤弟备下快船,送愚兄到常州为妙。"丁大爷听了展爷之言,再也难以阻留,只得应许;先派人觅下船只,多添水手,明早就要起身。到了次日,备下饯行之酒,殷勤送别,反觉得恋恋难舍。展爷又进内叩别了丁母。丁家弟兄还要备马远送,展爷拦之再三,只得罢了。出了庄门,三人携手而行,来至停泊之处,瞧着展爷上船,又吩咐船家沿路小心伺候;众人齐声答应,展爷方才上船,执手告别。此时正值中旬,月色当空,正好连夜进发,不过三日光景,便到了常州。展爷包了两个五两的银锞赏了船家;真是归心似箭,连夜而行。到了武进县,那天已有二鼓,一时走到榆林深处,忽听有人喊道:"救人吓! 了不得了! 有了打杠子的了!"展爷闻听,便顺着声音迎上前去,却见一个老者背着包袱,喘的连嚷都嚷不上来;又听后面有人追来,却声音洪亮,道:"了不得了! 有人抢了我的包袱去了!"那老者仓皇道:"好狠贼! 他又追来了,可怎么好吓!"展爷道:"不要怕! 你且在此隐藏,待我拦住他。"老者往树后一隐,展爷便蹲下身去,注目留神,见后面赶的只顾往前用力。堪堪切近,展爷把腿一伸,略略的一撩儿,那人站立不稳,扑哧! 闹了个嘴吃屎。展爷上前按住,就解下他腰间的搭包,寒鸦沸水的将他捆了;并且见他还有一根木棒,撇在一边。那人还口口声声道:"小人不是贼,那个拿包袱的才是贼呢!"展爷也不理他,将老者唤出来,问道:"那老儿,姓甚名谁? 家住那里? 慢慢讲来。"

那老者从树后出来，先叩谢了救命之恩，此时喘息已定，说道："小人姓颜，名叫颜福，在榆林村居住。只因我家相公要上京投亲，差老奴到窗友金相公那里借了几件衣服、雨具。多承金相公一番好意，留下老奴吃饭，临走时又交付老奴三十两银子，是赠我家相公做路费的。"那贼人在地下哼了一声，暗暗道："可惜这宗买卖未能到手，敢则他还揣着三十两银子呢！"展爷听他哼的一声，惟恐他暗中挣脱，过来将木棍提起，就从他腰间插入，斜担着支起来，复又问老者道："你的东西可曾失落么？"颜福道："不曾失落。老奴揣着银两，背着包袱，犹如性命一般，如若失落了，那还了得！"展爷又问道："你如何知道此处有贼？他如何又赶了你来呢？"颜福道："方才老奴刚到树林之内，他便一声断喝。要什么'买路钱'。小人听了，那里还有魂咧！一路好跑，喘的气儿也换不上来。幸亏大老爷相救；不然，我这老命必丧于他手！也是皇天怜念，幸亏他断喝一声；他若是打闷棍的，老奴年迈力衰，又加眼力迟钝，那还了得么！"贼人在地下又哼了一声，暗暗后悔道："我真糊涂了！嚷的是什么？就该一闷棍，早完了事了！活该！总是我的财虚！"只听展爷道："榆林村乃我必由之路，我就送你到家如何？"颜福复又拜谢。展爷对那贼人道："你这厮黄夜劫人，幸遇老爷将你劫住，这也是昭彰报应！我也不加害于你，你就在此受些清风冷露，另等个人来救你便了。"说罢，叫老者背了包袱，出了树林，竟奔榆林村而来。到了颜家门首，颜福道："此处便是家主，请老爷进内待茶。"一面说话，一面敲门。只听里面问道："外面可是颜福回来了？"展爷听的明白，知道老者再无虚诈，连忙转身道："我不吃茶了，我还要赶路呢。"说罢，迈开大步，竟奔遇杰村去了。

且说颜福见展爷头也不回，扬长而去；又听得里面问话的是小主人的声音，连忙应道："是老奴回来了。"门已开放，颜福进来，回身将门关好，来到屋内，将衣服、雨具放好，从怀中又掏出三十两银子来，俱各交付小主收起。你道他小主是谁？乃是颜查散，年方二十二岁，为人固执，性情谨饬。寡母郑氏，连老仆颜福三口儿度日。只因颜老爷做了一任知县，两袖清风，一尘不染，不幸一病身亡，家业冷落。后来虽则贫寒，颜生却能奋志，绍继书香，学得满腹经纶；屡欲赴京考试，无奈家道艰难，不能如愿。因明年又是考试年头，还是郑氏安人想出个计较来，对颜生商议道："你姑母家道丰足，何不投托在彼？一来可以念书，二来亦可就亲，岂不两全其美呢？"颜生道："母亲想的虽是，但姑母那里多年不通音信，从先我父在日，还时常寄信问候；自父亲亡后，遣人送信，并未见有人前来吊唁。至今音梗信杳，恐孩儿去到那里，也是枉然。再者，孩儿这一进京，一来丢下母亲在家，无人侍奉；二来路上盘费缺少，也是无可如何之事。"母子正在计议，恰恰颜生的同窗好友金生名必正的前来探访。彼此相见，至厚朋友，毫无隐讳，颜生就将母亲之意对金生说了。金生道："伯母想的极是。这些年虽则音梗，然而这样的至亲，焉有拒绝之理？就是一路盘费，小弟颇可代筹。至于衣服、雨具，我那里俱各现成的，我回去时就叫老管家跟我去，我替打点进京的用度便了。可有一宗，吾兄家下无人，若老管家随吾兄进京，伯母侍奉无人；若把老管家留在家内，吾兄路上又是无人。须要觅一个得力的家人；即不然，或是一个书童，也可将就。"颜生道："贤弟说的极是；但一时间如何能够求全责备呢？"金生想了一想，道："俟小弟回去再商量罢。"说罢，立起身来。颜生就叫颜福随了金生去了。颜生好生的欢喜，便将此事禀明安人。安人感念不尽。母子又计议了一番，安人就亲笔写了一封哀恳书信，大约姑母再无有不收留侄儿之理。

娘儿两个呆等颜福回来，天已二鼓，尚未见到；颜生劝母亲安歇，自己直等至将交四鼓，心内正在焦急，颜福方回来了。有了衣服、雨具、银两，颜生大悦，叫老仆且自歇息。到了次日，颜生将银两、衣服、雨具与母亲看了，安人甚是欢喜，便商酌如何进京。只见老仆进来，道："相公进京敢是自己去么？"颜生道："我正要问你，金相公那里没提什么书童的话么？"颜福道："并未曾提，倒问相公几时起身。老奴答道：'如今虽有了银两、衣服，也还要耽搁一两天。'金相公听了，并没言语，就留下老奴吃饭。——哎呀！相公吓！若是你一人进京，是断断去不得的。"颜生道："却是为何？"颜福便将昨晚遇劫险些儿丧命，说了一遍："相公这一进京，路远途长，而且从未出过门，如何只身前往呢?”郑安人听了颜福之言,道:“是吓,若要如此,老身是不放心的;莫若你主仆同去。”颜生道:“母亲不用着急;昨日金贤弟既说了,不如再等一二日,或叫颜福再去问问,可有从人无有,那时再做道理。”郑氏安人道:“承金生之情,资助银两,老身已觉不安,难道为个从人,还要聒絮人家不成?断无此理。莫若叫颜福找个从人跟你去罢。”颜福道:“回禀安人,这现找从人是使不得的,知他心地如何?在路上好些不便。”安人道:“既如此,找一个人留在家内,还是你同相公去。”颜福连声答应。又听颜生道:“这也不好,可是说的,那现找的人,知他心地如何,留在家内,孩儿也不放心。”正然算计为难,忽听有人叩门,老仆答应;开门看时,见是个小童,一见面就说道:“你老人家昨晚回家也不早了罢?”颜福尚觑着眼儿瞧他。那小童道:“你老人家瞧什么?我是金相公那里的;昨日给你老人家斟酒,不是我吗?”颜福道:“哦!是了,是了!我倒忘了。你到此何事?”小童道:“我们相公打发我来见颜相公来了。”老仆听了,将小童带至屋内见了颜生,又参见了安人。颜生问道:“你叫什么名字?到此何事?”小童说道:“小人叫雨墨。我们相公说颜相公这里无人,虽有老仆管家,只好服侍安人,照看门户,难以跟随上京;因此,合小人爹爹说知,叫小人特来服侍相公上京,彼此都可放心。又叫小人带了十两银来,怕的是路上盘费不够,是要敷余些儿方好。”安人与颜生听了,不胜欢喜感激,连颜福俱乐的了不得。安人又见雨墨说话伶俐明白,因问道:“你今年多大了?”雨墨道:“小人十四岁了。”安人道:“你小小年纪,能够走路么?”小童道:“回禀安人,自十岁上,就跟着小人的父亲在外贸易。漫说走路,甚么处儿的风俗,遇事眉高眼低,那算瞒不过小人的了。差不多的道儿,小人都认得。至于上京,更是熟路了。不然,我家相公务必派小人跟随前去做什么呢?又听颜相公明年科考,若是中了,从此高升,小人也就平步青云了。”安人听了更觉欢喜放心。便与颜生打点行装;雨墨甚是通行,知道没有牲口,总要灵便为要。

到了次日,颜生便拜别了母亲。郑氏安人未免的伤心落泪,将亲笔写的书信交与颜生,道:“你到京中祥符县问双星巷,便是你姑母的住宅。”雨墨在旁道:“祥符县南有个双星巷,又叫双星桥,小人认得的。”安人道:“如此甚好。你要好好服侍相公。”小童道:“晓得,安人只请放心。”颜生又嘱咐了颜福一番,暗暗将十两银子交与颜福供养老母。雨墨将包裹背起,主仆二人出门上路。颜生是从未出过门的,走了一二十里便觉两腿酸疼,问道:“雨墨,咱们自离家门,如今走了有五六十里了罢?”雨墨噗哧的一声笑了。颜生道:“你为何发笑?”雨墨道:“可见相公没有出过门;这才离家有多大工夫,就会走了五六十里,那不成了飞腿了么?”颜生道:“怎么? 还没五六十里么?”雨墨道:“告诉相公说,共总走了没有三十里路。”颜生惊讶道:“如此说来,路途迢遥,竟自难行的很呢!”雨墨道:“‘不怕慢,只怕站。’相公不要着急,走道儿有个法儿,越盼越不到,越急越走不上来,必须心平气和的走去,仿佛游山玩景的一般,路上虽无景致,拿着一村一寺,皆算是佳境奇观;遇着一木一石,亦当作点缀美景。如此走来,心也宽了,眼也亮了,乏也就忘了,道儿也就走的多了。”颜生闻听此话,颇觉有理,未免高兴起来,又走了一二十里,腹中有些饥饿,便对雨墨道:“我此时虽不觉乏,只是腹中有些空空的。”雨墨道:“好么,走道儿最消化食儿,能够吃,长饭量,与身体最有益的。相公既饿了——”用手往前一指,道:“那边不是镇店么? 到了那里,吃些饭再走。”又走了多会,到了镇店,见人来人往,热闹非常。原来此处是个小小的集场。颜生见个饭铺,门面新鲜齐整,里边刀杓齐响。就要进去。雨墨悄悄道:“他这里吃食不现成,等着不耐烦。相公随我来。”他因大饭铺未免多花钱,他把颜生带到一个二荤铺内,馒首饼饭俱是现成的,又不等的慌,一来为省事,二来真省钱。这才透出他是久惯出外的油子来了。

主仆二人用了饭,歇息了歇息,复又起身;走了十来里,或树下,或道旁,随遇而安。到了天色将晚,来到一处热闹丛中,地名双义镇。雨墨道:“相公,咱们头一天不要多走了,就在此住了罢。若再往前走,就太远了;惟恐相公过于乏了,明日就难走了。”颜生道:“既如此,就住了罢。”雨墨道:“住是住了;若是投店,相公千万不要多言,自有小人答复他。”颜生点头。及至来到店门口,当槽儿的嚷道:“有干净房屋，天气不早了，歇了罢。”雨墨道：“有单间儿没有？不论厢房、耳房都使得。”当槽儿的道：“请进去看看就是了。”雨墨道：“若是有呢，我们好看吓；若是没有，我们就上那边住去。”当槽儿的又道：“请进去看看何妨？不如意再走。”颜生答道：“咱们且看看就是了。”雨墨道：“相公不知道，咱们若进去，要想走就不能了。这店里的脾气，我是知道的。”正说着，又出来了一个小二，道：“请往里升罢，不必犹疑，讹不了你们二位。”颜生便往里走。雨墨只得跟随在后，道：“我可告诉你，我们非单间儿不住。”只听店小二对颜生道：“相公请看，很好的三间正房，又干净，又豁亮。”雨墨不等相公说话，便接言道：“是不是？不进来，你们紧让；及至进来，就是上房三间。我们爷儿两个，又无多余行李，住三间上房，你这还不讹我们吓？不用混闹了，告诉你，除了厢房、耳房，别的不住。”说罢，拉了颜生，回身就要走。店小二连忙一把拉住雨墨道：“咱的了？我的少爷，你过于利害了！这上房三间却是两明一暗，你们二位住那暗间，我们算一间的房钱，这好不好？”颜生道：“就是这样罢。”雨墨道：“咱们可说明了，我们就只给一间的房钱。”小二连连答应。主仆来到上房，只见迎门一张方桌，两张柳木椅子；那边是随山的大炕，果然糊裱的干净，也有条幅、对联。进了暗间，却是顺后沿的炕，对面靠窗户有一张木床，迎门单单有个小桌儿，墙上也有字画，却是黑一泡，白一泡，长短不同，大小不一，好些个字迹都是过往客人题的诗句。颜生见了不由的挨次儿看去，也有不通的，也有混写的，也有可观的。雨墨却将包裹放在桌上，小二用代手擦抹外间的桌子，说道：“你们二位在外间用饭不宽绰么？”雨墨道：“你不用诱，就是外间吃了饭也是住这暗间，我也是给你一间的房钱。况且我们不喝酒，早起吃的面，这时候还觉着饱呢。我们也不过找补一点儿就是了。”店小二听了，光景没有什么大来头，只得问道：“你们二位先净面？先吃茶？没带茶叶，我们有上好的香片，沏一壶来罢。”雨墨道：“路上灌的凉水，这时候还满满的，不喝茶。”店小二道：“点个蜡灯罢？”雨墨道：“怎么贵店里没有油灯吗？”小二道：“有吓，怕你们二位嫌油烟子气，又怕污了衣服。”雨墨道：“你只管点来，我们不怕。”店小二才回身，只听雨墨道：“他倒会打算盘,我们花钱买蜡,他却省油,敢则是里外里!”小二回头瞅了一眼,取灯去了。

此时颜生还觑着眼看那边墙上的诗句,看到好处,未免哼哼唧唧,摇头圈圈儿,露出那一番腐气来。雨墨道:“相公别看了,何苦怪费眼的;请到外屋来,待小人把灰尘掸掸罢。”颜生摇摇摆摆出来,雨墨掸了尘垢。只见小二点了油灯来,放在桌上,问道:“二位吃什么?熘丸子、炒鱼片、卤牲口、拌肚丝、拌杂拌、烩虾仁、烩鸭条、川海参。”雨墨忙拦道:“算了,算了,说过找补吃点。不用别的,给我们一个烩锅炸,就带了饭来。”小二闻听,再也没有想头了,抽身出去。主仆二人等了半天,见他张罗别的客房,这里连个影儿也瞧不见,等急了催他;他说“就得”。迟会再催他,他又说“下了杓了”,还是“就得”。雨墨正在不耐烦。忽听外面吵嚷起来,道:“你这店里就敢看人下小菜碟儿了!吾一个大钱是照顾赏你们脸吓!你不住吾,还要凌辱斯文,这等的可恶!吾将你这狗店用火烧了!”雨墨对颜生道:“咳,这倒替咱们出了气了!”颜生道:“但不知这人是何等样人?”说着话,站起来,倚门而望。雨墨道:“相公,别管闲事。”又听店家道:“都住满了,真没有屋子了,难道为你还现盖房吗?”又听那人益发高声道:“你胡说!你放狗屁!你放狗屁不臭!你现盖,你现盖也要吾等得吓!你就敢凌辱斯文咧!你打听打听,这念书人也是你开店的欺负得的吗!”颜生听至此,不由的出了房门。雨墨忙拦道:“相公别管闲事,相公别——”这句话未说完,只见那人对颜生道:“老兄,你评评这个理。你不住吾使得的,就将吾往外这等一推,这不岂有此理么?还要与吾现盖房去,这话可恶不可恶?”颜生道:“兄台不要生气,恕他个小人无知;若不弃嫌,何不就在这边屋内同住呢?”那人道:“萍水相逢,怎好打搅呢?”雨墨急的要拦,当着那人又不好意思;又听那人回答的口气,暗暗道:“此事不好,相公要上当!”已见那人扭扭捏捏,同着颜生进了屋内,就在明间坐了。要知后文如何,且听下回分解。

第三十三回　真名士初逢白玉堂　美英雄再试颜查散

且说颜查散将那人让至屋内,在明间儿坐了。雨墨将油灯剔亮,见那人带一顶开花儒巾,穿一件零碎的蓝衫,系一根少穗的旧丝绦儿,登一双无跟的靴头皂儿,满面的尘垢,一派的寒酸。又见店东亲来陪罪,说:“小二无知,望相公海涵。”那人道:“你不要如此,吾‘大人不见小人过’,饶恕他就是了。你告诉他,叫他好好的伺候,伺候好了,吾还要赏他呢。”雨墨在旁听了,不由的从鼻孔中暗笑道:“这番形景,还要闹气派,闹酸款,也只好嘴里充帐罢!”店东去后,颜生问道:“尊兄贵姓?”那人道:“吾姓金,名懋叔。”雨墨暗道:“他怎么配姓金呢?连银也不配姓,只好姓个铜儿、铁儿的罢了。”又听那金生道:“没领教兄台贵姓?”颜生也通了姓名。他又斟酌是哪个姓字,惟恐“严”“燕”同音。颜生就在桌上写了与他看,他方称道:“原来颜兄,失敬,失敬。请问颜兄用过饭了么?”颜生道:“尚未。金兄可用过了?”金生道:“不曾。何不同桌而食呢?叫小二来。”此时小二却沏了一壶香片茶来放在桌上。金生道:“你把这油灯与吾换了,油烟气讨厌的很。吾问你,你们这成桌的是什么饭食?”小二道:“上等饭八两,中等饭六两,下等饭——”刚说至此,金生拦道:“谁吃下等饭呢?就是上等饭罢。我且问你,这上等饭是什么东西?”小二道:“两海碗、两个镟子、四个中碗,还有八个碟儿:无非鸡、鸭、鱼、肉,调度的总要配口。”金生道:“别的都罢了,这鱼是包鱼还是漂儿呢?”小二道:“是漂儿。咱们这里从不使包鱼。”金生道:“你不要夸口,你说是漂儿,那就是包鱼,你见‘卖瓜的谁说瓜苦’呢?”小二道:“老爷说是什么就是什么,小人也不敢校正。”金生道:“你不要老爷小人的!吾问你,可有活鲤鱼否?”小二道:“要活鲤鱼,有,大的一两二钱银子一尾。”金生道:“既要吃,还怕花钱么?吾告诉你,鲤鱼不过一斤的,叫做拐子;过了一斤的,才叫做鲤鱼。不独要活的,还要尾巴像那胭脂瓣儿一般的，那才是新鲜的呢。你拿来，吾看就是了。可还有什么酒？”小二道：“不过随饭的常行酒。”金生摇头道：“岂有此理！吃这样的肴馔，如何吃常行酒呢？不要那个，可有女贞陈绍没有呢？”小二道：“有四五年前蠲下的陈绍，就是不零卖，那是四两银子一坛。”金生道：“你好贫吓！什么多少！你搭一坛来就是了。吾告诉你，吾要那金红颜色，浓香浓香的，倒到碗里要挂碗，犹如琥珀一般，才是好的呢。”小二道：“搭一坛来当面锥尝，果然好再用，不好再换。”金生道：“那是自然的。”说话时，已然点两支烛灯。小二欢乍非常，小心殷勤，自不必说，答应着去了；少时，端了一个腰子形的木盆来，里面一尾鲤鱼，足有一斤多重，说道：“爷上请看这尾鱼如何？”金生道：“鱼却是鲤鱼，你务必用半盆水，叫那鱼躺着，一来显大，二来水浅，他必扑腾，算是活跳跳的，你不要拿着走，就在此开膛，省得你换。”小二道：“老爷放心，这是哪的话呢？”金生道：“哪的话！你们都是那样的习气，了不得，换一尾小些的，算你们有良心。你还是在此开膛。”小二只得当面收拾。金生又道：“你收拾好了，把他鲜爆着。你们加什么配头？”小二道：“无非是香菌、口蘑，加点紫菜。”金生道：“吾要吃尖上尖，你这里可有么？”小二却不明白，问道：“老爷吩咐明白了，小人好伺候。”金生道：“这尖上尖，你弗晓得？就是青笋吓。”小二道：“青笋，有的。”金生道：“不要那老的，这是要青笋尖儿上头的尖儿，不但嫩，而且是碧绿的，切成条儿，要吃的时，着嘴里一咬，那么咯吱咯吱的才好。”小二答应，鱼已收拾妥了，端了木盆往前面去了。不多时，果然搭了一坛酒来，拿着锥子倒流儿，又有个瓷盆，当面锥了，下上倒流，撒出酒来，已觉得清香扑鼻；及至撒出看时，真是金红颜色。店小二用茶杯接了一盅递与金生。金生尝了，道：“也还罢了，喝得的。”又递与颜生尝了，便撒了一瓷盆灌入壶内。不多时，小二将酒温来，二人对面消饮。小二放了小菜，便一样一样端上菜来。金生连筷子动也不动，止于就佛手疙瘩慢饮，竟等吃活鱼。二人一边饮酒，一边闲谈，颇颇的投机。少时，小二将鱼端来。金生便让颜生道：“鱼是要吃热的；若冷了，就要发腥了。”雨墨在旁暗道：“冷了就发腥，这要是豆豉鱼，不是冷的么？炖细鳞白定冻儿，不是冷的么，人家偏要吃凉冻儿，怎么一点儿不发腥呢，独他说鱼又吃不得冷的，充假姥姥来了。”又见金生先布了颜生一块，自己便从鱼脊背上用筷子一划，蘸了姜、醋，吃了一块鱼，喝一钟酒，连称：“快哉，快哉！”将这一面吃完了，把筷子往鱼腮内一插，一翻手就将鱼的那面翻过来，又布了颜生一块，仍用筷子一划，又是一块一钟，将这一面也吃了，然后要了一个中碗来，将蒸的面食双落儿一对掰在碗内四个，舀了鱼汤，泡上个稀烂，端起呼喽喽吃了，又将碟子扣上，将盘子那边支起，舀了三匙汤喝了，放下碗道：“吾是饱了，颜兄自便，莫拘。”颜生此时也就饱了，二人离席。金生吩咐小二道：“吾们就只一个小童，该蒸的，该热的，不可叫他吃冷了；想来还有酒，他若喝时，只管给他。”小二连连答应。说着话，他二人进屋内去了。雨墨此时见剩了许多东西，全然没动，明日走路，又拿不得，瞅着又是心疼，吃又吃不了，只得拣爱吃的热了两样，也暖了一角酒，随喝随吃，忙忙的吃毕。店小二还过来笑吟吟的道：“二爷，还找补什么，只管吩咐。”雨墨瞧了他一眼，口里不说，心内暗道：“你要早把烩锅炸拿来，我们吃完了饭，那姓金的来了，也不至于这么折腾了！”一语不发，连忙来至屋内；见金生张牙欠口，前仰后合，已有困意。雨墨暗道：“好造化，吃饱了食困。”只听颜生道：“金兄，既已困倦，何不就请安息呢？”金生道：“吾就在这床上。颜兄在那里？”颜生道：“吾在这边炕上。”金生道：“好极，好极！如此，吾就要告罪了。”说罢，往床上一躺，只听呱哒一声，皂靴头儿掉了一只；他又将这条腿往磕膝上一跷，又听噗哧一声，把那只皂靴头儿扣在地下。什么叫被褥，什么叫头枕，双手往脑后一垫，虎抱头，竟自呼呼睡去。颜生略坐片时，使眼神叫雨墨将灯移出，自己枕了包裹，也就睡了。雨墨移出灯来，放下单布软帘，坐在明间大炕上，心内暗想这一晚上用度的不轻，“看那姓金的样儿，还有这些银两么？必是我们破钞。这是从那里说起，平空的就被人冤，就受人赚呢！这才头一天，往下可怎么好呢？”越想越烦，那里睡得安稳？翻来覆去，好容易睡去，忽听有脚步声响，睁眼看时，天已大亮，只见颜生从屋内悄悄出来，低言道：“取脸水去。”

雨墨叫了店家要了水来。颜生净了面。店小二沏了茶来。雨墨递了一杯，颜生正在吃茶，忽听屋内咳嗽，雨墨掀帘一看，见金生伸懒腰，将两腿一蹬，那两只袜底板儿犹如漆黑的一般，前头露着指头，后头露着松花也似的脚后跟，原来袜底儿两头儿两个大窟窿，正于当中联着一寸有余，打了个哈气，口内念诵道："一觉放开心地稳，不知红日照晴窗。"念罢，一咕噜身爬起来，道："略略歇息，天就亮了。"手扶床沿，两脚满地找靴头儿。雨墨进来道："给金相公舀水洗脸。"金生道："吾不洗脸，吾是怕伤水的。叫小二瞧我们的帐，开个清单子来吾看。"雨墨暗道："有意思，竟要让帐！他要真给了，那可是人不可貌相了。"只见店小二开了帐来，上面写着：上等饭一桌，银八两；女贞陈绍一坛，银四两；活鲤鱼一尾，银一两二钱；房钱、零用一切，银四钱八分：共用银十三两六钱八分。金生看道："不多，不多。外赏你们店小二、灶上连打杂的银二两。"店小二谢了。金生执手向颜生道："颜兄，我也不闹虚了，我也不让了，咱们京都再见，吾要先走了。"颜生送出房门。金生又哈腰道："请了，请了。"他拉他拉，踏着皂靴头儿出店去了。

这里颜生便叫雨墨，叫了多会，雨墨慢条斯理儿道："有。"颜生道："会了银两走路。"雨墨又迟了半天，应道："哦。"赌气子拿了银子，到了柜上，争争夺夺，给了店家十四两。店家还说赔了一两六钱八分银子，抱委曲的了不得。雨墨说："按九扣给你，还便宜你们；论理，现钱照顾，很该给你们八扣才是。"会完了帐，回身进屋，背了包裹，方同相公出了店，慢慢来至村外，便问颜生道："相公，看那金相公是个什么人？"颜生道："那是念书的一个好人吓。"雨墨道："如何，我说相公没有出过门，果然相公不知路上有多少的奸险呢！有诓嘴吃的，这还是小事，就有拐骗东西的；甚至有设下圈套害人的；奇奇怪怪的法子多着呢。相公如今拿着姓金的当好人，将来必要上他的当。据小人看来，那金生不过是个篾片之流。"颜生嗔道："你休得胡说！小小人家，为何造这样的口过？我虽然没出过门，这好歹人，我是认得真的。我看金相公斯文之中含着一股英气，将来必不是穷困之人。你不要管，纵然他诓嘴吃，我无非多耗费几两银子，有甚要紧？你再休来管我。"雨墨暗自忖道："怪道人常说书呆子、书呆子，果然不错。

我原是为他好，不想相公倒嗔怪了，只好由他罢了。”到了打尖之时，雨墨赌气子，要了个热闹锅煊；及至菜来，他从怀内掏出个油纸包儿来打开，却是火肉、晾肉、白肚儿等，全是昨晚饭菜上的。他算是久惯出门不漏空的。

主仆二人吃了早饭又走，到了天晚，来至兴隆镇找店歇下。这个店小二比昨日的和气多了。刚然坐未暖席，忽见小二进来，笑容满面，问道：“相公贵姓颜么？”雨墨道：“不错。你如何知道？”小二道：“外面有一位金相公找来了。”颜生忙说道：“快请，快请。”雨墨暗道：“真是‘冤家路儿窄’！他是吃着甜头了。但只一件，我们花钱，他出主意，未免太冤；今晚我们爷儿们何不也出个主意呢？”想罢，迎出门来，道：“金相公来了，很好，我们相公正在这里盼望呢。”金生道：“巧极，巧极！又遇着了。”颜生连忙执手相让，彼此就坐，今日见了，比昨日更觉熟识亲热。说了数语之后，雨墨在旁道：“我们相公尚未吃饭，金相公必是不曾，何不同用，叫了小二来先商议，叫他备办去呢？”金生道：“是极，是极。”正说着，小二却沏了茶来，放在桌上。雨墨猛然道：“讨厌的很！”一句话，不但金生瞅着雨墨，连颜生带小二都瞅着他，不知他此话说谁。只见雨墨慢慢的道：“不要油灯，那油烟气是最难闻的。”小二方明白是说油灯讨厌，连忙道：“蜡灯预备下了。”金生暗点缀道：“他这说话法，后头的话比头里多，竟是先说后批。”又听雨墨问道：“这成桌的是什么饭食？”小二道：“上等的八两；中等的六两；下——”刚说了一个“下”字，雨墨拦道：“你必说下等的四两。什么上等的、中等的、下等的！你说上等饭、中等饭、下等饭就结了。”小二笑道：“是，我说错了，求二爷担待。”雨墨道：“就是上等饭罢。我也不问你什么肴馔，无非是鸡、鸭、鱼、肉。你们这个鱼是包鱼吓，还是漂儿呢？”小二道：“是漂儿。”雨墨道：“固然是漂儿，你肯说是包鱼吗？你又不那么傻，你见‘卖瓜的谁说瓜苦’呢？你们可有活鲤鱼没有？”小二道：“有是有的，不过贵些。”雨墨道：“既要吃，还怕花钱么？我可告诉你，你可不准拿拐子充鲤鱼，总要一斤多，那才是鲤鱼。再活的与活的不同，必须要尾巴像那胭脂瓣儿似的才好，你拿来我瞧就是了。还有酒，我们可不要随饭的常行酒；我们二位相公最爱喝躅下的女贞陈绍。”小二道：“那是四两银子一坛，不零卖的。”雨墨道：“什么多少，你也太贫了！你搭一坛来，咱们当面尝。我可要金红颜色，味道要浓香浓香，还要他挂碗，仿佛琥珀一般。错过了这样，我是不要。”小二连连答应着去了。雨墨又斟了茶先递与金生。金生笑嘻嘻道：“你今年多大了？”雨墨道：“十四岁了。”金生点头道：“好聪明，好灵机！”雨墨又递了颜生的茶。只见小二拿了灯来，后面却跟着个打杂儿的，提着个带梁儿的鱼桶。小二道：“二爷，请看这鱼如何？”雨墨上前一看，见这尾鱼比昨日那尾又大些，里面水也不少，却是在桶内活泼泼乱沸，连声夸道：“好鱼，好鱼！你们多用腰子盆，浅浅的水，叫那鱼躺着，扑腾腾也显大，算是活跳的，何不如此呢？”小二说：“各家做各家买卖，如何一样呢？再者，好的自是好的，今日刚网上来的，不但尾巴鲜红，连鳞俱是全的。”雨墨说：“很好，就不用拿回去，省得你换，就在此开膛；收拾好了，把他鲜爆着。你们加配头，除了香菌、口蘑、紫菜，可有尖上尖没有呢？包管你不明白这尖上尖就是春笋尖儿上头的尖儿，又嫩又绿，切成条儿，要吃那么咯吱咯吱的才好。”小二答应，又叫打杂儿的搭酒去，自己却收拾那鱼。不多时，搭了酒来，酒出来，比昨晚那酒颜色虽淡些，其味却香多了。雨墨舀了一茶杯递与金生道：“金相公，白尝了，包管喝得过。”金生接了，尝道：“满好个，满好个！比昨晚那酒强多了！好的，好的！”雨墨灌了一壶，略略的温了，先与金生斟上，后与颜生也斟了。彼此擎杯，道：“请。”小二安放了小菜。雨墨道：“你把佛手疙瘩放在这边，这位相公爱吃。”金生道：“你也该歇息歇息了。他这里上菜，你少时再来。”雨墨也就退出，竟等着鱼来再进去。不多时，小二端了鱼来。雨墨跟进来，道：“带了姜酸碟儿来了？”小二道：“带来了。”雨墨便将酒壶拿起，站在金生旁边，满满斟了一钟，道：“金相公，拿起筷子来，鱼是要吃热的，冷了就发腥了。先布我们相公一块。”金生道：“那是自然的。”果然布了一块。刚要用筷子再夹，雨墨道：“金相公，还没有用筷子一划呢。”金生道：“是吓，吾倒忘了。”从新打鱼脊背上划了，方夹到姜醋碟内，端起杯来一饮而尽。雨墨道：“这酒有我斟呢，金相公只管吃鱼。”金生道：“好极，好极！吾倒省了事了。”仍是一杯一块。雨墨又问道：“金相公，妙哉？不妙哉？”金生道：“妙哉的很！妙哉的很！”雨墨道：又该着把筷子往鱼腮内一插了。”金生道：“那是自然的了。”将鱼翻过来，道：“吾还是布你相公一块，再用筷子一划，省得你又提补吾。”说罢，大笑。迟了多会，雨墨见金生吃了些蒸食，这一面鱼吃了不多，便问道：“金相公，这面鱼还有许多，为何不吃了呢？”金生道：“今日这尾鱼比昨日的大多了；再者，昨日的你并没尝着，故此今日把这面留下些，给你尝尝，不枉你辛苦了这半天。”雨墨道：“这又叫金相公费心。相公不吃鱼了，还将蒸食双落拿上四个泡上汤。”金生道：“是的、是的，泡上汤，呼喽的吃。”雨墨将碟子扣上，将盘子折上说：“金相公，从这边舀汤。”金生拿匙舀汤，雨墨在旁报数，说：“一、二、三，得了，喝了也就饱了，也不用陪我们相公了。”金生道：“今日鱼汤好，尖上尖也嫩，吾再喝点汤儿，还要吃点尖上尖，这可饱了。”颜生也放下筷子。雨墨便对小二道：“他们二位相公吃完了，你瞧该蒸的，该热的，拣下去，我可不吃凉的。酒是有在这里，我自己喝就是了。”小二答应，便往下拣。金生道：“颜兄，你这小管家，叫他跟吾倒好，吾却省说话的。”颜生也乐了。二人便进里屋闲谈。雨墨也想开了，在外头盘腿稳坐，叫小二服侍，吃了这个，又要那个；吃完了，来到屋内，已听见金生打哈气。颜生劝他安歇。雨墨暗道：“索性等他打了呼，再进去移灯。”不多时，呼声振耳，进来将灯移出，也不愁烦，竟自倒头睡去。

至次日天亮，仍是颜生先醒，来到明间。雨墨伺候脸水洗面。忽听金生咳嗽，连忙进了里间，见他伸懒腰，蹬脚丫儿，雨墨高声念道：“一觉放开心地稳，不知红日照晴窗。”金生睁开眼道：“你真聪明，连这两句都记下了。好的，好的！”雨墨道：“不用给金相公预备脸水了，看伤了水。就叫小二开单来算帐就是了。”说着话，来到明间，向小二要了帐来，自己先看了一遍，共银十四两五钱六分，转身对金生道：“金相公，请看，今日比昨日多了八钱八分银子，其实也不多。什么缘故呢？头一宗，小二和气；再者，这尾活鱼真大，真新鲜；尖上尖也强；就是酒，也是真正香绍。莫若也赏他二两银子罢。”金生道：“使得的，使得的。”雨墨道：“再者，金相公与我家相公‘一遭生，两遭熟’，也不用闹虚了，有事只管先走，还是京都再会罢。”金生道：“如此说么，吾就要先走了。”颜生道：“金兄若无事，何不同行呢？”金生道：“颜兄，你弗晓得，吾有吾的事，是走不到一路的，还是吾先走的好。”雨墨暗道：“你固然得先走，若不走，这笔帐好意思还叫人给么？”颜生不肯相强，仍送至屋门，彼此执手，眼瞅着他踏拉着靴头儿，踏拉踏拉的出店去了。要知下文，且听下回分解。

第三十四回　订兰谱颜生识英雄　看家书柳老嫌寒士

且说金生出店之后，颜生便叫雨墨将帐目会了。雨墨道："这帐会不成了，银子不够了。"颜生道："怎么？银子不够了么？呆气。"雨墨道："短二两多呢。我算给相公听。咱们出门时共剩了二十八两有零，两天两顿早饭连零用，就算把那几钱零儿用去，下剩银二十八两。昨晚吃了十四两，再加上今日的十六两五钱六分，至少也得给他十六两，共合起来不是三十两么？岂不是短二两多么？"颜生仔细一想，帐有零儿难算，如今就是两笔整数儿，是极容易算的，果然银子不够，呆了半晌，道："雨墨，你只好将衣服典当几两银子，除还了帐目，余下的做盘费就是了。"雨墨道："再没什么法子，只好是当衣服。"又嘟囔道："刚出门两天就当了；我看除了这几件衣服，今日当了，明日还有什么！"叨叨唠唠的出去了。颜生也不理他，自己呆坐了多时，只见雨墨回来道："衣服共当了六两银子，除还了饭帐，下剩四两有余。"颜生点头道："咱们走路罢。"雨墨道："不走还等什么呢？"主仆方出店门，又听雨墨自言道："这倒轻松灵便，省的有包袱背着，怪沉的。"颜生说道："你不要多说了；事已如此，不过费去银两，有甚要紧？今晚前途任凭你的主意就是了。"雨墨道："不是小人烦渎相公；我想这两次饭帐花的太冤些。这金相公也真真奇怪的很，若说他是诳嘴吃的，怎么要了那些菜，他连筷子也不动呢？就是爱喝好酒，也犯不上要一坛来；却又酒量不很大，一坛子喝不了一零儿，全剩下了，白便宜店家。即如爱吃活鱼，何不竟要活鱼呢，务必配上一桌上等饭做什么？说他有意要冤咱们，却又素不相识，无仇无恨，饶白吃白喝，还要冤人，更无此理。小人竟测不出他是个什么人来。"颜生道："据我看来，他是个潇洒儒流，总有些放浪形骸之外。"雨墨道："他若是潇洒儒流，难道相公不是儒流？为什么不潇洒呢？"颜生道："这个道理，你不晓得。人生禀性各不相同，我虽儒流，却不潇洒；然而若遇了知己，我见他那一番潇洒，未免鼓起兴来，也就跟着潇洒。声应气求，其中有不可都言传的。”雨墨暗道：“这呆的还了得么？不但学吃、学喝，连潇洒部跟着人学。自己总没想想，归期是谁花的银子？真是呆的可笑！”

主仆二人途次闲谈，天到挂午，仍是打了早尖，多歇息歇息，便一直的赶到宿头。雨墨出主意道：“相公，咱们今晚住小店，吃顿饭，每人不过花上二钱银子，再也没的耗费了。”颜生道：“也倒罢了，就依着你。”主仆二人进了小店，店东见他主仆不是住小店之人，已明白是为躲熟人；这日偏住店的人也少，乐得作人情，便将上房叫他们住了。颜生刚然就坐，雨墨才要净面水，只见小二进来道：“外面有位金相公来找颜相公呢。”雨墨道：“很好，请进来。咱们多花上二钱银子。这个小店可没有什么主意可出了！”说话间，只见金生进来，道：“吾与颜兄真是三生有幸，竟会到了那里，那里就遇得着。”他诚心要找，有什么遇不着的呢？颜生道：“小弟实实与兄台缘分不浅。”金生道：“这么样罢，咱们两个结盟拜把子罢。”雨墨暗道：“不好！他别另有什么主意罢？”连忙向前道：“金相公要与我们相公结拜，这小店难办祭礼，只好改日再拜罢。”金生道：“无妨事的，这结盟原是个心，只要心真，不在乎祭礼；就是办祭礼，也容易的很，隔壁太和店是个大店口，什么俱有。漫说是祭礼，就是酒饭，回来也到那边要去。”雨墨暗暗切齿道：“活该！活该！他算是吃定了我们爷儿们了！”金生也不唤雨墨，就叫本店小二：“将隔壁太和店的小二叫了来。”“哦！”答应一声，转身而去。不多时，太和店的小二过来，道：“金相公，找着贵相知了？方才吩咐的三牲祭礼，就预备在那边，还是拿过来呢？”金生道：“你那边今晚住的人多，乱腾腾的，不如这边清净，倒是拿过来的好，不但祭礼，就是酒饭俱是要在这边吃的。”店小二连连答应着去了。雨墨听了，暗道：“敢则他先到了太和店，已然吩咐明白了？这可是他诚心要冤我们了！明日倒要问问相公，他到底是好人不是好人咧。”又见相公与金生说说笑笑，犹如亲兄弟一般，毫不介意，未免又暗笑道：“怎么好？你看我们相公这一番呆气，人家哄傻子，他还不觉。别的罢了，明早这个饥荒怎么打？连祭礼至少也得十七八两，拿什么给人家呢?”正在思索，只见小二端了猪头、鸡、鱼三牲设摆齐备。二人先要序齿，然后烧香。谁知颜生大金生两岁。雨墨暗道:“这个事情定了，把弟吃准了把兄了!”无奈何，在旁服侍。结拜完了，焚化钱粮已毕，颜生在上首坐下，金生在下位相陪;你称仁兄，我呼贤弟，更觉亲热。雨墨在旁听着，更不耐烦。只见店小二先抬了女贞陈绍过来，随后端来的肴馔，俱是上等席面;又有一尾活鱼，无非还是前两次的光景。雨墨也不多言，只等他二人吃完，他便在外边盘膝坐下，道:“吃也是如此，不吃也是如此，得乐且乐!”叫:“店小二，把那酒再起半盆来。我有个主意，你把你们店东请一声，还有太和店的小二也叫了来。有的是酒，有的是菜，咱们大伙儿同吃，算是我点敬意儿，你说好不好?”店小二闻听，乐不可言，连忙请了店东，又到太和店请了小二过来。雨墨与店东二人上坐。两个小二一边服侍着，一边跟着吃喝。雨墨倒觉得畅快。酒饭已毕，俱各歇息。

到了次日，颜生出来净面，雨墨悄悄的道:“相公，昨晚不该与金相公结拜。又不知道他家乡住处，知道他是什么人呢?倘若是个篾片，相公的名头不坏了么?”颜生忙喝道:“你这狗才!满口胡说!我看金相公行止奇异，谈吐豪侠，决非是那一流人物;既已结拜，便是患难相扶的弟兄了，你何得在此多言!”雨墨道:“非是小人多言;别的罢了，回来店里的酒饭银两又当怎样呢?”刚说至此，只见金生掀帘出来。雨墨忙迎上来道:“金相公，怎么今日伸了懒腰，还没念诗，就起来呢?”金生笑道:“吾要念了，你念什么?原是留着你念的，不想你误了，竟把诗句耽搁了。你去叫小二开个单来吾看。”雨墨暗说:“不好!他又要走了。这笔帐目可怎么了法呢?”只得叫太和店开了单来一看，上面写着，连祭礼共银十八两三钱，连忙递给金生。金生看了看，道:“也不多，也不多，也赏他二两。这边店里没用他什么，赏他一两罢。”说完，便对颜生道:“仁兄吓。”雨墨听了，吃这一惊不小，暗道:“他又要说不闹虚了。这二十多两又往那里弄去?”谁知金生今日却不说此句，他却问道:“你这上京投亲，就是这个样子，难道令亲那里就不憎嫌么?”颜生叹道:“此事原是奉母命来的，愚兄却不愿意;况我姑父、姑母又是多年不通音信的，恐到那里，未免要费唇舌。”金生道:“须要打算打算方好。”雨墨暗道:“真关心吓,可见结了盟就是另一个样儿了。”

正想着,只见太和店的小二带进一个人来,身量高大,面黄微须,约有三旬年纪,头戴雁翎大帽,身穿皂布短袍,腰间束一根铜扣皮挺带,足下登一双大叶把撒鞋,手内提着马鞭子,面上却无风尘。雨墨才待要问找谁的?话未说出,只见那人向金生扑翻身,磕下头去,道:“我家老爷打发小人前来,恐老爷路上行走劳乏,特送了一匹马来。外有四百两银,叫老爷将就用罢。”金生又是摆手,又是摇头道:“吾是最怕骑马的。再者,吾行路焉用许多银两呢?”那人道:“老爷若不收,小人如何回复我家老爷呢?”说罢,又是一个头。金生道:“你起来,你起来。不要如此,既承你家老爷好意,也罢,将银子留下二百两罢;其下你仍然拿回去。替吾道谢。”那人道:“那匹马呢?”金生迟疑半晌,道:“这马可曾拉来?”那人道:“现在店外。”金生道:“拉进来吾看看。”那人听了,放下马鞭子,转身出去;不多时,将马拉进,又提着个褡裢叉子。

此时金生手拉着颜生从内出来,雨墨在后跟随,见当院一匹白马,膘满肉肥,再衬着鞍鞯鲜明,实在是一匹好马。金生问道:“此马可老实?”那人道:“不但老实,鞍心是极稳的,什么全不怕,毛病也没有。”金生道:“既如此,好极,你将他留下,吾有用处。回去一并道谢罢。”转身又同颜生来到屋内,迎门坐下。那人提了褡裢叉子,来至屋内,一封一封,掏出四包,摆在桌上。金生顺手打开一包,拿了两个锞子递与那人,道:“难为你大远的送来,赏你吃酒罢。”那人又磕了一个头,才要走时,只听金生道:“你且慢着;你就骑了此马来,还是另外有牲口呢?”那人道:“小人骑的是阿拉善马,这匹马是单拉来的。”金生道:“很好,索性‘一客不烦二主’,吾还要烦你辛苦辛苦。”那人道:“不知老爷有什么差使?”金生便对颜生道:“仁兄,兴隆镇的当票子放在那里?”颜生暗想道:“我当衣服,他如何知道了呢?”不由的脸上一红,回头问雨墨。雨墨此时看的都呆了,心内展转道:“这么个金相公,怎么会有人给他送银子呢?又是马匹,怨得我们相公一见面就说他奇特。果然眼力不差。从今我倒长了一番见识。”正在呆想,忽听相公问他当票子,他便从腰间掏出一个包儿来,连票子和那剩的四两来的银子俱各包在一处,递将过去。金生将票子拿过来,又拿了两个锞子对那人道:“你拿此票到兴隆镇把他赎了来,除了本利,下剩的,你做盘费就是了。你将这个褡裢子放在这里,回来再拿。吾还告诉你,你回来时不必到这里了,你就到隔壁太和店,吾在那边等你,今日吾也不起身。”那人连连答应,刚然要走,金生又道:“你将这匹马也拉过那边去,摸摸鞍心里有汗无有;如无汗时,将鞍子揭了,交付店小二就是了。”那人道:“鞍罩子还在那边,小人拉过去,件件都点清与他,再也不能错的。”金生点头。那人拉着马出店去了。

这里金生从新又拿了两锭银子叫雨墨道:“你这两天多有辛苦,这银子赏你罢。”雨墨听了,接也不好,不接也不好,犹犹疑疑,瞅着颜生。颜生道:“金相公既赏你,你谢赏就是了。”雨墨只得磕头道谢,伸手接银,只听金生道:“从此你再不能说吾是篾片了。”雨墨猛听此言,手一哆嗦,几乎没把银子落地,那里还敢言语?暗暗吐舌道:“利害,利害!我这话,他怎么知道的?”他那知白玉堂精明练达之人,方才听见颜生嗔喝他说,“金相公决非那一流人物”,就知雨墨说他是篾片无疑。就是当衣服一节,也是他测度出来的;前两次同住俱有包裹,今日一旦没了,那必是前途典当了,何用三猜两猜呢?可见明白人另有一番眼界。

又听金生对颜生道:“仁兄,咱们上那边店里去罢。”颜生道:“任凭贤弟。”金生便叫雨墨抱着桌上的银子。雨墨又腾出手来要提那褡裢,金生道:“你还拿那个,你拿的动么?你不傻了么?你叫这边小二拿着,跟着咱们送过那边去罢。你都聪明,敢则到了此时,你也不聪明了。”说的雨墨也笑了,可见利令智昏。立刻叫了小二来,拿了褡裢。主仆一同出了小店,来到太和店内。此时昨晚投宿的俱已起身,打杂的扫院,收拾干净,更显得宽阔豁亮。雨墨也不用吩咐,已被玉堂唤醒,竟奔上房而来,先将抱着的银子放在桌上,又接了小二拿的褡裢。颜生与金生坐下。这边小二殷勤,沏了茶来。金生问道:“方才那匹白马揭了鞍子了?”小二道:“揭了,老爷请看,那边炕上放着就是。”金生转身一看,见上面罩着鞍罩放在那里;又吩咐小二道:

“你要好好喂养，不要上多了料，明日还要走路呢。”小二连连答应道：“老爷放心，走路的牲口，不要多吃料。吃多了料最动火。”金生点头，又吩咐小二道：“你将卖衣服的、卖靴帽的，俱叫到店里来。”可着颜生的身体治了簇新的一套儿，格外又置了铺盖等项，全是金生的银两。颜生也不谦让。到了晚间，那人回来，将当交明了，提了褡裢，也就告辞而去。这一天，吃饭饮酒，也不像先前那样，酒是昨日剩了多半坛；至于菜蔬，止于拣可吃的要了几样。

到了次日，雨墨早已起来归拢行囊，颇颇的壮观。今日金生也醒的早了，见雨墨在那边收拾行李，又问他可会备马。雨墨道：“会备马。”金生道：“如此甚好，快些备来。”店小二将马拉过来，已然刷洗干净。雨墨扣屉、搭鞍、捋鞦、带嚼，颇有门道。金生笑对颜生道：“雨墨这小孩子颇好，吾兄要好好看顾他。小弟无以为赠，就将此马奉送吾兄。再这二百两银，除了赏项、赎当、置买衣服并两日的店费，共用去八九十两，下仍有一百多两，吾兄一并拿去。”颜生那里肯受，道：“愚兄叨惠已多，再要受此，贤弟视愚兄为何如人？那是贪得无厌了，断难从命的。”金生道：“仁兄不要固执，知道令亲那里相待如何？如好便罢；倘不如意时，仁兄千万在双星桥寻个寓所，等候小弟到来，再为商酌。银两敷余者，特为此也。小弟缺少盘费，吾路上自有相知应付；吾的盘费，吾是不用银子的。仁兄只管拿去。”颜生道：“这马，贤弟也可以乘坐乘坐。”金生笑道：“仁兄看吾这个样子，如何骑得马？骑上马也是掉下来的。”雨墨暗道：“金相公真奇怪，与其给我们相公置衣服的，他也换一套儿穿穿，有何不可？故意的这个样儿。可是相公说的，真是放荡形骸之外了。”又听金生道：“不要留恋，还是吾先走，咱们京都再会。”说罢，执了执手，他拉他拉，出店去了。颜生觉得中心萦萦，依依不舍，眼巴巴的真真的目送出店。此时雨墨精神百倍，将银两收藏严密，叫小二将行李驮在马上，扣备停当，腰间止于将前日所剩的四两多银带上，又把雨具包了个小小包袱背在肩头，以防天气不测。诸事已妥，请相公上马。他居然阔充起来；颜生念他是个小孩子，也给他雇了一乘驴，沿路盘脚。

主仆二人晓行夜宿，饥餐渴饮。一日，到了祥符县，竟奔双星桥而来。到了双星桥，略问柳家，人人皆知，指引了门户。主仆来到门前一看，果然气象不凡，是个殷实之家。原来颜生的姑父名叫柳洪，务农为业，为人偏酷，有个悭吝的毛病，处处好打算盘，是个顾财不顾命的人，何况亲友？他与颜老爷虽是郎舅，却有些“冰火不同炉”；只因颜老爷是个堂堂的县尹，他看颜老爷将来必有发迹，故将自己的女儿柳金蝉自幼儿就许配了颜查散。不意后来颜老爷病故，他已闻得这位老爷在生为官清正，家内毫无积蓄，得了信后，虽然有些后悔，还关碍着颜氏安人，不好意思；谁知三年前颜氏安人病故，他就决意的要断这门亲事。因此，连信息也不通知。后又续娶了冯氏安人。这冯氏却是个面慈心狠之人，幸喜他很疼爱小姐，犹如亲生一般。这又是什么缘故呢？只因冯氏有个侄儿，名叫冯钧衡，与金蝉小姐年纪相仿；他因员外柳洪每每提到颜生唉声叹气，悔恨不已，说当初不该定这门亲事，已露出有退婚之意。冯氏暗怀鬼胎，他打算着把自己侄儿做个养老女婿；就是将来柳洪死后，这一分家私也逃不出冯姓之手。因他有这一番居心，所以把小姐百般疼爱。又叫侄儿冯钧衡时常在员外跟前献些殷勤小意。员外虽则欢喜，无奈冯生相貌不扬，再加上“谦多必诈”，而且是个白丁，那一番讨厌的形景，更觉得丑态毕露；因此，柳洪总未露出口话来。

一日，柳洪正在书房，想起女儿年已及笄，颜生那里杳无音信，又闻得他家道艰窘，难以度日，惟恐女儿过去受罪，怎么想个法子退了此亲方好。正在愁思，忽见家人跑进来禀道：“启上员外，武进县的颜姑爷到了。”柳洪吃这一惊非小，登时竟会没了主意，张口结舌，半天方说道：“你……你就回复他，说我不在家。”那家人不敢多言，刚要转身，他又叫住，问道：“这颜姑爷是怎么个形相来的？”家人道：“骑着高头大马，穿着锦绣罗裳，带着书童，甚是齐整；不然，小人为何跑着进来禀报呢？”敢则他也是个势利鬼！柳洪听见家人说颜生如此光景，暗自沉吟道：“必是颜生发了财了，特来就亲。幸亏细心一问，险些儿误了大事。”连忙吩咐家人：“快请。”自己也就迎出书房来。只见颜生穿着簇新的衣服，衬着那俊俏的容貌，后面又跟定个伶俐小童，拉着一匹光润的白马，不由的不乐；连忙上前相见，携手到了书房。颜生即以子侄礼参拜。柳洪哪里肯受？谦让再三,才受了半礼。彼此欣然就座,叙了寒暄。家人献茶已毕,柳老便问颜生何来。颜生渐渐说到家业艰难,特奉母命前来投亲,预备明年考试;并有家母亲笔书信一封。柳洪听至此,却把个帘子脸儿放下,陡然不似先前的那等欢笑。雨墨在旁已将书信拿出,递与颜生。颜生立起身来,递与柳老,又奉了一揖。柳洪无奈,接过书信,拆阅已毕,更觉得不耐烦了,便吩咐家人将颜相公带至花园幽斋居住。颜生还要拜见姑母。柳洪道:“老妻这几日身体不爽,改日再见罢。”颜生也不相强,只得跟随家人上花园去了。要知柳洪有何主意,且看下回分解。

第三十五回　柳老赖婚狼心难测　冯生联句狗屁不通

且说柳洪看毕书信，拢入袖中，将颜生带至花园幽斋居住，自己来到后堂，忧容满面。冯氏问道：“员外为着何事如此的忧愁？”柳洪自己埋怨道：“全是我自己没有主意，先前以为粗中有细，谁知到底弄巧成拙了。此事如何摆脱法？”说罢，急的搓手。冯氏听了，好不明白，复问道：“到底为什么事这样的着急？真是‘说话不明，犹如浑镜’，你益发老糊涂了。你且把事由儿说来我听。”柳洪道：“颜姑爷那畜生来了。”姑爷下面有“畜生”二字，真是奇谈！冯氏听了，也觉一怔，道：“他如何来的？”柳老拍手道：“如何！你也是如此问法！可见也是粗中有细了。他来的竟阔的很，穿着簇新的衣服，骑着极好的骏马，还带着个很伶俐的书童。你说他这个形景，我焉有不让进来之理？谁知坐下，三五语之后，他便告起艰难来，这不是弄巧成拙了么？”冯氏听毕，假意欢悦道：“原来为这宗事情。姑爷有半子之劳，他目下虽然贫寒，将来岂无发达？他既投到这里，员外也是该当做的；此乃一件好事，有什么着急的呢？”柳洪不听则已，听了此话，不由的双睛一瞪，道：“什么好事！什么好事！你方才说我糊涂，你今日可真糊涂了！你且看了这封信！”说着话，从袖中拿出信来，道：“你看也是白看，我索性告诉你，他上面写的是叫姑爷在这里读书，等到明年考试；这个用度须耗费多少？再者，若中了，还有许多应酬；若不中，就叫他在此招赘。俟毕姻过一月后，叫这里将他小两口儿送往武进县去。你自打算打算，这注财要耗费多少？归期我落个人财两空，你如何还说是该做的呢，这不要急坏了人么！”冯氏趁此探柳洪的口气道：“员外不必着急；事已如此，如今便怎么样呢？”柳洪道：“也没有什么主意，就只想个法子把这婚姻打退了，另找个财主女婿，省得女儿受罪。我也免得将来受累。”冯氏见柳洪吐出退婚的字样，他便随机应变，冒出坏包来了，笑嘻嘻的道：“员外既有此心，这有何难？暂且将颜生冷落几天，我管保不出十日，叫他自己退婚，自有叫他回去之计。他如真个不去，那就说不得了，必叫他丧吾手内！”柳洪听了，欢喜道：“贤妻，果能如此，方去了我心头之病。但不知有何主意？何不对我说说呢？”冯氏道：“‘法不传六耳’，做事总要严密；事到临期，自然知晓。此时说了，恐有泄漏，反为不美。你只要冷落他几天就是了。”

他二人只顾在屋内计议，不防跟小姐的乳母田氏从窗外经过，将这些说话俱各听了去了。他急急的奔后楼，来到绣阁，已然喘息不止。金蝉小姐见他如此惊慌，面目更色，便问道：“奶娘，为何这等光景？”田氏喘息道：“小姐，可知颜姑爷来了么？”小姐听了此言，桃腮带赤，低头不语。田氏道：“姑娘休要害臊，此事不好了！方才我从员外窗下经过，员外正与安人计议，不出十日便要害颜生的性命。小姐须要早为打算，搭救颜生要紧。此事关系甚大，一来解救颜生；二来并救颜母；不可因小节坏了大事。”此时跟小姐的丫环，名叫绣红，听了此言，也觉慌张，在旁催促道：“小姐，早拿个主意方好。”小姐听了，落泪道：“此事我如何自做主张？总是我那亲娘死了，叫我向谁申诉呢！”说罢，掩面痛哭不止。绣红也跟着悲泣。倒是田氏强撑伤心道：“我倒有个主意，他们商议的原是不出十天；咱们就在这三五日内，小姐不可为俗理所拘，暂与颜生不论夫妻，仍论兄妹，写一字柬，叫绣红约颜生在内角门夜间相会，将原委告诉明白了颜生。小姐将私蓄赠些于他，叫他另寻安置的去处；俟科考后，功成名就，那时再来就亲，大约员外再无有不允之理。”小姐道：“这越理犯分之事，我是断不肯做的。”田氏道：“姑娘吓，这并不是越理犯分，此不过暂时从权，出于不得已，搭救颜生要紧。”绣红也在旁开导解说。小姐无奈，才应允了。

大凡为人各有私念。似乳母田氏、丫环绣红这一番私念，原是为顾全颜生，疼爱小姐，诚是一片热心，这个私念也是理上应该的；竟有一等人无故的，一团私念，闹的他自己亡魂失舍，仿佛热地里的蚂蚁一般，这个私念方是真正私念了。你道这入了私念的是谁？就是那冯氏之侄冯钧衡，将上文截住，用“私念”二字过到下文，方不突如。

自从听见他姑妈有意将金蝉小姐许配于他,他便每日跑破了门,不时的往来。若遇见了员外,他便卑躬下气,假做斯文;那一种胁肩谄笑的形景,更叫人宁耐不得。员外看了,总觉大不合心。若是员外不在跟前,他要合他姑妈讪头讪脸,百般的央告,甚至于屈膝杀鸡儿,只要求冯氏早晚在员外跟前玉成其事。偏偏的有一日凑巧,恰值金蝉小姐前来给冯氏请安,娘儿两个正在闲谈,这小子他就一步儿跨进门来,小姐躲闪不及。冯氏道:"你们是表兄妹,是见得的,彼此见了。"小姐无奈,把袖福了一福。他便作下揖去,半天直不起腰来,那一双贼眼直勾勾的瞅着小姐。旁边绣红看不上眼,拥簇着小姐回绣阁去了。他就痴呆了半晌,发恨道:"可恨绣红这丫头!他竟这等不通情理,将来叫他跑不出我的手去!"又抱怨冯氏道:"姑妈方才何不将小姐留下多坐坐呢?为何就由着他们去了?"冯氏啐道:"我不怪你,你反来怨我!你看你方才那个样儿,连我都看不上,如何怪得他们呢!"

他这一瞧,直不是人与人没有那么瞧的。往往的书上多有眉眼传情,又云眉来眼去,想来这话有些连络不清,眼睛可以流动转瞬,说他传情勾引使得,这眉毛死塌塌的两道毛儿,又不能动弹,跟着里头可搅什么呢?言虽如此,要是没有他,真不顺眼,真磕碜,可见五官是再不能增减倒置的。就犹如笑谈上说的,嘴和鼻子说话:"哈,老鼻!你有什么本领,竟敢居在我的上头呢?"鼻子答道:"你若不亏我闻见,你如何分得出香臭来呢?"鼻子又和眼睛说话:"哈,老眼吓!你有什么本领,也敢居在我的上头呢?"眼睛答道:"你若不亏我瞧见,你如何知道好歹呢?"眼睛又和眉毛说话:"哈,老眉吓!你什么本领,竟敢居在我上头呢?"眉毛答道:"我原没有本领,不过是你的配搭儿,你若不愿意我在你上头,我就挪在你底下去,看你得样儿不得样儿?"一个人眼睛底下若有两道眉毛,大约着不好看罢。冯钧衡他这一瞧,直是把眉毛错安了位了。冯钧衡自那天见了小姐之后,他更谋求的很切,恨不得立刻到手,天天来到柳家探望,有时就在前面书房居住。这一天刚进门来,见院内拴着一匹白马,便问家人道:"好一匹白马!是员外新置的,还是从何得来的?"家人道:"我们员外多养一头驴还抱怨嚼用呢,如何还肯置马!”冯钧衡道:“既如此,此马从何而来?”家人道:“这是武进县颜姑爷骑来的。”他一闻此言,犹如平空的打了一个焦雷,只惊得目瞪口呆,魂飞天外,半晌方还过一口气来,暗道:“不好!此事却怎么处?”又问道:“员外在那里?”家人道:“现在书房。”冯生忖道:“且见了员外,看姑爹是何形景,再做道理。”一直来到书房,见了柳洪;见员外愁眉不展,他便搭讪着道:“闻得颜姑爷来了,他可好么?”柳洪道:“好什么,告艰难来了!”冯生听了此言,又见柳老发愁,想来颜生必是穷苦已极;复又转念道:“不是,不是,他既可以骑那样的马,如何会穷呢?索性再问问。”又抖抖搜搜的道:“他既骑了马来,如何会告艰难呢?”柳洪听了,不耐烦道:“他骑了马来,难道就告不得艰难么?除了那个张口货,还有什么!每日耗费我多少麸料,还提马呢!”冯生听了这个口气,以为颜生必是狼狈不堪,暗想道:“我何不见他一见,看看他倒是怎样的光景;如若真不像样,就当面奚落他一场,也出出我这胸中的恶气。”想罢,便对柳洪言明要见见颜生。柳洪无奈,只得先说道:“你到那里,且不必提是我的内侄儿,就说是我侄儿。”冯生道:“‘真亲割不断’,这是为何呢?”柳洪道:“你不晓得,昨日颜生要见他姑母,我托言有病,改日再见罢。他还不知他姑母已然死了,当初死的时节,我没给他送信。”冯生道:“可惜,可惜!短送一个信,短收一份儿份子。”

柳洪也不理他,将他带至幽斋,雨墨见员外带了一人进来,连忙报与颜生道:“员外到。”颜生出迎,见了柳洪奉揖,并不认得同来之人。柳洪道:“这是我个世侄冯生,也是读书之人;见了日后倒可以时常讲论讲论。”冯生道:“我这书上是不懂得的。”颜生听了,即向冯生执手道:“冯兄请了。”冯钧衡原打算要奚落颜生,谁知见了颜生,不但衣冠鲜明,而且相貌俊美,那一番斯文儒雅,把自己形容的直不是东西,觉得五内一阵恶心,登时头晕眼花,四肢麻木不仁,竟自无地可容;要退退不回来,要进又自惭形秽。踌躇了多时,忸怩了半晌,方答道:“颜姑爷请了。”大家进了幽斋,柳洪以长者自居,在上面坐了,颜生还要逊让冯生坐次位。柳老道:“你是远客,理应在这边坐,不必让了。”颜生闻听,只得谢座告罪。冯生看了看,就在颜生对面坐了。二人相形之下，柳老看了个逼真，妍媸自分，贤愚立辨，不由的良心一时发现，暗道："据颜生相貌才情，堪可与金蝉配偶，可惜他家道贫寒，是一宗大病。"又看冯生拱肩缩背，挤眉弄眼，竟不知如何是好，连一句整话也说不出来。柳洪倒觉不好意思，搭讪道："你二人在此攀话，我料理我的事去了。"说罢，转身出去。

冯生见柳老去后，他便抓头不是尾，险些儿没急出毛病来。他本来毛病就多，还搁的住再添毛病么？略坐了坐，也就回书房来了。刚一进门，可巧迎门的穿衣镜，就把他照着；他这满腔的怨气，对着穿衣镜道："冯钧衡吓冯钧衡！你瞧瞧人家是怎么长来，你是怎么长来！我也不怨别的，怨只怨我那爹妈既要儿子，为何不下点工夫，好好的语气未完，即用转笔接下。教导教导，调理调理，也不至于见人说不出话来。"自己怨恨一番，赌气子今日也不回去，就在书房床上左思右想，忽然展转道："颜生是个人，我也是个人，我可怕他做什么！明日倒要乍着胆子与他盘桓盘桓，看是如何。"他想到此处，心平气和，便呼呼的睡了。到了次日，吃毕早饭，虽则立准了主意，却又犹疑了半天。后来发了一个狠儿，便往幽斋而来，见了颜生，彼此就座；心里搜索枯肠，想着话问道："请问高寿？"颜生道："廿有二岁。"冯生听不明白，便念呀念的怎么的，尽自念。颜生知他不懂，在桌上特特写出。冯生看了道："哦，敢则是草写的二十吓？若是这么说，我敢则也廿了。"颜生道："冯兄尊齿二十了么？"冯生道："我的牙，连槽牙，却是三十二个，我的岁数却是廿。"颜生笑道："尊齿便是岁数。"冯生知是自己对答错了，连忙道："颜大哥，我是个粗人，你合我不要闹文，总是相面的夸口，直言无隐才好呢。"颜生又问道："冯兄在家作何功课？"冯生却明白"功课"二字，得意洋洋的道："我家也叫了个先生，不是没眼的先生，也是睁着眼儿的。他无故叫我作什么诗，五个字儿一句，说四句是一首；还有什么韵不韵的，这个东西累赘，我如何弄的上来呢？后来作惯了，觉得顺溜了，也就凑合的上来；就只做半截儿，那半截儿任凭怎么使劲儿，再也作不下去。有一遭儿，先生出了个'鹅群'叫我作，好容易作了半截儿。"颜生问道："可还记得？"冯生道："记得。我好容易作的，焉有不记得的呢？"颜生道："想来是得意之句，何不念来，我们领教？”冯生便咳嗽了几声，念道：“远看一群鹅，见人就下河。”念完，便不言语了。颜生道：“底下呢？”冯生道：“说过就只作半截儿，如何能够满作呢？”颜生道：“待我与你续上如何？”冯生道：“那敢则好。”颜生随便念道：“白毛分绿水，红掌荡青波。”冯生道：“似乎是好，念着怪有个听头的。还有一遭儿，我们书房院子里有棵梨树，先生就以梨树为题，我也作了半截儿。”颜生道：“也请教请教。”冯生又念道：“一棵大梨树，两个大杈丫。”颜生道：“我也与你续上。”便念道：“未结黄金果，先开白玉花。”冯生见颜生又续上了，他却不讲诗了，因说道：“这诗实在的难作。我最爱对对子。什么缘故？这诗须平空的想出来，是最难的；若对对子，按着那边字儿一对就得了，容易的很。颜大哥，你出个对子我对对。”颜生想道：“今日乃重阳，而且风鸣树吼。”因说道：“九日重阳风落叶。”冯生想了半天，猛然嚷道：“八月中秋月照台。颜大哥，你看我对的如何？”颜生道：“对的虽好，只是重了‘月’字了。”冯生道：“哟，我倒没留神。你再出个我对。”颜生见他无甚行止，即写一联道：“立品修名，谁能效子渊子夏？”冯生按着字儿扣了一会，问道：“子渊、子夏，他们必是哥儿两个了？”颜生笑道：“子渊姓颜名回，子夏姓卜名商：如何是弟兄呢？”冯生道：“原来不是吓。我对一家子使得使不得呢？”颜生只得答道：“使得的。”冯生道：“既如此，我就对这个罢。”写完，递与颜生一看，上写着：“交朋结友，我敢比刘六刘七。”颜生笑了一笑，复又写了一联，却是明褒暗贬之意。冯生接来一看，写的是“三坟五典，汝乃百宝箱”。他又想了多时，对道：“一转两晃，我是万花筒。”他自以为得意，又磨着颜生出对。颜生实在不耐烦了，因写道：“愿安承教尔无门”，这明是说他请教不得其门，冯生他却呆想，忽然笑道：“可对上了。”写道：“不敢从命我有窗。”

雨墨见他二人先讲诗，后对对，谈论的工夫久了，连忙沏了茶来，正听见冯生说他有窗，雨墨暗笑道：“这姓冯的别是有什么症候罢，你有疮没有疮的，告诉我们相公作什么？”递过茶去，一旁听讲。只见颜相公淡淡的不理他，轻轻摇着扇儿，眼睛却往别处看着。忽听冯生道：“颜大哥扇上有字，我也领教领教。”颜生只得递与他。冯生接了,也不看上面是何言词,便连夸道:“好字,好字!真写了个龙争虎斗!”又翻过来,那面却是素纸,又道:“可惜,可惜!这一面为什么不画上几个人儿呢?颜大哥,瞧我的扇子却是画了一面,那一面也是素纸,求颜大哥写上几个字儿呢。”颜生道:“我那扇子是相好朋友写了送我的,现有双款为证,不敢虚言。我那拙笔,惟恐有污尊摇,实难奉命。”冯生道:“说了不要闹文,什么尊摇不尊摇,我全不管;我那扇子也是朋友送的,如今再求大哥一写,这扇子可就成全起来了。你自看看那画工,神情颇好。”颜生一看,见有一只船,上面有个妇人,穿着绿衣,撒着裤腿,摇着画桨,旁边跪着个小伙儿拉着桨绦。冯生又道:“你看那边岸上那人拿着千里眼,哈着腰儿,瞧的神情真是活的一般。”颜生道:“这画的是何名色?”冯生道:“怎么颜大哥连‘呲啉咙咚呛’也不知道吗?”颜生道:“此话我不明白。”冯生道:“本名叫‘荡湖船’。千万求大哥把那面写了!我先拿了颜大哥的扇子去,俟写完时,彼此再换。”颜生无奈,将他的扇子插在笔筒之内,冯生也就告辞去了。雨墨便问颜生道:“这位冯相公是什么人?”颜生摇头道:“粗而又粗,俗而又俗,是个大粗俗人罢了。前日员外还说他也是读书之人,日后常要讲论讲论;今日说了半天,连一句入耳之言也没有,实在的厌恶!”雨墨又问道:“他是员外什么人?”颜生道:“前日员外称他世侄,想来是世交了。”雨墨道:“未必是世侄,大约是内侄罢。”颜生道:“胡说!你相公现是员外的内侄,如何又有内侄呢?”雨墨道:“小人是如此想;只因方才小人进内沏茶去,遇见一位田妈妈,说是小姐的乳母。他问我来:‘你们相公作什么呢?’我说:‘与姓冯的说话呢。’他便左右看了看,道:‘你快不要如此说,他是员外的内侄,你应称他冯相公。’小人一闻此言,就想到相公是内侄,他如何也是内侄呢?刚要问时,只见有个丫环将他叫了去了。”颜生诧异道:“如此说来,难道我姑母——”雨墨忙拦道:“相公不要着急,适才小人仔细想来,或者员外因无子嗣,又另娶了一房;他们有钱的人家,或者有之。俟小人再到茶房时,若遇了田乳母,细细打听明白,再来回复相公。”颜生无可如何,犹犹疑疑,只得说道:“你要打听明白,早早回我知道。”雨墨答应,一旁伺候用饭不表。

且说冯生离了花园,回转书房,悻悻自想道:“你看颜生他将我两首诗句,不用思想,开口就续上了。他的学问比我强多了,而且相貌又好。他若在此久长,只怕我的小姐要被他夺了去。这便如何是好?”他也不想想人家原是定下的,他是要图谋人家的,可见私欲蒙心,什么天理全不顾了。他思前想后,总要把颜生谋害,方去心头之病;翻来覆去,一夜哪曾合眼?再也想不出计策来。到了次日,早饭已毕,又往花园而来。这一来不知要紧,生出无限风波。要知端的,且听下回分解。

第三十六回　园内赠金丫环丧命　厅前盗尸逆子忘恩

且说冯生出了书房，竟往幽斋而来；刚进了花园，只见远远的由幽斋那边来了一个女子。这贼子一见，暗暗吃惊道："这女子是谁？"连忙迎上前来，却是跟小姐的绣红。他不看则已，看了时陡然疑惑起来，急急煞住脚步，问道："你不是绣红吗？无故来到花园做什么？"绣红道："小姐派我来折花儿。"冯生道："天已半晌，折的是什么花？而且折的花在那里？"绣红道："我到那边看了花儿尚未开呢，因此空手回来。你说半晌折花儿，我们为的是簪花瓶，早间不得空儿，难道此时就折不得么？再者，这花园是柳家花园，又不是冯家花园，你查问我做什么？用你多管闲事，好没来由吓！"说罢，扬长去了。气的个冯生直瞪直瞪，再也对答不来，不由的愤恨道："这丫头如此可恶，将来叫他知道我的利害！"嘴里如此说，心内更加疑惑，急忙奔至幽斋，偏偏的雨墨又烹茶去了。他见颜生手内拿着个字柬儿，正要开看，连忙问道："颜大哥，你做什么呢？"颜生猛然抬头，见是冯生，起身让坐，顺手将字柬掖在书内，彼此闲谈。冯生在正事上虽则粗俗，若动了邪刺骨，颇有灵机。他便生出计来道："颜大哥，可有什么浅近的诗书借给我看看呢？"颜生因他借书，不好驳回，立起身来向那边书架上找书。这冯生得便探身一望，真正事有凑巧，见方才掖在书内的字柬，露着个纸角儿，即伸手轻轻的抽出，就拢入袖内。恰好雨墨沏了茶来，见冯生在此，连忙递了茶，又见颜生找了书来，冯生急忙接过来道："我是最性急的，既有了书，我就要瞧的。"说罢，执手告别。回转书房，将书放下，便将那字柬掏出一看，只唬得惊疑不止，道："这还了得么？险些误了大事！只是此事将如何处治？"原来此字正是乳母田氏与小姐商议的，定于今晚二鼓在内角门相会，私赠银两，偏偏的此字被冯生偷来。这贼见了此字，先前惊骇，后来惊而怒，暗恨道："敢则小姐也有了私心了。他们今晚相会，一定将终身许配颜生，我的婚姻岂不付之流水？这口恶气如何忍耐得住！我今将此字拿到后面与姑夫、姑母看了，就说：‘姓颜的勾通了丫环绣红，暗中传书递柬，将来必要做出不才之事；似这等伤风败化，如何还留他在园中居住？’老柳本来就嫌他贫寒，如今既有此事，包管把他羞辱一场，打退婚姻，将他赶将出去。那时小姐岂不稳稳当当，仍是我的么？一定是这个主意。”于是袖了字柬，刚然出了书房，忽又转想道：“不好，不好！他们是自幼儿定的亲事，万一将错就错，就此成全了美事，我这岂不白白的把件好事送到老虎嘴里去么？事要三思，免劳后悔。”想罢，仍抽身进了书房，坐在床上，仔细思量，猛然省悟道：“有了，有了！如今字儿既落吾手，大约颜生恐我识破他，决不敢前去。我何不于二鼓时假冒颜生，去到那里？倘能到手，岂不仍是我的婚姻？即便露了马脚，他若不依，我就拿此字柬做个证见；就是姑爹知道了，也是他们‘开门揖盗’，却也不能奈何于我。”心中越想越妙，不由的转怒为喜，恨不得立时就交二鼓。

且说金蝉小姐虽则叫绣红寄柬与颜生，总觉心内不安，暗自叹道：“若有我那亲娘，我如何做出这暗昧事来？但只一件，颜生来了三四日，为何并未提起见他姑母呢？或者他要见时，被爹爹阻住了；若要如此，他还不知现在的姑母不是他亲姑母，他更无一点儿防范了。此话须要说明方好。”想至此，已然初鼓时分，乳母田氏在旁催促道：“小姐吓，天已不早了，赠颜生的东西也该打点了。”小姐无奈，打开香奁，拿了私蓄银两，又将首饰、衣服并在一处，用包袱包好，便将绣红叫来，细细嘱咐：“务将底里言明，叫颜生明白，即便离了此处方好。千万，千万！”田氏又在旁撺掇道：“小姐何不亲身一往呢？”小姐道：“奶娘吓，我是断断不肯去的！”说至此，已然哽咽不能成音了，乳母、丫环知道再不可相强了。到了二鼓，绣红无奈，提了包袱，竟奔角门而来。此时正在中浣十一二，虽有月色，却被淡云笼住，不甚明晰。绣红来到角门以外，陡然打了个寒噤，不由的寒毛倒竖，心中惊惧起来。正在害怕，只见那边来了一人，弯着腰儿，蹑着步儿，左顾右盼，东张西望，手内还拿着一物，遮遮掩掩，偻伛而来。绣红细看，原来是用扇儿遮蔽；细看来人，不似颜生形景，暗想道：“昨日送字柬时,见那颜生细条身材,俊俏庞儿,儒雅至甚,如何是这样粗俗体态?”正在思索,只见那人扎煞着手,竟奔前来,便闪身问道:“你是何人?”那人应道:“我是颜生。哎哟!小姐呀!你可想煞我了。”说罢,向前就要动手。绣红见不是势头,细听声音,却又不对,连忙嚷道:“有贼!”冯生一时着忙,撇了扇儿,伸手原要堵他的嘴,不想蠢夫用力太猛,一个软弱的丫环,如何禁的住他猛然一扑,仰面往后便倒。恶贼收手不及,连身体都栽在丫环身上。他这一栽不知要紧,将全身气力全趱在单膊之上,不偏不歪,正按在丫环的咽喉;只这么一挤,也是绣红该当命尽,及至强徒挣扎起来,竟自气绝身亡。这恶贼见人死了,也不管是小姐、是丫环,见包袱抛于地上,连忙提起,一溜烟竟回书房去了。

这里金蝉小姐与田氏乳母在楼上提心吊胆,等了多时,不见绣红回来。小姐道:“奶娘,我此时为何心跳的紧?”田氏道:“我也有些肉颤,绣红去了许久,如何还不见回来,难道此时颜生还没来么?待我下楼,到角门看看去。”小姐道:“奶娘要去,可急早回来。奴家害怕的很。”田氏道:“我去去就来。”说着话,下得楼来;刚到院内,只见走更之人慌慌张张从那边来,田氏问道:“李二愣,你往那里去?”更夫道:“岂有此理!不知何故,跟小姐的绣红倒毙在角门以外。我叫王大个子看着,我回禀员外去。”田氏一闻此言,登时魂飞天外,又见那边灯笼、火把,仆妇、丫环同员外、安人,俱奔角门而来,连忙回转楼上,报与小姐得知。

这里众人到了角门以外,柳洪用灯一照,果是绣红;见他仰卧在地,口边还有鲜血。冯氏却在那边拣起一把扇子,借灯光一看,却是颜生的,随口发话道:“好个读书人!也不想想黉夜入人家,非奸即盗;这扇子便是质对了。”说罢,递与柳老。柳老见是颜生的扇子,已然心中大怒,忽又见那边地上放着个折叠的字柬,连忙拣起看时,不由的气冲牛斗,一声儿也不言语,竟奔小姐绣阁去了。冯氏虽不知字贴上是何言语,见员外这番光景,已料到八九;惟恐过于为难了小姐,急急跟随在后。柳洪来到楼上,见了小姐,连说:“干的好事!干的好事!”将字柬儿劈面掷去。此时小姐已知绣红死了,又见爹爹如此,真是万箭攒心,一时难以分解,惟有痛哭而已。亏得冯氏赶到,忙将字柬儿拾起,看了一遍,道:“原来为着此事。员外,你好糊涂!这事与女儿什么相干?焉知不是绣红那丫环干的鬼呢?他素来笔迹原与女儿一样,女儿既作此事,他为何不亲身前去,如何轻易交付丫环呢?这明是绣红有了私心,偷赠银两,所以他才死在角门以外。女儿现在并未出绣阁,你如何不分皂白,就埋怨起女儿来呢?只是这颜姑爷既已得了财物,为何又将丫环掐死呢?这个意思也就令人难测。”一句话提醒了柳老,便把一天愁恨俱搁在颜生身上,愤愤下楼而去。冯氏又安慰了小姐一番,又留下两个丫环服侍小姐,叫乳母好生看顾,也就下楼去了。

此时小姐千思万虑,哭个不了。田氏在旁劝解。小姐见左右无人,悲切切道:“奶娘吓!可怜绣红自幼服侍我多年,今日遭此惨报,你如何叫我不伤心呢!”田氏道:“事已如此,哭也无益。只是颜生他既得了财物,为何又陷害丫环呢?此事真真令人不解!”小姐道:“男儿心性如何料得定?他来了三四日,并不提拜见姑母,我就有些疑惑。如今得了财物,又害丫环,可见是个少年轻薄负义之人罢了!悔只悔不该叫绣红前去。这是自招愆尤,埋怨谁来!”说罢,又哭起来了。田氏见小姐自己怨恨,毫不抱怨别人,心里更觉难受,低头一想:“这主意原是我出的;如今闹的不成事体,我如何坐视不管了呢?待我将小姐安置妥了,悄到花园探望一番,看是如何。”主意已定,劝慰小姐道:“事已如此,不要过于伤心,请安歇罢。”金蝉小姐原是柔弱娇躯,那里搁的住焦劳伤心呢;自己也觉得支持不住,便叫田氏服侍安歇了。田氏在小姐旁边合衣而卧,俟小姐沉沉睡去,他便慢慢起来,将小丫环唤醒,叫他们听着呼唤,“我去去就来。”小丫环答应。

田氏离了绣阁,不敢走角门,一来有绣红尸首害怕,二来恐看守之人盘问,只得从夹道绕至内茶房,由内茶房的后门正通着花园的幽斋,每日雨墨沏茶打水俱是从此处走。田氏刚出后门,走了不远,只见迎面来了一人,此时业已鸡鸣,天色将晓,仔细看时,恰是雨墨,一手提着净面盆,一手揉着眼,慢慢走来。田氏便止步问道:“你不是雨墨么?你如何起的这般早?你们相公也起来了么?”雨墨叹道:

“咳！再不要提起！我们相公自昨日午后因丢了什么字柬，心内一急，晚间就得了暴病，连晚饭也不曾吃，整整的闹了一夜，至五更，方才安顿了些。我一夜也不曾合眼，所以要打些热水擦擦脸。奶娘，今日也起的早，你老这时要往那里去?”田氏听了这话，好生诧异，又问道：“你家相公昨夜二鼓时可曾出来么?”雨墨道：“自掌灯时就不舒服起，唉声叹气，捣枕捶床，直闹到五鼓方睡，何曾离书斋呢!”田氏不由的失声道：“哎哟！不好了！雨墨，你快快回去告诉你家相公！昨日那字柬原是约你家相公到角门私赠银两并首饰衣服，不想绣红于二鼓时到了角门以外，包袱被人拿去罢了，还将他扣喉掐死在地!”雨墨听说，唬了一跳，连忙问道：“奶娘，你家小姐因何私赠我们相公银两呢?”奶娘道：“只因我家员外、安人原有害你家相公之意，是我听了告诉小姐，因此定于昨夜私赠银两，叫你等早离此地。”雨墨道：“可是吓我正要问你老。如今现在的安人，难道不是我家姑太太吗?”奶娘道：“若有你家姑太太，如何闹到这步田地。你家姑太太已于三年前死了，员外决意要断这门亲戚，所以才不给你们送信呢。”雨墨最是伶俐人，一听就明白了，连忙道：“奶娘且请回去，我赶着告诉我家相公，如有回覆言词，请奶娘就在茶房相见罢。”他手提净面盆，也忘了打水，直奔书斋而来。奶娘惦记小姐，也就回转绣阁。他等哪知员外、安人此时已然算计停当了呢。

那柳洪自从小姐那里气愤愤回来，他拿了一张纸，写了一张呈子，说颜生谋夺财物，杀害人命，立刻叫家人找地方呈报祥符县去。正在忙乱，恰好冯氏回来，将呈子一看，啐道：“你这老杀才！可真糊涂了！这谋夺财物如何说得？官府要问私赠银两这一节事，你如何答对？难道说是女儿有了私心？这名声传出去，还了得么?”柳洪听了一怔，道：“是吓，我可真气糊涂了。依你怎么样呢?”冯氏道：“什么全不提，就说颜生无故杀害丫环，现有扇子为证；虽不能把他置之死地，大约他也无颜面回来，这门亲从此也就断决了。”这几句话暗合了柳洪之心，忙将呈子改过来。此时家人已将地方找来，看了大概情形，地方说：“呈报县内，有许多花消。”员外无奈，平了不足九钱银子，写上一两，交付地方去了。又准备了些口词，伺候官府明日相验问话,他咬定牙儿,说是颜生谋害。可怜颜生睡里梦里,连个影儿也不知道!幸喜“吉人天相”,雨墨遇见奶娘,得了底里消息,连忙回到幽斋,唤醒相公,先将姑太太于三年前亡故的话说了。颜生闻听,不由的泪流满面。雨墨道:“相公别哭,还有可气的;员外将咱们囚于幽斋,原来合这后娶的冯氏商量,不出十日要害咱们的性命。”颜生嗔道:“岂有此理!我姑母虽然死了,终是至亲,也不该下此毒手吓。”雨墨道:“相公且别生气,更有可敬可爱的;皆因奶娘听了此话,告诉小姐,彼此商量,方叫绣红寄了字柬,约请相公于二鼓时在角门以外,私赠银两并首饰、衣服。”颜生听了,拍手道:“好吓!多承小姐美情,又亏了奶娘、丫环的帮助,实实难得,真正可敬可爱!”雨墨道:“相公吓,谁知从爱敬之中又生出可怜可惨来了!不想绣红于二鼓时提了包袱,到了角门,不知何人将银两、首饰、衣服拿去无算,还将绣红掐死在地!”颜生惊讶道:“怎么绣红被人掐死了!可怜吓可惨!”不由的眼中落下泪来。雨墨道:“奶娘叫小人告诉相公,员外、安人既有害相公之心,惟恐在此不便,莫若早早离了此处为是;如有回复言词,定于茶房相见。相公有什么话,须要早早拿个主意方好。”颜生听了,立起身来,满屋中踱来踱去,猛然将脚一跺,叫道:“雨墨!你速到茶房见了奶娘,就说我颜查散多多上复小姐:此事皆因失了字柬才生出这些风波,总是我时乖运蹇,空空辜负了小姐的美情,白白葬送了丫环的性命!我今断不肯离了此地,纵有天来大事,自有我一人承当,决不连累别人,请小姐放心,善自保重,要紧,要紧!快去,快去!”雨墨听了答应,并摸不着相公是什么想头,他哪知颜生已立了个百折不回的主意呢!

雨墨刚离了幽斋,早有家人带着公差将颜生拿去。到了祥符县,此时县尹已相验回来,实是扣喉身死;因柳洪呈出颜查散,故此拿来,立刻升堂。县尹将颜生一看,却是个懦弱书生,不像那杀人凶手,便有怜惜他的意思,因问道:“颜查散,你为何谋害绣红?从实招上来。”颜生禀道:“只因绣红素来不服呼唤,屡屡梗命,昨又因他口出不逊,一时气愤难当,将他赶至角门,不想刚然扣喉,他就倒毙而亡,这也是前世的冤孽,做了今生的孽报,望乞老父母早为定案,犯人再也无的怨的。”说罢,往下磕头。县尹见他满口应承,毫无推诿,而且情甘认罪,决无异词,不由的心下为难,暗自思忖道:“看此生形景,决非行凶作恶之人。难道他素有疯疾不成?或者其中别有情节,碍难吐露,他情愿就死,也未可知。此事本县尹倒要细细稽查,再行定案。”想罢,吩咐将颜生带下去入监。县尹退堂入后,自有一番思索。你道颜生为何情甘认罪?只因小姐寄柬一节,若要将失了字柬当堂说出,岂不败坏了小姐的名节?莫若自己承当,省得小姐出头露面,有伤闺门的风范。这便是颜生的一番居心,百折不回的主意。他哪知道暗里却苦了雨墨呢。

这雨墨自从到了茶房,见了奶娘,将颜生的话说明;及至回来,相公已被县里拿去。他便将路上金生所赠的银两暗暗揣了,赶赴县中,悄悄打听;谁知相公已然过下堂来,竟自满口应承,只唬的他胆裂魂飞,泪流满面,急忙赶至监内,苦苦哀求禁子,并言有薄敬奉上。禁子与牢头商议明白,容他在内服侍颜生。雨墨便将银两交付了牢头,嘱咐一切俱要看顾。牢头等见了白花花一包,满心欢喜,满口应承。雨墨进内见了颜生,又是痛哭,又是抱怨,说:“相公不该应承。”颜生微微含笑,却毫不介意,说:“你不明白。”雨墨无法,只得殷勤服侍而已。

此时柳洪那里俱各知道颜生当堂招认了,不由的满心欢喜;就有那附合逢迎之人说他这无故谋杀是定要抵命的。彼此传扬,一时传到绣阁。此时乳母已将颜生的委曲说明,又将回复的言语一一告知。小姐闻听,不胜感激叹惜,只是再想不出这假冒颜生的是谁;如今听见颜生果然应承,毫不推诿,已然陷在监牢,以为颜生断无生理。仔细想来,“全是自己将他害了;他既无命,我岂独生?莫若以死相酬。”那新过来的小丫环不服呼唤,早已躲懒去了;惟有乳母不离左右。他又将乳母支去烹茶,连忙关了绣阁,竟自投缳自尽。及至乳母端了茶来,见小姐高高悬起,只唬的他骨软筋酥,踉踉跄跄奔到前面,报与员外、安人。柳洪一闻此言,也就顾不得了,先带了家人奔到楼上,打开绣户,上前便抱住了小姐,家人连忙解了罗帕。此时冯氏也赶到了。夫妻二人打量还可以解救,那里知道香魂已渺,不由的痛哭起来。更加着冯氏数数落落，一边哭小姐，一边骂柳洪道：“都是你这老乌龟、老杀才，不分青红皂白，生生的要了女儿的命了！那一个刚然送县，这一个就吊死了；这个名声儿传扬出去才好听呢！”柳洪闻听，道：“是吓！幸亏你提补我；似此事如何办理？哭是小事，想个主意要紧。”冯氏道：“这还有什么别的主意呢？只好说小姐得了暴病，光景沉重，先叫人悄悄搭了棺材来，算是预备后事，与小姐冲冲喜。咱们却暗暗将小姐盛殓了，浮厝在花园敞厅上，俟过个三朝五日，便说小姐因病身亡，也就遮了外入的耳目，也省得人家谈论。”柳洪听了，再也想不出别的法子来，只好依计而行；立刻吩咐家人抬棺材去，“倘有人问，只说小姐得了暴病，为的是冲冲喜。”家人领命，去不多时，搭了棺木来，悄悄抬至绣阁。此时乳母与冯氏已与小姐穿戴齐备，所有小姐素日爱惜的簪环、首饰、衣服，俱各盛殓了，且不下销，吩咐家人等暗暗抬至花园敞厅停放。员外、安人又不敢放声痛哭，惟有呜呜悲泣而已。停放已毕，又恐有人看见，便将角门倒锁了；所有家人，每人赏银四两，以压口舌。

谁知家人之中有一人，姓牛，名唤驴子；他爹爹牛三，原是柳家的老仆，只因二目失明，柳洪念他出力多年，便在花园后门外盖了三间草房，叫他家小一同居住，又可以看守花园。这一日，牛驴拿了四两银子回来，他妻子马氏问道：“此银从何而来？”驴子将小姐缢死，员外、安人定计暂且停放花园，并未下销的情由说了一遍；“这项银子便是员外赏的，叫我们严密此事，不可声张。”说罢又言：“小姐盛殓的东西，实在不少。”马氏闻听，垂涎道：“可惜了这些好东西。你就是没有胆量；你若有胆量，到了夜间，只隔着一段墙，偷偷儿进去——”刚说至此，只听牛三那边道：“媳妇，你说的这是什么话？咱家员外遭了此事，已是不幸；这还要就热窝儿偷去盗尸？人要天理良心，循环报应要紧！驴儿吓，此事断断做不得的！”谁知牛三刚说话时，驴子便对马氏摆手儿，又望那边努嘴儿；后来又听叫他不可做此事，驴子赌气子答道：“我知道，他不过是那么说，那里我就真去呢？”说着话，却打手式叫他女人预备饭，自己提了酒瓶，打了酒来，又买了些现成的荤食。马氏已将饭菜做齐，且不打发牛三吃，先叫丈夫喝酒;自己一边服侍,一边也跟着吃。两个人不言不语,竟打手式;吃喝已毕,将剩下攒凑攒凑才打发他公公吃了。到了起更之后,驴子在院内早已找出一把板斧,掖在腰间,悄悄奔到花园后门,拣了个地势高处,扳住墙头,爬将上去,他便往里一跳。不知后事如何,且听下回分解。

第三十七回　小姐还魂驴儿遭报　幼童侍主侠客挥金

且说牛驴子来到花园后门,拣了个高阜之处,扳住墙头,爬将上去。他不会伏身了望,也不用“投石问路”,凭身往下一跳,只听噗咚的一声,自己把自己吓了一跳,一时间眼光金星乱迸,见那树阴中透的月色,满园中花影摇动,仿佛都是人影一般;毛手毛脚,贼头贼脑,定了半天的神,方慢慢挪步。他却认得路径,一直竟奔敞厅;来至切近,但见棺木依然。到了夜静之际,被月色一照,那一番凄惨景况,实实令人难看。这小子猛然想起小姐白昼入殓之时,不由的从脊梁骨一阵发麻,灌于脑海,登时头发根根倒竖,两太阳噔噔的乱跳,又连打了几个寒噤,自己暗说:“不好,我要给他——”一存身就坐在敞厅栏杆之上,略定了定神。却又想起小姐满头的珠翠,周身的绫罗,殉葬的好些东西,暗暗的道:“我此来原为发财,这一上去,打开棺盖,财帛立刻到手,却又怕他怎的?这总是自己心虚之过,漫说没鬼,纵然有鬼,也不过是闺中弱女,又有什么大本事呢?我一个男子汉,又姓牛,又叫驴子,算起来,连牲口带人,也有好大的气力,还怕做什么?”想至此,雄心陡起,回手拔出板斧,一挺身来到敞厅之上。对着棺木,一时天良难昧,他便双膝跪倒,暗暗祷告说:“小姐吓小姐,牛驴子实在是个苦小子,今日暂且借小姐的簪环、衣服,日后若是充足了,虽不能逢时按节烧香化纸,大约年年清明总可以烧些纸钱。”祝罢,立起身来,将板斧从棺盖缝内略撬了一撬,原是不曾下销的,毫不费力,已然离开一缝;即将板斧放下,只用双手从前面往上尽力一托,那棺盖已然离位。他托定往左边一跨,又绕到后面,也是如此,那棺盖便斜在材上。他又转到前面,颤颤哆嗦,伸手揭开衾单,刚然要看,忽听:“哎哟哟!”只这一声,牛驴子双手把头一握,一存身,跑下厅来,蹲在地下,咯哒哒的一个整战儿,半响方还过气来道:“哎哟!我的妈呀!唬死我了!难道小姐他会还了魂了?”偷眼往上一看,只见小姐挣扎坐起，口中咕嚷道："多承老公公指引……"往下言语就听不真了。气息微弱至甚。

牛驴子一边哆嗦，一边喘息道："这……这……可怎……怎么好？"猛又转念道："咦！煮熟了的鸭子，如何叫他飞了？他纵然还魂，正在微弱之时，我这一上去，将他咽喉扣住，他还是个死，我照旧发财。谁又晓得他吊死后又被人掐死呢，一定是这个主意！"一时煞神附体，立起身来，从老远的就两手比着要掐的式样；尚未来到花厅，忽有一石子飞来，不偏不歪，正打在左手之上。驴子又不敢"哎哟"只疼的他咬着牙，摔着手，在地下打转儿，暗说："不好！这花园必有狐仙；方才这一石子，想是老爷子见了怪了。若是如此，只怕今夜要偷不成。"正在狐疑，只见从太湖石后出来一人，竟奔前来。驴子说声"不好"，转身要跑；刚跑得两三步，那人一个健步赶上，就是一脚。他虽然是个驴子，连个草驴不济，竟自禁不住一脚，早已跌倒在地。那人赶向前将他按住，驴子借月光一看，见这人穿着夜行衣靠，手执利刃，连忙哀告道："爷爷饶命！爷爷饶命！"那人将刀一晃道："我且问你，棺内死的是什么人？"驴子道："那是我家小姐吊死了。"那人吃惊道："你小姐为何吊死了呢？"驴子道："只因颜姑爷打官司，当堂招认了，我家小姐他就吊死了，不知为什么缘故。"那人又问道："这颜姑爷为什么事打官司？"驴子道："只因我家员外嫌他穷，久已就要退婚；谁知小姐知道了，打发丫环私赠银两；这颜姑爷得了财帛，不知怎么把丫环掐死了。所以我们员外把他送到县内。"那人道："你既称员外、小姐，想是他的家人了？你黄夜到此何干？"驴子道："这个……"干张嘴说不出来。那人又将刀一晃道："快说，快说！"驴子只得说出："特来盗尸，只求爷爷饶命！"那人道："你初念贪财，还可饶恕；后来又生害人之心，便是可杀不可留了！"说到"可杀"二字，刀已落下，登时驴子入了汤锅，了了帐了。

你道此人是谁？他便是改名金懋叔的白玉堂。他也是从二鼓来的，刚到了花园，就听见咕咚一声，驴子跳墙。他在暗中细看，见那人的打扮不是夜行人的模样，以为是鼠窃毛贼；他便隐在太湖石后，所有驴子一切形景，俱各看在眼里。后来见他开棺盗尸，心中已不自在;又见他复生害人之心,更是怒上加怒,所以飞了石子,急刻赶出,将他废命。这白玉堂今夜到此,又是为什么呢?自从赠了颜生银两之后,他便先到祥符县双星桥将柳洪打听明白,是个悭吝之人,必然嫌贫爱富;后来打听颜生到此,甚是相安,满心欢喜,也就不介意了。后来风闻颜生被县内拿去,不觉诧异,故此夤夜到此,打听个水落石出,尚不知小姐又有投缳一事,适才问了驴子,方才明白,已知颜生另有别情。既将驴子杀死,又见小姐还魂,本欲上前搀扶,又要避盟嫂的嫌疑,猛然心生一计,说:“我何不如此如此,岂不事全两便呢?”想罢,便高声嚷道:“你们小姐还了魂了,快来救人吓!”又向那角门上堂堂就是两脚,连门带框俱各歪在一边;他却飞身上房,竟奔柳洪的住房去了。

且说巡更之人原是四个,前后夜倒换。这前半夜的二人正在巡更,猛听得有人说:“小姐还魂”;又听克嚓声响亮。二人唬了一跳,连忙顺着声音,打着灯笼一照,见花园角门连框俱各歪在一边。一个说:“方才克嚓一声就是这个响,这是从外面踹的。”一个说:“咱们且别动,从底下扳一扳,咱们钻过去瞧瞧;若小姐果然活了,那时报与员外,再开这门不迟。”二人计议停当,将门扳了一扳,从底下钻过去,进了花园,乍着胆子奔到敞厅,趁着月色,早已望见棺盖横在材上,连忙凑近,又举灯笼细看,见小姐坐在棺内,闭着双睛,口内尚在咕哝。二人见了,悄悄道:“谁说不是活了呢?快报与员外去。”二人刚然回身,只见那边有一块黑忽忽。打过灯笼一照,却是一个人躺在地下。内中一个眼尖的道:“伙计,这不是牛驴子吗?他如何躺在这里呢?难道昨日停放之后,单单把他落下了?”那一个说:“这是什么稀泞的,踩了我一脚;哎哟!怎么他脖子上有个口子呢!敢则他被人杀死了,快快告诉员外去!”那人道:“你怕的是什么!连话也说不上来了!‘冤有头,债有主’,横竖不是咱们杀的。你这一怕,倒显着无私有了弊了。”那人道:“我猛然瞧见,心里一哆嗦,不由的嘴不听使了。”他只顾说话,转身就走,奔到角门,只听“咯当”“哎哟”二声齐出。后面的笑道:“你怕了,必忙忙了,必错碰了脑袋了?你不想想,咱们方才是钻过来的,你怎么硬碰呢?”这人握着脑袋道:“一时忘了,这一下子碰的不轻!"说罢,从新存身钻过去。后面的也跟着过来,道:"咱们这一去先报喜,后再报忧。你意如何?"这人握着脑袋道:"这个自然,你瞧瞧我碰的这块。"那人提灯笼一照,早见脑门子上肿起一个包来,虽不好意思笑他,却说道:"你倒虔诚,也不知从哪里庙内烧香回来,立刻闹了个佛顶珠儿。"说的这人也笑了。说着话,奔到后面报与员外说:"小姐还了魂了。"柳洪闻听,不胜诧异,便吩咐:"角门开开,我等随后就到。"即叫冯氏带领仆妇、丫环一齐到了花园。谁知乳母田氏一闻此信,已随着更夫开了角门,就先来了,扶着小姐呼唤。只听小姐含糊道:"多承老公公指引,奴家何以答报?"田氏说:"小姐,小姐,老奴在此。"柳洪夫妻见小姐果然活了,不胜欢喜。大家呼唤多时,慢慢搀出材来。此时乳母精神百倍,转身背负着小姐,众人帮扶,一直来到绣阁,安放妥协,灌了些姜汤,渐渐苏醒过来。容小姐静静定神,正于乳母田氏与安人冯氏、小丫环等左右看顾。柳洪也就慢慢下楼来,只见更夫仍在那里伺候。柳洪问道:"你二人却不巡更,还在此做什么?"二人道:"等着员外回话,还有一宗事呢。"柳洪道:"还有什么事,不是要讨赏呀?"二人道:"讨赏可忙什么呢?咱们花园里还躺着个死人呢。"柳洪大惊,说:"如何又有死人呢?"更夫道:"员外,随我们去看看,就知道了。不是生人,还是个熟人。"柳洪更觉诧异,跟定更夫进了花园。更夫打起灯笼一照,柳洪见满地是血,战兢兢的看了多时,道:"这不是牛驴子吗?他如何被人杀死呢?"更夫道:"我们巡更,只听有人嚷说'小姐还了魂了',又听克嚓的一声响,是将角门踹了。我们钻进花园,见棺盖横在材上,小姐果然活了;刚要报员外去,却又见他死在此处。"又指着那个更夫道:"他一害怕,忘了钻门,还碰了一下子。员外瞧,他脑门子上还有个紫包呢。"说罢,将灯笼一举。柳洪看了看,果见那更夫碰了个大包,足有紫茄子大,不觉好笑;又见那边棺盖果然横着,心内迟疑道:"这棺盖虽未下销,他如何会横过来呢?"即叫更夫打着灯笼细看,见棺材前面地下放着一把板斧,猛然醒悟道:"看这情形,别是牛驴子他来开棺盗尸罢?"更夫二人在旁点头。一个道:"员外想的不错。"一个道:"他既盗尸,如何他又被人杀死了呢?难道他见小姐活了，他自己抹了脖子了？”一个又道：“断无此理；他既抹脖子，如何又没刀呢？”那个又道：“哦，是了！这准是那个连嚷带踹门的人杀的；只是他又是谁呢？”

柳洪听二人之言，犹疑不决，只得派人看守，准备报官相验。先叫人找了地方来。此时彼此传扬，都知道牛驴子被杀。不多会，地方找来。看了一会，地方道：“前日掐死了一个丫环尚未结案，如今又杀死了一个家人，怎么这些喜庆事情全出在尊府上呢？此次说不得，只好员外亲身辛苦辛苦，同我走一趟。”柳洪知是地方有意刁难，只得进内去取银两，不料来到套间屋内一看，见银柜的锁头放在一边，柜子已开。这一惊非同小可，连忙查对，散碎银两丝毫不短，单单整封的，不多不少，整短了十封。心内这一阵难受，又不是疼，又不是痒；浑身哆嗦，却不是害怕；满心里恶心，又吐不出来，竟不知如何是好了。一面叫丫环快请安人；一面拿了一两六钱银子，算是二两，紧流之中，他暗暗闹了个八扣，将柜锁了，转身出来，央及地方呈报。地方得了银子，也不管多少，便呈报去了。柳老急回身来至屋内。冯氏迎着，问道：“你叫丫环请我快来，有什么事情？”柳老一语不发，坐在椅子上，那眼泪一对一对的往下乱滚。冯氏见此光景，不乐道：“女儿还魂，你应当欢喜，为何反哭起来了呢？莫不成为驴子死了，你心疼他吗？”柳老道：“他那盗尸贼，我心疼他作什么？”冯氏道：“既不为此，你哭什么呢？”柳老便将失去银子十封的话说了：“我要报官，故此请你来商议商议。”冯氏听了一怔，迟了半晌，连连摇头道：“报官可使不得呀！咱们家一宗人命未了，如今又出来了一宗，此时再去报盗，单单的丢了十封银子，只怕这话说不去。再者，也提补官府的醒儿，可见咱们家积蓄多金；他若往歪里略问一问，只怕再花上十封也未必能够结案罢。”柳老道：“如此说，这银子不白丢了么？”冯氏道：“可不白丢，怎么样呢？难道谁还找给利钱不成？只好忍个肚中疼，算是为颜姑爷的官司花了。”柳老听了此言，也觉有理，就将此事搁开；不过一时一时想起来，揪的心系儿生疼的。

且说马氏撺掇丈夫前去盗尸，以为手到成功；不想呆呆的等了一夜，未见回来，堪堪的天已发晓，不由切齿怨恨道：“这王八东西小兔子！好生可恶！亏了我指引他一条明路，如今得了手，且不归家，又不知填还他那个小妈儿去了！少时他瞎爹若问起来，又该无故的叨唠了，叫老娘空受这些闲气！”正在自言自语的抱怨，忽听有人敲门道：“牛三哥，牛三哥。”妇人答言道：“是谁吓，这么早就叫门？”说罢，将门开了一看，原来是捡粪的李二；一见了马氏，道：“侄儿媳妇，你烦恼吓！”马氏听了，啐道：“呸！大清早起的，也不嫌个丧气，这是怎么说？”李二道：“敢则丧气！你们驴子叫人杀了，怎么还不丧气呢？”马氏听了，嚷道：“好吓！好吓！我男人叫谁杀了？你快告诉我，我合他拼命去！”李二道：“你不要合我嚷，你男人死在那边花园里了，谁知谁杀的！你合谁拼命呢？”妇人听了，也就明白了。此时牛三已在屋内听见，忙叫道：“李老二，李老二，你进屋里来，告诉明白了我，是怎么件事情？”李二便进屋内见了牛三，道：“告诉哥哥说，驴子侄儿不知为着什么事儿，被人杀死在那边花园了。你们员外报了官了，少时就要来相验呢。”牛三道：“好吓！马奶奶，你听见了？你们干的好事！有报应没有？昨日那么拦，你们不听，到底儿遭了报了！”李二道：“怎么，三哥你知道这个事情吗？”牛三道：“老二，你不是外人，我告诉你：昨晚上驴子回来说，‘小姐上吊死了，员外不敢声张，暂且停放在花园敞厅上，并未下销。’我们媳妇就听见了，立刻撺掇他汉子去盗尸。老二，你想这事行得行不得？我就拦之再三，谁知他们鬼鬼祟祟的，不知怎么到底儿去了。如今我的儿子死了，我要见了官，一口咬定是你的主意，马奶奶的话，只怕你也脱不了干净罢！”李二道：“哥吓，你不要如此；听见说小姐死而复生，又还了魂了。”牛三道：“好！阿弥陀佛，‘吉人自有天相’；既是小姐活了，我还叫员外受累吗？李老二，你拉了我去，等着官府来了，我拦验就是了。这不是吗？你也不用‘猫儿哭耗子假慈悲’，与其这时候抽抽达达的，昨日不该叫他去吓！我的儿子既死了，你也是不能守的，莫若你回你娘家去；这才应了俗语儿了‘驴什么朝东，马什么朝西，各自干各的’就结了。”说着话，拿了明杖，叫李二拉着他奔花园而来；见了柳老，便将要拦验的话说了。柳老甚是欢喜，又教导了好些话，哪个当说，哪个不当说，怎么具结领尸，编派停当，又将棺木从敞厅挪在闲房之内，算是自己的寿木。及至官府到时,牛三拦验,情愿具结领尸,照本儿行事。柳老心疼肝疼的施舍了一口薄皮子材,将驴子抬埋了。诸事妥当,不必细表。

且说颜生在监多亏了雨墨朝夕服侍,不至于吃苦;自从那日过下堂来,至今并未提审,竟不知定了案不曾,反觉得心神不定。这一日,忽见贾牢头将雨墨叫出去,在狱神庙前发话道:"小伙计子,这个地方不是你常在里头的,你今儿得出去了,我不能只是个替你担惊儿。再者,你们相公今儿晚上也该叫他舒服舒服了。"雨墨见他这样情景,听他这番话头,来的有些刁难,便央告道:"贾大叔,可怜我家相公负屈含冤,望乞大叔将就将就。"贾牢头道:"你家相公负屈含冤,堂上说去;我如何管的了这些? 这个也可怜,那个也可怜了,我们吃什么? 你打量里里外外费用轻呢! 但凡将就的下去,我早将就了,就是你那点子银子,值得使吗? 一烘儿就结了。俗语说,'衙门的钱,下水的船。'这总是要现了现儿的,你总得想个主意才好呢。难道你们相公就没有个朋友吗?"雨墨哭道:"我们从远方投亲而来,这里如何有朋友呢? 没奈何,还是求大叔怜念我们相公才好。"牢头道:"你那是白说! 我倒有个主意,你们相公的亲戚不是个财主吗? 你为什么不弄他的钱呢?"雨墨道:"那是我家相公的对头,他如何肯资助呢?"牢头道:"不是那么说,你与你们相公商议商议,怎么想个法子把他的亲戚咬出来,我们弄他的钱,好照应你们相公吓。是这么个主意,这叫做'穷汉子吃药,富汉子还钱'。你说好不好?"雨墨摇头道:"这个事情却难,只怕我家相公做不来罢。"贾牢头一瞪眼道:"我饶替你们出主意,你们倒不肯,这就难咧! 既如此,你今儿就出去,直不准你在这里!"

雨墨见他翻脸无情,可见公门应役,心肠狠毒,心中好生为难,只急的泪流满面,痛哭不止,恨不得跪在地下叩求。忽听监门口有人叫:"贾头儿,贾头儿。"贾牢头道:"是了,我这里说话呢。"那人又道:"你快来罢,我有话告诉你。"贾牢头道:"什么事这么忙,难道弄出钱来我一个人使吗? 也是大伙儿分吓。"外面原是禁子吴头儿,问道:"老贾吓,你又驳辩谁呢?"贾牢头道:"就是颜查散的小童儿。"吴头儿忙道："我的太爷，你怎么惹他呢？人家的照应到咧。此人姓白，好样子，好人品。"说着话，又把手做出样子，一钻一钻的道："这个上头更懂交情；刚才在衙门门口略一点染儿就是一百两。哦，你说够角儿不够角儿？少时就进来了，你快快预备伺候着罢。"贾头儿听了，连忙回身，见雨墨还在那里哭呢，赶着上前拉住道："老雨呀，你得罚，怎么这样不禁呕呢？说说笑笑，嗷嗷呕呕，哪儿至于呢？可是老雨呀，你们相公可有个姓白的朋友吗？"雨墨道："没有。"贾头儿道："你藏奸，好，你还恼着我呢。我告诉你，如今外面有个姓白的瞧你们相公来了。老雨呀，没什么说的，我求你；若见了白爷，只用你替我说一句好话儿，便是你疼顾了哥哥咧，老雨呀。"说着话，哈腰就是一揖，闹的雨墨倒不好意思。

忽见该值的头目陪着一人进来，道："贾头儿，这是白老爷，看颜相公的。"说罢，又笑嘻嘻的对白爷告了失陪，转身去了。这贾头儿如见上司一般，垂手站立，满口答应。他却留神细看，白爷头戴武生花巾，身穿月白花氅，内衬一件桃花衬袄，足登厚底官靴；面如银盆，身如玉柱，别有一番英雄气概。雨墨看了，很像金相公，却不敢认。只听那武生叫道："雨墨，你敢则也在此么？好孩子，真正难为你了。"雨墨听了此言，眼中不觉的落下泪来，连忙上前叩见，谁说不是金相公呢，暗暗忖道："这是金相公，怎么如何又姓白呢？连口音也改了呢？"白五爷将雨墨扶起，道："你相公在那里？"不知雨墨如何回答。且听下回分解。

第三十八回 替主伸冤拦舆告状 因朋涉险寄柬留刀

且说雨墨见来探监的白爷就是金相公，他哪里知道那金相公就是白玉堂呢？上前参见。白五爷将他拉起，问道："你家相公在哪里？"雨墨尚未答言，那贾牢头便接言道："颜相公在单间屋内，都是小人伺候的。"白五爷道："好！你用心服侍，我自有赏赐。"贾头儿连答应几个是，又说："小人敢不尽心么？"白五爷点了点头。此时雨墨已然回禀了颜生。白五爷来至屋内，见颜生蓬头垢面，虽无刑具临身，已然形容憔悴，连忙上前执手道："仁兄，你如何遭此冤枉？"说至此，声音有些惨切。颜生细看，却是盟弟金生，无暇细问，谁知毫不动念，止于说道："嗨！愚兄愧见贤弟！贤弟今到此何干哪？"白五爷见颜生并不忧愁，惟有羞容满面，心中暗暗点缀道："颜生真乃英雄也！"就在颜生旁边坐下，悄悄儿问道："仁兄，此事因何而起？且对小弟说来。"颜生道："贤弟吓，你问他则甚？"白玉堂道："你我知己弟兄，非泛泛可比，难道仁兄还瞒着小弟不成？再者，小弟还有一事不明，这私赠银两原是他一番好意，吾兄为何将丫环掐死呢？小弟实实不解？"颜生听了，吃惊道："我姑夫的原呈，并未提出此事，贤弟却如何知道的？"白玉堂笑道："这些事，别人俱可瞒得，惟有小弟是瞒不得的。仁兄，请道其详。"颜生无奈，叹道："嗨！此事皆是愚兄之过！"便将绣红寄柬，并未看明柬上是何言词，因有人来，将字柬掖在书内，谁知此柬遗失，到了夜间，就生出此事，说了一遍。白玉堂听了，道："如此说来，仁兄是夜并不曾去的？"雨墨接言道："小人的相公自将字柬遗失，登时就急病了，一夜不曾合眼，如何能到角门呢？"白玉堂道："既如此，那柳洪为何呈送吾兄呢？"颜生道："愚兄也是这般想；后来亏得雨墨暗暗打听明白，方知我姑母久已去世，这柳洪早有了退婚之心。可羡我那表妹矢志不移，另具一番苦心，所以差丫环寄柬于我，全是为顾全愚兄；最可恨是愚兄遗失柬约，酿成大祸，一至如此！贤弟，请试思之，此事愚兄若不应承，难道还攀扯闺中弱质，败坏他的清白么？愚兄为知己者死，亦含笑于地下矣！”白五爷听了颜生之言，颇觉有理，复转念一想，道：“仁兄知恩报恩，舍己成人，原是丈夫所为；独不念老伯母在家悬望么？”一句话，却把个颜生的伤心招起，不觉痛哭起来，半晌方道：“事成不改，命口所造，大料难逃，这也是前世冤愆，今生孽报，奈何，奈何！愚兄倘有不测，还望贤弟照看家母；愚兄虽在九泉之下，亦得瞑目！”说罢，痛哭不止。雨墨在旁亦落下泪来。白五爷却面带笑容道：“何至如此？仁兄且自宽心，凡事还要三思；虽则为人，亦当为己。闻得开封府包丞相断事如神，何不去到那里申诉呢？”颜生道：“贤弟，此言差矣，此案非是官府屈打成招，乃是愚兄自行承认，又何必向包相那里分辩去呢？”白五爷道：“仁兄虽如此说，小弟惟恐本县详文若到开封府，只怕包相就不容仁兄招认了，那时又当如何？”颜生答道：“士各有志，匹夫尚不可夺，何况愚兄乎？”

白玉堂见颜生毫无回转之意，他便另有个打算了，回头叫雨墨将禁子、牢头唤了来。雨墨转身出去，刚然来到院中，只见禁子、牢头正在叽叽喳喳，指手画脚。忽见雨墨出来，他二人便迎将上来，道：“老雨吓，不是白老爷有什么吩咐的？”雨墨道：“何尝不是呢？白老爷请你们二位呢。”二人听得此话，四只眼儿一眯缝，道：“罢哟，叫一声就够了，作什么下一‘请’字？”一面说，一面跑向前来。白五爷叫雨墨到监门口向伴当要了四封银子，对他二人道：“这是银子四封，赏你二人一封，表散众人一封，其下两封便是伺候颜相公的。从今后，颜相公一切事体，全是你二人照料。我过几日还要来的，倘有不到之处，我若闻知，却是不依你们的！”二人谢赏，满口应承。白五爷又对颜生道：“这里诸事妥协，小弟要借雨墨随从几日，不知仁兄叫他去否？”颜生道：“他也在此无事，况此俱已安置，愚兄也用他不着，贤弟只管将他带去。”

谁知雨墨早已领会了白五爷之意，便欣然愿往，辞了颜生，跟随白五爷出了县衙。到了无人之处，雨墨问道：“老爷将小人带出来，莫非叫小人瞒着相公上开封府呈控么？”他这一问，把个玉堂只乐得两手拍不到一块儿，道："怪哉，怪哉！你小小年纪，竟有如此的聪明，真正罕有！我原有此意，但不知你敢去不敢去？"雨墨道："小人若是不敢去，也就不问了。自从那日我家相公招承之后，小人就要上开封府去，只因监内无人侍奉，故此耽延。今日又见老爷话语之中提补我们相公，我们相公毫不醒悟，故此老爷一说要借小人跟随几天，小人就明白了。"白五爷哈哈大笑，道："我的意思竟被你猜着了！我对你说，你家相公此时入了情魔，一时化解不开，须到开封府去，方能打破迷关。但只一件，你们在柳家四五天，可曾见过你们姑太太不曾？"雨墨道："小人与相公在花园居住，并未入过内。"白五爷道："既未入内，如何知道现时的不是你们姑太太呢？"雨墨道："皆因茶房后门与花园相通，小人时常取茶取水，每每遇见小姐的乳母，是他告诉小人的。"白五爷道："这乳母姓什么？"雨墨道："姓田，有五十多岁，是个极好的人。"白五爷道："既有此人，你到开封府须要把他攀出来，保管其中就有情节了。你还不知道呢，你们小姐为你们相公上了吊了。"雨墨"哎哟"道："这可不好了！可要了我们相公的命了！"白五爷道："却是为何？"雨墨道："我们相公皆因辜负了小姐的一番美意，已然自行承认；这一知道小姐上吊死了，他还肯独生么？必是也要寻个自尽。这不是要了我们相公的命了么？"白玉堂道："我也是如此想，所以方才在监内并不曾提起；幸而小姐虽然上了吊，却又还了魂了。"雨墨惊喜道："怎么上吊又会活了？这可是没有的事。"白五爷道："因此，我叫你到开封府，务必攀出田氏来。他要据实说，包公念他们是义夫节妇，你们相公总有不到之处，也就原谅了。"雨墨道："老爷想的实在周到，小人明日到了开封府，先把我们家相公无故招承认罪告下来，然后再攀田氏。"白五爷道："很好，你若如此，包管包相自有断法。我再于暗里给你安置安置，大约你们相公也就得脱了此灾。"说罢，叫伴当取十两银子赏雨墨。雨墨道："老爷前次在太和店赏的两个锞子，小人还没使完呢，老爷改日再赏罢。再者，小人告状去，腰中也不要多带银两。"白五爷道："你说的也是，你今日就往开封府去，在左近处住下；明日俟相爷下朝回府时，你好拦舆伸冤。"雨墨连连称是，竟奔开封府去了。

谁知就是此夜开封府出了一件异事。包公每日五鼓上朝,包兴、李财预先伺候一切冠袍带履、茶水羹汤,备办停当,只等到了时候,方敢惊动。这日,二人正在静候,李财张牙欠口道:“好困！大约还有一二刻的工夫,好哥哥,你支持些儿,我再略躺躺儿。”包兴道:“你这人真是困魔,总没有睡够,难道我就不乏么？我的差使又比你多,白日又不得空儿打个盹儿。你每日还要歇个晌,一到天黑,你就张罗睡觉,躺下就像那死狗似的,直直的睡一夜。此时还嚷困,你也说的出口来！就拿今夜说,我起来两次,你知道吗?”李财道:“我躺下就着了,谁知你起来呢？你又起来做什么?”包兴道:“皆因躺下睡不着,我见那灯头儿忽悠忽悠的乱晃,我怕风吹灭了,因此我起来瞧了瞧,又无处进风,只得将灯罩儿罩上,省得灭了又费事;罩上了灯,从新躺下,却睡着了,睡了不多会,心里一惊恐,猛然醒了,谁知到底儿把个灯灭了,房内漆黑。略定了定神,听了听,才四鼓,我又起来摸着灯,等着打更的过来,悄悄的对着了。我瞧你扎手舞脚,睡的正香甜呢。我又略歇了歇,就起来了,穿好衣服,才叫的你。你起来才多大工夫,怎么又困了呢？哟,我这里说话,你哪里又着咧。”李财道:“你说你的,我这听着呢,什么灯不灯的,我都知道。”包兴还要往下说,他忽听老爷咳嗽,连忙将李财推了几推,自己持灯掀起软帘,来至屋内;刚要将灯往桌子上一放,不觉骇目惊心,失声道:“哎呀!”包公在帐子内问道:“什么事?”包兴道:“这是哪里来的刀吓?”包公听了,披衣坐起,撩起帐子一看,果见明晃晃一把钢刀横在桌上,那边还压着个字柬,便叫包兴将字柬拿来一看,见上面有四个字写着“颜查散冤”。包公忖度了一番,不解何意,吩咐包兴将刀隐起,不要声张,且自净面穿衣。此时李财已端了点心、羹汤来。包公略用了些,包兴递茶漱口,然后出来,吩咐外班伺候,忙忙随着老爷上朝去了。这寄柬留刀之事,李财连个影儿也不知道,他仍然偷空儿睡了。

到了天明,包相朝中诸事已毕,乘轿回衙;刚刚来至开封府,只见从人丛中跑出一个小孩子来,在轿旁跪倒,口口声声“冤枉”。恰好大汉王朝走至跟前,也不威吓他,一伸手将他拉住。包相的轿已过去,到了公堂落平,立刻下轿升堂,吩咐带那小孩子。该值的传出。

此时王朝正在角门外盘问雨墨名姓家乡。雨墨提出是“武进县人，特来替主鸣冤”。王朝动了同乡之情，又见这孩子极其伶俐，不胜爱惜；忽听叫“带小孩子”，王朝便嘱咐他道：“你若见了相爷，不可害怕，不要胡说，总是据实的申诉。”雨墨道：“多承老爷的教导。小人既到此处，犹如见天地一般，可怕什么呢？你老人家请放心罢。”说得王朝怪心疼他的，便拉着他进了角门，带至公堂，雨墨双膝跪下。包公问道：“那一小孩子叫什么名字？为着何事？诉上来。”雨墨回道：“小人叫雨墨，武进县人氏，只因同小人的相公到祥符县投亲。”包相道：“你主人姓甚名谁？”雨墨道：“姓颜，名查散。”包相听了“颜查散”三字，暗道：“原来果有此人。”复问道：“上什么人家投亲？”雨墨道：“就是双星桥柳员外家。这柳员外名洪，他是小人主人的姑父。谁知小人主人的姑母于三年前就死了，柳洪并未送信，此时却续娶的冯氏安人。只因柳洪膝下有个姑娘，名唤柳金蝉，是从小儿与我们许下的婚姻。小人的主人原是奉母命前来投亲，一来在此读书，预备明年科考，二来又为的是完婚。谁知柳洪他将我主仆留在花园幽斋居住，敢则他是不怀好意，住了才有四五天，那日一早便来了本县衙役，把我主人拿去，说我家主人无故将小姐的丫环绣红掐死在内角门以外。回相爷，小人与小人的主人时刻不离左右。小人的主人并未出花园的幽斋，如何会在内角门以外掐死丫环呢？不想小人的主人被县内拿住，刚过了一堂，小人的主人就满口应承，说是自己将丫环掐死，情愿抵命，不知是什么缘故。因此，小人赶到相爷台前，恳求相爷明断。”说罢，又往上磕头。雨墨这套话回了个清清楚楚，漫说王朝欢喜，连两旁值事人员无不点头咂嘴，俱各暗暗夸奖。包相在座上沉吟半晌，方问道：“你家相公既与柳洪是亲戚，想来出入是不避的了？”雨墨道：“回相爷，柳洪极其固执，漫说别人，就是这个冯氏，也不容我们相公相见。我主仆在那里四五天，竟在花园居住，所有饭食茶水俱是小人亲自去取，并未派人服侍，很不像待亲戚的光景。”包相又问道：“你可知道小姐那里除了丫环绣红，还有几个丫环呢？”雨墨道：“闻听小姐那里只一个绣红，一个乳母田氏。这个乳母却是个好人。”包相忙问道：“怎见得？”雨墨道：“小人进内取茶取饭，他就嘱咐小人说:‘园子空落,你们主仆在那里住,须要小心,恐有不测之事;过几天儿,你们还是离了此地为是。’不想果然遭了此事。”包相听了,暗暗踌躇道:“听他之言,莫非乳母田氏晓得什么风声么?莫若如此如此,再作道理。”想罢,便叫将雨墨带下去,就在班房听候;然后吩咐耿春、郑平:“立刻到祥符县提此案到府审讯”;又派差役四名,“二名去传柳洪,俟传柳洪到后,再叫那二名传乳母田氏,务要分别传来,不许对面串供。”分派已毕,相爷退堂,来到书房用饭、吃茶,略为歇息。此时大汉王朝带了从人,拿了点心,来到班房,便对雨墨连声夸道:“好孩子,这开封府岂是轻易进来的?你竟有如此胆量替主鸣冤,回禀的明明白白,真正难为你。来吓!”跟大爷的伴当连忙过来。王朝吩咐道:“将点心与他吃;少时饭食也是你送来。”伴当连连答应。雨墨深深叩谢。王大爷伸手拉起,又问了数语,回头吩咐班房的头儿,好好看待他,不可叫他受了委屈。这班头只打量小孩子是王大爷的亲戚,那敢怠慢,应声不迭。雨墨这场官司打着咧,不用托人情儿,自来的照应,这都是他伶俐所致。

且说差役先将柳洪传到,立刻回禀相爷。包相吩咐外班伺候,复又升堂,将柳洪带上。堂上问道:“你就是柳洪么?”柳洪道:“是,是,是。小……小老儿叫柳……柳洪。”包相道:“颜查散是你什么人?”柳洪道:“是小老儿的内侄。”包相道:“他来你家作什么来了?”柳洪道:“他来小老儿家读书,为的是明年科考。”包相见他只说读书,并不提就婚,复又引他说道:“他与你女儿自幼联姻,可是有的?”柳洪暗暗纳闷道:“怨得人说包相断事如神,我家的事,他如何知道?难道颜生他在此告下来了?”无奈应道:“是从小儿定的婚姻,他此来,一则为科考,二来为的是毕婚。”包相道:“你可曾将他留下?”柳洪道:“留他在花园幽斋居住。”包相道:“你家丫环绣红可是服侍小姐的么?”柳洪听此一问,猛然惊悟道:“哦,是了!这是祥符县详文到府,包相提来复审,然后好定颜生的罪案。”想至此,连忙应道:“这绣红是自幼服侍小女儿的,又会写,又会算,死的实实可惜!”包相道:“怎么死的?”柳洪道:“被颜生掐死了。”包相道:“什么时候死的?死于什么所在?”柳洪道:“及至小老儿知道,已有二鼓之半,就死在内角门以外。”包相听罢，将惊堂木一拍道：“满口胡说！方才你说颜查散在花园幽斋居住，他如何黉夜来至内角门，将丫环掐死呢？况你又未眼见，如何就知是颜生？这分明是你嫌贫爱富，将丫环谋害，诬赖颜生，你还敢在本阁的面前支吾么！”柳洪见包公动怒，又听追问的言语利害，连忙叩头道：“老爷请息怒，容……容小老儿细细禀来：小老儿原也不知是颜生，只因死尸之旁落下一把扇子，却是颜生的名款，因此才知是他。”包相听了，心下为难道：“有这扇子为证，如此看来，定是颜生做下不才之事了。”忽见差役禀道：“乳母田氏传到。”包相叫把柳老带下去，然后带田氏上堂。田氏那里见过这样的堂威，已然吓的魂不附体，抖衣而战。包相问道：“你就是田氏么？”田氏哆哆嗦嗦道：“婆……婆……婆子便是。”包相道：“丫环绣红如何死的？从实招上来。”田氏到了此时，漫说撒谎，他拿着据实说都以为是撒谎，他焉有不据实说的呢？便从头说起，如何听见员外要害颜生，如何与小姐商议要救颜生，如何寄柬约于二鼓在角门相见，又如何小姐不肯亲去，叫丫环拿了银两私赠颜生：“谁知颜生得了财物，竟将绣红掐死，偏偏的又落下一把扇子连那个字柬儿。我们员外见了，气的了不得，合小姐闹了一场，就把颜姑爷送了县了。谁知小姐也就上了吊了。”包相公听至此，不觉愣然道：“怎么，你小姐吊死了么？”田氏道：“吊是吊死了，却又活了。”包相道：“又如何活的呢？”田氏道：“皆因我们员外、安人商量：姑爷头一天进了监，姑娘第二天就吊死了，又是没过门的，要嚷了出去，是个什么名声呢？因此，就说小姐得了暴病，搭了棺材来冲冲喜，却悄悄的把小姐盛殓了，停放在后花园内；谁知半夜里忽听有人嚷‘小姐还了魂了！小姐还了魂！’赶着过去一瞧，谁说不是活了呢，棺盖也横过来了，小姐已然坐起。”包相道：“这棺盖如何会横过来呢？”田氏道：“敢则是看园子的牛驴子前来盗尸，他见小姐活了，不知怎么，他就死了。”包相暗忖道：“可惜金蝉一番苦心节烈，竟被颜生辜负了！可恨颜生既得财物，又害丫环，其中便知他有不堪的行为了。他既如此，怎么还有寄柬留刀并小童雨墨替他伸冤呢？”想至此，叫将田氏带下去，吩咐带雨墨。左右喊一声，即将雨墨带上堂来。包相公吓道：“你小小年纪，竟敢大胆蒙混本阁，该当何罪!”雨墨见相爷动怒,向上叩头道:“小人句句是实,焉敢蒙混相爷?”包相爷断喝道:“这就该掌嘴! 你说你相公并未离幽斋,他的扇子又如何在角门以外呢? 讲!”不知雨墨讲些什么,且听下回分解。

第三十九回 铡斩钧衡书生开罪 石惊赵虎侠客争锋

且说包相将雨墨带上堂来,问这扇子来由。雨墨慢慢的回道:"回相爷,若问扇子,其中又有个情节。只因柳洪有个内侄,叫冯钧衡,就是现在冯安人的侄儿。我主仆到柳家第二天,他就同柳洪见了小人的主人,说是世侄。是日也未能久坐深谈。到了第三天,他又去了,就合小人的主人先讲诗,后对对,说了半天。后来他要我们相公的扇子瞧,他却把他的扇子求我们相公写,我们相公不肯给他写;他说他那扇子那一面是名工画的,这一面必得我们相公写,不写不依。后来他就把我们相公的扇子拿去,说等写得了再换。相爷不信,只管打发人看去,现在书斋笔筒内,插着那把'呲嗦咙咚呛'的扇子,那就是冯钧衡的。"包相听至此,猛从鼻孔中发出笑声来,心中早已明白此事,吩咐将雨墨带下去,立刻出签拿冯钧衡到案。恰好耿、郑二人回来,先将祥符县的详文呈上,复又禀道:"颜查散业已解到。"包相点头,二人退下。包相便将呈词、招供,彼此互相对证,已然看出破绽,不由的暗暗发笑道:"一个情愿承认抵命,一个甘心自尽倾生,他二人也堪称义夫、节妇了。此案必须如此。"想罢,叫:"带雨墨。"雨墨上堂,刚然要跪,包相道:"你在一旁跪了。"雨墨连忙向下首跪下。包相道:"雨墨,凶手业已有了,你主人今又解到,少时他若词穷之时,你须要在旁质对,本阁方好结案。"雨墨应道:"是,小人晓得。"包相点头,吩咐"带颜查散。"此时颜生肘镣加身,来至当堂,一眼先见了雨墨,心中纳闷道:"他到此何干?"左右上来打去刑具,颜生匍匐跪倒,包公道:"颜查散抬起头来。"颜生仰面秉正,包公见他虽然蓬头垢面,却是形容秀美,因问道:"你如何将绣红扣喉而死?讲!"颜生禀道:"因绣红素来不服呼唤,屡屡梗命,那日又因他口出不逊,一时气愤难当,将他赶至内角门,不料刚然扣喉,他就倒毙而亡。实是前生冤愆,今世孽报。望乞大人早早定案,犯人虽死,也是甘心的。"

包相一面听他申诉，一面看他原供，却与县内的一字不差，点头道："绣红也真正可恶！你是柳洪的亲戚，又是娇客，他竟敢不服呼唤，口出不逊，无怪你愤恨难当，将他扣喉而死。这丫环死不足惜。我且问你，那柳洪将你囚于幽斋，连个家人俱不遣来服役，何得跟小姐的丫环竟任你呼唤？即使任你呼唤，这绣红是何时得罪于你？你是何时将他掐死？他又死于何时？仔细讲上来。"包相这一问，便是原卷内看出的破绽：柳洪的诉呈报的是二鼓绣红被颜生掐死，难道颜生二鼓还呼唤绣红不成？若真二鼓呼唤，无怪绣红梗命了。何况颜生到了柳家才四五天，便说绣红素来不服呼唤。这"素来"二字就说不去。

颜生听包相问到此处，竟自对答不来；他方知开封府利害，比祥符县强多了。他要说出时候来，岂不是自相矛盾？再者，他将来也要判断审案。今既词穷理短，如何还敢强辩呢？忽见雨墨在旁哭道："相公呀！此时还不说明，真个就不念老安人在家悬望么？"颜生听了此言，又着急，又是惭愧，不觉泪流满面，向上叩头道："犯人的曲衷，大人业已明鉴，惟求大人笔下超生，犯人衔恩无极矣。"包相道："本阁还有一事不明。金蝉业已寄柬于你，你为何不去？是何缘故？"颜生道："哎呀！大人呀！千错万错，就错在此。那日绣红送柬之后，犯人刚要看时，恰值冯钧衡前来借书，犯人便将柬帖掖在书内。谁知冯钧衡去后，遍寻此柬，再也无有，并不知柬中是何言词，如何知道有内角门之约呢？"包相听了，更觉了然。又见差役回道："冯钧衡拿到。"包相便叫颜生主仆下去，立刻带冯钧衡上堂。包相见他兔耳鹰腮，蛇眉鼠眼，已知是不良之辈，便喝道："冯钧衡！快将假名盗财，因奸致命，从实招上来！"左右连声催吓："招，招，招！"冯生还狡展道："小人不知为着何事，没有什么招的。"包相道："你自作之事，谁还与你细讲！先重打他二十！"两旁人役呐一声喊，将恶贼揪翻在地，高扬大板，这二十板子把小子打了个不亦乐乎。包相复又问道："冯钧衡！你还不招么？"冯生龇牙咧嘴道："这光景八成儿是为花园赠金之事。"包相道："掌嘴！"左右上前，冯生双手把脸一握道："是了，别忙，我说呀，我说呀！"左右又催促道："快说，快说！"冯生无奈，只得从实说出，如何换扇，如何盗柬，二更时如何拿了柬、扇假冒颜生前去，只因绣红要嚷，便将他掐死；提了包袱回来，偏偏将扇子撇下的情由述了一遍。包相问道："这包袱、银两现在何处？"冯生道："现在书房书橱之内，纹丝儿没动。"包相问明，叫他画了招，立刻派人前往书房起赃，登时把那铁面一沉，吩咐："请御刑！"又把案内人俱各带在丹墀之上，目睹行刑。王、马、张、赵将"狗头铡"安放停当。冯钧衡到了此时，口衔木嚼，纵然后悔也是迟了。只听克嚓一声，尸分两段，唬得个柳洪、田氏以及颜生主仆谁敢仰视？

堂上将尸首打扫已毕，御刑且不撤去。忽听包相道："带柳洪！"只这一声，把个柳洪唬得屁滚尿流，筋酥骨软，好容易爬到公堂之上。包相道："我把你这老狗！颜生受害，金蝉悬梁，绣红毙命，驴子被杀，以及冯钧衡遭刑，全由你这老狗嫌贫爱富起见，今将你废于铡下，你还委屈么！"柳洪听了，磕头碰地，道："实在不……不屈，实在不……不屈。望乞老爷开天地之恩，饶恕残喘，小老儿改过自新，以赎前愆！"说罢，咕咚、咕咚，把脑袋碰了个山响。包相道："你既愿赎罪，可要听我吩咐。本阁今将颜生交付于你，就在你家攻书。所有一切费用，你要好好看承。俟明年科考之后，中与不中，即便成亲。倘颜生稍有疏虞，我便把你拿来，仍然废于铡下！你可敢应么？"柳洪道："小老儿愿意，小老儿愿意。当得的，当得的。"包相吩咐将御刑请过，叫柳洪跪在一旁。又将颜生主仆叫上堂来，道："你读书要明大义。舍大义而全小节，便非志士，乃是一个腐儒。自今以后，务要好好读书，按日来府，本阁与你看文；倘得寸进，庶不负雨墨一片为主之心，就是平习之间也要看待。"颜生磕头道："谨遵台命。"只见差役起赃回来，包相叫田氏上堂点验，丝毫不少，"仍然拿回去交付你家小姐收领。"四个人从新又磕了头。柳洪携了颜生的手，颜生拉了雨墨，雨墨搀了田氏，四个人又是欢喜，又是伤心，一同回到家中。柳洪果然从此改过，待颜生犹如子侄。冯氏本来疼爱小姐，如今除了妄想，更是视同珍宝。又见颜生相貌、才学迥与钧衡天渊之隔，尤其欢喜。颜生经此一番风波，又知小姐自尽的情节，那一番感念羡慕，自不必言。从此上进攻书，预备明年科考；果然一举成名，后文再表。

且说包相完结此案，退了公堂，来到书房，吩咐包兴请展护卫。你道展昭几时回来？他却来到颜查散、白玉堂之先；只因腾不出笔来，不能叙写。文有缓急，何况颜查散一案，是一气的文字，再也剪断不得，如何还有工夫提展爷呢？如今颜查散之案已结，必须补述一番。展爷自从救了颜福之后，那夜便赶到家中，见了展忠，将茉花村比剑联姻之事告明老仆；又恐他不信，却把宝剑彼此对换，做为定礼，即将“湛卢”剑与他看了。展忠满心欢喜。展爷又告诉他：“现今开封府有件紧要之事，必须急赴东京，所以连夜赶来。”展忠道：“爷做皇家的官，理应报效朝廷；家中之事，全有老奴照管。爷但请放心。”展爷便吩咐伴当备马，拴好了行李、包裹，立刻起程，竟奔开封府而来。及至来到开封，展爷先见了公孙策与王、马、张、赵等，又不肯提出锦毛鼠之事，不过略为应酬。问了问有什么事故，大家俱言无事，又问展爷道：“大哥原是告了两个月的假，如何恁早回来？”展爷道：“回家祭扫完了，无甚要事，莫若早些回来，省得临期迫忙。”几句话也就遮饰过去。他却参见了包相，暗暗将白玉堂之事回禀了。包相听了，却也无可如何，惟有嘱咐严加小心而已。展爷退回公所，自有众人与他接风掸尘，一连等了数日，并不见有什么动静，不想由颜查散案中，生出个留刀寄柬之事。包相虽然叫包兴一时藏过，未免终有些疑心；如今此案既已断明，果是“颜查散冤”，应了那柬上之言。包相不由的想起了留刀之人，暗忖道：“此人留刀，颇有意思。而且开封府夜间稽查严密，何得他到我寝室之中，竟自无人知觉，也就智术过人，胆量不小。”故此退了公堂，来到书房，便叫包兴来请展爷。展爷随着包兴进内，参见了包相。包相便将寄柬留刀之人行踪诡密，实实令人可疑，护卫须要防范些才好。展爷道：“如此说来，卑职前次说的那人，今已到了。这明是给颜生辨冤，暗里却是给卑职透信。”包相道：“似此如之奈何？”展爷道：“他说特来找卑职，连卑职也不知他是何意见。再者，卑职与他并无仇隙，亦无深交，不知他此来为何，待卑职且与公孙先生等计议计议。”

包公点头。展爷告辞，来至公所。公孙策正与王朝等闲谈，静候展爷。大家见展爷进来，彼此让坐。公孙策先问道：“相爷唤吾兄有何事件?”展爷道:“先生可知有寄柬留刀之事?”公孙策道:“不知;却是何人寄柬? 何人留刀?”展爷笑道:“就出在咱们本衙门,并且在相爷寝室之中。”大家诧异道:“此是几时的事? 大哥,请道其详。”展爷道:“若论大概,却是由颜查散起见;若论底细,这话可就忒长了。天已不早,咱们要了饭来,喝着酒细谈,不好么?”王朝向外叫道:“来吓,掌灯摆饭吓!”外面连声答应,掌灯的、调坐位的、放杯箸的,登时齐备。大家就座。赵虎道:“大哥,怎么寄柬留刀? 快说!”马汉道:“贤弟,别忙,等着斟上酒,再请大哥说不迟。”酒过一轮,展爷道:“就因颜查散这案,相爷的寝室留下一把钢刀,刀下押着个字柬,写着‘颜查散冤’。这便是寄柬留刀。”公孙策道:“这人的胆量、技艺也就可观呢。”展爷道:“何尝不是? 他其实却不为此。这碰人,我却知道。”王朝道:“怎么,大哥知道此人么?”展爷此时却不能不告诉众人,便将在茉花村比剑联姻的话说出。张龙道:“好吓! 展大哥定了亲事,还瞒着我们,恐怕兄弟们喝大哥的喜酒。如今既已说出来,明日是要加倍罚的。”马汉道:“喝酒是小事;但不知这留刀的是丁大爷,还是丁二爷呢?”展爷道:“都不是,另有别人。”赵虎道:“除了双侠还有谁呢?”展爷道:“只因在茉花村闲住,那日因有事同上芦花荡,才认识了五义中的卢方,由此事方知锦毛鼠进京来找御猫;故此劣兄一闻此信,才急急赶回来。”王朝道:“这锦毛鼠是个什么人?”展爷道:“此人姓白,名玉堂,乃‘五义’中的朋友。”赵虎道:“什么‘五义’? 小弟不明白。”展爷便将陷空岛的众人说出,又将绰号儿讲明。王朝道:“这些人,我曾听人提过,却是好朋友。”赵虎道:“什么好朋友,不过合咱们当初土龙岗一样罢咧。”公孙策在旁摇头,猛然省悟道:“哦,是了! 此人来找大哥,却是要与大哥合气的。”展爷道:“先生此言差矣。我与他虽无深交,却无间隙,他与我合的是什么气呢?”公孙策道:“小弟妄论出来,大家评评,多半是为此。方才大哥提陷空岛的五人,号称‘五鼠’;大哥却是‘御猫’,焉有鼠儿不避猫之理? 这明明是嗔怪大哥号‘御猫’了,故此要与大哥赌气。”众人听了,尚未答言,展爷先道:“贤弟所说似乎有理;但我这‘猫’字是圣上所赐,非劣兄故意称猫,有欺压朋友之意。他若果真为此而来,劣兄情愿甘拜下风，从此不称‘御猫’，也未为不可。”大家闻听此话，俱各默然。惟有赵虎正在豪饮之际，忽听展爷说出不扬气的话来，他却有些不服气，擎着酒杯，立起身来道：“大哥，你老素习胆量过人，今日何自馁如此？倘若那什么白糖、墨糖，他不来便罢；他若来时，漫说大哥，就是小弟也要与他较量较量！”展爷连忙摆手道：“四弟悄言，岂不闻‘窗外有耳’？”刚说至此，只听拍的一声，从外面飞进一个石子，不偏不歪，正打在赵虎擎的酒杯之上，当啷的一声，将酒杯打了个粉碎，吓得赵虎“哎呀”，把手摔着。（你索性不言语也可以藏拙！）他便嚷道：“哎呀！这还了得吗？幸亏打了酒杯，这要是打了手呢？你要打，你到底言语吓！”张龙连忙把他的嘴一握。此时王朝等你瞅我，我瞧你，毫无主意；连伴当从人，回头回脑，一个个也是发毛。

大家正在发怔，只见展爷早已出席，将槅扇虚掩，回身将灯吹灭。他把外面衣服脱下，里面却是束缚停当，展爷原是连日有心防备的，暗将宝剑擎在手内，却将槅扇假做一开，只听拍的一声，又是一石子打在槅扇之上。展爷这才把槅扇开放，一伏身蹿将出去，且不挺身，先望对面一看，见个人影奔来，觉得迎面一股寒风，嗖的就是一刀。展爷将剑持着，往上一迎，随招随架，用目在星光之下细细看去，见来人穿着一身夜行衣靠，依稀是苗家集见的那人。二人并不言语，惟听见刀剑之声，叮当乱响，一个删砍劈剁，一刀紧似一刀，一味的骄傲情性；一个招架支持，一剑巧似一剑，尽都是闪展腾挪。寻来的气昂昂，满不服“御猫”之号；恭候的笑吟吟，总要全“义鼠”之名。论技艺，巧妙多通，同归一路；讲心思，忠诚刻毒，另有别肠。他二人比拼多时，展爷并不还手；见来人越逼越紧，暗自忖道：“这朋友好不识抬举，我让着你也算留了情分，你何得竟敢无礼？难道我真个怕你不成！”便把手中宝剑一横，见他刀临切近，用力往上一削，只听噌的一声，那人的刀早已分为两段；黑夜之间，手无利刃，那里还敢进步？只见他将身一纵，已然飞上墙头。展爷见他上墙，也就一伏身跟了上去，那人却上了耳房；及至展爷上了耳房，那人又上了大堂。展爷赶至大堂房上，那人一抬腿，已然越过房脊去。展爷见他越脊，却反倒退了几步，从这边意欲过去；才要转身，忽见眼前火光一亮，暗说“不好”，把头一低,谁知一石子恰恰的打去头巾。展爷用手一摸,幸喜网巾未落。原来夜行人单有一番目力,能够暗中视物,虽然不得真切,却能分别。最怕是猛,荧光一亮,反觉眼前一黑,犹如黝黑天在灯光之下,若要出去行走,必须略站片刻,方觉眼前明亮一般。明处暗处俱是一理。展爷被石子打落头巾,再向房脊那边一看,那人早已不见了。此时公所之内,除了公孙策不会武艺,其余王、马、张、赵,虽有本领,无奈黑暗之中,是不通精儿的,不过在屋内着急,替展爷担惊。后来听见刀剑之声渐渐远了,方敢出头,灯笼、火把,带领差役,各执器械,俱从角门绕过,遍处搜查,哪有个人影儿?独有愣爷赵虎怪叫道:“你这人不懂交情吓!好朋友明打明斗吓,你暗里使黑心吓!方才险些儿打了我的手吓!你往那儿去吓?我拿住不依吓!”一路乱嚷,闹的里里外外全知道了。

此时展爷已从房上下来,找着头巾戴好,将赵虎等拦回,同到公所,连忙穿了衣服,与公孙策正要来找包兴,恰好包兴奉命出来,问道:“这人声鼎沸是怎么了?”展爷不及细谈,与公孙策一同来到书房,面禀包公,言那人今夜果然来了,先飞石子打破酒杯;然后从便把比武的情形说出,“所可惜者,放他走脱,实是卑职之过。”包公道:“黑夜之间,焉能一举成功呢?但不知他何时来的?”公孙策道:“他来时不过初鼓,这人的胆量也不小呢。”包公道:“他此来原为找护卫,并非盗窃;不知他技艺如何?”展爷道:“他的技艺颇好,与卑职不差上下。”包公点头笑道:“这就无怪他来寻你了。”展爷听了此话,一时惘然。包公道:“护卫休要错疑;他此来正因护卫的号起见。”展爷连忙道:“是,方才先生也测度到此,说是卑职的号招了忌了。”公孙策道:“他果真为此,只怕他还要来呢。”包相摇头道:“未必肯来;他既与护卫比拼了,虽未见输赢,也算是难分伯仲。据我想来,惟恐他别生枝叶,将来护卫要大费周折呢。”公孙策道:“相爷虑的是。”大家又闲叙多时,二人辞了包相,来至公所,天已三鼓之半。大家又将此专议论了一番,即刻传话,添派差役在各处严加防守;惟有赵虎撅着嘴,什么事不管,撅着嘴直嚷怪事。衙内自此日之后,却也无甚动静,惟有大家小心而已。不知后文如何,且听下回分解。

第四十回　思寻盟弟遣使三雄　欲盗赃金纠合五义

且说开封府自白玉堂来与展熊飞比拼了一次,虽然未见输赢,也就难分伯仲;惟恐他再来,每夜添派差役,仔细巡逻。这些人辛苦勤劳,全是白玉堂任性胡为所致。他只顾如此,也不管他那忠厚有余的大盟兄是何等的提心吊胆,是何等的翘企悬望了。你道为何?只因钻天鼠卢方自从白玉堂离庄,算来两个月,未见回来,又无音信,甚是放心不下,每日里唉声叹气,行坐不安,后来盼想的连饮食俱各减了。蒋平见卢方如此,知他是为五弟,便约着韩彰、徐庆请了大爷,不是观花,就是较射;虽然一时开怀,无奈卢大爷实心忠厚,再也不能解释。一日,兄弟四人同在待客厅上。卢方道:"自我兄弟结义以来,朝夕聚首,何等的快乐!偏是五弟少年心性,好事逞强,务必要与什么御猫较量。至今去了两月有余,未见回来,劣兄好生的放心不下。"蒋平道:"五弟聪明呢固然聪明,然而他的心高气傲,未免过于些;而且不服人劝。就是小弟前次略略说他几句,险些儿与小弟翻脸。据我看来,惟恐五弟要从这上头中病呢。"徐庆道:"四弟,你还提这话呢。那日若不是你说他,他如何会私自赌气子走了呢?全是你多嘴的不好。哪有你三哥也不会说话,也不劝他的好呢?"卢方见徐庆抱怨蒋平,惟恐他二人又纷争起来。连忙分析道:"事已如此,别的也不必提了。只是五弟此去,倘有疏虞,那时可怎么好?劣兄意欲亲赴东京找寻找寻,不知众位贤弟意下如何?"蒋平道:"此事又何必大哥亲往呢?既是他因小弟多言赌气走了;莫若小弟去寻他回来就是了。"韩彰道:"四弟,你是断然去不得的。"蒋平问道:"却是为何?"韩彰道:"五弟这一去,必要与姓展的分个上下。他若得了上风,那还罢了,他若拜了下风,再想起你的前言,他如何还肯回来?你是断断去不得呢。"徐庆插言道:"如此说来,四弟既去不得,待小弟前去如何?"卢方听了,却不言语,知道徐庆是个浑愣之人,他这一去,不但不能找回白玉堂来,巧了倒要生出事来。韩彰见卢方不语,心中早已明白,便道:“三弟要去,待劣兄与你同去如何?”卢方听见韩彰要与徐庆同去,方答言道:“若得二弟同去,劣兄稍觉放心。”蒋平道:“此事因我起见,如何二哥、三哥辛苦,小弟倒安逸呢?莫若小弟也同走一遭如何?”卢方也不等韩彰、徐庆说话,即答言道:“很好,很好。若是四弟同去,劣兄更觉放心了。”蒋平道:“就只一宗,我三个人去了,丢下大哥一人在家,岂不寂寞么?”卢方道:“这倒不妨。你三走了,我也不在家。”韩彰问道:“大哥那里去?”卢方道:“此时已到秋成,我也到南庄、西庄收租子去。我原是等五弟回来,见了他,方好起身,不想越等越不来;如今三位贤弟既进京,劣兄趁此时去收租子,岂不是有两便呢?明日劣兄就此与三位贤弟饯行。你们起身后,劣兄料理料理,也就起身了。”

他四人正在计议,忽见庄丁进来,禀道:“外面有凤阳府柳家庄柳员外特来拜会。”卢方听了,问道:“此是何人?”蒋平道:“他乃金头太岁王成的徒弟,姓柳名青,绰号白面判官。他与五弟相好,五弟时常寄信问候他,因此小弟知道。但不知他此来为着何事。”卢方道:“他师父王成,我却认得,并且在咱们这里住过几日,却是个梗直的朋友;既是他的徒弟,而且与五弟相好,不可不见他。三位贤弟且回避了,待劣兄见他,看是如何。如无事时,三位贤弟且不必起身,大家与他盘桓几日,也不负他远远而来。”吩咐庄丁:“请进来。”不多时,见柳青进来,身量却不高大,衣服甚是鲜明。白馥馥一张面皮,暗含着凶星恶煞;叠叠暴两只环眼,明露着诡计多谋。彼此相见,各道姓名。卢爷执手相让,来至待客厅上,就座献茶。卢方道:“久仰芳名,未能趋谒;今蒙降临,不胜幸甚。”柳青道:“小弟久仰卢兄行侠尚义,屡欲拜访,未得其便;今因有以私济公之事,故此斗胆前来,殊觉冒昧。但不知令弟白五兄可在家否?”卢方道:“五弟进京去了,尚未回来。不知柳兄有何见教,敢乞明示。”柳青道:“五兄虽不在家,卢兄义气相投,大约说出此事,决不见责。只因敝处太守孙珍,他乃兵马司孙荣之子,却是太师庞吉之外孙。此人淫欲贪婪,剥削民脂;作恶多端,概难尽述。刻下为庞吉庆寿,他备得松景八盆,其中暗藏黄金千两,以为趋奉献媚之资。小弟打听得实,意欲将此金劫下。非是小弟贪爱此金,因敝处连年荒歉,即以此变了米粮,以抒民困。奈弟独力难成,故此不辞跋涉,仰望卢兄帮助是幸。”谁知柳青这些话倒惹起卢爷满心不快了,暗暗思忖道:“怨得我五弟任性胡为,敢则是这些人把他勾引坏了。他一个少年人,本来心性就不定,再加上这些人怂恿,将来不定闹出什么事来,那还了得么?”卢方想至此,更觉得不耐烦了,脸上未免露着沉沉的道:“弟蜗居山庄,原是本分人家。虽有微名,从来未打邻劫舍。至于行劫窃取,更不是我卢方所为。再者,我五弟年少之人,全要倚仗诸相好教导他些好处,似此等事,莫要与他商酌。足下此来,竟属徒劳。本欲款留几日,惟恐足下误了正事,反为不美,莫若足下早早另为打算。”说罢,一执手道:“请了。”

柳青听了卢方之言,只羞的满面通红,把个“白面判官”竟成了“红面判官”了,“真是‘闻名不如眼见’,原来却是这样的人!如此看来,义在那里?我柳青来的不是路了!”一语不发,也还了一个“请”字,站起身来,头也不回,竟出庄门去了。

谁知庄门两个相连,规样却是一样。只见那边庄门出来了一个庄丁迎头拦住道:“柳员外暂停贵步,我们三位员外到了。”柳青回头一看,见有三个人自那边迎了过来,仔细留神:一个身高体壮,黄渣渣,脸似淡金;一个膀阔腰粗,黑漆漆,面如乌炭;惟有第三个身材瘦小,形如病夫,更显得青筋叠暴,精神百倍。三个人虽然胖瘦不一,高矮不等,却是各具英雄气概。柳青看了,不由的倾心爱慕,只得止步问道:“你家大员外既已拒绝于我,你三位又系何人?请道其详。”蒋平道:“柳兄不认得小弟么?小弟蒋平。兄与五弟契交,弟素深知。”又指着二爷、三爷道:“此是二兄长韩彰;三兄长徐庆。”

彼此相见。柳青暗暗道:“敢则他三人就是‘五义’中的朋友?果然与众不同。若得他三人帮助我劫取黄金,成功必矣。但则他三人皆是卢员外的义弟,倘若不为我用,也是枉然,莫若如此如此。”想罢,故意做出那不自在的形容道:“哦!你三位便是‘五义’中的朋友,好!久仰,久仰!失敬,失敬!请了,请了。”说罢,回身就走。蒋平赶向前伸手拉住道:“柳兄不要如此;方才之事,弟等皆知。非是俺大哥见义不为，只因这些日子心绪不宁，无暇及此，非有意拒绝吾兄，望乞海涵。弟等情愿替大兄长赔罪。”说罢，又是一揖。柳青见蒋平和颜悦色，殷勤至甚，正中心怀，连忙止步，转口道：“小弟原是仰慕众兄的义气，故此不辞跋涉而来；不料令兄竟如此固执，使小弟好生的惭愧！”二爷韩彰道：“实是俺大哥心中有事，言语梗直，多有得罪，柳兄休要介怀。弟等特请柳兄这边一叙。”徐庆道：“有话不必在此叙谈，咱们且到那边再说不迟。”

柳青“借风使船”，转身进了那边庄门；但见随山势的房屋盖的甚是齐整，中间也有五间客厅，两旁角门内有许多房屋，一时难以遍览。为后文展昭到此伏线。韩彰将柳青让至上面，三人陪坐。庄丁献茶后，柳青还要将劫金一事重叙。蒋平忙拦道：“柳兄不必再说了，方才小弟等在那边屏后已然听明白了。就是凤阳太守贪赃受贿，剥削民膏的过恶，弟等久已知之，只是道路遥远，一时不能消除。如今既有此机会，虽不能把他怎么样，也可以少泄公愤。但柳兄既有此举，不知有何计策？”柳青道：“弟有师傅的‘蒙汗药’‘断魂香’，到了临时，只用如此如此，便可成功。”韩爷、蒋爷听了，点了点头。惟有徐爷哈哈大笑道：“好计！好计！柳兄，你也是爽快人，咱们几时起身呢？”柳青道：“三位兄长辅佐，小弟惟命是听，焉敢妄定日期？”徐庆道：“不是这等说；你我一见如故，休要客套。柳兄只管定准了，小弟等俱是现成的，拉拢什么？”柳青见徐庆说话粗鲁豪爽，满心欢喜，道：“小弟起身往这里来时，他等的前站已起身了，如今算起来，此时走了不多日；咱们若此时迎上去，正好遇得着；要不，就明日罢。不知众位意下如何？”徐庆道：“很好，很好，就是明日。”蒋爷又对韩、徐二位道：“二哥、三哥在此陪着柳兄，小弟还要到大哥那里去看看。此事须要瞒了大哥。如今你我俱在这边，惟恐工夫大了，一来大哥烦闷，二来又怕生疑；莫若小弟去到那边，只说二哥、三哥在那里打点行装。小弟在那里陪着大哥，二位兄长在这里陪着柳兄，庶乎两便。”韩爷道：“四弟所言甚是。你就过那边去罢。”徐庆也接说道：“快去，快去，还是四弟有算计，见了大哥，就说柳兄没到这边来。”蒋平笑道：“如此一说，那明是告诉大哥，柳兄在这里了，岂不是‘此地无银三百两’么?”说的大家都笑了。

蒋爷别了柳青,自与卢方解闷儿去了。这里柳青却问韩彰道:“卢兄为着何事烦恼?”韩彰道:“哎!说起此事来,全是五弟任性的胡闹。”柳青道:“方才卢兄提白五兄进京去了,但不知进京端的为何呢?”韩彰道:“皆因听得东京有个号称御猫姓展的。”柳青道:“此人行侠尚义,人人皆称他为南侠。小弟闻名已久。众位兄长不认得他么?”韩彰道:“我等也是闻名,却未会面。五弟因我等既称为‘五鼠’,他为何独号‘御猫’? 这明是有意欺压。五弟气他不过,特特的前去会他。”柳青道:“此一去虽则英豪,然而未免特量窄了;人的技艺高下,何在乎名号之高下? 往往担个虚名,到了归着,反被虚名误事的,不一而足。似此何必计较他?”韩彰道:“诚哉是言也! 我等谆谆劝慰五弟,五弟只是不依;不想去了两月有余,不但五弟未回,连个音信也是无有。因此,俺大哥又是思念,又是着急。”柳青听至此,叹道:“原来卢兄特为思想五弟有些不耐烦;这样友爱朋友,小弟几乎错怪了大哥。然而与其徒思无益的,何不前去找寻找寻呢?”徐庆道:“何尝不是呢? 原是俺要去找五弟,偏偏的二哥、四弟要与俺同去;若非他二人耽搁住了,此时俺也走了五六十里的路程了。”韩彰道:“虽则耽延程途,幸喜柳兄前来,明日正好同往。一来为寻五弟,二来又可以暗办此事,岂不两全其美么?”柳青道:“既如此,二位兄长就打点行装;小弟在此反觉不便,莫若小弟在前途恭候,省得卢大哥看见小弟,又生疑忌。”韩彰道:“柳兄到此,焉有不待酒饭之理?”柳青笑道:“你我非酒肉朋友,吃喝有甚要紧? 改日再为叨扰罢。”说罢,立起身来,韩彰也难相强,只得定准了时刻、地方,彼此执手告别。

韩、徐二人送了柳青之后,也就这边来见了卢方,却不提起柳青一事。弟兄四人饮酒闲谈。卢方替他三人筹画一切的物件,他三人又为卢方酌派跟随的从人,彼此又谆嘱了一番。饭毕,歇息。到了次日,卢方果然预备了酒席给他三人饯行,虽不执壶敬酒,也要各消门面。这三人因卢方取租,不日起身,也就本地风光,回敬了几杯。大家就座。卢方又恳恳切切的嘱咐了许多言语。三个人唯唯听命。吃喝已毕,方将三人送出庄门,亲看着他们去了,又立了多时,才转身进庄。这一番恋恋的景况,仿佛从此就失散的一般。他哪知自此一别,直到后面金殿封官方能在开封府团聚。可见人生聚散,自有一定的道理。就是韩、徐、蒋三人,既然离了卢家庄,就应去找五弟,谁知却赴柳青的约会儿。他等只顾计取孙珍的寿礼,未免耽延时日,如何想的到白玉堂在东京已闹下出类拔萃的乱儿来了。

你道为何?这白玉堂自从在开封府夤夜与南侠比试之后,悄悄回到店内,暗暗思忖道:"怨不得人称为南侠。我看姓展的本领果然不错。当初我在苗家集时曾夜遇行人,至今耿耿在心;今见他步法、形景,颇似当初所见之人,莫非苗家集遇见的就是他么?若真是他,倒是俺意中的朋友。再者,南侠称猫之号,原不是出于他的本心,乃是圣上所赐;圣上止知他的技艺巧于猫,如何能够知道俺锦毛鼠的本领呢?"想至此,不由的将脚一跺道:"哎!我既到了东京,何不到皇宫内苑走走?倘有机会,略略施展施展,一来当今知道我白玉堂;二来也显显我陷空岛的人物;三来我做的事,圣上知道,必交开封府,再没有不叫南侠出头的;那时我再设个计较,将他诳入陷空岛,奚落他一场,到底猫儿捕了耗子咧,还是耗子降了猫呢?纵然罪犯天条,斧钺加身,也不枉我白玉堂虚生一世!那怕从此倾生,也可以名扬天下。但只一件,我在旅店存身,颇不稳便,须要找个令人难测的去处隐住身体,那时叫他们望风捕影,再也捉摸不着,方知我姓白的利害呢!"他既横了此心,立了此志,便就不顾什么纪律了。

一人有一人志向,只要正与不正。即如白玉堂所立之志,不过是少年任性,一味的争胜逞强之心,并没有损人利己之意,其志尚属可嘉。竟有一等人不分事体轻重,单单立了个私心害人之志,这个志向,凭天理、论良心,如何行的去呢!你道这私心害人的是谁?他乃郭槐之侄,名叫郭安,现为内苑万代寿山的总管。自从郭槐遭诛之后,他也不想想所做之事该剐不该剐,该死不该死;他却自具了一偏之见,每每的踌躇道:"当初咱家叔叔谋害储君,偏偏的被陈林救出,以致久后事犯,遭了惨戮。细细想来,全是陈林之过,必是有意要与咱郭门作对儿。再者,当初我叔叔是都堂,他是总管,尚且被他治倒,置之于死地,何况如今他是都堂,我是总管?倘或他要想起以前的仇隙，那可是孙悟空在我佛的巴掌里翻斤斗，咱家还能够逃出他的手心儿去么？这以大压小，是极容易的。怎么想个法子将他害了：一来与叔叔报仇；二来也免得我每日担心。”他这志向真是以小人度君子了！

一日晚间，正然思索此事，只见小太监姓何名常喜的，端了一杯茶来，双手捧至郭安的面前，鞠躬递过。郭安皱着双眉，眼皮儿也不抬，将茶接在手内，欲待不喝，却又慢慢的喝一点儿，复又仰面，出会子神。这何太监年纪不过十五六岁，极其伶俐，郭安素来最喜欢他。他见郭安这番光景，默默如有所思，便知必有心事，却不敢问，只得搭讪着道：“前日龙井茶，你老人家喝着没味儿，今日小的特向都堂那里和伙伴寻了一瓶上用的雨前茶叶来，给你老人家泡了一小壶儿，你老人家喝着如何呢？”郭安复又喝了两口，点了点头儿道：“也还罢了。我告诉你，这雨前也是龙井出的，不过通行的叫做龙井茶，从龙井茶里头单选出来的就谓之雨前，其实也差不多儿。咱们那小书阁里还有几瓶呢，你又何必往别处去寻呢？你以后要少往都堂那里去。他那里黑心人多，你小孩子懂得什么？倘或万一若是叫他们害了，岂不白白的把小命糟蹋了么？”何常喜听了，暗暗展转道：“听他之言，话内有因；他别与都堂有什么拉拢罢，我何不就棍打腿探一探呢？”故意的吃惊道：“敢则这么着吗！若不是你老人家教导，奴婢那里能够知道呢？但只一件，他们是上司衙门，往往的捏个短儿，拿个错儿，你老人家还担的起；若是奴婢，那里搁的住呢？”郭安把嘴一咧道：“你不用给我高帽儿戴！我担的什么，我也是‘磨房里的驴竟听喝’。他们若是哈的一声，连我也摸不着是那葫芦的药呢。”何常喜道：“要是这么着，你老人家既担不住，奴婢更不消说了：一来年轻；二来又不懂事。就是时常去到那里，遇见熟识的，叔叔长，大爷短；遇见不认得的，赶着他叫老爷。无非是官称呼，合他们鬼混；明是讨他们的好儿，暗里却是打听他们的事情。”郭安听了，猛然心内一动，那两眼儿一眯缝，笑吟吟的道：“好孩子，你倒是个有心机的。你猜他们使心弄心的，全是仗着谁？”何常喜道：“那还用说吗？他们处处安着坏心，无非是仗着都堂的威势欺人罢咧。”郭安把手一拍道：“好孩子！你真明白！可是的,你既常去,可曾听见他们有什么事情没有呢?”何常喜道:“却倒没有听见什么事;就是昨日奴婢寻茶叶之时,见他们值事的拿着一大匣子人参,说是圣上赏都堂老爷的。奴婢就问:‘要这些人参做什么?’他们说:‘因为都堂老爷上了年纪,神虚气喘,白昼还可以支持,到了晚间,咳嗽的再也不能睡,未免是当初操劳太过,如今百病趁虚而入。上次已然赏过一匣了,皆因吃着见效,如今又赏下来,加上别的药,配什么酒,每日早晚喝了,最是消除百病,益寿延年的。’”郭安不听则可,听了时,不由的双眉紧皱,二目圆翻,从鼻孔中冷笑发恨道:“他还益寿延年！我恨不得他登时倾生丧命,方消心头之恨!”何常喜听了一怔。不知郭安要害陈林,用何计策,且听下回分解。

第四十一回　忠烈题诗郭安丧命　开封奉旨赵虎乔妆

且说郭安怀挟私仇,恨不得贤伴伴陈林登时倾生丧命,方才遂他平生之愿。偏遇见小太监何常喜虽然年幼,却是个聪明不过之人,他见郭安如此发恨,不由的一怔,道:“奴婢瞧都堂老爷为人行事却是极好的;而且待你老人家不错,时常彼此喝酒,往来送礼,颇有些交情,怎么你老人家这样的恨他呢?想来都是跟他的人不好,把你老人家闹的寒了心了?”郭安道:“你小人儿家懂得什么!俗语儿说,‘既在矮檐下,怎敢不低头?’又道,‘咬人的虎儿不露齿。’我是恼在心里,笑在面上。他是个都堂上司,我一个小小的总管算什么,敢不哄他么?我不是愿意合他交好,我直是终日防贼,知道他哪阵风不顺呢?就是他那底下人,哎哟哟,一个个虎视眈眈,哪一个叫人放心呢?”何常喜道:“要是你老人家如此说,这个防也不是常法儿;‘老虎还有个打盹儿的时候’,倘或防不到,那不是饥荒么?”郭安瞅了瞅何太监,欲言不言的,半晌方问道:“我的儿,我待你如何?”何常喜道:“你老人家最是疼我的,真是‘吃虱子落不下大腿’,不亚如父子一般,谁不知道呢?”郭安道:“既是如此,我这一宗事也不必瞒你;你若能够帮着我办成了,我另眼看待于你。咱们就认为义父子,你意如何呢?”何常喜听了,暗忖道:“我若不应,他必另与别人商议,那时不但我不知道,反倒叫他记了我的仇儿了。”想罢,连忙跪倒道:“你老人家若不憎嫌,儿子就与爹爹磕头。”郭安见他如此,乐的了不得,连忙搀起道:“好孩子,好儿子,你真令人可疼!往后我必提拔于你。只是此事须要严密,千万不可泄露。”何常喜道:“那是自然,何用你老人家嘱咐呢?但不知用儿子做什么?”郭安道:“你可知我与都堂有不共戴天之仇?”何常喜道:“哟!怎么这么大仇呢?”郭安叹道:“当初太老爷遭了惨报,就是他害的。他既害了我叔叔,就犹如父母一般;我若不报此仇,岂不被人耻笑呢?我久怀此心,未得其便;如今他既用人参配酒,这是天赐其便了。若不趁此时将他害了,我活着还有什么味儿呢?"何常喜暗忖道:"敢则他与都堂有如此仇隙?怨得他每每如有所思呢。但不知他如何害法,我且问明白了,再做道理。"想罢,问道:"他用人参乃是补气益神的,你老人家怎么倒说是天赐其便呢?"郭安道:"我索性说了罢,我有个'慢毒散'的方子,也是当初太老爷在日与尤奶奶商量的,没用着,我却记下。这个法子最忌的是人参,若吃此药,误用人参,犹如火上浇油,不出七八天,必要命尽无常。这都是'八反'里头的。如今只用将此药放在酒里,请他来吃;他若吃了回去,再一喝人参药酒,毒气相攻,虽不能七天身亡,大约他有年纪的人,也就难以支持,延不多的日子。一点儿形迹不露。你说好不好?"何常喜道:"若能如此,敢则是好。但不知此事用儿子做什么?"郭安道:"用你的很呢。你别忙,听我慢慢告诉你:这一请了都堂来,他那跟的人,那一个不是鬼灵精儿似的;若用两把壶斟酒,将来都堂有个好歹,他们难道不疑惑么?必说是酒里有了毒了,那还了得么?如今只用一把壶斟酒,这可就用着你了;给他斟了,又与我斟,千万别把此壶放下。若是叫别人执了此壶,不但泄漏机关,登时有大乱儿,这可是最要紧的。"何常喜迟疑问道:"每次有客来,理应儿子伺候斟酒,这是我最晓得的;只是一把壶如何会装两样儿酒呢?这可是闷煞人咧。"郭安道:"原是吓,为什么必得用你?你进屋里去,在那博古橱槅子上,把那个洋錾填金的银酒壶拿来。"何常喜进了里间,不多会,果然拿来,道:"老爷子,你老人家看看是此壶不是?"郭安道:"焉能有两把呢?就是他,你仔细瞧瞧,也开开眼。"

何常喜在灯下细瞧,见此壶式样比素常的酒壶微粗些,底儿上却有两个窟隆;打开看,见里面中间却有一层膈膜圆桶儿;看了半天,再也看不明白。郭安道:"算了罢,你瞧不明白。你若一睁眼都会了,那不是天聪了么?我告诉你罢,这是人家送我的顽意儿,又是酒令儿;若要灌人,叫他醉了,就用这个了。此壶名叫'转心壶'。待我试给你瞧。你去舀半碗水来。"何常喜取了水来,郭安揭开壶盖,顺着左边灌入,又看了看,道:"这一边用什么呢?——有了,就将这半碗茶灌上罢,只要瞧个颜色罢咧。"说罢,却从右边灌入;将壶盖儿盖好,递给何常喜,道:"你斟给我瞧。"何常喜接过来,斟了半天,再也斟不出一滴来。郭安看了,哈哈大笑道:"傻孩子,你拿来罢,不用怄我了,待我斟给你瞧。"何常喜将壶递过。郭安道:"我先斟一杯水。"将壶一低,果然斟出是水。又道:"我再斟一杯茶。"将壶一低,果然斟出是茶。何常喜看了,纳闷道:"这是什么缘故呢?好老爷子,你老告诉儿子罢。"郭安道:"你白聪明了!好好的壶,为什么底儿上有两窟窿呢?你这么一想,就知其中安了鬼了。你一手执着壶,把一手托着壶底,要斟左边的,你可将右边窟窿堵住;要斟右边的,你可将左边窟窿堵住,再没有斟不出来的。千万要记明白了。"何常喜道:"哦!这就是了。话虽如此说,还有一宗不明白:这酒都从这壶嘴里出,斟来斟去,难道就不过味么?"郭安道:"要是过了味儿,那还了得?灯下难瞧,你明日细细的看,这壶嘴儿里头也是有膈膜的,不过灯下斟酒,再也瞧不出来;不然,如何人家不能犯疑呢?一个壶里喝酒,还有两样么?哪里知道真是两样儿呢!这也是能人巧制,想出这蹊跷的法子来哄弄人,谁能想的到?他若来时,你可抱定此壶,千万记准了左右窟窿,好歹别舛错了,那不是顽的。我又想起来,咱们还得做个准备,仍把素常使的银壶也装上酒,也放在暖镟里温着,倘或万一跟都堂的人务必要执此壶,可怎么样呢?你就说此壶酒凉了,抽身进去,把此壶藏的严密密的,赶着把银壶拿出来,递给他们,叫他们斟,这个事情方不露马脚。"何常喜道:"你老人家真想的周到。咱们几时请呢?"郭安翻了翻眼,道:"急不如快,今日是十四日,就请他明日晚上赏月。你将笔砚拿来,我立即写帖,你就请去。"何常喜取了盛盘放下,又拿了封套、单帖。郭安提笔一挥而就,交付何常喜,道:"快去,快去。话儿说软款着,务必请他来。"

何常喜答应,接了请帖,便奔都堂这边来,心内踌躇道:"都堂老爷那样好人,他倒要害他。我若不请去,又恐他另派别人;我若请去,都堂老爷真要来,可怎么好?"想至此,不由的顺口念出来道:"哎,阿弥陀佛,神佛的保佑!都堂老爷别来罢。"嘴里说着,已绕过太湖石畔,只见柳荫中蓦然出来一人,手中钢刀一晃,光闪夺目。何常喜一见,"哟!你吓——"刚说了二字,只听那人道:"你要嚷,就是一刀!

你要跑,先砍两腿!”何常喜唬的哆嗦做一团儿,动也不敢动,哼也不敢哼。那人复又问道:“好儿子,你放心,俺不害你,止于将你捆缚好了,放在太湖石畔柳荫之下,少时便有人来救你。等明日将你交到大理寺,或到开封府,你可将方才那厮所定之计直言申诉,不许隐瞒;倘有一字遮饰,我明日晚上必来割了你的首级!你明白了?”何常喜不敢言语,连连点头,束手就缚。那人一提,便将他放在太湖石畔柳荫之下,又叫何常喜张开口,将棉絮裹了请帖,填入嘴内,说了一声:“俺去也!”一伏身形,得、得、得,竟奔郭安屋中而来。

这里郭安呆等小太监何常喜,忽听脚步声响,以为是他回来了,便问道:“你回来了么?好孩子,如何恁般快?”此话未完,只听外面应道:“俺爷爷来也!”嗖的一声,已到面前。郭安一抬头,见黑漆漆一身衣靠,白馥馥一张面皮,明晃晃一把钢刀,恶狠狠一双俊眼,“哎呀”一声,道:“有贼!”不用第二声,头颅已然落地。外面巡更太监忽听嚷了一声,不见动静,连忙赶来一看,但见郭安身首异处,竟不知被何人所杀。这一惊非同小可,急去回了值日太监。值日太监不敢耽延,即刻回了上夜的总管。这总管因人命事大,便进内见了都堂。陈公公刚喝了人参药酒,才要安寝,听见此事,诧异道:“这内苑如何敢有持凶杀人的道理?你就带领值日的到那边验看验看,并各处搜查搜查,有什么形迹,即刻禀我知道。”“哦!”这总管领了钧谕,出来传话,立刻齐人,同定值日的,大家来到郭安屋内,验看明白,果系被人杀害。又在各处搜查,于柳荫之下见何常喜被缚在那里,连忙抬来,这总管上下打量一番,见他嘴内露着鲜红的,不知何物,叫小太监掏出来看,却是棉絮裹着个封套。值日的呈于总管。总管打开看时,却是郭安请都堂的请帖,吩咐松绑,容他喘息,问他道:“你就是跟总管的么?”何常喜道:“是。”“你叫什么?”何太监道:“奴婢何常喜。”总管道:“这请帖是谁写的?”何常喜道:“是我们老爷写的,叫奴婢请都堂老爷的。不料奴婢刚绕过那边的太湖石,就出来一人,手里拿着刀,不叫嚷,不准跑,就把我捆缚了。”这总管听了,想了一想,道:“你们老爷为什么要请都堂呢?”何常喜道:“这个奴婢不敢说。”总管道:“你为什么不敢说呢?”何常喜道:“捆我的那个人,他曾说来,叫我到大理寺或开封府方敢直言实说；若说错了，他明儿晚上还要割我的脑袋呢！”众人见他说的话内有因，也就不敢再问。这总管连忙回禀了都堂，并连请帖呈阅。陈公公也不解是什么意思，只得吩咐总管：“派人好好看守何常喜，再添派首领太监轮流仔细稽查；待我明早启奏了，且看旨意如何。”这总管退出，一一吩咐明白。

至次日五鼓，圣上尚未临朝，陈公公进内请了圣安，便将万代寿山总管郭安不知被何人所杀，并将小太监何常喜捆缚一切言语情形，俱各奏明。又将请帖呈御览。天子闻奏，不由的诧异道：“朕之内苑，如何敢有动手行凶之人？此人胆量就不小呢！”又将请帖看了，问道：“贤伴伴与郭安素习有往来么？”陈公公奏道：“郭安时常到奴婢那里，他那里，奴婢也去过一两次。”天子听了，却不言语；犯想多时，真是聪明不过帝主，猛然问道：“郭安与郭槐可是一族么？”陈公公奏道：“郭安是郭槐之侄。”天子闻听，连连摇头，也就不问了，叫即将何常喜交开封府审讯。陈公公领旨，才待转身，天子又道：“今日乃是望日，朕要到忠烈祠拈香，老伴伴随朕一往。”陈公公领旨出来，先传了将何常喜交开封府的旨意，然后又传圣上亲临忠烈祠拈香的旨意。掌管忠烈祠的首领太监知道圣上每逢朔望，必要拈香，他却于昨日就掸扫洁净；到了今日，从五鼓诸样安排齐备，暗暗派了太监打听旨意，果然亲临拈香，一个个敬谨静候。不多时，圣上排驾来至忠烈祠，只见旗杆上黄旗飘荡，两边楼内钟鸣鼓挝。圣上来至殿内，陈公公紧紧跟随。正面金漆龛内塑着忠烈承御寇宫人，仍是宫装打扮，却是站像；两旁也塑着随事的四个从身，龛前的供桌设摆香花、灯烛、五供等项。仁宗朝上默祝拈香，虽不下拜，那一番鞠躬恭敬也就至诚的很。拈香已毕，瞻仰塑像。惟有陈公公在旁见塑像面貌如生，偶然想起当初销金亭上赤心救主，后来玉宸宫内烈性倾生，不想死了二十年，竟有这一番的荣耀，也算他功成名就了。心里虽是如此想，眼中早已滴下泪来；又不敢哭，连忙试去泪痕。

谁知圣上知他触景伤心，便不肯回头，反仰面瞧佛门宝幡，猛然眼光一瞬，见西山墙山花之内字迹淋漓，心中暗道：“此处却有何人写字？”不觉移步，近前仰视。陈公公见圣上仰面谆视，心中也自狐疑:“此字却是何人写的呢?”幸喜字体极大,看的真切,却是一首五言绝句,写的是:“忠烈保君王,哀哉杖下亡;芳名垂宇宙,博得一炉香。”语句虽然粗鄙,笔画却极纵横;而且言简意深,包括不遗。圣上问道:“贤伴伴,此诗何人题写?”陈公公奏道:“为臣不知,待奴婢问来。”即转身将掌管此祠的首领唤进殿来,问此诗的来由。这首领看见墙上有诗,只唬得惊疑不止,连忙跪奏道:“奴婢等知道今日十五,圣上必要亲临,敢不小心么?昨日就带领多人细细掸扫,拂去浮尘;各处留神,昨日并未见此诗句,如何一夜之间,竟有人擅敢题诗么?再者,题写之处,非有接脚梯子是不能平空悬写的。奴婢实系不知此诗从何而来。”说罢,泪汪汪,咕咚咕咚,连连碰头。陈公公听这首领所奏,颇有情理;只是当着圣上,不能替他分辩,惟有看着圣上,听候旨意而已。仁宗天子猛然醒悟道:“贤伴伴,你也不必问了,叫他且出去。”陈公公连忙对那首领道:“快谢恩罢。”这首领又碰了一个头,谢恩退出殿外。只听圣上道:“贤伴伴,朕已明白此事了。你看题诗之处,非有出奇本领,不能题写;郭安之死,非有出奇本领,不能杀害。据朕想来,这题诗的就是杀命的,杀命的就是题诗的;文武兼备,好大本领呢!”陈公公见圣上不但不怪,反有羡慕之意,连忙颂扬道:“圣上睿鉴天聪,奴婢愚昧,不能料及于此。这人本领真也大的很呢!”

仁宗天子吩咐:“宣首相包卿。”陈公公转身传旨。不多时,包公进殿,参了圣驾。圣上便将题诗杀命原由说了一遍。包公听了,正因白玉堂闹了开封府之后,这些日子并无动静,不想他却来到禁苑了;不好明言,只得启奏:“待臣慢慢访查。”却又踏看了一番,也无形迹,便扈从圣驾早朝还宫之后,急刻乘轿回转开封府。

此时何常喜已解到。包公立刻升堂,吩咐“带何常喜”。早有人将他带上堂来,见他战战哆嗦,已然哭的泪人儿相似。包公道:“何常喜,不要啼哭。你将昨夜之事一一诉上来。”这何常喜自传旨后,已知将他交到开封府,他便心中默默背诵,惟恐错了一字,落了一字,竟比小学生在先生跟前交功课还加小心。那学生错了功课,不过止于受责;这要是错了,竟要丧命的,他焉得不小心呢?今见包相问他,他立刻止住悲痛,慢慢的从递茶说起,如何提起人参;郭安听见人参,如何要用“慢毒散”的药酒暗害陈林；怎么样的“转心壶”，怎么用法，里面现有茶水为证；如何写了请帖，如何遇见一人，怎么叫他儿子，怎么将他捆缚，又是如何嘱咐的言语，不知怎么把郭安就杀了，一句不敢撒谎，精精细细的说完了；复又往上磕头道：“回相爷，这事起根发由的事情，奴婢可一个字儿没有错落；倘或他晚上仍要割我脑袋之时，求大人与奴婢作主呀！”说罢，复又大哭。包公听了，犯想多时，问道：“何常喜，这捆你之人是何等形景？”何常喜道：“我在月光之下，见他穿着一身青，约有二十来的岁儿，是个年轻的。”包公点了点头，吩咐左右：“将何常喜带下去，好好看守，不要难为他。”“哦！”左右答应一声，将何常喜带下堂来。包公起身退堂，来至书房。李财递茶。包公吩咐：“请护卫与先生。”包兴领命，去不多时，展爷与公孙先生来到，参罢就座。包公将题诗杀命之事说了一遍。二人听了，也说：“此事必是白玉堂无疑，须要细细访拿方好。”包公也无可如何，叫公孙策办个折子，将何常喜的口供俱各缮写明白，预备明早呈递。

二人别了包公，公孙策自去办理奏折。展爷到了公所，王、马、张、赵等问起：“相爷相召为着何事？”展爷蹙眉道：“众位贤弟，可知那夜来的那人么？”王朝问道：“那人怎么样了？”展爷道：“他如今进了皇宫内苑了。”张龙诧异道：“大哥如何知道的？”展爷便将相爷今日召见，所有题诗杀命之事一一说了，“现今已然叫咱们这里访查。贤弟等想想，此事如何办理？”马汉听得呆了，只是摇头。赵虎伸了伸舌头，一声也不言语了。还是王朝与展爷妄疑了一番，也无着实的定见。

到了次日，包公入朝，将审明何常喜的折子递上。圣上御览后，喜动天颜，立刻召见包公，道：“朕前日听陈伴伴说郭安是郭槐之侄，就有些疑心；原来郭安果有害陈伴伴之意。他这死，诚不足惜了！何常喜也无庸议。万代寿山着陈林另选总管补授。”陈公公在旁一一领旨。天子又对包公道：“此人虽系暗昧，他却秉正除奸，也不失为好人。卿家必须访查，不拘时日，务要将此人拿获，朕要御见。”包公领旨归班；早朝已毕，回转开封府，先将何常喜释放，派差役交到都堂陈公公处，然后请了展爷，叫他晓示众人，务要齐心努力，访查此人。

展爷领命,传与众人;谁不要建立此功? 从此后,处处留神,人人小心,再也毫无影响。不料愣爷赵虎他又想起当初扮做花子访了一案,兴头依然,"如今我何不照旧再走一趟呢?"因此,叫伴当又备了行头。此次却不隐藏,改扮停当,他就从开封府角门内大摇大摆的出来,招的众人无不嘲笑。他却鼓着腮帮子当做正经事,以为是私访,不可亵渎。其中就有好性儿的跟着他,三三两两在背后指指戳戳;后来这三两个人见跟的人多了,他们却煞住脚步,别人却跟着左右。赵虎一想,"可恨这些人没有开过眼,一个讨饭的有什么瞧头,也犯的上如此的跟着,也就可厌的很呢!"欲要动粗,想了想,人家瞧要饭的也没什么大不是,猛然想起道:"我何不如此呢? 大约他们也未必是俺的对手。"想罢,一掖破衫,撒开大步,那两个乍板儿鞋呱咭、呱咭,一缕烟儿,飞也似的去了。这一去不知到了何方,且听下回分解。

第四十二回　以假为真误拿要犯　将差就错巧讯赃金

且说赵虎假扮花子，原要私访，因见瞧热闹的人越跟越多，心内着急，一时性发，甩开大步，飞也似的跑了有二三里之遥，这看热闹的人如何是他的对手，早已将众人撇下。他看了看左右无人，方将脚步收住，暗道："这乍板鞋实在不得力；适才要是跟脚的鞋，何用费许多力气？且喜离开他们远了，我也该歇息歇息，慢慢的走罢。"一边思索，一边缓步，走来走去，人烟稀少，又不知是什么地方。谁知方才众人围随之时，自己以为得意，却不理会；及至剩了一个人，把那一团高兴也过去了，就觉着一阵一阵的风凉透体。此时已是初冬之际，焉有不凉的呢？先前还扎挣的住，后来便哈了腰儿，渐渐的握住胸脯；没奈何，又渐渐的双手抱了肩头，往前撅蹿。偏偏的日色平西，寒风儿栗栗，他那里还搁的住呢？两个眼睛东瞧西望，要找个避风的所在；见那壁厢有一座破庙，连忙奔到那里，却是山门倒坏，殿宇坍塌，止剩下东面的山墙昂然孤立。无奈何，奔到山墙之下，蹲下身体，暂避北风。自己未免后悔，"不该穿这样的单寒行头，理应办一分棉破行头才是。凡事可见粗心不得的。再者，私访也要看个机会，似这等旷野无人，我访的是什么呢？莫若避避风儿，趁早儿回去，再做道理。"正在思想，只见那边来了一人，衣衫褴褛，与自己相等，却夹着一束干草，一直奔到一株大枯柳下，一扬手，将草顺在里面，他却扳住杈丫，将身一纵，也就钻入树窟窿里面去了。赵虎此时见那人如此，觉得比自己暖和多了，恨不得也钻在里面暖和暖和才好；一时触动心机，暗暗忖道："往往人到了饱暖之时，便忘却饥寒之苦；似我赵虎每日在开封府饱食暖衣，何等的快乐！今日一旦为私访而来，遇此寒风，便觉得凛冽至甚。"见他钻入树窟，又有干草铺垫，似这等看将起来，他那穷人此时就比我六品校尉强多了。心内如此想，身上更觉得打噤儿。忽见那边又来了一人，也是褴褛不堪，却也抱着一捆干草，也奔了这棵枯柳树来,到树前,不容分说,将草往下一顺。只听里面那人哎呀一声道:“这是怎么了?”探出头来一看,复又说道:“你到底留点神儿,为什么闹我一脑袋草?也有这么愣的!”外边那人道:“老兄,恕我不知,敢则你早来了?没奈何,匀便匀便。咱二人将就在一处,又暖和,又不寂寞,我还有话合你说呢。”说着话,扳住杈丫,身子一纵,也钻入树窟之内。只听先前那人道:“我一人正好安眠,偏偏的你又来了,说不得只好打坐工了。”又听后来那人道:“‘大厦千间,不过身眠七尺’;咱二人虽则穷苦,现有干草铺垫,又温又暖,也算罢了。此时管保就有不如我们的。”赵虎听了,暗道:“好小子!这话他是说我呢。我何不也钻进去做个不速之客呢?”想罢,立起身来。刚然走到树下,又听那人道:“不用说别的,拿开封府说罢,堂堂的首相,他竟会一夜一夜大瞪着眼睛不能安睡,难道他老人家还短了暖床热被吗?只因国事操心,日夜焦劳,把个大人就愁的没了困了。”赵虎听了,不觉暗暗点头道:“‘狗嘴里会吐象牙!’他这话说的真不错。我且不要进去,再听他说些什么。”又听这个问道:“相爷为什么睡不着呢?”那人又道:“怎么!你会不知道吗?只因新近宫内不知什么人在忠烈祠题诗,又在万寿山杀命,奉旨把此事交到开封府访查。你说这个无影无形的事由儿往那里查去?”赵虎听至此,不由的纳罕道:“敢则这些事外边全知道了?我这私访岂不是白闹么?趁早儿回去,不要冻着,倒值多了。”刚要回身,猛听这个叹道:“嗨!若提这个事情,我就只没有那么大胆子上开封府。我怕惹乱子,可不是玩儿的。”那个道:“这怕什么呢?还丢了咱们什么吗?你告诉我,我帮着你好不好?”赵虎听至此,陡然精神倍长,连忙煞住步,注意细听。只听这个道:“既如此,我告诉你。前日咱们鼓楼大街路北,那不是吉升店吗?来了一个人,年纪不大,好俊样儿,手下带了两个从人,骑的高头大马,把那么一个大店满占了,说要等他们的伙伴。我因瞧着声势很阔,我就暗暗打听;止于听说此人姓孙,他与宫中有什么拉拢。你想想,这‘拉拢’二字含糊的很,管保就是这宗事情罢。”赵虎听至此,不由的满心欢喜,把冷付之九霄云外,一口气跑回开封府,已是掌灯时候,急忙找着包兴,立刻回禀相爷,如此如此。包公听了,不能不信，只得多派差役跟随赵虎，又派马汉、张龙一同前往。

赵虎连忙回到屋内穿好衣服，大家竟奔吉升店而来。到了吉升店，将差役分派妥当，然后叫店家开门。店里不知为着何事，连忙开了店门。愣爷赵虎挺身当先，问道："你这店内可是姓孙的在此居住？"小二道："正是，前日来的。"四爷道："现在哪里？"小二道："现在上房，已然安歇了。"愣爷道："好！你快去对你东人去说，我们乃开封府奉相爷钧谕前来拿人；倘若逃走，惟你是问！"小二听了，慌了手脚，连忙告诉东人去了。这位愣爷唤进差役，来至上房，将门堵住，却也急中生智，叫差役呼唤，就说同事人到此找寻。只听里面应道："想是伙伴赶到了？"又听从人道："黑子，愣爷，快起来，快起来！"四爷在外面听他唤三小儿这两个名儿，有些不自在；刚要抬腿踹门，里面三小儿已将槅扇开放。赵爷迈步来至屋内，从人见赵爷这番威严，又见后面许多差役，已知不是事头，连忙往旁一闪。愣爷直奔里间，将软帘一把扯下，屋内灯光明亮，见那人刚刚下地，披着衣服，正在掩怀。赵爷上前劈胸一把揪住道："好贼呀！你的事犯了！"那人双手捧住赵虎的手腕，道："足下何人？有话好说。请放手，请放手。"赵虎双睛一瞪道："俺若放手，你不跑了么？实对你说，我们乃开封府来的！"那人听见"开封府"三字，登时变了颜色。赵爷又道："奉相爷钧谕，特来拿你！"那人道："小可并未干犯相爷，相爷为何拿我？"赵爷道："你休来问我！你做的事，你自己还不知道么？若不访查明白，也就不拿你了！有什么话，你只好堂上说去！"说罢，将那人往外一拽。那人如何能够扎挣，顺着手儿来到外间。赵爷吩咐差役："与我锁了！好好看守。"又在各处细细搜查，别无他物，惟有包袱内有书信一包。赵爷不认得字，将书信撂在一边。此时马汉、张龙知道赵虎成功，连忙进来，正见赵爷将书信撂在一边。张爷赶上前，将书信拿起，灯下一看，上面写"内信二封"，中间写"平安家信"，后面有年、月、日，"凤阳府署密封"，打着本府印信。张爷看了，就知此事有些舛错。俗语儿说，"自有错拿的，没有错放的"，当着大家不好明言，忙将书信揣起，押着此人且到开封府再做道理。此时店东已到，见把客人获住，暂时虽然放心，又怕有什么干连，难免提心吊胆。

这差役簇簇拥拥离了吉升店，来至开封府，即速禀报相爷。相爷也因此事面奉谕旨，许多日期毫无头绪，如今好容易有点机会，倘若是了，岂不完结此案，省得终日悬心；自从派了差役去后，已然预备停当，听说拿到，立刻升堂。赵虎当堂交差，当面去锁。张龙却将书信呈上。包公看了，便知此事错了，只得问道："尔叫何名？因何来京？讲！"左右连声催吓。那人磕头碰地有声，他却早已知道开封府非别的衙门可比，战兢兢回道："小人乃凤阳太……太守孙珍的家……家人，名叫松福。奉……奉我们老爷之命，押解寿礼给庞……庞太师上寿。"包公道："什么寿礼？现在那里？"松福道："是八盆松树盆景。小人有个同伴之人，名叫松寿，是他押着，尚在路上没到呢。小人是前站，故此我在吉升店内住着等候。正在酣睡之际，忽听有人呼唤。小人只道同伴人赶到了，谁知却是许多人，是公差，口称相爷钧谕，就把小人拿来了。小人光着头，掩着怀，撒着鞋，不是见相爷不恭，是那位矮身量、黑脸的爷不容小人穿戴呀。"说罢复又往上磕头。

此时赵爷在旁听了松福之言，方知此事错拿了，登时急的通身是汗，倒把昨日的寒气全赶出来了，心中暗暗后悔道："赵虎吓赵虎，你特鲁莽了，太贪功了！你只顾错拿了，且慢说对不过众人，这不叫相爷做难么？这个人可怎么样呢？"急的他两只眼睛瞪的包头相似，干瞅着相爷。谁知包公只管知道错拿无疑，却把书信翻来覆去看了半晌，问道："松福，你家老爷寿礼之内可有什么夹带？从实诉上来！"只此一问，把个松福唬的抖衣而战，形色仓皇。包公是何等样人，见他如此光景，把惊堂木一拍，道："好狗才！你还不快说么？"左右扬威，连催："快说！快说！"松福连连叩头，道："是，是。相爷不必动怒，小人实说，小人实说。"心中暗道："好利害！怨得人说开封府的官司难打，果不虚传！怎么一问就问到劲节上呢？怪道方才拿我时说我事犯了；又说，'若不访查明白，如何敢拿人呢？'这些话明是知道的确，我如何能够隐瞒呢？莫若实说了，也免得皮肤受苦。"想罢，回道："这寿礼原是八盆松景儿，内中却暗藏着千两黄金；惟恐路上被人识破，故此埋藏在花盆之内。不想相爷神明如电，早已稽查明白，小人再也不敢隐瞒。不信，相爷折开书信一看，便知道了。"包公冷哂道："本阁业已料及于此，又何必拆看书信？但其中两封书信都是给何人的？讲！"松福道："一封是小人的老爷给小人太老爷的；一封是给庞太师的。我们老爷原是庞太师的外孙子。"包公听了，点了点头，吩咐："将松福带下去，好好看守。"你道包公如何知道暗有夹带呢？只因书皮后面有个密封，这个密字必是背人，恐人知觉之意；再者，松景儿又值几何，务必由凤阳押解到京，千里迢遥，专专为此，也就令人可疑，因此测度必有夹带。这便是才略过人、心思活泼之处。何况那孙荣附合着庞太师所做之事，俱是些尴尴尬尬的，他的子孙还能光明磊落么？自然也是鬼鬼祟祟了。大凡做上司的再无有不揆情度理的。

且说包公回转书房，便叫公孙先生即办折底，自己删改妥当，缮写清楚，连书信一并装入，专等明早参奏。这一夜不过略歇了歇。到了次日五鼓，上朝伺候圣驾临轩，将此折呈上。仁宗天子看了原折，又看松福招供，暗暗忖度道："孙珍出任不久，何得就如此作用？想来必是个贪婪之辈。这要外任久了，如何使得？也难得包卿如何查来？既是他参奏的，不能仍交开封府。"即传旨："交大理寺文彦博复审。"包公奉旨，将原卷并松福立刻解到大理寺去。文大人因是钦命，不敢耽延；既到本衙，过了一堂，口供相符，速派差役人等前去腰截凤阳太守的礼物，不准落在别人之手，惟恐其中有了变动。真正事有凑巧，恰好松寿刚刚押着礼物进城，就被大理寺的差役撞见，不容分说，立刻抬到寺里，回禀了文大人。文大人满心欢喜，道："难得今日就到，正好审明了，明日复旨。"吩咐外班伺候。大人升座，先将松寿问了一审，他的口供与松福的不差上下。这松景盆内黄金是一定的了，将松寿暂时带下，叫差役将八个板箱抬至当堂；搭出来一看，却是用松本作成"福如东海，寿比南山"八个大字，真也作的奇巧。此时却也顾不得松本，先将"福"字盆拔出一看，里面并无黄金，却是些石块。文大人看了，诧异道："难道老庞预知风声，连夜差人抵换了？这一翻案，惟恐包大人有些不妥。"随即叫差役逐字看去，俱是些石块，并无黄金。惟独"山"字盆内，松根之上，拴着个象牙牌子，上面字迹分明。差役连忙解下，呈在大人面前。文大人接来一看，这一面写着“不义之财”,那一面写着“有意查收”。文大人看了,便知此事蹊跷,将牙牌放在案头,吩咐带松寿。

此时松寿在丹墀之下,见盆内黄金俱变了石块,好生纳闷;正在呆着,忽听唤他,连忙上堂跪倒。文大人问道:“松寿,你说盆内暗藏黄金,为何俱是石块? 讲!”松寿道:“回大人,这盆内实是黄金;装此金时,小人与松福俱是公同眼见的。小人的老爷待小人两个甚是亲信,从不瞒着小人。并且因小人两个名字与此差相宜:寿礼是松,小人两个名字头一个字就是松;八个字是‘福’‘寿’打头,小人就一个叫福,一个叫寿。因此特派小人两个押解此差。怎么这盆内都变了石块呢? 小人实是不解。”文大人犯想多时,问道:“你两个押解寿礼,自然是时刻不离的了?”松寿道:“是! 打尖下店,俱是小人两个经心。就只于五日前,我二人算计程途,须要来一个前站找下旅店,好安放寿礼人夫;因此松福他先来了,就撂下小人一个押解。”文大人又问道:“你一人押解,路上可遇见什么人没有呢?”松寿想了一想,又用手算了算日期,回道:“小人曾遇见四个人,就是松福走的第二天。这四个人带着五六名伴当,说是开封府的六品校尉王、马、张、赵;我们在一个店内住宿,彼此投机,同桌儿吃饭、饮酒。这四位爷和气的了不得,连我们的三小儿、抬夫俱各张罗到了,所有那一晚费用,全是这四位破的钞。小人也就多贪了几杯,醉的人事不知,直到了次日巳刻方才起的身。除此并未遇见别人。”文大人听了,心下早已明白,叫差役将牙牌拿下与他看。松寿看了上面的言语,猛然醒悟道:“回大人,看此牙牌,敢则八盆黄金,竟被这些人盗去了?”文大人点头道:“你明白就好。”吩咐差役:“将松福、松寿带下去。”

文大人退堂回后,将此案情由缮写奏折。至次日,上朝呈递,连牙牌谨呈御览。仁宗天子看罢,立刻宣包公上殿,问了问王、马、张、赵可曾出差。包公奏道:“现在天天随朝,并未远出。”圣上又叫陈公公将文大人奏折连牙牌俱着包公看了。包公复奏道:“看此牙牌,不知何人托言王朝等盗去黄金;为臣愚昧,不敢妄奏。”天子笑吟吟道:“包卿,你看牙牌的字迹颇似山墙的笔法,难道此事又是那人的作为? 也就有趣的很呢。卿家务要细细访查,朕是必要见此人的。”包公领旨下殿。圣上又传旨交内阁发抄，言："孙珍年少无知，不胜外任，着立刻解职来京。松福、松寿即行释放，着无庸议。"庞吉与他女婿孙荣知道此事，不得不递折请罪，圣上加恩，着一概宽免。惟独包公又添了一宗为难之事，自奉旨后，终日以此人萦绕心怀，时刻委决不下。即或合公孙先生、展护卫商酌，也不过说"一时难以弋获，只好暗暗访查"而已。就是四勇士，因赵爷听了旁言，误拿了一案，幸喜相爷查出藏金；不然，如何是个了结呢？从此诸事小心，更不敢轻举妄动了。

至于庞吉、孙荣翁婿二人，不但失去黄金，反倒带累的丢了个外任，也就减却了好些威势。庞吉因此一烦，到了生辰之期，不肯见客，自己躲在花园先月楼上，凡有客来，全托女婿孙荣照料；自己在楼上也不观花，也不玩景，惟有思前想后，短叹长吁，暗暗恨道："包黑吓，包黑！你真是我的对头！好好的一桩事，如今闹的鸡儿飞了，蛋儿打了，最可惜是外孙孙珍解职，尤其令人心疼！真也怪事，难为包黑，他怎么访查来？实实令人不解，实实令人纳闷，又实实令人气他不过！这一番怨恨，未知何日得报，方遂我生平之愿！"正在懊恼之际，忽见小童上楼，禀道："启上太师爷，二位姨奶奶特来与太师爷上寿。"庞贼闻听，登时满脸堆下笑来，连忙问道："在哪里？在哪里？"小童道："方才先来了一个丫环到此通禀，说二位姨奶奶已过了莲花浦的小桥了。"庞贼道："既如此，他们若到时，就叫他们上楼来罢。"小童奉命，转身腾、腾、腾下楼去了。这庞贼却凭窗倚望，果见两个爱妾，姹紫在前，嫣红在后，俱有丫环搀扶。他二人打扮的整整齐齐，袅袅娜娜，衬着这满园中凋残的树木、傲霜的花枝，更显得他二人体态娇媚，服色鲜妍，把个老贼乐的在楼上手舞足蹈，陡然心花俱开，将这一天愁闷俱散在爪洼国里去了。

不多时，二妾来至楼下，老贼也不等小童传说，在楼上用手相招，往下吩咐道："你们快上楼来罢，仔细园内风寒吹着身体，不是当要的。"二妾领命，众丫环搀扶，手把扶梯，这个说："你踩了我的裙子了。"那个说："你站稳些，碰了我的花儿了。"一阵咭咭呱呱，方才上得楼来。一个个香气馥馥，娇喘吁吁，先向太师万福，禀道："你老人家会乐呀,躲在这里来了,叫我们好找！让我们歇息歇息再行礼罢。"庞贼哈哈笑道:"你二人来了就是了,又行的什么礼呢?"姹紫道:"太师爷的千秋,焉有不行礼的道理?"嫣红道:"若不行礼,显见得我们来的不至诚了。"说话间,丫环已然铺上毡毹,二人花枝招展,插烛也似的深深拜了。庞贼拉了姹紫,顾搀这一个,又要拉那一个,二人立起身来。庞贼拉了姹紫的手道:"如何?我说怕凉着。你看,手都冻的冰凉的。"回头刚要问嫣红冷不冷,谁知嫣红早奔到熏笼上暖和去了。姹紫道:"你也忒娇嫩了！这天气不过略冷冷,你就如此;将来到了隆冬之际,你又该怎么样呢?"嫣红道:"姐姐不要说我,方才来的时节,你为什么握着耳朵,还要戴'昭君套'呢?那才是真娇嫩呢!"姹紫道:"且不用说这些,咱们是怎么来了?"嫣红连忙过来,禀道:"回太师爷,我二人今晚特备酒肴,在水晶楼上与太师祝寿,务求老人家赏脸,千万不可辜负我们一片至诚之心。"庞吉乜斜着眼道:"又叫你二人费心,我是必去的。"说罢,也挽了嫣红一同归坐。二妾见太师应了必去,彼此在左右嬉笑戏谑,弄得个老庞贼丑态百出,不一而足。正在快乐之际,忽听小童在楼下咳嗽,登的扶梯响亮。庞贼叫丫环迎至楼门去问。不知小童又回何事,且听下回分解。

第四十三回　翡翠瓶污羊脂玉秽　太师口臭美妾身亡

且说老贼庞吉正在倚紫偎红之际，忽听小童咳嗽，连忙命丫环迎至楼门；见小童手内拿着一个手本，递与丫环，道："这是咱们本府十二位先生特来与太师祝寿，并且求见觌面行礼，还有寿礼面呈呢。"丫环转身回了庞吉，将手本呈上。庞吉看了，道："既是师爷们前来，不得不见。"对着二妾道："你二人只好下楼回避。"丫环先告诉小童："快下楼去，叫先生们躲避躲避，让二位姨奶奶走后再进来。"小童连忙下楼去了。

这里姹紫、嫣红立起身来，又叮嘱晚上水晶楼之约。庞贼满口应承"必要去的"。姹紫道："你老人家若是不去，我们又是怨来又是恨，又是咒来又是——"说至此，刚刚把个骂字掩住。嫣红道："我们咒呀，咒的你老人家心神不定的，坐立不安的，看你老人家去不去！"说罢，把眼儿一丢，嘴儿一抿，头儿一摇，身子一歪。庞贼见了，哈哈大笑，也就立起身来，随着二妾下楼，看着他二人去远了，方叫小童："请师爷们。"也不出迎，却在太师椅上端然坐下。

不多时，小童引着十二位先生来至楼下，打起帘栊。众先生整理衣冠，鞠躬而进。外面又随了多少虞候、仆从。庞太师慢慢立起身来，道："有劳众位先生光降，使老夫心甚不安；千万不可行礼，只行常礼罢。"众先生谦让迟疑，也有奉揖，竟有跪倒的，就有扑地叩拜的，你挤我碰，起跪错落，乱闹了一阵。复又各人递各人寿礼，也有一画的，也有一字的，也有一对的，也有一扇的，无非是秀才人情而已。庞太师一一谢了。此时仆从已将座位调开，仍是太师中间自具一桌，众位师爷们雁翅排开，分列两旁。这是素来规矩，恶奴们俱是晓得的；总以势焰为重，把礼数就轻了。就是这些师爷习以为常，也以为太师爵重，理应上座，此地讲不得西席东家了。又搭着这些师爷们全是托人情，用荐书，好容易到此，那一个不是趋炎附势之人？也当如此的看待。庞吉见众位师爷们按了位,方执手道:“请坐。”众位师爷又奉一揖,大家就座。左右献茶。彼此攀谈,无非高抬庞吉,说些寿言寿语,吉祥话头。谈不多时,便见仆从安放杯箸,摆上果品。众先生又要与庞太师安席,敬寿酒。还是庞老拦阻道:“今日老夫贱辰,有劳众位台驾,理应老夫各敬一杯才是;莫若大家免了,也不用安席敬酒,彼此就坐了,开怀畅饮,岂不爽快呢?”众先生道:“既是太师爷吩咐,晚生辈敬从命了。”说罢,各人朝上一揖,仍按次序入席。酒过三巡之后,未免的脱帽露顶,舒手豁拳,呼幺喝六,壶到酒干。正饮到半酣之际,只见仆从搭了一个腰子形大木盆来,众先生中就有诧异的,悄悄问旁人道:“这样凉爽天气,要这浴盆何用? 吾是从来不洗澡的哪。”旁人尚未答言,只听仆从禀道:“启上太师爷,这是孙姑老爷得的新鲜河豚鱼,特来孝敬太师爷过目。”庞吉略看了看,问道:“就是这些么?”仆从道:“多的很呢,这不过是呈样的。”众先生听说是新鲜河豚鱼,一个个口角流涎,互相啧啧称羡,道:“妙哉,妙哉!河豚乃鱼中至味,鲜美异常;若非是老太师府上,外面此时如何能有?真是罕见的!”庞老见大家夸奖,又是自己女婿孝敬的,当着众人颇有得色,吩咐:“搭下去,叫厨房急速做来,用大盘盛了,按桌俱有。”众先生听了,个个欢喜,竟有立刻杯箸不动,单等吃河豚鱼的。不多时,只见从人各端了一个大盘,先从太师桌上放起,然后左右挨次放下。庞老举箸向众先生让了一声“请呀”。众先生应答如流,俱各道“请”。只听杯箸一阵乱响,登时风卷残云,立刻盘中狼藉。众人舔嘴咂舌,无不称妙。正在得意之时,忽听那壁厢咕咚一声响亮,大家看时,原来是曲先生连椅儿栽倒在地。大家俱各诧异。又听这边米先生嚷道:“唯呀! 了弗得! 了弗得! 河豚有毒,河豚有毒! 这是受了毒了,大家俱要栽倒的,俱要丧命的哪! 这还了得么! 怎的吾一时就忘了有毒呢? 总是口头馋的弗好了!”旁边的人听了,一个个着急,问道:“如此说来,吾们是没有救星的了?”米先生猛然想起道:“还好,还好! 有人方儿可解,非金汁不可;如不然,人中黄亦可。若要速快,便是粪汤更妙!”庞贼听了,一迭连声叫手下人快快拿粪汤来。一时间,这些从人手忙脚乱,抓头不是尾,拿拿这个不好,动动那个放下；还是有个虞候有见识，道："你们混抓乱挠的，救人要紧，还心疼东西吗？来！"叫了两个仆从，将大案上陈设的翡翠碧玉闹龙瓶，两边兽面衔着赤金环，叫二人抬起；又从多宝架槅子上拿下一个羊脂荷叶式的白玉碗，交给二人，叫他们到茅厕里即刻舀来，越多越好。二人问道："要多何用？"虞候道："你看，人多吃的多，粪汤也必要多，少了是灌不过来的。"二人急急来粪窖之内，握着鼻，闭着气，用羊脂荷叶式的白玉碗，连屎带尿，一碗一碗往翡翠碧玉闹龙瓶里灌，可惜这两样古玩落在奸谗府第，也跟着遭此污秽，其也是劫数使然，奈何奈何！

足足灌了个八分满儿，二人提住兽面的赤金环，直奔到先月楼中。虞候上前，见沫沫丢丢一大瓶，无奈何，拿玉碗先舀了一碗，用金漆盘托住，捧至太师面前。庞吉若要不喝，惟恐毒发丧命；若要喝时，奇臭难闻，实难下咽。正在犹豫之际，只见众先生各自动手，也有用酒杯的，也有用小菜碟的，儒雅些的用羹匙慢慢消饮，就有鲁莽的扳倒瓶，嘴对嘴，紧赶了一气。庞吉见了，不因不由，端起玉碗，一连也就喝了几口。米先生又怜念同寅，将栽倒的曲先生令人扶起，自己蹲在身旁，用羹匙也灌了少许，以尽他疾病扶持之谊。迟了不多时，曲先生渐渐苏醒，觉得口臭难当，只道是自己酒醉，出而哇之，不敢声张。他哪知道别人用粪汤入而灌之呢？后来心内明白，更觉得臭不可耐，只是搽抹嘴唇。米先生问道："曲兄怎么样了？"曲先生道："不觉怎样。为何我这口内粪臭得紧？"米先生道："曲兄，你还不晓得？皆因你受了河豚鱼毒，是小弟用粪汤将你灌醒的。"哪知这位先生却不是受毒，因有一块鱼被别人抢去，自己未能吃着，心内一懊悔，犯了旧病，因此栽倒；今闻得用粪汤灌了他，连忙爬起来，道："唯呀！怪道，怪道！臭得紧，臭得紧！吾是羊解儿疯吓，为何用粪汤灌吾？"说罢，一张口，浠溜哗喇，可真出而哇之了。他这一吐不至紧要，招的众人谁不恶心？个个往上一涌，洋溢泛滥，鱼、粪、果、酒齐出；吐不及的，逆流而上，从鼻孔中也就开了闸了。登时之间，先月楼中异味扑鼻，连虞候、仆从无不是唢呐喇叭齐吹，唯儿哇的不止。好容易吐声渐止，这才用水漱口，喷的满地汪洋。米先生自己不好意思，瞅空儿他却溜了，落得这十一位先生走又不走，坐又不坐。庞吉终是东人，碍不过脸去，只得吩咐："往芍药轩敞厅上去罢。大家快快离了此处，省得闻这气味难受。"众先生领命，人人皆掩鼻而过芍药轩去。来到敞厅，一时间心清目朗，又搭着初吐新月，皎洁至甚，各各道："好所在，好所在！弄一杯茶来吃吃。"仆从连忙递了茶，喝了，许久方觉得心中痛快。谁知方才吐净了，此时一爽神，倒觉饿了。庞老又吩咐摆酒，索性今日尽醉方休。众先生谁敢不遵？不多时，秉上灯烛，摆下酒肴，大家又喝起来，依然的豁拳行令，比在先月楼中加倍的洒落，直喝至二鼓方散。

庞贼醺酒醉，手扶小童，踏着明月，竟奔水晶楼而来。小童见太师醉了，不敢快走，一手执灯，一手搀扶，慢慢一步挪不了四指儿，且走且说。庞贼趔趔趄趄的问道："天有几鼓了？"小童道："已交二鼓。"庞贼道："二位姨奶奶等急了，不知如何盼望呢。到了那里，不要高声，悄悄的听他们说些什么啊。你看，那边如何发亮？"小童道："前面是莲花浦，那是月光照的水面。"说话间，过了木桥。庞老又吃惊道："那边像许多人。"小童道："太师爷忘了，那是夏天补栽的河柳，衬着这败残芦苇摇荡，仿佛人影儿一般。"谁知老庞"疑心生暗鬼"，竟自以邪招了邪了。及至到了水晶楼下，见槅扇虚掩，黑暗不明，楼上微有些灯光，不用窃听，已闻里面有男女的声音。庞贼连忙止步。只听得男子说道："好姨娘！难得有此机会，务求早早救我性命方好。"又听女子嘻嘻笑道："你不要猴急，谅那老贼陪客，此时不来，多半是醉了。咱们在这楼下黑黖黖的不好，何不到楼上痛痛快快畅乐多时？岂不妙哉！"隐隐听得二人倚倚偎偎，上楼去了。

庞贼听至此，不由的气冲牛斗，暗叫小童："将主管庞福唤来，叫他多带虞候，预备拿人。"小童领命忙忙去了。这老贼自己轻轻推开槅扇，直奔楼梯，幌里幌荡上得楼来，见满桌酒肴，杯中尚有余酒；又见蜡烛结成花蕊，忙忙剪了灯花，回头一看，见绣帐金钩挂起，里面有男女二人，相抱而卧。庞贼看了，这一把无明火那里按捺得住？转身在壁上取下宝剑，噌的一声，立刻抽出，对准了男子用力一挥，头已落地。嫣红睡眼朦胧，才待起身，庞贼断喝一声："好贱人！你做的好事!”也就挥了一剑。可怜两个献媚花娘,无故遭此荼毒！谁知男子之头落在楼板之上,将头巾脱落,露出云鬓青丝;仔细看时,不是外人,却是姹紫。老贼这一阵心疼,急的双脚乱跺,“哎哟”了一声,当啷啷,宝剑落地。此时楼下面小童已引庞福带领虞候俱各到了,听得楼上又是跺脚,又是哎哟,又是响亮,庞福那敢怠慢,连忙跑上楼来一看,见庞贼杀了二妾,已然哀不成音了。

这庞贼乐的太不像了,他那一番伤天害理的行为,如何配消受这两个婆娘？不因不由的生出波澜,使他分拆离散。就是姹紫、嫣红也不能消受这奸臣佞党,生来的命小福薄,那里搁的住终日里锦衣玉食呢？未免的减寿生灾。这都是天道使然,不可强求的。若论姹紫、嫣红死的冤屈之中,不很冤屈;惟有庞吉气的糊涂之中,却极糊涂。何以见得呢？姹紫、嫣红虽然是妾,也不该淫欲太过。他二人因庞吉不来,便有好些怅怨;因此,以酒煞气,你推我让。谁知酒后便想起酒后那个字儿来了,两个人百般倚偎,无的遣兴,姹紫便将庞吉的软巾带至头上,假做男子。二人携手揽腕,来至绣帐跟前,将金钩挂起,一同上床,对着灯光,故效于飞之乐,暂时的消愁解渴;不想他二人娇不胜酒,头刚着枕,便自昏昏睡去。男女二人相抱而卧,明露着招杀的由头,焉有不死之理呢？至于庞吉的糊涂,更是无情无理;你就要杀时,也该想想,方才来到楼下,刚听见二人才上楼,如何就能够相抱,昏昏而睡呢？不加思索,一味浑浊,手起剑落,连伤二命,这岂不是他极其糊涂呢？然而千不怨,万不怨,只怨这行事促狭阴狠的人,他自从先月楼以及芍药轩的事由儿,俱各看在眼里,后来到了水晶楼,又见二妾如此,他便陡起飞智,已料定庞贼必醉,他故意的触动他非常之怒,生生的他将二妾的性命葬送了,也有这么装像声的么？

庞吉哭够多时,见庞福来到,吩咐将二妾好好盛殓。又派人快请得意的门生,乃乌台御史廖天成,急速前来,商议此事。庞福领命,立刻一一办理。庞老悲悲切切,带了小童,离了水晶楼,来至前面大厅之上,又气又恨又后悔,越思越想越心疼。等到三更之半,廖天成来了,参见了庞吉,师生就座。廖天成见庞吉眼睛哭的红肿,不由的吃惊,问道:“老师千秋华诞,为何伤心？何不对门生说知？”庞吉因他一问，那眼泪不知从何而来，一对一对落个不止，半晌，将误杀二妾原由说了一遍。这廖天成是个谄媚小人，立刻逢迎道：“此事据晚生想来，多半是开封府与老师作对。他那里能人极多，必是暗地差人探访，见二位姨奶奶酒后戏要酣眠，他必生心弄巧，装出男、女声音，使之闻之，老师听了，焉有不怒之理？因此二位姨奶奶倾生。此计也就毒的很呢！这明是搅乱老师的家宅不安，暗里是要与老师作对。”他这几句话，说得个庞贼咬牙切齿，愤恨难当，气忿忿的问道：“似此如之奈何？贤契，你须设个法子，以消我心头之恨！”廖天成犯想多时，道：“依门生愚见，莫若写个奏折，直说开封府遣人杀害二命，将包黑参倒，以警将来。不知老师的钧意如何？”庞贼听了，欢喜道：“若能参倒包黑，老夫生平之愿足矣！就求贤契打个折底。此处不甚方便，且到书房去。”说罢，立起身来，小童持着灯笼，引至书房。现成笔墨，廖天成拈笔构思，难为他如何立意，如何措词。真是糊涂人对糊涂人办糊涂事！似他这样糊涂虫，方是庞老弟子！不多时，早已脱稿，呈于庞老。庞老看了，连说：“妥当，妥当。就劳贤契大笔一挥。”廖天成又端端楷楷缮写已完。后面又将羽党连衔五名，算是公同参奏。如此不通，真正可笑之极！

庞老见折子写的端楷，又逐字细看，并未舛错，放在折匣之内，道：“贤契，有劳你。看天已不早了，略坐坐，吃些羹汤，就同老夫上朝如何？”廖御史连连称是。庞老又吩咐小童：“给御史老爷倒茶。”小童领命，来到茶房，用茶盘端了两碗现烹的香茶，刚进了月样门，只听竹声乱响，仔细看时，却见一人蹲在墙根之下，怀抱钢刀；这一吓非同小可，扔了茶盘，一迭连声嚷道：“不……不好！有了贼了！有了贼！”就往书房跑来，连声音俱各嚷岔了。庞贼听了，连忙赶出院来问道：“小童，贼在那里？贼在那里？”廖天成也就随后出来追问。小童战兢兢的道：“在……在那边月……月样门竹林之下。”

庞吉与廖天成带领随侍的虞候竟奔月样门而来。又见庞福带领许多仆从，各执棍棒，迎头而来。人多仗胆，大家来到竹林之下一看，果有一人，却是捆缚停当，胸前露着一把钢刀。庞福因他已是捆缚的，放大了胆，当着主人当好差使，上前将他提出，又是灯笼，又是月光，这才看明白了，原来是厨子头儿刘三，捆的四马攒蹄的，腰间立插着一把宰猪的尖刀，仿佛抱着相似。庞福问他不应，止于哼哼，仰头张嘴。廖天成道："管家，你且不必问，先松了他的绑缚。"从人听了，连忙将刀拔下，去了绳缚。厨子刘三也不等人动手，自己从嘴内掏出一块代手来，干呕了半天，方才转过气来。庞福问道："刘三，是何人将你捆缚？为何在此？快回太师爷与御史爷知道。"刘三对着庞吉叩头道："小人因太师爷千秋，连日辛苦，到大厨房里分派停当，嘱咐明白，回到自己屋内，原要偷闲打个盹儿，不想刚到屋里坐下，随后就跟进一人来。小人以为是同伴的伙计，仔细一看，罢咧！只见那人穿着一身青靠，手持一把钢刀，年纪有二十多岁，他对小人说，'你要嚷，就是一刀！'因此小人不敢嚷。他就把小人捆缚，又撕了一块搌布给小人填在嘴内，他把小人一挟就挟在竹林之下；临走，他在小人胸前就把这把刀插上，不知是什么缘故。"说罢，往上磕头。廖天成听了，对庞福道："管家，快带人各处搜查搜查，看还有什么形迹没有。"庞福领命，带着从人去了。廖天成叫刘三也去了，叫小童执灯引路，请庞吉回到书房。庞吉问道："贤契，你看此事端的什么意思？"廖天成道："不消说了，这捆刘三的便是那水晶楼下装男女的声音那人了。没有什么意思，不过是搅乱老师家宅不安罢了。再者——"说至此，往左右看了一看，又往前凑了一凑，悄悄的道："老师可记得斩魇魔道人邢吉之后，耀武楼试艺，金殿封官，他的年纪、相貌不与刘三说的相同么？这明是开封府差来与老师作对，老师何用再问呢？此折一上，包管将包黑参倒。"一夕话，说的老庞心肯首肯，啧啧夸赞道："贤契真乃胸有成算，想的周到，可谓是细心人了。"大凡人不可依了一偏之见，自以为是；若正人君子依了一偏之见，旁边有人略一提补，必然猛醒，急早抽身回转。惟独谄媚小人，他若依了一偏之见，必是吹毛求疵，竟能够找出个证见，叫你听了，不能不信。即如廖天成将此事疑到展爷身上，以为是开封府差来无疑；这老庞又是个糊涂人，焉有不跟着上当的呢？他等哪知道大英雄设此调虎离山之计，另有一番作为呢？

庞老正在夸门生之际，只见庞福进来，禀道："小人各处俱已搜查，并无形迹，特来回话。”庞吉道：“自今以后，你要夜夜留神，加倍小心，不可懒惰。天已不早了，拿羹汤来，我们吃些点心，也该上朝了。”庞福领命出来，叫虞候帮着小童，取了羹汤。师生随便用了些点心，一同入朝，静候圣驾升了金殿。庞吉出班，将本呈上，老伴伴陈林接放玉案。仁宗天子展本一看，见开笔写着：“臣庞吉跪奏，为开封府遣人谋杀二命事……”只此一语，圣上就有些不悦，暗暗忖道：“庞、包二人，何得冤仇再不解呢？”心中虽然不乐，又不能不往下看；看到后画，叙着二妾被杀，又有众人连衔，不由的摇头，诧异道：“包卿，包卿，你何必遣人杀他二妾，是何意思？虽然与你不睦，他二妾并不与你结仇，你又何必杀他？据朕看来，断无此理。若说果无此事，众人又不该连衔参奏。或者他二人仇隙既深，未免殃及池鱼了。包卿吓包卿，你也忒量窄了。”圣心筹思，因此将本反复翻阅，翻来翻去，忽见背后露出个纸条儿来；抽出一看，圣心大悦。不知这纸条儿上写的是何等言词，且听下回分解。

第四十四回　花神庙行侠救难女　开封府重义露真名

且说庞吉递了奏折,原要参倒包公,遂他生平之愿;不料圣上筹思,反复翻阅,忽从折子背后翻出个纸条儿来,字迹淋漓,仔细看时,上面写道:“可笑,可笑,误杀反误告;胡闹,胡闹,老庞害老包。”仁宗天子何等聪明,已知此事是庞吉自己误杀,反倒误害别人;“只是此纸条上笔迹熟识,仿佛那里见过?”猛然想起忠烈祠墙上的字体恰与此字相同,不由的圣心大悦,暗暗思忖道:“此帖又是那人写的了。他屡次做的俱是磊磊落落之事,何得他隐隐藏藏,再也不肯当面的?实是令人不解！只好还是催促包卿,叫他上紧密访严拿便了。”想罢,将奏折连那纸条儿俱交大理寺审讯。庞贼见圣上从折子背后翻出个纸条儿来,已然唬的心神不定,连衔之人俱各暗暗担惊。散朝之后,庞贼悄悄问廖天成道:“这纸条儿从何而来?”廖乌台此时恍然醒悟道:“是了,是了。他捆刘三者,正为调出老师与门生,他就于此时放在折子后面的。实是门生粗心之过。”庞贼听了,连连点头,道:“不错,不错。彼时如何料的到？贤契不要多心。但不知他上面写些什么?”廖天成道:“那必是据实写出;若有含混,圣上为何连包黑宣也不宣呢?”庞吉听了,登时面目更色,嘴唇乱哆嗦道:“如……如此说来,我倒要实……实说了。”廖天成无言可对,只好答应一个是。一时到了大理寺,庞贼将心一横,自己独力担当,从实说了,惟求文大人婉转复奏。文大人无可奈何,只得将他畏罪的情形代为陈奏。圣上传旨:“庞吉着罚俸三年;连衔的罚俸一年,不准抵销。”此旨一下,庞吉老着面皮还可支持;惟有连衔四个人不敢埋怨庞吉,止于痛骂廖天成不已。

庞吉这道本虽然未能参倒包公,却把包公紧上加紧了。什么缘故呢？只因圣上见那纸条儿的笔迹与忠烈祠的笔迹相同,更要急见那人,先叫老伴伴陈林传旨与包公,“务要题诗杀人命之人”。后又将包公召见，在修文殿明发上谕，“不拘限期，势必将此人弋获，朕要面见”。包公奉了此旨，回到开封府，与展护卫，公孙先生大家计议，无法可施，急得连王、马、张、赵俱各天天出去，到处暗暗访查。一连两三个月，那里有个影响？偏又值隆冬年近，转瞬光阴，交了新春，过了元宵，堪堪的到了二月。这其间包公屡屡面奉御旨，追问此人；幸亏圣眷隆重，尚未嗔怪。急的个相爷日夜焦劳，竟自时刻委决不下。就是开封府这些人，谁不愿早结了此差？一来体面有功；二来也免得相爷催逼，旁人讥诮。

一日，王朝与马汉商量道：“咱们天天出去访查，大约无人知道；人若知道，访查更难，莫若咱二人悄悄出城看个动静。贤弟以为何如？”马汉道：“出城虽好，但不知往何方去呢？”王朝道：“这倒不拘；咱们信步行去，到了哪里是哪里，也管幽僻吓，热闹吓，只要遇个机缘，那便是造化了。”二人说毕，脱去校尉服色，各换随便衣衫，出了府衙，竟奔城外而来，沿路上细细赏玩艳阳景色，见有许多人，带着香袋的、捧着花烛的，陆陆续续，络绎不绝，不知是往哪里去的。后来见个老者，马汉搭讪着问道：“老人家，虔诚了，往哪里进香，还是随喜呢？”那老者道：“托福，托福。老汉有了年纪，也不求儿，也不望女；就是随喜，老汉也不愿意。只因花神庙灵感的很，老汉去到那里烧一束香，祈保平安罢了。你二位也是往那里去的罢？”马汉随口应道：“正是。但不知花神庙离此多远？”老者道：“离此不过一二里之遥就到了。你看前面树林，过了树林就望见旗杆了。老汉腿脚儿笨，二位兄台先请罢。”马汉执手，告了失陪，与王朝直奔树林；见树下有歇息的，有赶档子卖吃食的，越过树林，烧香的益发多了，果有旗杆高耸，黄旗飘荡，不用再问，一直到了庙前。男妇老幼，人烟凑集，虽无驷马高车，乡下的车辆、驴牛也就不少，真是开庙之期，热闹非常。

王、马二人也不烧香，也不拜佛，止于各处游览，一层一层来到后面，见有一块空地，甚实宽敞，搭着极大的芦棚，内中摆着许多兵器架子。那边一座客棚里面坐着许多人，内中有个少年公子，年纪约有三旬，横眉立目，摇头晃脑说话，那么撇儿咧儿的，瞧着就可厌的很。王、马二人见了，暗暗向人打听，方知此人姓严名奇；他乃已故威烈侯葛登云的外甥，极其强梁霸道。只因他眠花宿柳，最爱在妇女身上用功夫，自己却起了个混号儿，称为“花花太岁”。他先前倚着他母舅的声势，无恶不作。人人听见“花花太岁”，谁不头疼？后来因包公将葛登云用“虎头铡”处死，没有倚仗，他也自己害怕，隐藏许多日期，见没有什么动静，不由的旧病复发，渐渐的出来生事。又恐有人欺负他，便用多金聘请了无数的光棍、打手，自己也跟着学了些三脚毛儿、四门斗儿，以为天下无敌。因是庙期，热闹非常，他在这庙后搭了芦棚比试拳棒，仿佛立擂相似。一连设了几日，人人皆知他的万恶，谁肯上前与他比试？他更心高气傲，自足无疑。王、马二人打听明白，正在观望之际，只见外面多少恶奴，推推拥拥，搀搀架架，拉着一个女子，哭哭啼啼，过了芦棚，进了后面敞厅儿去了。王、马二人心中纳闷，不知为着何事。忽又从外面赶进一个婆子，嚷道：“你们这伙强盗，青天白日，竟敢抢良家女子，是何道理！你们若将他好好还我便罢；你们若是不放，我这老命合你们拼了！”众恶奴一面拦，一面吆喝。早见从棚内又出来两个恶奴，道：“方才公子爷说咧，这女子本是府中的丫环，私自逃走了，总未找着，并且拐了许多东西；今日既然遇见，把他拿住，不但不能放，还要追问拐的东西呢！你这老婆子，趁早儿走罢；再要撒泼放刁，公子说呢，立刻把你送到县里去！”婆子闻听，只急得号啕痛哭；又被众奴推的推，拽的拽，婆子如何支撑得住，脚不沾地的往外去了。

王朝见此光景，便与马汉送目。马汉会意，必是要跟随婆子打听底细。二人随后跟了出来。刚走至二层殿的夹道，只见外面进来一人，迎头将婆子与恶奴拦住道：“有话好说，有话好说。这是什么意思？请道其详。”声音洪亮，身量高大，而且紫巍巍一张面皮，黑漆漆满部胡须，又是军官打扮，更显得威严的很。王、马二人看见此人，暗暗喝采称羡。忽见恶奴发话道：“朋友，这个事情，你管不得；我劝你趁早儿有事治事去，别讨没趣儿！”那军官听了，冷笑道：“‘天下人管天下事’，哪有管不得的道理？你们何不对我说呢？你们如不肯说，何妨叫这妈妈对我说呢？”恶奴闻听，道：“伙计，你听见了？这个光景，他算是管定了。”忽听婆子哭着嚷道：“军官爷，快救婆子性命吓！”旁边恶奴举手，照着婆子就是一拳；手才扬起，刚往下落，那军官把手一隔道：“休要啰唣！你容他说。”这恶奴便往后退了几步，龇牙咧嘴，将胳膊乱摔。王、马二人看了，暗暗欢喜。又听军官道：“妈妈不必害怕，慢慢讲来。”婆子道：“我姓王。这女儿是我的街坊，因他母亲病了，许在花神庙烧香；如今他母亲虽然好了，尚未复原，因此烦了我跟随他来还愿，不想竟被他们抢去。求军官爷搭救搭救吓！”那军官听到“抢”字，将眉一皱道：“妈妈不必啼哭，我与你转求就是了。”说罢，望后就走。

谁知恶奴等方才见军官一隔，他的伙计就龇牙咧嘴，便知这军官手头儿力量不小，大约婆子必要说出原由，怕那军官先拿他们出气，他们一个个漫散溜了，来到后面，一五一十就告诉了“花花太岁”。这严奇听了，如何按捺得住？登时双眉紧皱，二目圆翻，跳起来断喝一声道：“引路！待我前去！”以为今日若不显显本事，以后谁肯甘心佩服呢？恶奴在前赶逐闲人道：“闪开，闪开！公子来了，公子来了。”众人见严奇来到，一个个暗替军汉担心，以为“太岁”不是好惹的。此时王朝、马汉看的明白，见恶霸前来，必有一番较量；惟恐军汉寡不敌众，“若到为难之际，我二人助他一臂之力。”哪知那军汉早已看见，抛了婆子，迎将上来。众恶奴指手画脚道：“就是他！就是他！”严奇猛然看见，不由的倒抽了一口冷气，暗暗忖道：“好大身量！我别不是他的对手罢？”欲要回去，又当着众人，不好意思的，只硬着胆发话道：“你这人好生无礼！各人有各人的事，谁叫你多管闲事！”那军汉抱拳控背，满脸陪笑道：“非是在下多管闲事，只因见那婆子形色仓皇，哭的可怜。‘恻隐之心，人皆有之。’望乞公子开一线之恩，将那女子放出，饶他们去罢。”说罢，深深一揖。严奇他若是有眼力的，说依了此人，从此做个相识，只怕还有些好处；无奈此贼恶贯已满，在数的难以躲避。他见军汉谦恭和蔼，又是外乡之人，可以欺负，竟敢“拿着鸡蛋往鹅卵石上碰”，登时把脸一翻，喝了一声：“好狗才！谁要你多管闲事！”冷不防，嗖的就是一脚，迎面踢来。这恶贼原想着是个暗算，趁着军汉作下揖去，不能防备；这一脚若是踢着，必然是鼻青眼肿。哪知军汉不慌不忙，瞧着脚临切近，略一扬手，左脚面上一拂,口中说道:“公子休得无礼!”此话未完,只听公子“哎哟”一声,蹲下身去,手扶脚面,半天挣扎不起。众恶奴一见,齐声嚷道:“不好了!打了公子了!你这厮好大胆子吓!竟敢动手吓!伙计们呀!大家动手呀!”唿哨一声,一拥齐上,以为好汉对不过人多,不料军汉哈哈大笑道:“你等鼠辈无知,谁敢前来?”说着话,只用两膊往左右一分,一个个东倒西歪,竟有把看闹热的都碰倒了,哪个还敢上前?嘴强的止于说道:“瞧见了?我没有动手,倒把我压在底下了,帽子也没了,鞋也没了!”正在忙乱之际,忽听那边一声喊道:“闪开吓!俺来也!”手中木棒高扬,照着军汉劈面打来。军汉见来得势猛,将身体往旁边一跨,恰好严奇此时刚刚站起,不偏不歪,拍的一声,“太岁”头上就着棍了,这一下,彼此凑合,打了个脑浆迸裂。众恶奴发了一声喊道:“了不得了!公子被军汉打死了!快拿吓!快拿吓!”早有保甲、地方并本县派来的官役一齐将军汉围住。只听军汉道:“众位不必动手。事已如此,俺随同众位到县就是了。”众人齐说道:“好朋友!好朋友!敢作敢当!这才是汉子呢!”忽见那边走过两个人来,道:“众位且慢,事要公道;方才原是他用棍打人,误打在公子头上,难道他不随着赴县么?理应一同解往才是。”众人闻听,道:“讲得有理,讲得有理。”就要拿那持棍之人。那持棍之人将眼一瞪道:“俺史丹不是好惹的!你们谁敢前来?”说着,举棍就打。唬的众人往后倒退。只见这两个人之中有一人道:“你慢说是史丹,就是‘屎蛋’,也要推你一推!”说时迟,那时快,见棍往下一落,顺手一掠,将棍拢住,往怀里一带,又往外一耸,史丹竟禁不住推,咕咚一声,仰面朝天,栽倒在地。那一个上前按住,对保甲道:“将‘屎蛋’锁了!”原来这掠棍的是王朝,按住史丹的是马汉。锁了史丹,放他起来。又听军汉道:“俺遭逢此事,所为何来?原为救那女子。如今不能救彻,这便如何是好?”王、马二人听了,满口应道:“此事全在我二人身上;朋友,你只管放心。”军汉执手道:“既如此,在下就仰仗二位了。”说罢,随着众人赴县去了,留下牌头看守尸首。

这里王、马二人带领婆子来到后面。此时众奴见严奇死了,就一哄而散,谁也不敢出头。王、马二人一直进了敞厅,将女子领了出来,交付婆子，护送出了庙，问明了住处、名姓，——恐有提问质对之事，——方叫他们去了。二人不辞辛苦，即奔祥符县而来；到了县里，说明是开封府来的。门上的急急回了县官，县官立刻请到书房。王朝、马汉见了县官，先说了自己履历，后又将那军汉始末情由说了一遍，并言："此事皆是我二人目睹，贵县这里不必过堂，就烦贵县立刻解往开封府，我二人见了相爷，自有禀复。"正说间，外面拿进一个略节来，却是此案名姓：死者名叫严奇；持棍的名叫史丹；那军汉名叫张大。县官将略节递与王朝、马汉道："二位先请，我少刻即将一干人犯解往府台衙门去。二位兄长在相爷跟前替兄弟请安代禀。"又立刻派了四衙到花神庙前去验尸，俟检验回来，再行补文到府台那里。

王、马二人连连称是，别了县官，赶紧到了开封府，先见了展爷与公孙先生，赞不绝口，说这张大是个英雄人物。公孙先生问了个大概情形，也就点头称羡道："如此说来，这军汉膂力过人，艺业必是好的了。"忽听展爷问道："二位贤弟，这军汉面庞如何？"王、马齐声道："好人品，一张紫面，满部黑须，身量比大哥魁梧多了。"展爷听了，笑逐颜开，对公孙先生道："弟曾对先生说过，此人友爱非常，别是他来了罢？"说着话，却舒出大指。公孙先生也欢喜道："既如此，少时此案解到，先在班房等候，展兄悄悄的看看。若要不是那人便罢；若要是那人冒名的，展兄不妨直呼其名，使他不好改口。"王、马二人追问道："端的那人是谁？"展爷向他二人耳边说了。二人点头会意，连忙找了包兴，来到书房回禀了包公，深赞张大的品貌，行事豪爽；并且史丹误打严奇，俱各分析明白。包公点了点头道："如此，案到时，即刻禀我知道。"

王、马领命出来，到了下处，换了服色，一同来至公所，专等此案；不多时，果然解到。差役回禀："现在班房等候。"展爷立起身来道："王、马二位弟，随愚兄来，先在此静听好音。"说罢，三人出了公所，来至班房，见放着帘子。展爷先抢一步，把帘子掀起一缝，看了个真切，不由的满心欢喜，回头对王、马二人悄悄的道："果然是他。妙极，好极！"王、马忙问道："既是他，当怎么样？"展爷道："待劣兄进去呼出他的名姓，二位贤弟随即进去，劣兄给你们彼此一引见，他就难以改口了。”王、马二人领命。展爷整理了衣巾，咳嗽一声，脚步儿放重了，一掀帘栊进来，道：“小弟打量是谁，原来是卢方兄到了。久违吓久违。”此话方毕，帘栊起处，王、马二人一同进来。展爷连忙引见道：“二位贤弟不认得么？此位便是陷空岛卢家庄号称钻天鼠名卢方的卢大员外。二位贤弟快来见了。”王、马二人上前，深深一揖。卢方连忙还礼；仔细看时，正是花神庙拿史丹的那二人，不由的一怔。展爷又对卢方道：“卢兄，这便是开封府四义士之中的王朝、马汉二位贤弟，偶然往花神庙闲游，不想遇见卢兄；他们虽不认得，小弟是认得的。”卢方到了此时，再也不能说：“我是张大，不是姓卢的。人家连家乡、籍贯俱各说出，这还隐瞒什么呢？”只得问展爷道：“足下何人？因何知道卢方的贱名？”展爷道：“小弟展昭，曾在茉花村芦花荡为邓彪一事，小弟见过卢兄，终日渴想至甚，不料今日幸会。”卢方听了，方才知道是南侠，便是号称御猫的。他见展爷人品气度，谦恭和蔼，毫无自满之意，便想起五弟任性胡为，全是自寻苦恼，不觉的暗暗感叹，面上却陪着笑道：“原来是展老爷。就是这二位老爷，方才在花神庙多承垂青看顾，我卢方感之不尽。”三人听了，哈哈大笑道：“卢兄太外道了，何得以老爷相称？显见得我等不堪为弟了。”卢方道：“三位老爷太言重了。一来三位现居皇家四五品之官；二来卢方刻下乃人命重犯，敢以弟兄相称，岂不是太不自量了么？”展爷道：“卢兄过于能言了。”王、马二人道：“好叫卢兄得知，适才花神庙那女子已交王妈妈领回家去了；承大哥的差委，幸不辱命。”卢方道：“物‘不平则鸣’；这是二位老爷功德，卢方感之不尽！”展爷道：“此处不是讲话的所在，请卢兄后面一叙。”卢方道：“犯人尚未过堂，如何敢蒙此等的厚待？断难从命。”展爷道：“卢兄放心，此事全在小弟身上。请到后面，还有几个相知要与卢兄会面。”

话刚至此，只听外面嚷道：“卢大哥，你可来了！不用瞒着！我们虽不认得，展大哥是认得的。我赵虎今日也要认得你呀！”一边嚷着，一边掀帘进来。卢方回头一看，见进来这人，又黑又矮，另有一番英风豪气，却也是校尉的服色。原来张、赵二人也是出外访查事体，因无影响，回到公所，见公孙先生一人在那里，因问展爷与王、马等。

公孙策将花神庙之事说了,“展大哥惊疑此人是卢方,故此他等认识去了。”赵虎听不得一声儿,赶着跑到班房,一路就嚷进来了。卢方看了,听他自己说是赵虎,连忙上前道:“犯人卢方参见赵老爷。”说罢,一存身,赵虎挺着腰儿,垫着脚儿,刚刚与卢方对面,双手一抱道:“好呀！我的哥哥,你不要折受小弟,什么老爷不老爷！你再要如此,小弟就不是人了。此处不好讲话,来,来,来,咱们大家上后面去。”展爷笑道:“还是四弟爽快。卢兄就请罢。”卢方再也不能辞了。赵虎携了卢方的手,引至后面公所,嚷道:“卢大哥来了,大家见见,大家见见。”早见公孙策与张龙降阶相迎。彼此相见,俱各欢若平生。来至屋内,众人让卢方上座。卢方断断不肯,总以犯人自居,“能够不罚跪,足见高情。”大家哪里肯依？愣爷赵虎道:“彼此见了,放着正话不说,且闹这些虚套子。卢大哥,你是远来,你就上面坐。你把犯人咧、老爷咧,且自收起。咱们俱是好朋友。”说着话,就把卢方拉着在首座。卢方见此光景,再难推辞,只得奉揖道:“既承众位兄长台爱小弟,我卢方就从命了。”彼此就座。左右伴当献茶已毕,赵虎又问起花神庙之事。卢方一一说了。赵虎连声叫好。王、马二人道:“我等俱在相爷跟前回明,小弟二人便是证见。”卢方道:“多承三位兄台美意,小弟何幸如之!”正说话间,只听有人扬声道:“相爷请公孙先生与展护卫。”公孙策与展昭连声答应,向卢方告了失陪,出了公所,便往书房去了。不知见了相爷为着何事,且听下回分解。

第四十五回　义释卢方史丹抵命　误伤马汉徐庆遭擒

且说公孙策、展昭二人别了卢方，出了公所，抬头看时，却是包兴，连忙问道："相爷唤我二人，有何钧谕？"包兴道："只因方才王、马二位回禀相爷，说这张大行事豪侠，相貌奇异。老爷甚是犹疑，思忖了半晌，叫我出来请你们二位；不料我到了这里，听见赵四爷乱嚷'卢大哥，卢大哥'，我因问了问伴当，方知这姓卢的就是张大。我才偷偷看了，果然是个人物，无怪王、马二人夸他。他到底叫卢什么？是个什么人儿？"展爷道："郎官，你还不晓得？他就是陷空岛的卢方。"包兴听了，满心欢喜，一同来到书房。公孙策、展晤见了包公，彼此就座。包公道："方才王、马二人言花神庙有一张大，甚是豪侠；本阁好生的犹疑，故此请你二位来，大家裁夺。"公孙先生忙回道："我等也是如此想。"就把叫展爷如何偷看，怎样呼名的话说了，"谁知此人果是钻天鼠卢方。"包公听了，不觉笑容满面道："原来你二人竟与本阁意见相同，可谓'三人同心'了。今既识破他，他虽非寄柬留刀之人，或者由此人身上可得那人下落。但不知此事如何办理？"公孙策与展昭立起身来，道："此事惟求相爷屈高就下，以礼相待，使他感戴无极，他焉有不尽心的呢？"包公听了，称善道："既如此，我在二堂见他，自有道理。"公孙策与展昭连忙回到公所，见了卢方，道："相爷此时已升二堂，特请卢兄一见。"卢方听见，就知道要过堂了，连忙立起来，道："小人乃人命重犯，如何这样见得相爷？卢方岂是不知规矩的么？"展爷连声道："好。"一回头，吩咐伴当："快看刑具。"众人无不点头。少时，刑具拿到，与卢方上好。大家围随，来至二堂丹墀之下。王朝进内，禀道："卢方带到。"忽听包公道："卢义士到了，请。"这一声，连卢方都听见了，自己登时反倒不得主意，随着王朝上了公堂，扑的一声，双膝跪倒，匍匐在地。包公见他带着刑具，故意的嗔喝道："本阁着你等请卢义士，为何擅敢上了刑具？是何道理？还不快快卸去！”左右连忙卸去刑具。包公道：“卢义士，有话起来慢慢讲。”卢方那里肯起来，连头也不敢抬，敛声息气的道：“罪民卢方身犯人命重案，望乞相爷怜念草命，笔下超生呀。”相爷包公道：“卢义士休得如此。花神庙内之事，本阁尽知。你乃行侠尚义，济弱扶倾，理当如此。就是严奇丧命，自有史丹承当，与义士什么相干？他等强梁霸道，助纣为虐，冤冤相报，暗有循环。本阁已有办法，即将史丹定个误伤的罪名，完结此案。卢义士理应释放无事。起来，本阁还有话讲。”包公这一夕话，轻轻把个罪名搁在史丹身上，不但使卢方放心，连公孙先生与展爷并众义士无不点头畅快。展爷连忙上前，悄悄道：“卢兄，不可辜负相爷的美意，快些起来；若要违背了钧谕，倒不好了。”卢方到了此时，概不由己，朝上磕头。展爷顺手将他搀起。包公又吩咐看座。左右答应一声，设下座位。卢方哪里敢坐，鞠躬侍立。忽见差役上前禀道：“祥符县委员相验，尸格呈上。”包兴接过来，放在公案之上。差役退下。包公看呈子之时，卢方这才偷睛往上观瞧，见包公铁面生光，约有三旬年纪，颔下一部髭须，端然正坐，不怒自威，实实令人凛然可畏，心中暗道：“看此光景，今日还是喜欢；若到发怒之时，还不知如何可怕呢！”

忽见包公将尸格呈子往旁边一放，对卢方含笑问道：“卢义士，闻得你隐避山居，快乐林泉；今日来京，不知为着何事？请道其详。”一句话，把个卢方问的紫面上套了红，益发紫的难看，半晌方答道：“罪民因寻盟弟白玉堂，故此来京。”包公道：“义士一人前来，还有别人？”卢方道：“初冬之际，罪民已遣韩彰、徐庆、蒋平三个盟弟一同来京，至今杳无音信；罪民因不放心，故此亲身前来找寻。今日方到花神庙，不想遇了此事。”包公闻听卢方直言无隐，便知此人忠厚诚笃，点了点头道：“原来众义士俱各来了。义士既以实相告，本阁也就不必隐瞒了：令弟五义士在京中做了几件出类拔萃之事，连圣上俱各知道了。并且圣上很夸他是个义士，钦派本阁细细访查，无奈令弟形踪诡密，三四月毫无下落。如今义士既然来京，肯替本阁代为访查么？”卢方听至此，连忙跪倒道：“白玉堂年幼无知，惹下滔天大祸，致干圣怒，理应罪民找寻擒拿到案，任凭圣上天恩，仰赖相爷的垂照。”

说罢，复又磕头。包公见他应允，心中大悦，道："卢义士，请起。令弟的事情虽然不小，幸喜所行的俱是光明磊落，并非蔑理悖伦；如若令弟到案，本阁必要竭力保他的。义士但请放心。"因吩咐公孙先生与展爷："好好替我款待；去留但凭义士，不可拘束。"公孙先生与展爷连声答应，将卢方搀起来。大家围随，来到公所之内，只见酒肴早已设摆齐备，却是展爷预先吩咐的。卢方原是爽快人，也不推辞，止于逊座；大家皆不肯坐上位，仍让卢方坐了。众人左右相陪。饮酒之间，便将往事提起。卢方惊异非常，暗道："老五吓，你要闹到哪里去？"无可如何，只得应了三日之内，有与无有，必来复信，酒也不肯多饮，见天色已晚，立刻就要起身。众人也不叮咛，也不嘱咐，大家送出衙外，彼此一执手，道声请了，连个絮语烦言也是无有，卢方竟自扬长而去。

展爷等回到公所，人人皆道卢方为人忠厚豪侠，是个好朋友。公孙策道："卢兄虽然诚实，惟恐别人却不似他。方才听卢兄之言，说那三义已于初冬来京；这些日子，毫无形迹，也就严密的很，想来也必在暗中探访。但只一件，今日花神庙之事，人人皆知解到开封府，他们如何晓得立刻就将卢兄释放呢？必以为人命重犯，寄监收禁。他们若是如此想，保不定夤夜之间要来淘气，却也不可不防呢。"众人听了，深以为然，道："似此如之奈何？"公孙策道："说不得大家辛苦些，第一保护相爷要紧。我与展贤弟在书房防备；王、马、张、赵四位贤弟在内巡逻；外面派耿春、郑平、江樊、黄茂带领差役出入稽察。倘有什么动静，也就省临时忙乱了。"众人俱各称是，连忙要了饭，大家吃毕。展爷先将里衣扎缚停当，佩了宝剑，外面罩了长服，同公孙先生前往书房。王、马、张、赵俱各暗带兵刃，各处留神。外面步快、头目，带领差役，也就小心防范。

且说卢方离开封之时，已将掌灯，自己暗暗忖度："如今上何处去好？不知伴当避在那里，有了寓所不曾。再者，我虽应了找白玉堂，知他落在何方？这京城地面阔大的很，巷口又多，往那里找去？但凡可以找时，方才府内那些朋友，那一个不是精明强干之人，难道他们不会找，单等我这外乡人胡扑混碰么？仔细想来，这事竟难的很呢？别的也不管他，就是今晚，我又往那里去呢？”卢方心内思索，正在无处可归，忽见迎面来了一人，天气昏黑，看不真切；及至临近一看，却是自己的伴当，满心欢喜道：“你来的正好，有了下处不曾？”谁知伴当见了卢方，反倒一怔，悄悄问道：“员外如何能够回来？小人已知员外解到开封府，故此进了城，急急找了下处，安放了行李，带上银两，特到开封府与员外安置，不想员外竟会回来了。”卢方道：“一言难尽，且到下处再讲。”伴当道：“小人还有一事也要告禀员外呢。”说着话，伴当在前引路，主仆二人来到下处，卢方掸尘净面之时，酒饭已然齐备。卢方入了座，一边饮酒，一边对伴当悄悄说道：“到开封府遇了南侠，给我引见了多少朋友，真是人人义气，各各豪侠！多亏了他们在相爷跟前用力分析，立刻升了二堂，我便见了相爷，不但没有审讯，连定案的略节都对我说了：全推在那个姓史的身上，我是一点事儿没有。这还罢了，相爷还义士长、义士短的称呼，不叫跪着，反倒赐座。你想那些奉旨赏的护衙校尉尚在两旁侍立，我如何敢坐呢？只得恭恭敬敬站在一旁。”伴当道：“员外不坐的很是。但不知相爷品貌如何？”卢方道：“我先前也不敢仰视，后来相爷看文书之时，我才偷着看了看，真好品貌！真好气度！实在是国家栋梁，万民福泽。相爷看完文书，就提起五员外来了。相爷觌面吩咐，托我找寻，我焉有不应的呢？应了下来，同到公所之内，已摆下齐整酒肴；饮酒之间，众朋友方说出五员外许多事来，敢则他作的事情不少：什么寄柬留刀与人辨冤咧，夜间大闹开封府与南侠比试咧，这都算罢了；谁又知他上皇宫内苑题什么诗词，杀什么总管。你说五员外胡闹不胡闹？还有什么奏折里夹纸条儿，又是什么盗取黄金，我也记不了许多了。我应了三日之内，找的着，找不着，必去复信，故此我就回来了。你想那里有这样爽快事？只是你们五员外，我往那里去找他去呢？你方才又说还有一宗事，却是什么呢？”伴当道：“若依员外说来，找五员外却甚容易。”卢方听了，欢喜道：“五员外在那里？你快说来！”伴当道：“就是小人寻下处之时，遇见了跟四爷之人，这下处还是他给找的。小人问他众位员外都在哪里居住，他便告诉小人说，二员外、三员外、四员外俱是冬底才到的京。”卢方听了，问道：“为何他三人冬底才到京呢?”伴当道:“小人也曾问来;他说,‘皆因同姓柳的盗取了黄金,一同到了凤阳府,与姓柳的盘桓了许多日期,才起的身,所以来迟。’”卢方皱眉道:“这还了得,他们竟瞒着我到底儿办了此事!这也罢了,你且说五员外现在那里?”伴当道:“据跟四爷的人说,到了京里,大费周折,连上带下,八九个人,直访了有半个月,总没访着。三位员外急的了不得,还亏了四爷于灯节时才遇见了跟五爷的人,一同到了下处,五爷却不在那里;问跟人时,跟人回道:‘五爷自进京就找了这个下处,每月不过来一两次。’其实却不住在那里。”卢方听了,发怔道:“如此说来,五员外还是没准地方了?”伴当道:“小人也是如此说。跟四爷的人说:‘幸喜四爷细心,闻听人说庞太师杀了姬妾,又有折子里夹纸条儿,由此一想,五爷多半是庞太师花园里住;因此,一连去了三天,才访着了。’果然五爷在庞太师花园的后楼,名叫文光楼,是个堆积书籍之所。此楼轻易不开,再也无人到的地方儿。自得了这个准住处,三位员外去了多少次,劝五爷回山,五爷断然不肯,现今时常到那里聚会,所有跟的人俱各在五爷下处同住。跟四爷的人还说:‘此处不过暂住几日,俟员外完了事,也可以搬到那边同住。’再也想不到员外今日就回来了。”卢方连忙问道:“这庞太师在哪里住?”伴当道:“小人已打听了,离此不远;出了下处,往西不过半里之遥,一片丛林,高大房子,那就是庞太师的府第。”

卢方满心畅快,立刻要饭吃毕,暗暗束装停当,嘱咐伴当看守行李,悄地里竟奔庞府文光楼而来。此时天气已有初鼓之半,一时到了庞府。谁知老庞正因痛念姹紫、嫣红无故遭此惨报,特特于百日之期作七昼夜的道场,超度二姬早升天界。门前悬着经彩吊挂,灯烛辉煌;两边懒凳上坐着许多虞候、执事之人,好不热闹。卢方看了,也不在意,顺着大墙一直往北,走到中间,就听见墙内钟鼓法器乱响。卢方暗道:“敢则佛事就在花园立坛?”他却不知在水晶楼内拜忏,这佛号喧阗达于墙外,仿佛极近,其实离大墙远多了。卢方仍往北走,堪堪到了北头,他便施展飞檐走壁之能,纵身上了墙头,趁着月色往里一望,已看见这后楼直冲霄汉,正面七间,两边配楼各五间,并没有行人往来,心中暗道:“怨得五弟在此隐藏,真正好个幽僻所在!”恰好有一株大树斜枝冲出墙头之外,他一伏身,把住杈丫,过到内围墙,由群房上了文光楼,到前面一看,槅扇封锁完好如故,已知必不在此出入。复又转到后面,也是照前槅扇一样,却见东边的边槅微微的一缝,用手一推,却是虚掩,捱身而入,回手关闭,只听迎面有人问道:“为何去而复返?”卢方听此声音,恰是白玉堂,仔细看时,谁说不是呢?连忙一伸手拉住道:“五弟呀!你想煞愚兄了!”只此一语,几几乎没有放出声来,那长者之心,已然落下忠厚泪来。

白玉堂也想不到是卢方,只得参见已毕,二人对着满窗月色,彼此就座。卢方述说了许多思念之苦。白玉堂也不觉也落下泪来。卢方左右看了一看,果是满架书籍,因问道:“你三个兄长可曾来么?”白玉堂道:“三位哥哥却是时常来的;方才特来给小弟送信,说大哥遭了人命官司,解往开封府去了。他们趁此黉夜前往开封府打听消息,方才槅扇开时,我只道是二哥去而复返,不想却是大哥。请问大哥,这样重案,如何能够立刻回来呢?”卢方听了三个盟弟上了开封府,不由的吃了一惊,暗道:“不好!他们这一去必要生出事来,不辜负了相爷一团美意?倘若有些差池,我卢方何以见开封府的朋友呢?”想至此,好生着急。又见白玉堂问他如何回来,只得据实说了一番。白玉堂听了,却不言语。这卢方心内七上八下,坐也不好,站也不好,唉声叹气,直盼到交了三鼓还不见回来。

你道韩彰、徐庆、蒋平为何去了许久?只因他等来到开封府,见内外防范的甚严,依韩彰、蒋平二人,也就回来了;偏偏徐庆不依,道:“既来了,又回去,连个实信也不知道,回去如何见得老五呢?再者,这样防范,又不是龙潭虎穴,怕他们则甚!要回去,你们回去,俺要越墙从房上进去。”说罢,纵身上了墙头。韩、蒋二人见他如此,只得也纵上墙头。刚刚来到跨所大房之上,恰好张龙、赵虎巡查至此。张龙猛然抬头看见,不觉失声道:“房上有人!”只这一声,对面便是书房,展爷早已听见,急脱去长服,拔出宝剑,一伏身,斜刺里一个健步,望房上一望,见一人已到檐前。展爷看了个真切,说时迟,那时快,一扬手,唰!就是一袖箭;只见那人站立不稳,身体一歪,滚下房来。赵虎急赶一步,将那人按住。那人一挺身,险些儿把赵虎翻倒,亏得张龙上前,这才把那人捆住。展爷见获住一个,正要上房,忽见房上那人把左膀一撑,将头一低。展爷见一缕寒光,知是暗器,忙一哈腰,刚刚躲过,不想身后却是马汉,冷不防肩头之上中了弩箭。展爷此时已然来到房上,竟奔了用暗器之人,那人顺手就是一朴刀。展爷用剑忙往旁边一削,只听噌的一声,朴刀已短了半截。那人不敢再战,转身越过脊去。展爷才待迈脊,又见金光一闪,却是三棱鹅眉刺,竟奔面门而来。展爷将身一闪,刚要用剑一迎,谁知钢刺抽回,剑却使空。展爷身体一晃,几乎栽倒,连忙一存身,将宝剑一拄,脚下方才稳住;及至长起身再一看时,连个人影儿也不见了。展爷只得跃下房来,进了书房,参见包公。此时已将捆缚那人带至屋内,直挺挺立而不跪。包公笑问道:"你是何人?黉夜到此,为着何事?讲!"只听那人道:"俺乃穿山鼠徐庆,特为救俺大哥卢方而来,不想中了暗器遭擒。不用多言,杀、剐任凭你们,只要叫俺见大哥一面,俺老徐死也瞑目!"包公点头道:"原来是三义士到了。"命左右:"松了绑缚,看座。"徐庆也不致谢,也不谦让,便一屁股坐下,将左腿一伸,顺手把袖箭拔出,道:"这是谁的暗器?拿去!"展爷过来接了。徐庆一边揉着腿,一边对着展爷道:"你这袖箭可不济,不及俺二哥的弩箭。他那弩箭有毒,若是着上,药性一发,便不省人事。"说着,只见王朝进来,禀道:"马汉中了弩箭,昏迷不醒。"徐庆道:"千万不可拔箭,见血就死。若不拔箭么,还可以多活一日,明日这时候也就呜呼了。"包公听了,连忙问道:"可有什么解救的方子没有呢?"徐庆道:"有解药,却是俺二哥带着,他这方儿总不传人。受了此毒,总在十二个时辰之内用了解药,才可复生;若过了十二时辰之后,纵有药也不能救了。这是俺二哥独得的奇方,再也不肯告诉人说的。"包公见他说话虽然粗鲁,却是个直爽之人,瞧他形景,堪可与赵虎称为伯仲。忽又听徐庆道:"俺卢方哥哥在那里?俺要见他。"包公道:"本阁久已知道众位义气,深相契重,昨日卢义士到此,即行释放,已然不在此了。"徐庆鼓掌大笑道:"好吓!怪道人人传说开封府的包老爷是位好老爷,果不虚传!当真的释放了?果然不在此了?"包公道:"焉有撒谎之理?"徐庆道:"既如此,俺徐庆倒要谢谢了。"说罢,噗咚爬在地下,就是一个头,招的众人不觉要笑。徐庆站起身来道:“既是俺大哥不在此,俺也不便在此,且自找他去。”说罢,转身就要走,包公见他天真烂漫,不拘礼法,只要合了心就乐,忙拦道:“三义士且不必忙;你听外面已交四鼓了,夤夜之间,哪里去寻? 暂且坐了,本阁还有话问你。”徐庆想了一想,却又坐下。包公问道:“三义士,可知令弟白玉堂所做之事么?”愣爷徐庆道:“俺怎么不知道? 那一晚在文光楼见面,整整的说了一夜。惟有打劫黄金一事,却不是他。那是俺与二哥、四弟,还有柳青,我们假冒了王、马、张、赵之名,用‘蒙汗药酒’将那人毒倒,我们盗取了黄金。不要委屈他。”众人听了,各各点头舒指。包公连忙问道:“这文光楼在那里?”徐庆道:“就是老庞花园后楼上面,堆着好些书本子。”徐庆说至此,公孙先生与展爷递眼神;展爷会意,彼此对瞧。忽见包兴进来禀道:“值日差役来回,说卢义士在外求见。”包公尚未答言,徐庆哈哈大笑道:“哟! 俺哥哥来了! 好,好,好! 快请,快请!”包公急着展爷出迎。不知卢方到此为着何事,且听下回分解。

第四十六回　设谋诓药气走韩彰　遣兴济贫欣逢赵庆

且说包公听见卢方来到，急着展昭出迎，值日差役转身出来，道："卢老爷少待，我们护卫老爷就出来。"话才说完，只听展爷道："卢兄，小弟奉相爷之命，前来迎接；接待来迟，望乞恕罪。"卢方道："岂敢，岂敢。小弟初罪才免，二罪复发，实实难对展兄，望祈在相爷前代为开释。"展爷道："好说，好说。不要迟延，相爷已命小弟来请。"说着话，却见卢方身后有一人，身体虽然瘦弱，两眼却滴溜嘟噜，另有一番英雄气概。展爷忙问道："此系何人？"卢方道："乃舍弟蒋平。四弟过来见了，这便是南侠展兄。"蒋平刚要见礼，展爷连忙托住道："原来是四兄到了，幸会，幸会。"

你道卢、蒋二人黉夜而来，却为何事？只因卢方在文光楼上盼到三更之后，方见韩彰、蒋平回来。二人见了卢方，不觉诧异，问道："大哥，如何能够在此？"卢方将包相以恩相待，释放无事的话说了一遍。蒋平对韩、白二人道："如何，我说不用去，三哥只是不依。这如今闹的倒不成事了。"卢方问道："你三哥那里去了？"韩彰便将到了开封府，彼此对垒的话说了。卢方听了，只急的搓手，叹了一口气道："罢了，罢了！千不是，万不是，全是五弟的不是！"蒋平道："此事如何抱怨五弟呢？"卢方道："我想你我弟兄隐避岛中，朝夕聚首，何等快乐！偏偏的五弟又听见什么猫不猫的，任性胡为，来到京都；他若不找什么姓展的，咱们如何能够到这里？又如何有这些烦恼、为难呢？真是'烦恼只为强出头'。这个'强'字岂是任得性的呢？"韩彰听了，低头不语。白玉堂刚要折辩，蒋平接言道："事已如此，也不必抱怨了；难道五弟有了英名，你我做哥的不光彩么？只是如今依大哥怎么样呢？"卢方道："再无别说，只好劣兄将五弟带至开封府内，一来恳求相爷在圣驾前保奏；二来觌面与南侠赔个礼数，庶乎事有可原。"谁知玉堂先前听见大哥抱怨他，心里已然不自在；如今又听见叫他陪礼认罪，如何还按捺得住？登时气的他双眉紧皱，二目圆翻，若非在文光楼上，早已就怪叫起来；此处迫于不能，只得忿忿的道："大哥，此话从何说起！小弟既来寻找南侠，便与他誓不并立；虽不能他死我活，总要叫他甘心拜服于我，小弟方能出这口恶气！若非如此，小弟至死也是不从的！"蒋平听了，在旁赞道："好兄弟！好志气！真与我们陷空岛争气！"韩彰在旁瞅了蒋平一眼，仍不言语。卢方道："据五弟说来，你与南侠素有仇隙么？"白玉堂道："并无仇隙。"卢方道："既无仇隙，你为何恨他到此的地步？"玉堂道："小弟也不恨他，只恨他这'御猫'二字，我也不管是南侠有意，也不管是圣上所赐，只是有了'御猫'，便觉'五鼠'减色，是必将他治倒，此事方休！如不然，大哥就求包公奏明圣上，将南侠的'御猫'二字改了，小弟也就情甘认罪。"卢方道："五弟，你这不是为难愚兄么？愚兄受包公知遇之恩，众朋友豪侠之义，方应许找寻贤弟；如今既已见着，我却回去求包公改'御猫'二字，慢说改不得，就是改得，此话我如何说的出口来？将南侠置于何地呢？"

这些话原是卢方直言无隐，谁知玉堂反添了一番醋意，以为大哥偏护南侠，轻了自己，不由的冷笑道："哦！敢则大哥受了包公知遇之恩，重了南侠之义，小弟算什么？既如此，很好，就拿了小弟去请功就是了！"他只顾如此说，把个仁义的卢方噎的默默无言，站起身来，眼泪汪汪，出了文光楼，跃到大墙以外，踱来踱去，暗忖道："我卢方结交了四个兄弟，原是声应气求的朋友，不想为此事，五弟竟合我如此的翻脸；方才那一番形景，他还把我这长兄放在眼里心上么？"又转想包公相待的那一番情节，自己对众人说的言语，更觉难受。左思右想，心乱如麻，浊气上攻，自己把脚一跺道："哎！莫若死了，由着五弟闹去，也省得我提心吊胆，诸样对不住人！"想罢，一抬头，正走到从墙上斜插的那枝树杈丫，自己点头道："罢了！罢了！也是我卢方交友一场，不想竟自结果在此地了！"从腰间解下丝绦，往上一撇，搭在树上，刚要结扣儿，只见这丝绦哧、哧、哧自己跑到树上去了。卢方怪道："可见'时衰鬼弄人'！怎么丝绦也会活了呢？忽见顺着树枝下来了一人，却是蒋平，喘息息的道："幸亏小弟赶来！五弟糊涂罢了，怎么大哥也背晦了呢？”卢方见了蒋平，不觉泪流满面道：“四弟呀！你看方才五弟那些言语，叫劣兄有何面目生于天地之间呢？”蒋平道：“五弟此时一味的心高气傲，难以治服；不然，小弟如何肯随和他呢？须要设法折服他便了。”卢方道：“怎样折服他呢？”蒋平道：“此时且不用细讲，大哥既应了包相，咱们急急赶到开封府，就算大哥方才听见我等到了，特来陪罪；顺便打听打听三哥的下落，那时再做道理。”

卢方无奈，只得系好了丝绦，将腰束好，夤夜来到开封府，见了差役，说明来历。差役进内禀明，包相就着展爷迎了出来。彼此相见后，来至书房。包兴打起帘子，卢方刚进门内，见包公穿着便服，上面端坐，连忙跪下道：“卢方罪在不赦，望乞恩相宽容。”蒋平也跪在旁边。徐庆听见大哥来到，正要上前相见，见卢方、蒋平跪下，他却有了眼力、见儿，在旁边也跪下了。包相见他们这番光景，真是豪侠义气，心内十分尊重，连忙站起来，双手搀扶道：“卢义士，他等前来，原不知本阁已将义士释放，故此夤夜到此，本阁也不见罪。你等起来，还有话讲。”卢方等听了，向上磕头，立起身来。包公见蒋平身体瘦弱，形如病夫，因问：“此是何人？”卢方禀道：“是小民义弟蒋平。”包公方知就是那善于水的翻江鼠了，忙命左右看坐。连公孙策、展爷俱各坐了。包公便将马汉中了毒药弩箭昏迷不醒的话先说了出来，依卢方就要回去向二弟取药。蒋平拦道：“大哥若要取药，惟恐二哥当着五弟，决不肯给；莫若小弟使个计策，将药诓来，再将二哥激发走了，剩了五弟一人，孤掌难鸣，也就好治服了。”卢方便问：“计将安在？”蒋平附耳道：“如此如此，二哥焉有不走之理？”卢方听了，道：“这一来，你二哥岂不又分散了么？”蒋平道：“目下虽然分离，日后自然团聚。你看外面已交五鼓，事不宜迟，且自取药要紧。”连忙要了纸笔，一挥而就，折叠折叠，叫卢方打上花押，又回明了包公，仍从房上回去，又近又快。相爷与众人救马汉的心急，自然应允。蒋平出了书房，将身一纵，上房越脊，登时不见。大家无不称羡。

蒋平一时来到文光楼，还听见韩彰在那里劝慰，原来玉堂余气尚未消呢。蒋平见了二人，故意慌张道：“了不得，了不得！我与大哥好容易将三哥救回，不想三哥中了毒药袖箭，大哥背负来到前面树林，再也不能走了。小弟又背他不动，只得二哥与小弟同去走走。”韩彰听了，连忙站起。白五爷道：“就将三哥背到下处去罢。他那脾气，这里再混嚷起来，便不像事了。”蒋平道：“五弟说的是，我们就从那么上下处去。”说罢，离了文光楼，跃到大墙以外。蒋平便问：“二哥，药在何处？”韩彰从腰间摘下个小荷包来，递与蒋平。蒋平接过，摸了摸，却有两丸，急忙掏出药丸；将方才写的字柬团了团，塞在荷包之内，仍递与韩彰，将身略转了转，便抽身竟奔开封府去了。

这里韩彰只顾奔前面树林，以为蒋平拿了药，必是先来解救三弟。他哪里知道四爷诓了药，却是为救马汉呢？韩二爷四下寻觅，并不见有大哥、三弟，心下纳闷道：“难道大哥将三哥果真背到下处去了。”急忙离了树林，奔到下处，并不见什么动静；只得仍回到文光楼，见了玉堂，说了此事。玉堂心中展转，问道：“四哥合二哥要什么不曾？”韩彰道：“他要药来。”说着话，回手一摸，道：“这里面是什么？”连忙叫玉堂敲着火种，点着“避灯”一看，原来是个字柬，却有卢方的花押；打开看时，上面写着：“叫韩彰绊住白玉堂做为内应，方好擒拿。”玉堂看了，不由的微微冷笑道：“好吓！二哥，你就把我绑了，交付开封府就是了！”韩彰听了，发急道：“五弟休出此言，这明是你四哥恐我帮助于你，故用此反间之计。好，好，好！这才是结义的弟兄呢！我韩彰如今也不能做内应，也不能帮助五弟，俺就此去也！”说罢，立起身来，出了文光楼，跃下去了。

且说蒋平诓了药，回转开封，已有五鼓之半，连忙将药研开，一半敷伤口，一半灌将下去；不多时，马汉回转过来，吐了些毒水，心下方觉明白。大家也就放了心了。卢方等自有公孙策与展爷等相陪，略略歇息，天已大亮。到了次日，卢方先到下处，叫伴当将行李搬入开封府。又派他到白五爷下处看时，不但白五爷不见，连他的跟人也不见了，只得将行李、马匹俱移到开封府内，回见卢方。卢方好生不乐。到了晚间，蒋平又暗暗到文光楼探听，竟不知五弟投向何方去了。从此开封府又添了陷空岛的三义帮着访查此事，却分为两班：白昼间却是王、马、张、赵缉访；夜间却是南侠同定三义暗暗搜寻。

不想时值会试之年，圣上钦点了包相大主考，由朝内就进了贡院。包兴、李财回到衙门收拾行李，急急赶入场内。包相在场内秉正无私，选拔真才，费尽了神思，到底取中了一个得意的门生。你道是谁？就是那金懋叔的盟兄、柳洪的女婿颜查散，高高的中了会元。及至殿试传胪，又钦点了状元及第，赏了翰林院的修撰。当初若将他错断了，如何能有今日荣耀？谁知包公在场之时，开封府无事，公孙策与展爷、三雄、四义，大家不是聚谈饮酒，就是较射，消遣释闷。这一日，赵虎多饮了几杯，心内烦躁，回到屋内，暗暗踌躇道："相爷进场许多日子，不日就要差竣；倘若回到衙署，问道，'你们这些日访的姓白的怎么样？'却将何言答对呢？俗语说'无功受禄，寝食不安。'再者，前次王、马二位兄长在城外花神庙巧遇卢方，已知姓白的下落，不料又被他逃脱了。大略他这一去决不能远，我何不也出城走走呢？但只一件，他们若问我哪里去，我又说个什么呢？"想了想，道："有了，俺的坐骑多日没骑他，我何不就说出城押马闲步一回，有何不可？"想罢，换了便服，索性来到公所与众言明。出了衙门，到了马号，这马号头目董良便问道："赵四爷往哪里去？"赵爷道："你在此很好，俺今日要出城押马，苦于无人陪着。好小子，你既在家，咱爷儿们何不一同走走？"董良听了，不敢不去，只得将四爷的马备好，叫草蛮子与自己也备了一匹，拉出圈外。四爷认蹬，一伏身就上去了。董良刚才上去，四爷的马已没影儿了。董良惟恐落后，紧加几鞭，那马负痛难禁，打着迸儿，连颠带跑，好容易才瞧见四爷那马电转星飞的一般，已然出了城了。董良暗道："这不是顽的；要是这么押马，活活的要我的命！"无奈何，复又加了几鞭，急急赶出城来，却瞧见四爷勒马等候。董良赶向前，喘吁吁的道："哎哟！老爷子，有这么押马的么？你老到底怜点下儿吓。"赵虎笑道："你敢则囊包的很！"董良道："不是小人囊包，你老瞧瞧，你老那是什么马，小人这是什么马？别讲膘头儿，就是他这身病也够他受的了：又是断梁，又是迎鞍，浑身四根棒儿支着一般。这原是号里骑攒了的马，他如何跟的上你老的马呢？"赵虎道："既如此，咱们慢着些儿走如何？"董良还怕他兴发再跑，便跑在后面，问道："可是，四老爷，当初陈州放赈，听说你老还私访来着?”赵虎听他问到此节,正是他得意之笔,笑吟吟的道:“何尝不是呢。”董良道:“到底是怎么一宗事,你老何不说说?”赵虎便从韩文氏告状说起,怎么白家堡男子有尸无头,自己怎么扮了叫花子,说到高兴,拿着扯手当黄磁罐,马鞭子当竹杖儿,只这么一比,那马咴的一声,四蹄荡开,又走下去了。董良在后面一边打马,一边嚷道:“四老爷,先别说吓,我没那么长耳朵,听不见吓!”赵虎连忙拢嚼环,只得等他赶上再说。说完这一案,董良又问:“怎么拿庞昆?”总而言之,他绕着弯子叫四爷说话,他不住的叫好儿,不住的夸奖,把个四爷奉承的乐不可言;惟恐他听不见,后来就并辔而行。这位愣爷只顾如此用力绷住扯手,把个马闹的一点儿不得劲儿,平空揉磨的通身是汗。董良偷眼看着,暗笑道:“这马倒有了事了,不用押,已然见了汗了。”

且说且走,不知不觉到了榆林镇。赵爷看见热闹,方问道:“前面什么所在?”董良道:“榆林镇。”赵爷道:“好快吓!此处离城也好远的,咱们可以歇息歇息了。”仍找兴隆店。董良将马交给挡槽儿的,叫他好好的遛,不可饮水。赵爷找了座头,上面坐了;因董良会奉承,赵爷也叫他坐了,要了酒肴。董良斟酒,随机凑趣儿,愣爷好生欢喜,连小子也不叫了,一口一个“老董”。正在欢饮,只见有个老头儿,却是外乡形景,站在一旁,满面愁容,眼泪汪汪,欲前不前,欲语不语,只是瞅着赵爷。赵爷见他可怜,便问道:“你这老头子瞧俺则甚?”那老儿见问,连忙躬身道:“非是小老儿敢瞧客官,只因腹中饥饿,缺少钱钞;见客官这里饮酒,又不好启齿,望乞客官见怜。”董良只道他是要钱的乞丐,忙从兜肚中拿出一文钱来,刚要给他,赵爷拦道:“老董,你给他一文钱做什么?你往这边些,叫他在那边坐了,现成的酒肴叫他吃些,岂不好么?”董良道:“谁说不好呢?老爷怜贫,正当如是。”回头又对老者道:“老人家,我们四老爷是最惜老怜贫的,快过来坐下罢。”

那老者听了欢喜,未免的脸上有些羞惭。刚刚坐下,赵爷就唤酒保添酒添菜,又对老者道:“老头儿,你只管吃。”老者称谢,饮酒吃菜。董良在旁却问道:“老人家贵姓?家住那里?”老者道:“小老儿家住山东观城县,姓赵名庆。”赵爷道:“唯哟吓,原来是当家子。你做何生理呢?”赵庆道:“不瞒老爷说,小老儿就是本县的承差。”赵爷哈哈大笑道:“更妙了,咱们俱是一个门槛里的人。来,来,来,大家吃这一杯。”说着话,端起酒杯,一饮而尽。董良与赵庆只得陪饮。董良又问道:“尊驾既是承差,如何落的这步田地?”赵老皱眉叹气道:“提起来话长,待小老儿慢慢告禀。只因有位包三公子上太原进香——”赵虎听了,道:“住了,住了!什么包三公子?”赵老道:“就是当朝首相包太师的侄男,奉了太夫人之命前往太原进香。”赵虎道:“哦,哦!他进香怎么样?”赵老道:“这位公子一路而来,所过的州县俱要预备公馆、程仪,稍有不到之处,他便勒索个不了。”赵虎皱眉道:“竟有这等事!你讲,你讲。”赵老道:“只因路过观城县,我家老爷派我预备公馆迎接这位公子,谁知这位公子进门就挑眼儿,说铺垫不好了,酒饭不佳了,将小人叫上去申饬了一顿,要程仪三百两,少了是断不依的。小老儿无法,急急赶到县里回禀我家老爷。”赵虎瞪着眼道:“你家老爷可给了不曾?”赵老道:“我家老爷原是一个清官,并无许多银两。又说:‘这三公子原是进香,如何用许多银两?必是承差借水行舟,图谋这三百银子,有意谲诈。’”将小老儿责了三十大板,仍叫办理此差。小老儿无奈,回到公馆,谁知三公子不容分说,把我吊在马棚以内,这一顿马鞭子,哎呀!老爷呀!我在衙门挨了三十板子却没要紧,上下俱是相好的,谁肯认真的打呢?不想这顿马鞭子,没头没脑,抽了个不轻!还是应了另找公馆,孝敬银两,才把我放出来了。小老儿一时实难措办,因此脱逃;腰中又无盘费,原打算到京寻找一个亲戚,不料投亲不着,落得有家难奔,有国难投,衣服典当已尽,堪堪的不能糊口,将来难免饿死!”说罢,痛哭不止。

赵爷听至此,咯吱吱将牙咬的山响,又是心疼赵庆,又是气恨公子,半晌问董良道:“这观城县离此多远?”董良在旁早已看出赵爷的光景,今又听见问观城县,必是要把这包公子拿来出这口恶气,连忙答道:“远多着的呢,从此算来,至快也得五六天方到;及至咱们到了那里,这公子又不定向何方去了。”赵虎听了,急的搓手。董良道:“小人倒有个主意。”赵虎问道:“老董,你有什么主意?”董良指着赵老道:“他是在官人役,包三公子虽是相爷的侄男,也不是谁的属员上司,纵然不肯呈控他,何不递个诉呈儿分析分析呢?就说:‘小人原是某处的承差,皆因三公子上太原进香,路过此处,所有公馆、饮馔俱各预备妥当;无奈公子总不合心,务要纹银三百两。小人回了官府不准,公子又将小人饱打一顿。小人实出无奈,故此赴京在太师前恳恩。如有虚假妄言,那时将小人从重治罪。’如此一说,大约相爷也不能十分追究,不过暗暗将他侄男责备一番,悄悄的叫他回去了。相爷因你呈报有功,多少还有点奖赏呢。”赵庆听了,吐舌摇头道:“闻得开封府包相爷甚实利害,况公子又是他侄男,小老儿如何敢‘飞蛾投火’呢?”董良道:“老人家,你又不明白了;我等俱是开封府的差役,我们相爷赤心为国,最恶的是贪官污吏。如今他侄儿做出这样事来,他气还气不过来,他还肯抱怨你么?你只管去,再没有乱儿。”赵庆听说他二人是开封府的官役,又惊又喜,尚未答言,只听赵虎拍手道:“好极!好极!”要知下文,且看下回分解。

第四十七回　错递呈权奸施毒计　巧到案公子辨明冤

且说董良叫赵庆递诉呈，赵庆尚在犹疑，只见赵虎拍手道："好极，就是这样办法，包管不错。"赵庆道："包太师虽然忠直，惟恐他是本家之人，未免袒护，此事终为不美。闻听得大理寺文大人那里颇好，小老儿意欲到那里投递诉呈，觉稳当些。"赵虎摆手道："使不得，使不得！文大人虽好，总不如开封府包太师那里好。你不晓得这包太师办事极公道，无论亲疏，总要秉正除奸。若在别人手里告了他，倒可以托个人情；若在他本人手里告了他，必要秉公办理，再也不能偏向的。"你道赵虎为何谆谆叫他在包公跟前呈诉？皆因他自忖度，此事关乎相爷，我若把他带至开封府，显得我是鲁莽，太不晓得事了。若真把他指引到开封府，看我家相爷是秉公还是徇私呢？他如此想，赵庆也不敢不应。道："既承老爷指教，小老儿明日我就在太师跟前呈诉就是了。"赵虎道："你且别忙；如今相爷现在场中主考。"回头问董良道："相爷几时回府？"董良道："前日三场完时，李郎官回来说，相爷不过五日就要出场覆命，也就回衙了。'赵虎点头，又对赵庆道："你于五日后再进城拦舆呈递。"赵庆一一领命，赵虎叫他吃饱了饭，又在兜肚里摸出半个锞子来，道："这还有几天工夫，你又无钱钞，可将此银拿去做盘费用罢。"赵庆道："小老儿蒙老爷赏饭足以够了，如何还敢讨盘费呢？"赵虎道："这有甚要紧？你只管拿去。你若不要，俺就要恼你了。"赵老闻听，只得接过来，千恩万谢的去了。赵虎见赵老去后，与董良又饮了多会，用饭已毕，会了钱钞，出了饭铺，也不访查了，便乘骑往旧路回来，心中暗暗盘算，替相爷为难此事，"明日接了呈子，生气是不消说了，只是如何办法呢？"自己又嘱咐自己："赵虎吓赵虎！你今日回到开封府，千万莫要露出风声，别像前次为访宫内题诗杀命之人，不想误拿了个姓孙的，幸亏审出黄金一事，遮掩过去。如今我再错了，我老赵岂不丢人么？今日我又指引他在相爷台前呈诉,除了董良知道,别人如何晓得?这才与我老赵毫不相干,单看我们相爷他是怎么个办法?”他虽然如此想,哪里知道凡事不可预料?他若是将赵庆带至府内,倒不能错;谁知此次他又细起心来,这才闹的错大发了。

赵虎与董良回到开封府,赵爷下马,董良接去。赵爷谆谆嘱咐赵庆之事不可对别人言论,董良唯唯遵命。过了几日包公出场复命,回到衙中。一连数天,却不见赵老前来,暗自展转道:“那老儿难道还没进城么?为何还不呈诉呢?敢则他是诳嘴吃的?若是如此,我那半锭银子花的才冤呢!”

你道赵庆为何不来?只因他那日与赵虎相遇,未免的饿肚子多贪了油腻,又搭着有了年纪,一时肚泄起来,好容易将养了七八天后觉好些。这日赶进城来,正走在热闹丛中,忽见两旁人一分,嚷道:“闪开,闪开!太师来了,太师来了!”赵庆听见“太师”二字,满心欢喜,立刻止步;及至轿临切近,他便高举呈词,双膝跪倒,嚷道:“冤枉吓!冤枉吓!”只见轿已打杵,就有人下马接了呈子,递入轿内。不多会,便听轿内说道:“将这老头子带至府中问话。”“哦!”左右答应一声,轿夫抬起轿来,如飞的竟奔庞府而来。原来这轿内却是太师庞吉。这老奸贼得了这张呈子,如获至宝一般,立刻派人请了女婿孙荣、门生廖天成。二人来至书房,参见了太师。老贼将诉呈与他等看了,二人只乐得手舞足蹈,登时献媚,给庞贼道喜,以为此次可将包黑参倒了。又将赵庆叫到书房,好言好语,细细的问了一番。大家商议,就缮起折底来,预备明日参奏。又暗暗定计,如何行文搜查勒索的银两,又如何到了临期使包公子矢口不移。诸事算计停当,洋洋得意,乐不可言。至次日,圣上视朝,庞太师出班,将折子恭呈御览。仁宗看了,心中有些不悦,立刻将包公宣上殿来问道:“卿家有几个侄儿?”包相不知圣上因何想起,只得奏道:“臣有三个侄儿:长、次俱是务农;惟有第三个却是生员,名叫包冕,字世荣。”圣上又问道:“你这侄儿,你可曾见过没有?”包公奏道:“为臣自供职以来,并未归家;惟有臣的大侄、二侄见过,这三侄并未见过。”仁宗天子点了点头,吩咐陈林将庞吉的参折与包拯观看。包相接过,捧读已毕,连忙双膝跪倒，奏道："臣子侄不肖，理应锁拿来京，严加审讯。臣家教不严，亦当从重治罪，仰恳天恩依律施行。"奏罢，匍匐在地。仁宗见包相毫无遮饰之词，又见他悚惶之甚，反觉不安，道："卿家日夜勤劳王事，并未回家，如何能够知道家中事体？卿家且平身，俟将包冕押解来京时，朕自有道理。"包相谢恩。圣上即刻传旨："立即行文着该府州、县，无论包世荣行至何方，务要锁拿驰驿来京。"此抄一发，如星飞电掣，迅速之极，不一日，便将包三公子押解到京，兵部的报马预先进城报了号。此时哄传的人人皆知，谁不叹惜，说："包相爷精明强干，赤心为国，谁知他的子侄却如此的不法！可见为人若不得好子弟，莫若终身孤老，反觉干净！"

不言众人替包公叹惜。且说这三公子正走到城中热闹丛中，忽见那边一骑马飞也似的跑来，相离不远，将马收住，滚鞍下了坐骑，便在路旁屈膝，禀道："小人包兴奉相爷钧谕，求众位押解老爷们略留情面，容小人与我家公子微述一言，再也不能久停。"押解官员听是包太师差人前来，皆不好意思，只得站住，道："你就是包兴么？我对你说，此是奉旨的钦犯，原不当容你相见；奈你是相爷的钧命，我等暂且从权，容你相见，只是不可耽延。"包兴连连答应。押解官又问道："你主仆却在那里说话呢？"那包兴道："就在那边饭铺里罢，也不过三言两语。"押解官点头，吩咐差役撵逐闲人。此时看热闹的人山人海，谁不知是包相的人情到了，又见这包三公子骑着一匹白马，人品却也不俗，同定包兴进了饭铺，自有差役暗暗跟随防守。不多时，便见他主仆出来。包兴又见了押解官，屈膝道："多承老爷的厚情。"那官儿道："你回去替我给相爷请安。"包兴连连答应，退下来，抓鬃上马，如飞的去了。

这里押解官押着三公子到兵部挂了号，然后便到大理寺听候纶音。谁知此时庞吉已然奏明圣上，就交大理寺额外添派兵马司、都察院三堂会审。圣上准奏。你道这奸贼又添此二处为何？只因兵马司是他女婿孙荣，都察院是他门生廖天成，全是心腹之人；惟恐文彦博问的偏袒，故添此二处。他哪知这文老大人忠正办事，毫无私典呢！不多时，孙、廖二人来到大理寺与文大人见了，皆系钦命，难分主客，仍是文大人居了正位，孙、廖二人两旁侧坐。先将赵庆略问了问大概情形，然后将包冕带上堂来，追问如何进香，为何所过州、县勒索银两？共过了多少州、县？勒索了多少银两？慢慢诉上来。这三公子不慌不忙，禀道："生员奉祖母之命往太原进香，因闻得苏、杭名山秀水极多，因此趁着进香，就此游览一番；因路上缺少盘费，先前原是在州、县处借用，谁知后来不用生员借贷，俱是他们情愿奉送程仪。生员难以推诿，只得从实收受，实非有意勒索，望乞大人详察。"

你道这三公子为何直言无隐，毫无推诿呢？只因在饭铺内听了包兴之言，说："相爷已在各处嘱托明白，审问之时，只管应承，相爷自有救公子之法。"因此，这三公子虽然应承，他还有些忐忑，不敢应"勒索"二字，只如此的回答。忽听文大人问道："既无勒索，为何将观城县的承差赵庆吊在马棚之内毒打？是何道理？讲！"这三公子道："生员并无此事；这都是刁役的谲诈妄言，生员如何做出这样事来？"孙荣在旁插言道："你一路逢州过县，到底勒索了多少银两？从实招上来！"三公子道："虽过州、县，并未曾前去拜谒；就是收的程仪，随来随用，也不记得多少数目。"廖天成在那边冷笑道："你勒索银两，如何会不记得数目呢？此话实难深信。"又对文大人道："此生须要摘去他的衣衿，严加审讯才是。"文大人尚未答言，只见进来了一个虞候，昂然竟奔了孙荣的座位，递了一封字柬。孙荣接过看了，道："这还了得么？竟有如此之多！算来不止'逾贯'的罪名了！"文大人忙问道："孙大人，却是何事？"孙荣道："就是此子在外勒索的银两数目，家岳已令人暗暗查来。"文大人道："请借字柬一观。"孙荣便递了过去。文大人见上面有各州、县的消耗数目，后面又见有庞吉嘱托孙荣极力参奏包公的话头；看完了，将字柬拢入袖内，对着那虞候道："你是什么人？"那虞候道："小人是庞太师的家人，奉太师之命，特送此柬，叫面交孙姑老爷的。"文大人将眼一瞪，把惊堂木一拍，道："你等好不晓规矩！此系公堂之上，如何擅敢妄传书信？是何道理！理应照扰乱公堂惩办，念你是太师的家人，权且饶恕。还不与我退了！"左右见文大人如此，一个个赶上前去，推的推，搡的搡，就有嘴欠的道："快滚罢！这个地方也是混上来的，充什么阿物儿呢！"这虞候只唬得面目更色，心头乱跳，脚不沾地的抱头鼠窜而去。文大人对孙荣道："令岳太不晓事了！下役纵然不知规矩，难道堂堂太师也不知理法么？这大理寺乃是皇家设立的衙署，轻衙署即是轻君上，令岳做事也有这等率意的么？也有这等递书信的么？"孙荣登时踌躇难安，只是连连称是，那字柬也不敢往回里要了。廖天成见孙荣理曲词穷，他却搭讪着问包世荣道："方才押解官回禀，道你进城之时，有包太师那里差人拦住马头，要见你说话，可是有的？"这三公子道："无非告诉生员不必推诿，总要实说，求众位大人庇佑之意。"廖天成道："岂有此理！其中显有情弊。你可知那人，他叫什么名字？"这三公子道："他自称包兴，想来就是包兴了。"廖天成立刻吩咐差役传包兴到案，暂将包世荣带下去。三位堂官退后歇息。

不多时，差役禀道："包兴现已传到。"立刻升堂，孙荣一肚子闷气，无处发泄；如今听见包兴传到，他便作起威来，道："好狗才！你如何擅敢拦住钦犯，私传递信？该当何罪！"包兴道："小人只知伺候相爷，不离左右，何尝拦住钦犯，私传递信？此事小人实实不知。"孙荣断喝道："哇！好狗才！还敢强辩！左右！拉下去重打二十板！"可怜包兴无缘无故遭此惨刑！这二十板子打得包兴昏而复苏，心内暗道："我跟了相爷多年，从未受过如此的重刑；就是相爷审过多少案件，也从来没有如此的蛮打。今日活该我包兴遇见对头了！"早横了心，再也不肯招认。孙荣座上复问道："包兴，快快招上来！"包兴道："实实没有此事，小人一概不知。"孙荣怒上加怒，从鼻孔内哼哼道："好个硬嘴的狗才！也罢咧，你在开封府固然是常见你们老爷苦拷别人，你如何把这几板子放在眼里呢？不给你个利害，你也不肯招认！"吩咐左右："请大刑！"两旁衙役呐了一声喊，将三根木往当堂一撂。包兴虽是懦弱身躯，谁知他雄心豪气有万丈多高，把死付于度外；何况这样的刑具，他真是常见的，如何放在心上？厉声说道："大人勒派说小人拦住钦犯，私传递信，难道就依大人说么？也该把我家公子带上堂来，当面质对质对，小人受刑也不委曲吓！就是这么叫小人招认，小人至死也是不瞑目的！"包兴说此话，明是说孙荣不会问事，暗暗的驳他，哪知这孙荣糊涂加三级，听了，只气的战哆嗦道：

"谁有工夫与你闲讲！左右，夹起来！"还是文大人在旁听不上，喝叫左右："将包世荣带上来，叫他当面对质。"这三公子见了包兴，看了半天，道："生员见的那人虽与他相仿，只是比他黑瘦多了，却不是这样白胖，越瞧越不是他。"孙荣听了，自觉有些不妥。忽见差役当堂跪禀道："开封府差主簿公孙策赍有公文当堂投递。"文大人吩咐："带进来。"

差役答应，去不多时，只见公孙策鞠躬上堂，将文书高高举起。差役接过，呈在文大人的案上。公孙策往上打了一躬，在一旁侍立。文大人拆封，将来文看完，笑容满面，对公孙策道："他三人俱各在此么？"公孙策道："是，现在外面。"文大人道："既如此，快请。"公孙策转身出去，文大人方将来文叫差役递与孙荣、廖天成传观。二人看毕，登时目瞪口呆，面目更色，竟不知如何是好了。正在你瞅我，我瞅你之时，只见公孙策领进了三个少年，俱是英俊非常，惟有第三的尤觉清秀。三个人向上打躬。文大人立起身来，道："三位公子免礼。"大公子包懿，字世恩，二公子包黼，字世勋，却一言不发，往旁边一闪；独有三公子包冕秉正对文大人道："家叔多多上复文老伯，叫晚生等亲到公堂与假冒名的当面质对。此事关系生员的名分，故敢冒昧，望乞大人等宽宥。"三公子正在诉说，不料大公子包懿一眼看见跪的那人，急问道："你不是武吉祥么？"谁知那人见了他三人到来，已然唬的魂不附体；如今又听大爷一问，不觉的抖衣而战，那里还答应的出来？文大人忙问道："怎么，公子认得此人么？"大公子回道："他是晚生的家人。他弟兄两个：此人叫武吉祥；他兄弟叫武平安。皆是武亮之子。这武亮在晚生家勤劳多年，后因年老病故，家父念他们是老仆之后代，仍留在家中使唤。不想他二人不守本分，无所不为，因此家父将他弟兄双双撵逐在外，不知他为何又假冒起舍弟来。"文大人听至此，看了看武吉祥，又瞧了瞧包世荣，面貌果有些相仿，心中早已明白，点头道："这就无怪他假冒了公子，他是深知底细，必然要做出这样事来。三位公子请回衙署。"又对公孙策道："回去上复阁台，就说我这里即刻具本复奏，另行请旨。再者，包兴方才已叫武吉祥觌面质对，并不是他；也将他带回去，静候纶音便了。"三位公子听毕，复又向上打了一躬，退下堂来，与公孙策、包兴同回开封府不提。

且说包公自从那日被庞吉参了一本，始知三公子在外胡为，回到衙中，又气又恨又惭愧。气是气大老爷养子不教，纵容到如此的地步；恨是恨三公子少年不长进，在外闯出此祸，恨不能登时将他毙于杖下，方消心头之火；所惭愧者，自己励精图治，为国忘家，不想子侄不能恪守家范，以至生出这样事来，致令我大廷之上碰头认罪，将前功尽付流水，从此后有何面目忝在相位呢？实实令人愧死！越思越想，越加烦闷，几日的工夫连饮食都减了。后来听得三公子解到，圣上派了三堂会审，更觉心上难安；偏偏的又把包兴传唤去了，不知为着何事。正在踌蹰难安之际，见李财领进一个人来，头上带着沉毡大帽，身上穿着行衣，满面风尘。包公看了，虽然认得，一时却想不起来。只见那人朝上跪倒，道："小人包旺与老爷叩头。"包相听了，方想起果是包旺，心中暗道："这必是为三公子之事而来，我且把这狗才问明白了，再做道理。"因此，暂按心头之火，问道："包旺，你来此何干？"包旺道："小人奉太老爷、太夫人、大老爷、大夫人之命，带领三位公子前来与老爷庆寿。"包公听了一怔，暗忖道："三公子业已来京，为何又有三位公子呢？"忙问道："你三位公子现在那里？"包旺道："小人同公子们进了城，小人就先来通禀，大约此时三位公子也快到了。"正说间，只见郑平进来，禀道："启相爷，三位公子到。"包公此时急欲一见，以免狐疑，即吩咐道："叫他们进来。"不多时，三位公子带进，挨次进了书房，一个个敬谨参拜。包相见了，满心欢喜，连忙站起，请了父母的安好，问了哥嫂的起居，然后又问："你们几时起身？走了多少日期？"三位公子一一禀复。包公见三人中惟有第三的相貌清奇，不胜喜爱之至，便叫李财带领三位公子入内给李诰命请安去了。

包相又细细盘诘包旺在路上的光景。包旺回道："小人同三位公子起身时，大老爷就吩咐，'路上不要声张，到处千万不可说是老爷的侄男；惟恐地方官知道了，有些耽搁，误了老爷的寿诞之期。'因此，小人同公子等今日就赶到了。"包相听了，暗道："好兄长，真想的周到，做兄弟的敢不佩服！"便对包旺道："难为你带领公子来京，你也辛苦了，外边歇息去罢。”包旺答应退出。

只见李财进来禀道：“夫人与三位公子叙话，叫小人出来了。”包相早已料出那个三公子有些蹊跷了，立刻叫人请公孙先生到来，将此事告诉于他。公孙策道：“如此说来，那三公子必是假冒的了，今日又将郎官传去，不知为何。晚生想此事何不立刻办了文书，带领三位公子到大理寺质对，清浊立分，岂不痛快？”包相道：“甚合吾意。先生急办文书，就烦先生带领舍侄等一往。”因此，公孙策才到大理寺投文来了。

这里展爷与三义士、四勇士俱各听见，独有赵虎暗暗更加欢喜，大家一同来到书房，与包公称贺。包公此时把连日的郁闷尽皆消除，又见众人进来，更觉畅快，命大家坐了，就把此事测度了一番，然后又问了问这几日访查的光景，俱各答言，并无下落。还是卢方忠厚，立了个主意，禀道：“恩相为此事甚是劳心，而且钦限又紧，莫若恩相再遇圣上追问时，且将我等三人奏闻圣上，一来且安圣心；二来理当请罪，如能够讨下限来，岂不又缓了一步么？”包相点头道：“义士所说甚是，看机会便了。”要知后文，且听下回分解。

第四十八回　访奸人假公子正法　贬佞党真义士封官

且说包公正与展护卫、三义、四勇大家闲谈，忽见李财进来禀道："公孙先生与三位公子回来了。"包公道："有请。"便立起身来迎出来道："有劳先生，多有劳乏了。见了文大人，如何?"公孙策即将文大人之言一一禀明，又将大公子认出冒名的武吉祥也回明了；又言："文大人叫把包兴带回来，说当堂已与假公子质对，那个私传递信的并不是他。"说至此，包兴一瘸一点过来，参见相爷，将孙荣蛮打的情节述了一遍。包公安慰了他数语，叫他："且自歇息将养去罢。"这里众人，从展爷起，大家与三位公子见了，俱各体谅包公必要与公子等叙家常，也就告辞了来至公所，立刻设席与包兴压惊。里面却是相爷与三位公子接风掸尘，就在后面同定夫人叙天伦之乐。包公见大公子、二公子虽是务农，他那言语浑厚，举止安详，颇有父风；至三公子，聪明特达，儒雅秀美，颇有大家风范。包公又问了问学业，虽然贯通，尚未精细，就有意要留在衙门读书，是日，欢喜至甚，不必细表。

且说大理寺文大人次日缮了奏折，连庞太师的书信与开封府的来文，俱各随折奏闻圣上。天子看了，又喜又恼；喜的是，包拯子侄并无此事，可见他传家有法，不愧那诗书门第，将来总可以绍继簪缨，为国家辅佐；恼的是，庞吉屡与包卿作对，总是他理亏，如今索性与孙荣、廖天成结为党羽，全无顾忌，这不是有意要陷害大臣么？他真要如此，叫朕也难以护庇。立刻传旨："将文彦博的原折、案卷、人犯俱交开封府审讯。"文大人领旨来到内阁，面见包相，先将昨日审讯情由说了，又很夸三公子气度不凡，将来不可限量，又言："武吉祥进城之时，有人托言阁台派了包兴私传递信，及至传了包兴到案，当面质对，却又不是。这其间不知有何人主使，阁台须要设法访查此人，方称硬证。"包公连连称是，道："多承指教，据小弟想来，既有个假包冕，必有个假包兴，小弟回署必要访出此人，以成信谳，庶不负兄台指示也。”

二人议论多时，方离了内阁，各归衙署。包公回到开封府。谁知赵庆、武吉祥已由大理寺解来，立刻升堂。先将赵庆在一旁，听他所说的与在兴隆店所说的，不差分毫。后来他又说出：“错认太师，误投诉呈，实是小人情急之过，望乞相爷详察。”说罢，匍匐在地。赵虎暗暗道：“这老笨物，幸亏我家相爷无事！倘或公子一步来迟，这一节事岂不是我老赵的撺掇么？以后，似这样的事，务要留神，切不可再莽撞了。”他这里思索，只听包公吩咐道：“赵庆且自下去；将武吉祥带上来。”左右答应，登时把武吉祥带至当堂，打去刑具。包公仔细看时，他的面庞果与三公子有些相仿，暗暗点头，问道：“武吉祥，你为何假冒包冕？沿途诈了多少银两？一一诉上来！”包相这一问，因有庞吉的私书上面有“查来各处数目，不得不问”。只听武吉祥回道：“小人武吉祥与兄弟武平安自从被大老爷逐出之后，毫无营运，便与小人兄弟计议，‘现今正是太原开庙之期，人人都去进香，咱们何不也去走走呢？’是小人兄弟说道：‘咱若去，别白去；我看你的面庞颇似三公子，你何不诈称三公子，就说奉太夫人之命，前往太原进香？逢州过县，有我算做包旺，或递帖，或拜望，至少也得些盘费。’哎呀，老爷呀！谁知到处不用费事，只略说一声，哪有送盘费的？全是送程仪的，或一百，或二百，至少的也是五十两。后来不知怎么传扬开了，到处连公馆也有了，一切酒饭供给，无所不备。小人哥儿两个乐不可言！因手头儿宽绰了，路上又雇了两个伴当，以充服役。不想到了观城县，承差赵庆预备的公馆，其实却也不错，只因小人等贪得无厌，务要勒索三百两银，谁知从此处就犯了事了！老爷若问沿途诈了多少银子，小人这里有个折子，老爷请看就知道了。”说罢，从腰内摸了半天，掏出个折子来。左右接过，放在公案之上。包相打开看时，却与庞吉查来的数目相符，复又问道：“武平安与那雇工人两个都往哪里去了？”武吉祥道：“小人原是公子的角色，到了那儿，‘居移气，养移体’，到底儿心里有些胆怯，连门儿也不敢出去；谁知那天拿小人之时，他等就都不见了。想是预知风声，他们私行逃走，留下这鱼头，叫小人一个儿择！小人冤枉吓！老爷。”包公又问道：“你进城之时,有个包兴给你送信,却在何处?”武吉祥道:“就在路西饭铺内说的话。”包相道:“若见了此人,你可认得么?”武吉祥道:“若见面时,小人认得。”包公叫他画了供,暂且寄监。退堂来至书房,吩咐李财:“将今日当值的唤来,并传快头耿春、郑平即刻来见。”李财领命,去不多时,当值的江樊、黄茂,外有快头耿春、郑平,四人来至书房,向上磕头。包公道:“你四人到庞府左右细细访查,如有面貌与包兴相仿的,只管拿来。”“哦!”四人领命去了。包公又叫包兴请公孙先生来商议具折复奏一切事体。

且说领了相谕的四人彼此计议,耿春同江樊一路,黄茂与郑平一路,算做闲走的样子,暗暗来至庞府,分为左右细细查看;也有进茶坊的,也有入酒肆的。真真事有凑巧,郑、黄二人来至酒肆,迎头走出个醉汉,旁边有一人搀扶,这搀扶之人恰恰与包兴有些相仿。郑平看了,往旁边一闪,让他二人出了铺子,郑平却把黄茂捏了一把,随后也就跟了出来。刚出酒肆,却见耿春、江樊从茶坊出来,黄茂、江樊努嘴儿,大家心心相照,暗暗跟在二人之后。听那醉汉道:“老二吓,你今儿请了我了,你算是包兴儿的兄弟;你要是不请我吓,你可就是包兴的儿子咧!”说罢,哈哈大笑。又听旁边搀扶的那人道:“你满嘴里说的是什么?喝点酒儿混噗哧,这叫人听着是什么意思!”醉汉道:“真的假不了,假的真不了,你难道没充过包兴么?”后面四人听了个真切,耿、郑二人先抢了一步,迎头拦住道:“你们的事犯了,不用走咧!”耿春早把醉汉用铁链套上,旁边那人登时唬的面目焦黄,才待脱身要走,江樊却从后面用铁链兜住,拉着就走。那醉汉还胡言乱语的道字号,讲过节儿。四人也不理他,一直来到开封府,着二人看守,二人回话。包公尚在书房与公孙策商议奏折,见耿春、江樊二人进来,将如何遇见二人所说的言词说了:“并有一人与包兴相似,因此俱各拿到。”包相听了,立刻升堂,先将醉汉带上来,问道:“你叫什么名字?”醉汉道:“小人叫做庞明,在庞府帐房内写帐。”包相问道:“那一个他叫什么?”庞明道:“他叫庞光,也在庞府帐房里,我们俩是同手儿的伙计。”包相道:“他既叫庞光,为何你又叫他包兴呢?讲!”庞明道:“这个……那儿……他是这么件事情……他是那么件事情呢。”包公吩咐：“掌嘴！”左右扬威，刚要上前，庞明道：“我说，我说！他原当过包兴，得了十两银子，小人才嗽着喝了他个酒儿。因此才说兄弟咧，儿子咧，我们原本顽笑，并没有打架拌嘴，冷不防上来几个差人，把我上了链，又把他也锁了。小人实实不知犯了什么罪呀！”包公听了，再也不往下问了，叫将庞明带下去，把庞光带上来。包公看了，果然有些仿佛包兴，便吓道：“庞光，快把假扮包兴的情由诉上来！”庞光道：“此话从何说起！庞明是喝醉了，满口胡说，并无此事吓！老爷。”包相冷笑道：“现有对证，你这厮还敢狡展！”吩咐：“带武吉祥当面认来！”武吉祥见了庞光，毫无犹疑，连忙回道：“在饭铺与小人说话的就是他。”庞光听了，心下慌张。包公吩咐：“拉下去，重打二十！”打的庞光叫苦连天，不能不说，便将庞吉与孙荣、廖天成在书房如何定计的话说了：“惟恐包三公子胆小，不肯承认，故此叫小人假扮包兴，告诉三公子，到了当堂，只管应承，自有相爷解救等语。别的小人一概不知，望乞老爷明鉴。”说罢，不住的磕头。包公叫他画了供，同武吉祥一并寄监，俟参奏下来再行释放。庞明无事，叫他去了。

包公仍来至书房，叫公孙策将此事也叙入折内：定了武吉祥御刑处死，庞光责放，赵庆仍回本县当差。至于庞吉与孙荣、廖天成私定阴谋，拦截钦犯，私传递信，皆属挟私陷害，臣亦不敢妄拟罪名，惟仰皇上天恩睿鉴施行。包公此折一上，仁宗御览之后，又气又为难：气是气庞吉倚仗国戚，谋害大臣；为难者，真要办重了，他原是个国丈；若办的过轻了，又有些对不过包相。心中忖度了多时，只得明发上谕，言：“庞吉屡设奸谋，谗害大臣，理宜削职；念他身系国戚，仍加恩赏太师之衔，随职食俸，永不准入朝从政。孙荣、廖天成俱着降三级调用，余依议。钦此。”此旨一下，众人无不称快。包相遵旨回转开封府，用“狗头铡”将武吉祥处死。庞光又责了二十板释放。赵庆亦着他回去，赏了他五两银子；并有一道札付到观城县，赵庆仍然在役当差。

此事已毕，到了寿辰之期，圣上与太后娘娘俱有赏赉，以及众官员祝贺，俱不必细表。过了生辰，三位公子定于后日起身。包公应允。且自办下谢恩折子，预备明日上朝呈递。次日，递折请安。圣上召见，便问："访查那人如何？"包公乘机奏道："那人虽未弋获，现有他同伙三人自行投到，臣已讯明，他等乃陷空岛内卢家庄的五鼠。"圣上听了，问道："何以谓之五鼠？"包相奏道："是五个人的绰号：第一是盘桅鼠卢方；第二是彻地鼠韩彰；第三是穿山鼠徐庆；第四是混江鼠蒋平；第五是锦毛鼠白玉堂。但他等却是异姓弟兄，俱在卢家庄居住。"圣上听了，喜动天颜，道："听他等这些绰号，想来各有一技之能了？"包公道："正是。现今惟有韩彰、白玉堂尚无着落，其余三人俱各在臣的衙内。"仁宗乐道："既如此，卿于三日后将他三人带进朝内，朕在寿山福海御审。"包相心下早已明白：这是天子要看他们的本领，故意以御审为名。但则包公为何将钻天鼠改做"盘桅"，翻江鼠改做"混江"，这是包公自从那日卢方要面圣时已然筹思良久，惟恐说出"钻天""翻江"，有犯圣忌，故此改奏。这也是怜才的一番苦心。当日早朝已毕，回到府内，即将今日召见一切的应对告诉了卢方三人，叫他们竭诚三日，好去面圣。又着公孙先生与展护卫将朝内规矩、仪注告诉他们知道；并嘱咐了多少言语，无非是敬谨小心而已。众人一一答应。

包公转后，先到书房，见了三位公子，问了问明日起身的一切，然后又进内与夫人商酌给父母、兄嫂带回的物件，又亲笔写了禀安书信。到了晚间，李氏夫人设了极丰的酒席与公子等饯行，叔婶、侄男团团聚饮。饮酒之间，包公对大公子道："你等回去禀明了祖父母并你等的父母，就说我真实喜爱包冕，意欲叫他在衙内攻书，我与他改正诗文；就是科考，亦甚便益。我的禀帖内已写明白了，如叫他来时，仍着包旺送他前来。"李氏夫人听了，正合心意，也就谆谆嘱咐了一番。是日畅饮至更深方散。到了次日，包兴将差役叫进几名，帮着搭行李到了外边，该上车的，该上驮子的，自有包旺指点。诸事齐备，然后包旺进内禀辞。相爷与夫人赏了他五十两银子、两匹尺头，说他来时一路很好，如今回去，还要照前一样。包旺连声答应。三位公子又一一请了安，包公夫妇搀起，携了包冕的手，也就送出来了。夫人到了仪门止步。包公却到二堂之后，见公孙策与展爷等俱在那里等候，便止步回去了。三位公子来到二堂之上，从公孙先生起，一一作别，大家直送至府外方回。刚到公所，只见李财进来，道："相爷请先生与展老爷。"二人不知为着何事，连忙随李财来到书房。原来包公为明日三义士面君，着他二人俱各入朝，为的是照应他三人。展爷道："卑职等已然计议，相爷纵不吩咐，也是要随去的。"包公道："很好，但不知他三人穿何服色为是？"公孙策道："晚生等已曾问过三义士，卢义士说，'白玉堂所做之事，俱是有犯天条，我等面君，理应罪衣罪裙，恳乞天恩；还敢穿别的衣服么？'"包公点头道："这便才是。明日叫他们须要早些。"公孙策与展爷答应，出了书房，来到公所，将方才相爷的话说了。卢方等称谢不尽。到了晚饭，卢方连酒也不肯喝，把个愣爷徐庆也拘束了，只得早些吃饭，彼此安歇。

到了次日，卢方等绝早的起来梳洗，专等一同相爷上朝。不多时，二堂击点，相爷出来，见公孙策与展爷同卢方等俱在那里。包公见他三人罪衣罪裙俱已穿妥，包公道："何必如此之早？俟圣旨召见时，再穿不迟。"卢方道："罪民等今日朝见天颜，理应奉公守法；若到临期再穿，未免简慢。"相爷点头道："原当敬谨，所论正是，似此本阁再也不必嘱咐了。"说罢，上轿。公孙先生等府前上马，蜂拥来至朝房。展爷却照料卢方等三人，不时的问问茶水。卢方到了此时，惟有低头不语。蒋平也是暗自沉吟。独有徐庆东瞧西望，问了这里，又打听那里，连一点儿安顿气儿也是没有。忽见包兴从那边跑来，口内打哧儿，却又点手儿。公孙策等已知圣上过寿山福海那边去了，连忙同定卢方，随着包兴，包兴又悄悄嘱咐卢方道："卢员外不要害怕，少时召见时，圣上问话，总要据实陈奏。若问别的，有相爷代奏。"卢方连连点头。刚进了寿山福海的门，已然看见宫殿楼阁，金碧辉煌；宝鼎香烟，氤氲缥缈。丹墀之上，文武官员不少。公孙策悄悄道："就在这金狮子旁边伺候罢。"展爷向卢方低声道："卢兄，且自定神，想着奏对。"又大家仰望丹墀之上，忽见各分东西，济济楚楚，登时间寂静无声，肃然至甚。顷刻工夫，又听钟磬声音嘹亮，便知圣上升了宝座。早见包相爷牙笏上捧定一本，出班跪在丹墀。殿内的陈林过来接本，敬陈御案之上，天子看此本，原来就是卢方等的名号，立刻将包公宣至殿内，略问数语，出来了，老伴伴陈林到了丹墀的栏杆，往下道：

"旨意带卢方、徐庆、蒋平。"此话刚完，早有御前侍御将卢方等一旁一个，架起胳膊，上了丹墀。任你英雄、好汉，到了此时，没有不动心的；漫说卢方、蒋平，就是浑楞的徐庆，他也觉得心中秃秃的不得劲儿。到了当跪之处，两边的侍卫又将他等一按，悄悄儿道："跪下。"三个人匍匐在地，左右侍卫往两边一闪。这便是个人情照应：这些侍卫，公孙策与展爷俱各托付明白，所以如此；若不是托付明白，到了当跪之处，提起来一摔，复又掌起面来从新一按，你就是有主意的，也就闹的没有主意了。

仁宗天子在宝座上往下观瞧，见他等战战兢兢，不敢抬头，即刻传旨叫卢方抬起头来。卢方秉正向上。圣上见他紫巍巍一张面皮，黑漆漆半部髭须，真是英风满面，气度不凡，点了点头，暗道："看他这般雄壮，必有出众的武艺。"因问他："居住何方？结义几人？"卢方一一奏对明白，又言："罪民因白玉堂年幼无知，惹下大祸，全是罪民素习不能规箴，忠告善道，致令他酿成此事。惟仰恳天恩将罪民等从重治罪，死亦无憾。"奏罢，连连碰头有声。仁宗见他情甘替白玉堂认罪，真不愧结盟的义气，圣心不觉大悦。猛听得忽喇喇一阵风声，不知刮的何物响亮；顺着响声一看，原来是忠烈祠旗杆上的黄旗被风刮的乱摇乱摆，将两旁的飘带一根裹住了滑车，一根绕住了旗杆。圣心一动，借题发挥道："卢方，你为何叫做盘桅鼠？"卢方奏道："只因罪民船上篷索纤断，罪民曾爬桅结索，因此得名。"圣上指道："你看那边旗杆上飘带缠绕不清，你可能够上去解开？"卢方跪着，扭项一看，奏道："罪民可以勉力巴结。"圣上向陈林道："你将卢方带下去。"老伴伴领旨出殿，先往左右一看，侍卫等俱各向前。陈公公悄悄道："把二人且带在一旁。"侍卫等即将徐、蒋二人往旁边一搀，远远的跪下。陈林对卢方道："你随咱家来。"卢方叩头，平身，随陈公公下了丹墀。早有公孙策、展昭上前问明，知道他要爬杆，忙将罪衣罪裙给他脱去。来到旗杆之下，他便挽袖拽衣，将身一纵，蹲在夹杆石上，只用双手挟杆，两膝一拳，哧、哧、哧，犹如猿猴一般，迅速之极。到了挂旗之处，先将绕在旗杆上的飘带解开，他却用腿盘住，腾出双手，将身形一探，就把滑车上裹的飘带脱落下来。此时圣上与群臣看的真切，无不惊讶。忽又见他两手一伸，每手捏住飘带尖儿，只用一腿盘住旗杆，一腿伸开，一蹬，将身体一平。这明是告诉人："你们瞧吓，飘带理清了。"暗里他却拿了个顺风旗。众人看了，谁不替他担心？猛又见他双手将飘带尖儿一松，把头一低，滴溜溜顺将下来。仿佛失手的一般，却把圣上以及众官员吓了一跳；再一转眼，他却从夹杆石上跳将下来。大家方才放心。天子满心欢喜，连声夸赞道："真不愧'盘桅'二字！"陈林仍带卢方上了丹墀，跪在一旁。天子再看第二名彻地鼠韩彰，不知去向。即看第三名穿山鼠徐庆，便问道："哪个叫徐庆？"徐庆在丹墀一旁跪着，见卢方爬那旗杆，显露本领，他已急的抓耳挠腮，恨不能自己也要卖弄卖弄；如今听见天子呼唤，他如何还忍耐得住，抬起头来，从丹田里答应一声，真是脆亮至甚。天子把他一看，见他乌森森一张面皮，光闪闪两只环眼，鲁莽非常，毫无畏惧，因问他如何叫做穿山鼠。徐庆往上跪爬几步，向上奏道："只因我——"刚说至此，蒋平在那边悄悄提补他道："罪民，罪民。"徐庆听了，方说道："只因我罪民在陷空岛连钻十八孔，故此人人叫我罪名穿山鼠。"圣上道："朕这万寿山也有山窟，你可穿得过去么？"徐庆道："只要是通的，便可钻的过去。"圣上又派了陈伴伴将徐庆领至万寿山下。徐庆脱去罪衣罪裙，自有公孙策、展昭等照料。陈公公嘱咐他道："你只要钻个山窟，应个景儿，即便下来，不要耽搁工夫。"徐庆只管答应，竟自步履上山去了。这里陈公公道："你们来吓，咱家这腿儿也疼，腰儿也酸了；你们拣个主子看不见地方儿，铺上马褥子，我坐坐儿。不管哪个孩子，把我这腰捶两下子，别使浊劲。你们瞧着点儿，那黑汉要是下了山，你们即刻言语嘛、嘛、嘛。"小内辅连声答应。谁知徐庆到了半山之间，见个山窟，把身体一顺，便不见了，足有两盏茶时不见出来。陈林这里叫小内辅捶腰，也觉的工夫不少，问道："怎么，那黑汉还没来么？"小内辅道："是，还没来呢。"陈林听了，坐起来道："你们瞧他上到哪儿？"小内辅道："才刚在半山之中，进了山窟窿，这半天没出来。"陈林着急道："徐庆吓徐庆，告诉你应个景儿，你却往哪里去？"忽听徐庆在南面山尖之上道："从那边进去，却穿到这里来了"这一声，连圣上与群臣俱听见了。卢方在一旁跪着着急，惟恐圣上见怪。不想徐庆说了一声,翻身又不见了。陈公公更自着急。又等了半天,方见他从山怀里出来。陈林这里连忙点手,叫他下来。徐庆此时也不像模样,钻的浑身是青苔,满头的尘垢。陈林也把他带上丹墀,跪在一旁。

圣上连连夸奖:"果真不愧'穿山'二字!"圣上又看那本上第四名叫蒋平,连忙唤上来,一看,见他身材渺小,再搭着匍匐在地,更显葳蕤;及至叫他抬起头来,却是面黄肌瘦,形如病夫。圣上有些不悦,"看他这个样儿,如何配称混江鼠呢?"无奈何,问道:"你既叫混江鼠,想来是会水的了?"蒋平道:"罪民在水中能开目视物,颇识水性。"你道蒋四爷素来原是个善谈之人,今日为何见了皇上,竟自夸起口来了?他只因圣上看了他半晌,那神情是不喜欢他,无奈何说,"你想来是会水了?"蒋平听了这口气,惟恐圣上不看他之意,所以答了个"颇识"二字,故意叫圣上听着逆耳。果然圣上听他说"颇识水性",更加不悦了;立刻吩咐备船,叫陈伴伴:"进内取朕的金蟾来。"少时,陈林带领小太监提着金漆木桶来到。天子命包公细看。包相领旨,见木桶之内注着清水,清水之中有个三足金蟾,宽有三寸,按三才;长有五寸,遵五行。两个圆睛犹如琥珀相似,一张大口恰是胭脂一般。碧绿的身子,雪白的肚儿,更衬着两个金眼圈儿,周身的金点儿,实实好看,真是稀奇之物。包公看毕,连声称赞。天子命陈林随蒋平上了小船,却命小太监提了金漆木桶跟随圣驾。天子带领首相、群臣登在大船之上。此时陈公公见蒋平那个样儿,惟恐不能捉蟾,悄悄告诉他道:"此蟾乃圣上心爱之物,你若不能捉时,趁早儿言语;我与你奏明圣上,省得你吃罪不起。"蒋平道:"公公放心,不要多虑。有水靠求借一件。"陈伴伴道:"有,有,有。"立刻叫太监拿几件来。蒋平挑了件极小的,脱了罪衣罪裙,穿上水靠,刚刚合体。又听圣上那边船上命太监提着木桶,道:"蒋平,这就是放蟾了,你要留神吓。"说罢,将木桶口儿向下,底儿朝上,连蟾带水,俱各倒在福海之内;只见那蟾在水皮之上发愣。陈林这边紧催蒋平道:"傻子,这还不下去,你还等什么?"蒋平他却不动。不多时,那蟾灵性清醒,前两足一晃,后单腿一蹬,把头一低,便不见了。蒋平方对着大船磕下头去,趁势将身一顺,连个声息也无,也就不见了。天子那边看的真切,暗羡道:“看他入水势,却是个有能为的,不知他能够捉得金蟾否。”心里如此想,眼睛却注视水中。因这金蟾是西番进来的,在水中极其灵便,轻易拿他不着,原是稀奇之物。今一旦抛入水中,一来恐蒋平捉他不着;二来又怕金蟾从此遗失,未免心中后悔。眼睁睁看了半天,并无影响,圣上暗说:“不好!朕看蒋平懦弱身躯,如何得住在水中许久?别是他捉不住金蟾,畏罪,竟自溺死了罢?朕若为一金蟾残伤人命,岂是为君的道理?”正在胡思之际,忽见水中咕嘟嘟翻起泡来;此泡一翻,连众人俱各犯疑了,以为蒋平水喝足了,沉了底儿了。君臣只顾望远观看,总未想到船头以前,忽然水皮上波澜一起,水纹往四下里一开,发了个极大的圈儿,从圈儿当中露出个人来,却是面向下,背朝上,直是河漂子一般。圣上看了,不由的一怔,蓦然见腰身一拱,仰起头来,却是蒋平,不偏不倚,端端正正,在水中跪着。他闹个跪着入水,跪着出水!又见两手上下合拢,将上手一张,只听那金蟾在掌中呱呱乱叫。天子鼓掌大笑道:“他岂止颇识水性!竟是水势精通了!”连忙吩咐小太监金漆桶内另注清水,叫蒋平将金蟾放在里面。仍然踏水奔至小船,脱了水衣。陈林亦称羡了不得。却见那边岸上包兴与公孙策、展昭等俱给蒋平道辛苦,说:“相爷吩咐,仍要回转宝殿听候纶音。”陈公公道:“那是自然的;还是咱家同他去,你把那罪衣罪裙交付他们罢。”蒋平听了,将罪衣罪裙团了团,抛将过来。包兴等拿了衣裙,复又绕到那边等候去了。

这里陈林带着蒋平仍从水路奔至大殿来。此时圣上已然回转殿内,宣包公进殿,道:“朕看他等技艺超群,豪侠义气。国家总以鼓励人材为重,朕欲加封他等职衔,以后也令有本领的各生向上之心,卿家以为何如?”包公原有此心,恐圣上设疑,未敢启奏;今一闻此旨,连忙跪倒,奏道:“圣上睿鉴,天恩浩荡;从此大开进贤之门,实乃国家之大幸也。”天子大悦,立刻传旨赏了卢方等三人,也是六品校尉之职,俱在开封府供职;又面谕包相:“务必访白玉堂、韩彰二人,不拘时日。”包公领旨。当时就带领卢方等谢恩。天子驾转同宫,包公复又到内阁料理官事。

图书在版编目(CIP)数据

包公案/(清)石玉昆著.—长沙:岳麓书社,2019.9(2023.11 重印)
(中国古典小说普及文库)
ISBN 978-7-5538-1112-3

Ⅰ.①包…　Ⅱ.①石…　Ⅲ.①侠义小说—中国—明代　Ⅳ.①I242.4

中国版本图书馆 CIP 数据核字(2019)第 066686 号

BAOGONG AN

包公案

作　　者:[清]石玉昆
责任编辑:曾　倩
责任校对:舒　舍
封面设计:浙江有观文化创意有限公司
特约插画:田刚强

岳麓书社出版发行
地址:湖南省长沙市爱民路 47 号
直销电话:0731-88804152　0731-88885616
邮编:410006

版次:2019 年 9 月第 1 版
印次:2023 年 11 月第 2 次印刷
开本:890mm×1240mm　1/32
印张:12.125
字数:350 千字
印数:6 001—9 000
ISBN 978-7-5538-1112-3
定价:29.00 元

承印:湖南鑫成印刷有限公司

如有印装质量问题,请与本社印务部联系
电话:0731-88884129